西津桥 东津渡

寅者 著

上海文艺出版社

图书在版编目（CIP）数据

西津桥 东津渡／寅者著．— 上海：上海文艺出版社，2023

ISBN 978-7-5321-8631-0

Ⅰ．①西… Ⅱ．①寅… Ⅲ．①长篇小说—中国—当代 Ⅳ．① I247.5

中国国家版本馆 CIP 数据核字（2023）第 001178 号

责任编辑　徐如麒
　　　　　毛静彦
装帧设计　长　岛

西津桥　东津渡

寅者　著

上海世纪出版集团　上海文艺出版社

上海市闵行区号景路 159 弄 A 座 2 楼　201101

上海文艺出版社发行中心发行

上海市闵行区号景路 159 弄 A 座 2 楼 206 室　201101　www.ewen.co

苏州市越洋印刷有限公司印刷

开本 787×1092　1／16　印张 26.25　插页 2　字数 397,000

2023 年 5 月第 1 版　2023 年 5 月第 1 次印刷

ISBN 978-7-5321-8631-0／I·6798　定价：68.00 元

告读者 如发现本书有质量问题请与印刷厂质量科联系

T：0512-68180638

一

坐落于东津湖西岸腰眼里的东津镇，从黄泥冢请来上三代、地方首富的堂叔公，也说不清这里先有镇名还是先有湖名，就连继承了晚清秀才一对小眼睛、半袋子诗书和整个人生智慧的、挣了半个镇子财富的吴海源也不知道。他只清楚，东津镇三个千年历史高处中的其中两个——东津渡外婆墩的东津庵和西津里台地的西津寺，均是以水命名的，包括一个渡口、一座桥；另一个是位于中市街高处的东津茶酒楼。这幢大船顶棚一样卓立于黑瓦波浪中的第一高楼，更是他财富的象征，印证了他上半辈子的荣耀、下半辈子的屈辱，同时刻录了他的两个女儿的怨伤故事。

东津镇是个又小又穷的地方，一片白墙黑瓦的低矮建筑，蛰伏在小河浜的尽头。镇子东西走向，黑溜溜的屋宇撮撮捏捏的，东高一扇窗、西超半堵墙地挤挨着。两岸人家夹岸而筑，河成了水巷，岸成了街。

东津镇河网纵横，湖面水泽广泛。陆上道路同外界相通的，是镇西那条北接北山坡、南经南山咀的丈余宽的古御道。

东津湖南北水面二十里，东西八九里，人们去湖东的古城办事，南来北去，皆需绕过大水，且乡间泥道蟠曲逼仄。走旱路，两头不划算，于是舟楫代步成了这地方人不二的选择：去城市纳粮购物、闷嘴嗅鼻地瞎逛，大舟小船的，重物托在水面上，由狭长盘曲的水道，浮载着乡下人的收成和一点心思，把船摇进城市的肠道去……橹声咿咿一两个时辰，看尽田禾、高树、低屋与流水，耸岸挡眼，缆系石驳岸，半晃半悠地把船停住，乡下人踮脚于高翘的农船头尾，纵目四望，赫然已在城市心肺、脾胃的紧要处。上得岸去，莫不是娇语莺声街路、吴侬烟火市俚。步履凌乱、车铃叮当的石子路，同细波悠悠、浅流泠泠的水巷，有着上下丈余的落差，一动一静，一条长跳板搭在水陆两头，一头搭进了天堂，一头搭在了乡下人软软的、怯怯的，如水一样的心上。而这群东津渡口的解缆人，并未因为这一点轻度的失落和自卑慌了手脚，乱了心神，不管从哪一头摇船进入城市的肠道，高岸下，照例谨慎本分地做一个乡下人该做的事情。悠长晃荡的巷水上，漂浮着黄叶纸屑和块木断帚，也托住了布衣人的简单奢望——纳粮油挣工分，兜回几嘴城市的糖果零食或者几尺花布。回村后，在同伴、邻居面前，将嗅到的一肚皮城市味道夸耀出来，则是这群劳作者的额外收获。宽水狭巷里飘浮的舟船，让他们来往于城市乡村间，见识了陌生世界，拓宽了眼界。至于一镇人平日吃喝拉撒睡的日用百货，皆由船只往返驳运，并不在他们的新奇中，那条满舱货物的供销社大船，像一个不甜的百味梦，三五日便会晃进他们如生活一样的梦中，在月白风清的东津渡口泊夜……

东西向的一条水道，成就了一个地方。水巷两岸聚集着几百户人家，形成了一河两格局的镇街。水巷宽两丈，直描描地由东往西，河床逐渐抬升。湖湾水深处，一根四五米长的竹篙一杆子扎下去，浸水一大半。到了镇西的上游，深褐色的河床深不及膝，水清如棱镜。浮在土黄色卵石上的条儿鱼掐指可数。夏日里，赤裸着黝黑身子的孩童，从两个小肩膀宽般的备弄走下去，踏上匹布一样浮于湲水的石埠头，小鸡鸡朝天，赤条条地躺在凉石上，听淙淙水声……大人们来石埠头洗涮了，泥鳅般的小身子立马滑进活水里去，水花四溅地扑腾着赶鱼戏耍，累了，深吸一口气，仰躺水面，露出圆肚和嘴鼻，听一巷碎语和长水如鼓的捣衣声……

镇东的渡口，于地理位置和风水上，相传了一个一半诗意一半迷离的名字——东津渡。渡口东望，一水望尽仍是森森水色。与天际划界的，是一抹烟灰色般淡淡的细线，隐在细线后目不能及的，是浙北天空下的低田。

东津渡是东津镇的承合之地。宽阔的水面，看不见固定的航线印迹，轻拍堤岸的微波，处处皆可划水扬帆，去城市、去远方，皆可从这里出发。渡口不大，离人家烟火有段距离，然而，码头上堆放着的，莫不是人们的吃用之物。春夏秋冬、时令节假，总有承运货物的大小船只拢岸，春秋重农桑，冬节卸载年货，夏日长闲，渡口不闲，这里成了男人们的天堂。

渡口十数级台阶，上踩七八级平堤岸，下踏三五级失脚。站水中跳水，激不起多大的浪花，泊在湖埠头的大小船只，成了孩子们的跳水平台。渡口若是泊有供销社过夜的、两头高翘的大船，那可是难得的高处，任船上男女怎样的呵斥，顽童们照例张开双臂，优哉游哉地由长跳板踮脚上船，摸至船尾高挑处，纵身一跃，惊叫声和亮水珠拍醒船弦。船主责怪他们惊了青苇丛中的午后长梦，抽去上船下岸的长跳板，这可得罪他们了，等着他们于近岸芦根处，抠泥成团的招呼吧。船上的人急了，拉开嗓门向附近田地里劳作着的喊话，直起酸腰的大人们怔怔地，迷眼看水花，反而会说船上的小家子气，借个高处跳跳水，大惊小怪的干什么？

到了黄昏，歇了工的男人们也来渡口了，趿着鞋"踢踢踏踏"地走来，毛长腿、肥内裤、光身板，酱色肩膀斜搭白毛巾，不怕麻烦的还会带一条黄澄澄的老丝瓜络和一小块碱片，同鞋皮一起整齐地摆在石条上。男人们不跳水，坐在有水的石阶上，身体如老黄牛般地在水中摆动。头在水面上，两手双脚水中一阵忙乱，举着衩裤眼前搓，搓一会凑鼻底嗅嗅，嗅后再揉搓。一旦天擦黑，先回家的，起岸动作可得小些，水花大了，必会引起孩子们的惊恐，若是半大顽童恶作剧的喊声"落水鬼"来了，那可好，"哗啦哗啦"群鸭上岸般的水声中，必有一二个落后的幼童惊哭。这种声音传不到百丈远的镇上，却能传到三五十丈远的外婆墩的仓库。仓库里一个老太，一个年轻女子。夏天的黄昏，太阳火辣辣地挂在西天上，院子的两扇遮眼不隔音的竹篱门便会早早地合上，关断夕阳恹恹的黄昏。

镇东水花溅人声沸，同样有着美妙名字的西津里也不冷寂。镇西的水泽原名西津泽，此地"泽""贼"谐音，称呼拗口，直呼西津里，是人们的顺畅说法。水泽于晴朗的日子，望得见芦荻青青的对岸。近岸人家，莫不植有塘生池产的水八仙，同芊芊芦苇一同露翠。黄昏时炊烟缠屋绕树，淡雾初拢，汲水而担的田翁，烟雾里隐现飘忽，疑似天界……西津泽撒网惊鸟的渔家人，踏舷而歌的晚景，恍若置身于一百年前——西津寺声若洪荒的铜钟撞响了，古寺院落攀升青烟，一烟碧天，派生出庄严、祥和之气。

东津庵坐落在湖边丈余高、二十多亩田地大小的外婆墩上，就在东津渡的后面。五间杏黄色的矮屋后是一方大院子，院子中央的青砖地上盘坐着半树高、终日香火氤氲的塔形铸铁大香炉，香炉劈对大雄宝殿正门；大殿正中的莲花座，端坐着垂眼低眉的观音彩妆泥塑，整日地嗅着塔炉中的香薰，日长天久，连鼻孔也是黑黑的。大殿后面是二重小院，与两侧厢房合成方方正正的四合院，为一众布衣素口女尼的打坐休眠之处。

东津庵濒临东津湖，位置突兀，高水不淹，有居高迎风、紫气东来、吉祥喜庆之意。在当地人的心目中，凡东南方向来的总是吉祥的，东津镇的四乡八邻人家，殷殷求子、满月做寿、男婚女嫁之红事，莫不去庵中点烛烧香、叩头膜拜，祈求福泽绵远。

庵堂既是求嗣接生的，吃的管生的饭，为对得起一方乡亲的托付，凡与喜庆如意相悖的事和物，均会刻意回避，即便一句不吉祥的话，也是绝对禁止的。坚守着这一点，是庵堂当家人阿六老尼和她的徒弟玉贞引以为豪的，当然，这一盛况是十多年前的旧话了。时下新政府当朝，局势紧张，老庵早被扒掉，改建成了生产队的仓库，她们也由女尼成为了社员。为了不让队长为难，她们处处注意着自己的言行，安安分分地做着还俗后的生产队仓库保管员的工作，从不炫耀自己的布衣素口，默默地守着清戒。她们可不像西津寺同样还了俗的老小光头，平日里养猪杀猪、拉猪尾接猪血、开大锅熬油腥，咧着唾沫泛油腥的大嘴，念"往生咒"，满是腥臊味的双手，接亡魂的生辰八字。一方面逢喜事般地吃肉喝油，另一方面又借管理亡者的登录簿册，狠赚香火钱；又是人又做鬼的，新政府可不是吃素的，这样的百无禁忌，迟早会生出事来，这是两个还俗尼的隐隐担忧。

二

接待一方亡魂、专管民间死亡的西津寺的老小和尚，虽说寺院十多年前被扒掉后，改建成了东津大队的养猪场，可吃了荤仍撇不下一口素的他们，这几天遇上了为难事。是啊，东津庵两女尼说得没错，师徒俩帮镇上猪肉铺的屠夫阿三，见天地摁猪脚拉猪尾巴，杀猪煺毛，开膛破肚。作为帮手，他们吃肉开荤，额外地捞了不少油水，已看不出曾经的出家人模样。这可怪不得他们，少了四乡八邻供奉的油蔬，他们的肚子实在空啊。这几年别说香油滑肠了，肚皮也是常瘪的，不破了素口，光靠二两菜籽油过一个月，肠子还不让吞下的粗粝菜根拉毛了？破了斋戒的日子，若是没有阿三平时割些猪网油、猪脖子肥膘，和肉店大树墩刮来的腻泥木屑熬油，还真不知道缺米少油的日子怎么过。还俗已经这么久，寺庙改成猪舍后，养的杀的猪猡已经记不清了，罪孽已然深重，但为了一张嘴，也顾不得这些了。腥嘴念咒，油手抄经，只要能赚个肚皮溜圆便可，况且，挣外快饱荒肚，依仗的又是祖传功德，不吃白不吃。当然，眼下政府运动多，斗争的火药味渐浓。基于这样的恐惧，当常常捅漏高天、专闯大祸的后山人要师徒俩去给他的父亲超度亡魂时，他们着实为难了。不去吧，风声外传，断了外快，日子更将难过；去吧，干部们天天在喊破"四旧"，破除封建迷信，若再做佛事，一旦被人举报，批评扣工分不说，还有可能要被罚扣口粮的。

西津寺的悟超和尚是仅在的、眼看着寺院从盛到衰的"悟"字辈和尚。从民国后期，扎营在东津镇附近国民党的青年师来寺中抓壮丁，到十几年前新政府的强制僧侣还俗，不长的年岁里，寺中的老小和尚，壮丁抓走的、生老病死的、还俗娶媳的，一寺僧众只剩他和徒弟——两个不知出处、失去归途的无根之人。养猪场建成后，听从东津大队的安排，原地上饲草喂猪，挣工分买口粮，老的干活儿，小的一双眼睛看门，跟着落户分口粮，算有个安生之地。由于光头香洞是僧人的顶级形象，还俗后，政府严禁再剃光头，他和徒弟认真地蓄起了发，日子一天天过去，小的头顶黑了，老的始终黑不封顶，摸摸光处，稀稀疏疏的几根，在反光处一照，这才发现头顶早秃。半秃、几根毛和全秃，人们眼中的形象不一样的。为怕吓着上学路过的孩子们，他把仅存的几根长发也剪了。剪了头发的他，外人看来仍是素口光头的和尚模样，僧俗难辨。为此，当初带枪来东津镇建立新政府的朱得男书记，亲自摸过他看似光滑的头颅，以作验证。

头发不生长，胡须却如野草般地疯长，没有了剃度僧，他又舍不得在镇上的剃头匠那里花钱修面，面对自己的嘴脸，上唇下巴，一手摸胡须，一手执剪子，剪出了一个胡子拉碴的老头。

看着他毛茬茬的嘴脸，杀猪阿三开玩笑地喊他毛和尚，大伙儿便也跟着叫。后来大队、公社领导不让叫和尚，人们就直呼毛老头。人人这么地叫喊，几年过去，他也习惯了。东津镇上，只有一个人不这么称呼他，那是同他一起喂养猪猡长大的徒弟觉根。

觉根今年二十出头了，国民党青年师在东津镇抓壮丁时，他只有五六岁，是网眼里漏出的鱼秧子，还俗后，跟着师父烧火拌猪食，挣两分工，买一份口粮。两人吃喝一个锅，夜缩一间屋，他人前人后见师父喊叔叔，一方面迎合了政府要他们还俗的规定，另一方面，这么多年的相依为命，也实在亲如一家，胜似父子。两人只有偷偷摸摸做佛事捞外快时，在外人面前为示正宗，他才改口喊师父。前天，后山的来人谈佛事时，他便师父长师父短地喊叫着，这样称呼，多少让人觉得猪声哄哄、腥骚熏天的西津里，西津寺的香火佛缘仍在。

九月凉滑的风，从东南方向拂过来了，消散一溆腥热。风捎带了东津湖湿润的水生植物的清香，和淡淡的鱼腥味儿。黄铜色的稻浪沙声细碎，勾起了觉根恍若隔世的童年记忆。他知道，等到田地里的稻谷如手中敲打的铜磬、木鱼一般的金色了，田野将是一片收获景象……丰收，能否换来饱肚？常饿着的他不敢有太多的奢望，而眼下黄熟前的一个挣钱赚米的机会，又因为形势逼人而下不了决心。

　　黄昏时刻，山岭西边，北淑乡的后堡村人又踩着落日的余晖来了；远远的，盘山的竹影小道上，走走停停，模样儿怪怪的。他在竹影里站了一会，点一支烟，连吸了几大口，约莫还有小半截，狠狠地扔地上，用鞋尖碾熄了。抄寺西的近道，身影斜斜地走路，夕阳下，孤堤一影，十分的醒目。这模样儿旁人见了，一看就是个怀了不可言说心事的人，要是被巡逻的民兵发现，不扭送公社审问才怪呢。

　　猪舍的窗洞里，巴巴望着的毛老头，心里发了急。

　　"别东张西望的，脚步带快点。"毛老头喘着粗气，对业已走近的后山人，憋着嗓子吼。

　　来人额头汗津津的，看样子也急，只是脚步丁丁的走不快，照了面不说话，熟门熟路的，只顾往院中老小住的矮屋去，出门迎候的毛老头跟在身后，紧走了几步，又手搭竹门框，探头探脑地回望了一下，敲敲竹篱门，向正铡着蕃薯藤的觉根呶了呶嘴。

　　觉根双手拍拍衣服，闪身进院子，门吱吱响地关了，毛老头扣上搭钮落了锁。

　　后山的来人，三十多岁年龄，肥大的脑袋植着春韭般的稀发，身体胖胖的，乍一看，上身长下身短的样子，皮肤倒不黑，不像砍柴的山里人，穿着式样，干部不似干部，社员不像社员的。昏暗低矮的小屋里，他眯着细眼狠喝了一竹筒凉水。

　　"这水不甜，有股毛湖水味……你们俩别像黄鼠狼那样地盯着，我不是来西津里钓鱼的，是为了过世的爹被老娘逼着来的。"看到一老一少狐疑的目光，胖子呼气说话。他告诉师徒俩，他姓金，是大队小学堂的教员，教山上的孩子识字打算盘的。前年，害肺痨的父亲走了，他也偷着去南头村的瞎子那里卜问过，瞎子眯着瞎眼又掐又算的，当场卜了一卦，指了坑穴的大概方向和需回避的生肖人员，总以为事情妥帖了，可瞎子算得不准的，讲话唱歌样的好听，蒙人骗嘴的多。今年以来，快八九个月了，老母亲夜里睡不好，恶梦不断，梦见我父亲总被边上的几个厉鬼欺负，说我父亲没上西津寺报到，家属也没去寺里供奉上疏，"户口"不在那里，是"黑户口"，是野鬼，当方土地不接收，天天晚上赶我父亲走，父亲天天晚上找我母亲哭诉。母亲夜里做梦，白天寻死作活地同我闹，说我不孝没良心，她死后肯定也会像我父亲一样受苦受欺负的，怪我当初不该只找瞎子，不上西津寺为父亲办手续。现在再次来，是想重新登记上疏，请师父去后山的坟地宣读疏册，焚纸作法，落下父亲的"户口"。

"金施主，民间有民间的说法，寺有寺的规矩，御道车路，山岭攀爬，田间小径也踩泥，各个自己喜欢罢了，我们不同乡下人争利的。"猪的哼哼声中，毛老头故作高深地说。

"你们别生气，我们没有过来，也是因为害怕。在瞎子家中，我们几个是憋住嗓子说话的。那个瞎子倒好，不是唱就是顺口溜，梁上音绕绕的。同隔壁邻居的墙尽是竹子芦苇帘，放个闷屁，听响声闻味道的，邻近三四户全清楚。我们怕的，凉水顾不得喝一口，就草草地结束，绕山路回家了，哪敢走御道上你这儿来？现在想想真是懊悔，当初趁个夜黑天，直接来你这儿登录簿册报'户口'，也没有老父亲遭恶鬼欺侮的事了。"

毛老头听到这里，神色有些庄重，俨然一幅和尚的面容，他双手合掌："阿弥陀佛，金施主一片赤诚孝心，老纳心中了然，只是当下时局复杂，政府破除封建迷信的决心已定，万一被抓现场，定会扣工分的。"

金教员说："按道理讲，我是个有文化的教员，几年前没来请你们，一是形势吃紧，你们这儿的目标太大，怕出事；二是自己本不太相信这一套的，只奈老母亲脑子里装的全是神怪佛魔，还说西津寺的香火特别灵，那庙在自家几里远的娘家前面，小时候赶集东津镇，必要经过的。闹得整日的不吃不喝，作得乡邻全知道，左右邻居背后骂我不孝。我也整日的焦心。至于被不被抓，想着悄悄地上个疏、报个'户口'，我知你们知，总不成没事找事自己揭发自己？到山上去，大白天定然不行的，待到晚上七、八点，树野坟荒的，民兵本是些不怕人怕鬼的角色，比山上的野兔还胆小，黑魆魆的坟地多看一眼也是怕，怎敢上得山去？"

毛老头沉吟着不说话，觉根接了话头："街上的那些小年青，商店里安排不了工作，天天的打来吵去，供销社主任看在他们家长的面上，借机会成立了民兵队，原想付一份工资算了，那些人作了真，背个红缨枪当真枪，白天夜里、镇里镇外地兜圈，这里瞅瞅，那里嗅嗅，遇到红白喜事，借口治安管理，防人不防鬼的，腌鱼咸肉老豆腐地蹭一嘴荤腥，若被这群人撞见，可是麻烦。"

"所以说，我一路走来，借抽烟，看有没有野眼盯着嘛。"

觉根接着说："还有一对双胞胎兄弟，南街北街地晃，当上民兵像煞人了，动不动就扬红缨枪吓唬人。挣了工资，每天早上不在家吃粥，中市街的点心轮着吃，一个礼拜必吃一碗焖肉面。还扯了旗期当圣旨，势头吓人，遇着躲不开便遭殃。特别是公社的头头，听茶馆的人讲，这个苏北来的朱得男书记，长个老湖羊鼻子，一对榉树叶的眼睛，眼珠儿黄炯炯的，眨你一眼，黄水潭一样的淹死人，一个狠角色。想当年，他们三个人，一个算盘两把匣子枪，来东津镇搞新政府，发动一大拨子人，风风火火的，没收尽了地主富农资本家的田地浮财。每个赶集日，还要把'四类分子'押来押去地批斗，我们东津公社可不比你们后山，你们捅漏天不用赔的，我们这里的狠角色狠着呢。"

金教员见老小俩面露难色，顺着他们的势头说："说起你们东津公社，我家有亲戚的，还不远呢。我老母亲北山湾村的吴家出身，十六岁嫁到后堡村的。当时我家日子还过得去，山沟沟里水田十几亩，房子边的桑树地连到山脚根，还有半爿山头，烧菜煮饭，灶膛里一年四季烧山茅草，半硬火，余下的挑镇上兜卖，足够一年的穿着和油盐开销。我小时候读了私塾，还到南面的大镇子读了几年新学堂，识得些字，才混了这口教书匠的饭。"

后堡村属北淑公社，在东津镇的西北方向，由东往西看，西部山势平缓，隆地成线，爬上山去，山后仍是山，山山绵延。后堡村在第二个山波浪的凹处，因山势相隔，且隶属另一公社，属外乡的，是东津人眼中的后山人。

"北山湾村也就吴、李、徐三个姓，吴姓是大家。"毛老头不知道近乡各村有多少人口，但每个村约莫多少姓氏，心中是了然的。以前，每年农历正月初一的凌晨起，四乡八邻、各村各户的当家夫妇，都会来寺中烧香供奉上疏，还是徒弟时，他就负责簿册登录，对一方姓氏布局十分的清楚。

觉根问："是不是大地主兼大资本家的吴家？"

毛老头说："这是好人家，田多地多山多房多，不说北山湾御道下的百亩好水田，光镇上中市街的茶酒楼、镇西的米厂，起码化费半船舱的银洋，当初还赔了一个六户三姓的'六家'小村，他的财富，抵得上半个东津镇了。"

金教员说："堂房的，亲戚关系虽不远，斗倒后怕连累，不走动了，各家过各的。听说，他家赶去后坡的柴棚住了，大女儿二十出头，过了结婚年龄，也没成个家，小老婆生的小女儿，给了庵堂，二三岁就当尼姑了。"

"我佛慈悲，这家子人好心好，发财不忘乡邻。老早前，布施供奉，一心向善，现在家产没收精光，只分到屋后坡地的几间柴屋，荒年歉岁过不得日子。吴施主家小的那个进了城，大的身体害病痛，难以养活两个女婴，托人去东津庵说了，阿六师妹怜惜，收了小女孩做徒弟。"

寺、庵本都是佛门，毛老头长东津庵老尼姑几岁，东庵西寺不往来，生死各管一方，互不相扰，于称呼上还是极为亲切的。

"师父，你说的是静玉师妹吧？"觉根一脸的好奇，这个滴溜溜小圆眼的师妹是熟悉的。多年前，师父的板车交给他后，他去渡口的仓库拉稻草，常会帮着捎带饲料厂人转交的吃用零食，而拉回的每一车猪饲料、陈稻草，小师妹的圆眼下过磅，落不到一根柴薪的便宜，秘密交通员白当的。

气氛有些宽松了，关系拉近了很多。金教员竹凳上站起身子，双手一摊，一手伸二指，一手伸三指："豁出去了，这趟法事只要师父肯当着我娘的面做，我拿出两块钱，三斤老黄米来。钱今天供奉上疏当面给清，米，做法事时给。考虑到师父年岁大，办好事，立马送师父回来，我山里住山里走的，走得惯夜路，黑天荒地中的山影树魅、孤石野坟吓不了我。"

"阿弥陀佛，罪过、罪过！徒弟，上疏登记。"毛老头从床底下拉出衣箱，捧出一套黄色的宽袍僧衣，打开折叠，取出一本油渍渍的簿册，神色歉疚地说，"劳烦金施主明晚七点来吧，一定不能让民兵瞅见了，那个腰挎匣子炮的苏北人，别看他长个善模善样的湖羊鼻子，心可狠着哪！"

三

昨夜的繁星仍隐在西天的夜空上，还俗十多年的六姑起床了。

今晨并不是被西津寺方向、穿透薄空的尖厉的猪叫声惊醒的。本有神经衰弱症的她，这一晚根本没睡着。昨天下午，大队书记吴黑男亲自过来，说今天有县里的大领导来东津公社视察，原外出读书、工作十来年的北山湾人李表廉，也将一同回来担任公社副主任。东津大队是视察重点。渡口、堤岸和晒谷场得清扫干净，并用湖中清水泼洒，还得满四周地插上红旗，这是政治任务，搞砸了别说扣工分，批斗也是有可能的。还特别叮嘱，这是公社朱得男书记亲自布置的任务。

六姑别的公社领导不认识，那个湖羊鼻子、野榆树叶眼睛、身挎一把匣子枪的书记还是熟悉的，当年，就是在他的指指戳戳下，扒了寺庵的。

东庵西寺，东来西往，地方人尤信"先注死、后注生"的说法。旧时镇东镇西香火鼎盛，常年青烟袅袅，好不容易分到地富反坏财产的穷人，眼中才见钱物，男人上茶馆赌输赢，女人东西两头地烧香拜佛。且不说糜费钱米，老百姓的想法不对的，分得的财产，像是佛赐赌赢的一样，根本没体会到这是共产党领导劳苦大众打天下搏来的。朱得男想了足足半个月，决定茶馆禁赌、拆寺毁庵，砸烂旧世界，建设新社会。当时的那个举动，吓坏了多少东津镇的善男信女。那一段日子，他的匣子枪不离身的。

禁赌的效果是立见的，地方再无一户一夜赌输家产、瓮中没有明天早饭米的家庭出现。禁赌，首先得到了老人孩子和女人们的拥戴。至于拆毁东庵西寺，被女人们私下漫骂一年后，好处也出来了：外婆墩建仓库晒谷场的两个生产队，交纳国家的公粮，不用花费人力筛选挑捡石粒泥屑，稻谷晒过三遍后，就直接摇进城里纳粮换钱。农民家自吃的，也告别了沙粒硌牙的历史，老人煮饭前，无需眯着昏眼拣砟石。西津里的养猪场，成果也诱人，猪肥料沤田，少说也让东津大队六个生产队的粮食亩产增收了十多斤。让人流口水的是进了腊月，养猪场宰杀二十多头大猪，人人皆可分得一斤的免费猪肉，这可是实实在在的油水呀。当初细牙咬碎的女人们，尽闭了嘴，六姑也是这时候不再恨这个外来人了，尽管她不吃肉。

吴书记的吩咐，吓得她不敢睡了，连衣靠在床上，眯盹了醒，醒了又眯盹，几个回合下来，生怕误事，干脆不躺了，摸开竹篱院门，到晒谷场上看星天。

凉凉的风，微微地吹过来，风中捎带着薄薄的芦荻的青涩，和似有似无的晚稻的甜香。南风送来的谷香可远了，那是隔着十里水面的、浙北农田的芬香，这香味又熟悉又新奇，淡淡的家乡味儿那种，伴着她几十年了。

六姑五岁来到东津庵，同母亲、小哥和同村几个拖儿带幼的婶婶，一起住到了东津庵陈稻草铺地的厢房中，她们来东津庵不是烧香祈愿，也不是供奉布施。她们是浙北的逃难人，避灾躲荒、一路要饭来到了这里。那一年，接连的暴雨天，露宿在人家檐下和柴垛边的她们，被东津庵的当家老尼领进了一间屋子，这群浮萍似的他乡要饭人，晚上有了个干烘烘的归宿地。

那是晚清的纷乱年代，苏吴一地遭遇了百年不遇的洪涝灾害。六姑依稀记得，老天下了记不清多少日子的雨，梅雨连着暴雨，老家的大人们在半腰水深的田地里，半游半趟地往返，小村晒谷的高场地上，也是齐膝深的水。东津湖的高坝已出现灌涌，父亲和几个哥哥送她们出村口，又去几里外的湖堤打桩固堤、挖泥装袋了。

她们一路北逃，来到了一腿水深的东津镇。白天，大人们帮工乞讨；晚上，红薯南瓜的，回庵同孩子们分食。她同几个差不多大的孩子趴在稻草地上，听檐水串珠的滴溚声，看庭院雨丝似筛。有时，老尼去后院抱薪，她也会抢进雨中捧一把，这是母亲关照的，凡事要帮助别人，要懂得付出，不能白吃白住。小小举动，深得庵中当家老尼的好感，虽说庵中缺油少粮，日子清苦，老尼还是偷偷地塞了她一个红花草干、豆楂和少许糯米粉蒸的薄饼，可她摇了摇头，不接手。老尼说：好孩子，你又不是白吃的，你再帮着抱两次柴草，这个饼是劳动所得。她湿了半身衣地抱了三四回，感恩地接过糠菜饼，一脸喜色的同小伙伴们分食去了。这一点，让老尼落了泪。

不久后的半夜，听得一声滚地响，隐隐的、沉沉的。早起出门，雨还在下，东津湖的水退了，镇上的人们纷纷传说，有的说东津湖南岸溃堤了，有的说是炸堤保城市的，传得人心慌慌。她的母亲和婶婶们担心着低洼地里的家人，急急地赶回去，临别，庵中老尼对她母亲说：你若放心，女孩留庵中，今后有我的一口，便有她的一口。她的母亲稍微犹豫了一下，将她摁在地上，让她磕头喊师父，并要她记住，是东津镇的善人给了她们一条生路。她张小手哭喊，她的小哥用衣袖抹着她的泪眼说：阿妹，等小哥长大了接你回家。

几十年过去了，她从一个五岁的小女尼，成了庵中的当家尼，那个泪涟涟离开的小哥，至今没有来接她回家。师父坐化前，断断续续地说过，她的家在东津湖南岸的低洼地。那一年，东津湖炸堤，一泻而下的大黄水，活的死的一起卷进了太浦湖，那是一片伤心的浙北低田。

年岁久了，姓氏也很模糊，师父只是说，她是家中的第六个孩子。从记事起，总听师父们"阿六阿六"地称呼她、支应她。长大后，当着施主的面，师父们才改口，称她为方正，这才知道自己有这么一个别致的法号，这个法号一直使用到了强制还俗的那一天。直到做起了生产队的仓库保管员，因俗家叫阿六，排行和年龄，人们才改口称呼她六姑。

同她生活在一起、一同看管仓库的，是她的法号静玉、俗名阿玉的徒弟，还有一条吴黑男抱来的小黄狗。黄狗抱来不及猫大，长得却快，虽说饿得常常呜呜地叫，才一年多，已狗模狗样了，且俨然成了这里的一员，担当起了守护外婆墩这个高处的责任。晚上，一有细微声息，它便会对着黑暗一阵狂叫；白日，渡口石埠头有外来船只泊岸，远远地它也会轻吠几声，以示警告。这当儿，听得夜半响动，芦苇垛的暗里一路碎步，溜到了薄薄月光下仍显灰暗的、青砖铺地的晒谷场，"呜呜呜"地围着主人转，蹭主人干瘦的腿。

六姑轻拍狗头："阿黄乖，阿黄去睏吧。"

叫阿黄的狗，似是听懂了话，黑影里颠颠地走几步回一下头，再颠颠地走几步回一下头，见主人不理会它了，才夹紧了尾巴消失在芦苇垛的暗影里。

夜色微微，六姑没有睡意，取一个蒲垫、一把蒲草，在院中廊下坐了，窸窸窣窣地编织蒲草包。

编芦苇席、织蒲草包、扎蒲草鞋，以及编织生活中均可用织物代替使用的物品，是东津庵女尼必备的手艺。庵中岁月清苦，一众女尼虽说布衣素食，但布衣也是衣，素食也是食，除却荤腥葱蒜，开出门来七件事。庵中除了墙院后面少许的旱地，和墩下几亩水田种植稻麦瓜蔬外，只剩东津湖半堤下的一块四五亩的湿地了。庵堂的日常开销，均靠乡民的香火钱、红事人家的喜钱和地方大户的布施。年景好的时候，庄稼人生养多，庵堂香油满溢；灾年收成少，饿多饱少的荒村少生养，庵堂也是一灯如豆，女尼们常于幽暗里，无声地嚓一碗照得见苦脸的粥。编织苇席、蒲包和草鞋，是尼姑们自求生计的一项技能。

地处多水湖泽，路边堤岸，近岸浅滩，触目所及莫不是旺盛生长的芦苇，不需费钱，只需舍力，割来皆能编长织短，全是手脚间的事情。编出灵巧可爱的织物，染上红绿颜色，还可作为答谢远乡近户布施之家的馈赠品，礼虽轻了些，但寓意吉祥，且蓄一寺女尼的开光心意，小小佛善，暖一方人心。僧俗两家，日常生活不分彼此，你帮我，我靠你，善意盈盈。而老堤下涨水淹、枯水显的水田，种植谷物菜蔬，不是蔫顶就是烂根。青饲无收，野草不长，却适合蒲草生长，不用分棵沤肥，一年可收几次三指宽的蒲叶。初晒后，挂廊下风口回韧，能织千双蒲草鞋，尽可贴补所缺米盐。秋后的蒲草根芯，张剪子一叉一挑，"啪"的一嫩声，弹出指粗一截嫩白根芯，掠水沥干，同酸咸菜旺火爆炒，脆甜鲜嫩，酸爽生香，是女尼们不俗的下粥妙品。

"姑姑，怎么不多睡一会？天色还早，西边的猪猡猡还没有不要命地叫呢。"

以前法号静玉、现在俗名阿玉的徒弟起床了。作为师父，六姑从没有喊过徒弟的法号，一口一声阿玉地喊小名，政府强制她们还俗后，人前人后的仍喊阿玉，这个称呼又顺口，又合心意。

十几年前，方正尼姑于师父手中接过象征东津庵最高权力的佛尘时，庵中老小已没多少个了。那时节，国共两军打得血红了眼，轰隆轰隆的枪炮声比天上落阵雨时的雷声还响。西津寺年轻的光头，不少被抓了壮丁，庵中女尼倒是没抓，可是南边大镇顺御道来的、青年军军官的太太和保长的婆娘说，共产党来了，要共产共妻的。什么叫共产共妻？她告诉东津镇人，是男男女女睏一张床，一女多男或一男多女，反正只要男人性起，这里那里，田垄沟地，随便睏女人，家中野外，掀翻就上，尼姑也要共。有此一说，吓得庵中年轻的尼姑，有家的赶紧还俗嫁人，没家的卷个包裹，一布蒙头，逃往可寄脚托身的他乡。六姑已进入珠黄人老的行列，忘了小时候的来路，浙北的小哥说好长大后接她回家的，儿时一别再无音讯，家乡一直在，大致方向也抬头可望，可不见亲人，永远无法归去。不如呆下来以静观动，万一真发生那等龌龊事，还有个东津湖可跳。拿定主意后，她同几个年龄更大的师叔师姐待了下来。

共产党军队还真如国民党军官太太说的那样来了，没去西津寺抓丁，也没来东津庵共女人，部队经过东津镇，没打一枪，一阵风似的过去了。真是白挨一场惊恐！惊恐后的方正尼姑静下心来，发现了东津庵的危机：庵中除了老的，还是老的，且已经没有几个了。没有接班人，她作为新一代当家人，庵兴庵衰责职重大。不幸当中万幸的是，新政府来的第一年，有香户庵中说话，北山湾村大地主大资本家的吴家，田地没收、店铺没收、房产没收、浮财没收，只分得自家后坡的二间柴棚。当家的吴海源一口气岔了，当场见了红。那个外乡娶来的、编得一手热水瓶好竹壳的二老婆，撇下个两三岁的女孩，挽个蓝布包裹进城了。大老婆身体本就不好，身下还有个五六岁、名叫水贞的女儿，饥一顿饱一顿的，日子过得凄惶，四张嘴两大两小，没了吃食，只怕会慢慢地饿死。情急之下托人庵中说情，两个女儿，不拘大小送走一个，省下一口喂养另一个，指望两女孩都能有个半饱。

吴家即为地方首富，本是东津庵布施大户。他家大娘子，身体多病气血弱，结婚好几年不曾生养，为求子嗣，逢年过节便来庵中祈求供奉，本就熟悉的。方正选了小的那个。为什么选小的，她自己也说不清。她还允了吴家低声下气提出的、偷偷看望小女儿的请求。

"定哉，明天领来！"她这样说。

隔天领来的女孩，俗名玉贞，开步不久的年龄，比方正逃荒东津庵时还年幼，眉目清秀的，牙齿细小玉白，似一穗撒了薄衣的小玉米，神情怯怯的让人心疼。方正见了，时光恍然回转几十年，看到了一个雨中抱薪的楚楚怜影，她的鼻子酸酸的，攥着女孩软嫩的小手说："你今后叫静玉，我们是你的师父。"

就这样，这个弱软的女孩在青灯古佛的庵中住了下来，并在几个老尼相继仙逝的悠悠岁月中，出落得犹如一朵粉色嫩莲。这个女孩，就是立在六姑面前的阿玉。

庵堂里，油盏素斋。在还俗后的这些年，师徒俩依然静心吃素。十八岁的阿玉日常为东津湖水薰养，皮肤出水莲藕似的，鲜亮而有弹性，一头黑亮的秀发从耳际滑落下来，撩都撩不开，月芽形的贴在红润嫩滑的脸上。

"姑姑，我来织吧，你去眯盹会儿。"还俗后，镇上人称方正师太为六姑，阿玉亲昵地喊姑姑。

庵堂改建仓库晒谷场，凡接生祈福、护子祝愿等与佛事相关的事物，业已砸碎毁坏。唯有师徒依依相怜、亲如母女的情感传了下来，这是六姑心里最大的慰藉。她对仍旧睡意惺忪的阿玉说："再去躺会儿，还早，等西边两光头捉的猪叫了，再起床不晚。"

两人正说着，初凉的夜空传来了大猪的嗷嗷声，一猪惊醒了半个东津镇。

"哎……比昨天早了一个时辰……"阿玉的心慌慌的。

六姑淡淡地说："毛老头要多抓几条猪尾巴哉，阿弥陀佛。"她知道，今天县上来大官，一半公事，一半私事。城里来的，乡下陪的，莫不是猪头、猪肉、猪血、猪下水地一顿大嚼，一张张红口白牙的嘴，铜盆大的脸，莫不揩台布般地泛油光。吃好了，打着饱嗝，边走路边用竹签子剔牙齿，临回家时，每一个哈巴了嘴，喜孜孜地拎上一扎草绳紧捆的肋条肉。

"嗳……猪叫了四次……"阿玉的心乱窜，"今早一个杀了四头大猪？"

六姑说："也有可能两个一起杀的。"

"觉根说了，另一个姓毛的杀猪人，公社也有后门走的，心里总是不服气阿三。不过，阿三也不是个好货色。"

"你不服我，我不服你，难道还想打架？"

"觉根说，打是打不起来的，两把冷晃晃的刀捏着，真要打，一个变躺倒的猪，另一个也成滴血的猪，最后都是死猪。"

"死猪活猪，活猪成了死猪，不管谁捅的刀子，尾巴总是毛老头一试一试地上前拉的，都得记他账上去。"六姑说着，一颗一颗的，坛中了丢四颗蚕豆。

四

这天一大早，两个不再光头的光棍忙开了，搬柴，烧水，清洗盆桶，院场外杀猪净毛的大灶边，高挑了一盏桅灯。

阿三较往日早来了一个时辰。他的哐啷响的板车后面，另一片区的杀猪人毛五，也垂挂过膝的皮褂子，肩挎方竹筐，一步一哐当地来了。

大铁锅翻滚着杀猪煺毛的水，翻出一片清白。灶上的大锅和灶旁的大瓷缸，觉根隔天傍晚担满了水。昨日上午，公社朱书记看上了养猪场两头肥大的猪，加上猪肉铺定点宰杀的两头，今早宰杀四头猪。四人憋气闷声地来到一盏幽黄桅灯的猪圈，毛老头口中"嘘嘘"吹着往石槽中倒半勺水，一头大猪抢先"嗞嗞嗞、噗噗噗"地吃出声来，一猪动，群猪醒，寂静的猪舍嗷声四起。昏黄灯火里，四个被发现了的夜贼一样，由鬼鬼祟祟的小偷，顷刻变成了明火执仗的强盗，个个挽袖撸胳膊的。早感不妙的猪，退到了猪圈一角，阿三抢一步抓住猪耳朵，只管往外拉；毛五也不是吃素的，左手一把攥了猪右耳，两人合力一提，提起了一嘴嚎叫的猪脑袋，半拉半提地出了圈，过道里候着的觉根，捉住猪尾，开叉双腿往前送。一猪尖叫，百猪惊恐。

毛老头插不上手，猪嚎声中来回地跑。

"水太满，也太烫，舀一半开水桶中去，锅中兑几勺凉水，水响起泡就好。"阿三揪着猪耳，不忘吩咐。

院墙外，专为杀猪准备的定制木架，实敦敦地摆在火旺水沸的大灶边，阿三数着一二三，三个人一齐掀大猪上木架。横倒的猪，四蹄腾空乱踢。阿三右手仍逮猪耳，左手反抄了猪下巴；毛五的双肘压猪肋，左手抓住上面的猪前蹄，右手抓住猪后蹄，两手往中间拢，硬压在猪的上肋部，任猪下侧的两腿踢空。觉根抢住猪尾往下拽，不小心拽出一坨猪粪。拉猪尾巴的活儿觉根揽了去，今早宰杀的第一头猪，毛老头失业了，东津渡六姑丢进坛中的四颗豆子，多少有点冤枉他的成分。这些，六姑不知道，毛老头更不知道，谁能想到，抓条猪尾巴，还有人背后算计呢。

腾出右手的阿三，从脚边竹筐中取出昏暗中也泛冷光的一把刀，用嘴衔着，瞅一眼厚木架下，把倒了些菜籽油和细粒盐的大号陶钵挪了挪，手执芦苇叶似的尖刃，凉刀背一正一反，往猪脖子上批抹两下，左手使劲地捂住猪下巴，一胯顶住猪脑勺，右手的尖叶子带斜一送、一旋，一股咸腥味、热辣辣、扇状的液体喷涌而出……阿三指捏尖刃，刀柄向下，顺着钵壁搅拌。早在边上曲腿弓腰候着的毛老头，急往旋圈的钵中，匀匀地添了一勺清水。

一支香烟的工夫，一头大猪已被架上大灶的响水锅晃动。

阿三同养猪的两个，又往惊得静悄悄的猪圈去。毛五留大灶煺猪毛，放血后的猪迅速凉掉，皮囊收缩后，煺毛就困难了，需趁猪身温热，沸前的响水烫猪。

毛五的身子紧靠锅台，热腾腾的雾气中，厚嘴巴"呵呵"有声地喷气，糙厚的大手，一会儿抓猪耳，一会儿抓猪爪地晃悠，翻动肥硕的大猪时，不时往灶台一侧盛着凉水的木盆蘸一下手，飞快地掐一下猪身，一掐一个白色印痕。

阿三、毛五两屠夫都为青壮年，身体有使不完的劲道，两人不是一个师父，从小随乡村老屠户走村串户杀猪、吃猪下水长大的，硬是学出了一手红白刀子进出、吹气刮毛、开片剔骨的谙熟的宰杀手艺。两人的相貌看似厚道，实则圆通，且镇上的人情人脉广，一似人家的房屋，前有门，后也有门。他们的户口不在镇上，不是吃商品粮的居民，一层不一般的关系，致使镇上供销社的猪肉铺于八九个乡村屠夫中，借调了他们两个，常年的杀猪卖肉，农民干起了街上人的活儿。尽管仍是挣工资回生产队买工分的，他们可是同公社向各大队借用的农村干部一样，工资固定，买的工分也是同一级别的农村最高分，凭这一点，羡煞了多少累死累活出一天工挣十个工分的年轻人。

相较于毛五，阿三似乎更硬气一点，且不说他的门路宽广，单凭他倒插门进了镇上吃商品粮的金家，做了上门女婿这一点，让老婆还在罗家坞的山坞坞刨黄泥啃食的毛五，输了不是一个级别。不服输的毛五明里暗里地争了多年，仍争不过优势明显的阿三，肉店负责人这把交椅，阿三稳稳地坐着，每日店铺打烊，只能眼睁睁地看他刨刮一手大树砧上的油腻，黄纸包了送人搞关系。

两个屠户、两个帮手，眼前的四头猪，一个多时辰，皆宰割清爽了。

阿三从装猪下水的竹筐中扯了一片网状的猪油，扔进觉根洗尽了的陶钵中，再用毛老头早准备好的、去年的干稻草擦了擦油腻的手，同毛五坐竹凳上，一吸一吁地抽烟。他们两个坐一块抽香烟，阿三总要吃亏些，差不多阿三抛给对方两支烟，毛五才眼睛盯着香烟回敬一支，且香烟质量不一样的，毛五的香烟不凭票买，阿三的香烟是凭票和走后门的。为此，他老婆金铃铃常嫌阿三的好香烟换别人的蹩脚烟抽，还把劣烟的臭味带回了家。他的一天抽一包烟的老丈人金驼子，同他站一个台阶，常劝他：男人别在烟酒吃喝上动小心思，敬人烟酒，眼睛别盯着，要看着对方，乐呵呵的，大气些。

阿三的娘家属篁村的贫困户，各家单干时，田少人穷，人穷早睡。饿多饱少的岁月，穷人们一半识相一半无奈，决不两眼勾勾地伸长脖子空揸黄昏，睡眠抗饥的法子屡试不爽。躺在稻草褥子，衣被同盖的被窝，暖烘烘的还是享受，且暖过身子后，还有更大的开心事可做。年轻壮硕的身体，处处敏感易动，少不了忙个一身热汗，从被窝里翻来翻去地找乐子，也是个穷开心的意思。穷开心的后果，小孩一年一个地落地。家中多了张嘴，反而少个干活的，日子一日不如一日，好在共产党成立了新政府，有田没田一个样，统一按人头分地。后来成立人民公社，凭力气挣工分，女孩一工记八分，小伙子十分一工。初看生光头赚了，人多势众的，打架不吃亏，且工分挣得多，年底分红也多。可每餐的一大锅米饭见底光，一碗红烧肉每人夹一筷，只剩盖底的红赤赤的肉汤，最后肉汤也为只夹到最小一块肉的阿五，淋到堆尖的饭碗时，作为老的，眼睛巴瞪巴瞪地眨着，真正地尝到了快乐人生苦滋味。

穷人家的孩子多了，又舍不得花钱请北山湾的私塾先生，或南头村的算命瞎子起名字，自己琢磨着叫开了，不是猫狗猪牛，便是土木根火之类的，很有一部分干脆数数儿挨个地叫。大的当然不能叫"阿一"，叫"得一"倒是可能的，绝大多数称作"阿大"，老二开始简单了，阿二、阿三排着叫，中间倘有夭折，后来的不可僭越居上，短命也是命，空在那里存念想，逢年过节祭祖，边头加一只酒盅添一双竹筷；若是小康之家，生命源泉旺盛，生养下第九个了，叫"阿九、老九"的也不多，听着也是个不正经人的名字。能生养第九个，境况毕竟不一样，腰弯腿硬、神情木讷的乡下人，自有办法应对，其实也简单，把拖在名字最后的"九"字前挪一下，大喊一声"九生"，名字琅琅上口，极有气度！第九以后还有所出，那是第十了，东津镇人的口中"十""贼"谐音，再这么一溜儿地排下去，岂非贼排了。这个时候，木木人的想象力又来了，男孩叫起了灵（零）男，女孩叫灵妹，凡同"零"字谐音的"林、铃、菱、玲、凌、苓"，只要寓意吉祥，皆可拿来使用；生养下十一个，一样的简单，男孩叫"重男"或"重一、重二"，女孩的名字更喜气，还不拗口，大人小孩均可"福"（复）妹长福妹短地喊。当然，男孩子也有叫福男的，只是东津镇人不太喜欢从小只会贪图享福的男人，故叫这一名字的不多。

阿三家大体也不例外，大的叫阿大，余下的，阿二阿三阿四阿五排着叫，例外的是，他的父母没有六、七、八数着数儿地生养下去。他的母亲随着生养的增多，由王媳妇熬成王家婆，生养加劳作的明显特征：腰背前佝，皮肤松坠，四肢弯曲，身体硬了，性格悍了。生下阿五后的一个雨天，躺床上躲饿的父亲，爬来爬去的再动小心思，被他母亲一脚端下了床，恶狠狠地骂道："你个贼现世的货，肚皮贴了后背，一天挣不下一碗吃食，还想生一个饿死一个呀？"他的父亲裆下青淤，烫面孔踢成冷脑袋，恼恨过后再无念想。

阿三学的天天见红的手艺，是普通乡村孩子不愿学、不愿干的营生，人说折阳寿的手艺，下辈子会投猪胎，此生刺了多少刀，轮作猪命也会挨多少刀。当初父母问他愿不愿意学，他一口答应的原因十分简单，希望从此有饱饭吃，还能沾点油水。后来成立新政府，不允许雇童工，十岁出头的他进了政府办的学校念书，走村窜巷少了个小杀猪，班级最后一排角落的矮桌旁，多了个人高马大的小学生，他的初宰生涯就此告了一个段落。

使他重操这握刀行当、且还能作为供销社猪肉店的借调员工、挣工资回乡买高工分的，不是因为他有这门手艺，而是因为婚姻。他的这门婚姻，深得养猪场毛老头的赞赏，说阿三有眼光，一辈子的吃喝有了保障，就连觉根，平时也总爱听阿三讲些吃肉喝油的事情。

"水开哉……落血……"觉根长声长调地喊。

地方人口中的"落血"，是把冷却凝固的血，用尖刀沿陶壁溜一圈，划出"井"字形，平端了，连陶钵燉进大锅，慢慢地侧转，倒出凝血，边烧边倒，锅中始终保持待开不开的状态，血块由腥红转紫黑浮上水面，血豆腐成熟成型，撇去浮沫，一块块笊出，养在凉水盆中。

阿三试着站起身，毛五抢先到大灶锅边。几陶钵血块"落"进大锅，锅面很快漫起棕沫，毛五眯着眼睛说："芦苇火太硬，换陈稻草，火势萎点。"

灶膛里，换了去年的、酸酸的醪糟味的软稻草，火势温温吞吞的，想要沸腾也难，呛人的灰烟直往灶膛外涌，盖过了水锅的热雾。

落血，杀猪人必须掌握的一门技艺。乡户人家，宰杀后的猪血，不舍得浪费的，放少许菜籽油和一小撮揺盐拌匀，凝成端钵走动时的颤颤状，划豆腐块大小，水锅里煮。响水、温火、慢煮是制作血豆腐的三要素。

阿三知道，东津镇唯一的大众饭店，一碗血豆腐大白菜煮的汤，上撒一撮葱花，或者三指捏的青蒜，盖一块肥瘦相间的酱猪肉，便是一道人人爱吃的酱猪肉大众汤。血豆腐，饭店少不了，东津镇人馋这一口。

小时候，他背着小竹筐上小学堂，走过葱香肉香酱香的饭店，莫不为围坐八仙桌的人，大扒吞饭、大口吃肉、大声喝汤的场景勾得抬不起腿来。多少回，他看到同班级、茶馆金驼子的瘸了一条腿的独生女金铃铃，翘着红绒线扎的羊角辫，扒在高高的油亮的八仙桌上吃酱肉饭，见他门前过，张开细碎白牙的小油嘴冲他笑。那时刻，他的嘴唇干裂，脸一下涮红到耳根，他暗暗发誓，一定要吃一回酱肉大众汤饭。当他把这一想法吞吞吐吐地同母亲说时，换来的是一个大耳刮子和喝斥："作死呀？乡下人同镇上人比，你怎么不游过东津湖，同城里人去比？金驼子家是街上的居民户口，有钞票有粮票的，你个馋痨胚搭错了哪根神经？有得空嚼舌头，不如田埂上割筐青草，喂喂肥猪，年底卖了，多落几个铜钿，也好买议价米吃。隔壁家的阿七，昨天晚上在红花草的田边割草，篮子上面是草，下面全是偷割的红花草，嫩芯猪吃省麸皮，老茎沤猪肥料，这才是正经事。"

畅吃大众汤酱猪肉饭的梦想被击得粉碎，阿三像换了个人似的，每天上学路过咸香葱香的饭店，总会匆匆地过，不敢再看嘬着骄傲尖嘴的金铃铃一眼。大众饭店的酱肉香味，不是给他这样的肚皮吃不饱的穷孩子闻的。

这往日的一幕，至今想来，心里仍是酸楚的。

"透哉……"觉根像是自语，又像对两操刀的说话，他知道，眼前的两个，表面看起来，香烟你一支我一支抽着，心里的刀早扎进对方的身体了。

灶膛里的稻柴火已熄，几缕青烟仍在桅灯的昏光里袅袅上升，缭绕出一团迷离，阿三猛吸一口，丢了烟蒂，往木桶中舀血豆腐，装了两大桶。毛老头五指梳出一大把稻草，盘盆大的草把于桶面。

"还叫觉根送送吧。"他殷勤的口气。

"今天不用了。"

两屠夫细细地装了车，一个前拉，一个后推，才抬腿准备出发，前面的失声叫道："呀，迷路了。"

毛老头也喊："呦……迷雾哉……"

不知什么时候，浓雾已锁住了东津镇。

大铁锅的锅底留着一瓷碗的细碎血豆腐，"阿三人好心也好，就是婆娘对他不好，人穷气短、脊柱不硬啊。"毛老头心里这么说，目送板车消失浓雾里，回过身，对踮脚摘桅灯的觉根说："血豆腐清水养了，明天油渣小青菜煮了吃，省半匙菜油，今天吃素哉。"

毛老头一脸的清奇神情。今天晚上去后山做法事，吃一天素，是他最大的尽心了。

五

天亮了，湖不见了。

六姑和阿玉编了小半夜的蒲草鞋、蒲草包，眼酸腿麻了，走到晒谷场活动腿脚，出得门来，雾白一片，脸上小虫轻爬，水汽凉额湿脸，知道湿重了，两人各取大竹扫，由北往南、中间扫往两边。迷蒙的湖岸，有嘈杂的人声传来，叫阿黄的黄狗，竖一对滴水耳朵，湿眼湿鼻的，对着声响处狂吠，阿玉斥道："阿黄，人家又不犯你，张狂着只管叫，太凶了不好的。"

呱叽声渐渐近了，阿黄竖耳弓腰紧张着。听声音熟耳，阿玉的大竹扫压了阿黄。

迷雾里钻出一个个身体胳膊冒热气的说话人来，湿头湿脚的，像是从大浴灶里走出来的一样。

东津大队一队的吴小佬和十多个男女社员，一清早过来，帮着仓库的两个保管员，清理晒谷场、湖堤和渡口来了。

吴小佬是东津镇北街东梢几十户人家的队长，他父亲就是昨天来晒谷场说话的大队书记吴黑男。子承父样，三十不到的吴小佬也长得黑黑的，身上没一处让人省心的白，脸和粗壮的胳膊一个颜色，一个平板些，一个肌肉鼓点。天生俱来的黑，天生带了个绰号，邻居们管他叫黑小佬，时间长了，他父母也"黑小佬、黑小佬"地叫，他自己非常认可这个绰号。男人嘛，长得太白了，不是娘娘腔定是二流子，反而难娶媳妇。他的黑，也黑出了名，就连前些年从旺米村娶来的媳妇，也黑长黑短地叫骂他。

吴家为镇东第一家，以前是贫寒农家，一亩多点的水田，无灾无害、顺风顺水的年月，吃小半年空大半年。人别说半年不吃，半天下来也饿得肚皮咕咕地响。为糊口，一家人分工明确：女人在家栽秧薅草做农事、饲猪喂鸭忙家务；男人则水上岸上，山凹平地地打短工，辛劳的男人，日日地洒一把酸楚汗水，换中午一顿嚼用，挣几枚铜钱养家。一家子勤勤恳恳，没病没灾的，才换了个不饿肚子。

东津庵同黑小佬家隔了几块湿田的邻居，抬头见对方，彼此的话语声听不见，拎个铜盆敲敲，还是能引起对方警觉的。虽说僧俗两家，庵中一旦遇上危急之事，也是需要镇东梢的男人站出来的，作为回馈，女尼们常会相赠几双编织的蒲草鞋。

黑小佬小时候常来庵中玩耍，高高的外婆墩，香火萦绕的古庵院落，到处留下了他童年快乐的脚窝子。遇到庵中操办法事，他必会在大雄宝殿朱红色的门柱边探头探脑，想进不敢进。黑黑的怯怯的小眼仁，赢得了众尼的怜爱，功课间隙的女尼，谁都愿意塞他几个四乡人布施的馒头糕点，让他坐在大雄宝殿的青石阶上吃。这一点，黑小佬至今记在心头，春阳暖日，吃着吃着，他小手抓甜饼，枕着高高的木门槛香香地睡了。敲空的木鱼、悠扬的摇铃、清幽的引磬和众尼脆生生的颂唱，浮托起一个童年的甜梦，那个梦在清冽冽的东津湖上空抬升，湖雾、淡云和旷远的钟声，软毯一样裹住他的小身子，去很远很远的地方，这是他小时候最幸福的时光。

僧俗两家抬头相见，吴家日常的吃喝用水，也是上庵前水井汲取的。黑小佬的父亲吴黑男，面黑心善，但凡庵中需要一个男人花大力气的地方，比如打堤岸做墙基、抡斧劈柴、搭大石支锅等体力活，只要一声招呼，他绝不怜惜自己的一身气力，诸事做得井井有序，打理得妥妥帖帖。庵中尼姑也不悭吝，馒头米团定胜糕，把蒲包儿塞得实实的，绝不让他空洒半天汗水。有时候，庵中相赠的一坛鲜亮菜籽油，会让这个粗壮的汉子展开汗渍渍的胳膊，摊开粗砺的大手，讷讷地说："这如何是好？使不得使不得，回去要遭家里的责怪了。"女尼们反复地劝说，他才神色愧疚地收下。这情景，也是黑小佬从小亲眼目睹的，仿佛就在昨天。

迷雾夜早起的人们来到仓库，各找清理工具干活儿。黑小佬对六姑说："阿爸昨天晚上咪老酒时叮嘱我的，今天来的是城里的大领导，朱书记说的，卫生工作一定要搞好，要做到走路不飞灰尘。他不放心，叫我们早些过来。"

"黑小佬，大领导来东津镇视察，看得开心了，说不定会提拔你父子俩，你老子去公社当官，你坐大队书记位置，队长让你家的小小黑当，不是一家三包公了吗？"有个社员在浓雾里说话。

小小黑是队里社员给黑小佬五岁的儿子起的绰号。黑小佬笑着说："你个牙齿嚼舌头的贼，哪有这样好当干部的？大队书记官不大，也管好几百人的饭碗，盯着的人还会少？那像你说的口气轻飘飘的？快仔细干活，地上扫扫干净，领导走来腾一鞋面的灰尘，要批评扣工分的。"

"黑队长，今天早工有没有工分记？"

"贼精胚子，件件事情斤斤计较，你们不看看六姑和阿玉，啥事都不吭声的，从不做人面前的活儿，她们老早起床扫地了，还不去替下来，让她们歇歇？"

一群人笑骂着扫地，阿玉插不上手，呼了声黄狗，拎个木桶去渡口。

东津湖迷迷蒙蒙的，湖水像煮热了似的，大团大团的水雾从湖面升腾而起，看着暖暖的，湿面凉凉的；阿玉额上滚落的水珠汇聚到下巴，抹一手甩了，淡淡的湖腥味儿……浮白色中的渡口，有船只的磕碰声和男人们低沉的说话声，这声音仿佛是昨天的，或是从更远日子传来的。往日这个时候，天碧气清，东津湖一眼望尽，男人们照例解缆摇船，去远水讨生活：罱河泥捞水草，或摇船到远方的城市去，挨家挨户扫煤球灰、拣烂菜叶、拾果壳皮。今日雾封一湖迷，生产队的男人像往常一样出工，吃田里饭的人，很少顾及老天脸色的。

长橹初划，水声清哗，一个男人拉开调门喊，声音沙沙的，"出湖湾哉……来方向弄点动静哟……船橹左扳哎……扳足点……"看不见船形人影，白茫茫里无动静，出港去的，习惯性的近似无心的一声喊，似乎仅仅是为了喊而喊得悠长。

雾更浓处，幻影一样地传来了一个女子甜甜的脆脆的声音："对方阿哥哎……想亲亲，关门亲阿嫂……船弱胆子小……左手里……来哉……"话音未落，短橹长音，寅时去湖心收网捕捉的渔家夫妻，一橹一哗啦地进湖湾来了。

阿玉看不见雾中的捉鱼人，但她知道，那个甜声喊着的，必是个头包蓝布巾、双手斜持着长的竹篙、淡眉毛上沾着亮晶晶水珠的渔家少妇，必还微曲双腿、半蹲半站在悠晃的船头。

阿玉还知道，每次两船相会，不用前面撑篙的点拨，船儿必会在摇橹人的一推一扳中，有惊无险地齐弦儿滑过，欸欸橹声中，各留下一串串水漩儿……还有船头撞开的唇沿水波，斜斜地向湖埠头侵来，长石上磕出"涳涳"的回声……

东津渡码头，东津镇人叫湖埠头。由长一丈、宽三尺的粗重长石筑砌，水中三级，离水铺开七八级，弧形状展露堤岸，隔一段间距，深埋一个露出地面半人高的石柱，粗拙的弧形排列，可供往返的大船小舟系缆停泊。

深棕色的长石湿漉漉的，沾黏着陈草烂叶和废旧纸屑，阿玉提着水，一级级地冲洗，几个女社员嘻嘻哈哈地过来了，各拿大号木盆、搪瓷盆，让阿玉远远地躲着，她们人守一段，撸起衣袖，挽高裤管，站水侵的条石，只管往上泼水，一阵阵的哗啦声，清水泼上岸，浊水流回湖，不消半支烟的工夫，老石条泛出了水渍渍的黄铜色的幽光。

晒谷场上，一队的男人们插上了一面面红黄绿彩旗，黑小佬几个各抱了一捆，沿堤一路地插。渡口第一站、第一眼，位置特别重要，黑小佬黑着脸督促着，没半点儿马虎。渡口系缆绳的石桩，绑上了一杆杆大红旗，恰似旧时民间"抬猛将"等民俗活动中队伍前举着的哗啦啦飘的大纛旗。

诸事停当，书记朱得男带领东津公社一班人，有说有笑地沿堤岸一溜儿地来渡口。湖面的雾淡了些，远远的，有"突突突"的机器船的声音传来，声音越来越近，一会儿看得见舷侧插红旗的船棚了，机器熄了火，水声哗然，叩出细浪，湿湿的船头已站了个身穿黄色褙背、手持长竹篙的中年汉子。

船只吃水的声音弱下去了，缓缓地向渡口滑动，船上的汉子，两眼紧盯湖埠头长石，竹篙早已前探，篙尖清亮一声点住大石，曲身下蹲，竹篙压腿，放船徐徐地靠岸。

黑小佬连鞋踩进水里，双肘贴上船帮，稳船拢岸。船上的迅速抛缆绳，岸上的张臂接住，三二下活扣石柱；另一个接住船头伸出的跳板，稳妥地铺排。黑小佬仍在水中的台阶站着，双手扶搭船头的跳板。

"欢迎张副主任和各位领导莅临东津公社指导工作。"朱得男书记伸出蒲扇般的双手，同梳着大背头、主管全县农业的张副主任的手握在了一起。

按事先设定的线路，一众人先登上了插满红绿旗帜的外婆墩，看东津公社竖立的"破四旧"典型，曾经香火萦绕的东津庵，成为了人民公社生产队的仓库和晒谷场。

雾慢慢地退去，丝丝缕缕的在阳光里消散。东津镇显山露水了，东津湖似早浴初妆的渔家女，闪亮出金粼粼的波光。

黄狗不合时宜地从芦苇垛后蹿出，对着一群陌生人狂吠，这可急坏了仓库人阿玉，她拢着黄狗的头说："阿黄阿黄，别逮住叫个不休，好人坏人也要看看清的哇。"说完，拍黄狗屁股院中去，走进篱笆门，扣门回望时，感觉人丛中的一双三角形眼睛，幽幽地盯着她。这双隐隐的、给她芒刺在背感觉的眼睛，似曾见过，一时又记不清，心中一片潮湿。

六

下午，觉根拖一辆板车，来渡口外婆墩，装晚春和初夏收割的芦苇茎叶。

暮春和初夏的芦苇，不似早春没拔节的初苇，也不似夏至后的老苇。早春的苇，叶绿芯嫩，过早采收，产量低，浪费大，暴晒了也不耐存储，易发酵霉变；夏至后的芦苇，生长加速，蘸水下摆日渐黄泛，纤维老壮，不适猪牛饲料。唯有谷雨至仲夏期间，芦苇茎叶肥壮，杆青叶翠，舒展茂盛，晒干了堆叠成垛，风雨不浊，一年半载不腐败，送加工厂粉碎，是牲畜上好的饲料。

养猪场属东津大队的集体经济，饲料由每个生产小队供给，拉什么品种，多少重量，日常一一记录清楚，并由养猪场和生产小队仓库人员共同签名、盖章确认。年底，大队统一同生产小队结算。

一队地理上有优势，东津湖长长的湖堤，岸上堤下，浅水滩涂莫不丛生芦苇、蒲草、野生茭白等水生植物。春冬农闲时节，社员们除了东津湖罱泥、城里掏大粪、捡垃圾以增田地肥力，黑小佬看重的还是堤岸上下青葱油翠的天然作物。用他当书记的父亲的话说，这是老天给了湖边人一口额外的饭食。

东津湖的野生作物生长杂乱，春种夏管秋收，人为干涉一下，产量定会大增。黑小佬的办法简单干脆，芦苇早春发芽，间苗补稀；初夏新采也是撷密割枝，除了枝杆挺拔粗壮的，均割了作青、干饲料，秋天芦苇强壮，砍伐成长竿，利用闲劳力编苇席扎笭筐，高蓬蓬地装满一船，借一条水路，摇进城市的肠道，傍在脏肺等紧要之地，白天扮可怜样儿吆喝叫卖，晚上油毡盖矮舱，盏灯昏光里，眉开眼笑地数钱。眼见一日多一日的钱，长冬后的春节便可分红，能不乐坏了天亮上岸、天黑下船的胆大的乡下人？

堤岸湖泽集体采收后，余下矮短纤细的可由农户随意采割，或饲猪喂羊，或编长织短。黑小佬的办法于公于私尽是好处，于公，不费分文，白得了那么多；于私，小户人家，花一些微力，换回禽畜饲料和日用粗器，也是件不无小补的事。收成过后的湖堤，愿意再付出点辛苦，还能砍拣一个冬季的烧煮用柴。没文化的黑小佬，喜欢看冬日薄暮里长堤担柴人梦幻般漂移的影子。

丰裕的饲料，为一队人带来了经济的得益。这份收获，离不开觉根的板车，一趟趟地横穿东津镇。

觉根的空板车"嘭嘭"地响，声熟车熟人也熟，才过渡口，黄狗便夹紧尾巴迎了上去，跑前颠后地撒欢。阿玉也出篱门院墙，远远地喊："觉根，你先把晒谷场西边的那一垛装了，给一队腾场地。"

晒谷场是东津大队两个生产队合用的。仓库建在外婆墩的北半边，靠北一排坐北朝南，东西两排挨着墩地外侧，面向建筑，汇出中间一个不小的院子。院落的篱笆墙，同东西仓库的伞墙齐平，内院外场便形成了。院子、仓库不作界线标记，一队和二队的社员按院门挂锁为准点，眯眼看直线，东归二队，西属一队。唯朝南一溜仓库，一队东挪一间作为补偿。原因是一队最西的两间房屋，六姑、阿玉住着。实际上，二队并不吃亏。

六姑、阿玉的职责也作了划分。当初，还是生产队长的吴黑男请了大队的老书记前来，同二队队长一起确认分工。老书记也开通，说是分队不分家，一个在一队见日挣工分，一个在二队记工分挣口粮。六姑说自己去二队，让阿玉留一队。毕竟阿玉还小，记一二工分，挂名头吃粮罢了，一队的人熟悉些，需要他们的照顾和包容。分开劳作也是名义上的事，最初几年，两个生产队跑前跑后的事情，都是六姑一人做的。一队、二队的社员不计较这些。六姑心里明白，也感恩，这么小的阿玉也能挣工分，说白了是生产队送饭给她们吃。所以她平日早晚收工的时候，也总是这边摸摸、那边摸摸的，尽量想多做些补点回去，让自己的心里平衡些。这一点内心的想法，三天两头前来拉干芦苇和陈稻草的觉根是不甚明白的。

"觉根，你不问问阿黄为什么总爱围着你转圈？"阿玉"嗒嗒"响地推出磅秤，坐在车把上压车，摊开簿册，开始一笔一画地写字。

"隔三岔五地拉长拉短，熟悉了哇，阿黄你说是不是？"觉根边装车边说话，还示好地从头至颈项捋黄狗的毛发。

"你只说对了一半。"

"那还有什么？"

"阿黄喜欢你身上的味道。"阿玉笑着说，"你看它东嗅嗅西舔舔的，馋的。"

"味道？"觉根还没反应过来，阿玉道："油腥味重呗。"说完咯咯地笑。觉根的脸一下涮红到耳根。

"阿玉，你又拿觉根打趣了？"六姑出院门来，笑着对觉根说，"别听阿玉瞎说，阿黄是拿你当自家人，要是不熟悉的，别说走近来，人就是在渡口那儿，牙龇龇的，狗嘴唇翻转来唬人。这狗天天吃不饱，窝了一肚子无名火，不咬个昏天黑地，那就不叫个狗。"

六姑说着，把一个冒着热气的喷香的红薯递给觉根："当心烫。篁村人家小孩满月，来墩上烧香，我说政府不允许办这些事了。前几天，公社的头头脑脑同县上的领导，还来东津公社开会吃肉，说要'忆苦思甜'，破除封建迷信活动，那两老的，横说竖说的不愿离去，最后土墩下烧了香，许个愿，安心地走了，要出啥事，也是他们自己担着。临走，说啥也要留点山芋，说是没啥送，自留地里挖的，还没长够，舍不得多挖。罪过了，我对他们说不拿的，要是自己愿意来，土墩在这里；要是不愿意来，土墩也在这里，别上晒谷场烧香就好。两个生产队的稻草、麦秸、芦苇垛，柴天柴地的，容不得半粒火星点。他们抛下山芋走了，追也追不上，好在没几个，不吃浪费也罪过。"

刚还俗那会儿，四乡八邻的人们来墩上觅东津庵的旧迹叩拜，六姑私下还会揽点小活儿。这几年，政府大力宣传破除封建迷信，六姑怕为难大队同生产小队的领导，旧时事宜一概不接。只要不在晒谷场烧香点烛，柴垛无安全隐患，不反对不赞成，事情同她和阿玉无关。对于这些事，六姑在觉根面前也是不回避的。佛怀一颗心，僧尼出一门，即便可放开手脚大做的以前，一个祈生，一个慰灵。寺庵一镇相隔，东西两地，各吃红尘中饭，不往来，关系也不坏。还俗后，历经这么些年的风雨，初时的失落和茫然业已消失，心中只想管好仓库，不出差错，不枉费了一队、二队这些好心人的善意。倒是对觉根和他师父仍偷摸做着的旧事，隐隐地有些担心。但又不能明着说，是以常拿自己的境况明白示人，或许也是一种劝说。

觉根隔天隔天地来，有时甚至天天来拉稻草，六姑总会找机会同他说上几句，影响不了老的，影响一下小的也是好的。除了这些，六姑还对觉根说，凡有缝补的事，拉饲料时带来，让阿玉缝补清洗。

六姑的话让觉根心里暖暖的，记好账目，他把阿玉撕给他的一联纸塞进了衣袋，肩膀上斜搭着拉绳，双手紧握滑溜溜的木把，弓步倾身往前拉。阿玉护送着他，下了外婆墩就往回走了。

阿玉不过渡口，护送的工作黄狗代替了。黄狗碎步颠颠地，沿堤岸送到了镇的东梢头，直到觉根身后的板车颠簸在石板街上了，才溜几步一回头地回墩上，经过渡口时还会别转头，看一眼上下淴浴的人。

满满的一车干芦苇，看似庞大，却也不重，只奈才过农历七月半的天气，日头热辣辣的。觉根一路隆隆响地拉来，脸上、胳膊皆为汗渍浸侵。本想任意在哪个备弄口稳住板车，下水巷抹一把脸的。经过几个弄口，不是嬉笑便是捣衣声，另有一个石埠头为孩童所占，手拍脚溅的水声，顺着空荡荡的暗弄灌上街来。

不一会儿到了中市街，觉根茶馆门前抵住板车，坐车把上歇，一左一右地甩汗。

东津镇的东、中、西街各七八十米长的一段，东街和西街沿水巷两岸的房屋，皆是面对面人家，门对窗、窗照门的。抬头一线天，低头看石板；狭窄的街道，两辆手拉板车相会，一轮需借人家檐下的阶沿石滚过，方能"咔哒"一声地过去；唯石桥高耸的中市街，令人有豁然开朗之感。中市街是单面街，石板路北侧的高低房屋，一字儿朝南开着各式店铺，因地势开阔空旷，又是市里烟火旺处，四乡八邻和外乡来的买卖人，也在这里占据一个筐大的位置，买卖吆喝，讨价还价……

地势开阔便能聚集更多的人，东津镇自古相传的"六朗"市日，乡下人直呼"六上"的，那人头攒动的情景，也莫不由农历逢六日的清早，随东津湖上空渐白的晨曦，在这里梦幻般地泼墨开来……另外一个层面，因镇上再无宽广所在，新政府成立后，百人、千人的会议和节目演出，月明星稀夜的露天电影，也都在这里举行，地富反坏"四类分子"的批斗会，也由此搭台。

觉根才坐车把，茶馆老虎灶烧火掌水勺的金驼子满脸笑容地招呼："觉根哪，进来吃口水。"东津镇人口中的吃、喝两字没区别，比如喝水、喝茶、喝汤都呼作吃水、吃茶和吃汤，即便一酌一醉极具人生意味的喝酒，也干脆直白地叫吃酒。

茶馆有个不成文的规矩，往返过街人，不管生熟与否，向来不免费供应茶水的。茶馆就是个卖水的地方，要喝水，一暖瓶水一分钱，一壶茶两分钱，谁也别想白喝水。这是地方人约定俗成且恪守着的规矩。

觉根说："不敢动身。要是车溜翻了，街上弄出一地苇叶，嵌石缝里，风吹不走，雨天烂了滑脚，扫地麻烦。"

金驼子的大勺，半热半凉的水兑了，举到觉根眼前："不怕温吞水肚中闹革命，压压火。"

里面的一个茶客说："小和尚早炼成金刚不坏肚了，别说温吞水，凉水兑你老婆店中的半勺烫猪油，他吃了也不会两头开门。"

觉根没答话，也不客气，喉结转动几下，一勺水下了肚。

"觉根，你一年到头去外婆墩拉东西，空车东去重车西来，大力小力地出，没个尽头，那个老尼姑不是同吴黑男好说话吗？养猪场同仓库调个个，这样就可以重车下坡，空车上坡了。"一个年龄不老的茶客说。

金驼子说："你出这个馊主意，小心东梢头的黑脸大老粗打。"东津镇吃商品粮的街上人，称同样住街上的农民为大老粗的，这倒不是蓄意贬低，常年干又脏又累田里活的农民，模样儿确实粗笨。

觉根说："好是好，我一人省力气了，一队二队的人要化大力气哉。"

另一个露出半颗牙齿的茶客说："黑男书记面黑心细，一队二队的田贴着土墩墩，晒谷场弄湖边，收稻挑稻，收成方便，每年两次夏麦秋谷交公粮，男人的大栲栳满满的，一肩小跑到船上。平时割芦苇、罱湖泥，城里拣垃圾、掏大粪，船进船出的，取用工具也方便，换到西津里了，不止多花三倍气力的，你这个主意，是隔夜三天的米泔水，馊得小和尚养的猪都不吃。"

"说起渡口仓库，那个老尼姑老早就同吴家关系好的，现在关系更好，他们有没有些别的关系的？"一个茶客问。

金驼子手中的铝勺，老虎灶的锅台上敲敲："别瞎三话四的，街东街西的闲话，不能像南头村的瞎算命一样，迷早糊黄昏地乱猜瞎讲。"

那个半颗牙的茶客说："金驼子这话说得对，到底是市面上人，说话有分寸。"说着，声音响亮地呷了一口茶，话锋一转，"不过也有不对的地方。"

金驼子道："有什么不是的，你个豁瓶口的老角色只管说。"

那人作出严肃的神情："今天清早我就没有听到老黄牛拖水车的响声。"

"你说金驼子、大毛狗一清早没去西津桥下的潭潭打水？"一众茶客狐疑的眼光盯在他脸上。

"还不是金驼子、大毛狗两人偷懒，没去桥下深潭提水，今早吃的茶，中市桥下，木桶系绳，一桶一桶吊上来的。"他口中的大毛狗是茶馆金驼子的搭档，四十来岁年龄，整日的肩搭一条旧毛巾，楼上楼下地给茶客添水满壶。

"不是一样的水嘛。"那个年轻些的茶客说。

"你懂点啥？胡子没长硬，硬充毛刷子，怎么会一样呢？一清早的，两边的人家，开窗抛东西，烂菜叶汰碗水，哪一样不是'啪嗒啪嗒'泼进水巷的？学堂的学生子，沿街的小屁孩，早起一泡黄尿，哪个不撒水巷里？有的大人抱着小孩，嘘嘘地，直接从二楼的窗户往下撒呢。更有路怕走得多，命要活得长的懒汉，早起推窗，尿壶'咕咚咕咚'地倒，风吹一巷的骚味。你们想想看，我们手捧着的，嘴吮着的茶壶，灌的什么水？"

众人想想也对，只有上游西津桥下深潭的水，才是干净的水。

金驼子骂道："你个贼杀的老聋鳖，我同大毛狗潭中打水，你还在躺尸呢，你自己老不正经的，昨晚爬老肚皮伤了元气，早上睡成死猪，等你听见？西津里三头猪的毛都煺尽了。"

觉根知道，被骂的那个住镇子西街的，好像是公社杨文书的邻居，他拉柴草到西梢头的饲料加厂，经常看到他站在岸边，一手叉腰，一手撩裤裆的撒尿，胯下一巷老骚味，半巷断断续续的滴嗒声。

那茶客又转了话头说："东津镇就尼姑庵的老尼姑贼精。"

众人又问为什么。

他得意地说："那些个尼姑不吃软水，吃硬水。"

一样的水，还有软硬之分。湖水、巷水、溪水等一干地表水称为软水，掘地二三丈的深井，沁出的清洌洌的水，视为硬水。

"那贼精尼姑，守着一湖一巷的水，就是不吃一滴地面水，硬是花三个大洋，在庵堂院墙外的左手里，掘一口二丈半深的水井，挖土时，吴黑男几个住东头的，还去帮了工，拎黄黏土、运毛石块，吊上落下地，好不舍力气。就连常年漂水上的渔船人，也借出几块长跳板，串泥窟窿立脚。"

"她们为什么不吃湖水呢？湖水也清啊。是不是欺硬怕软？"有人不解地问。

"怕什么软硬呀？你个贼胚子整天水巷里撒尿，吃巷水，不就是吃你的雄尿呀？你想让她们破戒，还是想让她们怀你的种啊？"说完，一群人前倾后仰地笑，有几人咳个不停。笑声里，不远处的石拱桥上，有个顽童正站在桥面上往河里撒尿，尿流的哗哗声，盖住了盈盈的淌水声。

觉根没有笑。

七

　　日头把栗树的影子移到了东面的坡地上，吴海源拉着一车堆得高高的干草捆，女儿水贞在车后推着，从北山湾村前的沙石路拐上了蔓枝青青的御道。

　　御道丈余宽，两个成人不到的高度，青石墙，黄石地，拦一泓清潭于西岭月芽形的怀抱，涵养着一方津津水泽。

　　御道两侧立墙，皆为扁担长、竹筐宽的青石，石条骑纹筑砌。缝隙处，藤蔓滋生，强劲地向上攀援，夸张地斜空招展，力衰的向下黏贴垂挂。吴海源知道，御道的路基是来自西津里的黄黏土，并搅拌了生石灰和涧沙夯实的。为防石墙膨裂，一层层的，由方若米斗的长石搭拉，一头直抵路中央，同三合土凝结一体；另一头搭脑压墙体，伸出大半个牛头的一段，上面雕刻着龙头，龙头铜铃眼珠深陷，舌嘴半启，状似吐纳。据精通风水的南头村的瞎子讲，青石凿出龙头吐水模样，一为镇堤护御道，二防西津里水灾。

　　御道的石墙倒是护住了，镇水灾纯属地方人的一厢情愿。

　　吴海源想起了民国那一年的灾情，天落雨二月有余，苏吴大水，东津湖水位攀升，巷水也高，西津里更是黄水汹涌，高水位下的西津桥，桥洞里水流湍急。西津里老堤沉水，低田汪洋，高田漫水，眼看农作物都黄枯死去，上游几村的男人们肩扛铁器农具，上御道扒堤泻水；下游的村庄负责护堤，铁器农具的执手上堤。眼看群殴难免，急坏了东津镇的保长。年轻的保长系持财力和"上面有人"才得以上位，一来没经验，二来扒御道之事，东津镇从未发生过。以前也不可能发生这样的事，皇家道路，谁敢动一锹土、一块石？谁敢冒砍头灭族的险？晚清时曾有一次发大水，上游村没一个人敢带铁耙上御道的，宁可淹了灾了，出门逃荒要饭，也比有饭没头吃强。民国那一次，同样的水，换了朝代，没了皇帝，以前不敢做的事敢做了，慌了手脚的保长找来了东津镇的首富，终于商量出一个两全之策：上游的损失，由下游人家根据田亩数量，拿出一部分贴补，政府申请一部分灾款，富户再捐赠一部分。双方同意，三方签字画押，消弥了一场红了眼的打斗。

没多久，大水退了。那时，苏浙还是一衙门的地方政府，东津湖南岸的低洼处，炸开百丈大堤解了围，淹了浙北，保了苏吴。

灾后修复渗水御道，吴海源作为东津镇的头面人物，出钱不算，还亲临现场监督修筑。为永绝后患，他叫人扒开了渗漏御道，从道路底部砌墙夯筑。这一次的扒御道，探明了路基的内层。他是有文化的，大城市里读过几年新式学堂，知道这么筑路的好处，也知道了历任地方官员对御道的重视。想来也是，皇帝六下江南，五次皆从东津镇北去二十多里、古运河的钞关弃舟登岸，一路顺御道南来。皇家车马浩荡，吃喝拉撒睡，一应随从众多，地方官员也需鞍马相随。打前站探路的，远远跟着善后的，莫不从此过往，道路质量稍有差池，墙体崩塌路基陷落，官还当不当？日子还过不过？有时候，敬畏比自律更能做好事情，起码皇历的岁月是这样的。

车轱辘"咕噜咕噜"地往前走，一个前拉一个后推，使了极大的劲，车辆才缓慢地滚动向前。

御道上的坪石两拳厚，因年岁久远，加上失去了地方官员的维护，石块间的缝隙渐渐扩大，较多地方缺损严重。不见的块石，大多为附近乡农撬回家去，大缸压咸菜，浅陶镇腌肉去了，或是大树下摞三搁四的作石凳。

"阿爸，歇会儿吧。"做女儿的后面喊，她推车渐觉吃重，知道父亲的瘦弱身体已无持久之力。

"阿贞啊，阿爸实在不顶用了。"坐车把的吴海源，汗津津的脑门粘着几缕草屑和几丝枯发，他将了将比草还黄的几绺，心虚地笑着，"倒回去十年，这么一垛，我一肩挑，路上都不用歇息。"说完，不服气地拍拍干瘪的胸脯。

"阿爸，你以为总是那个年纪呀？"

是啊，时光已逝，年轻不再。想当年，他不算高大的身体，真的有使不尽的气力，用不钝的脑子，挣不完的银子。也是这个季节的酷热天气，在南头、篁村、罗家坞和他自己的北山湾村，山下坡上，半山空旷半山伐竹，他同家中的长工，在东津渡口给毛竹按一二三等分类记数，碧天湖风里，接过竹篁主们讨好递来的一支支香烟，喷吐的烟雾中，看码放齐整的竹排列队似的，排满了弯曲的湖滩。青芦苇外青竹排，东津湖的堤岸，立桩处有竹排，一个竹桩一个竹排，竹桩沿堤密密地排去，点一个竹桩走几步，足足要走几里地。庞大的竹排，在湖中浸沉几个月后，但等北风呼啸，排上竖起一根壮竹，斜戗一杆弱竹，拽曳一张芦苇席，鼓风的苇席作简易的帆，一人一帆一排地斜过东津湖，往古城方向开拔。

售卖竹篁是北山湾吴家的家传生意。吴海源的父亲半辈子从事竹子的买卖，生意传到他手里，抢占了不少浙江漂流人的销售市场。浙西山区多篁竹，出产的一部分竹子，销售到了苏吴一地的水网区域。浙西距此水路迢迢，运输成本极大。大量竹排一下拥进狭长弯曲的河网，河道经常堵得死死的，短时极难疏通，而撑排人员长日在外，吃喝拉撒睡都是成本。但他充分利用东津镇离城只有三十多里水路的优势，选北风劲吹的日子，同家中长短工，每天几十排，早去晚归。去时一人一排兜着风，回时一人两腿走路，顺风出门，快步回家。竹篙、竹桅同样是竹，同样换银子，至于那挂风帆的芦席，属本乡本土野生之物，清高身体稻草命，原不值几钱，到得地头，豪爽一挥手，送与下家铺地晒瓜果，夏天为青葱遮阳，冬日覆菜畦抗霜雪，用久用陈了，往农灶里添一把柴火，他则来去无拖累，落一身轻松赚钱，还送与下家一份莫大的人情。这是他的老父亲无论如何想不出的金点子，也是浙西人精打细算争不过他的原因。

浙西人被赶出了这个专为古城编织热水瓶壳等竹器的水网地带后，往返两地的他，不久识得一个面嫩肤白的姑娘。这个娴熟手法编织各式竹器的十八岁的妙龄姑娘，致使他在城中开出了一爿竹器商行，并让美人管理商行当了家，他则终年颠脚、三地两窟来回地跑。老妻嫩妾不见面，累了他一个，落个大小相安。

竹器的钱挣多了，一件突发的事情，又让他的目光锁住了东津镇。

东津镇的中市街，对着中市桥有一排商铺，一户黄姓人家开的冥器纸扎店，不小心一盏洋油灯烧光了自家的家产，也把相邻几户生意不温不火的老店铺烧了个精光。三姓六户人家，西边烧至幽长的备弄，东首燃剩高挺的风火墙。黄家只存六个人和一块灰烬地，无从赔偿，也无力赔偿，其他几户也是片瓦不存，深受其害。金家的小茶馆虽说是多水衙门，只奈火势太旺，地下水救不了房上火，一同烧尽垮塌。

这时，吴海源来了。

他给出条件：六家让出中市街地皮，他则买下水巷西南、镇子前面许姓人家的一片桑地，为六家各造单间三进，带一个猪舍后院的房屋。他的这个决定，东津镇无人不说他做了次亏本大买卖，包括他的大小老婆。

唯有他认为是值当的。

小茶馆金家先松了口。金家原是"茶点头"小山村的弄茶人，祖上几代，贺九岭下大茶壶斟茶，挣得一份薄产。传闻，"茶点头"的村名，也是因为他们为远客三点头斟茶而得名的。十来年前，金家卖掉了岭下主宅和几亩山地，在东津镇中市街买下一绝户一间三进一后院的房产，改换门庭后，仍做茶博士开茶馆。谁想没多少年，邻家的一把火把他家烧得只剩半埋地下的碎水缸，残疾大儿子的媳妇，一气之下丢下小儿麻痹症的女儿，回了五行里村的娘家。老俩口惊出一场重病，眼看日子无以为继，托贺九岭下本家媳妇，清扫出仅存的两间柴屋，好回"茶点头"村办丧事。不想还有绝处逢生的好事，金家自然无不应允的，只是老两口担心大儿子的残疾之躯无法独立谋生糊口，又自知不久于人世，便同吴大财主提了个要求，希望看顾些，给他家的驼背大儿子一个饭碗，让他挣些钱米，养活自己和残疾女儿，没想到吴大财主一口应承了。

金家允诺出让中市街地皮前，去南头村的老瞎子那里卜问了一下前程，老瞎子问了几句，口中念念有词地占了一卜，过了许久，才故作神秘地同他们说：中市街属火烧之地，五行相生相克，金克木，火克金，几十年必有相生相克之事轮回，金姓离开中央之地便会相安无事。金家人听了老瞎子的话，且还于其他方面了解到，黄家、许家早在他家之前，来老瞎子处卜问了，说是黄姓属黄枯易燃之物，许姓同水火无缘，均不可居正中旺火之位，唯湖水克火。当地人口中的"湖、河、吴"谐音。

一把旺火后的赤贫人家，心中的想法没烧掉，三家暗中较着劲。金家为免被动，第一个签字画了押。

一家点头，其他几家均松动。

于是，一年后，中市街独一无二、三层高的茶酒楼开张了，这时的东津镇人开始明白吴海源花重金的意义，但明白又有什么用呢，事情业已尘埃落定，且穷弱的东津镇，谁又有这么大的财力，搬得出一麻袋一麻袋的银洋呢？

盖起了大楼，他在镇子西梢头的御道边，又花大价钱买下了另几户人家的一片蔬菜地，用城中学来的经验，办起了东津镇第一家碾米磨粉、粉碎饲料的加工厂，由此奠定了他的东津镇首富的地位，迎来了人生辉煌的时刻。

事业到达高峰，又抱回妙玉美人儿，大小老婆几年中为他生养下了女儿。正想再展雄才大略，1950年，共产党来东津镇的第二年，一把算盘两把枪的三个外来人，让他从高空彩云跌进了冰凉的东津湖。这一年寒峭的早春，才吃过元宵汤圆，镇上的工作队和快速培养出的穷苦人干部，带领肩背红缨枪的民兵，来到了他家的茶酒楼，在老虎灶缭缭的白雾中，伴着"噗噗噗"的沸水声，向他宣读了东津镇土改工作组对他的定性和镇压决定：

关于北山湾人吴海源成分的划定和镇压的判定书

一，成分大地主，大资本家，革命打击的对象。但考虑到没有残害过百姓，身上无血案，不枪毙，不坐牢，只批斗。

二，没收一切家庭财产、浮财。东津镇茶酒楼、饲料加工厂、北山湾村的三间五进四院落的大宅和宅中所有财物一同没收。限一天时间收拾若干生活物资、一定的粮油食物，迅速搬离，数量由工作队成员检查核定。东津镇上的财产归公，北山湾的房产分给大小癞痢李家等贫困户。

三，共产党推行一夫一妻制，有钱也不可同时睏几个女人，老婆是大是小选一个。

四，后山坡原吴家的两间柴房，作为吴家的新居所。分一亩半水田，半亩山坡旱地，原祖坟及属地仍归其所有。

五，回原村劳动改造，每逢"六上"市日，中市桥塝站街示众，向人民群众赔罪，向毛主席请罪。

六，接受贫下中农的教育，早请示，夜汇报，不请假不准离开北山湾村。

七，今天立即批斗，马上执行。

话是听到了，意思好像没明白，容不得他细品，便梦若游魂般地让人扭送到了桥塝，头颅被几双民兵的手生硬地摁了下去。这才知道已不是小时候玩的躲猫猫和过家家的游戏，是真灾祸了。世界真离奇，一句话，一份共产党新政府的判决书，便让他这个东津镇的首富，眨眼成了最穷的人。想起辛酸的往事，怎不叫他老泪涟涟？他实在想不通，自己发家后，东津庵，西津寺，每年布施不少；在民间，更是做了较多善事，自己又不是坏人，没有打过共产党人，没有欺侮过穷人，仅仅因为富裕，就一棍子打入十八层地狱，天底下还有公道可言吗？

"阿爸，你怎么了？"阿贞见父亲的眼睛亮闪闪的，轻声问。

他用毛巾一角擦了擦："没啥……粘草屑了……"

吴海源不想让女儿知道以往的一切，更不想让女儿知道，他是极不情愿进入以前自家财产的饲料厂的。就像这么多年，他从未踏进过茶馆喝茶聊天一样，因为，走上那一级台阶，就像踩自己的心坎一样。

茶馆里的茶可以不喝，饲料厂的门不能不进，碾米碎粉加工猪饲料，这个家，自己是唯一攥车把的人。

父女俩拐下御道，同饲料厂名叫姥姥、夯夯的两个卸车。不多一会，听得中市街有人敲锣过西街来，声音妖妖的，且还沙着嗓子喊，说是开什么破除封建迷信、忆苦思甜的会议。

一提到开会，吴家父女敏感的心就会纠结……

事情似乎同他们无关，父女俩的心里仍滋生出了些许不安，这不安就像东津湖日渐苍凉的水面，茫然地面对即将到来的朔风一样，粼粼闪着的莫不是怅怅意味的波光……

八

　　东津公社的第一次忆苦思甜会议，由商业市政街道开头。考虑到带头的榜样作用，各大队的正副书记、民兵营长和妇女主任四人参加学习。公社一套班子人员，一部分吃商品粮的，家属都为镇上的居民户口，也理所当然地下沉到这一基层，参加了会议。

　　会议在茶馆举行，晚上六点正式开始。

　　茶馆，东津镇的地标，劈对中市街高穹的石拱桥，屋宇高挑。

　　东津镇人家，尽是些低矮的小阁楼，单间门面，狭溜溜的一条，尽显局促寒酸。茶酒楼的主人吴海源见过大世面的，当年，他穿着绸褂子，经常去湖东的古城，高楼大宅见得多，仿照闹市的花样酒楼，掏六千大洋盖了这幢六间三层五进的大宅，一、二楼院落经商，三、四幢居家会客，第五进堆放粮米油盐、生活物资和酒坊的酿制器具。三层高楼皆有木梯盘旋而上，中间第三进，三楼顶层筑观光平台，借狭梯攀援上去，平台上面硬山式双飞檐水榭，三面通透，挡雨避尘。半人高的女儿墙，呈内曲字。凭栏远眺，东津湖尽落眼底，天气朗清的日子，湖面一镜，舟楫与翔鸟点指可数。东南方向尽头，堤岸线虚，难辨浙北田地的点点人影。正南面，一半湖光半爿山色，灰青色的御道硬硬地挺至南山岨，绕山不见了。山环的西津里，澄明碧透，芦荻、蒲草及水生植物，必为啄食的黑白水鸟扰枝，天若细雨，津泽空濛一片，西岭隐现如游龙……

　　茶馆里，金驼子昨天接到了通知，今天结束早市生意，到隔壁饭店，早早地同掌大勺的老婆一起吃了中饭。一人一大碗紧实堆尖的米饭，一砂锅血豆腐菜叶子大众汤，吃了个面红唇油额头沁汗。他用常年缠粗脖的白毛巾抹了嘴，回茶馆拼木栅板，关门打烊，门上挂一块白粉笔写的"今日下午盘点打烊"的黑木牌。这个借口，让镇上的老茶客们撇嘴：茶馆的水，一分的本钱不出，哪来的成本？你金驼子斜身体顶个歪脖子，瞎找借口。

门留一线，大毛狗楼上楼下"唰唰"响地扫地，老虎灶上，金驼子腾出两口大锅，刮洗水垢。他婆娘金山妹，同饭店几个白袖套白围巾的男女也过来，油盐酱醋坛罐，大盘装了托来，搅拌翻铲的大勺大铲，也装模作样地一肩扛来。相隔几间门面的蔬菜部人员，把应季的绿叶菜蔬和一个早市、上午剔削出的、平时让人拿回家喂猪的菜邦根须，还有蕃薯的藤叶茎蔓，几大筐一脑儿地装来。众人并不分拣，街门口过水二遍，去了泥污物，剁碎了只管大锅里倾倒。两口大铁锅的水，早烧得"咕噜咕噜"地翻滚，金驼子大铲在手，烟里雾里的，上下左右翻拌，为不让焦锅，脚停手不停，油亮的额头汗津津的。

加工厂的姥姥和夯夯，各捎着麸皮麦粉袋来了，还拎来了一小袋碾米机肚腔掏出的半谷米，听金驼子指派，站到了锅台上去，麻袋仍捎肩头，袋口朝向铁锅，里中粉物慢慢地抖落锅中去，差不多了，一捏袋口，稳两步，麸皮麦粉调个儿的洒，半谷米也懒得淘洗，布袋上掐出数量，分别敲进两口铁锅。金山妹饭店掌大勺，这里执铲子，油盐酱醋挨个儿地锅中倒，手中大铲抢飞，肥胖的身体，矮胖的腿，老虎灶间横着换步，两口大锅轮着抄底，铲柄不够长，烟熏火燎熏烫得这胖婆娘眼泪鼻涕的一把也空不出手来擦，倒是金驼子捉个空，踮起脚尖给她抹。

棕色的"忆苦思甜"粥业已煮熟，腾腾的热雾中，满锅滚烫的粉糊菜鲜，油水汪汪的，竟也有些咸甜香味。众人七手八脚地往大盆中装，掏尽锅底，也不洗涮，倒进大桶水，又菜叶根须、麸皮麦粉地煮。

金驼子的亲弟弟、供销社金新宝主任察看现场来了。他带来了几个手臂套红袖章，每日早市在镇上巡查的民兵。人员进门排讲台，列座位。六间门面，除了半埋地下的大水缸，坐地的老虎灶无从腾挪，余下空隙的二十多张八仙茶桌，搬移到了门前空旷处，一个脚落地、一个脚朝天地叠堆了。屋内留长条凳，一条线一条线地列成排；凳子缺的多，茶馆楼上、隔壁大众饭店、蔬菜部和东几家糕团点心店的都调来使用。好在各门店皆在凳子背面写有红黄颜色的店名，会后辨认醒目，不至你我不明，一笔糊涂帐。

茶馆黄泛的粉墙，后院的写字人，早用浆糊涮贴了砧板大小的八个红纸黑字，尖角对尖角写的，墙上也尖角朝上地贴，汁水未干的"忆苦思甜破除迷信"八字，墨香幽幽。

诸事妥当，金驼子夫妻各端一大盆"忆苦思甜"粥，一个矮胖，一个歪斜，檐下留一线处，门神样面对面坐了。大盆当前，执勺敬奉。

太阳光慢慢地从石板街上消失了，拎杯端碗的人群，竹筷敲碗沿，"嗒嗒"响地敲出一地碎声音，有的端来了家中的铜盆木盆搪瓷盆。手中杯碗的惊讶道：你们准备自己吃一个礼拜？还是让大猪吃一天？干脆拎个喂猪食的桶来好了。端大盆的口中嘘声连连：可不能这样说，"忆苦思甜"粥，哪能喂猪呢？别说这样做，这样想了，也是对伟大领袖毛主席的不忠诚！毛主席他老人家，也常吃这些猪狗不吃的东西的。一会大盆端回家，床头柜摆着，半夜迷糊起床撒尿，梦中不忘尝尝苦滋味，不忘阶级苦，牢记血泪仇，向毛主席表了忠心，再搓眼睛钻被窝，抱老婆睏觉。杯碗的说：金驼子才两个大锅，要反复煮几回的粥呀？这么的大家什装，乖乖的，老虎灶的镬子汤罐连着煮，也不够你们端的。

人们说说笑笑地进门来，空家什大盆上面一展，金驼子夫妇只看器具不看人，不管大小，一勺一声响地侍候，遇到半勺能溢的牙口小杯，口中嘀咕：猫吃了也要半夜饿醒的。只有眼前的是大面盆，才会抬眼看人，一勺下去，见盆没移开的意思，又一满勺，敲一声盆沿，示意走人。盆大者，毕竟多吃多占了。

不消几支烟的工夫，几大盆糊糊的"忆苦思甜"粥舀了个精光，茶馆的长条凳上，男一条女一条的，肩挨肩地坐满了人，连上下楼的踏步，老虎灶的灶膛口，锅台边和三口大水缸的空隙，也搁长搁短地坐了人，人们的说笑声、咳嗽声、碗杯叩碰声、铜盆木盆搪瓷盆的咣当声，嗡嗡地响成一团。人挤一团、汗腥味儿搅一屋闷热。

红布台前，金主任主持会议，他见朱得男书记点头了，宣布开会，语气沉重说："今天的忆苦思甜、破除封建迷信会议，我们的心情是沉重的，态度是严肃的，大家要认真对待，菜粥大家都尝了，先不要猪模狗样、假装发出'嘁嘁嘁'的声音吃，大家不要笑，会议结束拿家去，老人小孩一起吃，家中吃也是忆苦思甜,可不许喂猪喂狗呀。现在开会了,不许交头接耳讲闲话,憋不住咳嗽放屁的,捂住嘴巴夹紧两腿,走到街上咳街上放。"

他的话引来了一屋子人大笑,朱书记敲敲桌子:"这有什么好笑的,谁不咳嗽放屁?先给大伙儿打个招呼,天热人多空气闷,别横一个竖一个的,声音比台上人的发言还响,熏了自己害了大家,轻手轻脚地走外面去。你畅快了,大伙也不受你的累,也不熏坏一锅忆苦思甜的好粥。"

"先忆苦思甜,谁先说说?"金主任的目光于人头上扫来扫去。下面坐着的,尽是苦水罐中泡大的,忆苦,谁讲也是一套一套的。可过了许久还不见有人想说的样子,朱书记插话了,他建议大家先唱由毛主席语录谱写的歌曲《革命不是请客吃饭》,并且开头领唱了:"革命不是请客吃饭,不是做文章,不是绘画绣花,不能那样雅致,那样从容不迫,文质彬彬,那样温良恭俭让。革命是暴动,是一个阶级推翻一个阶级的暴烈的行动。"会唱的,不会唱的,嗡嗡了好一会。歌声含糊,大家的精神集中了。

"黄阿爹,你说说呢。这茶馆的老宅基,原来你家也有份的哇。"金主任眼睛看着年近七十的邻居老头。当年的一把火,烧掉了专营冥器冥币、纸扎生意黄家的几代人的心血,一夜赤贫、同他金家一样,落了个无家可归。

黄姓的老头摸着下巴说:"我家有份,错在我家,洋鬼子的洋油灯,害了你金家,也害了许家,我家烧得遮屁股的布不剩一块。"

烧掉六家的那把火,是由黄家的一盏洋油灯引起的,这是事后黄家媳妇一边骂男人,一边自己哭出来的。那天晚上,男人反复地翻上爬下折腾,妇人事后用水,点的洋油灯忘了吹熄,死猪一样酣睡的男人,睡梦中脚蹬被子,被角撩翻油灯,火苗一下燎上蚊帐。惊醒的夫妻俩昏蒙了头,双掌拍蚊子一样的拍蚊帐火苗,三掌拍下来,旺火已窜出屋顶天窗。慌乱中,净桶残水盆地乱泼,根本不顶事,烟火逼人中,顺抓几件衣服逃出房间,抓住的仍只是平时的穿戴。待备弄提水上街,楼上楼下早爆噼啪声。那个北风呼呼响的夜晚,大火映红了整个东津镇,后山上专戳天窟窿的人也看到了,这次的动静比他们闹得还大。那个蹬翻油灯的黄阿爹儿子,一累一惊一身汗,受冻半夜,落下伤寒病症,药石无效,没多久便一命归西,家人用薄皮棺装殓了,扛过西津桥,绕道山地,草草地埋了。镇上人说,阴钱赚多害的。

这一点,黄阿爹自己也是这样想的。他呷摸着嘴巴说:"我打头说说吧,我家祖辈住街上的，赚了几代人的阴钱，最后阴钱阳钱一同烧了个精光。"说到这里，他使劲地跺了跺脚下铺着青砖的地面说："就是这一块地啊，我那不争气的儿子，把几代人辛辛苦苦卖的锡箔、冥币和纸扎钱，一下还了过去。"

"锡箔、冥币和黄纸扎，属于封建迷信，现在不允许买卖了，谁违反规定，一经发现，要批斗的。"金主任插了一句。

"黄家的火也把我家烧成了灰烬，椽子桁条一夜冒烟到天亮，全砖整瓦找不出一块，住的、吃的、用的烧成了炭。""六家"三姓之一的许家人也说话了。

"同志们，大家想想苦不苦？旧社会的苦，才是真正的苦，大家要好好地珍惜新社会的甜。"金主任看了朱书记一眼，适当地提醒了一下。

"黄家做暗事，赚足了阴钱，被窝里寻快活，怎么能不出事？叫他赔，死的死，活的也半死不活，他家还有什么？睏他的老婆也不解气呀，肚皮吃不饱，那还有这门子的筋力？"

金主任提醒："回忆归回忆，不能说粗话。"

"是啊，六户人家烧得没一根好木头，当烧柴也嫌黑了手。"众人议论。烧了房屋的黄、金、许姓几户的人都在，男的叹气，女的呜呜呜地抹眼睛。

"打倒万恶的旧社会！"

"千万不要忘记阶级斗争！"

"牢记血泪仇！"

"共产党万岁！"

公社文书杨金浜胳膊上抬，歪拳斜眼地喊了起来，台下的拳头也七零八落地举。

"后来，多亏了北山湾的吴大善人，出钱买地盖新家，也就有了现在的'六家'，他还给铜钿银子买米买衣，不然，只存跳东津湖一条路了。"

"是啊，说起吴大善人，他做的好事可多了，不知道怎么会得罪了共产党，东津镇的第一富变成了第一穷。"

"啪啪啪，"朱得男敲响了桌子，"闲话跑题了，方向偏哉方向偏哉。"

杨金浜立忙喝住，愤然说："金、黄、许三姓六家的百年宅基，被貌似厚道的大善人——吴大地主、吴资本家夺走了，这件事我听父亲说起过的，当初为买下三姓人家的宅地，赶他们动身，吴海源买通了南头村的算命老瞎子，胡诌什么五行相生相克，和吴姓克火的怪话，把几家骗出了中市街。"

"那个张嘴骗舌的老瞎子要是还活着，定要让他吃点苦头。""六家"许姓的一个民兵说。

"老瞎子翘辫子了，他的徒弟不还在？"

"就是那个御道上走来走去，毛竹棒敲石头，嘴里不干不净唱山歌的瞎子吗？现在不是破除封建迷信，不让算命、卜卦、哼曲了吗？"

"暗地里偷偷地骗嘴吃。"

"老瞎子有没有骗，各家各户瞎子吃馄饨——心里有数。"

有一个不服气地说："吴海源少出铜钿了？一个'六家'村，换块空地皮，还要买地造房化大铜钿，这样的骗子，我怎么碰不到？"

"那你家也烧上一回试试？"

"放隔夜屁有啥用？吴家财产全没收了，两条老腿夹个瘪囊囊、皱巴巴的卵蛋，还隔天隔天地斗，比我穷多了，养个标致面孔女儿，谁也不敢娶，油不敢揩，豆腐不敢吃，怕人嚼一嘴麦粒黏知了，糊上了，翅膀振得嗡嗡响，也挣不脱竹竿头。"

"是啊，都没收掉了。听说没收的不是一点点，珠宝银洋黄白货，一畚箕一畚箕地车上装，来来回回拉了好几趟，重货压板车，颠不出屁响的声来。"

"不说别的，光是黄金首饰，一担挑不动的。"

"吴家也霉的，才花大力气盖好，别说赚回茶酒楼的本，凳桌钱也没捞回来，银洋丢进东津湖了。"

"捞回本了，不还是一车车地拉走？最后住的不还是两间柴棚棚？搞的突然袭击，又来不及挖坑私埋的。"

人们的话头说开了。朱得男望望金新宝，金新宝脸色涨得通红，又是杨金浜抢过了话筒："你们看到的是表面，吴地主的钱哪里来的？还不是剥削来的？建的茶酒楼，供人吃喝赌铜钿，他抽头剥皮，一个抽整个东津镇人的血，抽穷苦人的血，剥劳苦大众的皮，比收捐收税厉害十倍，赚的是昧良心钱，他赚了钱买田地，地主越做越大。旧社会穷苦百姓不就是因为没田没地，才受尽地主资本家的剥削的吗？"

"打倒地主资本家！"

"坚决捍为新中国！"

人们又跟着喊叫起来。

"下面谁讲讲？"口号声平息后，金主任又看着一屋子人说，"大家多说说以前无米无油饿肚皮的日子，同今天饭饱油足的好日子作对比。"

"金主任，我来说说吧，"一个六十多岁的老阿婆说，"我家以前吃的苦，叫真正苦。"话才开个头，老阿婆还未说出感动一屋子人的话，自己先抹起了眼睛："一个月，一个人头十斤谷，连谷磨成粉，每天一小把，麸皮、草糠、青菜叶、白菜邦、包菜根的煮一大锅子，撒点盐吃，油花肉腥不见一丁点，连今天的'忆苦思甜'粥的一半好吃都没有。"

"哎……这就对了，讲到点子上了嘛。"朱得男肯定地敲敲桌子，"大家的耳朵扯扯直，好好地听听以前缺吃少穿饿死人的情况。"

"听说山里有个老头月底饿死了，家中小辈为了下月初发的十斤谷，盖在被中七天不发丧，鼻子让老鼠啃了一半。"老阿婆继续自顾自地说，"那时饿得肚子整天的泛酸水，吐得一天世界，我家阿二头偷挖了几只山芋，捉住后，扣了两斤谷。"

"还要扣谷呀？"坐地灶踏步的阿三忍不住问，"老阿婆，你说的是什么时候的事呀？"

那老阿婆侧过发髻枯枯的脑袋："你个小赤佬，杀猪吃肉放猪屁，你没挨过饿呀？'低标准'灾荒年，才过去几个年头就忘了，真正忘祖宗的，杀猪杀出个猪脑子来了。"

"你说的不会是1960年的灾害年吧？"

"你说说，不是这年，还有哪一年饿死人了？"

话语说完，茶馆先是哔哔地静，继而哄然大笑。

"乱套哉……乱套哉……"朱得男狠狠瞪了金新宝一眼，这就是他隐隐担心着的，东津镇解放十多年了，老百姓的觉悟仍存在较大的问题，一不小心就会像后山人一样，捅出天大的漏洞，这是他最不愿意看到的事情，自己快到退休的年龄了，可不能出乱子呀。

金新宝急得站起身体吼："有什么好笑的？叫你们回忆解放前的苦，谁要你们说解放后的事了？尽瞎说些什么？老阿婆脑子糊涂昏了头，你们也热昏头了？要不要叫民兵把你们的头摁到水巷里去浸浸醒？"

张嘴大笑着的阿三，被金铃铃一脚踹进了老虎灶的地坑，她是用那条比正常人还粗点儿的好腿踹的，还砸了两拐杖："你个贼杀的下贱胚，街上人轮不到讲话的，要你个乡下佬多嘴，吃了一碗黄尿，昏天黑地地乱说，你是仗自己嘴快，还是告诉人家吃酒了？在一街人面前现世。"

紫涨脸的阿三，跌坐灶膛口，他被踢懵了，许久许久没有爬上来。

茶馆闷关了一团"嗡嗡嗡"的燥热，人人强憋着一脸热汗的笑，偶有没憋住的，漏声漏气"嗤"的一声，分不清上下之声。

"同志们静一静。"李表廉站起身招手，"刚才金铃铃不许阿三讲话不对的，人人都有发表意见的权利嘛，关键问题站什么立场，是站在革命的立场，还是站在阶级敌人的立场讲话。老阿婆没有弄清楚今天的忆苦思甜，忆的是什么时候的苦，思的是什么时候的甜，才搞出了误会。"

李表廉极力控制着会议的现场，他有今天，完全是朱得男书记一手抓耙起来的。

李家以前是无地无房户，北山湾村最穷的人家，朱得男让他家住进了吴地主的大瓦房，还推荐他进城上了工农兵大学，毕业后留城里工作，并结婚生子，要不是残疾妻子离世，他不会再回闭塞的东津镇的，现在回乡来，当然得处处维护老书记的权威了。

"这就是嘛。"朱得男极力地控制着情绪，"1960 年国家困难时期，我从贺九岭爬西山顶看了，黄昏地里，直的、歪的、散的、拢的、浓的、淡的，东津镇哪一户人家的烟囱不冒烟的？哪一户人家饿死人了？"他的湖羊鼻子沁出了细密的汗珠，瞪大的眼睛已看不出阵榉叶的褶皱，光闪闪地在人群里扫来扫去。

李表廉接着说："我是北山湾村的，这个茶馆以前的主人也是北山湾村的，我来忆忆苦，思思甜。"

人们静下来了，李表廉把自己的家世，从吃喝住几个方面同吴地主家作比较。他说，自己的爷爷、父亲因为来这个茶馆的二楼赌博，才输尽家产的，要是只有茶馆，没有抽头剥皮的赌馆，他家也不会败得上无片瓦、下无寸地，这一点，茶馆的金驼子清楚的。又说，吴家住到镇上的大宅了，北山湾的大瓦房宁可空着，也不给像他们那样的穷人住，他家住在雨天一百个钵头、晴天一百个日头的柴草棚，一年到头给地主看守柴棚，得不到一粒米、一个铜钿，白白地做长工。最后他总结说："总之，旧社会的穷人，永远过不上好日子的，做的牛马活，吃的猪狗食，吃的年夜饭，不如今天的'忆苦思甜'粥，只能看富人吃碗中堆尖的白米饭、浓酱油亮的红烧肉。现在解放了，阶级敌人不甘心他们的失败，利用黑暗的旧势力，拉拢觉悟不高的群众，破坏集体经济，积累反革命资本。有的'四类分子'就连去加工厂碾米轧谷、粉糠碎草，还要摆地主资本家的臭架子，剥削集体的劳动力。同志们，我们一定不要忘记阶级斗争。要紧跟朱书记周围，把革命进行到底。"

李表廉的话，引来了一片掌声，"叭叭叭"的掌声中，坐在一角的姥姥听了李表廉的发言，心直往下沉，就像去年的陈苇叶，沉到东津湖逐渐冰凉的水底一样，心里尽是怅滋味。他知道，下午老东家来加工猪饲料的事，业已被人举报了。他看看嘴角流着哈喇子、打着呼噜的夯夯，头沉沉地低了下去。

会议开到这里，又纳入正轨，朱得男同左右几个嘀咕了几句，摆正话筒，清了清嗓子说："李副主任是穷人家的孩子，苦大仇深，他的话深刻揭露了旧社会的残酷，新社会的幸福，大家回去要认真消化总结，各大队要以今天的会议为起点，搞好忆苦思甜、破除封建迷信工作。"说到这里，他的眼睛又瞪大了点，炯炯的，提高了嗓门："马上到月底了，别什么王什么鬼的一齐来，我对你们讲，共产党人什么鬼都不怕。以前，地主资本家叫我们穷鬼，说我们穷得牙刷牙粉都买不起，牙齿也黄的，格老子的。"说到这里，他用老家话骂了一句，撸起袖子继续说，"共产党是什么党？它是穷人的党，穷人穷得只剩一条命了，还怕什么鬼？有人打人，来鬼打鬼，共产党人到了阴间也是专打富裕鬼的。格老子的，同天斗同地斗，别想同共产党斗，天下都是共产党人打下来的，一切牛鬼蛇神都要消灭，共产党人爱讲认真，对阶级敌人、对地富反坏不讲道理的，要斗倒他们，从财富，精神，甚至肉体上消灭他们。所以，同志们要认清形势，坚定地跟共产党走，不要像那些富贵人，烧香拜佛的装神弄鬼，死个人，也要西津桥堍化锡箔烧枴杖，一根枴杖哪里不能烧？为什么不自己家里烧水烧饭？也是一灶好柴嘛，偏偏要西津桥堍烧？白白浪费，这不是迷信，就是心里有鬼。还有那个'狗屎香'的鬼，也没什么了不起嘛，还不是没夺天下做了鬼？我劝大家不要街上路上的乱插'狗屎香'，到处地扇阴风点鬼火，搞得乌烟瘴气。不是吓唬你们，谁被民兵抓住了，给我站桥堍去。"说完，叼上一支烟，也不理会金新宝划亮的火柴，自己狠狠地擦火柴，亮亮的眼光在人群头上扫来扫去。

"朱书记的话明白生动，各家各户要同家中老小讲清楚，搞迷信活动没有出路的，会议结束，公社班子、各大队和商业市政街道的有关领导留一下，下面，让我们在《革命不是请客吃饭》的歌声中结束会议。"

唱起歌曲的是留下来的那群人，居民们纷纷拥上街去，涌出半街汗腥味。带铜木搪瓷盆的，捱到老虎灶前，要金驼子加粥糊糊，金驼子正为女儿女婿的事未醒过神来，一脸疑惑的神情："嫌多了? 可不退货的。"那几个说道："退什么货? 我们家人多，肚子大胃口大，这一点点只够嵌牙缝的，舀舀满。"

"可不能喂猪呀? "明白过来的金驼子说。

"哪会，人吃不饱，哪舍得喂猪啰。"几个说着，各端满满的一盆走了。

九

　　阿三挑了两个竹箩筐，一头两岁多的女儿，一头装了个二十斤重的猪头，双手捏了前后筐绳，于村前的田间小路，来到了村子西边的御道下。

　　阿三入赘的金家，原在镇的中市街。前面开茶馆，后面居家。头半间老虎灶烧水，后半间和楼上摆茶桌，供茶客们四季喝茶聊天、赌小铜钱。隔壁挣阴钱的黄家，乐极生悲的一场火，把他家烧了个赤溜光，老虎灶只剩半个灶台半缸水。一门两残疾的金家，要不是北山湾吴大财主的出手，也只好回贺九岭下的茶点头村，住进两间霉湿的柴屋凄凄度日了。

　　新宅在东津镇老街的南面，离御道不远，这里原是块高出水田几尺的墩地，用来植桑养蚕的，六户人家三个姓，房屋初盖时叫三家村，后来觉得三家村名字孤苦，改三为六，直呼"六家"，有抱团取暖、快乐祥和之意。

　　"六家"的六户人家，原是镇上的小业主，吃喝镇上，东津湖无一尺堤岸，乡间无一分田地。新政府成立后，仍归镇上管，属于吃商品粮的居民户口。这一点，也是阿三父母能让自己乖巧的三儿子，到一门双残疾的金家倒插门的主要因素。

　　阿三之前认识金家独女金铃铃，总觉得她腿细嘴尖，小油嘴爱嘲弄别人。两人同北山湾的小癞痢也即现在的李表廉，还有吴地主女儿名叫吴水贞的，一起念过一两年书。

　　阿三认得吴水贞还在读学堂前。那一年的爽秋，清早洗涮滤毛、翻猪肠打下手的他，听师父说，晚上要北山湾的松蕈煨猪肥肚吃，他午饭啃了两个芋头，去北山湾半山的松林觅松蕈，不料被小癞痢撞见了。小癞痢一头邋遢，正领了一帮七八岁孩童扮新郎，他们把他捉住并捆了个扎实，骂他是个贼。那时候，土改后的村与村、社与社、组与组的山地水田界线清楚，大人们各做各的农活，彼此相安，小孩子之间经常干仗的。

小痫痫是北山湾的孩子王。他把阿三的手脚用山上的长茅草束扎了，扔在了松树底下，一帮人又躲猫猫又过家家的，扮新郎新娘玩去了，有个女孩看样子不愿扮新娘，留下监管"俘虏"。

顽童们玩兴正浓，坡上山下、石影树丛不时发出甜脆的笑声。那个神色有点落寞的女孩，盘坐在落满金色松针的地上，手托下巴思索，一会起身，解了阿三手脚的茅草，折了一爿碧翠的松枝，塞进阿三手中，清亮亮的眼睛看了他一眼，顺盘绕的山道回家了，碎花点点的旧衬衣，于树影篁竹丛中闪忽。

阿三怔怔地站着，扯几根黏糊糊的松针根吮吸，甜津津的，听听不远处野童的呼叫声，看看下山去的飘飘的花衬衫，身子猛一震，追赶蝴蝶一样地撒腿逃跑了。

清亮亮的眼睛和松针清甜的芬香，犹似昨日，嘴角余香，这是阿三见过的最水亮的眼睛，吃过的最香甜的松糖……

御道下的小径，长满了半膝高的杂草，细草顶亮珠，也照一天地。靠御道的墙体，早被人累叠了砗石，码出半人高。阿三把两个竹筐托举上了路面，竹扁担一头点在青青的田埂，踏上砗石垛，一脚踩在突出的青龙头上，右手抓几缕藤蔓，三二下爬上了御道。

阿三的娘家姓王，家在篁村东侧，村口几棵老柿树，村外数级高低田，一条老堤隔了干湿又隔高低，桃柳堤下，青纱帐外，便是水雾烟人的西津里。

"又抄近路来的？"睁着半黏糊眼睛的母亲问。

"娘，你又没看到。"

"你的扁担头不会说话？"母亲撇着嘴，老眼不亮，黄浊浊的满是小智慧。

阿三看看扁担头的泥屑笑了。

"三男呀，你拿这猪头来，足有廿斤重了，她们不让拿，就别硬拿，家里不要闹意见。"说也奇怪，五个儿子，同样阿大阿二的排着叫，到了第三个这里，改口叫三男了，以前没倒插门前，好像不这么叫的。为此，阿四阿五的意见最大，要说娘的心头肉，总是越小越喜欢的，哪有中间挑一个出来，这么亲昵地叫的？

"有意见，你们也到别人家吃鱼吃肉去，商品粮的户口不指望，大队干部人家的饭碗端一端，也是口省力饭，省得又造房子又打家具的。"老母亲的口气十分爽脆。

去年春节前后，阿五的婚事托五行里村金山妹的嫂嫂说合开了，因为沾亲带点故，那个嫂子也是腿勤嘴勤的，瞄上了同一村陈棺材的小女儿，虽说篁村这边弟兄多，条件差些，但陈棺材在五行里村，也不是个吃得开的角色，陈家思来想去，乡里乡亲的，抹不开大厨家的面子，选了一个天干无雨的晚上来篁村看。说是看，五行里同篁村只相隔三四里地，知根知底的，谁家不知道谁家？来的目的是谈条件的，看看入不入得了巷，对不对得上路。

星稀月昏地走了小半时辰的夜路，人看了话说了，对阿五的人满意，身体厚胳膊粗的，山上山下干活不会吃亏。只是条件比他们想的还差些，除了结婚另过日子的几个，王家父母同阿五住的，只是两间低暗歪斜的瓦房，别无余屋。以后若结婚了，添人带口的，没个房间住。乡下人家，一个巢穴可是根本。

王家人听出了陈家人的担心，说是阿五定亲了，父母让出瓦房，老的准备请后山的倪打墙，夯打泥墙盖茅屋，这不，夯泥墙的土，去冬挖好了。不料，听说王家请倪打墙来家夯墙，陈棺材的小女儿不愿意了，说是女儿家打墙，头发丝、汗水瓣儿打进泥墙，满墙松发油雪花粉的气味，一百年散不尽，闻了，那还吃得下粥饭？尽反胃嗝酸了。

北淑乡后堡村的倪打墙，后山的打墙人，生养了四个女儿，个个练出了夯打泥墙的绝技，王家冒风险请外乡人来，主要看在女儿家不喝酒不抽烟的份上，好省些吃用开销。原想总被石打墙压一头的陈家人听了，一定会高兴的，因为，五行里村的五行六业中，名声排后的打墙人，也看不起棺材匠的，平日总踩他们一脚。不想女孩子有意见了，不知为了什么，要说头发和汗水，男人打墙不也是一样的？王家人没想明白。拗不过，只好改口请五行里村的石打墙父子。

两家人还看了泽堤旁盖了芦席的黄泥堆。陈棺材看了，神色还是嫌王家光头太多，他的老婆急了，众人面骂："你只会做点四长二短的货，到你这里大小没好货，难怪糊弄两手烂泥的石打墙也看低你，这个不肯那个不愿的。女儿嫁得远你倒放心了？冷了热了不知道，哭了笑了听不见，不说时常让男人闷几拳，就是里里外外打得啪啪响，也听不到屁大的声音，人穷身体好怕啥的，爬山下田哪里不吃饭？再说了，不是还有两间房吗？你不会心疼心疼小女儿，等她过来了，贴补贴补盖个一两间？老墙上加砌几块石，垫垫高，翻翻新，不一样的住人？你聚的老本想带进棺材去呀？"一通话又是数落又是骂的，把个陈棺材闷不出二句话："你们娘俩愿意，今后不怪我，就这么定吧。"

阿三知道这事，是今年的"五一"节，岳母娘家回来说的，说是秋天干燥了，准备打泥墙架粗毛竹盖柴屋。他平日除了杀猪卖肉，余下让金铃铃管得死死的，娘家也很少回。昨天晚上当众挨了老婆的一脚两杖，虽不是十分的疼，但面子上的疼、心里的疼，远远超过了皮肉的疼。好在回家后，岳父母并没有站在自己女儿的一边。

"铃铃，今晚有点过哉。"金驼子倒也背斜心正。

"阿爸，你怎么帮他说话？"

"你爸不是帮他，帮理不帮人。"

"他当着这么多人让叔叔难堪。"

"问题就在这里，"金驼子分析说，"你以为其他人没听出来呀？大家不吭声，假痴假呆的，巴不得老阿婆多说些，洋相出大点，让你叔叔下不了台。阿三点穿，这个话题断了，无意中倒是帮了你叔叔的忙，再说下去，那个老阿婆不知还会嚼出多少颠三倒四的话来。好在没啥大事，问题暴露及时。朱书记只是批评你叔叔硬件准备好了，软的一手没跟上，要他和各大队领导吸取教训，提前安排好发言内容，这次只当预演。"

"照阿爸说，反而有功了？"

金驼子笑笑说："立功说不上，阿三今后多留心眼，话出口前多思量，别让人抓了把柄。你们北面来的同学准备大干一场呢，哎，听听他今天绷着青面皮的发言，就知道什么是狠角色了。"

"北面来的是厉害，以前皇帝不也是北面来的？"金山妹笑着说。

"可是阿爸、娘，王阿三只要听人提起北山湾，贼眼珠亮得像屁孩子地上滚的水晶弹。"金铃铃生气时，直接喊阿三户口簿上名字的。

"你也不能冤枉老和尚吃肉嘛。"阿三急急地争辩。

"哪点冤枉你了，老和尚不照样吃肉吃荤？前两天听人说，老和尚托了媒人，要让小和尚给人家做上门女婿呢，接下来，尼姑也会开荤嫁人，尼姑的阿姐也要找上门女婿，你阿三见了肥嘟嘟的油肉落旁人嘴里，是不是在想，自己只有咽唾沫的分了？"

阿三一时答不上话。倒是金山妹见女婿憋红了脸，额头的鼓包紫紫的，劝女儿道："别听人说风是风，说雨是雨的。阿三来了我们家，没有大的过失，一家人要和睦。"

"你娘说得对，有事好好说话。比如你娘，四肢矮胖头脑简单，样子凶巴巴的，可她从来不打骂自家人的，要不然，我这不够她一担挑的份量，还不被她拎了扔水巷去？"

"我怎么矮胖怎么凶了？漂亮面孔水蛇腰、糯米性子面团脾气的，你娶回家呀？你们金家要不是我的不开眼的父母，凭你个走路撞南墙的货，成得了家？"

"你别急嘛，话还没讲完。我就欢喜急性子的，来回一团火一阵风，我们金家要不是你的急性子，哪来收拾得这么清清爽爽？"

"你个死货还会拍马屁？"

"你是凶在外面，好在里面。"金驼子眉开眼笑地说。

金山妹也笑了："还不是我不是北面来的，铃铃不也说，北面来的没一个好货的吗？"说完，一家子都笑。各个回房睡觉前，金山妹要阿三回娘家看看，说是阿五的婚事定了，正动手盖房，明天请五行里村的石家打墙，咸鱼咸肉不一定拿得出，叫他明早买个猪头送去，并摸出手帕，点了十元钱。阿三看着桌上的钱，眼睛一热。看来，岳父母眼中还是有他的娘家人的。

"三男，你来帮娘劈猪头。"母亲在灶间喊，阿三忙抱着女儿过去。

"是不是又挨了几下？"见边上没其他人，母亲盯着他的额头，心疼地问。

"娘，不要紧的，明天消肿了。"

"三男啊，吃人的嘴软，拿人的手短，大事小事都让让，她好坏是个街上人，吃商品粮。再想想她也可怜，缺嘴短腿的找不到城里人，让你个乡下人占了坑。听娘的话，别当回事，她再打再踢，也没法把你踢成瘸子。"

阿三听娘的话的，当初阿二结婚，王家要趁结婚喜宴的剩余汤菜，作他的定亲嚼用。事先放出口风，说是土家愿意出门一个手艺人。事有凑巧，东津镇上选来选去选不到如意小伙的金家，把眼光转向了乡下，并捕捉到了篁村王家发出的信息。金山妹打听下来，阿三长得身体壮实，且一技在手，手艺不吃香，今后安排工作方便。最为关键的是，女儿生下的小孩，户口随母亲的，也是说，阿三的乡下农民户口，并不影响金家后代人吃商品粮的，于是，她让五行里村的嫂子来说了。

街上金枝愿要田舍郎，虽说瘸了腿的，这对王家人来说，仍是喜欢得掉下巴的事，篁村人都说王家戳上米囤了。可阿三整天的阴个脸，一副病恹恹的样子，村中老人瘪嘴叨、手指戳的，骂这小子发嗲气。

镇上等着信呢，他的老父亲急得叹气，还是做娘的有办法，转了两个弯，便由村中一起读书的小伙嘴里知道了大概，直接问："老三，你喜欢吃糠咽菜、挨饿批斗吃苦头呢，还是喜欢穿暖住好吃省力饭、吃酱猪肉？"

阿三愣了一下："娘，多问的，谁不喜欢咬一口满嘴油的酱猪肉？"

"那你说说，为什么街上金家要你上门，你整天一副哭脸？是发嗲还是骨头作贱？"

"娘，你不知道的。"

"我什么都知道的。金家丫头不也是你一个学堂坐矮凳念书的吗？她坐前面，你坐靠后，她的腿短点细点怕什么？其他一样也不缺，两爿屁股弹鼓鼓的，照样生养。况且，她是街上人，不用担长扛短，一家人烧煤球，吃国家定粮的，小孩的户口也不用跟你报到队里来，妥妥的吃商品粮的。再说了，那姑娘要不是一条腿浪荡，你个乡巴佬给她抬轿子，人家还嫌你汗馊味重呢。"

阿三实在没有话反驳。

"事情是这样的，要么北山湾喝西北风，生下孩子成地主的狗崽子，要么镇上吃酱猪肉，生个孩子当工人。"

"娘……"

"我看你西北风也不定吃得上，北山湾人家要你了吗？给我家送盘礼来了吗？你可不要坐翘翘板，脚踏踏的两头不着地。"

母亲的话说到了重点。以往的一切，净是阿三独处时自己想的，他同北山湾的姑娘到现在都没有讲过一句话，好事方面，他家没去提，那家没请婆媒来说。

他想起了那对清亮亮的眼睛，想起了冲他笑的油腻腻的小嘴，沉沉地低下了头，在亮眼和油嘴之间，他选择了实惠的。按照父母的愿意，他去了尖刻的小油嘴家。

阿三记得，结婚的第二天，他花二毛二分钱吃了次血豆腐大白菜酱猪肉的大众汤饭，一了童年的心愿，吃着吃着，他哭了……

"三男，男人架子的，眼泪值钱。"

"娘，我去打墙。"

十

东津镇山水相依。东面，东津湖水域宽泛，来往皆需舟楫；往西去，山脉不甚高，横绵成岭，这山那山蜿蜒逶迤。北来南往的御道，虽是地方便捷的宽阔通道，且皆绕过山岨，南北伸张开去，长度也着实令人吃惊。但路再长，于地方并无特殊用途，倘若没有直接通往城市的道路，山环水绕，这就是闭塞！

闭塞的环境，相较于其他地方，诸事都要慢上一二个节拍。固守着这一隅土地的人们，对某些传承而来的习俗，总不愿丢弃，如同女人们爱惜她们头上代代相传的蓝布头巾一样。

农历七月底的"插地香"，即"地藏王香"，当地人称为"狗屎香"，这是东津镇人丢不掉的习俗。

天未擦黑，新近兼任了东津大队民兵营长的一队长黑小佬，叫来了几个本小队的民兵，也是小时候的好伙伴，吩咐道："吃罢晚饭，天抹黑前镇东面两个站岗，镇西头也两人盯着，家中搬条春凳当街坐了，不拦鸡狗只赶人，不可放市政街道的民兵过去。我们大队的地盘，用不着他们好猫管三村，管出河界。另四个作流动哨，遇到情况通气报信。特别要留心街上的双胞胎兄弟，别让他们弄出事情来。"

一个民兵说："我们家没有春凳的哇，那是有铜钿人家的老爷同丫鬟戏耍用的。"

"没有春凳？你小子夏夜同你老婆猪圈里的长条凳上做戏，一边嘘猪一边赶鸡的，不能搬大街上露露眼呀？"

另一个民兵说："专用工具哪舍得，亮光里怕人瞧了内容去。"

"你这贼没好话，胡扯没用的，你同你老婆猪舍溉浴，不也是长条凳上仰呀躺的？连理的狗竟笑话叫春的猫。"

"别想歪了，说值夜呢。"

"烧香人自家门前点了蜡烛，还去东西两头插香，让不让过去？"

黑小佬瞪了一眼："你家大人不烧呀？'狗屎香'，祝小孩子的平安香，老祖宗传下来的规矩。不让他们过去，不怕报应？"黑小佬没读几年书，队长当了好几年，大队民兵营长也当上了，于传统习俗方面的事，仍听母亲的。这些天，他的母亲总唠叨：家中小小黑已经五岁了，第二胎没个动静，七月三十的小孩子香，好好地去东津庵的宅基地烧烧。

"公社领导出来怎么办？"

"领导也怕鬼，早就眍哉。万一真出门，赶快两头报信，再大声喊：欢迎领导指导工作。"黑小佬一黑脸的狡黠。

农历的七月三十，相传是地藏王的出生日。地藏王专管阴间超度轮回的，民间拍它的马屁，一祈子嗣，二愿逝者早托生，三求活着的诸事顺遂平安。地藏香改称"狗屎香"，是吴人纪念张士诚派生出来的意愿。

张士诚盘踞苏吴十多年，深得士绅百姓拥戴，虽终为朱姓所灭，一脉情意深植民间，七月三十遇害日的香烛为其所焚。士诚小名九四，人们呼作"九思香"以作纪念，为防当朝追究，取名"狗屎"，地方土话中"狗屎""九思"为谐音，就这样，民间王、阴间王皆在这一方水土同沐香火了。

今年的七月农历，只有廿九没有三十日，民间廿九当三十，东津镇也沿用了这一传统。

吃过晚饭，黑小佬家名叫吴水妹的，同几个拖幼带儿的小妇人，沿堤一路地插香而来，渡口湖埠头的石缝，星星点点地插上了，烛光幽幽，香火点点，恍惚里一群小孩晒谷场玩老鹰叼小鸡的游戏，大人们立篱笆院门喊："六姑……阿玉……"

六姑小快步地走出，说道："水妹呀，点上了？可要小心点儿。"

"点哉，叫阿玉一起去西津里，求求菩萨，让甜香瓜的阿玉搭个甜西瓜，嫁个好人家，过甜甜蜜蜜的日子。"说完，几个妇人嘻嘻哈哈地笑。

六姑也笑："别听人家瞎说，我们家阿玉还小，早着呢。再说，我也舍不得她走，她走了，我靠谁去？叫你给我养老，你婆婆又不肯。"

一个小妇人说："叫水妹求求她黑公公，大队给你办个五保户。"

"打嘴，"吴水妹扬了扬巴掌，"你要阿玉妹子永不嫁人没后代？还是想让她们分家？阿玉早说过的，往后不管去哪里，带着姑姑的。"

"阿嫂又背后说我坏话哉。"一个清甜的声音传来，阿玉穿了件棕色的对襟布衫，脚上黄澄澄的蒲草鞋，脚步轻快地出来，手中捧了一把火星点子的棒香。

"快插快回。"六姑吩咐。

"阿玉的鞋子又轻快又好看。"吴水妹不无羡慕地说。

"你新剪个鞋样儿拿来，叫阿玉给你织一双，编扎得紧紧的，好让你穿了上街。"

"她敢穿了上街让人看？还不被黑小佬掀起春凳打折腿？"一群人只管打趣。

六姑提醒道："也不图个形式，心意到了就回来，省得黑小佬他们捏一手的汗。"

"我家黑小佬说了，我们的地盘不让他们管，别显得队里无人似的。我们从镇后的田间小路，远远地绕御道上去，再折回去，多走一段路，少听街上人的叽呱。"

吴水妹几个抱了小孩子，让胆小的阿玉走中间，说说笑笑地沿湖堤北去。

御道上，火星点点的，早为四乡人一路插来，丝丝缕缕的烟雾里，棒香和谷香，给黑沉沉的四野徒增了几分隐秘感。

西津桥的桥塕桥身，长短石的缝隙间，凡可搁、插、靠处皆是香烛。七月三十的夜，常年烟熏的三孔桥体，烛火忽明忽暗。桥身水影，近处的，远处的，人影叠着人影；桥下大石滑落的浅水，幽幽暗暗，垂挂如帘。

毛老头也走走寻寻地来到了桥头。

"师伯。"阿玉中规中矩地双掌合十。

吴水妹说："他哪还是你的师伯？破斋开荤吃老酒，前几天听人说，五行里村大厨人家的媳妇，帮着觉根找只生女儿的人家，撸胳膊挽裤腿的，准备光着屁股倒插门呢。"

毛老头嗅嗅鼻子说："冤枉煞人，有人要觉根倒好了，我也可以找你公公吃五保户哉。"

"要我说，你个老光头也找个老太太，洗洗汰汰、缝缝补补的，省得一身的猪圈味，大水眼皮底下荡，衣服叠进箱子了才汰一回。"

"多汰衣裳容易旧，多洗鞋袜穿不久，人多溷浴刮油水，拔掉精气没法救。"毛老头两手合了。

"这个毛老头，邋遢也邋遢出顺口溜了。"

"罪过罪过，我们见一天挣一天工分，可不敢生病。"

"你们两个光头按猪脚、拉猪尾巴的，一年到头不知要帮阿三的白刀子害多少条性命，打个十字手，说句罪过就可以顶过去了？"

"我同觉根也是响应政府号召，挣工分过日子。"

"政府也号召你西津桥捡钞票了？你看你，灰堆里寻铜钿，扒得十指灰。你放心，用不着急吼吼地两手乱抓，烧香人哪个敢捡一分钱的？还不是你独个捡的？"

吴水妹的话，说得毛老头咧嘴笑了："这是大家的照顾。"

一干人说笑着，正要过西津桥，忽见队里的一个民兵撒腿飞跑过来，边跑边扯着嗓门喊："领导来哉，欢迎领导指导工作。"

桥上、路上烧香点烛的，撒了手中余香，忙不迭地往南北御道的黑暗里急隐。

晚上同几个民兵一起夜查的，是住公社宿舍的朱得男书记、李表廉副主任和叫顾梅的妇女主任，他们几个皆是外来的，下班后回不了家。李表廉虽说是不远的北山湾村人，城里人家倒插门后，早把自家当娘家，也住公社大院。还有三个陪着的，是东津大队的吴黑男书记、一队长黑小佬，再有一个是公社文书杨金浜。出门巡查，也是家住镇西的杨金浜反映的，说是西津桥香火旺盛，烟熏半个东津镇，朱书记这才叫来了市政街道的一对民兵兄弟，径直往西津里过来，才过中市街，碰上了东津大队的黑脸父子，好像早就约好似的。

"朱书记，我们正要找你汇报情况。"吴黑男快走几步说。

"回头走，有啥事边走边说。"

"巡逻民兵发现，西津桥有人烧'狗屎香'，我们去赶跑了。"

"简简单单地赶跑了？怎么不抓几个？"杨金浜说。

吴黑男无奈的口吻："我正为这个头疼着呢，插棒香的，尽是些老头老太太，和高不过矮阔的小屁孩，老的老，小的小，抓了这些个，哭闹不说，管吃管喝管拉管睡的，捞不到一点油水，还得倒贴进去不少。"

李表廉说："现在的人越来越坏，哄老少出门烧香，青壮的躲窗户门闩后看热闹。"

几个人说着往西边走。镇子西街同东街一样，也是门窗相照的两边人家。檐瓦歪斜的房屋阵旧暮气；家家有低矮阁楼，家家的小家子气。小窗破旧，门闩苍白，极似老光镜后垂须而立的老者，诉说一街陈旧的往事。街梢几个顽童一忽儿东，一忽儿西地奔跑，口中哇啦啦地喊，小手举一把点亮的棒香，在业已漆黑的，却被门窗糊弄出的一方块、一长条的昏黄里，拽出一串串的火星点子和缭缭的烟香。

出了西街梢，黑暗倏然而至，饲料厂前的驳岸上，一个香烟火星一闪一灭。顾梅不再往前走，背转了身子。

"喂，前面那个贼不要脸的，我想不通，哪里不能撒尿，一定要撒巷里头？"吴黑男对黑影骂了起来。

"大概想听个响声吧。"

"又不是吹笛拉胡琴，听什么鸟声音。"

昏暗里，那个人影抖动几下，一手掐腰，急颠颠地往饲料厂的墙根跑，随即隐进暗处。

"好家伙，你这一嗓门，夜里出洞寻食的黄鳝也会咕咚一声缩回去的。"朱得男嘿嘿嘿地笑。

来到西津桥，桥堍又见散乱的灰堆，半根燃存的歪枝，跌落蓬松外，告诉人们，这几日，又有一具大棺扛过西津桥去了。朱得男见养猪场的毛老头弯腰拣拾着什么，皱了皱眉头，吴黑男抢先吼道："这么晚了还出来乘凉？还不滚回猪圈去，猪翻出圈，掉落西津里淹死了，扣你两年的工分。"

毛老头愣了一下，没说话，抖着嘴唇走到黑暗中去了。

石桥上下已无点火点星。青黑高远的夜空下，御道伸一线模糊，桥下轻淌的尺水细波，细声如抑。

朱得男鼻子嗅嗅："是有人烧过'狗屎香'了，不全是烧拐杖的稻草气味，味道还蛮浓的。看来，情况还是严重的，说明阶级敌人亡我之心不死呀，我们再去渡口的仓库看看。"

"我先过去点几盏桅灯，那边太暗了。"黑小佬小快步跑前面去了。

七八人回到宽阔的中市街，淡淡的烟雾中，石缝残存的棒香，似深空星稀，若有若无，又似眨在远古的鬼眼，恍惚了人们几百年。街上一丛一丛男女站的，中市桥边叽叽咕咕地说话，朱得男扬手招呼："大家在'讲张'呀？"又得意地对身后的几个说："为什么人与人一起说话叫'讲张'？"见众人互望望不说话，他接着说："同今天这个日子有关系的，当初来东津镇，我也不知道什么'讲张讲张'的，这一堆人那一堆人的说话，问问，说是在'讲张'，我以为镇上人要同新成立的人民政府讲什么条件呢，紧张得匣子枪不离身。"说到这里，他拍拍胯下，摸出盒香烟，一人一支派了，凑近吴黑男抱拳上递的火苗，"嗞"地一口吸，悠悠地吐烟："一次礼拜六回家，吃晚饭时说起这话，让我家的三小子一通笑话，他说，'讲张'就是几个人围在一起说闲话。他一个同学在博物馆工作的老子说的，元末地方王张士诚，农历七月三十遇害，恰逢地藏菩萨生日，苏吴人把这个日子作纪念日，讲他十几年来对地方的种种好处。后来明朝官府不允许百姓纪念，不允许百姓聚在一起讲张士诚，简单说不允许'讲张'，就这样，说闲话就成为'讲张'了"。

"老书记见广识多，我们小地方人，哪懂得这许多，上一辈子人叫'讲张'，我们跟着叫'讲张'。"李表廉说。

"小李啊，你们年轻人大有作为，不像我们老了，身体大不如前。要说烧香，我觉得烧'九思香'不是问题，纪念农民起义领袖嘛，应该的。但把香烧给什么阴间的地藏王就不行，这是迷信，要分别对待。毛主席教导我们，以前敌人反对的，我们要拥护；以前敌人拥护的，我们要反对。要烧革命化的香，比如我们觉悟高的群众，在红纸洒金纸花边纸扎的天安门城楼，对坐在里面的毛主席像，点盏灯照照亮什么的，端详端详，也是敬仰爱戴的意思嘛，要区别对待。好的事情多宣传，让供销社的金新宝多进点彩纸，每家每户扎个天安门城楼，扎得越大越好，起码要比以前大户人家的佛龛大，才能显出伟大领袖的气魄。毛主席的瓷像免费发放，东津大队要走在前面，用革命的东西取代封建迷信的糟粕，弘扬革命正气。"

吴黑男说："根据公社要求，东津大队已经运动起来了，供销社的文具柜卖断了货，生产队社员利用城里掏粪拣垃圾的机会，买回了好多摺花纸，一家家地分摊算钞票，笼子的骨架，不，是天安门城楼的支架，主框毛竹爿，副架子削芦苇篾，毛主席的瓷像已一户户地送去，支出都是养猪场的收入。"

"这样很好嘛，赚革命的钱，办革命的事。"

一路说话来到了仓库。晒谷场上静悄悄的，听得见东津湖细波叩堤的声音，空中嗅不出烟火味儿，旺盛生长的芦苇，微风捎来的清香，如水月色一样，薄凉薄凉的……

一群生熟人的到来，让警惕的黄狗吠了起来。黑小佬一声喝住了。他在渡口、晒谷场支上竹竿，挂上桅灯，灯和竹竿是现成的，仓库里掮出来便可。管仓库的六姑和阿玉，在院子的篱笆门前候着。

"哎呦，阿玉出落成水灵灵的大姑娘了，一掐一泡水地嫩。"顾梅惊讶地说。

六姑说："感谢新政府的照顾。"

顾梅说："六姑明白人，到时，我给阿玉介绍个城里户口的年轻干部。"

阿玉没有说话，也没有抬头，只觉得黑暗的一双眼睛，猫抓着她的脸，后背直透凉意。

六姑说："托福托福。"

吴黑男说："有一件事从未提起过，当初定阿玉生产队管仓库，年龄还小，住个人算个份子，给一二分工分，落下户口分粮食吃，忙来忙去的事情，六姑一天当两天，日夜挡的。当时老书记也过问了，说是阿玉情况特殊，她的口粮别按人头分，按工分分，一天一二分，那少得了多少粮食？六姑也不争，一口一口省给阿玉吃，后来阿玉长大点，应该涨工分，老书记还是说：阿玉的北山湾的娘家成分太高，宁愿对她严点，也不要犯了阶级斗争和路线斗争的错误，成人了也只拿七分工，比普通女社员少一分，粮食也按七分分。老书记前几年死了，阿玉至今按着他说的拿工分分粮食，明吃着亏。"

朱得男是清楚东庵西寺男女僧人的。寺庵的改造，是他树立的一个典型，并得到了上级领导的表扬，县里的张副主任还亲自到政府食堂，花了五分钱，请他吃了煎带鱼、酱猪头肉、白菜烂糊肉丝和清炒菠菜二大荤一小荤一青蔬的饭菜，作为实物奖励。

"要分别对待，"他的大手在黑暗中划了一下，"当初北山湾人家把她丢进尼姑庵，她已是个无家可归的穷人，一个人工，男得十分，女得八分，天经地义的嘛，要研究落实。"

"当然，"他吸了一口烟说，"出身没法选的，道路自己走的。"

吴黑男喊过黑小佬，大声说："要深刻领会朱书记的讲话精神，明天生产队认真研究，写份材料报上来。"

黑小佬大声回答，坚决听从领导的指示。

一群人返回渡口，朱得男咳一声，步子慢了下来，单手捶自己的后背，顾梅步子也缓了，两人离前面的人稍远些，顾梅问是不是老腰又疼了？朱得男轻声回道："湖边水气重，阴寒之地。"

"回去好好地给你捶捶捏捏。"

"晚点……等他们睡了再来。"朱得男轻声说完，又快步向前，站上湖埠头的大石条，看星空下的湖面。

十多年来，不知多少个星期六的下午，他肩背帆布包，从搁长石的大跳板上船，搭供销社的货船去城里，星期一上午再随船回来。现在年事渐高，脑钝力衰，且退位的年龄快到，东津镇的这片山水湖泽，终有一天是要离开的，想起这些，心里不免有些伤感。

"朱书记，你说东津镇有这个湖好呢，还是没有这个湖好？"对着一无渔火的沉沉湖面，顾梅突发异想地问。

这倒是个没想过的问题，朱得男没想过，吴黑男也没想过，周围的几个和仓库的两个都没有想过，不知黄狗有没有想过。

朱得男勉强地笑："管不了那么多喽，共产党人逢山越山，遇水趟水。工作不管做到什么程度，不要出什么事情，不出事情什么都好，出了事情，不是有没有面子的问题，里子也会撕掉的。今晚不早了，大家回去吧！"说到这里，指指立在离岸稍远处的阿玉说："顾梅，给阿玉找个好人家。"说完，大踏步地湖堤上走，说实话，越是临近退休，越是担心不测之事的发生，怕坏了他十几年的革命成果，他可不想带着遗憾离开东津镇。

黑小佬见领导们走远了，摘下桅灯，交给了阿玉，说道："你今年的工分和口粮同水妹一样了。"

阿玉却高兴不起来，提了桅灯，同黄狗回仓库去，走上外婆墩的晒谷场，回望湖面，湖面似没有星辰的夜空，寂寂的，直往心里逼，晚上去西津桥烧

"狗屎香"的喜悦，也被凉风吹散了……几个人随意说的几句话，还有暗中一双在她身上瞄来瞄去的眼睛，让她滋生了莫名的忧虑，莫名的惆怅……面对寂静的东津湖……幽暗幽暗的湖心深处，总像蛰伏着一只可怕的怪兽，会随明天或者后天的峭寒朔风一同地兴风作浪，她的心，轻波一样地忧伤了……

"阿玉，小心着了凉，回屋吧。"六姑对怔怔站着的阿玉说。

刚才，她没有陪一群人上湖埠头，阿玉陪了，黄狗也陪了。

十一

朱得男书记隐隐担心的事情，终于在临近"十一"节的一天找上了门。

今年的国庆、中秋节同一天，这是他来东津镇的第一个双庆节日，且公社又成立了广播站，街东街西巷南巷北的，凡有人家处，必从檐下的出头椽子打钉排线路。原来有电线桩杆的地方，一杆两用，广播线排在电线的下方。原来无电线杆的开阔地，也从篁村的后山坡伐来粗壮毛竹，挖坑立桩，争取节前施工结束。东津镇要在家家亮电灯的基础上，再来个户户通广播，过一个革命化的双庆日。

这份喜悦的心情，让唬着老黑脸的吴黑男和四个背长枪的陌生人破坏了。

四个民兵背着的，全是"五六"式步枪。朱得男迅速地扫了几个一眼，眼光停留在身背自动步枪人的脸上。

"朱书记，事情是这样的。"待明白称呼职务后，一个斜背全自动步枪的，急巴巴地说。此人是北淑公社后堡大队的民兵营长，前几天，有人到大队部揭发了学校一个金姓教员大搞封建迷信活动的事，金教员被他们关押了。据他交代，为给他害痨病死去几年的父亲迁阴宅，特地翻过山，到东津镇原来的西津寺、现在的东津大队猪舍，上疏录籍，化钱供奉，还请一个叫毛老头的和尚，夜半时分鬼鬼祟祟地爬野山坡，点穴破土，烧香插烛，超度亡魂。这一次迷信活动，毛和尚尽挣两块钱和三斤老黄米。这件事，在人民群众中造成了极坏的影响，严重地妨碍了后堡大队国庆、中秋双节合一的革命化庆祝活动。大队领导向公社汇报后，决定前来东津大队养猪场，捉拿大搞封建迷信活动、伪装和尚的毛老头，进行游行批斗，挽回影响。

朱得男还未表态，吴黑男抢过话头说："这位营长同志，我作为东津大队的支部书记，对于你们破除封建迷信活动的革命工作坚决支持，但是，你说的那个假和尚毛老头，二十多天前的七月廿九晚上，在西津桥烧'狗屎香'、捡老百姓供奉的香火钱，被亲自带队巡逻的朱书记和我们一群领导干部当场捉住，我们早就决定，准备在迎国庆的活动中，押到中市街批斗。你看，现在我们不是正在排线路装广播吗？批斗会现场直播的，今日你押了去，我们东津公社的批斗会不是开不成了？"说完，朝朱得男看了一眼，眼睫毛比平日闪快了点。

　　"这个老封建、老顽固、假和尚毛老头，烧'狗屎香'被我们抓个正着，想不到之前还有这档子事，竟敢答应外公社人大搞封建迷信活动。那个引诱他的什么教员，应该一起抓来东津公社批斗。他们的罪行，是在养猪场阴暗的角落犯下的，作案现场在这里。"朱得男从抽屉摸出匣子枪，拍在桌上，恶狠狠地骂道，"这个老不悔改的，我从小打仗，苏北打到苏南，举白刀子，抹红刀子，毙掉敌人百十个。想当年，我带两个人，两把枪一把算盘，在东津镇成立革命政府，这么多年，从没遇到过这样的顽固派。"说到这儿，他狠划火柴点了烟，喷了一大口说："原来的罪名够他斗的了，加上现在的新罪行，中市桥塂戴高帽示众，够站断他的老腿了。这样吧，你们把他的罪行同我们公社的杨文书仔细讲讲，让他记下来，两罪并一罪，考虑到属地管理的原则，并且他在东津公社犯罪在先。斗！只能在东津公社斗。十月一日早晨，每家每户的喇叭全会响起来，让没到现场的妇女儿童，也能听到批斗会的声音。几位后山的同志，你们家离东津镇不太远，翻过长岭就到，国庆节来东津镇的中市街逛逛嘛，顺便看看批斗的假和尚毛老头。"

　　一通话，早把后堡大队来的几个民兵唬住了。虽说隔山住的，且同东津公社没有隶属关系，山这边，除了农历逢六市日的赶集，平常极少往返。但那个桌上拍出匣子枪、长着湖羊鼻子、榆树叶子眼睛的老家伙，当年两把枪一把算盘，把东津镇治理得服服帖帖，早就听得耳熟。带头的民兵营长嗫嚅着，说不出话来，朱得男倒又说开了："你们想要回两块钱、三斤陈米吧？"他呷了口茶，目光瞄着几个的脸，"那可不行，十月一日早上，钱和米作为罪证，挂毛老头脖子上的，他的老脸还要涂上棒香灰，斗他个灰头土脸。不信，你们问问吴书记，棒香和棒香灰有没有准备好？"

吴黑男说："早准备好了，把他的脸抹成戏台上的坏人一样，香灰，当天晚上安排民兵桥头扫的。"

来的四个面面相觑，不吭声，又迟疑着不离去。朱得男笑了笑："你们不要以为回去没法交待，我叫文书写个情况说明，盖上公章，你们带回去向领导汇报，东津公社的意见，虽然案件在东津公社开的头，那个金教员也是翻山越岭来东津公社作的案，照例应该押到东津公社批斗的，考虑到双方都想抓典型，完成政治任务，户口在哪里就在哪里斗，一件事情两地批斗，大家有面子和成绩，至于钱和米，再罚那个金教员两块钱三斤米什么的，不见得冤枉他了。"说到这里，侧身对吴黑男说，"四个小同志也辛苦，辰光也是吃中饭的辰光了，吴书记，你陪他们去大众饭店，每人半斤饭，一份白菜血豆腐大众汤，每人一块酱猪肉。同掌大勺的金山妹说声，酱猪肉拣肥点，挑厚点的，吃饱了好爬山。记账好了，你也跟着油一回嘴。"说完，大声喊杨文书。

后堡的几个一早来的，同黑脸人交涉了好一会，未果，又到公社来。黑面孔坏得很，磨蹭磨蹭地拖时间，总说领导不空，等了好长一会儿，上来了，又听这么一通话，水也没喝一口，肚子真饿了，听得有肉饭招待，心里一喜。他们早听过五行里村大厨家出身的金山妹，身体胖得流油，烧的菜也流油，特别是二角二分钱的一大砂锅白菜血豆腐大众汤，上盖一片酱猪肉，皮红脂滋、肉香酱香、汤鲜油厚，是东津大众饭店的招牌菜。

来到饭店，四个两条长凳上坐了，吴黑男去了里间，大声同金山妹说："朱书记吩咐招待的，肉厚点、油重点。"

不一会儿，端上五个砂锅和五大碗米饭，一个年轻的嚅了嘴唇，凑砂锅沿呷汤，烫得吐了回去。年长的民兵营长极有经验地搅动汤匙，热雾香气大浓："小心烫伤，砂锅的热气让油盖住了。"

吃得高兴了，民兵营长告诉吴黑男，那个金教员也倒霉，他不迷信的，只是老娘逼得紧，寻死作活的，几天不吃不喝，闹得半村人知道。本来这种事，瞒得了干部，瞒不了乡邻的，谁家不知道谁家的那点子事，平日井水不犯河水，大家相安无事，干部也睁一眼闭一眼。隔壁家的小孩同人打架，他没有护短，说那孩子无理，公平处理了，邻家妇人骂他拐脚猪、朝外狗，金教员的老娘回骂，两家女人一通好骂，那妇人气不过，撺掇男人揭发金教员搞迷信活动，碎了他的饭碗，那男的不想把事情做绝，妇人恨声逼迫，说不去大队揭发，从此别想爬她身子。那个金教员也真是个书呆子，治保主任一问全承认了，才有了翻过山来捉拿毛老头的事。说到最后，那人凑近吴黑男的耳朵说："金教员人缘也好的，只是撞了枪头。我们书记吩咐过，押不回来别强押，双方各管各的平个手，两地轮流斗。那个书呆子押到人生地不熟的东津镇，本乡人斗外乡人，没了顾忌，还不斗个七死八活？"说完，苦笑着叹息，"也是个老实头，一口咬定没那回事，捉奸捉双，没摁床铺春凳上的事，尽可赖的，上面领导关系好，不是查无实据了？"

烫了一嘴的民兵说："他不老实，不是没我们的砂锅酱肉吃了？"

民兵营长骂着："落水下石的馋嘴贼胚，你一砂锅吃掉别人半辈子的饭了。"

吃罢抹抹嘴，民兵营长的枪叫人另一肩背了，跟吴黑男上杨文书那里拿了纸，谢了再谢地走了。吴黑男又来到朱得男办公室。朱得男拍拍他的肩膀，对坐在办公桌对面条椅上的李表廉说："黑男今天二好并一好，好人好事。"

吴黑男说："要不要先把毛老头抓起来？"

"怕啥？他光颗鸟脑袋，哈条猢狲腰，撅个胡蜂屁股，要铜钿没铜钿，要粮票没粮票的，还能逃哪里去？十月一日押到中市桥批斗就是了。"

李表廉说："需不需要增加些陪斗的？加强宣传效果？还有，小的那个也是知情的，也许一起参与了，最起码知情不报。"

吴黑男说："马上农忙了，大队临时调不出人手喂猪，最近还下了两窝猪仔，没个熟悉的，饲养不好。"

"还有人揭发，毛老头和觉根有多吃多占、侵吞集体财产，揩国家油水的问题，要不要放一起斗？"

吴黑男说："这件事我听说了，供销社金新宝主任的阿侄、茶馆金驼子的上门女婿阿三，每趟杀猪，总是不滤净废水中的浮油，大锅中落血的碎屑也不舀干净，饿得眼睛比猪猡还红的毛老头两个，滤干渣水，几把柴火烧锅熬油，平日炒菜吃，那点碎血沫，也青菜叶子白菜帮的煮吃了。这事我们调查了个大概，还没有向上级汇报。阿三杀猪，两个帮着摁猪腿拉猪尾的做点事，打个下手，不拿一分钱，属额外的劳动，阿三过意不去，又没权力付他们辛苦钱，有意留点废油浮沫报答他们也是有的。那些猪血残渣，杀猪人怕麻烦，平日也是随手扔给狗舔的废物，拿回饭店去，也是进泔水桶的。他们当成了宝贝，倒让阿三落个好人情。不过，这件事情引起了我们足够的重视，为防今后可能出现漏洞，大队集体研究，杀猪时，会计一起过秤记录。没有用的东西，阿三不能私自做好人，养猪场的人不能乱吃，这点，我们已经批评教育了。阿三那里，让金主任提醒提醒。"

"几件事合一起批斗，斗的人多了，政治成果大，也隆重，到时向县委张副主任汇报也好听。"

朱得男说："隆重肯定要隆重点，敌我矛盾、人民内部矛盾还是要区分的，斗得多了，会让人觉得我们东津公社净是坏人似的，显得我们没水平早发现、早管理，真这样，以前的工作不是白做了？典型白树了？每个大队派一个，老规矩，有地主押地主，没地主喊富农来，没有富农，上中农戏台站一会，好看又热闹。敲敲警钟，还可让北淑公社的人闭嘴，那些胆比天大的后山人，自己闯了祸，别有事没事的在县领导面前打我们的小报告。"

吴黑男看着朱得男的脸问："'四类分子'由公社统一押送看管，还是像以前那样各大队分头看押？"

"集中公社的话，让市政街道多派几个民兵，效果更好些。"李表廉说。

"这些人的吃喝拉撒也是个事，别说喂一张张无底洞的嘴，光增加肥料也是件头疼事，公社后院的厕所只几个坑，让他们强憋着，起初听话，最后会不听话的。他们蹲了，院子里的还上不上？各大队各管各的好，到时一齐押上台，提前叫那些人拉拉尽排排空，不要病猫懒猫屎尿多，一押上台急裤裆，一趟一趟地钻备弄。"

朱得男一锤定了音。

十二

西津寺是一座官庙。

紧傍御道的西津寺，建在镇子西北角二三百步远的台地上。前排是五间杏黄色墙面的单层建筑，屋矮房基高，正中一间做寺院大门，与大门同宽的，列排着十数级台阶，青石踏步厚重拙朴。拾级而上，展露长方平台，东西两侧同屋齐平。护拦着平台的是雕刻浮莲图腾的青石栏板，高与五六岁的小孩等身；正中进寺甬道的两边，门墩靠墙蹲守，边旁门柱坦露，半抱黑底金字牌匾，上联"湖泽云影一水两津吟佛经"，下联"芦荻鹤鸣三春四季唱菩提"。甬道尽处是大院子，无需抬头，也能觉得逼人而来的大雄宝殿的压迫感，院子正中的铸铁香炉高得唬人，一股神秘的说不清的气氛，连同缭绕着的香烟，镇得人喘不过气来。

西津寺地理位置独特，一块三面环水的孤地突兀西津里，常年水雾萦绕，背靠三四里外的北山峰；往西，隔水几里便是连绵的西岭；南去，四里外又是山影，似乎别无出处。站寺前平台，右眼为山脊所挡，左眼一片平水，御道东边的东津湖，远水白泛可望。

木鱼声缓，铜磬声清，铜钟旷远，和尚们拖调拉腔哼诵《往生咒》，莫不浮托起俗世的一颗颗哀伤心，薰透尘外淡烟，让人悲伤而来，淡怨归去，心里平和了一大半。午后的阳光下，寺东三丈外，过西津桥的御道上，肩披袈裟、执锡杖身前的大和尚，于桥头依袅腾升的青烟中，牵一队白布素衣、嘤嘤啼泣的男女，领众和尚一路铜磬木鱼的清打吟唱，碎步南走，一拐向西，绕山间小道，走向枯枝萋草、荒野坡地的境况，不知令多少事外的软心子人红了眼睛，酸了鼻子……当然，这如梦似幻的情景，是民国三十八年前的事情了。

东津镇成立新政府不久，第一个改头换面的是西津寺。还俗运动，让不多的几个僧人回家落了户，上工分粮，娶妻生子去了，最后只存下两个人：一个岁已至暮无人要，一个不知俗家在何处。这两个人，便是东津大队养猪场的毛老头和觉根。

养猪场建在扒平了的寺庙原址，由南往北三长溜猪舍。猪舍前，台地的右角方向，盖有三间东西走向的房屋，矮屋东墙开门。

还俗后的毛老头和觉根，就在西津寺的原址养猪挣工分吃粮。

吴黑男、黑小佬父子到猪舍时，大队会计早到了，正同两个民兵看觉根为苗猪剪门齿。

猪舍除了每日清早白进红出的骇人场面，也有繁殖生养的浪漫时刻。本着自繁殖自养殖的原则，猪圈饲养了几头母猪，两个养猪的根据母猪的具体情况，去北山后另一公社的饲养场，雇来公猪例行猪事，这方面的经验，从未有过相似体验的毛老头，似乎要比觉根精准些。

粉嘟嘟的苗猪尖叫着，作为呼应，圈中母猪"唔唔"地转圈。觉根右脚轻踩住苗猪后臀，左脚抵住猪头，左手掰开苗猪上唇，嘴喳齿展，圆头剪子"啪啪"两脆声，米粒般的门齿不见了，拎后腿递给毛老头，毛老头没接挣扎着的苗猪，好像不明白觉根递来的意思。

吴黑男倒提了另一腿，把苗猪放回篗筐，苗猪在筐中惊恐地转圈，他对毛老头吼道："看你六神无主的样子，给你讲了多少次，不要再接生意。你整日贪图省力钱，七月廿九的晚上，你就不老实，两只老昏眼激得铜铃圆，寻来寻去寻魂一样地寻铜钿。现在后堡人出事，把你供出来了，你也看到，本来把你押山那边批斗的，到了那里，陌生面孔陌生眼睛的，打断你一条腿是轻的，弄不好老命送那里。现在拦是拦下了，'四类分子'的帽子扣定了，批斗少不了的。国庆节当天，后山人会来镇上看的，不批斗，他们去县里告状，到时还会把你捉过山去批斗。"

觉根说："能不能同李副主任说说好话，本乡本土的，宽待些。叔叔年龄大了，低头弯腰的，怕时间长了站不动，脖子上最好不要挂东西。"

"你还提他？人家新官上任三把火，出成绩了，升官快，还想事情扩大化呢，提出矮子里挑高个，多挑陪斗的。眼看开镰农忙了，他不按收成分口粮，农忙农闲不上心的。"

"叔叔，你吃得吃不消？"觉根问道，见叔叔嗫嚅着嘴不说话，又问吴黑男，"书记，能不能顶替的？"

吴黑男说："别往枪头上撞，本来寻你事来着，顶上去了还下得来？白白地搭上一个。"

"我担心叔叔的身体。"

"我看这样，事先把他的脸抹抹灰，叫两个身体强壮的民兵站他身旁，腿颤了，借口他不老实，一边一个绑住他的胳膊，这样不会坐下去了。"大队会计插了一句。

黑小佬说："安排好了。"

吴黑男说："你挨斗，年龄大了没啥，反正没有哪个孤老太愿意钻你油光光、臭哄哄的被窝。觉根的名声让你带坏了，'四类分子'家庭，谁愿意同你攀亲家？五行里村许媒婆说的那户人家，不黄的话，你来向我要两元钱三斤黄米。"

毛老头听了，鼻子吸溜吸溜地哭。

吴黑男对会计说："今后，阿三一个过来杀猪还好些，罗家坞的罗圈腿毛五来杀猪，要格外小心。这个人看着长得牛背猪肚的，铜锣面孔石磨屁股，肚皮一瓷盆的腌苋菜水，又臭又酸，手段还辣。别看他同阿三一样，是挣钱回队买工分的借调人员，凭了公社机关一房远亲的关系，年节送点油水给人家，自认了不得，眼里容不下阿三，心思不像山里人。今后地上掉的油末啥的，连泥带沙捡了装车上去，锅中的碎血块沥干了水带走，宁给狗吃，不给人吃。现在你们清楚为什么养猪场不像仓库那样养狗了吧？怕狗舔油腥，又恶心又短秤。"

"听说阿三也挨了批评？"会计接过了话头，他四十多岁，人瘦小，皮肤也黑，两只眼睛亮晶晶的。

"不批评，金主任没法交待。"

"那个毛五，看上去憨头憨脑的，想不到是个自家肚中打官司的人。"

"好在金主任领导面前能说话，平常关系也好，头头城里的家，逢年过节的副食品没少送去，其他几个副手，眼睛也睁开的。当然，也怕金驼子家腰粗膀圆的矮脚婆娘骂街，有些事情便做，也做在了暗处。”

“还算好，没让人押后山去。”

“东面刚刚让人省点心，西面又出这档子事，不让人睏个好觉。”吴黑男嘀咕了一句，摸出两支烟，递一支会计，出院门去了。

十三

东津镇西部的山，为东土第一山。东去千里，有地、有水、有城郭和荒村集镇，还有一面面大鸟翔翅似的船帆，再无与白云相恋的突兀翠屏。西面群山属低山丘陵，山不甚高，除却一两座极难攀援的孤峰，余岭迤迤；皆因山势平缓，南、西、北山的牛脊，有多条山岭通往外乡，其中西南角上的贺九岭，为诸峰第一岭，此岭蜿蜒高展，薄雾里白线隐现，是历朝达官贵人、城市商贾、地方富户和不得志文人墨客的重阳登高之地。

平缓的山脉绵绵不断，南北两山脊试着往东津湖方向斜走五六里，遇水缩脚，驻足不前了，这就形成了东津地方月牙形的山湾。东南方向矮走的山峰叫南头；东北方向的黑山头，走到了当时还不叫北山湾的地方，毫无预兆的收势，以此形成了北峰前凸突兀的巉岩峭壁——这个山势让人叫起了"北山湾"这个名字。

山以形名，村以山名，聚居山湾的人家，天生的名字。

北山湾村在苏吴水网区域来说，也算大村了。村大户多人头密，老天却只取百家姓中"吴、李、徐"三姓让其在此繁衍生息。

三姓中，吴氏一脉占据了大半个山湾。这姓氏因晚清出过一个秀才，于偏重农桑的山户乡农来说，是先例，也是荣耀。为保持荣誉的久远，吴秀才创办了私塾，一为传承，二为糊口。

这个秀才便是吴海源的亲叔公。他幼龄入塾启蒙，十多岁时，因为家境殷实，经济条件允许，经常穿越往返于东津湖做土特产生意的父亲，相比普通乡人，宽了一点眼界，把他送进了城里的一所新式学堂。

吴海源没让父亲失望，甚至超出了预期。书读多了，在外见识广，他做出了东津镇地方人想都不敢想的生意，稳坐了一方头号富翁的交椅。日升月降，随着新旧政府的交替，他的耕读世家，他的半个东津镇的财富，他的比东津镇的天还大的心胸，由山顶跌落东津湖，这是他没有想到的，也是他的小商小贾、勤勉过日子的父亲不知道的，因为多年前，老人业已安祥地躺到向阳坡上了。

想起父亲，想起亲叔公，吴海源的心一阵阵绞痛，心痛了便会落泪，不想落泪，只有唱歌，于是他唱了起来，很快乐的样子："革命不是请客吃饭，不是做文章，不是绘画绣花，不能那样……"

吴海源嘴里沙沙地哼唱，双手抄起石夯，向两板夹出的松土狠狠地掷下去，沉闷的"嘭"的一声，石夯的木柄在空中颤动。

今天夯打泥墙的，不是后山请来的倪打墙父女，也不是五行里村的石家父子，而是亲自赤膊上阵的吴海源和几个年轻侄子。

吴家位于坡地的两间柴房，原本也是夯了土墙的。地高屋破，李家住了多年，赌了穷，穷了还赌，这些年下来，除了其妇人于后山拣来乱石垒矮墙，搭了间芦席茅草遮顶的猪圈外，再就是柴棚的东面，傍了一间茅顶篱墙的矮屋，砌泥灶作吃喝之地。新搭房屋透风漏雨，吴家同李家对调后，叫来几个本家子侄，用老伴和女儿编的芦席、割的茅草重铺了屋顶。雨挡了，风仍透，一时没财力去篱夯墙，但筹划工作没有中断过。前年秋末冬初的枯水期，他和女儿阿贞去西津里挖黄黏土，一担一担地挑坡上来，一溜儿地排成小尖堆。他的几个侄子也想帮着挑，他笑着挡了。冬闲泽枯，自己慢慢地挖，慢慢地挑，积少成多，终能成事。住他家大瓦房的大瘌痢，在其父母的唆使下，挑了两个大竹簸箕，抄一把铁锹前来帮忙，阿贞死活不答应。

父女俩趁上工、下工前后，天泛亮光的间歇，一个冬天下来着实可观。经过两个冬夏的冷冻暴晒，黏土成粉，终于在今年这个少雨干燥的深秋日子，开始夯打土墙了。

"嘭……嘭……嘭……"

后山坡上，泥墙的夯打声，吴海源的哼唱声，子侄们的说笑声，村后树前的倒也热闹。

"婶婶，阿叔识字人，有文化，会唱歌，学啥像啥。"一个脱墙上夹板的侄子说。

吴海源说："你们几个帮忙干活，让阿叔的心像东津湖上的日头，暖暖的，亮亮的。"说完，放下夯石，一起取夹板，刮尽板上泥屑，蘸油棉抹长板。

　　夯泥打墙是个体力活，也是技术活。东津镇人知道，西津里这么大的一片湖泽，三分土挖去填了通往浙江的百里御道，三分土让远近人家夯成了墙，另三分属天然的塘潭水沼。千百年的啃噬侵蚀，西津里水漫连片，终成气候。

　　西乡八邻的近山人家，年代较远的先祖们，守着连绵青山，没技术无能力开山采石，山中活石早被祖辈瓜分，块石垒墙实属不易。到近代，百姓掌握了凿山取石的技能，可皇帝不乐意了，坐轿舆下江南的皇帝，不愿看东土第一峰，一脉青山嘴啃爪扒的模样。

　　皇帝的旨意，官府的禁令，护了山青，断了人念。千年百年，地方人家的房屋总是要建的，于是，夯土代石成就了这地方以土谋生的另一行业。七八里西津里，黏土是天成的，枯水季节只需舍得气力，便可挖来大用。掘土打墙，不似悬崖撬石，采石是危险行业，除了洒汗，还有伤残流血的危险。黏土相较于矿石，某些方面更适人居，泥墙房屋密不透风，冬暖夏凉，几滴汗珠，多厚多高的泥墙都能夯成。

　　吴海源也想请专业的打墙人夯墙的。后山的倪姓打墙人，生的四个女儿，个个有抢夯打墙技能。这四个女儿活儿不少做，不抽烟不喝酒，饭不少吃，荤腥不太动筷的，深得四乡打墙盖屋人家的赞誉。只是，她们属外乡的，一旦被五行里村石姓打墙人的几个儿子知道，会把夯、锤抢夺了，扔到西津里的深水去，且一路轰赶出东津镇的地界。吴海源不敢请，那些姑娘不敢来，倒是心气高傲的阿贞不怕，五行里村的石打墙凭什么独霸一方？他们又是香烟又是酒的，老浓茶一口一口地呷，不长时间便会走出几步撒尿。下午吃点心，中饭、晚饭端上桌的红烧肉，转过身去的主妇还没近灶台，碗已向了天。

　　阿贞不怕，吴海源怕惹事，干脆动起了自己打墙的念头。他的这个想法，得到了本家子侄的赞同，个个乐意来后坡抢夯。

　　吴家已是北山湾的贫困户，吴海源体力远不如其他邻居，队上得九分工，是生产队的照顾。女儿阿贞属满劳力，统一的，男得十分工，女为八分工；老伴常年病恹恹的身体，无工无收成，生产小队口粮作物的发放，也是打了七折的，生活着实艰辛。这次夯打的泥墙，可同富户一样填充苇簇，不是因为手头宽裕，而是因为小女儿阿玉。

东津湖老堤边的芦苇，东津大队一小队地域临湖，遵循靠山吃山、近水喝水的原则，划分的堤岸湖区面积宽广。六姑和阿玉分到了芦苇，剥皮壳，剪下苇梢作柴火，余下的托觉根拉到了饲料加工厂，由姥姥、夯夯两人下班后捎回北山湾。因此，这次打泥墙，着实让吴海源富裕了一把。

一群人正舍力地干着，姥姥的婆娘，远远地喊上坡来了。

"婶婶，阿玉托觉根，觉根递给我家姥姥，我上午去街上的卫生院，路过加工厂，让我带回来的。"

吴海源夫妇同东津庵的小女儿，十几年没见面了，一应的私下送往，由饲料加工厂的姥姥和养猪场的觉根手手递交的。觉根镇东镇西地拉板车，往返几地，为他家做起了"地下交通员"，倒也隐蔽。

"什么好东西呀？值得你哇啦哇啦地扯开嗓门喊，她们又不吃荤的？"吴海源的侄子说。

"东西好不好你自己看，我带到了就好，一会中饭，脆脆的，你这猴子多嚼几根。"姥姥家的说。

吴海源家的接过蒲包，掂了掂，像对吴海源，又像对众人说："蒲菜还不少，鲜的腌的都有。"

"婶婶的两个女儿孝顺漂亮，不舍得，要回家吧，政府不是叫还俗吗？"

"叫回家来还不是受苦？当初狠狠心给出去，也是想少一个吃苦人，饶是这样，一天到晚担着心呢。怕连累了她，拿点吃的喝的都偷偷摸摸地。"吴海源家的撩衣角擦眼睛。

正说着，李家的大痢痢抱着外衣，一歪一斜地上坡来了。姥姥家的笑骂道："大痢痢，你还来后面做什么？上半辈子的坡没爬够呀？"

大痢痢抬起几缕红丝的、几乎滴血的眼睛说："别叫绰号了，痢来痢去的太难听，不对，话不对头哇，怎么已经活过上半辈子了？我还没结婚呢。"他突然明白过来，奋着头颅，一脸的烟灰色。

"你想活多长？六十年风水轮流转，六十死人顺路上，过西津桥没人拉。你的狗寿快三十了，不是半辈子是什么？"

"我可是个年轻人，还是年轻的革命干部呢。"

"你还当干部了？"

"是啊，才宣布的，担任大队民兵营长，你们以后叫我李营长好了。"

"呸，你当得了营长，我当得了队长。"

大家笑着对姥姥家的说："营长队长不是一回事。"

"不管一样不一样，我总要大他一级，管着他低痢头、翘屁股地田里干活。"

"我是来通知的，十月一日清早，'四类分子'吴海源，镇上中市街陪斗。不去也要押了去。"大痢痢清清嗓子说，转头朝吴海源的几个侄子说，"你们参加一个，还有一个民兵名额姓徐的去，李姓就我了。大队安排每人一碗焖肉面作早饭，记二分人工，这样的好事别说我没通知到。"

吴海源的侄子说："吴姓人多民兵多，怎么只轮一个名额？"

"总共三个，我是民兵营长，必须要去，你们占两个，姓徐的去不成了，徐书记可不答应的。要去，早上五点钟到这里集合押人。"

"你别假托有事上门，我叔没有腿？不会自己走去村口？"

大痢痢侧头看了一眼说话的，嘴里嘀咕着下坡去，吴家的侄子在他身后喊："你这痢东西少在当路撒尿，你还营长了？再恶搞，我去镇上的湖羊鼻子那里告你。"

吴海源家的颤颤地说："可别得罪了痢痢，这家人心门子窄的。"

"不怕。论成分，我们全是贫下中农，打了他，也是人民内部矛盾。以前，没少挨过我的拳头。"

"他家还有个公社干部小痢痢呢。"

"小痢痢才不会管大痢痢的事，他回东津镇这么久了，回来过几趟？让大痢痢当民兵营长，补贴工分，不一定是他的主意，估计大队几个主动拍小痢痢马屁的。"

"这个痢痢到哪里恶到哪里。每天上工，阿玉走下去，他就撒尿，哪有这样巧的？平时节省得很，一泡尿也憋回家的，这些天守着茅坑路边撒，没安好心的痢贼胚。"吴海源家的愤愤地骂，骂红了自己的眼睛。

夯墙的热闹气氛，让大痢痢搅了个一塌糊涂。吴海源从挂在树杈的衣袋中取香烟，给抽烟的一个个抛去，自己划火点了，深深地吸了一口。

阿贞这次没有劝阻父亲抽烟，走进柴帘后的厨房，帮母亲准备中午的饭菜。生活虽清苦，对出力出汗、真心帮扶的堂兄堂嫂，日子再紧巴，也不能让他们饿了肚皮。

十四

中市桥北堍东侧，早让篁村和罗家坞村人搭起了一间屋子大的舞台。昨天上午，篁村人拉来了一车车青皮毛竹，纵横交错地扎起了半人高的架子。罗家坞人出手也不凡，板车一路"啪啪"响地装来好几垛竹垫片，五六双手一齐缚扎，没多长时间，一群人涌进了大众饭店，坐在长条凳上看饭店的胖掌勺，一声响一声响地往铁锅里添油盐佐料。

架搭舞台的活是政治任务，各大队挑选手艺娴熟的编织能手，由治保主任和民兵营长带队，兵精将强。公社书记朱得男为奖励两大队的来人，亲自出备弄口，到老虎灶间，要金驼子同他婆娘说，那些人的中饭公社安排。

都听说金驼子婆娘金山妹，五行里村大厨家出身，大众饭店的砂锅大众汤，肥厚鲜醇，秋冬大白菜上市，血豆腐大白菜搭档，堪称经典，百吃不厌，肥笃笃的汤水看不见一丝热气，能吃出满头大汗一嘴油光。

金山妹也地道，砂锅米饭端上八仙桌，端出半坛子烫猪油，大铁勺敲敲坛沿儿："你们这些大小赤佬听听好，不要猪油喝蒙了心，戏台扎出灵棚架子，没焚化就塌了。竹篾多箍几圈，捆扎牢靠点，别让明天上台的摔了跟头。"说完，半勺半勺地往砂锅里泼猪油。众人连声喏喏，甩头大吃，吃得油汗满头、脸红眼亮，打着满意的饱嗝儿去了。

打饱嗝的人昨天满意地离开，不满意的今天骂街来了。

"今早不骂山来不骂水，骂一骂短寿人做的短命事。"

薄雾湿脸的石板街，憋了几天气的金山妹一大清早，一手掐腰，一手舞勺，骂起了街："是哪一个红眼白脸、青皮的贼胚作恶？我们家哪件事得罪你了，下作地把人往死里整？摁浅水巷呛了不够，还要摁渡口的深水去，不呛出猪大的肺来，不收场了是不是？你们来吃饭，哪次不是加了半勺再添半勺烫猪油的？"

早起赶集的人们围拢看，几个老茶客也捧了茶壶门口探头，她撸了撸衣袖，换手叉肥腰骂道："你个厚嘴唇、老鼠眼、铜锣面孔的下作胚，膀脚、圈腿、哈腰的狗，欺侮我家胆小老实，想独吞砧板上的油腻，你公开讲，鼠头贼脑的搞阴谋诡计，想斗倒我们不成？告诉你几个黄口白牙的货，渡口汰汰清爽嘴巴，长石头上整整齐齐牙齿，别一天到晚地喷粪，想吃掉我们？西津桥上过三次。我家四代无田，三代贫农，二代残疾，当代无产阶级革命干部。现在有个手脚好点的，欺侮他是乡下的？你茄秧巴着遮蔫长豇豆，也不在石板街上撒泡尿照照，自己不知那个山旮旯里来的货，肥了胆生吞我家人，让我当家的卡喉咙塞死你们。"

中市街摆摊的人越来越多，山里庄户兜山芋毛栗的，水泽田舍卖芋芳荽白的，船上渔人售湖中水鲜的，镇上农家沽后院菜蔬的，莫不占地为摊，高声吆喝，低声陪笑。金山妹的骂，盖住一街早市声。人们纷纷议论猜测，说她一会一个，一会骂几个的，到底骂的是谁？

骂声惊动了朱得男书记，他从备弄拐出来，对烧水的金驼子说："叫你家的少喷几句，大清早的，哇啦啦地叫，像啥样子？"

看似佝偻、实则挺直了身体的金驼子，一砣在身，旁人看来总觉压心。他不说话，灶膛口的地坑里费力地上台级，取个大铝勺，汤罐匙一点沸水，水缸舀一半凉水，街雾里钻来，递给了自己的婆娘。

"喤"的一声，金山妹的长柄铁勺挡铝勺："天冷水凉，想激掉我两颗门牙呀？我留着还想咬萝卜干、嚼炒蚕豆吃粥呢。"

"一生一熟的温吞水。"

"蛮猛水？"

东津镇人，除了老茶客，镇上喝熟水的多，乡下喝生水的多。要么生水、要么熟水，从不喝一半凉兑一半熟的温热水。生熟水叫法温和，喝下肚去生熟掐架，不再适合畅饮的温吞之说了，村野人叫"蛮猛水"。喝了这样的水，人皆会生出两个"凶猛"：一是脾气凶猛，二是肚里闹得凶猛。

"你想让我的肚皮闹革命？"金山妹鱼圆了眼睛。

金驼子眨巴着细眼说："闹革命不光嘴上唱，先要内心深处，从肚皮里开始闹。闹凶了，最多回'六家'，没有动静，润润喉咙，湿湿嘴巴，继续闹革命。"

"你个死驼子没安好心，不去卡人喉咙，却来堵我的心，老娘今天就吃了，看我的肚子会不会钻进个孙悟空？真要闹腾了，当作刮肚肠油水减重。"金山妹盯着男人的小眼睛骂完，抢过铝勺，"咕咚咕咚"喝了个尽，翻翻肉里眼，嗝出一口气，"温吞水，倒也不碜牙。"说完，肩扛铁勺回了饭店。

金驼子也回了茶馆，几个老茶客翘起了大拇指。下楼换水壶的大毛狗说："金组长身体比婆娘矮三分，手段高一尺。"笑着换一把水壶，"噔噔噔"地踏梯上楼，为茶客们满壶去了。

金驼子是茶馆的负责人，虽说只两人，凡事都得有头有面，茶馆组长，大小也是干部，至于是不是革命干部，眼下谁不革命？不革命要押上台批斗的。他也不说话，一步一捱地下到老虎灶的地坑去，撞开铁门撒砻糠。

灶膛里，砻糠的火苗懒洋洋地舔着大铁锅，灶膛外，沉地过半、一个八仙桌大小的池子，正够金驼子前进后退的，用一把等身的铁锹，左前右后地往灶膛里铲送砻糠。

老虎灶的一应物件皆特别：老虎灶是矮的，水缸是矮的，坐着喝茶的八仙桌，也比普通人家的桌子矮上一截；铝勺，漏斗，铲子，铁钎，包括由大水缸往铁锅拎水的木桶，一律是长柄的。这个水世界，大物件短，小物件长，正适合腿长身短的金驼子从中忙碌，好像老虎灶为他量身配置的。

金驼子的双腿并不比常人短，身体横向发福了，常人眼中矮去了半个热水瓶的高度。人斜长了，心未斜生。金家几代茶博士，他的祖宗能从贺九岭下的小茶村，拼杀到东津镇的中市街，自有一套茶道理的。据说，光是一套龙凤三点头、不漏一滴水壶外的斟茶绝技，就让身高马大的大毛狗折服。

东津镇的老茶客不喝隔夜水，不管雨天湿衣还是冰冻街滑，也不管夏夜闷热还是北风割脸，每天清晨，金驼子必同大毛狗去西津桥下的深潭提水。老虎灶"隆隆"响的水车声，天天早上告诉初醒的茶客，他们一会喝的是上游潭中汲取的新鲜活水。

金驼子勤俭补力拙，三口大水缸和老虎灶的三五步间，闪身腾挪不输常人，因为水缸半埋地下，身体矮小反而便利，不用弯腰，便可用木柄下方装活环的木桶，由缸的底部舀出水来，桶上灶台也无需踮脚，一手把住木柄，一手托住桶底，清水"哗"地一声进了锅。

金驼子五十出头的人了，自小茶馆中泡大，至今没有离开过茶馆，以前是自家的，之后是东家的，现在是集体的。三个不同的模式，茶客们喝的照例是山涧水，他却吃了不同的饭。不说见多识广，但凡人事上的一点利害关系，他拿捏得小心精准，唯恐自己本身的缺陷之外，再给家人带去伤害。基于这样的想法，凡事他都热心去做，一是为公，二是为自己，另一个是为茶客和镇上提热水瓶前来打水的人们。他遇事从不死板，茶客和提瓶打水人忘带钱了，或稍有不便的，他反而会安慰几句。一壶热茶两分钱，一瓶热水一分钱，只要不找零，从不看来人摊于掌中的一分两分，任其丢进铁罐，从不与人粗气红脸。公社书记朱得男来东津镇这么多年，他准备了这么多年的洗脚洗脸水。早起，一手抓两地提四个热水瓶进备弄，供后院的洗涮、沏茶用。下班前，必拎着大水壶后去……这个多年如一日的举动，深得朱书记的好感。他的老婆骂街，朱书记没认真，多半缘由此。

有茶客来茶馆，不用案板前付钱，进门响亮地喊一声"金驼子"，径自找位置坐了，且老位置的居多。大毛狗在楼下时，由大毛狗添壶满水，大毛狗楼上忙着，金驼子一勺一壶地过去，左手揭盖右手满壶，瓷瓷声响，拂盖一壶滚烫。看似轻描淡写的动作，却没一滴水湿了壶身。

壶盖合上了，茶客们递来的香烟也夹上了手指。笑吟吟中，一个转身浸到老虎灶的白雾中去，一个咂嘴舔舌的喝茶暖身。茶客们水撑肚饱，临去时茶壶下压两分钱，一般不会少。不知怎么的，进门来的茶客，即便大毛狗在楼下，生熟面孔都喜欢朗朗地喊声"金驼子"。

姓是祖宗的，绰号是生下来才有的，也怪不得别人，谁叫自己有这么一个明显的特征呢？如果不是生来的这么一砣，镇上人该叫他"大宝"的，因为他是家中老大，父母特地请来了南头村卜卦算命、问事起名的老瞎子，为他取了个"金大宝"的名字，他的户口簿、工作证、粮油本和结婚登记证都这么写的。

"金驼子……"又有茶客进门来，拉长了音调喊。

天渐渐地放亮，中市桥上的红旗，飘飘如猪脖子下的血帘。

十五

斜插红旗的中市桥堍，篁村、罗家坞村的民兵营长各带两民兵，同一老头一老太来了，进到中市街，民兵扭了他们的胳膊，像模像样地押到中市桥边。没过一支烟功夫，南头、桥前、五行里和旺米各大队的也来了，北山湾最后一个到，个个坐桥堍西侧驳岸的石栏上，各大队的民兵营长吩咐着什么。

毛老头也被东津大队的民兵装模作样地押了来，他是这次批斗会的主角，排第一个，其他人作陪斗。为后山人办阴事，赚两元钱和三斤老黄米的后果，比他预想的严重得多，扣粮扣工分不说，"四类分子"的帽子实实地戴头上了，且不知斗到何年何月。他神暗眼虚地望着高高的戏台子，心快跳出喉咙口了，最后把求援的目光投向了黑小佬。

黑小佬轻声吩咐着两个年龄稍小的民兵："一会儿你们两个押人到台上去，步幅又大又快的话，毛老头腿硬脚笨跟不上，会摔跤，慢腾腾地走上戏台，不像批斗，像是上台作报告了，不可以的。到时公社领导也会来现场，下面群众看了也不像样子的。待会步幅要小，步子要快，看上去急急的。到时，扭住他的胳膊尽量往上支，老头子老腿老脚的，你俩吃力点，他省力点，结束了每人去吃一碗焖肉面，记大队账上，我打过招呼了。"说完又转过身，抬一腿搁石栏杆，鞋底擦一手灰，往毛老头脸上抹，毛老头躲了一下嘴嘟的脸，迟疑了一下，才伸出老脸，让抹了个灰暗。

黑小佬双手拍拍余尘，压低嗓门说："你只管让他俩推着前冲，步幅小点，平日赶逃猪，颠屁股跑路的样子，三人步调统一了，又好看又省力。到了台上，他俩的手摆你头上，你自动低下，眼睛看脚尖，当作西津桥堍寻铜钿了，别直犟犟地像藤棚下的老丝瓜一样吊着，让人看着顽固不化的样子。站得腿酸腰疼了，举手报告憋不住，民兵押你去公社的后院，厕所里边歇口气，倘若听到公社领导的假咳声，赶紧提裤子避开。"说完，递了一个竹节水壶给毛老头："早上的水喝足了吧？再喝点，人有罪尿无罪，活人不能让尿憋死。只要真撒，不怕他们派人盯着看，多跑几趟备弄，戏台子下松动松动腿脚。别忘了，有点那个意思就举手报告政府。"

毛老头唯唯诺诺地点头。

"觉根想来照顾你，我爸不让来，怕撞了枪头。再说，来了也没用，这一趟吃苦也就两天，忍忍。今明的中午饭，怕冰了屁股拉肚子，垫个草把，民兵都垫的，我让他们多带了一把。觉根给了我一角四分钱，粮票阿三送的，中午半斤黄米饭，一个大众汤，酱肉不吃了，挨着斗吃酱肉，群众影响不好。我爸的意思不让沾荤腥的，猪油烧的汤菜也不许你吃。"

黑小佬吩咐着，见排在第二的北山湾两个年轻人凑耳朵听，他警觉住了口。

那两个见黑面孔有点误会的意思，便指指一个身体羸弱的小老头说："这是我家阿叔，身体不好，也想弄个轻松点的法子押台上。"年轻小伙说话间，小老头点着头。

北山湾村的大地主兼大资本家吴海源，阿玉的父亲，黑小佬怎会不认得？眼前这个身子瘦小的半老头，在中市桥堍不知站多少回了，往日总是头号罪犯批斗的，这次例外，毛老头抢了他的风头。既然是认可的本门侄子，不至于有什么问题，黑小佬便问道："你们带队的呢？"

"你问大瘌痢呀？他当上民兵营长后，鼻翼扇风也朝天，我们拍他马屁，撺掇他吃酒吃面去了，酒也是春里土法酿的，灌了半瓶给他吃，省得烦人。"

东津镇的自酿酒分两种，三日后的醪糟添凉开水，浑熟过后滤出淡酒，成了外乡人喝着甜蜜蜜、酸汪汪，有如米泔水的老白酒了，这酒不易保存。东津镇人酿酒另有妙法，一样的顺序，三天后的醪糟，同样兑入高度酒，放置几日，淡酿烈酒改性，米香酒性突出，生成度数不高不低、香醇依旧的甜酒，搁阴凉处，可吃到来年初夏。东津镇有点酒量的，好自酿的这一口，不过，这种费钱粮的奢侈吃法，缺米少食的乡野人只偶尔尝之。

黑小佬听了，完全放松了下来，他自我介绍说："我是东津一队的，民兵营长兼的。"

"哎哟，你是黑小佬队长呀？眼钝了……"吴海源伸出了双手，他的本家侄子挡了，"这场合还抓手？声音轻点。"

"声音是要轻。"吴海源喃喃对黑小佬说，"多亏了你们一家子人，六姑、阿玉遇到好人了。"

黑小佬说："乡里乡亲的，以前我家吃不饱饭，六姑没少照顾。"

黑小佬把吩咐两个民兵和毛老头的话，细细同吴海源叔侄说了，还递上竹节水壶，让吴海源喝水，并说："喝净了，我去金驼子那里灌热水，再从茶叶罐撮一捏茶末进去，这样吃再多的水，不会水中毒，只会一趟一趟地上茅坑。"

吴海源的侄子说："阿贞妹子在西街卖栗子，我看见她的竹筐装有竹筒，一会拿来，撒尿时找金驼子补口水。"

吴海源说："备弄我也不想多钻，公社的干部见我们进去，一脸嫌的，开不了口赶人，眼光也是毒的。"

当然，他不想进备弄去，心里还有过不去的一道坎。

北山湾来的另一个民兵说："只可饭店一起吃，不可茅坑一齐拉。少搞几次批斗会，不就没人影响他们畅快了？"

几个正说着，"呱……"的一声尖刺长音，举天长竹上的哈巴圆物响了起来，刺音停顿一会后，有吹气的"噗噗"声，有手拍的"啪啪"声，接下来奏响了曲声，在悠长轻快的音乐声中，响起一个女的声音："东津人民广播电台。"一个男的马上重复："东津人民广播电台。"女声："今天，我们怀着无比喜悦的心情宣告……"女声男声合一起："东津人民广播电台成立了！"男声："在这举国欢庆的日子里，我们，迎来了首播！首先，让我们向支持发展广播事业并作出重大贡献的公社党委朱书记……"男女声同时："表示感谢！"女声："同时要感谢新调任的李表廉副主任，他给东津公社的发展带来了新的动力。"男声："我们要牢牢团结在以朱得男同志为首的党委周围。"男女重合："千万不要忘记阶级斗争，将革命进行到底。"男声："破除封建迷信活动暨批斗'四类分子'现场会七点开始，到时，公社李副主任将到现场作重要讲话。"女声："下面请听歌曲《革命不是请客吃饭》。"

广播唱响了节奏铿锵的歌曲，同中市街行人的咳嗽声、开价杀价声和人好物坏的笑骂声，此长彼短地融合在一起，似也合拍。

广播里的男女声有点熟耳，黑小佬还没想起哪里听过，街上有人嚷道：

"男的杨金浜，女的顾梅。"

消息是从茶馆传出的，金驼子早知道了。广播站新成立，一时没有恰当人选，先由公社妇女主任顾梅和文书杨金浜临时进城培训几天，走马上任顶了上来，今后再慢慢物色有播音专长的年轻人。

金驼子眼小嘴紧，凡事没有公开前，是绝不声张的，有意无意地瞥见了春凳上的不可言说之事，更是烂在肚中，只当从未听到看到过。这也是他深得后院领导信任的原因之一。

"咚嗵咚咚……咣咣……"几曲歌毕，广播里传出了欢快的铜锣声，随着敲得毛老头等"四类分子"心颤的点点鼓钹，李表廉、杨金浜一行几个走上了竹舞台。

"社员同志们！革命同胞们，在这金风送爽的喜庆日子里，我们迎来了国家的生日。遵照毛主席的号召，不忘阶级斗争，破除封建迷信，今天，我们召开批斗大会，为的就是牢记这一点。下面，把大搞封建迷信活动的毛老头和地富反坏'四类分子'押上台来！"

轻雾里，熙熙攘攘的街道一下寂静了，竹舞台一阵碎杂的"噼噼啪啪"声响，八九个老头老太被押上了台。毛老头僵着身体，居中低了头，脖子上挂了个胳膊粗的布袋，布袋以沙代米，装得鼓鼓的。

"是毛老头哇……"

"毛和尚，斗的真是毛和尚唉？"

"其他几个陪斗的吧？脖子上没挂点啥，比毛老头省力多了。"

"毛老头犯了啥罪？是不是老和尚偷看老尼姑泡浴了？"

"不会吧？他要犯浑，八九年前早犯了，那时胸宽肉鼓的，老的不老，小的还小，一辆板车去渡口，多好的机会，可见他有色心，没色胆。"

"胆量是练出来的。以前不想是因为常饿着，现在吃圆了肚皮，尽想那点子事了。"

"你整天想尼姑，干脆把家中的休了换尼姑，东头两个正找着呢。"

"你个贼杀胚，猜猜不行啊？"

"听说毛老头吃肉喝油的，没少占集体的便宜，杀猪阿三也牵连了。"

"这叫趁汤下面，阿三被人举报的，你没听见茶馆门口的胖女人骂街呀？"

"你们乱嚼舌头，事情是胆子比天大的后山人搞封建迷信活动，找了毛和尚做的佛事。"

"作孽哉，两个光头六百斤谷，怎么够吃？又不似队里社员，多少有点自留地，随季种的山芋、芋艿、茨菇啥的，饭锅上蒸、汤粥里煮，也填肚皮角落，清汤寡水这点谷，想来也是饿昏头了。"

石板街上的叫卖声变成了议论声，买与卖的乡人变成了开会的社员，人多，还不用额外支付工分，效果果然是好。在这金色的十月，望着台下淡雾里的湿面孔，李表廉一脸的满意。

薄薄的轻纱慢慢地揭去了，湿漉漉石板街上的人们，好奇心终究抵不住家中金银铜铁锡的添置和油盐酱醋茶的消耗。他们知道，喜庆团圆的节假日，家中的另一个巴巴地等着拎回中午的菜肴，回笼觉中的孩子，梦中必惦记着林记糕团店成档的油籴团和沸腾油锅籴成擀面杖粗的油条……这些一分二分、一角二角乃至一元两元的开支，莫不是他们摸黑来集市的主要心思。太阳出来时，若能花五毛六毛钱，于阿三的肉案剁一掌心猪肉，用稻草芯束了，一路示人地提溜回家，于邻居和家人面前，莫不是满满的自尊和光彩。

他们或坐或蹲的，回归了原本占据着的一方包头巾大小的街面。蹲的，一会一会地轮替麻木的双腿；坐的，底下必塞了方方的竹垫片和圆圆的蒲草团，以隔湿濡。

"山栗子哟……香糯软甜……"

"竹篾篮子……扎实久用……"

"茭白……自家屋前水沟里的……嫩白鲜甜……"

"便宜卖哉……山芋甜糯超栗子哎……"

"鸡毛菜……小青菜……清清白白……"

持物的乡民用朴素简短的话语，招揽着地摊前行走的人们。这些产自村后坡地和村前洼田的蔬果菜鲜，寄托了他们较大的希望，人还未到街上，掐指算了一遍又一遍，脱手后，能换回多少自家急需的。

东津湖冒上来的水雾业已消散。茶馆里，楼梯暗处的尿桶，也由大毛狗提后院去了好几回。

茶馆楼梯下放尿桶的墙边，留有大半个成人高、一个木桶宽点的窄门，楼梯外侧挂蓝色布帘遮挡，布帘离地一尺，人走帘子后面去，外面的人看得见里边的脚，听得见捣弄出的声音，可并不妨碍揭帘进去的人抖身通畅。

大毛狗就在这声音的停歇中，侧身、弯腰地钻出小门去，提尿桶进深弄，暗处一路快步，来到第五进房屋后的院子。

几枝老蜡梅的墙院边，建有一个大厕所，专为公社机关人员服务，对外不开放，外人也进不来，与茶馆齐平的窄窄备弄口，木门敦厚，外可挂锁，内可上闩，平时由一扫地搞卫生的老头开关。除了上下班干部、下属单位的办事人员，能进备弄去后院的，只有两拨人：一拨是中市桥站街示众的"四类分子"，另一个就是茶馆的提壶人了。

茶馆水衙门，喝这么多水进肚，憋回家显然是不现实的。中市街又属黄金地段，是东津镇的面孔，脸面之地不允许在水巷驳岸边随意的。茶水的产物，唯一的出路只有后院去。好在肚包水的人肚皮老辣，废弃之物早在自家的后院清理，决不会进狭窄的备弄凑热闹。

侧墙凿洞开小门的好处，是免了上下之水前门进前门出、不雅也登堂的尴尬。后院成为公社大院后，问题出了不少，干部们进备弄来，必为怪味所困，朱得男书记嗅来嗅去地研究过多次，茶馆的楼梯下也察看了三次，问题发现了，终不得解决办法。人生之事就是这样尴尬，最基本最简单的需求，往往会成大问题。没奈何，只得下令，除了大毛狗倒尿桶，金驼子早晚送热水进出，闲人一概不得出入，备弄口的小门平时紧闭。

金驼子见大毛狗由边门侧身进来，便往中市桥走，此时日头已高，街上行人渐少，来往的也是步履匆匆。一些民兵三三两两地散坐驳岸石栏，你长我短地抽烟，或靠或坐地闲聊。

金驼子从佝着的胸前，掏出一个装满水的玻璃瓶，放至舞台下，轻轻敲了下竹竿，向吴海源咂咂嘴。吴海源眼睛一热，尽管女儿阿贞给他带来了一竹节的水，金驼子也不是第一次这样给他送水，但他的眼睛还是起了雾。

金驼子确实不是第一次送水。只要老东家在中市桥示众，他得空便会送个水瓶过去。水瓶是公社卫生院要来的，打点滴的空瓶子拿来，清洗干净了，冬天灌热水，让老茶客们塞旧棉衣中暖胸。送水给老东家喝，是额外的用处。

有两个顽童的裤子掉过膝盖，屈腿桥拱上，"哗哗"地向巷中撒尿，憋着笑，比谁撒得远，几个民兵嘘声连连，赶都赶不走。

金驼子的小眼睛眯成了一条缝，那是太阳升高下的眼睛。

十六

早起，阿玉被另一种声音惊醒了。

"姑姑，那是什么声音？又细又尖的，听了牙齿酸，吃粥嚼不得萝卜干。"

"还不是前两天装的电盒子，冷不丁响起来，也吓得我一跳。早早的，比阿黄和西边的猪猡还吵，没个完，让我把开关线拉了。"

"怎么不听见猪猡猡的叫声？革命节日吃素不吃荤了？"

往日这个时候，阿玉总是在西津里隐隐传来的猪叫声中醒来的。今天没听到，反觉不习惯，好似缺了点什么。

六姑想说，昨晚阿玉睡着后，西边的猪叫声一阵紧一阵地传来，前后足足响了十五次。三个多时辰，她往罐中丢了十五颗豆子，一夜合不上眼，想想猪舍的两光头甩开膀子大干，也一样地不能睡，心里平了些，慢慢地合了眼，谁知竟被另一种声音惊醒了。

"只怕素吃不了，还红口白牙地大吃呢。"六姑说着，招呼黄狗，"阿黄，前面走。"

天还没亮，东津湖大团大团的雾气扑面而来，脸上似"窸窸窣窣"的虫蚁爬动一样。

阿黄或前或后的，待走上北去的湖堤，捉摸准了方向，才走走停停、嗅嗅闻闻地头里走。

阿玉走在黄狗后面，垫底的是六姑，她对阿玉说："放心地走，我在后面。"

堤岸边的矮草上，尽是亮晶晶的冒头水珠，阿玉穿在蒲草鞋中的脚趾感到了凉意。

前方的紧雾里似乎有咳嗽声，黄狗叫了一声蹿进浓处，一会传来"呜呜"的低沉声。

"是六姑、阿玉来了？"一个声音传来，烟蒂火星闪灭。

"哎……是黑小佬呀？这么早挑蒲芯了？"六姑大声答话。

"他哪是来挑蒲菜芯的？怕我被水鬼拖下湖去，没人给他烧饭吃。"半堤下，吴水妹哇啦啦说话。

阿玉听了吴水妹的话，脚步迟疑了一下。黑小佬口气有点粗了："这女人比湖中的野鸭嘴硬，你也不比阿玉的胆子大多少，黑糊糊的，一个人敢上蒲田来？湖里真要伸出一只毛手，喊救命都来不及。"

"毛手抓了去也好，省得被你的黑手掐。"

"我什么时候打你了？喉咙稍微响一点，抱了儿子回旺米村告状，好在北边的没出什么大官，只出了个豆腐西施豆腐郎。"

"你家两代当官怎么了？怎么不像茶馆一样，门口石柱绑根长竹，扯面旗子迎风招摇？恐怕没脸吧？两个黑当官的，不比卖白豆腐的人吃肉多。"

六姑笑起来了："你们俩一来一去的，假的吵成真的了。不过这样吵吵也好，迷糊糊地湖边走路，阿玉害怕的。"

"六姑你不知道，他假惺惺陪来，还不是找着机会一根一根地抽烟壮胆？我起早摸黑的，白天白做，夜里也白做，挑的蒲菜芯，中市街连蒲草包卖了，也挣不回他抽掉的烟钱。"

听着两个人的真话假吵，阿玉的蒲草鞋齐整地脱湿堤上，双脚轮着蘸了蘸蒲田薄薄的、仿佛漂着油花的一层水，嘴里"嗞"的一声，一下踩进了稀软的蒲草田，激灵过后，淤泥中的脚底暖，浸水的脚踝凉。

"被水鬼扎了一针吧？"吴水妹咯咯咯地笑了起来。

六姑说："我家阿玉胆小，做的梦都在湖里。当初住仓库的西边两间，就是那年有人吓唬她，说半夜的水浪是落水鬼拍水爬岸，后来听到野鸭叫，也要捂耳朵的。"

阿玉身侧挂了个蒲草包，右手执微微张开的剪子，顺蒲草根的圈圈外衣向下一插，手腕儿一抬，轻脆地"啪"一声，葱指般的嫩白便探出了头，二指轻轻地将它夹进了蒲包。她笑着问道："黑小佬，你手中的烟值钱还是这一节蒲芯值钱？"

吴水妹抢着说："他的一支烟值小半碗蒲芯钱,我们家让老少两张黑嘴抽穷了,书记队长白当的。"

黑小佬说："什么白当黑当的,男人嘛,一分钱一担的水要挑,一块钱一副的牌九要押,吃了用了的,算不得浪费,钱花了再挣,人被落水鬼拖进水,塞进湖泥中,再多钱也白搭,到时阿玉找了人家,会知道这个道理的。"

吴水妹说:"阿玉,别听他瞎说。他黑脸抹湖泥,原本黑,硬说湖泥黑。等过了农忙,我托人给你说个斯文人,不吃酒不吃烟,也不去茶馆吃水撒尿赌铜钿。"

"我什么时候去茶馆吃了赌了?尽着性子瞎说,一早到晚嚼舌头根。"黑小佬说着,站起身往来的方向走了几步,想说什么话,又想不起似的顿着,"嗞嗞"地连抽几口香烟,手指弹烟头至渐渐泛白的水面,看着悠哉悠哉的烟蒂,惊声道:"哟,起西风哉……"

吴水妹见阿玉怔怔地看着,笑着说:"这个时候的湖水真怪,一堆儿一堆儿拱,像有水鬼冒头出来。"

阿玉听了不敢看水。

"你们挑好了一块回吧。"

"忙你的去吧。"吴水妹把蒲包放堤岸,帮阿玉挑起蒲芯来。

吴家同外婆墩的仓库相隔几块稻田,是隔田邻居。但凡生产队点名登账、分红放粮、排队领物均是前后关系,划分的自留地,也紧紧地挨傍着。为提高自留地的利用率,相邻间不筑明显的泥圩区划,只在洼地尽头堤岸的斜坡,插上柳枝作界桩。

一阵愉悦的清脆声,蒲包已满。两人提了湿淋淋的蒲草芯到渡口湖埠头洗,阿玉想回去换双干蒲草鞋,六姑提了来,还背来了一个装着小蒲草包的大蒲草包。阿玉换了干蒲草鞋,地上蹬蹬脚,暖暖的、软软的正合适。

吴水妹说:"六姑教出的好徒弟,阿玉手巧,扎的草鞋随脚不硌脚,像走在棉花里。"

六姑说:"你家的鞋样都有了,过了秋收,遇着阴雨寒毒天,我和阿玉多做几双,蒲草搓芦绒,冬天雪地不冻脚。"

吴家住的街东梢,街面冷落,除了舟楫来渡口和沿堤来的湖边人,平时少有人往返。直要接近中市街了,才有两边檐下摆摊的乡民。中市街是最热闹的去处，早被人挤得满满当当的，难有空隙。阿玉一般去西街，因为姐姐也在西街摆摊。西街往来人多，市日里，都看得见饲料厂的街梢了，仍十分热闹。

吴水妹在东街接近中市街的街檐，遇上了旺米村娘家的卖豆腐人，挤缝似地插了进去，转过身来叫阿玉边上挤，阿玉说去西街姐姐那里，往前走了。来到中市街，街上喇叭声人声嘈杂，急急地走路，竹台上站着的两个人，让她缓了脚步。

舞台上，她看到了两个人：一个是自己的父亲，另一个是戴着又尖又高帽子的、脖子上挂了一个布袋的毛老头。

自己的父亲常挨斗的，师伯怎么也斗上了呢？且还弄出这个怪模样。湖边蒲草田，黑小佬想说什么，终究没说，是不是这件事呢？

阿玉不敢多想，也不敢看两旁的摊位，眼睛盯着中间湿哒哒的一条，碎步急急地赶往西街去……

西街摆摊的阿贞早等急了。

前几天，家中为茅棚夯墙时，大瘌痢来通知，十月一日的双节，要父亲去镇上的中市街陪斗，陪两天，国庆节一天，二号一天。十月二日原本不休息的，考虑到秋收马上开镰，农户家较多的准备工作要做，一应铁器农具、绳索扁担和筐箩簸箕诸物，皆需准备。铁制的磨石锋利，担重的四条八股换新绳，即便筐箩上一个稍大的孔洞，也需密密地镶补，以免挑来担去的漏掉一粒谷，漏掉一季辛苦的汗水。诸事的停当，皆需人力准备。且十月二日是农历的逢六日，东津镇一月三次的"六上"市日，索性多放一天假，以便让农户稳妥筹划。

"六上"，也称"六唧"，是地方相传千年的赶集日。黎明时上镇来的四乡村民，近晌午了才四散回家，是约定俗成的老规矩，乡村的生产队长也不违悖习俗。这一天本来只有半天的活，不如送个顺水人情，让农户百姓说说新政府的好。当然，批斗是不放假的。

阿贞的父亲押到中市桥批斗不是一回两回了。自从没收了全部家产，划上了地主兼资本家的成分，住的地方同大小瘌痢的李家对调后，那时她还小，父亲一个月里总有几回要去镇上站一个早市和半日的桥塪，逢年过节还得加站，倘若哪个领导胸中郁结，也会临时起意，喝去充当毛垫子，站半天一天的街。阿贞知道，在东津镇，父亲历来被作为主角挨训挨批的，这次陪斗，怎么个陪斗法呢？那天，她与母亲一起准备帮工亲友的饭菜时，心里越想越担心，顾不得大瘌痢当路撒尿耍赖，一径去了姥姥家，要姥姥家的去镇上打探消息。姥姥家的说风就是雨，午后便去镇上探得消息，说是姥姥找了金驼子，金驼子如此这般地告诉了姥姥，叫姥姥转告，让阿贞放心。

阿贞听了姥姥家的话，知道常为他们捎话带物的养猪场觉根的叔叔挨批斗了，心里"咯噔"了一下。昨天夜里，她还做了个可怕奇怪的梦，梦见迷迷糊糊的东津渡口，伸出一只毛绒绒的手，在水面上甩来甩去，想要拽住点什么地乱拽。她将这个梦，同早起出门的父亲说了，做父亲的沉吟了一会，没多说话，只是要她同妹妹说，出门别落单。她一早揣了这份不安上街来，心别别地跳。去中市街称猪肉时，阿三也不似往日那样拉长声调唱重量，两个剁肉、一个收钱的三人肉铺，各忙各的，冷脸寒似尖刀。回西街时一路地张望，希望早一点见到妹妹，她有话要细细地叮咛。

"阿玉妹妹来了？"边上卖莲藕的，也是北山湾村的一个中年妇女，先打了招呼。

"嫂嫂来得好早，你家的莲藕比胳膊还粗，快追上小腿了。"

阿贞忙把左右摆放的两个竹筐前后摆了，留出空档让阿玉放蒲草包。

阿玉松了蒲草包的束口麻绳，敞开一蒲包葱白样的蒲芯，取个小蒲包，装了两把，收口放进了姐姐精致的小竹篮。阿贞也取过一个空蒲包，抓了三五把野栗进去，塞到妹妹的腿弯下，说是自家祖坟地上的野栗，阿爸用长竹竿打的，竹筐担回家，娘的鞋尖踩了，剪子头挑了好些天。坡陡地旱，栗子只长蚕豆大，又糯又甜。

阿玉说："姑姑牙口不好，糯糯的，甜甜的，炒熟了慢慢地嚼，一颗栗子骗半天嘴。"说着，在蒲垫子上含腿坐了下来。

有人弯下腰看蒲包里的蒲根芯，两指拈一节凑鼻下，阿玉笑着说："大叔，才从东津湖的堤边挑的，不施肥，天然长的，那里的水又清又甜。"

"闻着倒有股子清爽味儿，只是这么湿，一半水的重量。"

"不称重，一小蒲包五分钱，回家炒雪里蕻，酸脆嫩甜，吃粥最好，晒干了炖肉最香。"

那人直起了腰，脚尖轻触大蒲包："都买了，优惠不优惠？"

阿玉笑盈盈地说："阿叔打包买，原可分装十多个小蒲包的，只算整数五毛钱，另送几个小香蒲包。"

那人嗅嗅阿玉往上递的小小香蒲包儿，数了五毛钱，拎了水渍渍的大蒲包，满意地走了。

卖藕的妇女不无羡慕地说："屁股没坐热，五毛钱落口袋，阿玉妹妹像你阿爸，正经会做生意，小嘴又快又甜不吃亏。"

"嫂嫂卖便宜点，也快的。"阿玉说完，便用香蒲包儿装几把栗子进去，排在空处，"阿姐，不用称，蒲包儿装了，四分五分一包，买栗子送香包。"

阿贞说："哪有这么多蒲草织香包？"

"阿姐放心，等新稻草收上来，一双手多梳些细茎，捶得软软的，同蒲草混合编，可省下一大半蒲草来。"

街上的行人越来越多，熙熙攘攘的石板街，叫卖的、讨价还价的、笑骂打趣的，以及行人的脚步声，和秤砣偶尔掉落石板的"啪哒"声，混合成一部活色生香的变奏曲。

阿贞、阿玉无暇顾得上眼前的市集境况，她俩的父亲还站在中市街的竹舞台陪斗呢。趁两侧的售卖人关注着自己眼前的小小得失，阿贞悄悄地扯了扯妹妹的衣袖，轻声说："阿妹，回去同姑姑说，阿爸说了，形势不太好，做事情前后多思量，别让人抓了把柄去。阿爸说，陌生狗叫得凶，熟悉狗咬到根。"

姐妹俩沉头低语，阿贞把最近发生的一些事和昨夜的不祥梦一并说了。

阿玉恨恨地说道："真正不要面孔的，以前我人小，分不清东西南北，离家时不懂啥事，后来听说的，那时候，他家五六口住坡上，吃喝住哪样不是阿爸帮着的？白吃白住不说，还去了我家的大瓦房，反咬一口，说是白给我家做长工，茅棚也是他家盖的。还揭发说，在我家的茶酒楼输了大钱，害得他们家破人亡。听姑姑说，我们家的茶酒楼开张前，他家船上岸上的，早输了个精光，一切都赖在我家身上，这一口咬得直见了骨。前些天，觉根告诉我们，说是姥姥告诉他的，那天黄昏开的'忆苦思甜'会，青着个脸，又说解放前白给我家看护柴棚的事。人要是没两个肩膀，早被他们囫囵吞下了肚。半块黄泥坯大的癞蛤蟆，痴想哥哥姐姐弟弟妹妹的，也不去西津桥的深潭照照脸，长个啥模样？东津镇没一个男人了，山外男人多的是，也不会遂他俩的愿。进城包了几年皮，回乡来，不还是个癞头癞痢、牙黄口臭、没皮没脸的东西。"

"金叔叔告诉姥姥的，这一次回来，撸直了青脸的，小时候前后座的同学也不放过。这次捉了毛老头斗，还想连带斗小的呢。那个小和尚时常给我们捎长捎短的，好不担心。"

"觉根不会有事的。一个班级的，不就是西津里杀猪的嘛？阿姐，我知道你心里藏着他。"

"都小时候的事了，那时的人没坏心眼，回想起来像吃甜酒酿。"

酒酿又称醪糟。时近立夏，苏吴气温适宜，东津镇人隔夜淘洗糯米，浸水胖涨，晨起紧水焖烧，糯米饭熟半立，起锅铺晾大匾，散去热气，洒拌酒曲，转凉后装入陶钵，双指中旋圆孔，顿放蒲草筐中，借小锅盖相覆，一床棉絮捂住。三天后，掀开厚被，满屋醇香。这是东津镇人入夏必食的甜酒酿，吃了这一口，肩搭农具的乡下人才会走进蛙虫鼓鸣、翠风微醺的田野，汗洒一个夏天。

阿玉眯眯笑地看了沉浸在酒酿甜味中的阿姐一眼："阿姐心软，只记人的好，被人集市上卖了还要替人数铜钿。"

"人好的，只是胆小些。"

"我看不顺眼，胖头小眼的。阿姐印到心尖尖上了，多说会让阿姐落眼泪，只愿今后不要杀猪刀戳人戳心，比癞痢头李家还伤人就好了。说也奇怪，夜里我也做梦，也会梦见一只手，总觉得那是李家人的手。"

"阿爸说，夜里天黑眼昏的，不要落单走路，切不可一人去湖埠头洗长汰短。"

"阿姐别怕，鬼与赤佬口头说说的，谁也没见过毛手毛脚的落水鬼的。"

姐妹俩一脸忧虑地说着，本家的侄子斜肩背枪地过来了，说是要水壶。阿贞于布盖的竹篾篮中，取出一个两头竹节的陈黄水壶："阿爸吃了没有？"

那个侄子说："买烧饼油条了，等水壶过去，一会统一下台吃。你们只管回去，那一个也讲好了，大癞痢不敢怎么样的。"

阿玉也要去中市街的猪肉店，给父母割一块肥肉，被阿贞摁住了，撩开蓝布一角给阿玉看："割好了，阿三割的肥肥的。"

"这么肥的猪肉，尽是油了。"

"阿三剁的，一刀下去带点斜，瘦窄肥宽。"

"队里人人说肥肉好，铁锅熬熬全是香味，膘厚的给了你，肉店的其他人会不会说闲话？"

"不偷不抢，不多占多吃，一分钱买一分肉，少些瘦的、带骨的，是阿三留心了，刀上工夫，不是零星割的，好坏一刀的事情，旁人没啥闲话可说的。"

阿贞的语气特别坚定。

看着阿姐亮闪闪的印得出人影的眼睛，阿玉想说的话又咽了回去。

十七

　　五行里村人金山妹的嫂嫂，一个五十来岁叫许银仙的妇人，领了一个半老头、一个半老太，还有一个二十来岁、矮短身材的姑娘，在镇西御道的"丁"字路口，同金山妹汇合了，一同走上西津里的台地。

　　五行里村，村庄因有五个祖传的吃饭行业而得名，也是个二百来户人家的老村，新政府成立后，独立成大队，一部分田地划在了御道东面。相较于北山湾村来说，五行里村缩在山阴处，人家也是背山面水而居，只奈面的是北。冬日里，屋门开处莫不朔风灌涌，人冻屋冷山影暗，滴水成冰增寒意。盛夏成个闷葫芦，树梢不悠，太阳直逼，空看西津里一泓清水为东南风吹皱。

　　五行里村人多地少，水田更稀有。山坡旱地疏广，阴多阳少，喜阴作物也嫌冷寒。生长的篁竹萧疏不成丛，高不过半人，粗细如鞭。村子唯有村前下沉津泽的低田尚可耕作，但也只能看天吃饭，遇上霾霖久雨，西津里水涨漫溢，稼穑尽淹。想要扒御道泄洪，皇家时代怕杀头，民国后又遭道东人家抵死相抗，仅靠西津桥三孔泄洪，来水急，下泄缓，照例收成不敌荒灾。恒长的岁月，五行里人同天斗，斗不过；同地斗，没有用；同人斗，下不了狠手；最后同自己斗，斗来斗去，硬是斗出了一个通吃四方、五行六业齐全的村庄，这也是百年老村人的骄傲——许大厨、刘錾磨、陈木匠、朱打铁和石打墙，都是本地响当当的名头。当然，同样一技在身，名头响得吓人、人到最后皆用得着的木作业的另一行例外，这就是人人都嫌的棺材匠。专打棺材的陈木匠，人们直呼其"陈棺材"，别说其他村人反感他，在五行里村，他也不受男女老少待见，五行六业中，硬把他剔除在外。他的行业，拆开听有官有财的，实际同他打交道的人，莫不是倒霉透顶的伤心之人，用他自己的话说，找他的，无论大小，都不是好事。因此，被同村吃香喝辣的艺匠们一脚踹开，他也无多大怨言，谁叫祖宗相传这门无法开口叫卖的手艺呢？

金山妹娘家是东津镇有名的许大勺。当初还叫许山妹的她，嫁了个驼子，虽说于相貌体格上吃了几分亏，但金家几代茶博士，贺九岭下茶点头村，祖先凭"龙凤三点头"斟茶绝技，技压全村，为外来文人商贾所推崇，一家生意抵半村。到了金驼子父亲这辈，终于拼杀进东津镇的中市街，圆了吃在城里、住在街上的有产有业梦。虽说茶衙门水清，也聚少积多，照样填饱三代人肚皮，且有小剩。而肩挑八股绳担的许家人，四乡八邻赶来赶去地烧煮大菜，烟浓味重，闻得多吃得少。除了逢年过节和冬日农闲稍显忙碌，春、夏、秋三季无甚生意，真要有人喊去烧煮了，也是奔丧事人家做"豆腐饭"的，没什么油水，还不如风雨无阻、见天开门、卖茶烧水的茶馆，日积日聚的容易打发日子。且一个乡下一个街上，天生的差别。乡下的健康姑姑嫁城镇的残疾小伙，她的精明油腻父母，细细盘算，于情于理不亏多少。想通了，便嫁人去姓地进了金家门。就像嫂嫂嫁到她家也要改姓许一样，她也从了夫家姓。那个薄空中淡淡硫磺味的新婚之夜，看到悠悠烛光中丈夫背上斗大的一砣，她吹熄了蜡烛，别转脸，摊手伸腿地一躺，任多肉人折腾半夜，醒来已是第二天的早晨了，老虎灶的水锅早烧得"扑儿扑儿"地响。

金山妹领人来猪舍，是来相亲的。她多次听自家驼子男人说，去后院送水时，朱得男书记经常提起和尚尼姑成家立业的事，想让树立的典型生根、开花、结果。最好在他退休离开东津镇前，看到个圆满。当然，让她当件事儿张罗的，更多看在女婿阿三的份上。阿三每晚同老丈人咪一点自酿的小酒时，经常会说起养猪场，细说人粗心善的还俗人，荒日久长生活的不易。

金山妹的嫂嫂许银仙这次说的，是五行里村铁匠一支的朱阿五家，自小熟悉的。朱姓就阿五家香火不旺，头胎儿子出天花没了，生养闺女后，再想努力一把的，瘪瘪的老婆再无反应，镇上仇家小药铺没少把过脉，一帖帖黄纸包的草药，又煎又熬的，吃得吐苦水，村口撒满了药渣。外婆墩的东津庵也没少去，焚香点烛，布施了一次又一次，女尼们的脆声颂唱并未如人所愿，瘦身体仍不见"发福"。看其他几房，生的儿子腰粗膀圆，老子的头上才飘几丝白发，长的儿子便可抡大锤了。他这一脉只是个女孩，虽说也是抡锤的五短身材，只奈方向上、力量上、气势上均输男孩一半，再说独生千金珍贵，他们也不愿让本就臂膀粗圆的女儿，煤熏火烤的，再担个黑脸黑面女关公的绰号。这份心思，让抢了大锤无人握小锤、握了小锤无人抢大锤的朱阿五十分伤脑子。老伴无抢大锤的气力，又无指小锤引大锤的眼光，他换把中锤，又当大锤又当小锤地淬火锻打。真要锻打大件了，老伴唯一能帮上忙的，只有狠命地捏紧长铁夹，任他的大锤子重打缓敲，挥汗水的是他，虎口震裂渗血的是老伴，他嘴上不吭声，心里也疼。

许银仙久历成精，瞄准他家的这一点软处，去说觉根的长处："阿哥哎，我家姑娘你熟悉的，街上人不会口无拦关说瞎话的。觉根和尚出身，苦人家的孩子，还俗这些年，这么多的猪猡要喂，里里外外一人做，脑子活络，人也舍力。腿长手不短，高你女儿一个头，高矮找补，两个配档正好，今后生下孙子，高不戳天，矮不着地，不高不矮的三代打铁人。觉根上了你家，你指小锤他抢大锤，家中'砰砰啪啪'地打，不是热闹了？老的还不吃死食，也望着猪圈拿工分吃饭的，没个拖累。"

这个话说活了老夫妻的心，也让他们那个圆脸蛋不算太黑的女儿，有了比较比较的小心思，再加上吃商品粮的金山妹也是五行里村出身，有她作保，想来不致坏哪里去。有了这层想法，他们便随这一对快嘴快舌的姑嫂来到了猪舍。来的路上，薄薄的斜光里，遇上了本村石打墙家的几兄弟，御道上大咧咧地走，放肆地笑，见面了，石老四故意轻撞了一下自家的女儿，问他们是不是去中市街看批斗老和尚的？话问得奇怪，笑得怪异，他们的一颗心突突跳，不着不实地来到了养猪场。

猪圈扑鼻而来的浓重味，并不是朱铁匠的关注点。乡户人家，谁家不喂养一两头的？猪圈猪肥料，浓点淡点都是这个味儿，种田人不可缺的沤田肥料。他关心觉根的人，这个原本老小和尚组成的特殊家庭的样子，还有石打墙弟兄的疙瘩话，也要在低矮的猪舍里弄个明白的。

说起同村的石打墙，先不说他们一年到头欺软怕硬糊弄人的话，石老四的名字，就让打铁人不爽，明明小一辈子的人，偏偏叫个在他之上的名字。对人没大没小的，御道宽宽的，两辆板车并拉了可跑路，这小子走路歪歪斜斜，鸟头鸟脑地故意撞人，不是明着欺他老朱家没个身强力壮的小伙吗？

猪舍矮屋的烟囱冒出了浓烟。金山妹敲门喊人，喊的是觉根，探头出门的是毛老头，他迟疑地看了看竹篱外的几个，突然想起什么似的，急摸裤腰上的钥匙，边门到院门，颠了几步。

"觉根在倒猪食。"毛老头一脸讨好的神情，笑意却不太自然，把来人让进了屋，钻进猪圈找觉根去了。

觉根来了，院子里摘下身上的围裙，"噼啪噼啪"地拍打，双手瓦盆蘸水，往后脑拢粗短的头发。进屋来提竹壳水瓶，给坐着的各倒了大半碗热水，自己空手坐在灶膛口的一截树桩上。

金山妹说："人看了，阿嫂你先说说吧。"

许银仙便说："情况是这么个情况，你们老朱家要的是人，觉根要的是家，你们觉得人合适，觉根没意见，他要求不高，中午干，早晚稀，两粥一饭酸咸菜，有个饱便是好日子。"

朱家两口子再细辨觉根，那女儿跟着也偷偷地瞄了眼。

金山妹说："今日我保这个媒，并不是俗话讲的做媒成功吃'十八只蹄髈'来的，主要觉得觉根敦厚老实，身体也好，挑一两百斤重的担子，'哼'一声跨腿走路，肩不趔颈不歪，小时候让当家住持摸过头骨的。大家知道，做和尚比当兵要求高多了，模样方正，人得心善孝顺。他同毛老头虽是师徒，情胜叔侄，现在一个锅子吃饭挣工分，他早说了，今后要给毛老头养老送终的。"

朱家夫妻频频点头附和，咂嘴说：一个人的良心好坏顶顶要紧的。

"只是……"朱老五沉吟着没有说下去，看了一眼金山妹，便往口袋里摸香烟。

"阿哥不用吞吞吐吐，自己人，有话不妨直说。"金山妹说完，递了个眼色给觉根，朝外呶呶嘴。

觉根从树墩上站起身，轻拍布裤去了猪圈。

朱阿五望着觉根的背影说："人过得去，看样子是个懂苦辣的小伙，只是刚才石家的泥爪子，黄口白牙说中市桥批斗老和尚的事，东津镇好像没别的老和尚了，批斗的老和尚是不是刚才开门的老和尚？真要斗争了，他家成了'四类分子'家庭，这顶帽子铁打的重，我们贫下中农，胆小人家。"

事情至此，瞒是瞒不住了。毛老头今天挨批斗，明天仍得在中市桥塊示众。且一旦按下罪名斗开了头，今后中市桥一月几次的批斗，是少不了他的身影的。乡里乡亲的，事情只好抖开说清楚，成与不成，好与坏，皆怨不得别人。金山妹把金驼子床上侧身对她说的话,告诉了父女三人,最后叹道:"山上的后堡人也是只野兔子,平常胆大得敢杵漏天,放天上大水淹我们,遇这事儿,吓唬小囡的三言两语,竟让他兜了底,一头出事,两面牵连,换以往,这叫什么事。到现在,明面上大家批判封建迷信,可东津镇人的四时八节,关起门,点上烟烛,哪家不在三荤三素地祭拜祖宗?不久前的'狗屎香',哪家不去镇东、镇西插上三五把的?要说迷信,人人都迷信,真有不相信的,怕犯忌,也随大流的,该拜佛的拜佛,该祭祖的祭祖。领导干部嘴上喊得震天响,私下怕得要死。毛老头挨批斗,那是枪毙带豁了耳朵。"

金山妹说完话,没有人接话,屋里静下来了,静得屋更加地幽暗,听得见心同黑暗搏击的声音,扑通扑通的,几个人的脸,一团心思中暗了下去。

"阿哥要不要考虑几天?"许银仙打破了沉默。

朱老五点了烟,长长地吸,又长长地吐,望望老伴,对沉着头的女儿说:"阿红也说说,虽说女儿的婚事定要父母拍板的,我家平常萝卜青菜吃得多,吃得清白,人也明白,你可以说说自己的想法。"他大半辈子欺软砸硬的生涯,注目的不是黑便是红,生下女儿叫朱红,也有世传手艺不如其他几家朱姓红火,名字上也要扳回一成的意思。

"阿爸叫我说,我说几句,说错了莫怪怨,听父母的话便是。"叫朱红的女儿说,"阿爸是不怕软不怕硬的人,手上的老茧比猪脚趾的壳还硬,打铁声里的张嘴人,说句软话也是冲天喊的,掀得翻瓦片,吹得尽灰尘,小时候只要看见我同石打墙家的几兄弟捉迷藏、过家家游戏,'哇哇哇'喊我回家的声音,半个五行里村都能听见,挂鼻涕的几个混小子,屎尿也吓裤裆的。我知道阿爸看不起他们,说什么他家的姓硬,手上的活儿软,只有自家的手艺,千榔头百榔头的过得硬,他家是糊弄人的祖宗,专门骗嘴的没出息的无锡泥人也不如。他家的老四想学打铁,阿爸又不愿人家的烂泥手碰我家的硬活儿。今夜星暗地昏,不远不近地寻摸猪圈来,黑灯瞎火的,我也不说这里没门没户的话,集体的矮房子倒有几间,也挡北风遮南雨。真落下这门亲,我家以前'砰砰乒乓'地打别人,现在好了,千挑万挑猪头瞎眼,总算挑了个让别人打的,说不定老小都押出去让别人打,"四类分子"的狗崽子,东津镇又不是没有过。赔钱贴人的弄回家去,'砰砰乒乓'的从里打到外,从外打到里,家中热闹倒是热闹了,只怕阿爸没这个脸面,娘没这个胆量享福。"

"那怎么办？"做母亲的黑暗里问了一声。

"原来的光头见了黑，总算有点小盼头，现在又剃个斗争的光头，你们说怎么办？你们硬要我嫁，别说跳猪圈，跳粪坑、跳火炉子，我眼睛不眨地跳。"

女儿的话闷住了父母的嘴。

"啧啧，这小尖嘴淬过火的，心里早有了人，冤着呢，打铁夫妻到底还是粗心人。"金山妹心里这么嘀咕，嘴上却说，"现在新政府了，不管糊弄还是硬打，总是一个愿打一个愿挨，成不成，东津人；亲不亲，是乡邻。朱叔叔今后打听得哪里有人家要个上门吃食干活的，叫嫂嫂捎话给我，好让我了了人面上的情。我们好坏把小和尚弄人家去，管他光头不光头的，一两年中，生下小光头，我们分吃'十八只蹄髈'不会挨人骂了，到时还可蹭上去吃碗香喷喷的满月面，咪杯甜蜜蜜的满月酒，大家吃得嘴唇油光光的，独独饿毛老头一个，谁让他贪嘴不顾穷性命地犯下这等事？让他饿煞急煞。"说着先自笑了，许银仙和朱家的三个也笑，只是没声音。

暮色四合，目送五行里村的四个消失在西津桥的南面，金山妹对送她回"六家"的觉根说："你的事过了农忙，冬闲日再说。"

毛老头懊糟着脸说："是我拖累觉根了，还指望金家嫂嫂多费心。"

"你看看，馋嘴馋出祸了吧？"金山妹这话没说出口，留在心里了，她知道，毛老头比她难受得多。

西津里淹没在一片深沉里。

十八

开镰了。

日头从雾气中露出脸，已是一根晾衣杆的高度。北山湾大队一队的队长，敲响了挂在村东头、原吴家屋前榉树杈的一截铁管。

北山湾二百多户的一个村子，由东往西分六个生产队。吴海源家为东起第一户，住后山坡了，仍是一队的地盘。他同阿贞急急地顺着紧靠宅院墙根的小道往下赶时，口中的粥咽下肚了，半块腌萝卜，仍在牙床上"吱嘎吱嘎"响得来回弹。

北山湾村的左手里，御道东侧至东津湖老堤的田地，一片金色稻浪里，出现了几处塌陷。这是一队三十多户人家的田地，队长着急了。夜半他去后院撒尿，雾浓湿重，撒完一泡尿，抹脸已湿。脸湿了可擦干，稻子湿得将整片倒伏，对收割会带来极大的不利，田地里水分过足，温度又高，几天下来稻谷将发热霉变。一大早，他在浓雾里检查稻田，还真发现了几处大小不一的"窟窿"，心里咯噔了一下，倘若连续三五个浓雾天，后果相当严重。

雾浓水湿，太阳不出来，着急也没用。好不容易熬到太阳露脸，湿头湿脸、湿衣湿裤的他，"当当"地敲响了出工的铁管。

"老规矩，露水干了开镰。中饭田头吃，家中有老小的送田头，没人送的自己带点心，下午四点队里供应姜茶和每人一个山芋，天断黑了收工。"队长是吴海源的一个远房侄子，三言两语讲完话，拎了两把寒光闪闪的镰刀、几块干点心和灌满水的玻璃瓶的篮子，径往田间去。御道和田梗，早有长跳板高低相连。

队长领头干活，谁也没句话说，一溜人田地排开了。一块二亩不到的田，六十米长，二十米宽，每棵稻把隔十五公分，每人管六棵稻把，双脚不用腾挪，手臂左挥右伸，可照顾一畦宽阔。俗话说的种田人靠的"六棵头"，便是这个意思了。田间莳秧和割稻，对一个生长发育正常的成年人来说，六棵九十公分间距，适宜劳作。

抢收抢种的日子里，男女劳动力皆需参加，一队的劳动力，一次排三块田还多。

利索的"唰唰"声响里，队长双腿微曲，叉同肩宽，弓腰探脖，摞倒的稻禾六棵一把，两把一堆地交叉摆放。

吴海源也是弓着背一棵一棵地割，群羊嚼菜叶子的声音里，两旁的人快速割向前去，一田倒伏中，存下他的"六棵头"，留一条黄灿，恰似半把金尺。

"阿叔，吃口茶再割。"割到头的大痢痢嘻嘻涎涎地折回来了。

割稻有方向的。春夏和晚秋的风，东南方向吹来，风吹稻禾，齐刷刷地向北微斜，由此，下垂的穗儿正好最大程度接受太阳光照。由南往北低头收割，顺手顺势，且低垂的穗儿不会搔痒人的额头，撩拨人的睫毛。

"阿叔，反正也是慢了，没人嫌你，抽根香烟吧？"

吴海源慢慢地醒直老腰，抹抹汗渍渍的额头，感觉胸口窝着一团热辣辣的东西，一时咳不出来。抬头往前看看，再挪动一脚往后看，只见两边田地的稻禾早已倒伏，自己管的八仙桌宽的六棵稻子，一半兀自直立田间。他试着用左手捏拳捶背，胳膊酸胀够不着，狐疑地盯着大痢痢递来的香烟，又迟疑地对着大痢痢"嗤"一声划燃的火柴。低头点了，深深地吸了一口，想说话，憋出了带烟的咳嗽声，换个手捶背。

"反手抓稻草杆，麻了吧？这田里，阿叔两个'最'。"

"哪两个'最'？"

"割得最慢，屁股翘得最高。"大痢痢笑道，"别看你已到硬手硬脚的年龄了，做田里活，还没学会。你病牛一样撅个老屁股割稻，又慢又累，照着你的样子弯腰干活，年轻人也会腌金花菜吃老酒，一口酸一口辣的。"

吴海源在稀疏芊长的草径坐了，半咳半喘地说："大佬书没读多少，打个比方蛮像的。"

大瘌痢说："阿叔记得我的大名？"

"父母起名让人叫的，怎么会忘了呢？"

"阿叔你也知道，村里人看不起我家的。以前怪我家赌，嫌我家穷，穷得只剩几条黄瓜命苦瓜命，还嫌我家邋遢。旧社会，平日饿多饱少的，嘴巴管不好，哪会像有铜钿人一样隔天汰头的？一年当中，大热天游泳扎猛子浸水，天落雨淋水，平时不湿头的，头顶落几个疮疤，村里人饿狗抢了肉骨头，名字不喊了，大瘌痢、小瘌痢地叫。"

"你叫大佬，你兄弟叫小佬。村里人叫外号，不算讥笑你，你去镇上的茶馆，踏上阶沿，谁不大声喊叫金驼子的？"

"这倒也是，不过总是不好听，不开心的。拿东津大队的民兵营长来说，开会时，大伙儿不叫他黑鬼黑赤佬的，都一个劲地黑小佬长黑小佬短地喊，往好听里叫。我呢，比黑小佬白多了，几个疤，头发长点也盖了，村里人不帮着遮遮，里里外外不把我当个人，只顾大瘌痢大瘌痢地往坏里叫，要是喊姥姥、夯夯那样的叫声大佬，那多好听，再不济一声瘌大佬，也热络些。"

"这么称呼是热络多了。"吴海源刚想说，话到嘴边又同一口烟吸回了肚里，眼前这个大瘌痢，一个绰号也是满腹的怨恨，如果换了自己的境遇，不知会做出什么过头的事来呢。

"我弟弟聪明，户口本上李小佬的名字不要了，改了个手表链的名字，好听又值钱。现在，谁的手胳膊有块上海牌手表，不要太吃香了。夏天夜里看露天电影，电筒照手腕子走路的，站人堆里，边上要有几个小娘鱼，啧啧，还看什么电影？一束光晃来晃去的，只顾照手表看辰光了。"

"你弟弟的名字叫李表廉，当官要廉洁的意思，不是手表的链子。"

"管他链子清爽不清爽的，反正意思不坏，他的名字手腕子上戴了让别人看，总是好的意思。"

吴海源摇摇头："名字次要的，关键做人要好。"

大瘌痢又点了一支烟："阿叔的话讲对了一丁点，做人做好人，有善心，以前东津镇叫你吴大善人的，你也没落个好报。我弟弟回娘家说了，共产党带队伍干革命，让以前的穷人吃白米饭酱猪肉，让以前的富人吃山芋南瓜汤，好东西孬东西换个肚皮吃吃。我弟弟的话也只对一半，以前，你一家富得流油，酱笃猪头白炖蹄髈，吃了三顿不想吃，馊了一大钵头喂狗。我家穷得一个月吃不上一回猪油，南瓜肚皮山芋肠，不到半夜肚皮就饿得咕咕叫，把家里的老鼠都吓逃光了。以前一户富百家穷，现在北山湾就你一家穷，把你家祖宗三代挣的家产分给大家，多数人吃少数人，没个像你那样吃油像喝汤、天天馊饭馊肉喂猪狗的日子，仅仅不饿不冷罢了。百家活络一户穷，富不出一大片，穷的倒是能让他更穷，就像你家一样，又是穷又是斗。"

这是什么谬论？吴海源看了大痢痢一眼："你家穷有功，天天吃鱼吃肉，我家富有罪，顿顿老腌菜酱油汤，飘几片大蒜叶，算闻香尝新了，你嗝你的酱肉屁，我叹我的酸胖气，你们找个借口斗倒我，我不发表意见。"

"发表意见有啥用？不找借口斗倒你，拿什么救穷人？"

"你当民兵营长了，人变得聪明，说话也狠了。"

"我们李家人本来不笨嘛，你是见过大世面的，哪里听说上赌桌的人笨的？世上只有要饭的蠢人，没有赌铜钿的憨大。只是没有你聪明，上你家茶酒楼的赌桌，让你抽头剥皮，搞得家破人亡。"

"你这样翻老账，要噎死人的。你家什么时候赌桌上死人了？"

"输了钱，又气又饿，早死十年的短阳寿，这本账不算你头上，算啥人头上？"

"我想一个人坐会儿，你让我耳根子清静一会。"

"不想听？我讲得算客气了，公社开会，他们都说以前的穷人翻身得解放了，以前富了几代的，要让他们苦回去。我弟弟说了，只要共产党坐天下，地富反坏分子打倒了还要踏上一只脚，永世不让他们翻身，不让他们天天咪老酒顿顿吃酱肉。"

吴海源把手中的小半截香烟狠狠地扔了："我同你说不到一块去。"

大痢痢的脖子也粗了："别给我看面孔呀，好像我家住你家的大屋，你家被赶到后面的柴棚，是我们的主意似的。那是共产党分给我们的，要恨，你恨共产党去。我家同你家乡里乡亲的，没杀你老子，没睡你女儿，你恨毒毒的干啥？老实说，也是考虑到没仇，我家后坡搭的一间草屋，没向你要半个铜钿。我阿爸说了，这些年给你家管护好了后山，你们没付一分钱，一年年的看护费加起来不少，当作租金了，不白住你们的，两家互不相欠，搭的茅屋和猪圈，看在阿贞面上白送你家，你要认为这是我家送你家的彩礼也可以。"

吴海源摸了一支香烟递给了大瘌痢："香烟还给你。"

大瘌痢红了脸："烟酒不分家嘛,我知道你看不起我,你们一家子看不起我,特别是阿贞,从不拿正眼看我,腰好面红屁股白有啥用?谁敢娶她睏她?还不是烂泥滩涂上的一条红鲤鱼?怕陷进烂污泥,试手试脚的馋猫、饿狗不敢上前沾腥的?我们李家托共产党的福,翻身得解放,弟弟做官吃了商品粮,三间大瓦房归我一个人,我好坏当上了民兵营长,是一个革命干部,哪点比你吴家人差了?"

"你……你李家人头瘌心辣。"

"心辣也是阿贞逼的,眼睛只盯自己的额骨头,瞎神气,瞎装清高。老话说,落难的凤凰不如鸡,你们家以前是富,因为富,斗倒了,一坏百坏;我家以前是穷,因为穷,升官发财了,一好百好。至今你们的眼睛不张张开,装什么装?真要清高,别多拿工分少干活呀。就你屁股翘得老高,割稻割不到别人的一半,还好意思拿九分工,五分工也不值!"

"你不要理睬我,我不想看到你!"

"你讲来讲去这两句话,我哪里惹你不舒服了?一个男人应该有的干活吃酒本领,哪一点弱了?就是撒泡童子尿,也比别人冲得远,我好心好意,拼了不做民兵营长也要娶你的宝贝女儿,想用我家的穷苦百姓和革命干部的身份,像电影里那样掩护掩护你家,把你家从火坑里拉出来,想不到你们不领情,反讥笑我是西津里芦苇根旁的癞蛤蟆。送上门给你家挖泥挑泥都不要,没有我,你以为你家还会翻身呀?"

"你放臭屁!"

"我的屁臭的?你家的屁香的?你放香屁的女儿,不也常常看我撒臭尿吗?"

吴海源眼前一黑,"哇"地一声,一口咸溜溜的东西喷了出来。

几块田外割稻的、那天来吴家夯墙的侄子,隐隐听得吵闹声,瞄见吴海源倒在田埂边了,大喊了一声,人像黄羊一样地跳了过来,用胳膊弯抄住了吴海源的头颈。吴海源一下子说不出话,手指颤颤地指了指大瘌痢。

大瘌痢冤屈地喊道:"没打没骂的,给他抽支烟,说了几句闲话,就在我面前诈死了。"

阿贞哭着抱住了父亲,轻轻地拍打父亲的胸口,看都没看大瘌痢一眼。

"你可别动粗，我是民兵营长，弟弟是公社的副头头，是革命干部！"

话音未落，吴家侄子的一拳已当脸打去。

"救命哎……打革命干部哉……"大癞痢的整日烂糊着两只眼睛的母亲，杀猪般叫了起来。李家的几个年轻人攥了拳头上来，吴姓的五六十个男女，青着脸皮把李姓的几个围了。队长声嘶力竭地喊："谁也不许动手，快送公社卫生院。"

"救命哎……"大癞痢的母亲躺进了湿田。

十九

　　一个须发皓白的老人，头戴方巾，身罩蓝衫，脚蹬布鞋，曳着小吴海源的手，来到了吴氏祖先的长眠地，回头看深秋里的村前树木。

　　村后的坡地，每户人家的菜畦和坟地占地不匀，植树为界，柴木互借天空，皆为冬秃夏荫的山栗和柿子树，也有苦楝树疯长的。乡村人家不去经营，任其纵横恣肆地生长，待到大寒苦日，砍枝蔓作烧柴，主杆长七八年时间，锯了浸泡在池塘里，一年后刮皮开板，打制家用粗器。

　　老小来村后，是回答吴海源问祖叔公的一个问题：树前挺拔的大榉树为什么高不过屋后野树？

　　"你地地道道地看看，发现了什么？"

　　村前，瓦屋拦去了半腰树冠，秋叶黄灿，款款飒飒。

　　吴海源说："村矮了，树低了。"

　　"这是根本嘛，村前树同村后树比高，村前树再高再雄壮，高不过村后的歪脖子树，那是因为村后地势高了。"

　　老秀才猛吸一口烟，半咳半呛地说："这山是江山，这树这花这草是江山的老百姓，原来高处的便站高处，原来山底的只好叹自己的根生在那儿，水冲种子下山的，烂泥沟钻芽胚，没长个，根须先腐烂，也有鸟衔种子上山的，山土浅贫，不枯死的也倒伏，薄泥不活壮树，水土不服难成大器。"

　　幼小的吴海源似懂非懂的，但有一点心里明白，祖叔公打小对他另眼相看，寄于厚望。

　　山风劲吹，嘶声呜然，吹乱了祖叔公的方巾和翘须，一片乌云压山而来，云中伸出一只大手，把祖叔公猛推下崖，方巾鹰翅一样地翻飞……吴海源双手扑抓，身子向下急坠，猛然大喊：叔公公……

"阿爸……阿爸……"

吴海源"嗯"地一声醒来，失重的身体跌进了绵软的被褥，额头汗漉漉的，心扑通扑通地蹦，山树在眼前摇曳，松风仍于耳际凄冽。见女儿泪水涟涟地喊着，心中一酸，这一梦惊醒了自己，吓着了女儿。

"好哉好哉，醒了就好哉。海源哎，你倒是一顿好眠，看你女儿急的。"

说话的白大褂人，是公社卫生院的仇三类医生。他原是东津小药房的坐堂郎中，又做老板又把脉，头疼治头，脚疼医脚，伤风感冒、上吐下泻医治无数，在东津镇有不俗的口碑，且为人和善，被举荐为卫生院的副院长。院长一位长年虚设，他实际负责着日常的工作，镇上的年轻人管他叫"三类分子"——脖子常年挂听筒，老光眼镜滑鼻梁，眼袋鼓胀，三物皆呈下垂之势，本地方言中"垂"与"类"谐音。

吴海源看着老光眼镜说："仇郎中，讨忙你了。"

仇郎中说："我吃的这口饭，不能欢迎你们来卫生院，毕竟你们养活了我们。你们来了，必须尽心尽力。"

"要没啥，借辆板车，让阿贞拉我回家吧。"

"那可不能的，你的身体本来羸弱，常年郁结累积所至，一旦受外界刺激，恶浊蹿出来了，需消炎静养。你担心药钿、住院钿是不是？别挂心上啦，金驼子知道你享受不了合作医疗的优惠，给你拿钱过来了。"

"大宝怎么知道我住院的？"

"农忙支农，他们不是也要送水下乡吗？捉空来拿盐水瓶的，洗干净了好送人。况且，东津镇多大点的地方，你老兄田头一躺，七八个大阵势地送你进来，茶馆不先嚷嚷开了？"

"怎么又拿他的钱了？"吴海源的眼睛问女儿。

"别怪阿贞，金驼子硬要留下的，阿贞不拿，他急粗了脖子，说是明年立秋后，要去你家讨忙，让阿贞准备根长竹，上你家的祖坟地敲毛栗吃呢。我笑他举长竹，身体该着地躺了，他笑着说，他家的三妹力气大，让三妹敲落五斤汗，瘦掉一斤油，权当去赘肉练身子，他负责剪子尖挑栗子，晚上要在你家大嚼一顿呢。"

吴海源不好再说什么。女儿阿贞说："金叔叔拿了五十元钱过来，姥姥、夯夯各拿了五元钱，推都推不掉。"

仇医生说："你看看，是不是都知道了？"

吴海源突然想起什么，一脸的焦虑："可不能让你妹妹来医院。"

阿贞不理解了，做儿女的，父亲病重时陪护、服侍，是老天也要让其做的事情。

吴海源说："当初狠心把她送六姑那里，说不断往来也是暗中的，原也没想到，如今的世道会这样，千句万句，不要连累了她。若是公开来卫生院，等于承认我们还是父女关系，以前的苦处不白熬了？眼下还在政府逼她还俗成家的当口，万一让一些不怀好意的人抓到把柄，我同你娘死了也闭不上眼的。"

"照阿爸的意思，集市上我同妹妹也不能'讲张'了？"

"性质不一样的，高帽子没戴你头上，你也是受了我们的连累。况且集市上，认识的谁不说说笑笑的？出噱头弄事情的人毕竟是少的。"

"金叔叔办事牢靠，等一会托人同他说，让他辛苦一趟。"

"不知道伟男会不会让人关起来？"伟男是他那打了大瘌痢一拳的侄子。

"一会我去姥姥厂里打听，村里的消息他灵通的。"

"唉，又惊动了他俩。"

"夯夯说了，叫我们别担心家里，晚上嫂嫂陪娘，他衣不脱鞋不脱地待在猪圈，钢叉抹上血，来贼叉贼，来鬼扎鬼。"

钢叉是东津镇四乡农户的必备工具，一柄长一丈，粗细一手握的滑木，安上"U"形的尺长钢刺，便是人间狗怕、阴间鬼怕的钢叉了。钢叉双刺略微外张，幽寒锋利。乡户人家岸上不叉狗，湖中不叉鱼，叉鬼！也属壮胆之语，平日专叉夏收的麦穰、秋束的草把。东津镇人家场前屋后堆得高高的麦秸垛、稻草簇，莫不由家中的壮劳力叉住草把猛力地掷，层层叠叠地往高里码，踏出一个个方圆高垛。待来年再一个个地挑下来日常烧煮。遇着人家盖茅屋，也必上邻家借得三五把，皆由青壮的执手把束成小捆的茅草挑天上去。

"你阿爸这一辈子做对了一件事，做错了一件事。做对的，把你妹妹送给了六姑；做错的，没把你一同交给她，去了渡口，不用再看眼睛下面那户人家的人面鬼牙邋遢头。"

阿贞说："姑姑喂不饱两张小嘴的，那里好是好，清清静静的，只是湖面太大太近了，风吹湖水尖溜溜的，头像枕着水面睡。妹妹胆子小，半夜听到水浪声，也用棉花塞耳朵的，还经常梦见湖里伸出一只手，毛绒绒的。"

"那是芦苇杆，带枯衣的芦苇，水里浸得胖胖的，叶片也像手指，下回见面告诉她，梦是反的。"

"说也奇怪，梦见的总是同一片湖面，渡口一带。镇上东梢头的老人说，旧社会有人落水的，不知道这个落水鬼是好人鬼还是坏人鬼。好人鬼好点，不欺侮好人，坏人鬼可凶了。我叫妹妹烧烧香，化点锡箔，她上次告诉我，姑姑托人偷偷地买了锡箔，折了银锭，初一月半，待月圆的夜晚烧化。"

"当初把你一起给了六姑就好了，你胆大些，就是情面重，心气高，件件事不肯落人下方，遇事脑筋不肯转弯，别不过来，凡事张不开口。看看北山湾，哪家小娘鱼敢一人在太阳落山的黄昏时刻，去坟地割草的？蹿只野兔出来，也吓一跳的，换我去村后，也带钢叉壮胆的。"

"阿爸的胆子才大，听娘说，你敢一个人上后山采松糖吃的？"

"阿爸属猴的，喜欢吃甜食，今年冬里，我同你去后山采。把黏着亮晶晶香糖的松针背回家，叫你娘清水煮开，文火熬糖，那糖又清香又鲜甜，比凭票买的白砂糖强十倍，蜂蜜也比不上的。仇郎中说过，松糖润肺止咳的。到时，人家送的糖水枇杷的大口瓶，装两瓶给六姑，她吃不下睡不香的，人瘦得没一袋子米重了。"

"阿爸别急，姑姑会好起来的，你也会好起来，一切都会好的。"

"好是好不到哪里去了，不更加坏算好的了。只怕到了那一步，仍不肯放过我们呀。"

"阿爸担心什么？"

"那个老的湖羊鼻子虽是个厉害角色，脑子相对简单点，共产党说什么，他做什么，自己的歪点子不多，人是狠，但不刁。现在这个青皮面孔癞痢头，一肚子坏水。"

吴海源说着，叹了口气。

"那个人小时候就坏的，村上的小伙伴玩过家家游戏，竹林松树底下扮新人，男的只许他一个扮新郎，其他的只能作陪郎官，女孩子都得扮新娘，他一个一个地轮着娶。我不怕他，小时候要我扮新娘，我不扮，还不是没办法？真要欺侮我家人，我到渡口做个鬼，专等他搭船回城，拉他下水，塞进湖泥去。"

"可不能说气话的！东津渡的水深得很，我至今后悔小时候没教会你们姐妹俩凫水呢。"吴海源嘴上说着，心里却在想，白无常黑无常，真有鬼就好了，那个湖羊鼻子也说，到了地府也要穷鬼打富鬼的，自己是穷鬼了，不会再挨打。只怕还没过阴间的奈何桥，阳间的西津桥就人欺人、鬼打鬼了。

二十

太阳拨开雾的羽纱，在东津湖上空露出圆脸的时候，捎着农果甜香、落叶焦香和清甜松香的西风微微地吹来了，把街角和水巷里的淡雾带去了东津湖，无声的石板街半干半湿，斜长的屋影渐渐拨正，有声的水巷，流水涓涓，上鱼下石，静听一阙长水似笛声。

踏着流水的淙淙声，阿三挑了两筐猪肉，下乡支农了。

阿三跑北片，毛五兜售南片。东津公社分南北两片，东至东津湖，西至篁村和罗家坞两村间凸出的小山坳。由一划两开东津镇的水巷直线划界，远近各半。篁村位置在直线南，属南片；罗家坞的山坞属北片，阿三和毛五挑的猪肉，卖不到自家的村上去。东津大队的养猪场和一、二队的仓库，也在阿三的北片，但养猪场和晒谷场从未买过他担中的肉，一个无钱买，一个是一口长斋。阿三晃着八条绳担经过渡口时，黄狗追着狂吠，他捏着尖刀唬狗，且还扬了扬，阳光水影里寒光闪闪的。

阿玉瞥见不乐意了，淡淡的嫩豌豆荚眉毛拧成了硬豆荚："阿黄，你不睁开狗眼看看？随便什么人值得你费劲叫的？"

"阿黄闯什么祸了？"里面一个老者的声音。

"没什么，阿黄这个贱骨头，贪财贪吃见利忘义的贼，睁不开眼，闻到臭肉味，张嘴龇牙地叫了。"

骂的是黄狗，听的是阿三。

不开心的阿三不由得自责起来：当初要不是馋于一砂锅香味浓郁的酱猪肉大白菜烧血豆腐汤，不是因为贪恋金家三个挣工资、吃商品粮，不是因为家人亲友的连哄带骗，也不是因为阿贞没有示意、自己又胆小懦弱、不敢像个男人样的敢爱敢恨，北山坡上那户人家的担子，说不定挑在自己的肩头了。他现在想想特别懊悔，当初为什么没有想到，有着东津镇第一高成分的吴家，在涉及两个家庭命运的婚事上，怎么敢主动对他这个响当当的农民儿子示好呢？再聪明漂亮的富贵公主、地主小姐，落难成了人见人怕的"四类分子"的狗崽子，这方面的事情，除了被动等待，还是被动等待。他错就错在自己没有做她等待中的那个，也或许，那怯怯的、清亮亮的眼睛，自己就在里面，只是没有想到，或者想到了也没敢往前一步。

阿三第一次见到那双清亮亮的眼睛，是在北山湾后坡。一个采松蕈的午后，他被小痫痫为首的一群顽童所困，那一次，清亮亮的眼睛看了他一眼，松了他的手脚扎束，放他逃跑了。第二次见到，是小学堂的一个初秋的下午，天干少雨，空气燥热，东津镇南街用旧宅改建的小学堂，下课的哨子一响，同学们急奔井台吊水喝。这一天下课，他从同学群里挤出来，抹一唇水渍时，再次看到了那双清亮亮的眼睛，随即又为女孩怯怯的眼神所动。他看到她的两爿紧抿的小嘴唇干干的，裂出了几片粉嫩的玫瑰花瓣，头上的羊角辫胆怯地翘着，半旧的粉红色碎花上衣干干净净的，比北山坡见到的那一次还要素洁；一双布扣的灯芯绒鞋也十分的整洁匀称。他看到她站在同学们的外围，不敢挤上前，好不容易井台上没几个人了，上课的哨声尖刺地吹响，捧桶的摔桶便跑，木桶侧翻，一汪清水洇井台，她稍作犹豫后，小手指在桶沿上蘸蘸湿，往干裂的粉唇上一抹，转身便跑。小姑娘一汪泉水一样的眼睛，从此印在了十一岁的少年心头，还有葱指蘸水湿唇，这是他上学看到的女孩子最让人怜惜的优雅的动作，直叫人心软。他咬紧了嘴唇，心里决定做一件事。

这件事经过十天的努力，加上父亲的相助，两个莲藕般大小的竹节水壶诞生了，当他把其中的一个在御道下拐街路处，塞给北山湾方向来的女孩时，女孩一愣，注水的双瞳，像西津桥下的深潭水一样，清清的、汪汪的，随即脸色一红，甜甜一笑，小心地放进了斜背的布包。

整个送往，两人没讲一句话。那双清亮亮的眼睛，自此经常在阿三的梦中出现，直至现在路过仓库，那个斥狗姑娘的一瞥里，他仍发现了似曾相识的水汪汪……熟悉的心情回来了，他肩上的扁担晃悠开了，哼起了民间小调，心里不无的甜蜜："八月稻香桂花开，沟渠水浅采菱白，蓝布头巾嫩嫩脸，邻村阿妹蒲芯白。"

东北方向斜伸的湖堤草色青青，堤坡和近岸浅水，芦苇的下半截，外衣已枯。

车轮印痕似新，不远处一高一矮两个人，前拉后推的车辘辘，金黄中滚动。脸涨红晕的矮个子喊道："姜茶来哉……"神色笃定的高个子接着："姜茶……"合成一曲长音："姜茶来哉……姜茶……"喊叫声不乏顿挫悠长。矮个子的声音似机器磨粉，高个子的声音像石碾滚动。阿三知道，这是茶馆的两人下乡支农来了。

阿三多次走过这条千年老堤，几里外，便是东户枕湖的旺米村了。

旺米村年年丰产，生活比靠山人家殷实得多，田间沟渠丰产香糯滚圆的黄豆。旺米村的豆腐是东津镇的一绝。

富户喜食肉。他的一担猪肉，在旺米村的老小面前，能售掉大半。

"鲜肉来哉……"

阿三在村东的石埠头歇了担，这里是全村人家淘米、洗菜、捣衣的必来之地，也是一村几百户人家农事出行的重要场所，湖埠头的堤岸拴缚着多条船只，船头紧抵垂杨老堤。另一方面，上至年老者的闲话聊天，下自七八岁孩童的嬉戏追逐，也莫不在此进行，堤岸以此成了村子的中心。

"鲜肉来哉……"阿三拉长调门喊着，刚才的一丝不快已同湖面飘过的水雾一样，被渐凉的风吹得干干净净了。

听到喊声的老人小孩一传十，十传百，挎篓抄篮地聚集而来，不用走村串巷。有的家庭，计划今日荤腥，估摸着他来的时间，为能买到厚一点的猪肥膘，老的小的早早地候在了村口。

"鲜肉来哉……"三遍话音未落，阿三便被一群老小所围，一时间，肥厚斤两、骨多肉少的争执声四起，他可是寸步不让的，缺了秤，得自摸腰包贴赔。当然，多余的也可自由支配，但此刻的这群老小眼睛瞪得溜圆，个个眼目清亮，想要在这样的眼光下讨半分便宜，他没有成功过。

三五支香烟的功夫，筐空了，额头湿了。坐在扁担上，他手指蘸着唾沫数钱。满满两筐猪肉，只存下少许骨头没人要，看来，开荤吃腥的旺米村人面对丰产，准备大干一场了。

清点了数目，他两眼翻着，神情怔怔地算了一会，再看看筐中存骨，用手约莫掂了掂，一斗米的重量，便用油布遮盖了，走阡陌，翻御道，上北山湾村去。

阿三知道阿贞父亲为大瘌痢气得急火攻心，已是昨天晚饭的时候了。往日，岳父喜欢就着酱猪耳，咪半盏自酿的甜酒，昨晚有心事，无心于酒菜，在岳母的再三诘问下，才说了事由。阿三支着耳朵听，桌下，让金铃铃踢了一脚。他心里嘀咕，只一条好的腿，要是两腿同常人，还不天天地左右踢人？

听岳父说，吴海源的病需清补的。东津镇地方，除了猪骨清煮炖汤，想不出又补又清的其他法子。今天早上，肉铺称重分割下乡售卖的猪肉，猪棒骨无人装筐。往日猪骨是不下乡的，阿三出门前把骨头扔进了筐，说旺米村有人捎话，要猪棒骨炖黄豆汤吃。

田陌狭长，稻穗逼仄，生产小队的田地尽头，皆斜搁着厚重的长木板上下御道，阿三没往人多处走，择了一处僻静的、藤蔓野旺的青石墙，撒一泡尿，攀藤踩龙头，一下翻上了一个半人高的御道。

北山湾的吴家就在几棵野树下。阿三把肉骨头交给半头白发的老妇人时，对狐疑着的眼睛说："你家人让捎来的。"

老妇人问："小伙子你叫什么名字？"

阿三应了一声："姓王。"头也不回地下坡了，村口拐弯处，正好为晃悠着的、半爿白头的大瘌痢撞见。

"你去后坡做啥？他家又买不起肉吃，一月不见荤腥的人家，连我家的狗也不上去的，怕白跑了一趟。"

"我尿急。"阿三心里急，眼前这个瘌痢，仗着有个也是瘌痢的弟弟，当上了大队民兵营长。想当初小学堂念书，自己的字没有小瘌痢识得多，要说打架，大小瘌痢一起上也不是个事。眼前这个青眼、肿鼻、油嘴的瘌贼挡道，他恨不得一拳解恨。

"尿急？男人哪里不撒尿？坡下这么多茅坑，你偏跑坡上去，是骗人还是脑子进水？看你跑这么急，像偷了东西的贼一样。"

"你才是个不要脸的瘌贼！"阿三心里莫名地虚，急着离开，把骂人的话硬是咽了回去。

"看你心虚的样子，准没好事，我可告诉你，你也是个无产阶级的工人家庭，少捧地主资本家的大卵泡当猪泡，他家成分高得吓死人，这两天又犯了罪，你看看，把我这个民兵营长打成了这样子。"

"好像不是他家人打的吧？"

"还不是一伙的？那个动手的，罚了两元钱，白做一天工。我嘛，心软了，不要老的赔，病假也算集体的，只要他家记情就好。"

"那老的不是被你气出血来了吗？"

"老角色想不通，自己作贱自己，我真要气他，哼哼，不是吓唬他，拎不清，有他们苦头吃的。"

阿三没再说话，回望一下后山坡，太阳当头照在柿树上，柿树粗粝的身躯虬曲遒劲，枝干夸张，托举着点点星火，同深秋的太阳一起燃烧，仿佛是对人们巴望了一年的交待，为即将到来的寒冬理直气壮请一个寂寥的长假！

柿树火红着，阿三不开心了，心里有点懊糟。

二十一

莳秧有先后，割稻也分先后，得顺着来，不能乱了章法。东津大队书记吴黑男常说，一户人家，总是哥哥结婚了才轮到弟弟娶媳妇的；用一队队长黑小佬的话说，一户人家，姐姐出嫁后，再轮到妹妹寻人家的，做妹妹的不能还未长熟，还掐得出水，嚷着抢着嫁人，抢了风头，减了收成。一老一少父子，一大一小干部，说的是一个道理，稻谷时日不到，双指甲一掐，手指湿黏，说明谷粒未饱涨，还需几颗大太阳曝晒。

这话吴水妹听了，脸色不好看了，她对六姑说："我家那个老头子说话还装点假正经，黑小佬人黑心大，自己长得灶膛里冒青烟，嘴里一天到晚姐姐熟妹妹生的，还要嫩的白的掐得出水的，你说气不气人？"

六姑笑笑："黑小佬的话哪是你说的意思？春天晚莳的秧，秋天先收割，不是一泡浆水了？先莳晚莳，先收后收，翻土弄泥的，哪个不知道？只是这么一大片田地，记明白不容易，不像以前每家田少，记着哪个方向开始莳秧就可以了，哪头先莳哪头先割，一块田莳五天秧，收熟也分五天割，不会搞错。现在集体一起种，搞错不得，掐准日子，到田头摘一两粒，牙齿磕磕，熟了就熟了。"

黑小佬被老婆骂归骂，心里咬定先嫁后嫁这个主意安排割稻。他识不多几个字，心中装不下东津湖，但自己队里三十七户人家，男女老少不到二百人，人均一亩半田，全小队近三百亩水田这本账，心里清清楚楚的。春天田地的插秧先后，也记得明明白白。由东到西，或由南到北，一个方向往另一方向地轮作，是便于记忆的简单方法。不过，也有意外的，诸多的天然因素和劳作者不经意的疏忽，也能生出颠覆次序的事情来，这也是为什么收割前他必绕田一周的道道所在。选三五处，拨开稻浪赤脚走进田地中间，撷一粒谷子抛嘴里，舌尖往外一推，上下齿轻磕，"咯噔"了，他便黑手一挥。

田地作物一旦于季节上脱了些微时光，此后的年月里，再难扳回。即便抛荒一季，下季作物同日同时的耕作，基于肥力、土壤成分的异同，成熟时间或前或后的不易齐平。种田人的"六棵头"，看似简单，实则深奥。想想也是，哪有简简单单尽养天下苍生的？

今年的收成好于往年，重雾之下不倒伏，及时抢收，丰收几成定局。望着金灿灿、风吹窸窣响的稻浪，黑小佬盘算起了颗粒归仓与颗粒上报之间的利害关系。曾记得，大跃进年月的一个冬末，那时的父亲还是一队的队长，公社召开三级干部会议，各生产小队你追我赶、踊跃上报来年水稻的产量。东津一队报的产量，让朱得男为首的一帮公社干部大吃一惊，是全公社最低的，并且低得离谱，只报了亩产三百五十斤。这点点谷物，别说被外乡最高亩产报四万斤的嗤笑，连沿山几个大队报的四五千斤的亩产，也是高在山上，低在湖中，十分之一不到，差距太大了。朱得男书记当场"嘭嘭嘭"地拍响了桌子，东津大队是他下乡蹲点、重点改造、树立典型的根据地，特别是四九年前，因水田低于周边田块而常患水灾的东津一队，他在捣寺毁庵的同时，平荒墩，填寂塘，垦断圩，打造了一方良田，洼田虽还略低周边，但情况已大为改观。上报来年的亩产，正好体现改天换地出成果的新气象，而那个黑面孔队长，竟敢报这么低的亩产，这不是在他脸上抹黑吗？党培养的第一代农村干部，一点人定胜天的气概没有，胆子比黄鼠狼小，严重拖了社会主义从头越的后腿，他真想当场撸了黑面孔的队长职务。那时候，东津大队的老书记还未饿死，他在全公社干部的哄笑声中涨红了脸，一定要吴黑男在上报的数字后面加个零，吴黑男黑了脸死活不肯，好说歹说只在原基础上咬牙加了五十斤，凑成了亩产四百斤的整数。

朱书记暴怒地拍板说，不加了，留个亩产四百斤的反面典型，等到三五千斤亩产的稻谷堆满了仓库和晒谷场，再到东津渡口，现场开个不实事求是，给社会主义抹黑的批斗会。在场的人人觉得，大半年后，东津公社将多了个亩产只有四百斤的落后分子了，东津镇的中市桥塊，会增加一个站街示众的高帽人，金驼子茶馆的茶客又要多一场笑谈了。大伙儿憋住笑，准备看不开窍的黑脑袋的笑话。

预计的粮食大丰收、交纳国家公粮的指标，一如来年六月暴涨的西津里一样，一路高涨。可是，狂泻的洪水一下子卷走了人们美好的预期：几千斤的亩产泡沫破了，田地较往年没有增产的，反而减了产，不少生产队甚至绝收。大水冲走了田间作物，冲不走纳粮指标。尽管已有减免，但多报仍需多纳，东津公社各生产小队束紧裤腰带、抠挖仓库的角角落落，准备用种粮陈谷凑数，离交够指标还远，再从社员家挖潜力，每个社员返回集体若干前季分发的口粮，大队老书记第一个从老伴的哭骂声中担出了谷麦。咬牙纳了国家的，存下的只有秕谷烂稻草，猪也不要吃，各大队书记叫苦连天，朱得男也急红了眼，号召各大队抢种凡能果腹的作物。吴黑男的批斗会开不成了，中市桥塊不用去站，但公社的人仍来了，还是朱得男书记亲自带的队，由大队老书记带领着，去一队的社员家挨家挨户地检查，发现各家各户稻草扎的米屯均是空的。

"粮食哪里去了？按指标，你一队比往年才多交了一点点公粮，剩下的粮食呢？"

"严重减产，交了公粮不剩一粒，社员还倒贴，家中没吃的，人人出去挖草根、捡枯菜叶吃了。"吴黑男的脸更黑了，一脸的苦难。

一队社员真的外出捡菜根树叶了。这是吴黑男的黑点子，为的是营造缺粮饿肚的气氛。

"产粮真比其他小队低？"朱得男狐疑的眼光盯着吴黑男，想从黑脸上发现点什么，万一他瞒报了产量、存下私粮，充公了也能救救急。

吴黑男说："田低，水汪一队的田地，稻根烂掉不少，没粥吃，东梢头已饿死一个。"

朱得男的眼光转向了大队书记。老书记是巷南人，巷北几个生产队的界线不是很清楚："是有个食量大的，十斤谷一个月，煮了菜根啥的，自己吃不够，还省给年轻、年小的吃，结果得了水肿病，特批了两斤精糠也没救回来，饿死了。据邻居说，人是月底死的，家人为了每人月初分的十斤谷，被中盖了好几天，鼻子也让老鼠啃了。"

饿死人确是事实，出殡的棺材由东往西，过西津桥，绕半个西津里的老堤，扛山坡上去的。不过，家住六队的老书记没弄明白，这一户是二队的，一队的紧邻，吴黑男借用了。

朱得男粗鲁地一挥大手："又不是连着没得吃直接饿死的，这不算。"并对在场的人员说，"今后统一思想，统一口径，谁乱讲饿死人，要狠狠地批斗，凡不是几天几夜连着没有吃饿死的，不能算饿死，年龄大了的老人，今天不知明天的，西津桥堍隔些天出现的烧焦拐杖，是个说明。年轻的也有突然死了的，谁也说不准得场重病完蛋走路了，正常的。"

一群人马没有收获，朱得男不甘心，叫一同检查的公社会计一笔一笔地算。公社老会计，当初同朱书记一起来东津镇打天下的，这么些年尽心尽责，老光镜下的算盘子"噼里啪啦"一拨，不错，四百斤还缺一点的亩产，账目清楚得很。走到渡口时，吴黑男对众人盯着看的两大船青芦苇说："割的芦苇没人搬，搬不动了，有点气力留着挖菜根、刨草茎和削树皮去了。"朱得男不好再说什么，一路唉声叹气地往仓库来。

仓库除了留下的稻种谷，只剩秕谷了，吴黑男哭诉道："灾情重，收了这么多的秕谷，要说一队比其他生产队强一些，我们留了点稻种谷，明年早春，整个儿的播谷育秧，莳余的秧，可以支援一下没留种谷的兄弟生产队。"

朱得男撩了把稻种，在鼻子下闻闻。

一群人来到了六姑、阿玉睡的房间前，六姑在门口编蒲草鞋，见人来了，朝紧闭的门里喊："阿玉，新官来检查哉。"门里的阿玉回答："姑姑，我的肚子疼得走不了路。"六姑张开缺牙的嘴，对朱得男一群人说："挖的野菜根煮吃了，苦的，吃坏了肚子。"朱得男几个大男人止了步，不好意思再往前探头，想来两个贫穷女子的逼仄睡眠处，不至于有什么惊天动地的事物发生，且抖动手指"簌簌"编织着的还俗老妪，肤皱皮缩，面黄额暗，蓬发枯槁，不像有饱饭吃的样子。众人悻悻地出了院门，沿渡口长堤回镇上。他们哪里知道，这一切全是六姑的主意，六姑对苦于没办法的吴黑男说："这么多粮食你能藏哪里去？你挑一担出门试试看？不被抢了来问我，藏远不及藏近，藏眼睛看得见、他们不敢想的地方，这次比的是胆量，赌的是饿昏了头的人不敢想。"于是，月黑夜深，一队的壮劳力摸黑夜干，用船舱装了稻谷，连夜摇离湖岸割苇遮盖。

朱得男没想到，两个还俗女的房间堆满了碰横梁的稻谷。那两只装芦苇的农用船，也装满了粮食。一碗白米饭救一条命的 1960 年，谁敢把万斤粮食不当回事地装在无人看管的船上，任其在东津湖的堤岸边晃荡呢？这两处，私藏了一队社员在水灾的日夜里，戽水护堤换回来的几百担稻谷。藏两处的目的：万一暴露了一处，还有另一处。茶馆里的说书人不是说，兔子也有三个窝的吗？事后，当走路眩晕的朱得男于一个月黑风高的夜晚，抱着吴黑男送来的一袋新米时，他恨恨地骂道："我就知道你这黑贼点子多，做了坏事看不出面孔变色，比泥鳅滑，比黑鱼精，捉又捉你不住，装病装饿装得真的一样。还有吗？我家里的米缸早见了底，老家来的七八个，饿得翻死鱼眼，把家里的桌腿啃光了。"

吴黑男龇牙虚笑："捉住了，哪来的救命粮？明天晚上，你从公社的后院出门，走田间小路，别打手电筒，悄悄地来渡口，我叫上几个壮劳力，摇船同你一起进城，当夜来回。"

不久后，准备当反面典型批斗的吴黑男，竟然突击入党上了位，接替了东津大队饿死的老书记的位置。没有人知道为什么，反正这一年，东津一队除了冒认一个饿死鬼外，再没有死过人。倒是进了腊月，一队人家的后院，嗷嗷的猪叫声叫个不绝，东津镇人奇怪了，人快饿死了，哪来的大猪呢？公社几个乡村借调来的、饿得眼冒金星的干部说，哪来的饲料喂养大猪？是否查一下？朱得男听了，训斥道：吃肉了眼红人家，起早摸黑地东津湖上割青芦苇，十根手指头，一半刀疤半手血，你们怎么不眼红？

东津湖这个借口真的好大好大。

当然，对于老书记的死，吴黑男内心是歉疚的。老书记是另一个生产队的，救了他一个，会害了百个，且一小队人发了毒誓的，谁走漏消息，谁就去死，不被打死也饿死。生死面前，不论是谁，敲了牙齿不会吐半字的。至于送米给朱书记，东津镇就他一个，家人在城里，他不说，没人会知道。同时，吴黑男还知道，一小袋米打发不了这个湖羊鼻子书记的，他的那个城里的家，张着大口等粮食呢。面对死亡，一切事皆成小事，放一边去了，就此塞住了他的嘴，公社再也不会有人盯着，包括腊月里宰杀的大猪。每家剁个三五斤，也是一份数量不少的"百家肉"，一半摇船送进城，一半分给公社的主要领导。东津一队的社员在黑面孔队长的领导下，过了一个"大跃进"后革命化、饭饱油足、高标准的春节。

父亲的盘算，是儿子的活教材。私藏几百担稻谷的往事，胆大心细的处事方式，做人软中带硬的原则，莫不像家传的黑色基因一样，嵌到了黑小佬的骨子里。还有六姑的见识，瘦小羸弱的身体，藏着悲天悯人的智慧，要不是六姑、阿玉至今一口素食，真想好好地动员大家送些猪肉、猪下水和几个猪头给她们，让她们浓酱炖得烂烂的，满仓库的酱肉香，让闻香味的黄狗一刻不愿意离开渡口的外婆墩。他心里这么想。

"黑队长，今年丰收了，农忙后怎样犒劳犒劳我们？"一群社员来到了他验过的稻田。

"别出花点子，事情没做好，想这想那的。"

一个女社员说："你们男人是管仓库的阿黄，嘴馋上面鼻闻下面。"

"你们女人妈妈有啥好点子？"

"交了公粮换回钱，同五行里村一样，集体出人出物资，仓库院里搭个矮房子，砌个大灶锅，冬天洗大锅浴。"

黑小佬早听说五行里村砌有大锅灶，一过农忙入了冬，村人只需抱一捆柴薪，便可吆三喝四、拖儿带女地煮水洗澡，今天男人汏，明天女人洗。五行里村金木水火土五行齐全，砌个小灶，搭个泥墙小屋是分分钟的事情。原来，东津镇的南街也有圆穹浴室的，前几年肚皮吃不饱，饿死了不少人，浴室歇业，供销社利用石砌大池泡浸红薯，做了制作番薯粉丝的加工场。

黑小佬早有搭个洗浴灶的想法了，冬天热腾腾地洗身体，是个诱惑人的主意。苦于财力不及，且管仓库的两个，平日飞进只苍蝇进去，也是立马拍扇催赶的清洁人。女人洗洗尚可，大男人怎脱得下衣裤？不比渡口洗野浴，离得远，关着院门看不见。且进两个孤女子的院中洗，说法不好听，万万开不出口的。

吴水妹说："你们臭男人去养猪场洗，现成的大锅，猪毛煺得尽，还洗不清一身油泥了？四周油毛毡、柴帘子一围，锅大灶台宽，三四个可一起搓背。"

"洗干净了有什么用？你们女人喜欢做不实惠的事，外面搓了垢，没油水补进去，肚中尽咽青紫气，外面光，里面还不是一泡糙？要我说，买一个猪头酱了，再买一副猪下水，满满地炖一大锅白汤，吃个油光汗面，也对得起瘪了的肚皮。"

"你个馋痨胚只知道吃，吃恶了叫你两头开门。"

"男人吃畅开吃，不似你们女人，馋猫生的，叼条穿鲦鱼，也躲门旮旯里偷吃腥，假装细气。"

这下可捅了胡蜂窝了："你个烂心烂肺的贼胚，去年溜养猪场去，捉阉猪人一个眼花，偷了猪卵子炒大蒜吃，拉了三天又忘了？"

"他抢猪丸子的动作，比六姑家的阿黄还快。不过么，六月债，吃得快还得快。"

"啥东西不好吃？恶心反胃的。"

"听说，他家的杏珍半年没让他亲嘴香面孔。"

女人们七嘴八舌地笑骂着。黑小佬说："好哉好哉，大家齐心地干，要颗粒归仓，收成好了，集体的包鼓了，个人的口袋才不瘪。刚才的两个想法可以考虑，毛老头和觉根好说话，六姑这儿得商量商量。"说完，叫吴水妹跟着，往晒谷场去。

二十二

　　有城里来的供销社大船，泊在了渡口，船两侧红红的二十吨水线，已为湖水浸没。

　　金新宝主任、会计老王和出纳金铃铃来了，船拢岸，他们就来了渡口。

　　金铃铃挂着双拐，旁人没法远远地甩下她。五六个年壮的，也提着箩筐绳索地来了，其中两个还扛来了磅秤，手提短秤的走在前面，押后走的肩上长秤似枪，大秤砣垂挂腰际、左右滚动。

　　金新宝安排前来的壮汉同船上几名黑亮面孔的男子，一起筐担棒抬的，把货物沿湖岸长石分类堆放。镇上各商铺留一人守店，余下的也筐担儿车轱辘地来了，搔头寻摸自己店堂的售卖之物。

　　老王会计左手执单，右手握笔勾划，老光眼镜在油鼻梁上滑动，抬眼看人，垂眼看账，低头看货物，夹在指缝间的半截香烟，青烟缭袅袅，一捉得空，圆珠笔夹耳朵，取烟穷抽一口，报数声起，即忙送香烟回账单下的指缝去，对账、看物、看人、抽烟、咳嗽五不误；金铃铃支杖看秤杆高低，数点点银星报数。

　　湖埠头上货物丰足：农用铁器、船用篙橹为应景之物；铲长锅圆、瓷白匙碗是易碎之家的必添之器；青黑布料、蓝黄丝线不知费了多少妇人的心思；酱香老酒、金黄丝烟，掏瘪了一镇男人的上衫口袋；软硬糖果、方圆饼干，莫不让一地孩童眼馋嘴馋；还有百货商店的日用品、花衣蓝袜，南货店的干鲜果品、腌鱼咸肉，副食品店的酱赤醋暗、粗盐细糖，更有放得进整头大猪烹饪的大铁锅，也轻重不匀地摆上岸来。但凡服务于人的衣食住行物品应有尽有，即便介乎于生死之间的医用物资，也随船前来，一个个大纸箱被穿白长衣的医务人员抬回卫生院。

黑小佬见货物摆满了渡口，便吩咐水妹去找会计来湖埠头，自己先走了过去。一个小队三驾马车，队长、会计、农技员，不脱产，有事做事，无事田间忙。一个锅里盛饭吃的，力气费多费少，睡一晚就恢复了。乡下人简单，只要年景好，不指望丰衣足食，不挨饿，常能开个荤、油个嘴便是好日子了。

"黑小佬，渡口临时戒严，闲人不得过来。"细竹竿头绑铁片，市政街道两个手执红缨枪的民兵，如临大敌地对黑小佬喊了起来。

"队里买点东西。"

"那也不行。"

"不看看都在抢收？你们商店不也下乡支农吗？"

"物资正核对，少了你负责？"

说话不近人情的，是双胞胎兄弟中的一个。兄弟俩学校的书没读好，整日巷北巷南、街东街西地逛，见猫逗猫，遇狗打狗。碰到往水巷撒尿的孩子，便手拎耳朵脚踢屁股；看见年轻姑娘了，哦哇哦哇地起哄。除了金驼子茶馆的茶客不敢招惹，东津镇上人走得到的地方，都留下过他们晃荡的身影。位于僻静水巷的石埠头，遇上年轻妇人蹲身支臀地洗刷衣物，他们也会从墙角抠一块断砖，使劲地掷到水里去，溅起一声水响，在惊恐者的怒骂声中，放肆地大笑着逃遁。时间久了，镇上人意见大，他们的父母反复地找金新宝主任，要求安排工作。后来，市政街道正好成立民兵组织，他们就长棒当枪、装模作样地做起了这一份工作。

黑小佬心里恼怒着，走了过来。

"你们两个有没有睁开眼？让吴队长过来，自己人，拦什么？"金主任喊道。

金新宝递上了一支烟："吴队长，今年喜获丰收了哇？"

黑小佬说："今年同往年比，稍微硬气一点。"

"要点啥只管拿，钱过了农忙付，只需在白纸条上签个名按个手印。"

"去喊会计来了，生姜茶叶要一些，其他的合计合计，那口铁锅好大，能煮一头大猪了。"

"北溆乡后堡村订的，说是杀猪退毛洗大锅浴用。"

黑小佬弯下腰，手指弹弹锅沿，大铁锅"当当"地响。

"这劳什子多重？"

"好几十斤吧，明天会过来三个小伙子，头上戴了草垫片，轮流顶回去。"

"死猪不怕开水烫，铁皮下烧火，人踏进去汰浴，不会烫脚烫屁股？"

"你没氽过不知道，以前吴家茶酒楼最末一进房子，黑乎乎的，砌有大锅灶，用来酿酒蒸糯米饭的，寒冬腊月、过年过节可洗热水浴。充公后，我氽过一趟浴，锅底铺蒲草垫，防烫防滑水还香，锅台木垫竹垫，那叫一个爽。当然，终究比不上澡堂子汰浴舒畅的。"

"那个澡堂子怎么不弄弄清爽重新开张？北风天里泡泡澡暖暖身，不要太惬意。"

"最近同公社顾副主任提了，她才提拔，胆子又小，不敢拍板。问了朱书记，朱书记说，国家还困难，要勤俭节约，多忆苦思甜，东津镇已经有了个皮包水的茶馆，再弄个水包皮的地方，是资产阶级的腐朽生活方式。还说共产党人，身体搞得这么干净干什么？他这么讲了，顾副主任也抿紧了嘴，谁还敢多半句话？近几年不用想了。"

两人围铁锅说话，小队会计过来了，吴水妹去了仓库。

"这劳什子重透重透。"小队会计弯腰张胳膊搬，手一滑，锅儿溜溜地晃悠转圈，差点儿割裤管，憋了一脸的红，"是重透，今年队里搞一个？"

"看你账上弄不弄得出钱来？"

"一个铁东西要几担稻谷钱？总有办法想的。"两人左看右看的，烟糖店和农副产品店的两个，大纸封包了茶叶同生姜递来，黑小佬叫会计看了秤，接了两纸条，分别签了三个掐架的字，"你同阿玉入个库，让她领了烧姜茶水。"

担送田间的茶水，由管仓库的六姑、阿玉负责，在她们平日煮饭的双眼灶上烧，一个灶膛添一队的柴，另一个灶膛烧二队的柴，没人管着她们。一队二队也不差那么几把柴草，但她们理得十分清楚，左手一队右手二队，左手从不占右手的便宜，右手从不让左手吃亏。黑小佬常说吃亏的是她们，费力费心思。眼下的这两锅水，阿玉左一把右一把地烧开了，两个生产队的柴草决不搞混。

"阿玉，你又费瞎心思。"

"姑姑说了，一队人多队大，比二队多了十多户，吃水人多，多烧水多费柴，不能占了二队的便宜。"

一队三十七户人家，二队二十多户，整个东津大队六个生产小队，一队是最大的生产小队。人多力量大，吃喝也多，固执的六姑不肯多费二队的一根柴薪，待集体的茶水煮开了，剩余的稻草必一根不剩地抱回原处。

黑小佬说："六姑认真，早知道让六姑留一队了。"

阿玉说："黑队长嫌我胳膊肘朝外弯哉。"

吴水妹笑着说："阿玉阿玉，明天烧水，偷几把二队的柴，塞进他的黑灶膛去，省得他晚上躺尸了，睁个黑眼眨巴眨巴的，望着黑帐顶，尽出黑点子。"

"我里外黑，你旺米来的也不比米白嘛。"

"我知道你的黑心黑肺尽想着别个的白了，我进了黑窝，也传染上了，雪雪白的糯米团掉灶膛，不黑也粘一身黑。"

"黑小佬早晚想得白，只怕是想多吃几碗白米饭吧？"六姑笑吟吟地走近了。

"还是六姑猜对人，黑不黑白不白的，吃饱肚皮黑夜变白天，不睡也精神。饿得前胸贴后背，肚皮咕咕叫，脑门子嗡嗡响，白天也是昏天黑地。"

几个人的说笑里，黑小佬悄悄同六姑讲了阿玉父亲吐血住院的事，说要水妹一起来，怕阿玉听了想不开，好劝劝她的，队里就她们两个最亲近。

六姑说："前天知道了，茶馆的金驼子说的，他突然地来，仓库冷不丁来个奇怪人，脑子别住没想过来，吓了一跳，眼睛笑得还是蛮善的，看一会就顺眼了。他自己介绍了自己，告诉我说，本想托人来说的，或者趁觉根拉车路过捎话过来，想想阿玉父亲的急切样，自己急颠颠地跑来了。"

"阿玉没哭？"

"怎么不哭？当场哭得泪糊糊地要去卫生院。金驼子说，你现在去探望，是气你父亲，你父亲肯定会气得再吐血，一旦再吐了，更难治愈。你要不孝便去，想让你父亲多活几年，旁人面前装作不知道。金驼子的话说得重了，她伸出门槛的脚又缩了回来，让金驼子捎了五元钱去。"

"金驼子脑袋的点子不够用，背上备有一兜。"黑小佬心里这么想，嘴上却说，"老金背斜心正。"

"金驼子前脚走，她便想去北山湾陪她大娘，心里又不舍得丢下我一个，怕我被湖里的落水鬼拖下岸去。后来觉根拉稻草，说是饲料厂的姥姥捎话，叫她别去北山湾，那边有夯夯夫妻陪着，她才消了念头，叫觉根转交夯夯，要夯夯捎五元钱给大娘。"

　　"阿玉胆寒，夜里常听到鬼怪叫？"

　　"哪有什么鬼怪叫，东津湖的芦苇荡，尖脑细腿的黑白水鸟多，灰羽毛的软脚硬嘴的野鸭子多。小时候夏夜里，我们热得睡不着，半夜翻身起床，去堤上吹风乘凉，月暗湖深，常听水鸟'呷呷'地喊和野鸭子'呱呱'地叫。"

　　"还会做不好的梦？"

　　"也是吓的，夜里听见水浪敲堤声怕，静得没一丝丝声音也怕，听见阿黄外场地叫了，才安心踏实地睡，幸亏有了阿黄。"

　　黑小佬放心了，喊了几声水妹。

　　吴水妹同阿玉咬耳朵说话，听见黑小佬喊，蒲团上展起身子说："阿玉阿玉，让六姑给你买个大浴盆，冬天洗洗热水澡。"

　　六姑说："冬天洗澡不冻出鼻涕来？又不是大锅浴，一人烧火几个汰浴，暖烘烘的。"

　　"六姑也知道大锅浴的？"

　　"冬天洗浴，不是太稀奇的事。以前，富裕人家砌有大锅浴灶的，新政府'破四旧'时拆了，前些年大炼钢铁，大铁锅全砸了烧铁水。"

　　黑小佬说："刚才，湖埠头看见一口大铁锅，重透！会计哈腰扒脚地张五指搬，滑脱了，腿肚差点划条印子。"

　　"黑小佬真要做件好事，也放心让水妹来溯浴，仓库杂物间的墙角，倒是可砌个大灶的，只是只可女人和穿开裆裤的小孩子洗。"

　　吴水妹笑道："男人敢来，叫阿黄咬下他的下摆来。"

　　一件大事，在喜笑声里解决了。吴水妹笑着说："六姑成精哉。"

　　六姑说："砌好了我同阿玉先洗，你来给我们看门。"

　　"你们汰浴烧一队的柴还是二队的柴？我可要烧一回二队的，占个便宜过个瘾。"

　　阿玉说："我哪个队的柴都不烧，只烧自家的柴。"

　　黑小佬走出院门了，回过头同阿玉说："觉根今天下午来拉垫猪圈的陈稻草。你同他讲，叫他第三天不要离开，我们队的几圈猪肥得挑田里去，让他等着称重，他的那辆板车也要用一下。"

阿玉说："我同他说，他要是不听，我叫阿黄咬他。"

二十三

阿玉第一次来养猪场。

往年，猪圈的肥料是由队长黑小佬亲自来猪圈，同觉根一担担地过秤记账的。黑小佬兼任大队民兵营长后，大队、公社的会议多，有时甚至会自带中饭一顿，摸黑出门，同东津公社其他几个大队的民兵营长，借了渔业队的小划子，轮流划进城市的水道，参加县里的会议。早饭干点心途中解决，渴了，撩一手湖水拍嘴。

今年，东津公社要在东津大队第一生产小队，召开秋收秋种现场汇报会，有些事情需提前作准备。黑小佬同六姑商量了，让阿玉到西津里走走，他笑对六姑说：阿玉总听见西津里的猪叫，也常见养猪人的罗圈腿拉车，还没瞅过觉根养的猪跑呢。六姑笑道："黑小佬，你只管叫她去，一队的事她去，二队的事，也得她出面，我是不外跑的人了，总不能让二队长说吃了亏的话。阿玉代我去，我代她去一队的田里拾稻穗。"

六姑、阿玉分属一、二队，平时履行着各自看管仓库的职责，平时一灶膛烧饭吃，一间屋子睡觉，以前是师徒，现在是姑侄，实则情胜母女。于集体的事，两人间明细清楚。这几年，六姑肩上渐渐无肉，无法承受软竹硬柏扁担，二队凡需仓库人担来挑往的事，比如担送抢收抢种社员们的姜茶红薯，均由阿玉一肩挑去；她则去一队的田地捡捡稻穗，抑或寻觅自己能做的活计，作为时间上的补偿，黑小佬同二队长再三说无需计较的，她与阿玉仍旧互动。以前阿玉没力气做的，六姑做；现在六姑弱力不及的，阿玉做。阿玉长大了，六姑老了，很多方面的事情来了个对调，两人都极力地做好，自求心安。

阿玉去养猪场称猪肥料，也了了六姑的心事。一清早，她熬了稠稠的白米粥，锅沿上贴了几张糯米小饼，一碟子爆炒腌蒲芯菜，飘几丝酸腌菜，阿玉吃了个嫩滑爽脆，满嘴酸香，细额沁汗。师徒俩还俗后，由于体力劳作的需要，不再持过午不食的长斋，一日三餐仍不似俚俗人家，除却荤腥，五辛也不食的。

　　"姑姑熬的粥、炒的小菜，四月十四轧神仙的何仙姑吃到，都不想回天上了。"

　　六姑说："吃得酸酸的，去西津里味重地，压住不反胃。"

　　姑姑说得没错，养猪场的味道果真重，才近半场，歪味热浪样地扑面而来，止人脚步。

　　"觉根……觉根……"

　　开出院门的是毛老头："觉根正在起石槽，一会就好。"

　　东津人家的动物食槽，皆为五行里村的刘石匠凿挖。石槽可供两头大猪抢食，石重食轻，不易为猪鼻拱翻，四蹄踩踏，也稳重如厚。

　　石槽的厚重，对养猪人的体力提出了较高的要求。猪圈沤肥需垫高食槽，觉根便会腿跨食槽，双手紧握铁镐抄底，往上抬起一头，毛老头随即趴下身体，脸蛋贴近猪粪，往槽石底部塞草把。一个使劲地抬，一个狠狠地塞，一头高出换另一头。粉猪长到笨猪，半年时间总得抬升三五回，养猪场之前的重体力活，毛老头一个人做，现在同渡口的仓库一样，轻重也调个了。

　　觉根天不亮给一队出肥的猪圈喂食了，比平时多喂了些，猪猡吃撑了才会圈角伸肢亮腹地躺平，此时推拉木栅格门，猪不会逃出圈，哼哼地躺着不动，任耙肥人的一把钉刺耙，把陈稻柴、杂毛草和青黄菜叶等柔软易腐之物、同猪的排泄物沤成的肥料，装进大簸箕。他早早地喂食停当，看猪猡舔尽食槽，便用铁镐把食槽往甬道扳。这个活儿往横里走，两手便可搞定，毛老头有时也凑上来搭手，他反而觉得碍手碍脚的，束缚了自己的施展。

　　养猪场平日的猪饲料和垫猪圈的稻草，觉根独自去东津大队的六个生产小队用板车拉来，数量由各队的仓库保管员同觉根当场称重记账签名。作为回报，各小队按田亩分若干猪圈肥沤田，同样称重记账签字确认，按农户家猪肥料的价格结算。抵扣肥料钱后，进入腊月，大队宰杀多头大猪分给各队，再由各队分给社员，猪肉按镇上肉店的价格计算。再有余钱，在小年夜的前几天，大队会计把余款支付给生产小队，以作社员的分红之资。这一良性循环模式，是当初蹲点东津大队的朱得男书记同老支书商定的，老支书自1960年饿死后，接手的吴黑男书记，把田头、养猪场和社员之间的关系舞弄得滴溜圆。这让家住西街的公社借用干部杨金浜十分羡慕，觉得大队书记的实权大过公社的副主任，更别说小小的文书了。为此，他曾主动提出去东津一大队，协助吴黑男的工作，并向朱得男书记保证，今后一定保持良好的增长。他的借口是年轻干部要去基层锻炼，朱得男书记觉得他蛮有想法的，因同他白胖不再的母亲相熟，在保长家相传的春凳上有过那么几回，且李副主任也敲缸渗水地提了几次，有些过意不去，借机在吴黑男面前说了一嘴。不料吴黑男听了，黑面孔少有地胀出了红晕：这小子嫌我老，夺江山来了。夺了权，东津大队就变成北山湾人的根据地了。朱得男书记见黑面孔反应这么大，所担心的也是个问题，就不再提及。后来同顾梅说过一次，不想顾梅差点同他红了脸，此事不了了之地拖了下来。镇上除了金驼子知道内情，其他人都无从知晓，养猪场的两个当然也不会知道，阿玉更不知道。

"阿玉来得早了，你可是第一趟来。"觉根光身穿一件灰旧布衫，满头的油汗，一手秤杆一手秤砣地出了院门。

阿玉没说话，手帕里取出一张五元的纸币，交待给觉根："你吃中饭时捉个空，去饲料厂找姥姥，叫他带给我父母。不要让闲人看到，免得瞎嚼舌。"

觉根接了凑鼻子上闻："大钞票有香味的，难怪可买香的、甜的吃。"

"你一身的重味，能嗅出钞票味道？真要闻得出，送你一毛。"

觉根说："才一毛啊？你也小气。"

"一天一个工，一毛来钱。闻一下，能吃一砂锅大白菜血豆腐汤了，林老头那儿可买一捧的白馒头吃呢。你要是出钱让我闻，我天天愿意闻一下的。"

"你也不吃荤，整天青菜萝卜的，挣那么多钱干什么？"

"我挣了钱，买肉馒头给我家阿黄吃。"

"好啊，我还不如你家的阿黄了。"

两人说笑着，一队的社员扛着铁耙大簸箕三三两两地走过来。毛老头敞开了竹大门，吭哧吭哧地提出大半桶热水，搁在墙边的大灶台："茶水小灶烧的，干净。"

邻近几个队的板车也借来了，连着养猪场的一辆，六个青壮小伙把称了重、滴着渍水的肥料一担担地往车上装。不拉车的，便从饲料厂后面的小径直接把肥料挑到田里去。

中午，阿玉为猪场的浊气所侵，坏了胃口，独个儿坐西津里石埠头的台阶上，不时捡起小砖石往河里扔去。

"阿玉，喝点热水吧？毛老头的茶末苦涩，跟树叶子似的。"吴水妹坐到了边头。

阿玉摇了摇头。

吴水妹说："气味冲心了？喝点白水冲冲淡，一定得喝点，你试试。"

阿玉拨了橡皮塞子喝了一点，又喝了一点，接下来"咕咚"一口，感觉胸口堵着的一团咽下去了，"唔唔"地嗝了几声，胸口顿觉和缓了许多。

玻璃水瓶是觉根送的，送了两个，说是向金驼子要的。瓶子灌了热水，冬天焐手，春夏秋三季作水壶。

"水妹阿嫂，你做什么活儿不累人的。"

吴水妹笑笑："干农活腰酸背痛，手麻脚抽筋，外加一个恶心倒怪，乡下人生来做这个的，你同六姑不似别人，做到这样，阿弥陀佛了。"

觉根舀了一大勺热水出来，问阿玉要不要加点白水，阿玉摇摇瓶再摇摇头。吴水妹说："你把勺放这儿来，一会给你拿去，你家的茶叶莫非杨树叶炒的，又苦又涩。"

觉根说："茶叶会计拿来的。"

吴水妹说："哪个队拿来的？其他几个队说不上，要是一队的，找黑小佬说话，他的香烟抽烟丝黄的，茶叶买黑的，树叶子剪细炒的一样，比船上人家死鱼还苦。"

觉根陪笑道："呦，这可不好，你回家一问，得罪了黑营长，我叔叔可得多站几回街了。"

"毛老头站街示众，是不是坏了你的好事？"

"我哪来的好事？"

"你瞒得了别人瞒不了我，阿三的丈母娘牵的线，要不是你叔叔贪吃几斤米，眼馋两块钱，说不定五行里村的朱打铁成'猪打铁'了？"

"人家早被黄泥巴糊上了。"

"泥巴糊铁，朱打铁省下了糊泥炉子的钱；王家娶个棺材女，陈棺材多个扛棺人。这几家到了冬闲，定下好日子，请来'唱堂名'的音乐班，该放炮仗热闹了。只有养猪场仍旧光头对光头，阿三清早过来杀猪刮毛，热闹倒也热闹，只不过不是刨光就是刮光，终究一个光字。"

觉根说："我的头早不光了，叔叔不光也得光。"

吴水妹接着笑："这边的几个不成，许大媒准备去南头村还南边的村庄说亲，觉根你腰粗膀圆的，不信没姑娘动心。"

阿玉听了，轻声说："师兄也心急。"

二十四

　　阿贞肩担水桶，顺着墙脚跟的沙石路下到西津里挑水，大瘌痢同时出现在露天茅坑。

　　大瘌痢家的茅坑，挖在房屋和御道中间几丈宽的绿畦中，这一条绿毯一样，由西津里盖到吴家柴屋前的狭长旱地，原是吴家的菜地。房屋东墙根，为方便去茅棚取烧煮柴薪和日常的上下走动，当年财力厚实的吴家修了一条丈余宽的碎石路，两轮子或四轮子的，皆可自在上下，雨雪天气也不泥泞。吴家大宅没收后，五进四院分别住进了五户人家。大瘌痢家分得第一进客堂外加前场地，后四户人家各有前院，院子东墙破开，作进出门洞。房子宅基东侧的旱地，依后墙前院的墙角瞄长线分界，植石作桩，作五户人家的蔬菜地；各家的茅坑挖在分属的菜地中，或左或右，或前或后，随性而为，为避嫌和尴尬，两坑决不挨傍。每年秋季，生产队的新稻草分发到户，家主人均会编新草帘子，换下去年的颓圮灰帘，防四季漏光。讲究的家庭，人也勤快，一脚泥一腿水的，西津里割来芦荻织帘，竖一人还高的篱笆遮挡。深插土中的帘席，可防狂风撕扯，不过，芦荻帘子的缝隙如指宽，半人高的紧要处，仍需密织草帘挂内壁，方可安心下蹲。住在这里的五户，分到了大宅和菜地，仍不减贫苦农民勤俭持家的本色，菜地逐渐往墙根垦拓，拣掉粗细石粒种菜，为使垦占合理，菜地同道路间挖浅沟上下贯通，一可与路相隔，二为雨天泻水。垦掉半幅路面的小路尚能上下，两人挑担相遇，也可侧身避让；左右轮子的，压缩不得，一轮紧贴墙根，一轮尚需借水沟滚动轮子，前坡后陡，左高右低，当把人劲使在上下坡了，还得担心车载物的侧翻。

北山湾人家的吃喝用水，皆由西津里担上岸来，吴家也不例外。一家的烧煮洗涮用水，由阿贞扁担绳索、竹勺木桶地担回家。发现大癞痢总是算准了阿贞下坡的时间在路边撒尿后，吴海源再也不让女儿挑水了，凡上下坡的事情，皆有他老腿走下坡、偻肩担上岸。眼下身体这光景，挑长担短自是不能了，老伴身体过早前伛，肩膀已无力承受，挑水活儿不重也不轻，自然又落回了阿贞的粉衣肩头。

自卫生院回家后，仇三类处带回的中草药包，洗涮煎熬，用水量上升。虽不见大癞痢嘴衔香烟屁股、眯眼吹气地当路撩裤裆撒尿了，却出现了新问题：只要阿贞担桶"吱吱"响地下坡，大癞痢必会上茅坑；巧的是，担水上岸的阿贞，必会与从茅坑里钻出来的他迎头相遇，有几次还差点相撞。为此，阿贞说不出的窝火。

"别怕他，反正篱笆挡着，急急地走过，熏死了这癞贼，沾不了你半丝恶气。"做母亲的恨声说，"再不成，我一小桶一小桶地拎回家。"

靠在竹椅上的吴海源有气无力地说："你哪提得了，脚跟不稳，一个踉跄跌下岸去，叫我们怎么活？阿贞下去挑水，你路口张一眼。"

"娘放心好了，我走我的路，他钻他的茅坑，井水不犯湖水，他哪怕躺在茅坑石条上过夜，熏得里臭外臭的不是人，也是他自己。人要脸树要皮，名声搞得太臭，还想不想娶媳妇传宗接代了？"

"倒还别说，这样的人，北淑乡居然有户人家要他倒插门，也是西山出太阳了。"

"不是倒插门，是'填黄泥膀'。死了男人的，老的老，小的小，没人挣工分，生产队透支，分不到柴米了，不是啥好饭碗。"

"徐歪嘴家说的另一个，好像是个小娘鱼干部，出了点事，想离娘家远点。"

"他的心不在北边，平日还是小心点，眼睛望脚尖，快步来回。"

信心十足的阿贞，听了父母的话，还是轻估了大癞痢的涎皮程度。

"阿玉，你别不理我，我知道你家吃猪棒骨汤了。"从茅坑钻出来的大癞痢红了一只眼睛，对头也不回的阿贞喊道，"我还知道是谁送你家去的。"

阿贞的心咯噔一下："大癞痢，你别瞎嚼舌头，我家吃啥你看到了？"

大癞痢涎脸晃脑："我没看到，我家的阿黑衔到了大棒骨。"阿黑是他家的一条黑狗，原来的老黑狗，困难年不见了。后来有点粮吃，李家又捉了条小黑狗回来，这是一条生在红旗下，长在新中国，灾害年过后出生的狗，饱粥饱饭、咸汤油水的，一年下来成壮狗。他的母亲常对邻居说，村口第一家，路过的人呀鬼呀赤佬多，捉条狗叫叫咬咬，防贼防鬼防赤佬，西津里的长毛水鬼听见狗叫得凶，也不敢水淋淋地坐在湖埠头的条石上，搬下头颅对着月亮吸气梳头。一家养狗好半村，只当为乡邻做件好事了，各家的肉骨头啥的，别忘了丢给阿黑啃。

"让你气得吐了血，不让人吃点清汤补补了？"

"你急点啥嘛？我不是存心气阿叔的。再说，我被打成这样，也没叫你家赔人工赔钞票呀。"

"你是恶人倒怪。"

"我弟弟说了，乡里乡亲的，不定你们的罪。按朱书记的脾性，打共产党的干部，即便不吃官司，也要戴高帽子批斗的。现在放过你们了，别再冤家似的，上下坡照面不说话，乡邻也该有个乡邻样。我好坏是民兵营长，不告你不害你，你要心中有数，真狠下心，去公社讲一句话，抵得别人百句话。只是看到你的小模样，眼睛舒服，心里敞亮，劲头也足，喜欢同你讲讲张。"

"谁想同你讲张？你个短寿的，做起断路鬼来了？"阿贞的母亲脚步跟跄地下坡来，手中提了竿长物。刚才女儿下坡去，她躲在竹篱后张望，顺便倒了半桶猪饲料，回头看，墙根旁的女儿已同大痢痢吵上了，这还了得？这个家庭，女儿是她唯一的希望。当初政府只允许一夫一妻，男人选择她这个病残之躯，让面嫩好模样的另一个进了城，她内心愧疚的。自己的身体无法为吴家添男丁，东津庵年节的祈求和布施，不能一了心愿，倘若小的留下，定然会生养的。为了这样的男人，天大的灾祸她愿意顶。当初选择送一个女儿去东津庵，她提出让六姑挑选，这是告诉自己的男人，告诉进城的姊妹，告诉女儿们，大小是她的心头肉，为这个家，她愿拼老命的。

"我又没做啥，茅坑出来碰到阿贞，同她讲讲张嘛。"

"你一天三顿十八趟茅坑，回回阿贞下来你出来，你不是吃得多拉得多吗？让我这个穷透顶的地主婆看看，你个见天吃酱猪头肉、红烧狮子头的革命干部的丸子有多大？是浓毛粗橼还是个稀毛痢痢？"说着，举钢叉向前撩。

大痢痢跳一旁急喊："老太太你来真的呀？会捅死人的。"

"捅死你个癞贼，我老太婆抵你的命。"

正骂着，姥姥从御道上跑过来了，"大佬，你怎么尽欺侮妇女妈妈的？"

大癞痢急吼吼地说："姥姥，你不能乱帮人，我又没害人！她家陷进了西津里的淤泥中，我好心举根长竹撩她们上岸，可是吃力不讨好。讲讲张也拿长钢叉扎人，太不讲道理了！你的立场要站稳，你说说，现在社会，碰到'四类分子'谁不避着躲着？有哪个革命干部的热脸，主动贴地主的冷屁股的？"

"你个恶心恶脸的贼胚，刺破了你这张不要脸的脸，去贴你娘的热屁股。"老太太又骂又哭地挺钢叉向前，大癞痢躲到了姥姥身后。

姥姥说："阿贞不想同你讲张，你别硬讲张，大队干部该拿出个干部的样子来。"

"姥姥你看看，他把阿贞爸气成这样，害人赔钱罚人工，若不是全队人帮着说话，不定啥样呢。这些苦，我家咽进肚了，现在更了不得，吃三顿拉十八趟的，回回阿贞下来，他叉腰提裤地上茅坑。"

"这趟是真拉。"

"你拉就拉吧，还做断路鬼了，拦着硬讲张。"

"哪个拦着不让走了？我觉得乡邻应和睦，搭个话头讲讲张，刚才好心同阿贞讲肉骨头的事嘛。"

"哪有拦着强讲张的？肉骨头碍你什么事？"

"讲几句张有什么的？男未婚女未嫁，轧对象也可以嘛，再说了，肉骨头不碍我，碍别人。"

"就知道你没憋好屁。"

姥姥说："大佬，不要岔了话题，今天我不做老好人，有事说事。阿贞不想同你讲张，你就不讲张，不要老烦别人，万一动了众怒，吴家人多势众地闹起来，也不是你能搞定的。几个愣小子见你一次打你一次，事情闹到上面去，是人都会想，怎么会全村就对你一个的？做领导的没脑子？不会想？到时，你弟弟也不好出面说话的。刚才你说的男未婚女未嫁，有心像个人样的办事，一码归一码，远的请五行里村的许大媒，近的请村里徐歪嘴的老婆，冬闲了提点礼物上门，收了大家好，不收，再寻下家。桥归桥路归路，东津镇的御道这么宽，靠两边各走各的，各自种田，各人上街买肉吃，这叫干脆爽气！"

大癞痢也心虚，指着姥姥的鼻子说："姥姥你说的，到时别把礼盒抛出门，我可不饶你。"

"男子汉大丈夫，我俩讲定了，反悔是黄泥坯王八，到时砸烂你一份，我赔你两份的钱。"大癞痢觑一眼阿贞母女，又瞪了姥姥一眼，肩耸耸的，摸着裤袋中的香烟走路。

姥姥见大癞痢转过了墙角，从胸前衣袋里摸出香烟，两指香烟盒中拈出一个细卷，展开了交给阿贞的母亲，低声说道："阿玉到养猪场称猪圈肥料，中午让觉根送到了厂里，这几天机器保养得差不多了，天不黑就能回家，今天队里收工也早哇。"

"稻割好收工，晒三波太阳，明天上各家猪圈出肥料。"

"你家的猪肥料去年第一，今年肯定又是第一。割草多，猪吃进的成饲料，吃存的成肥料，一筐青草挣大钱。"

"我家亏得阿贞割草多，一年养肥四头猪，踏出两圈肥料，一担担的集体称了去，年底扣了柴粮钱，有分到不少红。"阿贞的母亲说着，双手簌簌抖地塞钱进里衣的口袋，再在外衣差不多的位置往下顺了顺，想想刚才的冤屈，捏了把红鼻子说，"癞痢家的那条黑狗，也是势利眼，知道我家油水少，一向不来的，昨天中午，一不留神，垃圾堆上的大棒骨衔了下去，让他借着由头了。真正的人欺人，狗也欺人。阿贞爸做得最对的一件事，把阿玉交给了六姑，远离了这一家子狗一样的眼珠子，不然也像阿贞一样，尽受这兄弟俩的腌臜气。"

说完，又捏把鼻涕往鞋根抹了，前言不接后语地对姥姥说："什么时候去趟南头村，叫老瞎子算算命，哪天才能脱了这黄连苦？"

"娘，瞎子卜的卦不准的。况且，现在不允许搞封建迷信活动了，你叫阿哥去，不是伸头让人抓辫子吗？听说，那个半瞎子冒充全瞎，一根竹棒敲上山，去北溆乡的后堡村给人算命，让人抓了现场。"

"那个老瞎子也是无赖，才关一夜，撒尿上茅坑，让人手把手地领来领去，吃喝拉撒样样给他准备停当，还穷讲究，晚上要热水洗脚泡脚，不顺心唱山歌骂人。后堡人心好，也不想得罪山下人，第二天清早放他走，他不走，说摸路的竹竿摔裂了一条缝，要滑滑的削根新的。后堡人气得，贴了两顿吃食，还赔了一竿柴皮竹。"

"后山人没同他较真，养肥了他的胆，以为瞎个眼珠子，共产党拿他没办法。这事过后，他更加胆大，到处骗嘴骗舌说瞎话。"

"下面的痢痢家，以前不也请来的？掰指头算算，闭着瞎眼说，六十年风水轮流转，轮到他李家过好日子了，不是蛮准的？还让他拎了只咯咯叫的老母鸡回去？"

姥姥笑笑说："今年粮食丰收了，先抱条小狗养养吧，对着路口叫叫也热闹。"

阿贞说："阿哥哪里得了消息，帮我阿爸抱只来，也好解解闷。"

三个说完话，姥姥自回家去，母女回篱院，母亲进屋藏钱，阿贞门口抓把铁锹，将垃圾堆上的几根肉骨头往深里埋。

二十五

前天中午，阿贞借了辆板车，拉父亲回了家。仇三类医生推着车送上了御道，除了一筐草药包，还吩咐了不少话，说要清心静养，待辣不吃冷不吃，煎药吃过一疗程，再去卫生院把脉。回到家，母亲端出了淘米水白的大骨汤，说是三天前，一个三十不到、枣仁眼的胖小伙捎来的。阿贞没有叫人捎，她心里明白，那个枣核眼的人，一定是下乡支农卖肉的阿三了，她没有同母亲说，父亲于吃喝的事向来不上心，这事只有她一个心里清楚。大痢痢提到肉骨头的话题，她的心往下一沉，怕几根猪骨给阿三带去麻烦，就自己家，也不能再生事端了。听妹妹讲起过，养猪场毛老头的事，差点连累了阿三，阿三是个做商品粮工作、挣工资回生产队买工分的人，篁村的家异常的贫穷，倘若失了这份工作，会在篁村抬不起头来。金家的饭食也难吃，金铃铃的脾性，不是个眼中容得下沙粒的人。

阿贞从来不觉得自己同阿三有特殊的关系。阿三不欠她的。第一次见到阿三，两人还小，是从自己家的窗户里看到的。

那是旧历年的腊月二十三，东津镇的富裕人家杀年猪了。吴家富甲一方，不是宰杀一两头猪能摆平的：辛苦了一年的长短工、相处融洽的近邻长辈、东津镇茶酒楼的老客户、关系热络的甲里保三长、城中商铺客户以及人头人面的关系，莫不要把新鲜猪肉剁成一条条，用新稻草扎了，再贴上巴掌大的红纸，分拣装筐，先远后近地送货上门。

吴家后坡饲养的几头大猪，只够一小部分。一般农户，年底圈中两头的，一头自享，另一头捆绑了，或父子、或夫妻、或兄弟地抬来，任由众屠夫白刀子进去，红刀子出来。毛猪担来，净猪称重拿钱。猪血猪下水可自拿回家煮来吃，倘若售家手头不活络，有意于这点小收益的，吴家也是慷慨付出，积聚的猪下水，转手间仍是一笑送人。

吴家的青砖场地，隔天便被家中长工打扫干净。场前几枝高大粗壮的树杆，均有长梯斜靠。秃枝画影的地面，厚板低搁，连成长案，几口大水缸也为年龄不大的姥姥、夯夯担得清水溢溢。大铁锅更是张口朝天，条石围搭的临时灶台边，软硬柴薪码出齐整几垛。砖场正中的厚重织架，不大，却骇人眼目。

二十三日一大早，姥姥、夯夯把两口大锅的水烧得冒小泡，七八个杀猪的师徒成档，背着油腻竹筐，边抽烟边咳着嗽过来了。家中长短工齐数到场，吴海源亲手点燃炮仗，"呼嘭"声中，滚地的响尾鞭炮"噼啪"炸出青烟。

惊心动魄的一幕拉开了，一干人七手八脚，将挣扎着的大猪一头头掀到织架上。抓猪耳、按猪蹄、压猪背的，个个涨红了脸……

站在边上看杀猪的阿贞，张着小嘴，惊悚地看完了整个宰杀过程。她的母亲说，又刀又血的，女孩儿不能看的，看了胆子会像男孩子一样毛。阿贞觉得看不看杀猪，同胆子大小没什么关系，不然，门外那个常被胖老头呵斥的、端盆端水打下手的小杀猪，为什么仍是一声不吭，胆小如鼠呢？

这是比阿贞大了几岁的小杀猪阿三留给她的第一印象，也是第一面。这一面，阿三没有留意到窗棂后的一对惊恐小眼睛。他们的第二面，是在阿贞同父母已被赶到后坡住了，因不愿做"过家家"游戏中的新娘，她被分配看管前来采松蕈的小偷阿三。那一次，她看了吓得脸成土色的阿三一眼，松了他手脚的捆扎，自己也回家了。这一行为，深为小痢痢和村中同伴忌恨，叫她地主狗崽的同时，还骂她叛徒。小痢痢还放言，今后不扮新娘，要在篁竹林里批斗她。倔强的她，再也不随小伙伴们村前村后、坡上山下地跑动了，从此，北山湾少了一个宛若清涧滑水的甜美歌喉，她没有了金黄色松花粉般的梦幻童年。

阿贞第三次同阿三见面，已是在东津镇的小学堂了。井台挤挨的同学，侧翻的水桶，干渴的双唇，竹节的水壶，莫不是直让人落泪的童年往事。大小痢痢的憎恨面色，其他贫下中农家庭孩子的冷言冷语，莫不伤透了她的心，即便不太像样的男女老师，对她也是不冷不热的。唯有篁村来的阿三，遇事会站在她的面前……自从尖刻的金铃铃发现她和阿三的竹水壶一个样后，满脸悻悻之色的大小痢痢对她更是白眼相对，眼光像六月阵雨后的日头，又辣又毒。她像做了亏心事似的，不敢走近阿三，不再带水壶进小学堂，她的一份甜蜜留在了心里。回北山湾后，下地割草，上山捡干柴，心爱之物拴筐把，拎着篮儿，听竹筒里的水，唱快乐的歌，割满一筐草，仰脖子抿一口，清甜清甜的，一直甜到了心里。

水壶赠送后的日子，没有言语的阿三，只要阿贞受同学欺侮，特别是留了几级的大痢痢的推搡、拧掐等小动作，他都会挡在阿贞的身前。为此，大小痢痢有一次在御道上候着，二对一打了一架，结果大小痢痢跌进了田里，身体也邋遢了，阿三仍立御道。薄风里的他，衣角飘飘地，在阿贞眼里，小小身影比北山顶上的巨石还高大，风吹褛衣的声响，同竹壶的水声一样甜美。

那是个一节莲藕粗细的竹水壶，底口略微凹陷，外侧刀削圆角，青皮刮尽，且用磨石和细砖磨滑了；上口留有斜斜的咀，内外皆圆边，幽光溜溜的；月芽儿竹槽的正中，雕挖有五分硬币大小的孔，削热水瓶的软木塞成堵孔锥体；锥塞后端拧一个银白搭扣，串金丝麻线，同竹筒斜边的细孔相连，以防细物易丢。秋空澄明的御道上，收下的脸红了，送壶的同样脸红。没有一句话，没有说声谢，这一份丝丝甜意，同琥珀色的水壶一样，阿贞小心地珍藏着，这是她的无斑斓幻梦的童年，拥有的最珍贵的东西。

不久后，阿三又跟师父杀猪去了。北山湾也有两个孩子不再上学，一个是留了几级实在读不下去的大痢痢，一个是阿贞，她因家庭成分禁止上学。从那以后，阿贞很少听到阿三的消息。她知道，阿三不再读书，不是不能读，而是篁村的王家兄弟多，负担重，儿子结婚便要分开另过，结婚，分家，再结婚，再分家。结婚的是儿子，分家分掉的是父母的岁月，阿三往后的岁月，只好同父母一起打拼了。阿贞深知，有身体有力气的阿三，一定能过上东津镇人该有的好日子的，自己倘若不是因为高得吓人的成分，她或许会对阿三透个小心思的，成分束缚了她心头的想法。后来听说，阿三倒插门进了镇上的金家，成了瘸腿女金铃铃的男人，她虽有失落，但那个竹节水壶和心中的甜蜜，给了她些许安慰，这是她不长的人生中，除了家庭以外唯一留心田的人间温馨。这一份温情，如同春花烂漫田间的蜜蜂一样，一直围着她的身子转，听得见急扇的醉羽，闻得到花蜜的芳香……

"阿贞，明天上午别去挑猪肥。"队长手甩电筒光束，在黑糊糊的树丛中划来划去，声音响亮地喊上坡来。

"不是说了西边第一户出肥吗？圈中不再垫干草了，好让猪踩踩透。"

"肥照出，你同姥姥家的明天不用村口听安排，听到敲铁管，早上带上竹刀、镰刀，直接去东津湖堤岸边的那块田。"

"稻割了，带啥镰刀？"

"情况突然，刚才徐书记上的我家，原本只是召开公社的三级干部会议，去东津一队看看现场。今天突然接到县委通知，过两天，要召开全县三级干部农村工作会议，现场还在东津一队。领导们沿御道走，不从东津渡口上岸，改从我们小队那块田的老堤上岸，也烦人，本来忙得两鼻孔冒黑烟了，再摊这一档子事，忙成脚朝天了。这两天，你同姥姥家的把岸上的芦苇杂草割除干净，苇根不要露茬，省得硌了领导的脚。草皮削干净，旧堤见新土，一路到御道的田埂，晒的稻草搬移开，清除杂草铲滑路。一路见红，大后天一早到大队部拿红旗，隔夜插，霜水湿了飘不起来。另外，长跳板也是大后天扛去，我同伟男几个讲了，露水湿了跳板，容易滑脚，万一有领导摔个吃屎跟斗，磕掉半颗牙，小事变大事，统统成我们的责任。"

说完，电筒光照照垃圾堆，压低声音说："大癞痢又寻事了？别怕，今后落单没人见，叫伟男闷他几拳，腰眼里捅，不是明伤，两个人的事说不清楚，最多也是社员间的小冲突。"

"他惧着这一点，才不敢动手动脚的，做点上不了台面的下作事，恶心恶心人，姥姥也说了他几句，想来会识相几天。"

"姥姥同我说了，家里抱条小狗养养，防他摸黑做些小动作，往院里丢条水蛇、扔只蛤蟆啥的吓唬人。"

"他若来后坡捣乱，我娘拿钢叉扎他，钢叉常年门背后放着，谅他不敢来。"

"你阿爸身体怎么样？叫他静心养着，别担心工分，我同会计农技员商量了，田里劳动受的伤，不叫工伤叫啥伤？姓李的大队给工伤，你阿爸队里给，还有伟男罚了一个工二元钱，扣归扣，补归补，平常零散的贴补回去也一样，总不能让他吃了亏。只是别处不要说，我们几个知道就好了。"

"阿哥进屋坐会吧，吃口茶抽支烟。"

"不了，回去了，刚才徐书记来，晚饭才吃一半，心急，安排了才放心，回家再吃。"说着，吸口烟下了坡，手指间的烟蒂，似八月夜空的萤火虫闪灭。

西津里吹上岸的风，拂面已凉。夜空中，星星点点的灯光熟悉而又陌生，亲近而又疏远，仿佛亮在遥远的过去，又亮在不可知的将来，让人落寞，让人心意怅然……远处传来了隐隐的狗吠声，一声又一声，村岸的犬只，对着空寂的西津里，"汪汪"二三声作答。

二十六

　　黑小佬第一时间知道了公社的三级干部会议，改成了全县的农村工作三级干部会议，会议现场仍以他的生产小队为主，舞台搭渡口。不知道的是，县委临时决定，要对一队丰收的稻谷现场过磅称重，核算产量，当大队书记的父亲急吼吼地回家同他讲这事时，他脱口而出："怎么来得及？剩两天时间了。"父亲说："二天三夜，不是有五天？"吴水妹插了一句："阿爸，总不能不吃不睡吧？你真以为皮肤黑的人是铁打的？你自己心里明白的。"黑小佬挥挥手："去去去，什么黑不黑白不白的？女人妈妈的，男人商量事情别乱插嘴。"吴黑男说："水妹说的也对，如果二天三夜连着干，第三天早晨能不能做到新谷堆成尖，稻草码成垛？"黑小佬说："五天时间肯定停当！"吴黑男说："那不就停当了？你马上吹哨开夜工，男人田里收稻挑稻捆，女人场上脱粒。我马上通知二队长三队长同你碰头，这几天二队三队的男女劳力归你安排。"黑小佬急了："阿爸，那要付多少工分呀？二队三队分红低，不便宜死他们了？"吴水妹笑道："看你两只黑眼激得铜铃大，到了人眠棺材、火烧屁股的辰光了，还瞎算计。"黑小佬斥道："女人家家的懂什么？二队三队知道我们分红高了会眼红的，铜钿银子被别人分走，队里社员有意见，里外不落好，不成金驼子石板街上滑脚了吗？"吴黑男说："这次不用分红，叫会计记人工，会议结束还工。安排阿玉多烧些茶水，放点老红糖进去，人吃了有力气。养猪场刚换回几千斤山芋，一会让觉根拉一车过去，焖煮作点心，算大队的会务支出。"吴水妹说："六姑烧的山芋好吃，皮焦糖滋，甜软香糯的，藏几个给孩子吃。"黑小佬嘀咕："哪还有吃的心思。"说着，吹起哨子往西走，走了几十步，又折回来，连着"嘘嘘嘘"地吹长音，到了街出口的自家门前，仍一声声地吹着。

溜滑的石板街为一块块光斑映亮，门开处，先是一个个跶着草鞋的男人拖沓而来，黑小佬对着慢腾腾走在后面的女人，拉嗓子骂道：你们这些个堂客，临出门还上茅坑，屁股粘马桶圈下不来了？走几步路，两腿一夹一夹的，脚下不能紧着点呀？到时饿死你们些个懒婆娘。女人们嘀咕道：哦唷，今晚上的黑队长，狗吃烫粥甩臭嘴了。嘴上说着，脚下步子紧了。

黑小佬说了个大概，男人们急了，纷纷说，打下的新谷实打实地过磅秤，全成了国家集体的，队里还有什么余地？明年长春苦夏，不又要挨饿？

黑小佬把男女劳力安排妥贴，最后说："后天的晚饭，让家中老小送到晒谷场吃，没人烧的隔夜烧好，箩筐绳担的带带齐，啥情况你们知道的。"

话才说完，众人哄地散去。不一会，各门洞传出小哭大喊和门窗"砰砰啪啪"的声音，男人们扁担长绳地在田里急走，石街北侧的人家直接开了院门，隐进黑幕里；女人们头戴连着披肩的绵布防尘帽，一边走一边撸袖套。

二队三队的队长也拖拖拉拉地来到了街东梢，黑小佬说："今晚和明天，二队三队的男人田里收稻挑场上，明晚上半夜二队男女开夜工脱粒，下半夜三队的全体夜工，连到后天白天，同二队一起干到晚上十点停当，后天下午一队男女睏半天觉，十点接场干，一直干到第三天下午会议结束收工。"

"黑小佬，帮工不分红，糊弄出个还工，肯定是你的黑主意，怕吸了你一队的油水？"三队的队长说。

二队长说："黑小佬把我这个隔壁邻居一脚踢开了，哪轮得到西梢头的说话？你们西梢头，本属两头，各奔东西，互不搭界，不是一个锅里吃饭的。"

黑小佬说："哪有那么多东西分的？火烧屁股了，稻谷脱粒出来才是紧要的。"

二队长说："怎么没有东和西？茶馆金驼子的嘴抿得鸡屁股一样，什么臭话不说一句的，不照样还有消息漏出来。有了东就没有西，西面上了，没有东面什么事。这次全县的三级干部会议，还不是为你吴家人撑腰杆的？"

三队长说："这次帮归帮，还归还，社员有意见我做工作，有一事你得答应。"

"你这猪头，有啥事只管说，别趁人脱裤子，大粪勺搅茅坑。"

"我同二队长听说了，你这黑贼偷偷摸摸的，准备弄什么大锅浴，男人庙里溇浴，女人庵堂汰身体，搞得三队的社员心里乱糟糟的，没法安排生产了。庵里头，二队的总能洗的，你得让三队的女人也洗洗，同老小尼姑讲定，别因为三队的不熟悉，不让洗。庙上嘛，哼哼，你老头子发话也不管用。大队的，人人有份，一队男人能洗，二队三队的为什么不能去汰汰清爽？到时不让我们洗，我同二队长脱光了躺锅台，看你们能不能洗得成。"

"你个贼胚真成无赖了？趁机捏人短处！好说，三个队的会计碰头议议，费用各出三分之一。"

二队长笑着说："黑小佬放屁对着自家田的，比南头村的瞎子还算得精。你一队人多势众谁不知道？好意思三分之一？看在这样支援你一队，你也马上全县出名的份上，你来一半，二队三队共担一半，也不致吃多大的亏。农忙结束后，你们又是猪头、又是猪下水的穷吃猛吃，喊不喊我和三队长沾个荤腥，这要看你黑小佬的良心是不是同面孔一样黑了。"

黑小佬骂道："谁说'金乡邻银亲眷'？一队边上出特务了哇？没影子的事，你先哇哇开了，吵得满天世界知道。"

正说着，觉根拉了一板车红薯往东来。三队长说："看看，到底老头子这个书记不是叫名头的，实惠的多着呢。你一队的别多吃多拿，讲好每人两个就两个。"黑小佬踢了三队长一脚："你个贼，山芋还有大小的，要不要切小了称？"

二队长拉着三队长就走："好哉好哉，别误了正事，赶快回去吹哨子，不要人心不足蛇吞象，黑小佬已答应我们溇浴，再加吃一顿老酒和猪头肉，意思算到了，让他欠我们的一点债留着，他接班当了大队书记，也好照应照应我们。"

"没影的事别瞎说，我自己没定下来吃，啥时候答应你们吃了？"

"一队富得流油，吃不穷你的。"二个说笑着往西街走，没走几步，二队长的哨子"咄咄"地吹，三队长一拳打在二队长的膀上："你的马屁拍得也太快了，这里还是一队的地界呢。"二队长笑骂道："你这贼还不是没过中市街，鬼叫一样'嘘嘘'地吹了？"

黑小佬不理会他们，帮觉根推车去仓库。

早有队里的会计点亮了两盏汽灯，挂在田头两根竹竿上，光照空旷。

夜空里的田地深邃，重担儿的趋光前来，不致踩偏了田埂。大队管后勤的电工也来了，场地四周杵起一支支擀面杖粗、晾衣杆长的竹子，架上了电线，一盏盏灯泡晃人眼目，朝南的墙上，两盏"太阳灯"白光刺眼，打谷场亮如白昼。六台稻谷脱粒机朝北摆放，离墙两丈许，轰然转动，齿轮的银光盈盈如水；包头裹颈的女人们，六个一台地就位，双手扠稻把脱粒。她们个个嘴抿一线，身扭手动脚不动。拧正身体，稻谷打齿轮，上下左右地旋转，谷粒远溅声脆，稻草纷飞；飞溅的谷雨里，几个头颈紧裹、手脚布套紧扎的半老头，酒瓶底大的风镜护眼，手中齿耙不时地掏空脱粒机的肚膛，杂飞的长草，也用竹耙及时把到一旁，待积聚高了，再用钢叉挑送丈外。

六姑、阿玉灶前灶后地忙，红糖煮的姜茶水，甜雾蒸腾，两锅茶水煮得水沸无声，阿玉拎桶搁灶台，一勺一勺地舀，粉额上分不清汗珠雾水。

黑小佬和觉根一筐一筐地往屋里抬红薯，筐湿的，红薯也湿的，刚才过渡口时，觉根筐筐浸水旋转颠洗了。

六姑烧煮的红薯甜糯焦香。她对黑小佬和觉根说："灶膛烧柴切不可过多，俗话说，柴多火不旺，小柴勤添，灶膛里左右轮流，总有一边旺火，不让灶膛喘气冒黑烟，烧煮水开，一刻不可缓，上喷的热气不能过早地回锅，更不可掀开锅盖，闻着香味了，软草广火，锅上白雾显灰色，添三灶狂烧，火苗过去余烬不熄，一刻钟后就能闻到焦香。"

喝了阿玉递来的红糖姜茶水，觉根站起身要回猪圈，黑小佬把他摁下了："机会难得，今儿个一定抢先吃个六姑烧的出锅山芋。"六姑也对觉根说："吃了再走，带一个回去，让那个总哨生山芋的老头尝尝，解解馋。"

养猪场的红薯是东津大队从罗家坞大队换来作猪的精饲料的。粮食富裕了，猪也吃得好，一斤稻谷换三斤红薯，似也不吃亏。不一样的是，红薯已经运来，所换稻谷还在田间，罗家坞人也不急，讲好的事情，不会有错。东津大队吃香软的白米饭了，他们也能同时尝到。罗家坞的那个山坞坞，也是甜清软水灌的稻田，但坡谷田地含沙量大，田土浅显，插秧时，东津大队田地的肥泥淤半腿，山田的黄泥淹不了脚踝，一样的品种，生长的稻禾细而脚矮，米粒细碎粗糙，煮出的米饭扒拉下肚，饱腹感大致相同，软糯香甜的口感却相去甚远。而坡上沙地产的红薯却是一绝，状似短棒玉米，皮红肉黄，含糖量高，香糯堪比山栗。

稻谷、红薯互换，并非从成立生产队才开始的。旧时的中市街，上下游人家早有三比一红薯换稻谷的习惯，下游人家换来了，皆可人吃猪吃，并无一丝一毫的浪费。东津大队换了来，主要用于喂猪催肥。过了农忙，一晃近年关，大猪喂得肥肥的，年底宰杀了，卖掉的、社员分掉的、公社县里送掉的，无不膘肥脂厚。送的，笑纳的，面子里子齐全，个个乐开的嘴巴，似光净的、褪尽了毛的猪后臀划了一小口子。

养猪场年底杀猪分肉吃，并不是白吃的。平常时日各生产小队提供的猪饲料及软稻草，除了同猪肥料相抵，猪肉也是相抵相扣的一项，小队出饲料，大队给肥料和猪肉，互不吃亏，且账目清楚。年终大小会计算盘子一拨，多不退少要补，不是食补就是肉补。

养猪场的猪吃生红薯。为避嫌疑，觉根同毛老头平时不再烧煮红薯吃。尽管毛老头也会啃食一二，但人吃不比猪食，生吃红薯稍不小心，会勤跑茅坑的。吴黑男书记曾说：只要闻不到红薯焦香味，养猪的生着吃，不用管。

锅盖揭开了，雾升香溢，焦香似甜。闻香味似比饱吃过瘾，六姑煮的红薯胜过硬柴灰烬烘熟的，钻鼻的焦糖，香甜到了心里。

二十七

　　血红的太阳滑落西山，不甘心的强光，在山脊梁后斜刺青天；东津湖的上空，白云似朵，尽染疲阳如血；田地里，晚作的农人，灰裤青衣，弓身曲腰地劳作着；长长的御道，人影二三。有竹棒敲石人由北南来，口中哼唱着清冽冽的山歌："一月里来讨债忙，穷人进庙躲饥荒；二月里来是新春，富户吃肉穷吃糠；三月里来芦尖青，春耕农民喝稀汤；四月里来尺麦壮，寸水淤田全白忙；五月里来桃花水，西津水怪帮倒忙；六月割麦又莳秧，麸皮面饼藏竹筐；七月台风八月灾，黄水淹田人绝望；重阳登高望九月，雇农打工累活扛；十月稻熟农事忙，地主富农粮满仓；十一月来芦花白，穷人两眼雾茫茫；十二富吃冬至夜，苦孩敲冰作棒糖。"

　　这曲流传于东津镇的民间小调，也称东津山歌，李表廉小时候常听母亲哼唱，走在清空薄凉的御道，听撕裂布帛的曲声，小时候的一点苦难，充盈心头，酸软如水。道上行人稀少，离开家乡多年，老小已无熟悉面孔，彼此南北往来，走近了稍瞥一眼，又匆匆相过。唯敲石成点、身板直挺人拉调儿地哼唱，为御道边劳作的人们听进去了，他们展一展手脚，醒一醒腰背，松一松臂膀，嗓门大声音沙地喊："瞎子瞎子，今儿个怎么不唱个'红花草开紫莹莹，哥想阿妹想煞人'？"

　　叫瞎子的停了竹棒的摸索，转身朝声音方向唱歌般喊道："三月里来百花开，红花草开紫盈盈，现在几月天？季节对不上。"红花草名叫紫云英，是农民喂养猪羊的上好饲料，也是沤田催肥的极佳草料，秋季撒籽半湿的稻田，不用浇水施肥，割稻晾田，来年早春生长蓬勃，厚如锦毯；开花前的红花草，鲜嫩甘肥，挑来旺火爆炒，味胜俗名金花菜的苜蓿菜，缺粮的农户把它剁碎后，拌细盐，同糯米粉、豆渣、麸皮等搓捏成团，贴锅沿蒸熟，咸津津的，可抵作糕点。

"又不是猪猡牛羊，想阿妹分什么季节时辰？"

"人不分季节，季节分人。三二春阳月，百物爆芽，劲头儿足。过了这季节，农忙干得骨疼、筋酸、力疲，手抓发得胖胖的白馒头，也没气力掐出五指痕，别说做吃力不讨好的事情了。"

"瞎赤佬，你除了苦茶搭老油条，又没软软的白馒头捏两手？你不懂的，这种事情哪有讨好别人的，自己好了就好了。"

"我没白馒头啃一嘴，早上两碗粥汤一只山芋，肚子瘪得嗝不出气，撒一泡尿，尽是酸胖气。"

"嗝不出隔夜气，你青蛙一样鼓个空肚子，尖尖地、酸酸地唱，唱个声音传得远远的隔夜歌。"

"哎……隔夜歌，隔年的歌，阿妹带走哉……"

眼前的瞎子，李表廉是知道的。以前，父母亲也曾请他来后坡的家，报一家人的生养时辰，他抬一手，四指轮点拇指地掐算，说什么时来运转的好话，临走，拎了他家的一只芦花鸡回去，那一次瞎猫碰上死老鼠，竟让他蒙了个真。不久，他家的住所同吴大地主家对调了，一只芦花鸡让他吃去，似也不冤。听人说，瞎子生下来眼睛近视，小时候学有一门修鞋补鞋的手艺，一条软扁担，八条细绳，晃来荡去地吃四乡八邻饭，在南头村也算个三天两头吃饭见荤腥的人物。自小同罗家坞的表妹相好，只待挣够了喜庆钱，圆房成婚。谁曾想，那年外出营生，给一群国民党溃军补皮鞋，没再放回来，连皮匠担一同作了壮丁。大半年后，从南方只逃得半条命回来的他，得知表妹已远嫁北淑乡的太湖边，便得了一场大病，气瞎了眼睛，气白了头发。新政府考虑他是被抓壮丁，又主动逃回家的，倒也不曾难为于他，不功不过，让其回原村落户，分田过日子。但他眼睛已瞎，失了农事劳作能力，一亩不到的口粮田，全仗他弟弟一家人种植收割。成立人民公社后，土地国有，他挣不了工分，粮食分得也少，年年透支，结婚成家更不可能了，没有哪个姑娘愿意伸条嫩胳膊，让他搭了走路，救他于苦难之中。好在有个好弟弟，但凡眼瞎者不能够的事情，帮他拾掇一二。他眼瞎手不笨，上门的修补生意，只要预先为他穿引针线，也能摸索着挣几个小钱。

南头村原有个无后的算命老瞎子，吃了政府的五保后，不再撞日子算命。长日昏暗无聊，两个瞎子经常闲话聊天，老瞎子把一手蒙嘴活儿传授给了他。待老瞎子过世，他也偷摸着给人掐指算命，据说也有准的。时间长了，问卜算命成了他的主要糊口手艺，修鞋反成副业。瞎眼算命，虽属封建迷信活动，因是残疾之人，谁管，谁得负责其吃喝拉撒，生产队、大队领导也对此睁一眼闭一眼。南头大队书记曾说："才死了一个张嘴伸手的，大队没喘过气来，没法给他五保户，没钱没粮养活他，只要不讲反党反政府的话，让他自生自灭吧。"

大队书记的低标准，为瞎子提供了些许活路。南头村后山多竹篁，瞎子敲坏一根探路竹杖，他的弟弟便会从自留地上另砍一根，削滑了塞进他手。农闲时，他不出门，坐等生意上门；农忙了，四乡八邻弄泥巴，心思不在无聊事上，他弟弟一家也水田旱地地忙来忙去，中午无法供他吃食。他也吃怕了隔夜粥饭，便敲路出门，走到哪里吃到哪里，东津镇的茶馆也时常来，这几天倘若不是因为茶馆也要送水下乡，他瞎了眼睛的头一扭一转地，又唱又哼，能孵上一天。

李表廉是回家看望父母阿哥的。那天挨了邻居一拳的阿哥回家后，再没见过，虽说打架事情处理了，他仍有闷气憋在肚中，接下来农村大忙了，得大会小会的忙，这次见了面，就要到冬闲了。

回家的路上，他拎了两瓶酒和网兜中的一个铝锅子，锅中盛着一方块酱猪肉和汤汁。午后，他拿了铝锅，去大众饭店买酱肉，那个爱骂街、半老胖女人的狐眼，在他脸上瞄来瞄去的。他不说话，按称重付了钱，看胖手掐大勺，铝锅中舀汤汁，大勺连着两声，汤有了，油水少，他便说："我娘喜欢这汤煮大白菜吃的。"胖手舀了一半汤一半油的一勺，他又说："我娘喜欢红汤煮萝卜。"胖大勺听了，大钵中满满地撇一勺，有香无色地淋进了铝锅。他合了盖，拎着兜儿走了。想糊弄自己，不睁眼看看是谁？前几天茶馆门口拐弯抹角地骂人，看金驼子的面没找后账，算便宜她了。他这么想着，穿着黑色圆口布鞋的双脚，不紧不慢地御道上走。

"慢……等等……"瞎子转过身来，眼珠翻翻，闪了几下白，手中的竹棒敲敲砑石说，"过来的不像本地人，脚上一双布鞋，走路阴阴地，像个脚不着地走路的赤佬一样。"

什么样的鞋底，什么样的走路声，是眼瞎耳灵皮匠的独门功夫。

担着心事的李表廉吓了一跳，他恼怒地说："怎么，敲竹棒断路，还骂人？"

"听你口音是本地人，只是闲话夹生，我闻到你身上阴气重，要不要给你测一卦，破破身上的阴毒之气，日后保你升官发财？"

御道下杆着的人来了兴头："瞎子瞎子，你可厉害了，路上也拦生意做。"

瞎子高声回道："吃什么样的饭，逃什么样的难，操什么样的心。"

李表廉说："你是不是社员口口相传的南头村的瞎子？这是搞封建迷信活动。"

瞎子梗着脖子说："什么封建迷信？野树坡的山魅，浑水湖的毛鬼，泥白道的赤佬，银闪闪的月光夜，不是照样一个个地对着月亮照，叹冷气梳头？破除迷信赶鬼，怎么不去赶跑野鬼？你们睁眼的只懂得欺侮活人。"

"你这是污蔑新社会，攻击人民政府。"

御道下劳作的人群里，有人认出了李表廉，对同伴说："这不是北山湾李家的小佬吗？进城读书当干部十来年，人发福长白了。"

"怎么不是，前一阵子回东津镇当公社副主任的。"

"瞎子贪嘴采野橘吃，酸味尝不到，只怕挨针刺了。"

横着竹棒的瞎子听了道下人的议论，眼睫毛抖动几下，棒头轻敲，用打趣的口吻说："给大伙儿开个玩笑啦，妖魔鬼怪的，天天走夜路的杀猪人也没碰到过，别说落黑关门睏觉的老百姓了，笑一笑，回家多吃一碗粥。天黑了，回家啰……"说完，脚步比竹棒点石还快地一路去了。

"瞎子走这么快，怎么不跌下御道去？"

"没有全瞎吧，有点弱光的。听南头村的茶客说，算命的人没零钱，拿出一角钱，要他找零头，瞎子两手绷纸，展门窗口，鼻子尖上照，看不见怎么会照？"

"瞎子也有怕的辰光？你看他岔开双腿急急地走，拐杖头几步一跳地往前，这是急的哇。"

"前段日子传说，他上后山拐吃拐喝的事，看来是假的了。你看他的身体直别别的，见了干部，逃得比谁都快。"

"这些年，宁可过西津桥得罪阎王，也不要得罪干部。"

"不是啥了不起的人，生下来一头癞痢？以前赖富人，现在赖政府，一个赖人害人的赤佬。"

"可别瞎骂，听了去，小心灌臭苋菜水。"

"喂苋菜水还是轻的，大手甩耳光，粗竹棒砸腿也是有的。"

御道下干活人的议论，李表廉隐隐约约地听了几句，因为一个瞎眼人，无缘无故地被人骂，心里很是愤懑，拐下御道时，仍噎着这口气。他母亲从西津里的石埠头上岸来，也没有留意。

"小佬回家哉。"做母亲的从堤下上来，见了小儿子，对洞开的屋门喊。

老父亲出门到台阶边，没吭声，脸上泛着皱皱的笑意，接过两瓶酒，凑着鼻子嗅了嗅。

"小佬脸色不太好哇？一个人过，晚上被子盖盖好，别冻出病。"

"没啥，忙累的。"

"来就来了，带啥东西？"做母亲的心疼小儿子，拎了网兜儿，端灶台看，嘴巴啧啧啧地说，"唷，这么大的一方酱肉，肥笃笃的，汤水也多，油快一半了，我给你炖萝卜吃。"说着，对东屋喊："大佬大佬，你弟弟来了，去地里拔几根红萝卜来。"

大癞痢趿着鞋皮出来，说声弟弟来了，便从墙柱挂钉上摘篮子。做母亲的说，几根萝卜，连梗叶一把抓的，拿什么篮子？大癞痢闷头奔脑地出了门。母亲背后对着小佬数落大佬："整天没个精神劲，村里同他一样大的小伙子，都两个小屁孩在地上嘚嘚地跑路了，你又出门帮人家竖梁搭屋传子孙，李家靠他这副睏不醒的样子，不知哪一年才能看到把小茶壶？要他去北淑乡相亲，他不去，长得胖点有啥的？年纪轻屁股大，睏一张床，还不是一年一个地落下来？"

"那丫头的名声不好听，长条凳上让人睏，动静大，凳腿也折了。"老父亲嘀咕了一句。

"名声能当饭吃？十全十美的，轮得到他？出了点事，才躲恶避丑地来东津公社的。这种手脚懒屁股勤的胖姑娘，轧进扁头鼓眼的男人堆里，能不出事？原想一横一竖上下通吃的，哪知肚皮第一个不答应，一月不见红，二月翻胃吐，三月偷流产，四月名声恶，可知人言风语两面刃，又剥皮来又剔骨。

如今吃这苦头，好比哑巴咽臭苋菜水，呛了，才知道该闭的闭，该遮的遮了，不致再出焦心事。娶回家来管管好，才是正经。有你的小儿子公社里罩着，谅她的屁股不敢歪别处去，连着三五年生养，皮松肉塌，背个孩子，半袋粉的肥奶子，抛肩头喂孩子，一路不避人的，谁还当喜欢物？能眨进眼去？这不是个大实惠？"

"实惠是实惠，别人用顺手的现成畚箕，还捎带几句顺口溜。"

"哪来什么顺口溜？"

"你个老太婆，河蚌肉吃多，两耳全聋了，北淑人的顺口溜唱到南头了，算命的老瞎子，在茶馆中当山歌唱。"

李表廉说："阿爸，瞎子唱的什么山歌？"

做父亲的含含糊糊地哼了起来："真戏假戏人间戏，二十胖丫剥笋衣。豚圈后屋檐瓦低，春凳嬉戏连赶鸡。凳折禽飞黑郎惊，腹隆遮眼过膝衣。东边日头西面雨，哭嫁他乡作人妻。"

"这瞎贼竟敢这样作贱人，日后有他苦头吃。"

"瞎子哇啦哇啦地到处唱，唱得半个东津镇知道了。"

"知道了也不怕，不少皮不少肉的，裤子绳拴紧点，不是一样？总比娶'拖油瓶''填黄泥膀'好。'拖油瓶'拖来两个不是李姓的，当作儿子养，改了姓也是外人，到头来，还分去李家的大瓦房。'填黄泥膀'更是吃辛吃苦的一世白忙，上面两张瘪嘴要填满，下面几张没长齐牙的嘴要喂饱，半支香烟辰光不到的快活，换一生的腰酸背痛，做牛做马，你说冤不冤？"

"娶回来，喉咙口总梗着一根鱼刺。"

"这不好那不好的，人家谣传你的大儿子只能填个'黄泥膀'呢，他们估煞我家娶不到周全的。你看好的，人当你是西津里的张嘴蛤蟆。徐歪嘴家的可说了，那边焦着心，不会白白等的，总有占便宜的人家要了去。"

"你个老太婆，只要屁股大，到你嘴里没好的。"往八仙桌上三个青瓷盅倒酒的老父亲嘀咕。

"你俩父子长一个样，吃了只管躺尸，又赌又懒。住后坡时，筷筒中的竹筷长长短短的，没齐整的一双，要不是共产党分了那人家的，还有你滴滴亮的青瓷盅倒酒吃？家中里长外短尽我操心，我也是命苦。好在生个小儿子孝心，趟趟回家带荤腥，下次回家只带酱肉别买酒，省得老躺尸一瓶瓶喝得面红耳赤的不做事。"数落声中，大瘌痢拎了一扎湿淋淋的萝卜进来了。

"这红萝卜放点盐，白水煮煮也甜的，别说轧大荤、放酱肉汤了。待会小佬多吃点，吃了清喉咙少咳嗽。"话未说完，案板声响。

父子三个，老父亲朝南对门坐了，大瘌痢坐东面西，李表廉西面坐，一起端起瓷盅仰头干。老父亲"咂"的一声，碟中夹了颗炒得微焦的黄豆投送进嘴，想起什么似的说道："大佬，我的意思同你娘一样，名声不名声的不要紧，屁股大就好，屁股大的女子身段扎敦，做田里活、生养样样不吃亏。"

"阿爸，你怎么这么快当叛徒了呢？懒婆娘的身体再厚敦也白搭，手脚懒屁股勤，这名声好听？"大瘌痢抓几颗黄豆丢嘴里，嚼得嘎嘣嘎嘣的响。

"后坡上的，有没有托人说说？"李表廉问了一句。

"阿弟哎，那个货，苦楝树籽的命，心比后山顶上打转的大鸟高。"

"北山上飞的是仙鹤，自然飞得高。"老父亲的话。

"这家人眼界高，一个拍灰尘的鸡毛掸子，两腿一夹，当翘屁股鸡，烂稻草中扒食，扒一下闪一眼，眼珠子直望山顶。当初，弟弟你不是也没搞定这只小雌鸡吗？"

"阿哥什么话？我怎么可能，要了这货，哪还有今天的商品粮吃？"

大瘌痢竖起了大拇指："我只佩服弟弟，当初在小学堂，弟弟不理睬她，看得远。不过，你阿哥只能是贫下中农的命，弄个民兵营长当当，估计也是最大的官，能娶她回家焐被窝，这辈子不冤了。事情若成功，伸手帮她家一把，脸上也光彩的。至于她嘛，能回到以前的大瓦房住，该叩头谢菩萨了。"

说说喝喝间，做母亲的把热腾腾、切成片的酱猪肉和油光光的滚刀萝卜，瓷碗堆尖尖地端上了桌后说："小佬，你劝劝大佬，别在一根枯藤寻苦瓜，换棵秧苗，说不定牵出个又大又甜的佛手瓜来。"

"娘，你不是这个吃就是那个吃，不是这个瓜就是那个瓜，苦瓜虽苦也是菜，黄胖南瓜一泡水，吃了半夜饿半夜，隔天还嗝酸胖气。"

"啧啧，放着巴斗大的南瓜不要，偏要个捏拳大的苦瓜。等吃了苦，才知道南瓜甜，到时抠喉咙吐也来不及。"

"阿哥，要我就这样做，成不成，春节前定。等农闲了，规规矩矩请个媒婆去说。真不行了，定徐歪嘴家说的那个，叫徐歪嘴家的过那边去缓一缓，两不误。至于后坡的，既然不吃敬酒，今后多吃吃罚酒，阿哥你看怎么样？"

"只怕山北的不一定肯等，到时成了驼子跌跟斗，让人笑话死，耽搁了，今后真的只能找个'拖油瓶'，弄不好只有'填黄泥膀'的命了。"大瘌痢一口呷干了酒盅，"嘭"地拍下桌，"照弟弟的意思办，姥姥前几天同我讲了，也是这意思，到时看这只落地凤凰领不领情了。今后，她家真要没日子过，就是自找的，怪不得我，后悔也没用。"

"你拍轻点，黄豆全蹦了出来，这酒盅拍碎了，有钱也配不了对的。"母亲的胳膊拢着桌上滚动的黄豆，抓起酒盅，口下底上地讲，"姥姥表面老好人，骨子里帮后坡的。你的脑子不想想，凭他同夯夯，能装模作样地领工资吃商品粮？是谁让他们有今天这口饭吃的？平日神气活现的，好在他们家中的也是乡巴佬，下的一窝崽上不了居民户口，不然，真能气得人心口疼。"

做父亲的也开了口："你娘的话多听听，俗话说，扫帚用久一把茎，人活六十是个精；不听老人言，吃苦在眼前。"

"阿哥也是大队的民兵营长了，这点也是拎得清的。"

"放心吧，如今不比以前，现在的吴家穷得连家中打堵泥墙也不敢喊五行里村的石打墙，怕石家的几个憨小子又是烟又是酒的，吃光了他家的三间柴棚棚。也不敢喊后山的倪打墙，怕五行里人弄出事情，账算他头上去，来个罪上加罪。这不，叫了本家的几个侄子，墙打一人高，挺胸凸肚地吓人，打出个茶馆的金驼子样，像个村中的二流子，墙角尽歪的，再不敢往上夯，那个眨巴小精眼的老鬼，怕砸了水葱样的女儿。编了柴帘，死人家挂大白布一样地挂，不挡风、难遮雨，挡着不让我往里瞧是真的。我想着他家，他家桩桩件件对着我干，我像钻了后山的漆树丛，皮痒心疼。几面稻草帘的一个破家，还穷讲究，看上他家，不嫌压得死人的高成分，算他造化了，还敢嫌弃？我好坏已是大队干部了。"

"等冬闲了再说。地主嫁女儿，比圈中出猪肥卖给集体困难多了，娶了她，没有一定的背景，吃苦头是现成的。阿哥你真要娶了她，混混日子可以，往上升就难了。东津镇，除了阿三看上她，其他人估计没这个胆。那个杀猪的，也不是真心的，不过是油腻手再揩把油罢了。"

"说起阿三，我一肚皮的气，仗着有些杀猪力气，小时候我俩没少挨他的欺侮。前几天还同他吵了几句，他色胆包天，竟到坡上送猪棒骨给吴地主炖汤。被我当场捉住，问他还赖，这事儿赖不掉的，大棒骨被我们家阿黑一口衔了下来，那根骨头，晒干了吊在猪圈的梁上。今后卖给金铃铃，一条凭券买的香烟总能换的。这条瘸腿母狗，肯定会把肉骨头敲鼓一样地砸阿三的头。"

"我说猪圈怎么挂了根白骨头呢，恶行倒怪地荡着，差点撞了头。"做母亲的，半笑着抱怨了一句。

"这倒是个新情况，肉骨头留对了，先不要同外人说。"

"这事成了，好坏是你嫂嫂，照顾着点，让两个老的享点福，他们也蛮可怜的，几代人的心血抛进了东津湖。这事不成，他们一家是我们兄弟的阶级敌人，该下狠手就下狠手。"

母亲打上了米饭，往日吃粥的，小儿子来家，特煮了米饭。说还不是新米，等新米分到户了，姥姥处碾了，带小袋城里吃。

"娘，别替弟弟操心了，新米上来，还怕少了人送？"

李表廉吃饱了便要回去，说全县的农村工作会议要在东津公社召开，他分管农业的，这几天特别忙。临走，对御道上送别的哥哥说："做事多注意方式方法，比方打人，别尽打人的脸，打几下全在脸上，旁人看得见，瞅准了人的腰眼子，冷不防闷他一拳。总之，这个家靠阿哥传宗接代的。不说别的，以前我家住山坡的柴草棚，北山湾没人瞧得上我家的。现在翻身了，好好地把日子过给那些长狗眼的人看，我们李家住村东龙头上的第一户，这位置是不是当得起？父母年纪大了，一生吃过别人没吃过的野菜拌碜糠，让他们少操点心，多吃碗白米饭，多尝点荤腥。你把婚事定下来，好让他们的心放肚皮里。结婚那天，我把孩子的爷爷奶奶请来，我们老李家热热闹闹的，到时，结婚的烟、酒和荤菜，弟弟给你包圆。"

李表廉说完，红着眼睛走了。走了一段，在来时同瞎子的争执处立定，黑暗里回望北山湾，看父母和阿哥的身影模糊在山村的影影幢幢里，鼻子酸酸的，这个以前北山湾乃至东津镇出名的穷困家庭，可一定要活出个人样来呀。

西津里已在昏沉里，远堤星星点点的人家灯火，津泽尽头眨着鬼眼；近岸，忽地扑哧哧一声，一只野鸭呱一声叫，飞进黑沉沉的夜空中。

二十八

一只男人的手，伸出两根焦黄的指头，搭在六姑枯瘦的手腕上。

仇三类不似大城市的郎中，给大户人家的太太、媳妇和小姐诊脉，必隔了帐纱，望闻问切。东津镇这小地方，没多大的讲究，男郎中与女患者搭手捏脚、张嘴看舌胎属常态。

穿海青衣裤的六姑，不同于村姑村老太，说什么也不肯躺在床上让仇医生把脉，非要斜着身子坐在椅子上。仇三类对这个固执的瘦老太无奈地笑笑，院中亮处搭脉，他一会眼光下垂，老光镜片后看六姑的舌苔；一会指捏垂挂脖子的听筒，前贴后按的在六姑的薄体上游来游去，还让六姑含根比筷子短点的亮晶晶的玻璃棒，关照牙齿不可咬的，六姑听了想笑，怕玻璃棒掉下来，不敢张嘴，含含糊糊地说："牙齿没几颗，想要咬住细棒，比咬萝卜干难。"说话时，水晶棒一翘一翘的，犹如嘴唇粘着长香烟的瘪嘴男人说话。仇三类左一句右一句地同六姑正话闲聊："吃得不多吧？"一旁面孔煞白的阿玉回答："姑姑吃得比猫少。"仇三类说："睏不着？特别是上半夜合不了眼？"阿玉说："姑姑原本神经衰弱。这几天外面六台脱粒机，四台扬场的鼓风机，日夜'嗡嗡'响，七八台大牛高的风车，也'呱唧呱唧'个不停，合了眼，盐钵打翻房屋转，扫帚把儿跌跟斗。"六姑说："那个声音不尽是晒谷场传来，像是从湖底泛上来似的。"

六姑的额头蒙了一块湿棉布，竹椅里的她，声音微弱。吴水妹说："是不是湖里的落水鬼作怪？"仇三类说："哪有什么水鬼？身弱斜侵，几天睏不好引起的发热、伤风感冒并耳聋耳鸣，秋冬季节轮替，好身板的也要秋冬补，吃得少,一口素食,气血不足,难以固本强体,往下秋尽冬来,千万不可受冻受寒,晒晒太阳不风吹,别去湖边等阴寒之地洗长汰短。我开点退热药,清补几天,等退烧了,再煎些红糖姜汤。"

六姑早上起床给阿玉熬粥,双脚未踏地,房屋翻旋,她弱弱地喊了阿玉一声,瘦身体便又跌回床铺。阿玉一把扶了,搭住的手激了一下,再伸手试试姑姑的额头,烫得似煮熟饭的锅盖,便要背了去镇上卫生院。六姑说,自己这把老骨头,不跑来跑去地现人世了,喝点温水睡睡,发个汗能好。阿玉急红了眼,叮嘱几句,绕过秕谷柴草纷飞的晒谷场,找吴水妹寻办法。吴水妹听了也急,朝里喊:"黑小佬黑小佬,六姑病了。"正要出门的黑小佬说:"抓紧送卫生院。"吴水妹说:"送卫生院阿玉还来找你?你不知道六姑十多年没上街啦?"黑小佬哦唷一声:"这个倒是忘了,请人出诊,只怕我没这个脸面,还得老的出面。"说着,连声喊"阿爸"。吴黑男来到厅间,问了个大概,让黑小佬跟着,一会好帮仇三类提提拎拎什么的,一径过中市桥去。

两支香烟的工夫,黑小佬领了仇三类路过家门口,喊吴水妹随同,到了晒谷场,掀苇席让水妹领仇三类进去,自己同二队三队长站湖堤边,说话抽烟,手指弹烟灰到水中去。

又是两支烟的时间,背个红十字药箱的仇三类从苇席后钻了出来,直接朝湖堤上走来,人未到,一包香烟大开口,撒向众人。

"哪有上门忙半天,倒请客的?还是凭票买的好香烟。"黑小佬笑着说,赶紧拍裤子掏口袋。

"烟酒稻谷吃药不分家。"仇三类说。

二队长说:"只听得烟酒不分家,怎么稻谷吃药一块扯了?"

仇三类眨眨眼睛说:"你个小赤佬不懂的,吃烟吃酒二碗饭,吃不进了,上卫生院打针吃药,不是连一起的嘴巴的事情吗?你吃烟吃酒的嘴就不吃饭不吃药了?别看晒谷场的谷粒溅得你睁不开眼,挑到饲料厂,姥姥帮着一碾,煮的粥汤也带绿的。"

二队长说:"你这是哪里到哪里,猪圈里耙烂稻草,硬扯了装一个畚箕。"

黑小佬说:"阿叔,再过五天你去姥姥那儿背。"

"看看,是不是烟酒稻谷吃药不分家了?"说完,神色凝重下来,"六姑气血衰弱,能吃点清淡的鸡蛋鱼腥就好了,她又不肯破了口,积弱成病,过了明年春发这个坎，长夏苦日慌闷，也要小心的。"

二队长说："六姑心高，六七十斤重的身体，硬要做百多斤重身体人做的事。"

黑小佬说："六姑担着心呢。"正想说下去，阿玉同吴水妹和黄狗一同来了堤岸，阿玉狠狠跺跺脚，对着湖心"啊啊啊"地喊，想要吓退什么似的，黄狗也跟着"汪汪"两声。

阿玉同吴水妹和黄狗前后八条腿一溜儿地进院，吴水妹对六姑说："六姑六姑，阿玉在堤上跺脚骂了。"

六姑笑微微的，阿玉较着劲呢。这话她没说："水妹水妹，你帮阿玉找个好人家。"

吴水妹说："我娘家旺米村有个老师，人比黑小佬白净，阿玉听说他的口袋里常藏本红宝书，对着纸扎的天安门城楼，天天向毛主席早请示夜汇报，面也不肯见，嫌自己的思想觉悟跟不上人家。"

阿玉说："姑姑又瞎想了，我的事还早，你不是常说，苦瓜佛手瓜，藤长瓜老，六月吃来是个苦，十月吃来也是苦，有的早吃苦，不如晚吃苦，乐得我和姑姑过些清闲日。"

"我看你们看着苦，实质上只是表面苦，小院的日子过得像吃佛手瓜，又脆又爽又清又甜。我娘家苦瓜、佛手瓜全种的，捉空摘几个，管它苦呀甜的，一起炒来吃吃，留下籽来，明年开春育苦秧。"吴水妹说完，笑着走了。刚掀席出去，又钻回来，神秘地说，"阿玉阿玉，黑小佬说了，白天不用出去，煮点粥烧点水，陪陪六姑，眮眮足，半夜里再说。"

阿玉熬了粥，见姑姑吃了半碗，自己便睡了，一觉醒来，夜已深沉，听不见颤地的轰鸣声，只听见吴水妹拍门轻喊。

晒谷场上，几盏亮如白昼的太阳灯已熄，长竹竿上的汽灯也解了下来，只存几盏小灯泡幽吐红光。已过午夜，二队三队的社员早已回家酣睡，晒谷场上尽是高高的稻谷，风吹谷堆，尖细溜溜的，谷香似醇。

黑小佬站在倒扣的蒙了一块牛皮的栲栳上，黑脸从没有这样的板结。

"话先说清楚了，今天夜里各家挑回家的谷，不是私分，不怕查的，各家断了顿，预支点吃吃，大家说对不对？"

众社员纷纷说：“你说吧，要我们怎么做？”

“虽说是预支，毕竟也是提前，这事绝不能对外透半个字，谁讲了，全队倒霉，只能继续饿肚皮，严重点会饿死人。同大家讲明白了，不出事，谷子各家多吃点；出了事，我可没这个肩膀担，过后分粮照扣。你们看，是嘴上紧点肚里满点好呢，还是嘴上松点肚子瘪点好？”

“当然肚里满好。谁要说出去，就别在一队混日子了，有责任大家一起担，同以前一样。”

“大家既然咬得紧牙，那么，今天按成人一百五十斤，十六岁以下一百斤借粮，各家走自家的后门挑进屋去，住街对面的，暂时挑到对面的邻居家藏着，切不可街上嗯进嗯出地挑。回到家中不要开灯，悄悄地，大家懂不懂？”

涉及肚子的瘪涨问题，哪有不明白的。这几百斤一家的新稻谷能不能吃下肚去，关键两个字——闭嘴。

东津镇的出街口和去旺米村的湖堤上，黑小佬早已派出了年轻机灵的民兵，如遇上非一队的人，就点桅灯晃悠。芬芳的稻谷，全队肩担背扛的，莫不静悄悄地由田间小径担回家去，不说话，不吭声，不咳嗽，甚至平时不惫的，也硬憋了回去。

黑小佬、会计和仓库的阿玉，负责一家家地称重记账。分好私人的，预留队里的，一百个大麻布袋，每袋一百斤，整整齐齐地码放在阿玉住的小房间。账当然得记，出了纰漏，账本交出去，各行进出记得清清楚楚的，谁也没有多吃集体的一粒谷。

阿玉忙得满头大汗，又惊又喜，家中有粮心不慌！趁着人多势众的，捉个空，又去老堤上狠踩了几脚，吼了几声。

“阿玉，你可轻点声。”吴水妹急得心快蹿出喉咙口了。

二十九

　　早上一碗酱香浓郁、直冒热气的宽汤拌面，是朱得男的最爱。金山妹知道朱书记喜欢重青，酱汁中先丢进一把青蒜叶，满笊篱小宽面，冒着微微碱水香的热气，掂三五下，坨进白瓷大碗，再撮一把青蒜叶撒在盘紧的面条上，再淋半勺滚烫的猪油，青蒜叶"嗞啦"一声，熨帖面条。朱得男一手张指拢碗沿儿，一手插筷翻动拌面，油香、肉香、面香、酱香、蒜香，拌上拌下蒜青气香，撩一筷张嘴，边送边吸，滋味还未细咂，舌头一个滚儿，"咕咚"一声，面条滑进了肚里。

　　东津镇上的大众饭店，中午供应饭食，以酱猪肉、大白菜血豆腐汤打头阵；早晨也供应简单面食——馄饨和面条，品种单一，味道可不简单，掌大勺的金山妹，五行里村许大厨这块金字招牌可不是糊弄来的，是东津镇人的嘴巴吃出来的。饭店早市的面条浇头不多，红的酱肉、鳝鱼，白的焖肉、虾仁，外红内白的是爆鱼；不红不白的，是急火烧煮、慢炖半个时辰的金针菇、笋干丝、黑木耳、香菇、香蕈、黄萝卜丝和油面筋的素浇头，菜蔬味不素，菜油大锅烧煮，盐糖适中，起锅前放几大勺香猪油，汤亮味鲜；红白面汤更是用新鲜的猪棒骨熬炖，汤清味厚。金山妹平时敢掐腰叫板石板街，骂得人面面相觑，也是因为一技壮胆。

　　"山妹呀，我来东津镇十几年，面条吃了几千碗，胃口就服了你这红汤白汤、酱笃白焖，连小时候的一口辣、半嘴酸也戒了，到时退休回城里，不知哪里去寻对胃口的面店哟？"

　　"你老人家退什么休？总归跟毛主席将革命进行到底了。"金山妹见朱书记半碗面条已下肚，焖肉的油光已在唇上，端了素浇盆出来，一勺素浇舀进碗，瓷碗又满，朱得男几筷子拌了个顺滑。

"今天托书记的福，大家尝尝素浇头。"金山妹说着，趴桌上吃的，一个个地添了半勺汤水的素浇头。

公社和各大队的领导来到了大众饭店门口。这是事先通知的，一会儿从这里出发，走御道至北山湾村，下跳板走田间路，去湖堤上迎接县领导。

朱得男对站在门口的喊道："没吃的进来吃面条，口袋自摸，别饿着肚子，一路尽放空屁。"

"吃干点心了，别说不敢放屁，水也不敢吃，怕一会女同志多，没地方撒尿。"

"广阔天地，大可撒尿。"人丛中有人喊。

朱得男细签剔着牙齿说："你的广阔天地在你家的后院，谁不知道？急了，三步作两步地颠回家，不过，农民嘛，黄尿沤瘦田，该有这样勤俭节约的优良传统。"

"路远，跑不回家怎么办？"

"人还能让一泡尿憋死？等到中午，东津湖的堤岸上，男人们还不是列牌位般地一个个杵着，你短我长地往湖里撒尿，这条堤的芦苇明年肯定特别地壮，这次又肥了黑脸小关公了。"朱得男说完，朝外喊吴黑男。

"来哉……"吴黑男人群里回应。

"你关照一队的社员，家家户户后院敞开，到时，让城里来的女同志，一个个地寻去研究农家四宝，男人别去凑热闹了，撒到哪里不是肥料？"说完又喊金新宝。

金新宝说："安排好了。茶馆早市灌了二十个热水瓶，一队抬出了浸稻种的大缸，准备有十来把竹勺，姜茶烧好了，直接用水车拉去。已关照过阿三，也早早地准备停当了。"

朱得男问金三妹："这牙签谁削的？不软不硬，剔牙不伤牙龈。"

金山妹说："外婆墩的六姑发明的，拔了芦花，芦绒晒干了，掺进蒲稻草织暖靴，细茎斜剪了作牙签，两头可用。"

朱得男没听清，他走到了店外，站石阶上对李表廉说："小李呀，点点名，到齐了没有？"

李表廉说："各大队齐了，机关的杨金浜没来，广播站留守一个。"

朱得男说："小杨必须留机器旁的，看来得抓紧同城里联系，机关原本缺编，不能光让我的人员守在话筒边，空喊几声革命口号。"说完喊顾梅。

"书记，报到！"一声高音骇得众人纷纷回头，只见顾梅举着个干电喇叭"咯咯"地笑。

"顾梅今天任总指挥，她的喇叭说什么，我们听什么，县委的头头脑脑、全县的三级干部一样听，到时别憋住没声音了哇？"

"书记放心，我备好了几节电池。"

"一路走去大家留个心，查查有没有小纰漏。特别是南头村的那个瞎子，别让他在御道上鬼嚎一样的，来来回回地唱什么阿哥阿妹的山歌，伤风败俗，这让兄弟公社的听了去，会笑话我们的革命工作不彻底的。"

李表廉说："对付哼唱黄色小调的反动分子不能客气，不能手软，他唱打他嘴，他跑来跑去唱，打断他的贼腿。"

南头大队的书记说："昨天安排好了，他兄弟今天不出工，看护一天，生产队不给记人工，人逃出来反扣人工，今天肯定出不来。"

"今天出来瞎唱，县委的顾书记听到了，那还了得？他可是逃婚参加革命的，对这种阿哥阿妹的小情调，最反感了。"

李表廉说："这个瞎子胡唱瞎唱的，构成反革命罪了，不能放任下去，是不是抓起来批斗？"

南头大队的书记红了脸："原来的算命老瞎子，吃上集体五保户后就不算命了。前几年死了，死前坑人一把，蒙嘴骗舌的技艺，偷传给了小瞎子，早知道没收他的五保户资格了。这个瞎子用骗嘴的技艺壮胆，也提了吃五保户，大队困难，队长不答应，左肩才卸下一个包袱，右肩又来一个负担，社员意见大。"

"可别让这瞎子坏了大事。"

吴黑男说："西津桥南面派了民兵，他出得来南头村，过不了西津桥，更别想上街混嘴吃。"

"总之一句话，东津公社第一次召开县级会议，弄好了，大家脸上有光；搞砸了，不是吃几句批评话能混过去的。特别是吴黑男，你这黑脸光彩，还是印堂发暗？哼哼，不是吓唬你哟，有些事情你知道，有些事情还是蒙在鼓里好，别砸了几代人的饭碗。"

"朱书记,他黑父子出大名,早上一碗焖肉面也不舍得请我们吃,真正的黑头黑面黑良心。"

"看你急吼吼的,县委领导和外来的客人还没吃到,你想先吃?我不也是自己摸口袋吃的?这次黑面孔不是请吃一块肉,人家请了三头猪,阿三早早地去养猪场杀了,让金山妹浸到大锅里焖着了,你们没闻到雾喷喷的香味呀?哦,对了,你们没进店,舍不得二毛三两的吃焖肉面。"

"这么说有点戏唱?能油个嘴?"

"什么有戏没戏的?做好事情开好会,会议结束,每人一碗饭,一砂锅焖猪肉大众汤,没位置坐,就蹲地上吃。注意啊,外来的自带中饭一顿,粮食算自己的,我们最多提供一砂锅汤水、一块焖肉,广播里你们听到了哇。"朱得男说着,往头里走了。

街道上,市政街道的职工正于水巷汲水洗街,暗暗的备弄,一地的湿滑。彩旗已从檐下斜举,往来人头皆由红绿下通过。御道两侧的高杆红旗,南山坳一直插到了北山湾。路面坑洼处,新土补平踩实,攀援的藤蔓枝条,同块石缝隙中的老草,均修剪平齐。北山湾村前,沿西津里的堤岸也是红旗飘飘,佩戴红袖章的民兵挺胸站立。越过菜畦、猪圈和茅帘,村口第一户人家的伞形东墙、临时挂上去的毛泽东大号画像,十分醒目。有外村的问李表廉:"这是你家吧?"

李表廉笑道:"是我阿哥家。"

太阳升至竹竿高了,强光里东津湖渐渐舒展开来,亮晶晶的水面万般妩媚,一似早浴初妆的少妇;远处,有冒黑烟的船只前来,几点成线,一溜儿的,头船拉响了汽笛:"呜……呜……"

隐隐的汽笛声传到了机关大院。杨金浜对趴在三楼平台女儿墙上的老周喊:"到哪里了?"老周说:"船还没靠岸。"船屁股冒着黑烟,好像轰了几声大喇叭,房子隐隐约约地有点儿颤。

广播站在一楼的西厢房,食堂东厢房,老周是食堂蒸饭盒子、烩一勺鲜的师父。各位领导自带饭盒,自带米,吃多少蒸多少,软硬随意;菜基本一荤一素一锅烧,一个星期不重样,烂糊白菜肉丝、青椒炒肚片、萝卜烧肉、油渣炒青菜、红烧鲫鱼油豆腐,其中一天必是红烧鸡焖土豆或是老鸭扁尖煲汤,也有一天吃半素的,白嫩的豆腐,葱绿的蔬菜煮成汤,开锅后,撇去浮沫，几大勺猪油搅锅，色香味齐全。

西厢房与东厢房，抬眼便见，推窗能说话，杨金浜一天两顿吃食堂，同老周混得熟。当然，吃了晚饭回家，不仅仅是吃喝上的事，公社一把手常年住机关，吃了晚饭，抢先把书记的饭盒洗了，茶杯添上热水，坐在院子里说说话，皆是同领导接近的好办法。

他确实得到了领导的关照，由一个写写画画的通讯员，当上了公社的文书，朱书记也曾去过他家多次，除了客气地同他父子讲话，还喜欢同他母亲去后屋猪圈里看猪猡，镇上虽有不雅的风声传出，但仍让他神气了一阵子，名头是个农村干部，也算东津镇的一支笔了。不过，默默无闻的文书工作并不适合他，他不愿躲在人身后，还是喜欢手中有点实权的。为此，一个庭院中喝茶的黄昏，趁着话头，他有意地透露自己愿回东津大队，配合老书记吴黑男的工作。意思很明了，朱书记却并不接腔，把话题岔到别的事物上去。近来成立了广播站，竟以他为主，顾梅为辅，做起了只说话不露面的事情，而顾梅好坏已是副主任了，在广播站待不了多长时间，开门关门全是他一个人的事情。更焦虑的是，东津一队的黑小佬兼任了大队民兵营长，大有当副书记的苗头，黑脸人"噜噜噜"地上去了，将来书记的职务，哪还有他的份？为这事，他专门请李副主任回家喝酒，但也没商量出什么好办法。

心里急归急，眼前的工作还得做好。且东津镇人一旦知道，在石板街上走动的全县三级干部，都要按着他播放的音乐节拍走路，日后去大众饭店吃焖肉面，也会对他另眼相看的。

"老周，可得看清楚呀。"他敞开梅花图案的木格窗棂，仰脖子喊。

三楼顶的平台，原是衣食无忧的吴家人。没收为公产后，四层高台，成了朱书记等人夏夜摇蒲扇的纳凉平台，尤其是住三楼的朱书记，时不时地攀援上去，东南西三面，观黄昏的落日余晖，赏东西两津的夜景。昨日夜半，他改写会议发言稿，中途撒尿，高台人影糊糊的，朱书记手撑女儿墙，伸脖子张望着东津湖呢。

"船靠岸哉……"高台上的老周向下喊。

三十

李表廉近几日的心情，似六月阵雨后的土路，一片泥泞。

他没像祖辈一样的嗜赌，没有输得翻转布兜，双手拢袖顶北风回家的窘境，近来却很失落。自从抓了养猪场的毛老头在中市街批斗，引得金驼子的婆娘出来骂街后，朱书记的脸色愠愠了一段日子。他的大队民兵营长的哥哥挨打了，朱书记也没有拍桌子暴怒，只说是人民内部矛盾，只要调解教育。

一个星期六的下午，他搭乘供销社的货船回城，特地去张副主任家，送了两只母亲饲养的大公鸡，乐得张副主任倒拎着，把鸡脚鸡屁股看了几遍，一手拍拍他的肩膀："小李呀，你年轻有为，刚去地方工作，一定要围着老领导的身边转，对以前的工作，必须充分的肯定，你取得的成绩，是建立在领导的关心之上的。基层锻炼几年，今后是大不一样的。"他听出点话外音了，星期一回东津镇，利用一个空隙，有意无意地向朱书记透露，阿三的事是毛五揭发、杨金浜授意毛五干的。

前一阵子，杨金浜一改在机关大院吃了晚饭回家的习惯，神秘兮兮地约他吃晚饭，他去了几次，毛五带了猪骨和酱猪头肉，杨金浜自己怀揣一瓶粮食大曲，蔬菜由他的继父从后院摘来。三人各占一条春凳，一瓶高度酒下肚，杨金浜就脸红了，毛五也开始气粗，他自己假装半醉，听旁边两个脸红气粗的人吐苦水，他的眼睛则向斜蹲在灶膛口的小女儿的脸上瞄来瞄去。

他同杨金浜是小学堂的同学，关系自小还好，若让杨金浜回东津大队，对自己极为有利，想在东津镇立脚，同上级部门搞好关系，必须有个根据地。一似朱书记同吴黑男的关系一样，物质基础是十分重要的。当然，这个想法绝对不能让人知道的,他请示朱书记,对毛老头的批斗是否可以告一段落了?朱书记眼睛放光地说:"小李呀,俗话说牛上了架,得把田犁完;人蹲了坑,必须拉尽嘛。冷不丁地撤了,群众会批评我们的革命工作不彻底的,阶级斗争应常抓不懈,不说后山人的想法,县领导也会问个为什么的。"李表廉听了朱书记的一套官话,想起了小时候吃的隔夜南瓜汤,填饱肚子,呕出馊气,酸汪一天。这次全县的农村工作会议,按理应该负责农业的副主任支持的,却让顾姓女人抢了风头,他好比行走在雨后的田间路,一步半步泥浆黏脚,蹬泥掉鞋,糟烂于心。

李表廉一路领了县统计部门的领导,沿老湖堤赶来外婆墩,心中懊恼着来到了渡口的晒谷场,眼睛却是一亮,一个难觅的机会出现了——他一眼瞥见了今年初夏见到的妙女子。那个小麦肤色、衣服鼓涨、裤腰浑圆、凸凹有致的身子,几个月来,一直在他的脑子里打转。这女孩的身子,仿若有一股飘忽的香味,这种香,城市擦雪花粉的姑娘不曾有的,比八月半的丹桂沁人肺腑,比北山晶莹的松糖清甜,他的心一荡,胸中积郁的不快消散了。是的,眼前这位不满二十的女子叫阿玉,一个外乡女人生养的,三岁丢进东津庵的吴家小女儿,十多年前跟着叫六姑的师父还了俗,做生产队的仓库保管员,无家无产的,阶级成分贫农。刚回东津镇时,他听顾梅提过一次,后来不知怎么的没有下文了。

"阿玉,这稻谷只有九成干吧?"安排好了六七台磅秤同时开秤,他踅进了仓库。

墙根边拉苇席铺垫的阿玉,身体抖了一下,急忙转过身,发现了几个月前的那双灼灼眼睛。不同的是,今天的这对干裂豆荚眼睛,多了几分让人不舒服的散光。

"不认识我吧?我是公社调来分管农业的副主任,叫李表廉。"

"哦,是李副主任,看这仓库灰尘蒙面的,外边湖堤上清爽。"阿玉一张张地铺苇席,她头上的黄褐色布帕,代替了农家女子的蓝布巾,尘印似淡。

肩扛柳条大栲栳的一队男社员,"哼哼"有声地小急步蹿进仓库,将蒙着黄牛皮的一大栲栳稻谷,由肩头直接扣入谷堆,发出沉闷的"嘭"的声响,尘灰纷飞。阿玉手忙脚乱的,除了铺苇席,还不时地挪动打谷堆上歪掉的长跳板。李表廉躬身去搬跳板,阿玉连忙摇手:"李副主任,可不敢劳动你。"

李表廉笑道："别主任长主任短的，显得陌生，我可是你的邻居阿哥，解放前，你家还借坡地上的茅屋给我家住呢，也多亏了你阿爸。"

"这倒是句人话。"阿玉心里这么想。她听姑姑说过隔壁李家的事，赌博赌没了房屋，没地方去，父亲指坡上的两间柴屋，让其暂挡风雨。解放后，他家反咬了一口，气得父母差点晕了过去。听觉根说，前些日子的"忆苦思甜"会议，还咬牙谈了这事。

"那是过去的事了，再说我还小，不懂事。"

"别说你不懂事，我才比你阿姐大三四岁，大不了你几岁，也不懂事。那时候，大人们做错点什么，我们小辈的别放心上。当然了，你小时候送给了六姑，情况又不一样的，北山湾的家成分再高，同你没关系的。"

"李副主任同北山湾的家，关系大着吧？"

"北山湾是娘家。我的户口读大学时迁进城市了。"说着，掀衣袖看了看腕上亮晶晶的手表，"其实，人的出身没法选，生活的道路是可以选择的，今后日子怎么过，掌握在自己手里。比如我，出身贫苦人家你是知道的，不努力，还不是过弄泥巴挣工分的日子？再说你，高成分同你没一丝关系，今后找个吃商品粮的，只要有前途，结没结过婚、有没有小孩不重要，工资高待遇好，各方人脉关系广才是正经，这样的人家，多个一两张嘴吃饭，不在话下的。"

阿玉没有接话头，低着头铺苇席，两脚狠狠地踩平两席连接处的翘边。

稻谷湿度高，不可沾地气，需同地面隔离；谷堆又不能囤太高，水分高的谷堆不透气，易发热发烫，产生酸腐之气，日子稍长即霉变。地下垫好了，需不时往外拉跳板，均匀地推铺稻谷。

队里的男社员接二连三地肩扛大桴栳抢进来，稻谷溅落，粉尘飞舞。李表廉再想说话，忽听晒谷场上有人连声喊他的名字。他用戏谑的口吻对阿玉说："邻居小阿妹，今后你同六姑有事，上机关大院找我，只要东津公社范围内的，比如你姑姑享受五保户待遇等事，确保优先解决。"说完，钻出了灰尘里。

屋外水天一碧，波纹粼粼的东津渡，湖空清旷，田畴膏腴，萧风爽溜。

会议开始了，先由朱得男书记介绍情况。发言稿由杨金浜执笔，主要内容皆由他授意，稿子前后改动了三遍，第一稿较长篇幅描写养猪场毛老头搞封建迷信活动，被人举报揪出来批斗的事情，朱得男用红笔划掉了。第二稿述说李副主任来东津公社后，深挖伪装成社员搞封建迷信活动的人，没指明毛老头，但意思也明白。他问杨金浜为什么节外生枝？杨金浜回答，稿子给李副主任看过了，他瞪圆了眼睛吼：这么说一定要把疮疤揭给全县人看了？杨金浜这才取回稿子修改。第三次送来，毛老头的事情不提了，只提了东津一队，说黑小佬斗大的字识不了一簸箕，却是干农活、当生产小队长的一把好手。他横看竖看不舒服，心里面嘀咕，这小子带私货哇，嘴上却说不宜宣扬个人英雄主义，要宣传集体。修改三次后，他有了些想法，可见，平日金驼子送热水瓶来后院，趁没人时用玩笑的口气讲李副主任和杀猪毛五晚上去杨金浜家喝酒说疯话的事，不仅仅是笑话了，似在暗示什么，这让他也想起了李副主任曾提出，让机关的年轻干部去生产大队一线锻炼的事情，心中不免有些警觉。

会议按部就班地进行，各公社和县级机关的代表先后发言。发言进行中，东津一队今年秋收的粮食产量称重结束，账单传递至张副主任手中。他粗略地看了一下，又请顾书记看，顾书记只看了最后的一组数字，点了点头。张副主任待人发言结束，清了清嗓子说："经县统计部门、粮站同志的现场磅称，今年秋收，东津大队第一生产小队的粮食平均亩产五百四十三斤半。比往年增加亩产一百多斤，当然，要扣除一些水分，粮站的同志估算了，扣一层半水分，丰收已是板上钉钉的事情……现在我宣布，东津一队粮食产量喜获丰收！"话声未完，台上台下响起了长时间的掌声。

"抓革命促生产……"有人举拳喊了起来，在场的举拳附和。

"千万不要忘记阶级斗争！"

"毛主席万岁……"

待口号声停下来，话筒已在顾书记的面前摆正了："同志们！革命的干部们！在这金风送爽的日子里，我们在秀丽的东津湖边，在这千年的老渡口，召开全县农村工作三级干部现场会，我们深受感动。东津渡自来就是集老堤、高墩、野庵、津渡、青苇、稼穑、淼水、晓雾八景于一身的美丽之地，这里不仅青山环抱，绿水荡漾，更有美丽善良、勤劳勇敢的东津人民，我们为有这样觉悟的人民而高兴！今年，东津一队的粮食产量喜获丰收，充分说明了党的路线的正确。成绩是骄傲的，形势是喜人的，面对这样的成就，我们要谦虚谨慎，戒骄戒躁，继续发扬艰苦朴素的革命传统，努力奋斗，提高警惕，保卫祖国。阶级敌人是不甘心他们的失败的，他们还蹲伏在山坡，躲在阴暗的角落，妄图进行反革命反扑。最近，我参加了全省的治理工作会议，省领导传达了中央的指示精神，接下来的时间里，要加强阶级斗争的力度，争取把一切反动势力消灭干净，让我们的东津老渡焕发出革命的青春！"

长时间的掌声里，张副主任接过了话筒："各位领导干部，今天的会议非常成功，这是一次革命的会议，胜利的会议。回去后，各部门领导要深刻领会顾书记的讲话精神，认真贯彻落实，时刻不忘阶级斗争。散会后，同志们自由活动一个半小时，可以上街走走看看，再次感受一下丰收的喜悦和革命的气氛。自带干粮的同志们，到井台边去排队，东津公社热情好客的朱书记，不仅为我们准备了滚烫的红糖姜茶，还免费提供与会人员一砂锅东津镇的特色菜——焖猪肉大白菜血豆腐汤，东津镇出名的女大厨亲手掌的勺。此肉选用猪肋部位的五花肉，焖炖出琥珀皮白糯的五香味，入口即化，滋味绵长，这会儿，估计大家也闻到飘来的香味了。我还可以告诉大家，焖猪肉的猪，是大家在御道边亲眼见到的，也是朱书记汇报材料中提到的、那两个还了俗的大小和尚饲养的。这样的猪肉鲜不鲜、香不香，品尝后自有定论。散会后，大伙儿按次序每人领一砂锅。下面，让我们在《革命不是请客吃饭》的歌声中，圆满结束会议。"

掌声中，台下早有人朝镇的方向挥动旗子，高竹上的喇叭立即播放起了革命歌曲，人们一起哼着歌曲，拥向晒谷场前的井台。

朱得男正要陪顾书记去机关大院，被张副主任拉一边说话："得男呀，老首长今天特别的高兴。"

"老张为东津公社作嫁衣，辛苦了。"

"辛苦不谈，老首长说了，东津一队的田捏得出油，含少量细沙，水稻根系透气性好。施的猪圈肥，灌的西津里流下来的清甜山泉，新米饭肯定特别的香软甜糯，再加上砖场晒谷少泥沙，一口一口的能放心吃，什么意思你知道的哇？"

"已经安排妥当，再翻晒几个太阳，碾好了送去。"

"也不要多，四十担够了，给主要的几个尝尝新。"

"四千就四千吧。"

"哦唷唷，四十担偏要说成四千斤，故意把数字往大里说，看你心疼的？你也不要太为难，我同管后勤的说一声，机关大院的厕所，任你掏一船大粪回来，免得你重船去空船回，说城里人小气，你泊在堤岸边的农船，挑吨位大的只管摇进城。"

朱得男说："最大的船只能装五吨，要不摇两条船去？到时农闲了，一队人有的是空。"

"你农闲，别的公社不农闲？机关连同生活区的三个大厕，管着全县呢……得得得……吃人的嘴软，这次便宜你一回，明年只可一条船呀？别忘了带二袋糯米粉，廿四夜好做汤团吃。"

"这是老规矩了，糯糯的、粘粘的，糊住你镶了金牙的大嘴。"

"得男现在出口成章，武将变文人，文武双全了。"

"你吃在城里，拉在城里，每天晚上胖老婆热被窝的，哪知道我一个人待在穷地方的苦闷？晚上一张铺一盏灯，憋得慌，还不报纸杂志的翻翻看看？再有就是《钢铁是怎样炼成的》《青春之歌》《红旗谱》啥的，一本一本地读，不识的字，请教《新华字典》这个老先生。看来，晚上冷冷清清一个人睏冷铺也有好处的，在猫不拉屎的地方，我也弄半个秀才当当。"

"你也这个年龄了，悠着点。新中国的第一代领导差不多老了，接下来，全县的农村干部会大调动，接班人的问题该考虑了。对了，小李的老丈人问我，小李回东津镇几个月了，能不能独挡一面？"

"小李人是积极肯干的，上进心也强，如果能把私人感情同工作分开来，不偏方向，将来前途无量。目前做个副手还是可以的。"

"我也担心你说的这个问题。穷出身，苦大仇深，苗子好，当地人头关系熟，是好的一面。怕的是以前吃的苦多，心生怨恨，情绪放在工作中，这是消极的一面。所以，一把手干部，常常异地调任的，辖下没有亲疏关系，少恩怨。"

"老张的眼睛水汪汪的，比一湖水清亮，看什么不清爽？"

"我们几个是顾书记的部下，彼此又是老朋友，情况熟悉，说真心话，你我留任上的时间不多了。顾书记说，明年准备安排一批即将退下来的老同志疗养，由我带队，你符合条件的。来这个穷乡僻壤这些年，熬到今天不容易，出去散散心，提前把手头的工作安排好。"

"没遗忘我这个老部下，看来两袋糯米粉的效果出来了，没吃到嘴里，已经滑到了心里。"

"不给你点实惠，哪来糯米团吃？你别欺侮我城里住，不知道地方典故，东津镇的油氽糯米团，镇子小，名气响，叫得出名头的，从不单个儿的卖，粘在一起成双档。山歌也这样唱的：'东津蒲靴情人穿，糯米团子轧双档。一条春凳坐男女，情话说在芦花荡。'虽说的是男女轧姘头的事，还不是田好、水好、肥好、空气好？出产的大米油亮、软糯、粘性好？"

"东津镇地偏人少，生意不好做，一个糯米团卖两分半，你买一个，哪有半分零钱找你？花三分钱买一个，岂不明吃亏？这是生意经，时间长了，习惯成自然，手头再拮据的人，也掏五分钱买两个。乡下人喜欢想到别的事物上去，图个嘴上快活。"

"水土好，肥料好，还不是养猪场解决了大问题，城里再掏点大粪，年年是个丰收年。"

"城里人油腥足，厕所大池子油花花的，明年让一队买条二十吨的大船，掏尽你的三个大池子。"

"老城厢河窄水浅，大船摇进小水巷，只怕没装多少，进也不能出也不能，到时你要退货，一院的人还不熏翻了？顾书记问起，这账算你得男的还是算我的？"

"那怎么办？总不能挖河吧？"朱得男在张副主任身后张大了嘴巴。

三十一

　　六姑前些天吞了仇三类处配的药，强迫自己吃了阿玉熬的红糖粥，身体有了些微力气，发一身汗，脑袋轻了不少。她可不敢久病呀，要做的事情还很多，阿玉是她主要的心思，还有很多人情要还。一队二队这么多年的照顾，趁着即将到来的冬闲，准备给两个队的老人编织些蒲草芦绒的靴子。这些天的中午休息时间，她叫水妹带上阿玉，拔了不少的芦绒花。

　　身体渐渐恢复，她让阿玉把竹椅搬到院中，闭眼晒太阳。院子静悄悄的，晒谷场上没有了烦人的机器声，一队二队的老妪们正在翻晒稻谷。谷场如东津湖的轻波，一浪浪薄薄地展开。老妪们一锨一锨地踏着节奏往前推送，在窸窸窣窣的谷粒滚动声中，再翻出一条条直直的谷沟，一似她们年轻时笔直的发线。

　　"泉根他娘，上茅坑东面绕过去。"六姑见一老妪脚丁丁地在田间小路上走，紧几步上前说话。

　　"家不远，很快回来。"

　　六姑不说话，贴近身子低声说："硌脚了吧？胶鞋落进谷粒，硌得生疼，你一手把了我的肩，轮着脱了，拍干净鞋腔，我慢慢地捡回去，免得伤了脚。"见老妪神色仍犹豫，瞥了一眼远近："人人看着呢，就当假装没看见。万一巧舌的同二队长说一嘴，你让二队长怎么办？管是不管？不管，大伙儿学样，不小心灌进鞋腔的谷不拍干净，你胶鞋我蒲靴的，走路儿丁丁地回家，看着不像样。要管，不够鸡啄鸭扎的几粒，倘当了真，罚口粮不说，家中儿子媳妇的面孔也不好看。"老妪听了笑笑说："不回去了，后面去了就回来，你的肩膀借我一下？"六姑说："不急，没几粒的，回来当着众个拍鞋腔一样。"说着，见渡口方向觉根拉着板车过来，忙喊阿玉。

阿玉正拖仓库中粘手的芦席，搁田地的沟渠晒，眼睛问姑姑什么事，六姑指指渡口，阿玉扔下芦席，跑去帮觉根推车。

觉根的板车拉来了新米，还有一袋糯米粉。这是阿玉分到的口粮。六姑的口粮还在二队的晒谷场，要晚一些日子分下来；米和粉是前天加工好的，姥姥特地到养猪场说了，觉根最近有点忙，心事大，白天忙猪圈，晚上也不空，过夜就忘了，今天要不是叔叔提醒，仍会空车来外婆墩。

米和粉捐进了屋，觉根从化肥袋里掏出几个绿皮瓜，六姑接过后手里掂了掂："你们怎么不炒了吃？"觉根说："别提了，叔叔不懂啥，先汰个小的煮，吃一口吐了，怪我把鱼胆弄破了，苦得反胃。我想又没杀鱼，哪来的苦胆？拈一片吃了，哇，真的苦，真正的比鱼胆还苦，幸亏煮的是小的，若煮了大的，不苦翻了天？叔叔说了，姑姑或者喜欢吃，叫我拿来了。"六姑笑笑说："这小点儿的是苦瓜，大点儿的叫佛手瓜，一大一小，初看看区别不大，青皮怪样的，实质不一样。小的苦，大的清甜，你们切苦瓜锅中，直接油爆水煮了，当然又苦又涩；苦瓜切薄片，滚水里焯一下，可去大部分苦涩，用菜籽油烧烫了爆炒，少放盐，苦倒还是苦的，不至于黄连般的苦；大瓜切片了直接生炒，火要旺，三翻二铲起锅，又爽口又清甜，这两瓜是肚肠油水足的当官人和富贵人吃的，吃了消肚子。"

阿玉问："这瓜哪来的？"

觉根说："人家送的。"

"当然是送的，你们俩一爿屁股大的自留地，除了葱蒜什么也不种，平日总捡浙江人的白菜叶吃，哪来的这瓜？我问你什么人家送的。"

"路过人送的。"

"还不老实，人家都当笑话讲开了。"

"啥笑话？"

六姑说："说的是五行里村的许大媒，她怪怨，最近跑断了腿，'十八只蹄髈'没吃到，尽吃些青青白白的小青菜和老茭白了。茭白当作白萝卜送的，还例外送了几个绿皮瓜，同你拿来的差不多的样子，长圆形的，好让苦瓜蛋快点儿滚。许媒婆说了，油水没捞到，不想吃这皱皮缩骨一肚子苦水的东西。"

觉根脸泛红潮，不自然地笑着。前天晚上，去南头村只生闺女的那户人家相亲，听说觉根的叔叔毛老头在中市桥塄又批又斗的，那户当家人即忙后院择青菜，前塘掰茭白，草绳子缠了送他们上路，另送了几个比萝卜短些、圆滚滚绿汪汪的东西，说是可炒可煮的。他们几个拐上御道，许银仙就开始喊冤枉了："今天进村霉字当头，村头第四家，门闩卸了，门洞敞敞阔，当堂大白帘挂的，夏布蚊帐也两根竹竿卷着，掷上了屋面，只少具大棺材了，一定当天早些时候走了老人。小和尚早不来晚不来，这当口来，正好帮着超度发送，从来喜丧不同时，千挑万挑的，到底选了个晦气日。"

阿三笑道："不怪我们今晚来，怪那户人家的白布早不挂晚不挂，我们路过才挂。"

东津镇地方，人家治丧期间，必在当堂挂大白布帘的。白帘后停床，白帘前祭奠，据说，一帘相隔，表示阴阳有别。另外，门户洞开，可防穿堂风惊亡魂。堂中挂大白帘，成了操办丧事人家的标志性布置。

"是不巧，早知村中走了人，隔几天再来。"

"早来晚来一个样，事情总要同人讲清楚的，骗了他们，不被他们骂死呀？东津镇小地方，名声坏了，今后的生意，不都为北山湾徐歪嘴的婆娘抢了去？要怪先怪后山人，长竹竿捅漏天，闯下天大的祸。再怪就怪老馋嘴毛老头，你们看看，人家姑娘看觉根胳膊是胳膊，腿是腿的，不计较没门没户，要求马虎，他家要的是干粗重活和传宗接代的人。听了毛老头批斗这事，胆儿吓破了，顾不得菜地里的蛇虫百脚，摸黑一把一把地拔小青菜，也不怕夜暗水塘滑脚，落水鬼伸毛手抓人，掰来茭白，草绳子扎得紧紧的，一定要弄个清清白白，还送几个黄瓜不像黄瓜、南瓜不似南瓜的瓜，这叫什么事？为你小和尚的事，我家的青菜茭白能用担挑了，吃得肚皮起青筋，一肚子的青紫气。阿三啊，看来，不同毛老头划清界线，你小兄弟的'十八只蹄髈'吃不到喽！"

阿三陪着笑："舅妈多辛苦，找个远一点的人家，事成了，我冬里拣副肥肥的猪肠子孝敬你。"

觉根好奇地问："许姨，作成婚事了，真有'十八只蹄髈'吃？"

"腿快跑断了，还不吃'十八只蹄髈'补补？再说，那是对着嫁妆的十八条腿说的。"

"嫁妆要十八条腿？"

"是的喽，你倒插门，当女儿般地嫁，'十八只膀膀'不要你出，'十八条腿'的家具是少不了的。五斗橱一口，闷户橱一口，梳妆台二件套，这有十六条腿了，女方一条腿出一只蹄髈的回礼谢红媒，讨彩的意思。"

"那也只有十六条腿呀？"

"你夹两个大丸子绞着的，不是两条腿呀？"

"这两条倒是现成的，另外的十六条腿，叫五行里村的陈木匠打，要费多少钱呀？"

"'十八条腿'属大件，嫁妆要配中件和小件，一应有的样样全，这样才风光，到时给你弄成了，可别对我说，你两个光头吃光用光，身体健康，没一点积蓄，一样也拿不出呀？"

"算了，我哪打得出'十八条腿'呀？"

"你以为说成了，能轻飘飘地走上门，住现成的房子，抱现成的娘子？哪户人家办喜事不要脸面的？得准备的多着呢，需备几床大红喜被子，子孙桶，小孩睡床，面盆、脚盆、浴盆，冷暖瓶具，铜锡盆炉，茶酒器皿，头面金银，春秋鞋袜和四季衣服，凡是吃喝拉撒坐睡所用得到的，件件齐备，娶媳妇的男方和找上门女婿的女方，空房子里一张床，其他的，靠嫁妆搬上门，一处处地摆放，这叫'搬行家'，一个可以搬动的家。"

阿三笑道："舅妈，你把觉根的胆吓破了。"

"要这么多东西啊？"

许银仙说道："真的吓着了？你倒插门，男作女嫁过去，女方村上的几十个壮小伙，几十条扁担，几十副箩筐，可是要来你的养猪场搬嫁妆的哟。嫁妆没有，难道装圈中的猪肥料不成？新娘子家的几间空房子，等着你的嫁妆作摆设呢，没些像样儿的东西搬过去，还不让一村人笑死？第二天一早，金驼子的茶馆里那些短牙的，可有的笑了。"

阿三笑得咳了起来："舅妈这么吓唬他，只怕他的小鸡鸡吓得缩回去了。到时，真派用处出不来，不是人财两空？"

"小和尚别急，谁叫你是我外甥女婿的小弟兄呢，这事儿难得倒别人，难不倒我。拼着做一回恶人，让倒霉的女方吃个哑巴亏，不是要'十八条腿'

吗？榉树、榆树、枣树那些重重的家具置办不了，北山湾野坟地热水瓶粗的苦楝树有的是，阿三常年杀猪看在眼里，让他出面帮你买一车，兴许看他面上，一担煤球的票，可换回一大车树段，到时，别忘了还他的情。"

"舅妈，猪养后院，杀在前场的。"

"你后院抓猪，后门外的坟地不是看在眼里？"

"黑咕隆咚的，谁愿意看野魂一样杵荒地的树？"

"为了觉根小弟兄，当作看了，那树烧柴用的，你阿三的面子白送差不多，拉来了，叫陈木匠乒乒乓乓打几天，猪血现成的，拌漆一披，谁看得出？搬嫁妆前，御道撬来几块碎石，塞被中去，再挂一把铜锁，搬嫁妆小伙子们的肩头重重的，以为是啥宝贝硬木家具呢。"

"楝树箱柜风干气燥，隔天豁口翘裂，露出大石块，不是穿帮了？"

"穿帮了好呀，说是讨彩的，觉根上了门，今后挣的银子同石块一样的重。再说了，新娘让觉根狠狠地眠了，别的好反悔，这事怎么个悔法？真要悔，赔钱赔物不算，白白地便宜了觉根，做一夜新郎，死了也值。只要觉根没紧张得缩掉小鸡鸡，热被窝里的那点子事，憨货也弄七八回的。天亮了，雄的没少啥，雌的成了二婚，谁愿意上门接班明戴顶绿帽子的？"

"舅妈的招牌不是砸了？"

"这种事哪有到处讲的？吞进肚中罢了。另一方面，得罪了一半，快活了另一半，一半对一半，说不定今后请吃'十八只蹄髈'的人家更多，到时名声出去了，再拐一个老雌货来仓库，给毛老头汰衣裳。"

"毛老头也娶呀？娶上门，别说没房没床，十八只猪蹄髈也买不起的。"

"好外甥女婿，你以为我真想厚了脸皮吃你好朋友家的'十八只蹄髈'？真有不睁眼的，愿来挤猪圈，到时，面粉捏出个猪牛羊三大荤，不有十二条腿了？再加鸡鸭各一只四条腿，也够十六数了。你杀猪时，剁大大的一前一后两只猪蹄髈，地方也不用换的，不是凑足'十八'数了？"

阿三说："舅妈面粉捏蹄髈，糊弄来糊弄去，糊弄到外甥头上了。不过话说回来，只要糊弄成，我再割一个猪头，颈脖子上的肥肉多割点，让舅妈酱猪头肉吃。"

"一个猪头抵好几只蹄髈了。小和尚，你可要打起精神来，对外说，你同毛老头是各过各的，不受牵连的，反正你们没血缘关系，由不得人不信。

事情弄成了，我等着弄个猪头，一支柴焖一天，确保肉烂骨酥。"许银仙说完，又苦笑笑，"今天晦气，荤腥没开，净送些蔬菜。那户人家为撇清关系，表示清白，原本送青菜萝卜的，萝卜不在市上，竟把甜甜嫩嫩的茭白掰来送人，倒也舍得下本，还有拳头大的皱皮瓜，麦汁染的，猫儿头一样的皱脸皱皮，胆小的人不敢吃。茭白阿三带回家，青菜和瓜大瓜小的，小和尚拿回去吃吧。"

送青菜茭白还有这层意思，本没什么事情，还要撇得这么清，觉根心里有点气恼，有点伤心，有点失落。要不是许银仙和阿三反复劝说，菜又不是阶级敌人，也不会看低人，不管谁吃，菜还是菜，真不想吃，给猪猡吃，他才不情愿地把菜拎回了养猪场。才走上孤寂的台地，猪舍的竹篱门拉开了，叔叔佝身昏暗的灯光下，两眼直直地望他。看着这样的眼神，想起南头村人说的话，还有许媒婆口中的"十八条腿"，他的眼睛一热……事情隔了两天，现在送瓜给六姑，心里仍是酸酸的。

"姑姑，新米拉来了，存下的碾谷糠，饲料机粉碎了，姥姥带回北山湾。"觉根也随阿玉叫姑姑。

"你慢一点走，今早上，水妹的娘家人上街卖豆腐，带了些鲜豆渣，她不知道怎么弄才好吃，给我端了来，酸汪汪、香喷喷的。这可是好东西，正好有新糯粉，我来做菜饼子吃。阿玉，你同觉根到场地赶麻雀去。"六姑说完去上灶。

觉根、阿玉两个坐在谷仓门口的新稻捆上，太阳照得人的衣服发烫。阿玉笑嘻嘻地说："觉根觉根，翻谷的老太讲笑话，说是她家的老头从茶馆听来的，前天晚上，五行里村的许大嘴带一个小伙相亲，才进南头村，看见一户人家的前堂大白布挂的，吓得许大媒绊了脚，一个跟跄，跌了个狗吃屎。"

"添油加醋的，哪曾摔了？跄了几步是真的。"

"你怎么知道得这么清楚？亲眼看见的一样？莫不是她身后的小伙是你？还有一个眼睛小、多嘴多舌的杀猪人？"

"别冤枉人。"

"哦唷喂……还保密了？你们那点子事，当笑话讲开了，茶馆讲到街上；街上一路传开，哪个不知道？场上扎了裤腿管晒谷翻谷的老太太，也叽叽咕咕地说笑开了，怕是躲芦苇梢的麻雀听了一半去，好意思说这话？欺侮我同姑姑不出门罢了。"

"不出门，闲话也传三里远。公社的李副主任来仓库看你，不也传到了西津里？"

"养猪的，你别跟着那些缺德人乱嚼舌头根，你以为你自己腆着脸皮，今儿北明儿南地让人奚落吐唾沫？"

话赶话的一句话，不想阿玉变了脸，淡淡的嫩荷色豌豆荚眉毛，结成了干豆荚。觉根攥着两手捽怀里的草绳，看她噘着小嘴离开的背影，讪讪地，手和笑容不知放何处。

灶台上的六姑，见阿玉气呼呼地直坐灶膛口的小凳，只顾往灶膛里塞柴草，塞出了一灶膛的青烟。

六姑说："贪多嚼不烂，柴多火不旺，是不是又有老太故意地往胶鞋里灌谷了？"

"那是别个，假惺惺喊你姑姑的那个人，不知拾了什么货的话头，折野橘刺扎我。"阿玉愤愤地说，见黄狗来灶膛边躺卧，便说，"阿黄阿黄，出去咬那个涎脸的，回头把他的饼喂你吃。"

六姑忙说："可不能让阿黄出去，它在场上撒个人来疯，打几个滚，把一二队晒谷的分界线弄不见了，一笔糊涂官司。弄不好勾脚曲腿地撒尿，骚半场的谷。阿黄乖，不出去也有饼吃。"

"给他吃不如给阿黄吃。"

"一会叫他带几个给姥姥、夯夯尝尝。"

"姥姥、夯夯有的吃，大和尚小和尚没的吃。"

六姑叹了声："觉根人老实，说谎也不会，看他笑得虚虚的，像偷拔了人家自留地上的萝卜，心里不好受。他们两个无门无户的，平时又没个积蓄，哪家的闺女肯嫁到养猪场？倒插门是没办法的办法，眼下也不成了，老的批斗着，有关系的撇得没关系，别说没关系不相干的了。生女儿的人家，胆子向来比多儿的人家小，见一面送青菜萝卜，也撇个干干净净。受尽嫌弃受尽奚落，性情再好的人，心里终究难过的。倒是那个阿三，高鼻肉眼的，有点小义气。拿小和尚硬塞人家去，过倒插门的日子，哪有这么容易的？大衣柜樟木橱的那么多条腿，外加金银铜铁锡，吃喝拉撒睡的家用器具，一整套，半个家庭的财物了，他俩怎么拿得出？光着腿肚子上门做新郎倌，还不被大竹杠打出来？到时，只怕他这个光头光身光脚的逃不快。"

阿玉"嗤"地笑出声来了，她看到了觉根被人追打出门、脚甩屁股逃跑的窘态，活该！谁叫你腆着脸儿凑上去呢？

灶台弥漫开了油煎豆渣饼的香味，铁锅中"噼噼啪啪"地爆响。

六姑的豆渣饼，用点葱蒜的话，可说一绝了。新碾磨的糯米粉小一半，新鲜豆渣四成，二成切碎的小青菜和剁成碎末的腌蒲根芯，加姜末少许，热水和了，反复地摔打揉压。案板上搓成擀面杖粗的粉条儿，掐出鸭蛋粉块，双掌心揉搓圆了，三指压粉团，贴烧热的干锅。贴面微黄，饭铲子轻铲，饼子滑落前，一吹一口气地快速翻转，又三指压饼贴锅，焦香初溢。菜饼黄灿成型，挨个儿地铲松，铁锅上沿溜圈儿淋六月收的、静下来的清醇菜油，油煎声响，饼儿逐个翻身，上下转换位置，煎出香味。锅沿转圈淋半盏水，紧锅盖，软柴广火猛烧，锅中"噼啪"声不断，白雾喷涌。过一会儿烟软，锅中安静了，烟雾弱暗，香味渐浓。此时，灶膛熄火，焖一寸香的功失，揭锅盖，菜饼两面金黄，香溢满屋。

阿玉矮凳上立起身，黄狗也站起来摇尾巴，她一筷串了滚烫的两个，说道："阿黄，你待会吃，我们先吃。"说完，人已出了屋。

薄烟里的六姑，瘪嘴掀缝地笑了。

三十二

　　农家后院四样宝：菜畦、猪圈、茅坑和稻草。

　　父亲当大队书记，自己任队长兼大队民兵营长的黑小佬家，后院的四件农家宝贝各部就位。同其他乡村人家一样，东梢头的吴家也是前门担水，后门出粪。但凡一户人家的吃用之物，皆由前门登堂入室，人能吃的，吃进肚去。人不能吃的，猪能吃，丢进猪圈任猪猡拱吃；猪不吃了，不属尖刺硬扎之物，软润易腐的，拢共抱进猪圈，任猪踩踏卧躺打滚，一层层地沤烂，到得最后，粮食物品、菜蔬草料、剩汤残水，皆成为生活中另一方面的杂质，统统由后门送出，积聚后院。猪养肥了，由供销社的阿三宰杀，拉肉铺去卖；猪肥料满圈了，生产队称重后，挑去日头、月亮照得到的地方，沃出肥泥；茅坑溢了，早晨出工安排活儿，同会计讲一声，快点下午，慢点隔天上午，小队会计拿一支玻璃管，带领几个担粪水桶的社员，一担担地挑田地尽头的粪水坑中去。分红时，按测得的浓度和担数分钱。大肥肥集体，小肥肥自家，坑中见日积聚，由备弄下水巷，挑几担清水冲淋，长柄木勺搅一下，浇蔬菜的有机肥就又有了，取之不尽。

　　得益于后院的积聚，人家的小菜地常年葱绿菜碧、蒜青卜白，四季果蔬盈畦。

　　农闲时刻，下午四点收工，黑小佬卷裤腿撸袖子的，挪开木隔栏，跳下一米多深的猪圈，重新摆正垫高一米长的石槽。为防大猪拱撅侧翻，花岗石食槽厚实笨重，足有一个多成年男子的重量。这是一个沉重又滑手的腻活儿，猪圈常年潮湿，借了铁耙撬杠等工具，也是软东西上撬重物，上面未动下面早陷。

猪猡的哼哼声中，足足花了一个钟点，黑小佬才爬上猪圈，取一瓢水冲洗食槽，用扫帚清扫干净，累得坐在后檐滴水下的大石上抽烟。猛吸了几口，一身重味地穿过三进房屋，两指拈一小块碱片，扯一根丝瓜络，提鞋光脚走到斜对面贴着人家东墙根的河埠头。

十一月初的巷水生冷激骨，西津里吹来的偏西风，灌进两岸旧窗阵墙的水巷，过早地渲染出了冬的苍凉。

"吱扭"一声木梲响，对面人家"哗啦"一声，一盆水临窗泼下，黑小佬跳上一个台阶喊道："喂，谁倒的水啊？不看看石埠头的人呀？"

"哎呦喂，黑队长，这冷的天，还上河埠头汰脚呀，也不怕关节炎？"一个女人的声音，窗口探出一张看不清的脸，声音笑着的。

"王麻子家的，不看看清下面，就乱泼脏水。"

"唔，今晚偏西风，穿巷风急，没先伸只手试试风，我也不当河埠头有人的。"

河埠头由一级级石条筑砌，风是凉的，水是温的，味是浊的，黑小佬一脸的腥雾。

"这是什么脏水呀？"

"汰手水。"

"汰上面的水，还是下面手汰的水呀？"黑小佬隔壁的邻居，他的堂兄、绰号"吊眼"的，托了个大瓷碗，含着饭食呛了一句。

"啪"的一声，王麻子家的推开了平日不常开的东窗，斜里泼水，嘴里骂道："吴吊眼，你个眼吊人刁的贼胚，一天到晚出花腔弄事情。你老婆洗上汰下的水，让你提了倒茅坑里去，你偏不，开窗直往街上泼，弄得石板街一天到晚湿嗒嗒的。我同水妹往西走，趟趟踩你家的骚水。看在同你老婆门对窗的姊妹份上，也不说嫌话。你倒好，嚼舌头嚼到我身上来了？我家要是朝南开门，一滴水不从窗户泼的。"

王麻子家的女人说的是实话，一队三十多户人家，一大半人家的大门朝南的，三四进的房屋，还有一个不小的后院，足可消化生活中的杂物。而坐南朝北的，门脸儿倒有几间，只奈地势局促，房屋太浅，一进房屋到底，枕水的后墙连个门也没有，跨出去是水巷，留门的话，徒增失脚风险。枕水人家唯一的好处，汲取生活用水方便，趴在窗台，系长绳的木桶一丢，空巷回荡半巷的"扑通"声，晃晃悠悠地吊上一桶清冽冽的水来，可供日用。当然，生活中洗手净脚、擦身抹体之水，也是本着舍远就近、贪图方便的生活原则，哪里来还哪里去。长流的水巷，分分秒秒地捎走弃物，巷中的水从来不是重复的水，谁家也不致喝了自家的洗脚水，且东津镇约定俗成，不管东街、中市街还是西街，后墙砌石驳岸的人家，早起至上午九点，不往水巷抛扔泼洒废弃之物的，违反乡约，邻居会掐腰骂街。倘若对骂，这户人家立马成了过街老鼠。向阳门人家的生活用水，也由对面幽暗的备弄，走到河埠头的石平台，女的肩挑男的手提，担满家中大水缸的。三餐中的存汤残羹和锅瓢涮洗之水，同米泔水一同存蓄木桶，早中晚拌饲料喂猪；生活中的无用之水，也有个极好的归处，男女不拘，趿一双蒲草鞋，虾一般躬着身子，开出后门，"哗"的一声泼进茅坑，物尽其用，滴水归坑，没一滴浪费。

南屋人家也有一小块自留地，可搭建猪舍和掘土围篱的茅坑，余下几步种植菜蔬，不似有后院的人家方便，尚需走一小串步子。地在东梢头出口的北边，这些人家生活一样的节俭，凡可利用的，敞桶儿盖上木盖，拎到自家的地里去；无多大用处，又不能沤田肥地的，掀开木窗，"啪儿"一声听响了。

王麻子家的往水巷里泼的便是这样的水。

黑小佬是心知肚明的，他抹着水淋淋的脸走上河埠头，对楼上街上两个叫骂着的说："你们俩没一个好货物，一个懒得窗外伸头，不看就泼；一个怕走几步路，有地方泼偏要往街上泼，好在没泼到你们自家的衣服。"

"怎么说？"高低四只眼睛一齐对着他。

黑小佬笑了："衣服一层皮，泼衣服，不成泼皮了？到时，同你们一条船进城装垃圾，去也味道，回也味道。"

"好啊？拐着弯儿骂人了，水妹……水妹……你不管管你家的小队长呀？他又是骂人又是捏人家小媳妇的白长腿的。"王麻子家的半个身体探窗外喊。

"你可别瞎嚼，什么捏不捏腿的？干活挤一起，不小心碰一下是捏了？要这样的话，你家王麻子带妇女罱湖泥，男摇橹女扭绷的，胳膊腿的不经常碰一起啊？你再这么乱说，下回出船，我让大块头带你罱湖泥去，让王麻子急得乱跳脚。"

大块头是一队出名的老光棍，身体肥胖笨重，空腹称重二百五十斤以上，一人吃两人的饭食仍是饿着的。其相貌和吃相，吓坏了东津镇四乡八邻的女子，至今仍未成家立业。一队的妇女姑娘们，最怕同他搭档干农活，摇船去东津湖人不见、呼不应的湖心深处，一男一女一条船，被他强搂了亲嘴也是有的。

"哦唷，六月的阵雨天，说变天马上阴，我不告诉水妹便是，倒是这个吴吊眼，应该让他家的同大块头一船罱湖泥去，让他急得眼皮吊梁上去。"

黑小佬见两个隔空又吵上了，进屋喊水妹要毛巾。

水妹躲堂屋的门背后听着，低声怪怨道："又不是派农活，嘴上争什么高低？王麻子家的女人把你的事'哇啦哇啦'喊得半条街听到，你还有面子？这会儿吵的，怕是在厢房吃酒的朱书记都能听到，你一天到晚想接你老子的班，怕要便宜西街人了，今后的手脚还不干净点？"

"朱书记来了怎么不早点喊我？"

"又不能哇哇响地喊，正要出门，不想你中了王麻子家的彩，拌上嘴了嘛。"

黑小佬抓了衣服往里去，吴水妹一把拉住了："你头脸擦擦干净再去敬支烟，别上桌一身味恶的，倒人胃口，晚上去网点鱼，索性早点出门，凉水中多浸一会，泡淡泡淡味道。"

黑小佬三抹二抹的，重新撕了一盒烟的封口，摇摇火柴盒，急急地往里走。

吴家的三餐，平日都在前堂吃的。当厅的八仙桌，逢年过节了，转九十度祭祀祖宗，平日缩半桌条案下，露半桌，供太师椅上的当家人摆茶杯和搁香烟火柴盒，若是来了珍贵亲友，拉出另半桌，临时请用待客。中堂的翘头案、八仙桌"六件套"，镇宅家具摆设用的。自己家中五口人，靠东墙的矮条桌上吃喝，黑小佬饭桌边较少沾屁股，喜欢托个大海碗，坐门槛或是蹲斜对面的河埠头扒饭菜。

今天的来客情况特殊，不可大模大样地坐客厅，只能在过街人看不到的厢房中吃喝。乡镇人家熄灯睡觉前，大门总是敞开的。

厢房里，摆稳了平时堆杂物的四人位小方桌，四个小凳子，吴黑男让朱得男面南坐了，自己面西靠墙作陪，一手一胯地拢出个酱紫色的陶坛，另一手坛盖上摸索。朱得男张五指按住了坛口，撇撇嘴说："酒碗倒是不小，看上去蛮像大块吃肉大碗喝酒的样子，你们东津镇人尽吃这甜不零丁酸汪汪的米泔水，吃得肚皮涨成河豚鱼，晃荡晃荡听得见声音，也嗝不出个酒味道来。"

"不是酒酿水，也有度数的中。三天后的酒酿，化的不是清水，是商店大缸拷来的烧酒。"

"吃酒吃水要分开的，你们吃酒怕辣，吃水怕淡，捣鼓出辣哄哄甜蜜蜜的东西来，说不辣还晕头，说不甜尽腻人，太不爽气了。"

"我去老金那儿，弄瓶度数高的来，爽爽气气地吃。"

"你坐下，金新宝的好酒轮得到你？苫红纸封的大缸，苦楝树籽酿的酒，倒是满满的，咪一口苦嘴巴，再咪一口苦喉咙，第三口下去，肚肠翻来翻去的苦。"

"那怎么办？家里只有自己酿的。"

朱得男鬼笑笑，右手从风衣兜拎出一瓶酒来，得意地说道："谁说江南无好酒？这五十二度的太仓粮食白酒，取的是大江水，喝的是海胸怀，传统工艺，糟烧土酿，一瓶下去，不口渴不上头。"

"那你喝高的，我喝米酒。"

"两人怎么能喝两样的酒呢？不一条心了不是？不行不行，快把坛子放桌底下去，免得碍了你我手脚。"说着，换个手，又从怀里拎出一瓶米，点火柴梗转圈儿烧酱膜，厚嘴唇白牙齿，咬了瓶盖，"扑"一声吐掉，只管往大碗里倒酒，倒了大半碗，又倒另一碗，一拦碗沿说，"别动别动，一样多的，每人半瓶。"

"半瓶半斤，这酒度数高的，我哪有这个量？"

"你个黑关公不多喝点三点水，摸不清你黑皮肤下的黑心思的。"

"朱书记，我阿爸酒量浅，吃碗米酒还行。"黑小佬外屋进来，烟盒中掐出香烟敬了，划亮火柴凑了上去。

"来来来，黑小佬坐，一起吃。"朱得男嘴里边喷烟边说。

"我约好邻居去东津湖竹笼兜鱼，你只当不知道，慢慢地喝。"黑小佬把香烟火柴放桌上，来到厨房，就着水妹盛的一大海碗饭，坐在灶膛口的暗处，扒拉扒拉地吞咽，不到一支烟工夫，油光光的碗底朝了天，一抹嘴，人已到了街上，也不说话，朝几个背竹笼、捐竹棒，候在街口的影子挥了挥手。

"黑小佬，渔业队天天晚上巡逻的。"肩背竹兜的吴吊眼说。

"他渔业队有种的话，兜巡浙江人的堤去。东津湖这么大，湖边住的人，网几条穿鲦鱼鳉鲅鱼，尝点腥味也不行？告到天上去，湖边人哪有手上没鱼鳞、嘴巴没腥味的？你怕影响今后升官发财，不要去。"

"王麻子，你怎么这样挖苦人？弄几条小杂鱼，犯得着这样狠狠地啐唾沫？"

黑小佬说："你俩别哇啦哇啦地吵啦，老鹰轧姘头，天上都知道。鱼腥未沾到，渔业队的人已听了去，你们以为渔业的人是聋子？他们个个是顺风耳，船篷挂着风铃，一个小水波，未见船晃，风铃儿早'叮铃叮铃'地响。水面放个屁，弹出的水花，扩出去的水波纹，他们也能觉察到，快把香烟屁股扔了。"

王麻子说："黑小佬，等你当了大队书记，我教你一法，不过，这是有条件的，养猪场的毛老头拎不起猪食桶了，你得让我同觉根搭档。"

"有屁快放。"

"渔业队的小船不是常在水巷捕鱼吗？每天清早，竹篙头戳人的脑门子一样。到时，你在我家墙边的河埠头拦一道竹篱笆，他们的船进不了巷，西津里的鱼逃不进东津湖，到年底，两个男人一张网，上下一拖，家家有鱼吃。"

黑小佬说："不让他们进水巷，不闹翻了天？他们去中市街卖鱼，也是从桥下上岸的。"

吴吊眼说："王麻子你外行了，水往下流，鱼往上游，水巷里的鱼，是从东津湖逆流而上的。不过这个办法可行，仿渔簖拦网，鱼游进去了出不来，簖篱拦中市桥下好，他们的小渔船是过不了中市桥的，打官司也打不赢。"

"吴吊眼这个办法好。"

"办法好有什么用，好饭碗让王麻子排号抢了去。"

"你是在我的竹篓掏的现成办法，不作数的，等你今后立了功，觉根也倒插门去了外乡，你再来养猪场做猪倌。"

"你俩到了养猪场，人声音比猪叫声响了。"

"为啥？"

"两个门对门的冤家，不就天天哇啦哇啦地吵骂了？"

"说哪里去了，没影的事，轻声点。"黑小佬暗中摇手。

凉丝丝的风，从幽幽的湖心吹来了，不远处的对岸，渔家灯火星星点点，"汪汪，汪汪"，仓库的黄狗对着渡口吠了起来……

三十三

吴家的厢房。

吴黑男说："朱书记上门请吃酒哉。"

朱得男说："什么上门请不上门请的？烟酒粮食不分家嘛，来，喝一个，先辣辣舌头。"

"烟酒捎上粮食了？"

"唔，好东西忘了。"朱得男咂咂嘴，小心翼翼地从衣兜中摸出赭石色纸封，桌上铺开一包花生米，抛一粒在嘴里嚼，前言不搭后句地说，"花生米，猪耳朵，咸鸭蛋，吃苦烧人的三大宝，弄不来花生米，炒盘黄豆嘎嘣响，也抿三盅，来来来，吃吃吃。"反客为主地劝。话说着，酒碗上的眼睛斜盯了吴黑男，"酒怎么能同粮食分家呢？粮食酒粮食酒，酒不是粮食酿的？你个黑农民竟说不搭界？"

吴黑男笑着说："朱书记今晚烟酒长生果的，早计谋套我的话了，只是不要像捉鱼人一样，一网兜扣了，浸水巷里憋，你问啥，我说啥。"

"你以为你是软润香甜的新米呀？巷水清，浸不白你的黑脸，碾米滚轮转再快，也碾不白你的黑额头和大鼻子。"

"完了，一套一套的，早算计好了。"

"算计没算计，策划没策划，倒是看到了不少。"

"看到什么稀奇事了？说出来开心开心。"

"你知道我住什么地方？"

"不是办公大楼的三楼吗？"

"对呀，那个吴地主、吴资本家小姐住的三楼，三楼顶上不是还有个平台吗？女儿墙砌得高高的，那可是站得高看得远哟，东津镇的三大高之一，出了名的嘛。前几天的一个半夜，好像是县三级干部会议的前一夜吧，我摸黑上楼顶的平台，你知道我看到了啥？"

"不会看到了东津湖中红眉毛绿胡子的落水鬼，和西津里吸月亮光、蓬头发的赤佬吧？"

"差不多这个意思，半夜三更的，东津湖边真的有好多偷偷摸摸的鬼影子呢。水鬼抓活人好托生的，半夜三更找啥活人去？并且越看越不对，怎么这么多水鬼呀？东津湖的水鬼，爬上岸开鬼会也没有这么多的呀，差不多是你们东津一队全体劳动力都出动了，肩上还挑了一担担东西，前门不走走后门，你说怪不怪？"

吴黑男的脸一红，好在皮黑，且酒色盖着，他呷了一小口酒，嚼了一粒花生米："你说的这个呀哪是什么鬼？还不是一队的社员，抢在过磅前，按老规矩留下一点谷，过完磅见了数，哪还敢动？不预留一点，拿什么装船摇城里去？今年，你不也是还未闻到新米气吗？这事还没向你汇报，到时怎么安排，听你的指示。"

朱得男一愣，想不到黑面孔直说了，端碗同他碰了一下："人怕出名猪怕壮呀，你一队出名了，原本是片低洼地，年年上报水灾，年年增产，人家可是看上了，甜水灌田，新米肯定清甜软糯的。"

"准备好哉，等你安排。"

"今年不止往年的千把斤了。"

"安排多少你吩咐。"

"要不我的一份另想办法？"

"一事不忙两拨人，你放心其他大队？这种事情影响面越小越好，再说了，其他大队泥场晒谷，机器碾了，尽是泥沙，你叫县领导昏天瞎眼的挑沙粒去？"

"我就说你黑点子多、黑办法多嘛，1960 年也让你这条老黑鱼滑了过去，不过，那一年幸亏了你的米。这次上头几个要四十担，加上糯米粉什么的，五十多担了，我的心不着实，怕你拿不出这么多。不过，有一点你放心，我那三楼顶，住大院的几个，除了闷热的夏夜乘乘凉，拍拍蒲扇，平常不给上去的，我叫后勤上了锁，钥匙只我一个有。"

"这个量还挤得出，其他方面没余地了。"吴黑男夹了一筷猪耳朵，"嘎吱嘎吱"地嚼。

小方桌上，除了朱得男带来的花生米，因事先知道朱书记要来吃晚饭，吴黑男特地去大众饭店买了一斤焖猪肉，一只酱猪耳，副食品店扎了一条咸带鱼，老伴从后院摘来了爬墙的扁豆，掐了一把看上去嫩实则老的头茬青蒜，拔了几个外红内白的萝卜，择了一大把鲜嫩的小青菜，农村家庭，鱼肉荤素的，也算丰盛了。

"说起来白白地送出去这么多，是吃亏了。但你一队的人，从不买议价粮吃，细算还是划算。"见吴黑男一脸懵逼、没反应过来的样子，朱得男掰着手指，"你细想，现在的黑市，议价粮、平价粮相差三倍多，还是陈年的黄米，米中掺有没碾开的谷粒、玉米粒和泥石碎屑，没一口饭嚼得省心，咽得舒畅，不是半嘴泥，就是'咯噔'了牙，不吐掉呢，咽不下去；吐掉吧，舍不得一口粮，最后吐手心中左挑右挑，挑昏了眼，哪有自家大砖场晒出的谷香，不是夸口，东津庵和西津寺，独为你东津大队扒的。"

"庵堂改建仓库晒谷场，一队、二队方便了，养猪场盖起来，肥料多、田力壮，逢年过节吃猪肉，这个典型竖得好。"

"外婆墩的仓库，孤零零地立湖堤，做什么事不让外人知道的。你们每家多吃集体一百斤米，只相当于三十斤的议价粮钱，你一队近四十户人家，五千斤粮食，推派下去，一家只花了一百多斤粮食的平价钱，比起其他生产队的社员，每户买一两百斤议价粮吃，你说哪个合算？而且，凭你们父子俩的黑胆，多吃的肯定不止这个数。"

"东津大队是你朱书记的根据地，一小队更是重中之重，我们父子俩是你提拔起来的，是你根据地的把橹人。刚解放那会听你话，一直听到现在了，今后我退休，孵茶馆听评弹、听说书，黑小佬还要听你话的。"

"要不是这一点，我才不管呢。你也知道，私自隐瞒产量，公事公办多严重？"

"不是饿怕了嘛！回过头来说，哪个生产小队不藏点私货的？多多少少而已。"

"你说退休的话，农村没有退休，只有退下来的，这倒让我想起来了，我曾同你提过，文书小杨不是西街的吗？他有意无意地提了几次，想回东津大队锻炼，接受你的领导，小李也在会上提起过。"

"哦……你说的是李表廉、杨金浜和毛五三个人呀？"

"怎么把横肉脸的毛五牵进来了？他不是借肉店杀猪的吗？"

"杀猪人不能有想法？这你麻痹了，十个女人同他关一间屋子，他会客气？半年后，一个个的凸肚子给人看，这个杀猪的心大着呢。李表廉回东津镇后，住机关大院，晚上空得很。他们三个，毛五负责荤腥，杨金浜负责蔬菜米饭和老酒，李表廉从金新宝那里开后门买包长生果，还不时地掏几斤粮票给杨金浜父母。三人在杨家的厢房吃酒吃茶超半夜，这么久沤在一起，能沤出什么好肥料？想来，你也久不去老杨头家的春凳坐了，也没吃过喝过他们的，啥也不知道。前一阵子金驼子家的骂街，就是对着三个人的鬼商量去的。据说，你树立的养猪场典型毛老头批斗的事，几个没少煽火，不敢当面否定你的成果，背后扇扇小扇子，你又看不到。"

"你了解得蛮清楚的？"

"人家已守在茅坑边，不留个心眼？那个翘裂两只眼睛的，瞅准机会，还有我们的活路？"

"守茅坑边做啥？"

"今后你会看到他们干啥的。总的一句话，他们这样做，想全面开出幸福之花。"

"'幸福之花'？你的黑嘴也吐时髦话？让黑小佬上来锻炼锻炼是真的，我们革命干部不任人唯亲，不搞阴谋诡计。相比之下，黑小佬条件过硬一点。"

"你狠得下心？"

"别瞎想，什么狠不狠得下心的？事情好像真的一样，同我有啥关系？"

"这话最关键的，过去的事，没影的事，况且两个人的事，没让人直接摁在春凳上，不是个事，更别说没有血缘关系了。"

"别听闲人瞎说，正经办事才是根本。"

"不是'宝盖头'还没批下来吗？"

"赶紧写申请。"

"写了申请，小李分管农业？压在他那儿。"

“趁热打铁。”

“书记的意思？”

“趁着这趟会议的东风，什么事情解决不了？先把酒干了，再倒！”

“这是我今年听到的最好听的话，比渔船上的小娘鱼唱的山歌还好听。来，吃吃吃，跌到地上也要吃。”

“全县的三级干部会议，安排到渡口开是瞎来来的？说实话，县委张副主任有他的心思，我有我的想法。不说上面，人家旺米、桥前、南头和北山湾大队的一些小队，亩产哪个不比你的一队高？一队作典型，借了增产的由头，借了你欺上不瞒下的光，你一队的田，同旺米一队的田连着，哪点比人家的田低了？冷眼根本看不出来，放了一汪洋的水，才见一个脚板的高低，拿香烟盒高的半点水做文章，为的是啥？我看你发嗲又装憨！”

吴黑男听了朱书记的话，“嘿嘿嘿”地笑。

“还笑，大口吃酒，不吃要罚了。”

“书记关心我们，我们父子俩铁了心跟你走，今后我退了，只要黑小佬在位置上，秋收后，年年摇船进城看你。”

“说明没看错人，我也要谢你的。1960 年要不是你的米，我娘和老家来的人，不全饿死了？我坐这个位置，有权没粮，怎么的也弄不饱肚子，饿得走路脚步飘。我娘去年过世，叮嘱我两件事，一是跟共产党走，不要犯错误；二是千万不能忘了救命的东津镇，要为东津镇多做好事。我不敢同娘说，粮食是你一队人私分的，怕她担心，只说东津公社粮食丰收，当地分配的。我娘可是个善良的好老百姓，这个好老百姓娘，是你黑面孔救的命。”朱得男说到这里，眼圈有点红。

吴黑男第一次见到朱书记这样的神情，端碗同他碰了个响，喝了一大口说：“凭良心说，东津镇算好的了，浙北逃来挖菜根剥树皮的，沿山守护山芋地的民兵，偷挖两个山芋，野地里睏个逃荒女，完事后的女人半个自己吃，一个半留给孩子们吃，想想也心酸。与背井离乡的比，不知强了多少倍，这也是你来东津镇开荒种地的成果，不然，人死木锹翻。”

“你说这话，不枉我提拔了你。这么多年过去，人好像一下子老了。我也快到限定的年龄了，临走，该安排的，安排安排，免得退下后东津镇没人送一粒米给我。当然，也不是死猫瞎狗都可上的，首先思想得端正，其次人品要好，眼睛不能长得歪。基层领导上传下达，上面的话要听，老百姓的事办好，总之，像你黑男这样的干部，遇灾荒年，老百姓不饿肚子，就是好干部，你同黑小佬一起把把关，一队的接班人得选好，这个是关键。"

"书记放心，本家一个侄子蛮牢靠的，眼睛看人不躲！"

"又是自家人？你怎么只生一个儿子？"

"我同黑猪一样地生六七个，你是不是让我把大队小队的位置都占了？"

"想得美，儿子多了，还能倒插门去别的大队呢，你这黑猪倒成牛了，公社也成了你家的。干了吧？吃饭哉，是新米饭吧？"

酒足饭饱，出门去的朱得男忽然想起似的说："这次不让你重船去空船回了，你叫黑小佬去县机关小河旁的边门，以前他去过的，使劲推进去，里面住着个冲洗管理厕所的老头，讲好了，摇两条船去，死里装。"

"两船全给一队？"

"同其他队不要说嘛。"

"两大船渡口一停，这么大的味，不吹东南风，也熏翻半个东津镇。"

"你不会开个现场会，表扬表扬你的黑儿子？举贤不避亲嘛，表扬他利用冬闲时间，自想办法，进城掏大粪，为今后的提拔来个敲缸渗水嘛，现成的好事，看你笨的。"

吴黑男晃晃悠悠地站在黑洞洞的石板街上笑，看着朱书记渐渐模糊的身影，笑着笑着，双腿一软坐下了，撑得一手凉滑，身体带斜躺了下去，石板街清凉可亲！

一轮圆月空中悄然，离地又近又大，吐纳着寒光，清亮的洁边渐渐为黑色所染，墨影渐渐地放大……谁家的阁楼响起了铜盆声，砸出一片恐慌，有人沙着嗓子喊："天狗吃月亮哉……"

三十四

　　御道上，南头村的瞎子敲石问路来了。

　　"十月风凉水变清，芦苇抽穗紫盈盈；寒露过后临霜降，一夜绒花如白云；二十阿哥手艺硬，聪明伶俐手脚勤；吃遍八乡四邻饭，难懂阿妹一颗心；芦苇花白为霜打，阿哥白头是伤心；梦中追妹不搭理，豆大泪珠落迷津；西津水往东津流，一去不返似妹心；不怪世事不怪人，只叹天水流不尽。"

　　瞎子唱的山歌，曲声哀哀，余音袅袅，半个东津镇都能听得到。他拐到西街，西街人家拉掉了唱革命歌曲的广播。瞎子的长音沙沙的，一字一句真真切切。广播里的歌声听在耳朵里，瞎子的小曲，唱到了人们的心里。

　　"瞎子瞎子，今天是个好日子，太阳早早地露了笑脸。五行里、篁村人家办喜事，老金忙了一个早市，上亲家公家吃喜酒去了。"大毛狗踢过条凳，让瞎子在案板前的大阳地里坐。

　　"金驼子说了，只要瞎子到，喝白水。"

　　"瞎赤佬，到底是喝白水还是白喝水？"一个双手捂茶壶的茶客说。

　　"喝白水与白喝水一个样，老瞎子自己带的茶叶。金驼子的茶叶有点碎，有点涩，喝进肚里有点苦，尿撒在菜地上，别说菜，草也不长，苦死的。我兄弟向阳坡上种的'吓煞人香'茶叶，不说明前茶，过了雨水的旺叶，一把一把摘来炒，一天下来手也香了，真是钻肺的香，舍不得汏手。"说着，从衣兜里掏出黄纸包，摸一把茶壶，嘴咬壶盖圆滴滴，茶叶慢慢地抖进壶中。

　　"瞎赤佬真正的小气鬼，茶叶从来不多一片。数过的，够他不浓不淡地泡一壶。"

"可不敢浪费呀，我个瞎眼人，吃明眼人摘的茶，已是罪过，再浪费，心里过不去的。你若想尝尝今年的雨前滋味，找把空壶，滤一泡给你吃吃。"

"别瞎装大方了，我们揩不明不白人的油水，也罪过。眼下农闲，去南头村找你的人多，怎么出来瞎跑？"

"别说了，我也不知道得罪了哪路神仙。上次县里开现场会，南头大队的书记吃了批评，记恨我，回来恶搞我，天天派民兵村口巡逻。外村人来，一见民兵背长枪，村口探个头，吓回去了。我没饭吃，想申请五保户，硬说我不符合条件。今天晚上回去没饭吃，我上书记家唱去，边唱边拿碗盛饭吃。"

"你去干部家中恶缠，小心把你抓起来批斗！"

"抓进去正好有人管饭。我也不用在金驼子这里讨水吃，吃半天，肚皮'咣咣'响，肠子汰得干干净净。回到家，三碗粥堵满窟窿眼，心里还是慌的。"

"瞎子，你屋里唱路上唱的，两爿嘴唇吧嗒吧嗒乱说，得罪的人不知多少个。前阵子听旺米的茶客说，你在御道上得罪了公社新来的副主任，可是真的？"

"我又没有得罪他，路上遇见了搭个话头讲讲张，乡下人嘛，说话像搓稻草绳，粗捻捻的，哪似街上女人扎鞋底的麻线细气。田里做活的人喜欢起哄，话赶话地往我身上推，欺侮人看不见，我眼睛糊涂心里清得很。他们巴不得我出点事，生出事了，个个鼓大田螺眼睛看笑话。"

"人不尽是这样的？恨你过得好，笑你穷光蛋，他们个个强壮人，累死累活的，不如个瞎眼人吃干尝腥，怎不窝气？"

"我眼瞎一对，苦命一生，无儿无女的，哪里还有个好？谁想换，我巴不得呢。"

"你看看这瞎子，眼瞎嘴倔，几句话就占人的便宜去。"

"父母生我一对糊涂眼，吃的亏大了去，还不让瞎眼下面的嘴巴多吃多说，补点回来？"

"多吃是你的福分。多说多唱，祸福说不清了。"

瞎子涨红了脸："那我跳下驳岸，淹死算哉。"

"冬季水浅，淹不死你的，只怕摔断老腿，用不着他们砸，你就没法出门瞎唱胡唱骗嘴骗吃了，你以为东津镇新来的人，同后山人一样的糯山芋软栗子的性子呀。"

"我东面投湖去，渡口做个瞎鬼，水面伸只绿毛手，摸来摸去地抓他们。"

大毛狗说："别死不死活不活的，要寻死，御道撬两块砆石绑身上，趁没人看见，扑通一声跳下石埠头，一沉沉到底，死得尽尽的，不用到处害人。老金清早撂下话了，不看僧面看佛面，今天是他篁村亲家公小儿子的好日子，上午搬嫁妆，下午迎亲，南街北街中市桥上过，不许你唱不吉祥的下作小调，不然，今后不管白水还是白喝，摸口袋掏钱，也不再伺候一滴水。"

一个茶客说："瞎子瞎子，别总唱冷曲，凄凉凉酸汪汪的，听得心里好不快活，唱唱喜气的，我们跟着听听喜音，沾沾喜气，不是各方讨好？待会搬嫁妆的行佮头路过茶馆，少不了喜糖喜烟的发发，大家会念你瞎子的好。"

瞎子粗着脖子争辩："'嗯嗯呀呀'的喜庆曲，我嘴里唱得出来，心里唱不出来。听金驼子的，今儿个只吃水，不哼曲，晚上留书记家门口唱。"

听镇上的老人说，瞎子生来一副好嗓子，喜的哀的甜的苦的，曲声拉得长长的细细的，他的罗家坞的表妹，月光地里，喜欢靠在他的肩头听长曲，音调调的，山坞坞荡回音，听得眼迷人痴。自打表妹远嫁太湖边，东津镇再没有人听他哼唱过喜曲。

大毛狗拍了一下瞎子的肩膀："这就对了嘛，老金说了，明天早市发喜糖，瞎兄嘛，请客一档糯米油汆团，封封瞎嘴。"说着，案下抽屉取出一个油纸包，拍在瞎子的手心。

"哦唷，罪过罪过。这档团子，不管金驼子花不花钱，总是心意。点心凉茶水烫，一口一口吃下去，也热烘烘的。"

茶馆里闹腾腾地说着话，南街御道方向，传来了"呼啪，砰啪"蹿天炮仗的响声。

"来哉，来哉……"

喊出这声音的，并不是茶馆中的一拨老茶客，而是候在中市桥桥塥的阿玉和吴水妹几个从东街过来看热闹的女子。她们听见爆竹声，一群麻雀样，只差原地跳来跳去的了；而亲眼看见桥南御道上点响爆竹的，是养猪场的毛老头和觉根两个。他们明明知道嫁妆队伍一会必经养猪场的，却耐不住性子，站在高高的台地上，忍不住伸脖子张望。

御道上慢慢走过来的搬嫁妆队伍，地方称为"搬行家"的，长溜溜的队伍，自打头起，莫不是两头粘贴了红纸的长竹竿和短扁担。抬四人轿子那么搬的、前后两个肩上杆压的、单个八条绳索挑的，一件件、一担担、一封封，件件簇新件件粘红；担的、抱的、拎的，不能说"扛"，东津镇旧俗：抱娘子、搬嫁妆，抬轿子，扛棺材，一字之差，意思正反两极。

这支搬嫁妆的队伍，是一群篁村的青壮年，从五行里村陈棺材家搬了嫁妆回篁村的。陈家这么多年扛出的，从来都是伤心之物，这次总算搬出了喜气。按事先商定的，炮仗炸响出村口，沿御道往北走，前行三四里，避开西津桥，途中拐进东津镇南街，上中市桥，过中市街，往西折回御道，一路行到北山湾村前，穿村西进，途经罗家坞山坞口，直抵篁村的王家。东津镇人喜庆结婚，西津里风光溜圈，有别于丧葬，南来北往，西津桥是不经过的。这条线路的安排，一按旧俗行进，二来，五行里村同一天，一娶二嫁三户人家办喜事，考虑到时间先后的重要性，五行里村的朱家、石家、陈家同篁村的王家事先商量了，同样沿西津里、半个东津镇兜一圈，搬嫁妆的队伍放炮仗为号，两支队伍自村东村西同时开拔，一左一右在西津里兜转。朱家与石家同村，本没多少步路可走，可是扁担才上肩头，立马落肩了，太草率了可不行。结婚图热闹，又不是二婚再醮，不能让人看着偷偷摸摸的样子，故也要出去兜个圈，风光风光，显摆显摆，同时也不能便宜了个个吃得油唇发亮的青壮乡邻。讲好了时辰，同时出村，路上相逢，喜事遇喜事，热热闹闹地擦身相过，彼此借主人家的香烟做个人情，抽支烟，说说吉祥话。倘若同时一个方向出村，谁走头里？谁也不愿落后面呀，头等风水谁不抢？两支搬嫁妆队伍还不抢翻了天？半路上扁担相向也是有的。

篁村王家的"搬行家"队伍一路过来，炮仗响过后，由御道拐上南街。走在最前的一个，双手捧着一大盆焦糖糕团，正中贴个大红囍字。小铜锣似的一盆大团，不到主家，没摆上厅堂的大条案前，是不能落地沾尘的。什么意思没人知道，这是祖宗传下的规矩，且有资格手捧这一盆的，必是家中老婆生养男孩的青壮小伙。

长队伍由御道溜下南街，远远地，正同养猪场的台地形成了极佳的可点可数的视角。抱大团盆的下去了，第二是个手捧红纸束腰"万年青"的小男孩。接下来有点夸张了，也是家中生养有男孩的两个青壮小伙，胳膊粗的长毛竹扎的彩绸，吊了个大红的带盖子孙桶，红灯笼似的晃来晃去，故作沉重实则轻松地走路。子孙桶后面，头包碎花巾、身穿杏绿色对襟衣，纽扣上别了红头绳蝴蝶结的许大媒，扭臀别腰地走路，搽了一脸的雪花膏，头上抹的松发油养猪场都能闻到。她的胳膊夸张地挥动着，这个手快、脚快、嘴快的媒婆，毛老头和觉根熟悉的。她的身后是拎盖桶的两姑娘，红布裹、囍字贴的，桶红脸也红。担挑婚床红绿鸳鸯被、婴幼儿睡床小锦被的，一路走一路掏摸被中的红鸡蛋、红枣、长生果和各式喜糖。搬"十八条腿"橱柜的，皆是四人肩，左右两支长竹"咯吱咯吱"地响，一路哼哼声不断，亮额尽是油汗。嫁妆里，红的还有红皮箱，香的还有樟木箱；一应的厨房用具，杯盏碗筷、锅盆杓勺、铜锡器具乃至日常的洗涮用具，莫不应有尽有，尽贴大红纸。四肩的，双肩的，一人两头八股绳索的，莫不为养猪场的两个看得明明白白，心里数点得清清楚楚。毛老头张大了嘴，一丝唾液挂到了地上；觉根一脸的懊恼，眼里尽是失意。

当然，看得开心的大有人在，除了抢食嘴唇上粘支香烟的行信头和故意于人丛处抛洒彩衣香糖、花生红枣的孩童外，还有一群东街的轧闹猛女子，"叽叽喳喳"的尽是兴奋的短语。

"来哉……来哉……"激动的话语声中，莫不是惊叹、羡慕的眼光，在红黄蓝绿里扫来扫去。

阿玉的嘴，抿紧了一线笑意，她甜甜地笑在了心里。前几天，她同黄狗送姑姑做的豆渣菜饼去吴水妹家，水妹正同王麻子、吴吊眼家的女人闲聊，说是农忙后，今冬举办第一桩婚事的五行里人家，结婚搬嫁妆，将按老习俗经过中市桥，到时，东梢的约了拦中市桥去，抢糖果、枣子和长生果吃，她央求水妹几个一起带她看热闹。

趿着一团蒲草的水妹笑了："阿玉动凡心哉。以前肚皮吃不饱，谁也没这个闲心思，现在有饱饭油水吃，老法头的规矩又回来了，难得遇件喜庆事，能不带你去吗？后天'六上'市日不出工，你吃过早饭来，我也换双合脚的蒲草鞋，多抢几块软硬糖，给小小黑解馋。"

今天早饭后，阿玉同黄狗来了。阿玉随同吴水妹几个到了中市桥，黄狗回了仓库。

"阿玉，你怎么呆着不抢？我家小小黑的嘴可馋着呢。"

阿玉伸手接到了一块软糖，才塞进口袋，又一大把彩衣糖粒粉蝶般地向她飞来，下意识地张手一接，身上衣上地抓了一大把。她的心怦怦地跳，像做了亏心事似的，脸有点儿烧。

"你个行馆头老往漂亮面孔那儿抛糖果? 势利眼，再抛。"有人不满地嚷嚷。

"你也生副标致面孔，别说喜糖，红喜蛋直朝你粉嫩嫩的脸上扔。"

"油腻腻的哈巴狗，你得罪我们了，不多抛几把糖，我们拽住'十八条腿'，别想翻过桥去。"

"看好了，来哉……"行馆头抡胳膊，在空中划了个潇洒的弧，一把把地洒出红绿金黄……

阿玉把抢的糖给了水妹，自己留几颗，回去同姑姑甜甜地各尝一颗，还有两颗给觉根和毛老头，吊吊两个白天忙喂猪、晚上想成好事的人的胃口。

"阿玉，你自己留点，让六姑也尝尝。"

阿玉袋里掏了，摊于掌心，汗湿湿的四颗。

"那个行馆头专看嫩面孔抛的，阿玉在了，我们没戏唱，掉地上的，全让钻裤裆的小赤佬抢了。"

"你们没戏我有戏，阿玉抢了给我的小小黑甜嘴了。"吴水妹笑得夹出了喜泪，攥了阿玉的胳膊便走。

三十五

清清的"咿哑"声中，木船溜进了东津湖沉沉的昏梦。

昨天晌午，趿着蒲草鞋的吴水妹拉了阿玉的手离开中市桥，路上对阿玉说，明天带你城里去开开眼界，并讲好了半夜解缆摇船。阿玉又惊又喜，惊的是，自打来了东津庵，从没有坐船穿越过东津湖，船儿晃晃悠悠地，晃进了水怎么办？喜的是，可以进城看热闹了。一队的男社员，特别是王麻子、吴吊眼几个，每每摇船进城，回来后，莫不唾沫四溅地讲城市的惊奇。他们说，城市是一条条绕来绕去的水道和建石驳岸上的老房子，是十个、一百个或者更多的东津镇。一担担地挑来，横七竖八傍在一起的样子，东津镇二座桥，城里百座桥。百座桥的城市是怎样的呢？城里人穿什么衣服？年轻姑娘的头上有没有蓝布头巾？这是阿玉想起城市便会想到的问题。

夜半，半夜没睡的姑姑和黄狗上了渡口，看吴水妹搀着阿玉的胳膊，走跳板上船。高低眼睛的注目下，阿玉的心跳得自己都能听到，就像东津湖里的罱泥人，"嗵"一声"嗵"一声的，把薄铁皮挖泥畚斗抛入水中去，溅出水花和声音。

船儿向湖心滑去了，黄狗呜呜两声没了动静，身子靠在弧形船舱的阿玉，心荡了好久才落舱，同吴水妹脚对脚地靠着。木橹的"吱嘎"声中，身体荡过来荡过去，听起泡的响水耳际流过。

木船是生产的农用船，天天开门天天见。往日，船儿离得这么近，又仿佛十分遥远，遥远得好像从不同她沾边似的，静静地泊在渡口北侧的浅水芦荻里。装载货物时，队里的社员解了柳树桩的缆绳，竹篙勾住船头外弦，引至湖埠头，上人装物。

对于身处湖泽水网的东津人来说，船儿是生命之舟。上城交公粮、装垃圾，东津湖里罱河泥、割芦苇、远近装物卸货，不拘集体运载，还是私人驳送，吃的用的，一应由舟楫代力。阿玉或远或近地看，从不上船，今儿踩踏晃荡上，腿脚自是绵软，提不上劲、使不出力。她不似吴水妹自小在东津湖的堤岸边长大，"扑通扑通"地划水游泳。她从未让东津湖水淹过自己的膝盖，几次湖埠头洗衣，真有机会一浸自己的膝盖了，姑姑同阿黄却不愿意，驳回了她一试深浅的想法。常说住湖边的人，都见水爱近水亲的，近来，却为一梦所扰，对一淼波水反而生出了些许惊悸。

摇船的王麻子同吴吊眼两家，男人对男人、女人对女人的，能说事，也能吵嘴，常会声高调低地呱啦几句，少不了面红耳赤。这几户近邻，遇着大事一致对外，太平光景，喜欢吵个小嘴打发日子。这些，阿玉不明白，黑小佬是清楚的，他坐在船艄一闪一灭地抽烟，听见后面一条船的橹声"吱嘎"，那条船上的摇橹人，是准备接他班的、名叫吴水根的堂弟，还有会计和农技员，轮番地摇橹扭绷绳，王麻子同吴吊眼家的婆娘也赶那条船上去了，省得他们夫妻档骂来骂去地烦人。

"黑小佬，说个笑话儿，让船舱里斜倒的两个笑笑醒。"扭橹绳的王麻子说。他手中的橹绳粗壮，粗粝的手，套得肥肥一把；水上船户的扭橹绳，手握处必裹厚软之物，拳不用攥太紧，手指节舒展，能防虎口磨蹭开裂。

"说啥笑话？你自己睏了，想花头，粗话是不允许讲的。你的绷绳扭扭紧，别像见了城里女人的裤腰带一样，松垮垮的。"换下吴吊眼的黑小佬前后腿略岔，弓身马步，手腕把住橹脊，一推一扳，身体前倾后仰，左脚钉舱板不动半寸，右脚随船儿一踏一荡地，一步进一步退。

吴吊眼说："隔不了多久，麻子的清水鼻涕哈喇子该落下来了。"

王麻子说："吊眼，别把我看得一颗糖不值，一会你来扭扭？看谁扭得橹绳紧？黑小佬的手腕子清楚的。"

吴吊眼说："我不同你比蛮力，你昨天一下午一黄昏嚼那么多糖进肚，养了一身力。你老婆的手毛爪爪的，中市桥塊抢了一大捧香糖，不掏几颗甜甜嘴，半夜显摆馋痨我们，可见是个吃独食的贼。我手软脚飘，出门忘记吃碗红糖水养精神了。"

"好哉好哉，讲话别豁边，下巴托托牢，说起吃糖，我也吃一颗醒醒神。"黑小佬说着，单手持橹拉推，腾出一手剥糖衣。

"这几户办事的比起来，还是陈棺材家的'小白兔'奶糖好吃。"

"陈棺材的女儿提了要求的，篁村人没办法，同阿三讲了，金驼子托他兄弟从城里弄回来的。供销社的主任，什么稀罕物弄不到？路子多，脚膀粗，公社的湖羊鼻子书记，也不小看他的。"

"不说糖，两家的嫁妆，路道差得也远。陈棺材真下棺材本，大物硬件不止'十八条腿'了，连同一套大上海'蝴蝶'牌缝纫机的八条腿，足足二十六条腿了。"

"二十六条腿？不便宜死了许大嘴？"

"媒婆多吃几条腿，毕竟是小腿。大腿才值钱呢。"

"难怪瞅得养猪场的觉根懊了头，一肚皮的气。毛老头的哈喇子也挂到了地上，搬嫁妆的路过养猪场的台地，吓得反而不看了，香烟不抽喜糖不讨，老的猪圈散稻草，小的坐黑灶口生闷气。"

"茶馆里添油加醋乱说的，哪有这么多哈喇子挂地上的？不知道的人，以为养猪场配种的雄猪吐白沫呢。看得懵掉倒是真的，这么多的嫁妆，要花多少钱置办？他们和尚出生，大小光棍，哪知道乡间娶媳妇、倒插门的难处？以为举个屁股能上门，世上哪有这么便宜的事情的？"

"你们男人的下巴不牢靠，讲好不说粗的，几句下来，好话说成坏话。"

"吴吊眼当着阿玉面，比他家的花猫斯文多了。"

"阿玉阿玉，你怎么不说说话？不晕船吧。"

"不晕船，胸口有点堵。"

"水妹，边上放个桶。"

"半夜起西北风了，一阵紧一阵的，船有点旋，马上进小河了，会平稳些。"

约莫大半个时辰，船儿在一座穹顶石桥边的河埠头拢岸了。黑暗里，抛绳系旧石，黑小佬、王麻子、吴吊眼同另一船上的三人，六担儿在肩，夜贼般，屁也不敢放一个地摸上岸去，消失在一盏黄灯的弄堂口。约摸一支烟的工夫，六副空担儿回来了，留在船上的女人们，早在船舱板上堆出涨鼓鼓的米袋儿。六个精壮汉子又装了绳担，跳板"吱吱"响地踏上岸。一支长烟一个来回，男的闷头闷脑地挑，女的一声不吭地搬，没到一个时辰，船舱清空，最后回来的黑小佬，抱了一大团热气上船，掀开黄纸，皆是白软甜香的馒头和黄挺焦脆的油条。王麻子急抓一根油条，一塞一咬，半根油条嘴外翘，半根油条口中嚼，两腮鼓鼓的。吴水妹骂道："你个馋痨胚，饿急得像阿玉家的阿黄一样，还没分好呢。"

王麻子手把橹儿，张嘴说话，只发出"唔唔"声，狠狠地咽一口，嘴外的还在，一手塞了，又狠一通大嚼。吴水妹说："哦什么哦，你又不是毛老头、觉根养的猪猡猡？"王麻子嘴里吃着，脚在船上，眼在岸上，慢慢地让船磕碰声中沿石驳岸前滑，狠咽一口，喘出口气："油条软了不好吃。"后面船上吴吊眼家的骂道："王麻子，你个独食猫，想独吞还是怎么的？急赤赤地撑开船，夜里伺候你的也不管不顾了？小心肉馒头噎住你的雌鸡喉咙。"王麻子说："黑小佬说的，马上到地方了，饿不死你的，你男人在这船上，真要饿晕了，让你男人嚼烂了，嘴对嘴地喂你吃。"吴吊眼骂道："你个麻杆贼只顾昏说乱话，摇橹不把方向的，船头知道疼的话，早磕成鹅头了，集体财产不心疼的？"

船橹如同鱼尾甩水，具有推船把方向的双重功能。王麻子边吃边摇船地，船头打斜，偏左偏右都是石驳岸上的"嘭嘭"声。他也不管，只管张嘴大吃，说话的当口，又弯腰拎个大馒头，大嘴一张，半个进了嘴，恰好船只两舷流水不均，前磕后碰地顿住了。黑小佬几步抢船头，竹篙只一点，勾住了压岸长石，船儿拙拙地依傍上去，后艄的王麻子侧橹轻划，船只头艄同时贴住了黄石墙。吴吊眼抛绳在岸，手脚并用地爬，系前又系后的，两条农船，船头抵船梢地系定。

陈石墙夹一水的窄巷，晨曦熹微里描一条不明朗的幽线……不远处传来枕河人家"啪儿"的泼水声，告诉星夜摇船溜进河道的乡下人，这座昏闷了一夜的古城正渐渐醒来。城市的灯火隐去，天空似窄，淡淡的葱油香中，作蛋青色。

阿玉素口，油条不敢吃，怕炸油条的菜籽油兑入猪油。她打开蒲包，取出一个带盖的小陶罐，罐中煎得香香的糍饭糕，两指拈出一块给水妹，水妹摇摇头，正馒头作饭油条当菜，一口软一口脆地嚼。再看两条船上的其他人，船梢头或蹲或坐的，左手馒头，右手油条，一边一口地大吃。阿玉咬了一口凉饭团，上下唇油光初亮。

阿玉的粢饭饼是夜来煎的。煎饼时，姑姑自个儿说着话："不荤不肉，不葱不蒜，香味照样飘到西津里，毛老头闻了，馋得哈喇子滴到脚板上。"

西津里的毛老头有没有闻到油煎饭香，是不是口水涎涎的，阿玉没有看到，就像毛老头不知道姑姑听到猪嚎声、陶罐中丢一颗颗豆子一样。阿玉不明白的是，姑姑做什么事总爱牵涉西津里的两个，独独同他们过不去似的。和尚尼姑本一家，东庵西寺不往来，各管民间的生和死，有一个生，便有一个死，谁也多吃多占不了，生意均衡。新政府来了，一起扒的庵堂庙宇，一起还的俗；一个管仓库轰麻雀，一个拉饲料养猪。东津湖西津里，东津镇的房屋，数这两处隔得最远了，除了一水相连、猪嚎声可闻外，平时接触，仅仅觉根上一、二队的晒谷场拉饲料了。姑姑却怪，平日提起毛老头常撇嘴，可有好吃的，也让觉根带回养猪场去，又好又坏地，让人搞不清楚。外人知道了，肯定会说姑姑是个清奇古怪的瘦老太。

"六姑的手精巧灵光，简单的米食，捏弄捏弄，便是脆脆的、香香的、糯糯的甜食。"吴水妹看到阿玉两唇油光光的，抵不住诱惑，尝了半块油煎粢饭饼，一边吃一边夸，话说得饼一样的香。

"死吃活吃的，吃闷的鸡，肚里尽是些黄澄澄的板油，下不了蛋。"黑小佬嘀咕了一声，咳一声水巷里啐，吴水妹差一点噎住，嘴里停止了嚼动，两眼白多黑少地瞪着黑小佬，黑小佬只当没看见，高声喊道：

"吃好了没有？吃好了把东西归后艄舱去，装货时别溅得一头面。"

阿玉说："怎么不去看城？还要装啥货？"

吴水妹说："乡下人进城来，孙猴子钻进妖怪的肠子，出肠子来，满眼花花绿绿的世界，黑小佬不让人看城里人，说城里的白面书生、束腰美人个个像狐狸妖怪，迷眼蒙人心的，时间长了，保不准生出事来。待会装满两船黄宝贝，早点儿回去，在东津渡的清水埠头洗把脸，醒醒脑子，也算进城了，为什么要这样呢？因为他知道自己这个小队长几斤几两，爬上岸去，怕城里人把他当黑鱼精打。"

"黑小佬兼了大队的民兵营长，脾气也随了涨水船了。"

"臭男人都这样的，阿玉妹子要嫁个好男人，嫩嫩的手，斯斯文文的，不似城市人一样，脸白得像是假的，又不找黑小佬那样黑脸黑心黑肺的，嫂子给你找一个识字人。可别让五行里村的许大媒说，那张瘪嘴，东面山西面水的，一百句闲话没一句真的，嘴里的话像西津桥下的水，'哗啦啦'地淌，没个关拦，上半句在西津里，下半句流到东津湖了，变化太大，脑子跟不上。"

"阿嫂又说笑我，姑姑说了，我还小。"

"我在你那个年龄，早被黑小佬三下五去二的，有了小小黑了。"

"嫂子，我们不说这个，这是不上岸，摇回去吧。"

"怎么不上岸？好不容易钻进妖怪的肠子，不能空手回去，不能趟趟重船来空船回，吃亏的总是乡下人。人情也是有来有往的，这一趟装不回本，手指头叉叉开，多少抠点挖点抓挠点回去，人不吃田吃，一会让你大开眼界，看看农民伯伯当作宝，城里人最嫌弃最不想让人看的东西。"

三十六

吴水妹吩咐阿玉在驳岸的大石上坐了，船头缆绳交于阿玉手中："船一会吃重了，放点儿缆绳，驳岸边尖石木桩多，船要是吃重搁浅了，船底会戳洞，慢慢地松绳，船晃悠晃悠地河浜中间去，别一下松过头，缆绳不紧绷，船晃得厉害，人踩跳板软，挑担走不稳。"边说边用长柄勺往大小舱沿泼水。黑小佬急了："沾沾湿好了，那么多水不压舱？"话未说完，王麻子长脚伶仃地挑了满满的两大桶黄物，拧着眉头，从小门洞中钻出来了，扁担头"吱嘎吱嘎"地响，嘴里忿然："城里人吃鱼吃肉油水足，上好的鱼气泡嫌腥不吃，扔茅坑了。"吴吊眼围墙内说："王麻子，你个乡下佬眼界，这是城里人干活套手指上的，装裤子兜里，厕所上擦屁股，不小心滑落的。"阿玉见了重重的黄物出门来，喊道："水妹阿嫂，这东西也能两手抓挠呀？"

走上石驳岸的王麻子，肩头斜担了，长跳板上一脚一顿，随蹦动的节奏迈小步，到船舱边，两手抓桶上竹环，侧桶一扣，闷闷的一声，桶中物顺水印子滑进船舱，一巷气味熏昏了城市的天空。浓味里，他的扁担头勾桶上竹环，抢步上岸钻门洞，空桶差点撞了黑小佬担着的前桶，黑小佬急了："看清了，别撞个一头一脸。尽量掏干的，不要稀的，桶中稀了，沥掉点水，宁干勿稀。"王麻子围墙内甩话："这水不也是酿酒一样酿出来的'营养'水？哪能没一点湿的？你自己不也天天先湿后干的？"他的闷着嘴的老婆骂道："你腿长舌头也长？这事也抬扛？黑小佬关照做啥就做啥，装水回去有啥用？装了干的，最后的洗舱水也比你叉腿尿出来的肥。"

"哎，这位女同志识货，老老远地跑来，晃荡晃荡地装两船水回去，用倒是有用的，兑一半水浇菜，青菜萝卜'轰轰'地往上长。但终究不如干的好，一船干的，抵十船湿的，这同喝粥汤和吃干饭一样的道理。两大船摇到乡下，一桶兑十桶水，一年的肥料了。"专管厕所的五十岁老头嗡声嗡气地说。他也挽裤撸袖的，帮着桶中装干货。刚才黑小佬敲开小门时，送了他十斤新米，三斤糯米粉，喜得他连声称谢，一起帮着大干了起来。

"领导吩咐了，知道东津公社来船，老老远，过大水面的，进城一趟不容易，快半月没出货了，平日清理，我先用木板推干净，再挑两桶水冲冲，水多了，稀稀的掏不上来。"

吴水妹三妇人和清洁工负责装桶，掏上一大勺，沥干水，"扑通扑通"地桶里装。呛人眼鼻的重味中，六个男人同时往两船上挑，一个时辰下来，两船舷口离水近了。会计说："今天北风紧，运河水急，东津湖浪大，差不多哉。"黑小佬站在驳岸上看看两船，伸开手比划一下，又钻回门洞去，探头往大池子里看，神色有些不舍。厕所负责人笑着说："两条船怎么装得了？才不到一半。明年再来，大风大浪，安全第一位。"

黑小佬说："一条船上五个人，也是好几担的重量，每人再挑一担洗桶。"

吴水妹嗔道："我们不如这几担了？要不我们走回家去，同阿玉顺便轧轧城里的闹猛，两船儿一条绳子拴了，你一个人撑回家去。"

"别说笑话了，一个人撑两条船回东津镇，黑小佬船上吃年夜饭了。"

"下半年一队成了无头队，晚出工早收工，挣省力工分哉。"

"黑小佬不回来，保根家的要哭了。"

"为啥？"

"大白腿白捏了哇。"

几个人说笑着，手抓竹环，木桶儿浸水，一半水一半浮地转圈涮洗，负责人送了两条肥皂出来，千恩万谢地掩了小门。

王麻子放鼻子底下嗅嗅："这宝贝城里也凭券的，回去切十份。"

吴水妹说："你倒是乖，十份占两份？按家分七份。"

"不白来一个了？"

"不挣工分的？"

"帮帮忙，这工分挣的，一路熏回去，躲都躲不了，回家十天准没好气出，不过看阿玉面上，分七份了。"

水巷狭浅，船重水涨，船向前，浊水哗哗地向后急流。渐渐靠近的河埠头上，洗衣淘米涮洗锅碗的女人们纷纷抢着上岸。

"哦唷唷……要死快哉，乡下人两大船又来哉……快点关窗，别熏得屋里向昏天世界。"

"还不都是你们的？要不要拿回去？"王麻子脸色猪肝般地涨着，气愤愤地哼。阿玉心里想的同王麻子说的一个意思，话为王麻子所说，脸红的却是自己。

"阿玉阿玉，今天开了眼界了吧？"吴水妹说。

王麻子说："当然开眼界啦，这么多的货，肯定第一次见到。不过，说真心话，城里没啥好看的，瓦是黑的，其他一抹色的黄：船上装的是黄的，人家点的灯是黄的，石驳岸是黄的，小河浜泛的水也是黄的。黄的多，白的少，只有大白天和人家搁在后院矮墙上的大白菜是白的。"

"王麻子说死话哉，城里好玩好吃的东西多着呢，闻来闻去的肉香蛋糕香，一个个漂亮女人的标致面孔，看十天不重样的。"

"你吴吊眼懂什么？街上走，贴身衣袋里不装个十块八块钱，夹尾巴狗一样地这边闻闻，那边嗅嗅，还不是个遭人嫌的死人？阿玉，别听吊眼瞎说，乡下人进来，挤人多的地方，人哄地一声走散了，今天这身衣服又溅又熏的，往街上叉腰一站，不用金驼子婆娘样的瞪眼珠骂，确保人人见你怕，没一个敢同你打架。"

说笑声中，河面逐渐宽阔，已至运河的河湾，一个水浪"噗"一声打上船来，王麻子由船舷唰唰几步抢至船头，弓步猴腰地手操长竹篙，任船头晃荡，双脚像是粘着舱板似的，一动不动，极有一夫当关的气概。船艄摇橹扭绷的，不再长划水，紧橹快摇，橹声咿哑咿哑似吵嘴，船头船梢上的人个个神色凝重，两眼皆盯着河面，让船头压住一个个吐沫的水浪。

远远的，一条"啪啪啪"吐着黑烟的出殡船，不顾死活地快速驶来……

"大吉大利哉……"王麻子由北风里唱歌般大喊。

地方虽小，所传风俗不少，路遇疯颠之人和殡葬之事皆大吉。不过，王麻子的长调传到阿玉的耳朵里，怎么着也是个哭腔。一旁的吴水妹则笑道："王麻子的裤裆湿哉。"

深陷波浪的丧葬船，船头顶出的浪花是白的，船上更是一片白色，一大群男女白衣白帽地背着船舷而坐，在一阵阵吹打声中，捏鼻子抹眼睛，哭出的声音也白哀哀的，一具暗红色的棺材，头大尾小、硬挺挺地搁在白色的船舱中央……

丧葬船拖音带水地从农船前掀浪而过，打出滔滔飞沫。

王麻子用尽力气喊道："大吉大利啊……"

农船叩头跪拜似的，高高掀起，又沉沉地落下，船上几个的心蹿到了喉咙口，直到船儿斜进小河了，才缓缓地落了下来。

长橹又悠悠地甩起了水，"咿咿"地唱着船歌，扭橹绳的吴吊眼说："王麻子，小心裤裆捂出痱子来。"

吴水妹呛道："你个吊眼，眼皮吊了仍是不张眼，一空下来就乱嚼。"

船头拨开小河的猫须，稳稳地吃水向前。水面风轻，船舱味宽，一船人皱额蹙眉的，甩不掉的熏蒸，人人似换了一副嗓子，鼻子打塞，说话嗡声嗡气的。阿玉回头看惊心动魄里的运河——此时南去的，高高的船帆下落三分，桑丛旁枯草萋萋的千年堤岸，斜身拉纤的七八个，踩一条白线，"吭哧吭哧"地吃风北上。身体斜向河岸而不倒伏，他们身后的凌空长绳，辛酸牵引着希望。这一幕，阿玉从来没有见到过。

河巷窄，堤岸高，船儿长橹划水，徐缓前行。半个时辰后，风渐急，慢慢地似刀割。芦荻摇曳，残存的青叶齐刷刷地剑指东南，东津湖已是白浪滔滔，似一头口吐白沫的怪兽，船儿摇摇晃晃地进入，恶浪立马扑船，"扑通扑通"地唬人。

"黑小佬，浪头开花了哇……"王麻子又是一副哭腔。

东津湖无风粼粼波，微风轻轻浪，有风三尺浪，七级大风浪开花。冬天的西北风，一旦起风，不吹三天三夜停不下来。黑小佬的脸更黑了，他估摸着浪打船头的高度，大喊道："王麻子，拦跳板。"

王麻子"哐啷"一声丢竹篙。进入茫茫里，长篙已无用。他一屁股坐在湿淋淋的船头，抽过长跳板，双手抱住，横拦身前，白浪有序地扑击，打在一尺余高的跳板上，带着气泡的水，不甘心地顺船头舱板的两侧流走。跳板挡了浪花，也抵了呼呼响的风，吃浪顶风的船儿更加缓慢，黑小佬同吴吊眼一起把持着橹柄，吴水妹一边急扭绷绳，一边安慰急得手脚不知放何处的阿玉："别急，木船沉不了的。最坏的结果是，你待在船上，我们几个去水中推船，顶多呛几口醒醾水。"吴吊眼也安慰说："大不了我先跳水，减轻船的重量，东津镇的男人，别的本领没有，游泳是一流的。"吴水妹说："要说游水，你不定比我本领好，我们旺米村人，脚长得像鸭蹼，天生的水鸭子。"

"原来你是四趾水怪呀？我还以为你是专降黑小佬的六指山妖呢，看来这船沉不了。"

黑小佬说："你们两个不说好话的猪脑子，什么翻啦沉啊的，尽说昏沌沌的话。"

吴水妹笑道："黑小佬，你个小队长兼民兵营长相信迷信啊，觉悟不如我们社员高。我们又不是船上的渔民，说话不能带个沉字，吃鱼不能翻过来，田里人怕啥的？东津湖再大，清水浑水淹不没岸上田，阿玉放心坐着，你家的外婆墩，比田高出一条大船去，轮不到我们怕。"

"橹太重了，黑小佬，王麻子挡了水，招牌一样地挡了风，船吃紧，摇三橹不如平常的一橹，要不要我跳水里去，船身抬起点，让王麻子摇船？"

"你一个人有多重的分量？五脏废物一担多点，减重量，不会把舱中的臽湖中喂鱼呀？"

吴吊眼说："哎……怎么把这个办法忘了？又不是啥丢不得的黄金财宝，急没了主意，昏了头。"

吴水妹说："不是忘了，平时的一泡都是憋回家的，舍不得是真？"

"几百担，兑十倍水，足够冬麦施肥的了，明年多收三五千斤也是有的。"

"你们别讲张了，快点儿摇，我的身体听话，牙齿不听话，待会手脚掐一把不知道疼，身体也不听话了，跳板都抱不住。"船头上的王麻子喊，"好不容易摇到这儿了，这可是一队老老小小积几年的货，若轻易喂了鱼，上岸后不后悔得跺脚拍屁股呀？城里人的便宜，不是年年能捞的，干的稀的，哪有这样的好机会？"

北风吹响了恶意的哨音，挟裹水浪一个个地扑来，后浪更比前浪高。黑小佬的脸，涂抹了灶膛灰，他同吴吊眼两人，身体弓如虾米，犹似紧绷着的弓弦，随时准备弹射出去的样子。吴水妹侧转身体，双手紧握橹绳，推拉之力远超拉弓，木橹还未到位，她又强推出去，身体不像扭绳，像是在绷绳上弹来弹去。三人忽前忽后地仰动身体，六只脚硬是牢牢地钉着不动，大颗的汗珠滴湿了舱板。

船在簇拥的白沫里进一浪退半浪地前去。阿玉向后望去，后船紧盯着前船，船头差不多挡前橹的划动了，黑小佬的名叫吴水根的堂弟，盘坐船头，双膝顶住长跳板，身体前趴，长臂护压，眼睛似是盯着前船急划的木橹。一个大浪扑上船头，飞溅的水花泼了一头一脸，他甩甩头颅，眼睛闭着，嘴唇是青紫的……阿玉再扭头看船头浪花泡沫中的王麻子，后背掌心大的一片衣服还是干的，风吹湿衣向后扯，听不见衣袂飘飘声。

　　"他的嘴唇一定青紫的。"阿玉心里这么想。嘴里对着白沫吞吐的湖面，"哇"地大叫了一声。

　　"阿玉，别怕……"吴水妹风中大喊。

　　船儿半夜过东津湖，穿越运河，黑糊糊的看不清，除了耳边响的水声，阿玉心中怵着的，便是一个长久的梦。眼下过了水流湍急的运河，又面对恶魔般的东津湖，她从心底发出了一声喊。

　　"我不怕。"阿玉的的回答怯声怯气的。

　　"阿玉开了眼界，撑大胆哉。"吴水妹笑了，任汗珠腮帮滑落。

　　阿玉晃晃地站起来身，抹了下吴水妹的脸，吴水妹急了："快坐下，别悠着了。"

　　风急浪高，原本一个时辰斜穿的东津湖，足足两个时辰了，才看见了晒谷场一高一低两个黑点。黑点渐渐地放大，看得清六姑和黄狗时，风不再肆虐，黄狗一声高一声低地叫了起来。吴吊眼弃了橹把，扭着橹绳随黑小佬用长橹划水。船头的王麻子仍瘫坐湿水，口齿不清地说："黑小佬，今天瘦掉了两斤肉，你还不弄两猪头、两副肠肺补补？"吴吊眼说："你还有胃口吃呀？"王麻子说："怎么吃不下？我不似你一路地呛味道，我吃的尽是毛湖水，肚皮里空落落的，要是面前摆一盘酱猪头，一口能晴下半个来。"黑小佬说："王麻子胃口好，我也吃不下，现在里外通了气，吸进呼出的一个样，怎么吃出个香甜？"吴水妹瞟了一眼黑小佬："你们几个男人，吃水也不让人吃个省心。"

　　吴吊眼说："到家了还要在船上吃水？"说完，松了橹绳，从船舱的木桶中撩出一手个个透明的薄袋儿，在水中漂洗。

　　黑小佬说："吴吊眼，你洗什么呢？恶行恶状的捡这东西。"

　　"这些橡皮套紧紧的，还是新的，洗净晾干水，滴儿滴菜籽油，滑溜溜的，明年春里套指头拔秧用。"

种田人谚语，春秧叶似锉，秧的茎叶毛糙，拔秧人的手指长时间水泡叶锉的，十指泛白后又红肿，疼痛异常，严重的还会裂开口子，影响秧苗的栽插。吴吊眼瞄上的这些薄胶套，他不知道是什么原因扔进大池子的，挑两桶上船时，顺便捡拾了一些，在洗涮木桶时悄悄地洗了。这会用清水甩洗，准备拿回家去，来年套在手指上，一试功效。

"就你脑子好，这么恶心的东西也当宝。"黑小佬勾着腿，晾着套子的船舷，脚底搓了几个来回，一不小心锉进了湖中。吴吊眼伸手去撩，他偏划一橹，船梢急速地向湖埠头靠去。

"黑小佬，我辛辛苦苦汰两次了，船舱里有的是。要是挑到田里去，谁见了都会捡的。"

"回家吃晚饭，你端饭碗出来吃，我再讲给你听，这东西要不要套你的手指头上去。"

船头传来"喀喀"响的竹篙点石声，黑小佬手中木橹补削水面，船头船尾同时拢上了渡口的长石。阿玉想跳上岸，不料船一晃，腿一软，又坐了回来，吴水妹搀了她一胳膊，半拖半拉地上了岸。

脚踏到地上，阿玉猛觉得土地硬脚，天地旋转，西山打横、北山湾成了南山坳，东津镇黑压压地翻转而来，东津湖似倒扣的样子，外婆墩也旋向西边去了……整个世界都在翻转塌陷。她半坐半跌，"哇"地一声吐了。吴水妹拍她的后背："好哉好哉，吐出来就好哉。"

果真，阿玉用王麻子家递来的凉水漱了口，抹了脸，人一激灵，山不转了，脚下土地的硬脚感也消失了。

"王麻子家的，你哪里舀水给阿玉漱口的呀？"

"怎么了？船上的又没漏到湖中去，渡口的水清着呢。"

阿玉看看王麻子家的女人，又看看渡口打斜的两条木船，载沉载浮地晃着巨味，一捂嘴，逃一般地往仓库去了。代六姑前来迎接的黄狗跳前跳后地跟着。

吴水妹在身后喊："阿玉，你的蒲包粢饭罐……"

三十七

五更天的头时，六姑照例在西津里的猪叫声中醒来，天气干冷，猪叫声也比刚刚过去的、秋天重雾里的声音更加尖细。她往罐中丢了三颗豆子，默默地念了三声"阿弥陀佛"，便架柴烧水。两个还俗女，日子虽清贫，又一口的长素，她同阿玉仍有三不喝：西津里流下来的水不喝，生水不喝，别人杯碗里的水不喝。平时的吃用洗涮之水，皆从仓库前、东南方位的水井里打来。素食的她，喜欢喝新鲜水，水缸中阿玉担的隔夜水，是专供洗涮用的。她们的一日三餐和解渴之水，皆从井台现汲而来，一桶提不起，打半桶。别人双手轮替着往上提，她只能提上半桶水。桶提上来了，她会望着东津湖南岸的浙北方向，乐开瘪嘴一笑。

井中打水的事，阿玉同她急过几回了。每天阿玉总把水缸担得满满的，而她仍旧我行我素，给两个生产队烧的姜茶水，都是她当天半桶半桶、颤悠悠地拉上井台的。

烧开了水，灌满三个竹壳热水瓶，便盛上半碗米，用一勺清水洗净了，在锅中慢慢地熬。火苗悠悠，她在不紧不慢的雾气中，闻着渐浓的粥香，捧来一小捆干蒲草叶，"哧哧"响地撕着蒲草叶，撕成一股股灯草芯。

蒲草叶、芦绒花、新稻草芯，东津镇人编织蒲草靴的三宝。六姑趁着冷冬的空闲，同阿玉一起，为一、二队的老人们织一双蒲草靴。各家的鞋样旧报纸剪来了，一队人送来的蒲草叶只多不少；二队没有浸一胫水的蒲草地，主妇们利用收工后的光亮，撑着农船，从东津湖近岸拔来一把把绒绒暖手的芦苇花。柴薪是现成的，晒谷场周边，一、二队高高的稻草垛，冬日仍旧拢着深秋堆叠的一团芳香，在清水凌凌的渡口也能闻得到。

西津里的猪叫声沉寂了一个时辰，仓库周边忽地猪声大作，阿玉"嗖"地一下坐起身，疑惑地揉揉眼睛，阿三太过分，杀猪杀到外婆墩来了。六姑说："阿三早早杀停当了，这会怕是坐着嗞嗞响地抽烟呢。"今天"六上"赶集，村里人家卖年猪哉，供销社送货的大船停在渡口边的芦苇荡，晃来晃去地过了夜，重船来重船回，两头不空趟。最高兴的要数黑小佬，这会笑得怕合不拢嘴了。

"别人家卖猪，黑小佬瞎开心，他又沾不到一点油腥？"

"油腥没有，肥料多，村上人家为只猪猡称个好重量，半夜起不停地喂食，粉糠拌盐水，咸溜溜的，猪猡一只只吃得肚皮滚圆，一路扎手束脚地颠到渡口，还不拉出一半来？那些个摒住不拉的，街上几个收猪人，称重前，往猪肚皮上脚踢踢、手捏捏的，哪头憨猪憨得住？还不尽拉出来给黑小佬当肥料了？等猪上了船，我俩去扫拢堆着，让水妹她们挑到田头的潭中沤，这可是好肥料。"

"二队没意见？"

"黑小佬的田边，自然归了黑小佬。"

"黑小佬这会倒是尽赚了，他做啥事情都想扳本，明明亏吃大了，也要抓挠点回来，熏得自己的鼻孔划根火柴当气灯，估计吃香烟点火，先要淋湿鼻子的。"

"你说的有来有去的两船呀？好处不止这么多的。你看着好了，春节前会有消息出来的。"

远近的猪嚎声还在汇聚过来，阿玉开出门去，一个不讲情面的白脸人搡了她一把——天地白亮刺眼，寒气逼人！竹篱门外，晒谷场、柴垛、田地、堤岸，还有伫立的芦苇丛，霜白如雪。

冰凉的白光挡回了阿玉，挡不住四乡人匆匆的脚步。

东津湖的老堤上，旺米村人两肩一头猪地踏霜前来，枯草地踩出的一个个脚窝子清晰似印。镇子东梢到渡口的堤岸，夫妻档、父与子、兄弟俩、姐妹花的，莫不车拉肩抬、脚步凌乱地赶往渡口……人声嗯嗯，猪声哼哼，小气进，大气出，哈气成雾。兄弟姐妹组合的，身边必有气喘吁吁的老者急步相随，这些乡村里跌打滚爬、瓜苦藤长的年老者，人生经验丰富，肩上担不了斗米重，嘴巴没噎住，一会谈猪的成色价钱，个个老谋深算、行家里手的样子，临了两手抓挠一下，也是便宜。

渡口边，喊叫声、说话声、谈笑声、咳嗽声、扁担扛棒落地声和猪的哼叫声，汇成一片嘈杂。供销社以手执大剪刀的金新宝主任为首的七八男女，又是肩上长杆似猎枪地来到渡口，由渡口的长条石开始，分左右二档，金主任自带一档，女统计员托着簿册记账，老花眼镜常挂脖子的老王会计为另一档人马，出纳金铃铃咬簿册相随，各人分工明白，肩抬手托的称重，打量猪脊、捏猪腹估成色、簿册录名姓的记重。

"六五折，'毛屎'还是'杀捡'？"金新宝于寒气里"咔嚓咔嚓"地空捏了几下大剪子。

"金主任，六五折太低了吧？"

"那就'杀捡'。"

东津镇地方农户，一次可圈养两头猪，每年一头猪必须卖给供销社，同纳公粮、交农业税一样，属强制性的任务；另一头或卖或作年猪宰杀，可由自己定夺。手头宽裕的人家，留腊月里宰杀，一部分新鲜的过年用，余下的红白肉，大缸粗盐地腌制一月有余，中间翻上翻下一次，选个白亮早晨，绳牵杆搁的，寒冬的阳光下，滴渍晒干，待猪皮风干变硬，肥膘汪油欲滴，挂穿廊或明灶通风口，慢慢割用。当然，腌肉鲜肉接连吃的人家是没有的，一瓶一绳，作半年的荤腥，已十分的节俭了。多子女的馋嘴人家，梅雨季节末脱，梁上挂勾已空。也有家境并不富裕的，直接卖给操办喜事的人家，落下猪血、猪头和猪下水打牙祭，这叫双实惠。还有的干脆约上圈中无猪的，二户或多户分杀一头，既大饱了口腹，钱财上不至伤及皮胃，又可捞回不少苗猪钱和饲料本，这算几方共赢。卖给供销社的任务猪，有两种售卖方式可供农户选择：一是称毛重，按折扣、等第、价位算钱，称之为"毛屎"的；另一种是"杀捡"，买卖双方意愿相去甚远，且协商不成，没一方肯说软话让步，便选择"杀捡"。所谓的"杀捡"，即杀捡称，活猪装运至城中供销社肉食部门的屠宰场，杀猪去头蹄、下水和猪板油，出的净肉同猪的头蹄、未去食杂的下水、板油和猪血三斤相加的总重量相除，得出等级价位，再乘以总重量，便是猪的总价。整个过程远离卖猪人的眼目，且一头大猪肯定不止三斤猪血，猪肚肠中杂物的去除，也是影响总重量的一个关键，故东津镇人极少选择十天才可到手钱款的"杀捡"，除非同供销社现场估算的两个是冤家，相互的极不信任，才会迫于无奈选择后者，这属于人的本能的防范心理。其实，即便平时拔拳相向的，供销社的评估人也不会胡来。最后的评估，将由手中的大剪子，在猪背上剪毛成字。相去甚远的两个极端，要么损公肥私，要么公报私仇，上级要求说明，不好解释，倘若眼光手艺问题，为继续从事这一职业留下了障碍；倘若私心杂念，更不适合从事这份工作。因为，民间舆情方面，一旦失却公信力，造成政府收购活猪难的困局，这个责任不是一般人承担得起的。多重因素下，评估的上下也在些许之间了，记恩记仇的上下空间有限。且东津镇人也忙，待会中市街大众饭店或糕团店吃完早点，便去供销社的高柜领现钞，一把妥妥地塞进贴身衣袋，眉开眼笑地离去，何乐而不为呢？

"加一成吧？"卖猪人递不了茶，藏得皱巴巴的香烟还是有的，忙不迭地敬烟陪笑。

"猪肚这么鼓，早饲料少兑点盐水进去。"什么都瞒不过金主任的一双眼。

"加半成。"

"你再不定，一会儿又一泡屎一泡尿的，一成半成不是流进了黑小佬的黑田去了？"

"快称吧！"售卖者帮着挽绳勾秤，双手托扁担一头，眼睛紧盯着秤杆和秤星。

没有争议了，金主任手中的长剪子，在猪肋部"咔嚓咔嚓"七八下，剪毛成字。剪好了，剪子圆角勾划一下，见粉色，直腰喊声"抬船上去"，再看下一头猪。完成交易的卖猪人，拿了盖有红泥印章的小卡片，或男或女、或老或少，必会点头哈腰地离去，乡下人可不敢得罪供销社这尊财神菩萨，生活下去，来年还有肥猪售卖。

当然，此种场合也有白眼相对的。

金铃铃就是一个。她最不想看见、又最忘不了的人也来了。

北山湾吴家父女三个，一起气喘吁吁地拉着板车来到了渡口。阿贞紧腰灌胸，双腿浑圆，冷雾中钻出个热身热脸，细喘的小嘴，一脸的红晕……一眼瞥见了的金铃铃，气得腋下的支杖乱颤，差点横打猪腹。她咬紧了细牙，一会儿轮到这个仇家，她要老王会计的大剪刀，替她剪出一口恶气，不然，窝在心头慌得很。不过，现场实在轮不到她出头，她的金主任叔叔反拍马屁，笑脸迎了过去，还递了一根香烟给老的，看得她眼睛汪出了水。

"172 斤，六六折，'毛屎'还是'杀捡'"？

"加一成吧？"

"加不了，肚子鼓鼓的，不是麸皮就是盐水，全是黑小佬的肥料。"王会计踢踢猪屁股，猪受惊吓，又拉出一坨。这可急坏了旁边的老者，弯腰捧猪粪，往猪肚上抹。

"几个意思？拉出来了，还往猪身上糊？"王会计勾一腿，鞋侧刮毛炸的猪脊。

"不是有斤把了嘛，一句闲话的辰光，半年的盐钿不见了。"售卖老头心疼得快要落眼泪了。

"你猪肚皮上抹半斤，我扣你一斤'毛屎'，你选那个？"

"扣了，不是白白的弄龌龊两只手了？"

"你还懂邋遢？我看你昏了头，脑子邋遢，要不要别的猪屁股后捧点过来？猪肚皮猪背脊的抹抹到？我扣重量是一句话的事。"

老头双手轮箆着猪肚皮的黑毛，一脸讨好地说："抹干净了。"

"吃得快涨死的猪，明明憋不住的，你自己撅个毛嘴巴硬憋，怪得了啥人？"王会计一腿站立不稳，刮猪肚皮的脚踩重了些，让大猪受了惊，猪腹一鼓一吸的，又拉了些许。

"老王祖宗，你可别踩猪肚皮了。"

"不踩也要拉的，你定不定？"

"吃亏也就'毛屎'了。"说完，手心手背两侧的裤管蹭，很有声音地拍拍，一脸讪笑地摸香烟。

王会计说："你自己吃，我抽着，本来称好了，我倒是忘了扣，重新称一下，大家不吃亏。"他的夹着半支香烟的手甩动了一下。

递上前的香烟和笑脸讪在了空中。

"铃铃，170.5 斤，怎么不记？小卡片给人家，这两泡拉的。"王会计的牙缝里漏着淡烟。

金铃铃的眼睛不时地瞥到不想看的地方去，在那里，主任叔叔的大剪子快速地剪着猪腹毛，她听到了伤心的剪子声和别人愉快的说话声。

"今年这猪比去年的还肥，阿贞割草喂肥的吧？"金新宝边剪字边说。

"怎么不是？没有女儿喂养几头肥猪，踏几圈猪肥挣钱，光靠两人挣工分，会透支的。"阿贞的母亲半红眼睛说。

吴海源却轻声说："六八折，是不是高了？"

"不高，这猪虽也是黑种，膘肥体壮的，但在分寸上。一会上班了，到我那儿吃茶去。"

"不吃哉，阿贞急着上工，今天队里上山割茅草。我也要去仓库开门，让社员领草绳。"吴海源身体恢复后，原仓库保管员年老撤换，队长临时安排了吴海源做这工作，大有照顾之意。为此，大队徐书记问了一队队长，一队长说：不论叔侄关系，论年龄和文化，我叔叔最合适。要说照顾，一队也是他家第一个，甭管成分高与低，生产队劳动是一个样的。徐书记听了也没多说什么。

吴海源嘴上说要急着回去，手上的小卡片也放进衣兜了，但仍没有离开的意思，一家三个六只眼睛齐刷刷地朝仓库方向望。

金新宝轻声说："刚来渡口，看到开门出来了，照一面，看了眼白霜霜的天地，又缩了回去。忍不住就过去看看，又没几步路的。"

吴海源泪闪闪地说："这形势下不看了，是她娘想的，十几年了，没照过面。今天渡口卖猪，气喘得缓不过劲，硬撑着来，指望她在湖埠头汰衣裳啥的，好看上一眼。想不到夜里打霜，冻得人难出门，碰巧不巧，明年再碰运气吧。"

金新宝没有再说话，怔怔地看着父女三个慢慢地远去。

三十八

"青背蟹，灰壳蚌，渚西的石匠手艺硬；白条鱼，草脚虾，无性的石头硬又长。"新上任的包大副主任，在养猪场哼起了南渚山歌。

这一年的阳历年底，东津镇的农人正忙于把自家的黑毛猪抬到供销社的大船上，盘算圈中的另一头如何处置时，全县农村干部来了次大调动。朱得男书记于县委张副主任处，挖来了酒、肉、饭能吃三个一斤的名叫包大的南渚人，担任东津公社分管农业的副主任，李副主任专抓阶级斗争。

包副主任的山歌，是解答黑小佬买不到块石砌大池这个问题的。

南渚在东津镇的西南方向，由茶点头小山村两面人家的中间石级，翻上白云里的贺九岭，岭上山道忽明忽暗地走半个时辰，眼前一阔一亮，便见碧空明净、溪水倒流的南渚乡了。此地同茫茫太湖分享着一片清空，乡内多条涧溪河荡融贯太湖，太湖的水产也就在这里滋养了，以此形成了一方独享的山珍水鲜。南渚西北多高山，山石巨然，是天然的花岗石宝库，优于他乡之石紧密、强度高、韧性足的特点。石无性，不分东西南北，规范的说法是，山石没有纹理，没裂隙，浑然凝结。没纹理的石材，加工成凌空挑重的长石，不会断裂；雕刻成飞禽走兽异状物件，不至缺胳膊少腿；若凿挖蓄水凹槽，不会渗漏半滴。早年的长石桥，庙宇的高石柱，古镇、旧巷、老村口的大牌坊，乃至大户人家的阶沿石，皆采买其大石，经精细加工凿刻而成。东津镇的豆腐坊、糕团店圆盘似匾的巨磨，也是南渚山岩凿下的大石，家家户户的手旋小石磨、舂米石臼，也莫不由南渚乡抬来豆腐似的灰白方石，请五行里村的刘石匠鎏刻。

都说新官上任三把火，李表廉成立阶级斗争专案组的同时，叫来五行里村的打墙人，在老浴室夯打了一间间泥室，准备关押犯罪分子。包副主任也不示弱，趁着全县农业工作会议的势头，同朱得男书记商量后，再树东津大队的典型，订立了粮食亩产每年增加十斤的五年计划，并于西津里加砌大灶台，同供销社猪肉铺合作，一揽四乡八邻的杀猪活儿。为不破坏西津里的一泓清水，专挖大池蓄废水，赚了柴水费，兼得一池好肥料。

夯大池的石打墙队伍来了。这一月，老石家出动了三支打墙队伍。一支去南街老浴室，一支去渡口仓库，最强悍的石老大和他的老父亲，还有四个儿子，加上未成家立业的石老五，组成了空前的打墙队伍。独轮车装着铁锹石器，来到了西津里的养猪场。

面对老石打墙提出的夯墙水泡易坍塌的问题，包副主任让黑小佬用六姑、阿玉编织的蒲草鞋，同六个生产队长一起摇木船去南渚，以软换硬，装回了两船长短石。

材料齐全，开工的号子响起来了，盖过了猪嚎声。

石打墙人家，老石打墙年事已高，双臂提不起方石，夯子砸不疼脚板。膝下的几个男女，女儿出嫁南头村成他姓，大的几个儿子早已分门立户。他的一辈子拉扯大四男一女，祖传的手艺也传承给了儿子，虽说这门糊弄泥巴的手艺，为五行里村的其他手艺人所看低，但说什么也是叫得响名头、可谋穿着吃喝的一门技术。比起人见人嫌、亮不出名头字号的陈棺材，打墙手艺可上东津镇的茶馆说一嘴。两个儿子结婚，一个女儿出嫁，另加一个儿子倒插门，两处婚房，两份嫁妆，还有荤素嚼用，哪一样不是由一双泥手挣下的？这么些年来，婚娶都很顺当，就老四不争气，偏偏同踩他一脚的、朱打铁的女儿好上了。朱家的铁从软打到硬，自己家的泥不也是从软夯到硬的？一个丢进冷水淬硬，一个遮帘保湿阴干，慢慢地硬。慢工出细活嘛，朱打铁急吼吼的，打来打去，不尽打些小器的东西？忙来忙去，不也只生了个女儿？自己家的一群人出门干活，做的尽是房屋、猪圈、柴棚等高大上的活计；朱打铁砸来砸去，声音不轻动静大，只是配点铁钉、搭钮、铰链等房屋的小件，打制稍大一些的，也是墙角摆放的农具，上不了台面，出不了风头，离高大上远着呢。气人的是，老四白白地给朱家糊大大小小泥炉子，朱打铁得了便宜还卖乖，竟嫌老四的嫁妆比不上陈棺材的女儿。老四带艺上门的，你朱打铁家的炉子从此不用花钱请人糊，省下多少钱不算了？而陈棺材又不用女婿送货上门，人多力气大没用，不管哪天，你扛口棺材送人家大门口试试？谁家划算谁家赚，五行里村人"瞎子吃馄饨"——心里有数的。

老石打墙操办了老四的婚事，忙来忙去的却少了个人，自己一下变老了。他现在不直接揽生意，见哪个儿子的活儿忙，便去掌掌眼，干些零星的杂活。这次听说老庙基上挖新坑，他的老眼可得前来瞅瞅，西津寺的地基他是知道的，原来的地基，垫有几尺厚的砖瓦碎屑，深坑挖下去，四周载重大，坑壁容易塌方，人在下面极易被压。庙基又不比别的地方，不太好轻易动土的，即便集体的活儿，该操办的还得操办，破土前不允许三牲香烛的祭拜祖宗和"摆太平"，不能旧俗，可用新法，现场插几面大红旗，挂幅毛主席的画像，黄鞭炮仗绕地爆一圈，效果是一样的，且红旗像章各大队都是现成的。不花费一个铜钱，便可一了心愿，这是省心省钱的好事。他的极富经验的老眼天天在现场盯着，力争早发现问题，早解决问题。

事情也果真如老石打墙担心的一样，土坑才挖一人一胳膊的深度，坑壁已有裂隙，周边碎土窸窸窣窣地响，似虫蚁爬动。

"我前天说什么来着？小屁孩不懂，你做阿叔的也不拿个样子出来。"老石打墙的蒲扇脸悻悻地，"特地关照带斜往下挖，上面扒大点，宽舒点，你把人话当屁话，跟出来十五六年了，这点眼锋劲儿都没有，净想乖巧劲。"他为前天没果断强制儿孙按他的方法挖土后悔着。

"阿爹，不能怪阿叔的，斜挖不是多挖土的吗？"

"几个阿侄要这么挖的。"老五也紫涨了脸争辩。

"你叫他们阿叔，还是他们喊你阿叔？你一个长辈的做错了事，尽往小辈身上推，你的肩膀呢？话说得客气点，你胆子小，说得不客气，没个男人架子。"

"阿爸，不就塌点泥巴嘛，我知道你老人家年老挣不到钱了，没能力盖新房给我，心里焦着，胸中一腔的怨气。有房没房不怪你，住不了砖石房，自己打四堵泥墙，搭几根粗毛竹，披盖芦苇帘油毛毡，一样吃饭睏觉。你看我不入眼，这世上又不是我自己要来的，是你们俩落雨天没事做，玩玩当真的生下了我。你们打小就不喜欢我，吃的是剩汤饭，穿阿哥穿不了的旧衣衫，我又没老四的福分，找了个过得硬的手艺人家，你们打听打听，只要有人要，我也倒插门去，你们胡乱打几条腿的家具，好少掏棺材本。"

"老五，怎么同阿爸说话的？说挖坑的事，岔开说无用的话干啥？小女儿，小儿子，父母老来拖大的，'老拖老拖'，拖大的哪个不是父母的心血？不管倒插门还是娶进门，哪个不是掏了父母的麻袋底的？"石老大说话了。

"麻袋早掏摸干净了，掐麻袋角掏半天，也掏不出孙猴子的金箍棒来。"

"你嫌我没用了是吧？你对得上人家，姓别的姓，给别人家顶门户，我不拦着。"老石打墙说完，坐在旁边的石头上抽闷烟。

"我待在石家，也不叫石老五，该叫'王老五'了。"

石老大说："不是当阿哥的说你，原本有个好机会的，让你和老二坏了父母的好事。"

"坏什么事了？"

"前一阵子，北溆后堡村的倪打墙姊妹，茶点头村的金家打墙，你同老二把他们几个姊妹的石夯扔进了西津里，人家能不记恨老石家？"

"同行争饭食，不记恨也是冤家。"

"别这么说，他倪家四闺女，放出口风，有意让大闺女找个同样手艺的上门，许银仙特地去了一趟后山，摸了他家的底细，这事成了，石打墙倪打墙的，听着也顺耳。"

"怎么不早说？偷偷摸摸地，放马后炮，还有鸟用？"

"你以为树上的老鹰搭窠呀？'喳喳喳'叫得一镇人知道，万一不成，父母的老脸哪里搁？"

石老五脸色糟红，梗着脖子说："该说的不早说，不该说的乱说，已经挖成这样了，多说没用，能不能用竹竿撑一下？"

老石打墙拍拍屁股坑边瞄，沿坑踱了个圈，懊恼地说："坑沿塌了，打墙时，里外都得拦木板，外侧木板拿掉后，回垫土得夯实，这又是人工，眼下不可挖了，只怕没几锹挖，'轰隆轰隆'地打炮响。"

两个三代石打墙，猪圈找来竹竿长板，顶住裂隙的泥壁，老石打墙扔了烟屁股："这样顶有个屁用？老话讲的好，不听老人言，吃苦在眼前，还不快爬上来，坑边的砖瓦屑扒扒干净，塌下去了，清理上来，起码耽搁一个工。"

挖坑的人工量，由黑小佬和大队会计测定，并同石家老大约定的，包括后续的夯墙和打土坯，均核定了人工，讲好每工三角钱，无烟酒。中午，养猪场两个蒸几个红薯管饱，大桶中另有姜茶畅开喝。二代石打墙还说黑小佬老门槛，大队会计笑着说：你是黑副书记上任后的第一单生意，这把火不烧你烧哪个？

黑小佬是在公社领导调动的当口担任大队副书记的，民兵营长由前几年饿死的老书记的儿子六队长兼任，他仍兼任一队队长，农闲时的具体工作由副队长吴水根负责。

老石打墙说："趁塌得不多，把坑周边扒得清爽点。费点工时不算啥，花掉点冤枉力气，睏一觉又来了。得罪了人，落个一辈子的冤家，害别人又害自己。年轻人嘴巴没毛，做事不牢靠。"

黑小佬探脖子看坑中，脚下的碎土不停地响，他后退了一步："安全第一要紧的。我看你们脚下的土，黄黏黏的，打土坯不用到西津里挖，这里的土就能用。挖坑落下的土坯泥，一挖两用，便宜还是让你们占了去。"

"不塌是便宜，塌了被便宜了。"老石打墙说完，拈着梨膏糖大小的一块黄泥巴，双指一捏一搓，搓成一条泥卷儿，放在鼻子底下闻闻，"这土黏得比得上糯米粉了。东津镇的土地，不遇老坑，三尺下面都是生黏土。这里地势高，挖至五六尺下面就都一样了。"

黑小佬摸摸口袋，给一二代石打墙递了烟，吩咐扎绳索抬石块的，要他们离坑远一点。

近来，黑小佬觉得，一件件事顺利得让人稀里糊涂，从入党到担任大队副书记，也就是依着父亲上衣口袋里摸出的小纸条，誊抄了一遍入党申请，再没花任何心思。大队副书记的位置占上了，让在西街公社机关里混日子、没少动这个念头的杨金浜没戏唱了，看来，东市梢的吴家同西街杨家的结，是解不开了。

一个人静下心来细想，又觉得自己做得有点儿不妥，自作主张地把六姑、阿玉的一片心意拿去南渚乡，同担任石矿厂长的包副主任的妻舅作了交换，他的职务好像是用蒲草靴换来的。虽然他让水妹同六姑说明了情况，六姑脸上也无丝毫愠色，反而安慰他：今后还有软的可换硬的好事，提前讲一声，她同阿玉赶一下工，再织一两百双出来。

倒是老婆吴水妹不乐意了，提醒他说：农闲了，六姑白天忙个不停，晚上睡不好，胃口也差，人瘦成丝瓜筋，还叫她熬夜？黑小佬说：她俩沾不得荤腥，不然，腊月杀了年猪，剁个十斤二十斤肥的给她们。吴水妹说：哎呦喂……嘴上说得比唱的还好听，还十斤廿斤地割肉，尽拣她们不要的充大方，难怪人家骂你黑鱼精！平日吃荤吃肉的，也没见你省点菜油让她们滑滑肠哇？六姑、阿玉开夜工，凭票买的洋油不够点灯用，夜里凑着灶膛火撕蒲草，菜籽油点掉不少，全是牙尖上省下的油。你不看六姑的脸黄得有点青？比后院的老青菜还青。队里分的几斤油，吃荤腥的人家嫌不够，吃纯素的怎么够？黑小佬说：也是，怎么没想到，明天你用洗干净的酒瓶子装一瓶去，今后再想办法，你有空也帮她们织织。吴水妹说：我只会做豆腐，转圈推磨还行，扎蒲草鞋这种尖手细指的活，草鞋根根茎茎的，弄得人的脑子嗡嗡转，心也乱。再说了，夜半三更的过渡口，湖水"咕咚咕咚"地响，像有落水鬼爬上岸似的，听了舌头大、身背凉，我可没这个胆量。黑小佬说：看你又笨又胆小的，杀猪的阿三一年三百六十五天，三百多天走夜路，也不听说有鬼哇？吴水妹说：阿三是男人，走夜路抽烟握刀，又亮光又血腥的，走高堤鬼怕，蹿村子狗怕，你叫你光手秃脚的娘，昏天黑地地从渡口打个来回，看她敢是不敢？不吓得上下巴的肉簌簌地抖，你来问我！黑小佬说：你白天去捶捶草芯蒲草也好的，那个榔头足足十来斤重，几百下几百下地捶，不也是体力活？脑子怎么转不过弯来？吴水妹骂道：你聪明，当大队干部哉，今后好蹿到别的队里，同你那个老黑脸的爹一样，捏根宝家的腿哉。黑小佬说：只有叫宝根的，也没个叫根宝的哇？吴水妹说：有的话，不也遭你的黑手捏了？说完，一撅屁股歪躺了下来。黑小佬说：这话外面不能瞎说的，影响不好，有人巴不得抓把柄呢。吴水妹仰转头说：你敢摸，我敢说。黑暗中的两眼泪闪闪的。黑小佬心疼了：不摸，送我摸也不摸，我就摸你一个，黑摸黑。吴水妹"噗"地笑了：你们吴家人才黑，我旺米村当姑娘时，空下来做豆腐，水浸雾蒸的，没有豆腐白，在村上也算得上是白的了。进了你家就黑，还不是被你传染的？你们男人也作贱，自己黑成炭，心想豆花白。去壳的米，连麸的麦，白的黑的，拉熄灯泡吹灭火，不是一样的？黑小佬说：一样是一样，土步鱼，小鲶鱼，反正看不见，只是捏在手心不一样的，一条毛糙糙，一条滑腻腻。吴水妹听了，侧转身，狠狠地后蹬一腿，这一脚，踢得黑小佬现在还生疼，疼得不想那事。

"山芋熟哉。"觉根在杀猪褪毛的大锅边喊。

觉根用大锅烧红薯的方法是从六姑那里偷的艺。冒着丝丝缕缕热气的锅盖还没揭开,焦香味已在场地四周弥散开了。

"山芋都刷干净了,可以连皮吃。撕皮的话,别一撕一扔,留给猪猡吃,千万别丢给狗吃,它们舔到了甜头会天天来。阿三最怕狗了,腊月里杀大猪,天天围着一群狗也烦。"

"那还不简单,对付狗就该这么办!"说话声中,一个抬石块的取起一根大扛棒,大叫着向前横扫,漫不惊心的狗们突遭袭击,撒腿便跑,惊恐四散,一路逃到了御道上,对着哈哈大笑的一群人恶狠狠地狂吠。

觉根说:"你可别得罪六姑家的狗,让它记住了你,你走到外婆墩试试?"

"哟哟,刚才还说不让狗吃山芋皮的,转眼帮上了,是不是被阿玉给你吃的篁村人的喜糖甜迷心了?"

另一个抬石的说:"你说的奶油糖吧?这糖荤的,阿玉自己不吃,留给开荤的和尚吃了。"

"陈棺材这次出手够狠的,男方盘礼的四十斤糖不够,自家又搭供销社的船进城,买了五十斤上海大白兔奶糖,价钱高的,硬把你们石家比了下去。"

老石打墙说:"我们挣苦工钱的,不同做死人棺材的抢饭吃。"

"老朱家送的喜糖也不少吧?"

"多送五斤十斤见底了,那有陈棺材一下添五十斤的?"

"觉根你也吃到喜糖了?毛老头人呢?听说,他那天的哈喇子像蜘蛛网,一丝一丝地荡到了地上?"

"吃你的山芋吧,小心烫了舌头。"

"山芋香是香,一个吃完嗝胃酸,两个吃下去,小舌头嗝出嘴巴。"

石老大说:"陈棺材表面花里胡哨,他在找回丢了几十年的老面皮,到头来还是没用。你们看看,我们几个兄弟打墙,这边请那里请的,做集体的活,也有山芋姜茶吃,去私人家夯墙,哪家不端出鱼肉荤素的六大菜请客的?下午一道点心,太阳一落山,热腾腾的饭菜,甜蜜蜜的酒,吃饱喝足拿钱回家,东家又是笑脸又是谢的。他陈家哪有这种待遇?谁给过笑脸谢过他?人家上门扛走棺材了,还要在石阶上摔两个臭鸡蛋,让他家的晦气滚远点。篁村的黄家也是因为枪多粮少,才娶棺材女的。"

"各家各烧各家饭，出力气挣工分，卖手艺挣铜钿，活人钱死人钱，挣得敞亮才是理。落下点吃喝，是东家的情意，集体比不得私人家，肚吃饱、嘴不干算好的了。"黑小佬说完，转过身问觉根，"你叔叔怎不吃？"

"太阳不落山，他叔叔吃不到山芋了，好不容易烧回熟的，没个口福。"

"中市桥还没回来呢。"

"不是暂停了吗？"

"北山湾人成立了阶级斗争专案组，叫去站桥塊了。市政街道的民兵兄弟昨天来说的，吩咐自觉地去。不然的话，老浴室的泥墙打好后，要把人关那里去的。"

黑小佬听了没有言语，他已不再担任民兵营长，具体情况就不过问了。不过心里迷惑，毛老头是东津大队的人，凡事需通过大队领导，市政街道的民兵怎么能直接押送呢？

"哎呀……不好哉不好哉……塌哉塌哉……好了……完蛋。"两个三代石打墙惊恐地喊了起来。"轰隆轰隆"接连几声，大坑四周的泥墙崩塌，干活人的红薯停留口中，嘴大，眼睛也大。

土坑塌方，黑小佬的心也直往下沉。看来，该来的总是要来的。

天气渐渐地凉了。

三十九

冬日的西津里，北山挡了朔风的嘶鸣，近岸的波水，鸿爪雪泥般的印痕，如冰美人脸上的冷讽，稍纵即逝；远荫近树，默守了春天的一个长久梦，巴望着苦寒后的温馨……

住在向阳坡上的吴海源，盘算起了今后吴家人的生活方向。

冷冬里的一天，他叫来了几个侄子，把浸沉在西津里的大树干扒拉上岸，两棵一抱粗的大榉树，一棵白榉，一棵红榉，树干白如润玉，红似玛瑙，凉滑如肌。他同几个侄子拉车往北走二十多里，来到了运河边名叫"浒关"的钞关，东津镇人称作"关上"的古镇，拖进开在河边的锯板厂，断枝锯片，红白粉屑似炒米，醋香如旧……

吴海源的举动，引来了一村人的猜测。北山湾人说，吴家为女儿置办结婚床具了。没几天，人们看到五行里村的陈木匠父子，肩挑着木作工具，来到了坡地的柴院。斧劈锯片、凿孔刨木声于树丛中散开来，村前石埠头淘米汰菜的人都能听得到。大伙儿的脸上露出了善意的笑容，这个多灾多难的家，是该添些喜气了。

一村人开心，一个人不开心了。不开心的，是住在下坡头的大癞痢。

大癞痢的担心，阻挡不了吴海源一步一脚印地做事。早晨吃好早饭，家中留老伴为五行里村的陈家父子烧饭，他自己则与身背竹筐的女儿去屋后爬山了。

"老头子，带根棒撑撑吧？山垭口风急。"老伴脚丁丁地从竹篱门内追了出来。

吴海源说："山上遍地枯枝，还会缺根撑？一会队里人上仓库捎船橹竹篙，你去开仓库门便是。"

"这么大的风，东津湖反了胃，谁敢摇船出去罱湖泥？不出工了，就你们父女俩疯颠颠地到山顶去，也不怕风急闪腰？"

"娘，我带柴刀了，山上砍根硬柴一样撑。"阿贞穿着紧身的红黄小花棉衣，杏黄色灯芯绒裤，裤腿用蓝棉布厚袜包裹着，同藏青色胶鞋的高帮连在了一起，黑发后梳，成鸡羽状，绿毛绒线扎的蝴蝶结，脖子上的粉红丝巾飘飘的。由上到下，都是坡下住着的大痢痢仰眼看了移不走的曲线。

"阿爸，要不要砍根细竹撑撑？"

"上山容易下山难，山上砍枝枯松撑下山，也是一灶好柴。"

坡地上的栗树和柿树，落叶已尽，枝干歪斜，无法让人联想到软糯的山栗和砖红的甜柿；野榆树和苦楝树静脉曲张的样子，呆立苦寒，三分穷酸，七分辛涩；篁竹地褪尽了生命亮色的叶片，在预想外的时间里，一片片地悠雪一样随风飘落；半山的松林，落了满坡的松针，在树冠梦深的青翠中，白晶点点，甜香胜蜜，这就是阿贞同父亲上山来的目的——晶莹似雪的松糖。

"阿爸，这儿的松针结糖了。"

吴海源说："这儿的下山时采，先去北坡采。阴寒地的松树，结的糖更加清甜。"

冬风里的北坡，松青似墨。吴海源拔了一撮根部粘白晶的松针吮吸，没有咂出滋味，甜味似乎让山顶刮出声响的风吹走了。

"晚上熬了，明天叫姥姥捎镇上去，让姑姑和妹妹泡水吃。听卫生院的仇医生说，松糖有润肺补精神的功效。"阿贞细细地拔着粘着晶糖的松针。

吴海源想说话，话未出口便被北风呛住了。

这天北坡上朔风凄凄，吴海源再也没有留下一句话。阿贞以为他累了，砍了根枯死的松枝，试了试是否结实，便让下山的父亲走路时撑着。

对闲人来说，一天的时间冗长；于勤者来讲，光阴浅短。吴家父女回到柴屋时，天已擦黑，木匠父子正从刨花堆里归置工具。吴海源进得院中来，陈木匠说："吴东家，天黑光暗，斧头失准头，不敢再干了。"

吴海源说："已经干得太晚了，明天早些吃晚饭。"

"晚饭不吃哉。"

"那是一定要吃的，不能改了规矩。"

东津镇人家，凡造房盖屋、夯墙垒圈、打制家具等请艺匠上门，主家按规矩提供两饭一点心，中饭、晚饭加下午一碗点心。点心较为随意，面条、馄饨、汤圆、馒头可轮流上，即便东津镇意涵丰盈、名声不太好听的成档买的油氽团，也可一用。相对熟了些的，若主人家手头欠活络，蒸几个红薯也可充饥。中饭管饱，晚上一餐重头戏，得吃好，主人必端出冬酿的米酒款待。盛情之下，劳累了一天腰酸背痛的年长者，自嘲嘴馋，喝一两碗酒，解解乏。年轻人是不端酒碗的，只要师父在，工钱一样得，吃饭不用留肚，烟酒得看师父眼色，不是上梁进屋的喜庆日子，断不可沾边的。即便吃饭看菜，还是蔬菜下饭居多，鱼和肉，手艺人有规矩，吃鱼不吃肉，吃肉不吃鱼，主人家准备的两个荤菜，有一个是陪看的，且昨天的陪菜今天吃，吃的全是隔夜荤菜。五行里村的陈姓木匠，平时宽嘴吃四方，自己定下规矩，一顿饭，荤菜是不动第二筷子的，这个举箸，深得四乡八邻人家的好感。当然，同样是陈姓木匠的陈棺材除外。

吴家母女端上了东津镇请客待人的六大菜：荤的红烧肉、红烧鲌鱼；素的笋干、豆衣、青菜和黄豆芽。六个菜，取其六六大顺之意，东津人的逢年过节、祭祀祖宗和自家享用，以六大菜为主，荤腥是恒定的，蔬菜可从节令。日常生活以腌咸菜、萝卜干下粥饭的草头百姓，有一碗油亮的青蔬下饭，已经心满意足，鱼肉荤腥，属奢侈了。

陈木匠接过竹提子从瓷坛中吊出的满满三碗酒，回灌了一碗进坛。吴海源说："小吴木匠也吃一碗嘛。"陈木匠说："吃饭。"

干活、吃饭两个字的话，是陈木匠的铁律。出门揽活干活，没有儿子与徒弟之分，抢斧子削木，推刨子刨花，只有师徒；有师父在，没有徒弟端酒碗的手。乡下人家，筹备儿女婚嫁器具，大多积攒了一二十年，回望过去，一串串的嚼菜根、咽糠麸、吞粗粮的苦日子。一盅酒、一碗饭、一箸菜莫不是主人家往日的艰辛与节俭，同样在乡野人家长大的手艺人，深知碗中滋味，两碗白米饭下肚，已是老天厚爱、东家慷慨了。

酒还是红的，开坛没几天，香醇甘甜。呷了一口的陈木匠说："东家的酒还是老味道，我结婚时，家中父母通过许大厨的关系，请金驼子上门酿的。"

"大宝虽在老虎灶烧砻糠，立冬后，一捉空上后院淘糯米、蒸饭、拌酵母装坛，也学了个差不多。人是有良心的，上次在医院里说，明年秋天要来敲毛栗子呢。"沉浸在回忆中的吴海源，黑眼瞳亮晶晶的。

"东家，明天不吃酒，中午晚上甜青菜甜萝卜下饭，点心免了。"

"陈叔叔，你这不吃那不吃的，阿爸睏不着觉了。"锅台上，用白沙布滤着松针里杂质的阿贞说。

吴海源说："你是看着三间草棚棚吃不下？还是阿贞她娘烧得不好吃？"

"自己人，说心里话，吃不了那么多。"

"我也同你说实话，光是队里挣工分，扣了分的口粮、油菜籽和柴草钱，不透支算好的了。"

在灶膛口烧火的吴海源老伴接过话头说："这个家靠阿贞，天天割草，嫩的给猪吃，长粗的晒草干，老皮草垫猪圈。政府规定圈中养两头，我家半年一拨，多养了两头。卖猪钱和四个猪圈的肥料钱，收入不比劳力壮的人家少。"

阿贞说："没有姑姑和妹妹让姥姥送来的谷糠，没有那么多的饲料养两拨猪的，青草当不了主食。要是政策放松，还能多养两头。"

"小女儿没见过吧？"陈木匠问。

吴海源说："元旦前，渡口卖任务猪，想远远地看一眼，老婆子也去了，没见人影，那天霜重，金新宝瞥见了，开门闪了个脸。"

"怕下面的那个青皮脸弄事情，二三百步路，也不敢走过去，怕连累她，白费了当初的一片苦心。"

陈木匠说："仔细点好，听说小痢痢专管阶级斗争了，养猪场干活的石打墙说，老和尚又被押去站桥塂了，形势一日紧一日。"

"心中总觉得对不住六姑和小女儿，本想卖了猪托人送几元钱过去，想想又不妥，像是还她们债似的。当初住卫生院，阿玉托金驼子拿了五元钱，让姥姥拿回家的。秋天里又托姥姥捎了五元钱过来。她们又吃素，不然，腊月杀了猪，剁一腿肉去。这不是没办法了，才同阿贞上山采松糖，熬了托姥姥送过去。"

"六姑、阿玉吃了这糖水，肯定知道你们心意的。这糖又香又甜，闻一闻，甜味进心里。"

灶台上的铁锅，冒出一团团白雾，尽是醉人的清甜香味，这个呼啸着北风的夜，听得见风声、却吹不到风的北山湾村，弥漫着一团甜蜜的梦。村头的几只黑黄大犬，在黑暗里嗅来嗅去的……同样在路边嗅着甜味的大瘌痢，跺脚赶跑了几只夜游狗，摸裤裆撒了泡尿。

"大佬，怎么不撒茅坑，一泡尿可浇肥三棵青菜的哇。"父亲在墙的转角处说。

大瘌痢说："来不及了，这次真急的。"

四十

　　一个黑沉沉的伞状怪物，缓缓地向仓库移近。黄狗跳上蹿下地狂吠，阿玉掀开竹篱院门探头看，哇！这么大的一把伞，把人头和上半身都罩住了。

　　"阿黄，看看清是啥人？"

　　人壮狗胆！阿黄见主人出门，蹿前几步狂吠。大黑伞晃晃儿地赶狗，里边一个嗡嗡的声音喊："阿玉阿玉，是我。"

　　"你是啥人？"

　　"王麻子。"

　　仓库里的吴水根和会计出了院门，慌慌地两边搭住大黑伞沿，用力地擎起，待下面钻出个头发凌乱、脸儿涨得比门神纸还红的王麻子来，两人缓缓地蹲下身，把大黑伞侧翻个儿，从青砖场上露出一口大铁锅来。

　　钻出来的王麻子，紧赶几步把狗踢开。

　　"哎呦喂……王麻子成王瘌痢哉……"

　　一脸愠恼之色的王麻子，伸开五指梳理蓬乱的头发："这回吃闷亏了，上了吴吊眼的当，说我个子高，最合适顶，并说分量不重的，电影里的朝鲜人，个个细腰胖屁股的顶物走路。我想人家大姑娘、小妇人、老太太都顶得来，五尺半高的男子汉怕什么？哪知道大铁锅扣头，一下子黑了天，碎屑粘上眼睫毛，眨来眨去钻眼睛。吴吊眼几个哈哈哈地笑，知道不好已是上不上、下不下。吴吊眼还吓唬说，这只大铁锅值大铜钿，要是摔碎了，得赔一头大猪钱的。乖乖的，只好一路湿眼睛盯脚尖，丁丁儿走路，脖子酸头皮麻，从中市街百货商店到外婆墩，走了足足半包香烟的辰光，这黑锅顶的！"

吴水根说："抽半包香烟的辰光，可以摇船过东津湖了。"

会计说："王麻子张大嘴巴十根香烟一起吸的。"

"那还不呛死在锅子里。"

"这铁锅从船上卸下时，怎么不直接搬进仓库来？"

"好几口铁锅的，当时没决定买。不然，哪轮得你脸蛋憋出活狲屁股来？"

"反正管不了那么多，晚上酱猪头的脑壳骨谁也别同我抢吃，我得好好补补我的头。"说完又去踢狗，恶狠狠地骂道，"本来还能让你只狗啃啃大骨头、舔舔酱肉汁的，今天得罪我了，宁愿给别的狗吃，也不给你吃。"

笑骂声中，大铁锅已被几个人合力搬到了紧靠六姑、阿玉厨房隔壁的一间屋子。

六根檩条架空的房间，石打墙打起了一堵一丈高的泥墙，上封塑料薄膜，中间是两肩宽的通道，挂了厚厚的稻草帘。大灶用薄石铺面，台面紧贴着后墙筑砌，灶台靠墙一侧，砌了一个方框水池，池底胳膊粗、捅了节的青皮竹破墙而出，残水瓢舀进池，直流后屋畦沟，灶台前的地面，铺了一排长木板可脱鞋踩脚。

吴水根从小灶上抓来两把柴灰，指缝沿锅台溜一圈灰烬，三人端锅上灶，慢慢地往下放，待留二指宽，瞄了瞄平整，喊一声"一二三"，手指同时外滑，"扑"的一声，大铁锅沉沉地坐下，合上了灶圈儿，腾起三尺灰尘。

"阿玉试试火。"

阿玉从灶台一角的大水缸舀两瓢水，丢进一小块碱片，把水烧得"滋滋"响，待又淋又涮重复几次后，大锅泛出了冷冷的铁光。

六姑拿来蒲草垫和丝瓜络。吴水根说："黑小佬说了，队里的妇女今晚开始轮流潽浴。"说完，同会计、王麻子出了门。

阿玉烧沸了大半锅水，塑料薄膜蒙顶的大锅浴室，不时有水珠的滴哒声，她把大缸中的凉水舀锅里，手指儿试了几次水温，湿头湿面地钻出浓雾喊姑姑。

"姑姑，你先洗了吧，晚上妇女来，连着了。"

六姑说："叫水妹过来先洗。"

阿玉想想也对，便呼阿黄。

六姑说："阿黄野开了，西津里烧大肉，一定是闻着香味去了。大白天的，不用它跟着。"

“姑姑，我可不是怕点啥，习惯了。这狗嘴馋的，回来给它吃一棒。”说着，一边呼狗一边朝渡口走去，身后的六姑笑着轻掩了门。

被阿玉大声呼叫的阿黄，自然听不到主人的声音了。此时的它正在西津里的台地上，混在一大群狗中间，正巧被眼尖的王麻子一眼认出，他投了几片碎瓦，嘴里骂道：“你这瞎了眼的狗，落到我手里，一会阉猪的来，脚踏狗头狗屁股的阉了，去尽骚气，落雪天里炖了吃。”王麻子院中扛长竹，“哇哇”叫着横扫向前，“哐啷”一声奋力掷出。打一狗，惊众狗，群狗狂奔，一齐逃到了御道上，恼怒得一阵恶叫，王麻子“嘿嘿”笑着弯腰拾毛竹，这又是个危险动作，群狗一哄而散，阿黄没讨得了好，溜上了饲料厂后的田埂上，颠着小碎步朝东跑去。

黑小佬说：“你个六尺头怎么同一条狗过不去？六姑、阿玉当它宝贝的，你要追去打，马上同你翻脸。”

“你说说，六姑清清爽爽的人，平日里雄苍蝇飞不进去一只的，竟养这么条不睁眼的大狗。”

“雄狗胆子大，看仓库可以壮胆，平日关在院门外，陌生人哪个敢靠近？”

几个人在酱猪头肉的香味里说话，觉根背了一筐猪吃的草药粉，领了旺米村的劁猪人来了。黑小佬黑手一招，在场的几个进了猪圈抓苗猪，往平日里盛桑叶的大籧筐中装，装了七八只，先由两人抬到空旷清亮地待阉。

劁猪的是个四十来岁的精瘦男子，嘴里衔了把竹篾般的薄刃，捉住一只“喳喳”叫的苗猪，双脚踩了头臀，左手手指一夹，右手香烟长的寒刃二划二割，两颗粉红的栗大丸物，落在指间，轻轻一甩，颤颤地粘在了干稻草上，碎牙般的尖刺声中，阉猪人一提后腿，把苗猪放进空竹籧里。

养猪场并非全是一路黑的宰杀岁月。躺平的日子，也有较多美好萌动的春宵和食来噘嘴、饱腹酣睡的幸福时光。阉割，不过是其成长过程中的一次小小惊吓，阉掉了，不再净想那些猪“坏事”，一门心思地吃睡，长得膘肥体壮，成为大用之物，最后称重，连毛连屎的都派上用处，能吃的吃掉，不能吃的沤肥，猪胆和滤出的猪毛卖钱，啃剩下的猪骨，也能从供销社的收购站换回五分六分的盐钱。

配种，是养猪场最销魂的时刻。这天的觉根有点忙，从北山和旺米村请来了事物相反的两个人：一个是牵种猪的猪倌，一个是绝育的劁猪人。

御道上，毛老头踽踽而行，来到了劁猪人的身后，他的脸色似灶膛扒出的烟灰，翕动鼻翼颤着身体："他们真打呀，这么粗的竹棒。"他两手相互比划："南头村的瞎子没中饭吃，要民兵给他吃酱猪肉大众汤饭，没吃到，阴调调地唱小阿妹，被几个民兵打了嘴，耳刮子像扇泥灶小火，还用竹棒砸，棒砸裂了，瞎子的腿骨断了。"说完，吸着鼻涕哭，好像砸裂了他的腿骨一样。

吴吊眼说："还不是双胞胎民兵锯的毛竹吗？国庆节后，篁村人拆戏台，兄弟俩比着身高锯竹，以为是商店去渡口抬货物用的，原来是备着打人的，看来早存下心，一定要见血了。这些天跟在杨金浜身后，呹五喝六的，风光着呢。"

黑小佬说："别瞎说话，现在不比从前，要上纲上线的。"

"叔叔没吃吧？中午没烧饭，削个山芋撑撑肚吧？晚上一起吃大肉。"

毛老头的老泪在眼角把转，舀了半瓢冷水，喝几口噎着了，打着嗝儿去了北墙。不一会儿，从蔬菜地齐整地掐来一把青蒜，众人以为是用来炒大肉吃的，哪知他蹲下身，稻薪上拣了一个个粘粘的粉红色猪睾丸，托在大手里，钻进了矮屋子里。

"这个也能炒大蒜吃？不是猫吃的吗？"吴吊眼看着王麻子。

"你的眼珠子瞪我做啥？我又不吃这恶心倒怪的东西，队里的小瘪三倒是吃过的。"

"哦哟，冤枉你了，两头开门的是小瘪三，不是你？看来，毛老头的肚皮也要大闹天宫了。"

外面的人说着话，里面传来了锅勺叮当、油煎爆炒的声音，听得灶上灶下彼此挖苦嘲笑的几个面面相觑地没了话。一会儿工夫，蒜香味飘了出来。待觉根把愣着的、还未醒过神的苗猪归了圈，钻进矮屋，由柴灶抓草木灰搓手时，毛老头一个冷山芋、半碗大蒜炒丸子已然下了肚。

"呃，没有栗子糕，酥笃笃的。这碗底的留你吃，蛮鲜的。"说完，扯一扯棉被就睡了。

觉根端了碗到院外，嘴里呼狗，往台地下倒。

"倒了，不敢吃？"

"吃了一大半，碗底的省我吃的。哎，饿狠了，早上两碗粥出门，再过两小时，吃晚饭的辰光了，中间水没喝一口水，本想熬到晚上肥一肚的，结果顶不住了。"说完，便上大灶洗碗。

冬天的太阳说落山就落山了，西边的云块病恹恹的一丝红晕，没一点精神劲儿，远不如养猪场的人们热火朝天。院子里，人们勤快地搬来了猪圈栅栏搭架子、铺芦席成长桌；各个社员所家中带来的吃喝用具，易混的竹筷，细毫一样地插在各自的上衣口袋，底部刻有名姓的盆碗，业已空口朝天地摆放停当；竹木凳子凑不上几个座位，早有一队的几个小伙，"吭嗨吭嗨"地从御道撬来块方石，搁长跳板作凳。野外吃酒吃肉，冻脸不冻臀，细心的会计扎了草把铺垫。

其他几个队的队长来了，兼任民兵营长的六队长，抱来了一小坛酒。同是蹭吃的几个队长嚷道："我们带嘴来，你带酒来，难怪黑小佬的民兵营长让你兼了，马屁原来拍在这里？"

会计嚷道："不是拍马屁，是回报，人家老子积下的功德。"

六队长说："这酒不拍黑书记的马屁，也不给你们吃，今天不吃黑书记的，吃谁的？再说了，黑书记早叫人抬了两大坛来，还不够我们吃？"三队长说："那你抱来干什么？"六队长说："这是拍毛老头和觉根的马屁，轮到我们六队人泅浴，多照应点。"其他几个队长说："你个贼收买人心，拉出去批斗。"

众人围着长桌子说笑，竹木长凳上坐定，一半人屁股下的草垫子掉落了，也不捡拾，彼此瞄着，伸筷子点人头，点来点去，缺了个毛老头，几个人扯开嗓门喊，这个馋嘴毛和尚，肥肉当前，倒也笃定。

"来哉……"毛老头在北墙边的茅坑应声着，掐了裤腰过来，走近一半又急溜溜地折回去了。六队长说："毛老头，怎么又往茅坑去？掉钞票啦？"毛老头说："肚中闹水灾了。"众人哄地笑了起来。大木盆端了半个猪头过来的觉根说："还没开吃就这样高兴？"黑小佬说："你叔叔后墙闹水灾去了，贪了小肉，丢了大肉。你早去仇三类那里，配点黄连素片吃，不然，明天脚花花地站在桥堍上，会跌跟斗的。"

觉根听后，放下木盆去了镇上卫生院。会计叹道："能放开肚皮吃一回了，却不能吃，毛老头穷人嘴巴富贵肚。"

黑小佬望着一盆盆冒热气的猪头肉、猪肥肠说："今天大家吃的不是我黑小佬的，也不是大队和一队的钱。今天的三个猪头和三副猪下水，是六姑、阿玉奉献给我们吃的。她们俩辛辛苦苦、起早摸黑地织了二百多双蒲草靴，从南渚的石矿为我们换回了两大船石块，大家吃在嘴里明白心里，另外五个队的队长，义务摇船装石块，出了大力气的。"

五个队长一迭声地说："黑书记客气了，红焖白煮的，还有酒吃。"

黑小佬说："王麻子，一会儿啃下的猪头骨，别忘了给六姑家的阿黄吃。"

"阿黄早被王麻子打跑了，还怎么吃？"

"我啃干净后，两根稻柴扎了，蘸点肉汤拎到晒谷场去。"

"阿黄当宝一样衔了，一路颠屁股，卧六姑床下啃，腥里腥气的，阿玉还不提柄钢叉追你。"

众人又一阵哄笑。

王麻子说："那还不如卖收购站去，换一档林老头的油氽团扔它吃。"

众人笑道："只怕扔过去的是块断砖头，油氽团，你的大嘴两口吃掉了。"

黑小佬在众人的笑声中说："酒么，一坛我家的，还有一坛是吴水根抬来的。这酒有点度数的，初酿时，酒药拌的烧酒，三天后的酒酿，化进去的不是熟水，也是一勺勺的烧酒，老熟后滤出，又甜又香又辣的，正合适吃肉，现在开吃。"说完，执筷在手，夹一大块酱猪头肉，抖一抖汤汁，塞进嘴巴，满嘴的油从嘴角溢出，他眯着的眼睛笑成了一条缝。

这一口，四十多年后，七十多岁的黑爷爷孵老街的茶馆，捂茶壶、听城里来的男女双档说书、唱评弹，同大大小小的茶客们讲张时，回忆起一生中的吃喝，这是他人生中最肥美的一口。

四十一

长长的冬日。阿玉发现，姑姑总爱在煦阳风静的日子里，靠着大草垛边晒太阳，边织蒲草鞋。编得累了，眼睛酸了，芦苇丛模糊成一团影了，便缓缓地抬起头，目光越过长条大石的渡口，远远地望着东津湖，望东津湖的堤岸尽头、寂寂无人的浙北田地……队里的老人私下议论，六姑的娘家在那个眼睛看不到、心里能看到、东津湖尽头再南去十里的地方。

午后的阳光暖洋洋的，东津湖碎金般地晃眼，一树雀鸟倏上倏下……枝上梳羽，地面觅食。六姑斜靠着柴垛，安祥地睡着了。

这个冬季，是阿玉懂事起最无忧无虑的一个暖冬。瘦弱的姑姑喝了父亲和阿姐自山松采来的清甜糖水，胃口开了不少，能多吃两口饭了，晚上似也睡得香甜。午后，编蒲草鞋软了手、弱了眼，便眯盹一会儿。阿玉望着姑姑额头上的一缕枯发，心里想，姑姑一定是回到浙江了，回到了那个暖暖的水、暖暖的地、暖暖炊烟的老家。老家的村口，有一棵挂满金灿灿果子的冬枣，枣树下有几个淡淡的、似梦中冒泡的锅灰印痕……

黄狗的一声吠叫，打断了六姑冬日暖阳下的清奇梦，和一缕煦煦的遐思。渡口方向，一个穿豆绿衣服的妇人，甩动着三分软七分硬的胳膊走上墩来，六姑坐正身体喝住了狗，眯眼望着来人。

犹豫的脚步走近了，一双绿底粉花的搭扣布鞋，棉袜白中泛黄，盘花扣的衣服七成新，油光的发髻，戴着黑金丝发套，还系着根红头绳，三分油香四分土腥。往下看布鞋，年龄小了几岁；抬眼看发髻，年纪则老了十岁；不上不下看中段，罩着一半辛劳一半机巧。这种粗手搽粉脸的乡村妇人，不是是非人，便是说嘴人。

"哎呀呀，你是六姑姑吧，瞧我眼钝脚笨的，走近了才认出来。"妇人的脸上尽是笑的皱纹。

六姑说："他家大嫂怎么跑仓库来了？今天渡口没来货船。"说着，两腿伸直，双脚顶住一块倒耙齿状的木板，十指簌簌地编蒲草鞋。

东津镇人编织蒲草鞋，讲究一点的人家，会请五行村的陈木匠来家里，打制一张"织床"。六姑没有奢侈的编织器具，她靠的是两块耙齿上扬的木片，一片束前身，一片双脚踩住。同样织一双草鞋，别人腰力手力做的事，她得手脚腿并用、老腰笔挺方可。一只鞋靴编织下来，莫不手麻脚冷腿硬腰酸，且两眼昏花，相较织床，多费不止一倍的身力心力。黑小佬曾想为她打制张织床，她说什么也不答应，说是长树短锯，再也改不回去，白白糟蹋了物事，打好了也不用的。她同阿玉以为一、二队社员照顾太多，不愿再生麻烦。

"六姑怎么不打个织床？我们村的陈木匠，早来晚归，一个工就打出来了。"走近来的妇人瞥了一眼六姑腰间的硬物说。

六姑说："我做不了几双鞋，长物短用，打了也浪费。今天渡口清静，你来的不是时辰。"

"我不上供销社买油盐，也不去宽柜台剪花布，特地找六姑讲张来了。"来人转了话头。

六姑挺挺腰，朝院里喊阿玉，要阿玉去北墙后面拔棵大青菜大萝卜。回转头对来妇人说："他家嫂嫂，草垛抽个草把垫来吧，硬凳面凉。"

"我叫许银仙，五行里村的，镇上茶馆金驼子家的亲戚，同西津里的毛老头、觉根也是认得的。"

"原来是五行里村的许大媒来哉，我老眼昏花，看不清人脸。"

"年纪大了终究要到这一步的。听说，你的侄女放出风来了？"

放出"风"，是一句暗语。一般用于红事、做某一件事情前，故意透露点消息和意愿，似真似假地传递出去，免得莽撞之人莽撞，减少不必要的尴尬，现在官场的任前发布和公示，也脱胎于这样的民间游戏。

家里生女儿的人家，闺女到了可以出阁的年龄，做母亲的便会通过村中老妪的嘴巴，口口相传，放出女儿准备选人家的意愿和基本条件的口风，好让差不多的人家托媒婆上门提亲。这么做，保持了几分女方该有的矜持，免却阿猫阿狗、杂七杂八人的堵门。太过热烈的做事，空热闹不算，低调的事情，弄得沸沸扬扬的，会给四乡八邻留下千挑万拣的疙瘩影响，乡村旧谚"千挑万挑，猪头瞎眼"，讥的便是张扬之家。

"放不放出风声，不是一个样？我们住队里的仓库，无门无户的人家，谁也不会攀我们这个穷亲戚的，我们也不敢老脸老皮地去贴人家的凉台阶。"

"姑姑这话不爱听，房子嫁妆算个啥？人好才是真正好，一好百好。"

"觉根人也好，为啥相亲的家家送青菜萝卜？"六姑慢腾腾的一句，闷住快嘴人。

这边提到觉根，西津里觉根拉的板车，真的"嘭嘭"响地来了。首先迎上去的是黄狗，六姑喊："阿黄，北墙喊一声，觉根来了。"

黄狗不一会咬着白萝卜的青梗，跑阿玉前头来了。六姑喊："觉根今天称二队的稻草，记下账，别搞混。"

六姑在场西一队的柴垛前，觉根到场东二队的柴垛旁，用稻草绳扎柴捆，场东场西隔了八九间房子，两边喊声入耳，细语听不见。阿玉推磅秤出来说："觉根觉根，你叔叔的水灾发不发了？"

"灾情倒是过去了，这几天老怪我千不该万不该定那天阉猪，害得他少了一顿肥肉吃。我想他站桥塊去了，正好一队人在，可搭个手嘛，况且，日子算好了的，早不得晚不得，割得晚了，养大的猪全是腥骚味，浪费饲料不说，吃肉时人会骂。大猪的事情，那个北山的猪倌仗着独此一家，偏要先付定金再出门的。排好的日子作废，钞票也作废，喊一趟付一次钞票，少一分钱不肯，自说自话改日子，猪不愿意，牵绳人更不愿意，早晚该这天。"

"呸呸呸……谁想听你男的猪女的猪的话了？瞎嚼乱嚼的什么话都嚼，说人的事，提猪做啥？你叔叔又不是猪？"

"原想吃剩的，汤汤水水的留个半碗一碗的，哪曾想，一队的男人外加几个队长，饿煞鬼出身，骨头上的肉，猪肠里的油，浓浓的白汤红汤，干饭淘成稀粥，一齐吃了个尽，差一点像1960年那样地舔碗了，最后涮锅洗碗的泔水，也不见油花泛。"

"姑姑说了，你叔叔是和尚的头、阿黄的鼻子、叫花子的嘴、富少爷的肚子。"说完，止不住地笑。

觉根没跟着笑，眼睛看着西边的柴垛说："哦……我知道了……怪道你这么开心，原来是好事上门了，这个许大媒嘴上工夫可了得。"

"哪个许大媒？"笑着的阿玉变了脸色，瞥了一眼场西说，"那个妖里妖气、比戏台上的阿庆嫂还阿庆嫂的是媒婆？你可别瞎说。"

"骗你是你家的阿黄，再眼花也认得出。摸黑跟她走路，不是一趟两趟了。"

阿玉戳着觉根的鼻子说："现在说实话了？暗影里到底去了几个村，摸了几户人家的门？呃……难怪姑姑要我拔青菜萝卜，想来同你一样，来个清清白白了。"

"不一样的，你送别人吃，别人给我吃，天上地下的哇。"

"觉根觉根，真是许大媒的话，这青菜萝卜不送了，让她说个媒，你倒插门来仓库怎么样？省得别人不怀好意地来瞎说。"

"别吃我豆腐。"

"你可不是豆腐，黄豆也算不上。不过不打紧，锅沿上的豆渣贴饼，烤糊了也蛮香的，正好堵人嘴巴。我们讲好条件，要想倒插门仓库，一不许贪嘴吃荤；二么，'十八条腿'、金银铜铁锡，五行里村陈棺材嫁女儿有的，一样不能少。到时候我向黑小佬要间空房子，专摆你的嫁妆，你愿不愿意？"

没有人回答，只听见车轱辘"吱呀呀"地响，觉根逃了。

"稻柴还没称重呢……"阿玉在板车后面喊，"哼，让你跑，这趟算你两车的重量。"她的后半句说在心里的。

场东的觉根逃跑了，场西的闲话仍进行着，闲话不闲。

缓了口气的许银仙说："六姑，阿玉该寻个好好点的人家了，最好跳出农门，找个镇上城里吃商品粮的。"

六姑说："我们人穷命苦，要不是一、二队照顾着些，连个住的地方也没有，又拿不出像样的嫁妆，嫁到好人家去，不尽遭人白眼？"

"我倒有个好人家，摆出话来了，只要人不要物，吃商品粮的，是个蛮大的干部。"

"吃商品粮的大干部，怎么轮到阿玉嫁？我们穷得只剩一双手，看上啥了？不会眼馋她的面孔和身体吧？"

许银仙向前欠欠身体说："直说了吧，公社的李副主任，年轻大干部，年龄不比阿玉大多少。前些年，他的城里老干部女儿的老婆，留下女儿去了，他自己一直忙工作，如今手头空点，看上阿玉了，也是阿玉的造化。跟了他，还不是要啥有啥。况且，他俩原本是一前一后的好乡邻，青梅竹马，真正的缘分。"

"你说的是北山湾李家的小瘌痢？"

"名字叫小佬嘛，上大学改叫李表廉的，腕上戴块亮晶晶手表的意思。"

"这我不敢往下说了，问问阿玉吧。"六姑喊阿玉。

"姑姑，有啥事？"阿玉拎了稻草扎的青菜萝卜过来。

"恭喜阿玉姑娘了，你家的好邻居，公社的二把手，李副主任相上你了。"

阿玉淡淡地说："是不是小时候看上我阿姐，后来被推荐到城里读工农兵大学，进城后没了音讯，死了老婆又回乡的那个小瘌痢？"

"他改了好听的名字了。"

"改名没用，人好才好听，你以为我阿姐真会上眼？我姐宁要捏刀的、拽猪尾巴拽出两手粪的，也不会捡那支从粪坑里掏上来的破笔杆的。"

"是李副主任，级别工资待遇高的。"

"再高也是个白眼狼。青菜萝卜本当送你的，今天不送了。觉根小和尚不是熟悉的吗？你也帮他跑了好几回腿了，缘分没到没弄成。现在有门现成的亲事，门当户对的。说一带两，你去西津里说，叫他来渡口倒插门，说成功了，'十八只蹄髈'不少你的。"

许银仙倏地红了脸："真正冬瓜粉授茄子花，乱搭哉！苦瓜佛手瓜混在一起，分不清哪个真苦哪个假苦了。"

"你同觉根说，'十八条腿'啥的，只要陈棺材嫁女有的，一样不能少。养活猪的，总不能让做死人棺材的比了下去。我这里的大仓库，专等一字儿地摆他的衣柜嫁妆呢。"

"哎呦喂，饿煞胚跌进辣椒地，看看不辣闻闻辣，红的辣青的辣，老的辣嫩的辣，不吃饿煞，吃了辣煞。"许大媒婆说完，斜侧着头走了。

许大媒走了，六姑也搬架子进了屋里。

阿玉说："天气早着呢。"六姑说："阴天起风哉。"

阿玉抬起胭红的脸，汪汪双眸望着东津湖，湖水平滑似铜镜，遮眼看西斜的太阳，太阳火赤赤的，离西山还有一个西山那么的高，她"哦"了一声……

四十二

在渡口落败的许银仙，又走在北上抗争的御道上了。

北风不留情面地吹着"嘘嘘"的口哨，像警告似的，要北上挣"蹄髈"吃，先得闭上嘴，不然，灌你一肚子苦寒。

今天，她一改前些日在渡口那个下午的装束：扎红头绳的螺旋状的发髻和薄发香油头，用蓝布头巾包裹出一个三角粽，露出窄窄的额和两只眯成缝的眼睛，还有半个螺蛳鼻。手臂不再大幅度地前后拽动，右胳膊挽了一个角对角系着的荷叶布兜儿，也是蓝布颜色的，左臂抱胸，两手互插袖口，胳膊肘护住了风鼓的兜。

前天，小姑回到五行里村的娘家同她说话，说是受公社的李表廉副主任请托，要她去渡口的仓库，按老规矩撮合一桩婚事。她听后像吃下了三碗米酒，拍胸跺脚地应诺，这事儿包在她身上。小姑对她说：不能大意了，听说小痴痴刚回东津公社，妇女主任想撮合这一对，后来，外面听到些风言风语，两人位置的排列上，也暗地争起来了，此话就没了下句。最近听说，那个渡口标致粉脸的小雌货，挤在中市桥头一群乡下小媳妇中，又看嫁妆又抢喜糖的，嫩心思活泛了，骚模骚样的，一眼让茶馆的茶客看了去，闲话传得沸沸扬扬。怕被人先下了手，小痴痴心里有点急，没借口去外婆墩的仓库，又找不到合适的人说嘴，才顾不得尴尬，找了我说话。要你个大媒出面，玉成这事，并再三关照，事情要暗暗地做，别鸡屁股没摸到，弄得瓶倒碗翻，"咯咯"叫得全镇人都知道。我本来不想理睬这个冷屁股贼的，既然他换了副面孔相托，老金的意思是，少个冤家多条路。

听小姑这么说，她心里不踏实了：说不成会不会怪罪？他一个公社干部，伸两指头随便捏捏，便是一个泥罪人。小姑说：你真心真意地说了，不至怪罪你，让你出面，偷偷地，成了当然好，不成，两不见面少尴尬，只是别像小和尚那样的"老鹰轧姘头"——叫得天上都知道。她说：这趟事情弄不成，我嘴唇包住牙齿，牙齿咬紧舌头。小姑说：你这个样子，不成东津湖的落水鬼了？

去渡口外婆墩时，她信心满满的，李副主任这么好的条件，别说无家无室的农村丫头，城里、街上吃商品粮的大姑娘，也抓一把手心，够半天的挑拣了。若自己说成了这门亲事，讨了公社干部的好，对她继续吃"十八只蹄髈"，会有极大的好处。谁曾想到，渡口这一趟，鸭嘴扎进老虎灶烧水的碴糠，空欢喜了。她像被啄疼了的母鸡一样，面对自己的小姑子，又是懊恼又是愤懑，要不是有小和尚几次三番相亲失败一事作垫底，历来大巴掌抓小鸡雏一样容易的事情，不料在渡口三言两语就落败下来，肯定会噎个半死的。那个小雌货竟要小和尚倒插门，说话的时候眼珠里满是挑衅的光，这不是打她本无多少肉的脸吗？这事像二月里一盆带冰屑的水当头淋下，不懵也冻昏了。小姑却笑她：是不是舔到辣椒味了？北山湾又尖又红的辣椒是出了名的，先青后黄到底红，吃到嘴里辣到心里。吴家的种，心气儿高着呢，你以为他们大地主大资本家的成分是白得的？换以前，你这身装扮上门，不呼三两条大狗唬你才怪呢？不成就不成吧，这里还有一桩好事等着你呢，做成了倒也一样，刚才小癞痢又来饭店找我了，他的阿哥上后院找了他，告诉他说，北山湾的吴家正请陈木匠打家具呢，子孙桶、喜桶成双成对地打，样样双份的。他哥大癞痢急了，找弟弟想办法。他有啥办法？牙根痒痒的恨也没用，男女的事，只能商量着来，你把那个大雌货同大癞痢说成了，不也顺了气？

她觉得小姑不该这么关心此事的，也不是这个直筒子人的脾性呀，想起前阵子外甥夫妇的一些传言，便明白小姑的一点心思了。往日，自己家没少叨扰这个镇上的亲戚，粮票、油票、布票、煤球票什么的，凡需凭票供给的，金驼子莫不想法儿地弄来，帮着度饥荒。这事说成了，倒也讨几方面的好。原准备说嘴前，想去南头村兜个圈、瞎子那里请一卦的，算算是什么让她近来诸事不顺。但她听茶馆里吃茶的公公说，瞎子被打断了腿，卫生院胡乱地绕几圈白纱布，喊来他的弟弟，把他拉回了南头村。一路回去，板车御道上颠来颠去，渗了一车板的血，瞎子哇哇地、苦哀哀地唱山歌，他的弟弟拉着哭音，求阿哥别唱了，瞎子竟说，眼睛瞎了看不见，声音瞎了堵得慌。一个人，不见一丝光，不出一丝声，活着的人同躺在薄皮棺材里的人有啥两样？他的弟弟急得眼睛都红了，怕受他连累，又不忍他受这般的苦，几夜下来，头发白了一半。外村再有人去南头村，他弟弟央求别去找他阿哥，说他阿哥已变好，不搞封建迷信活动了。风声传出来，东津镇再也没人去找瞎子了，许银仙听得心里怵怵的，打消了问一卦的念头，只能硬着头皮顶风北上。为防闲言碎语，她胳膊挽个包袱，模样更像走亲戚。

"舅妈，走亲戚呀？"养猪场热气腾腾的大灶前有人喊。

"阿三啊，今年这么早开杀年猪了？"

"不早哉，再过几天大寒了，三九四九不出手，只怕北风停住，大雪铺天盖地地下来了。冰天雪世界的，日夜不睏也来不及杀。"

"这么大的风，许阿姨还北面去？"大池里倒滤毛水的觉根也打了招呼。

许银仙见到觉根，想起前天下午阿玉说的话，似真似假地说："觉根觉根，你好事解决了，'十八只蹄髈'留给自己吃，看见许阿姨假痴假呆地，装不认识？"

"许阿姨，我怎会躲眼呢？再说，哪有好事等着我？"

"白头到老的大喜事呀。"

阿三忙问："好事有了？还白头到老的？好你个觉根，闷屁不放一个的当新郎倌了？"

"许阿姨寻我开心的，哪有这等好事。"觉根红着脸说。

前天的斜阳里，阿玉似真非真地要他倒插门仓库，并要他置办五行里村陈棺材嫁女一般多的嫁妆，说专门腾出一间大仓库，摆"十八条腿"和吃喝拉撒睡的全套器具，他吓得拉了板车便逃。第二天他再去拉稻草垫猪圈，阿玉栗壳额头下的圆眼滴溜溜地转了他一圈，取出簿册要他补签昨天的字，他一看重量是平时的两倍，说重量不对。阿玉拉下脸说："是不对呀，一车算两车重了嘛，昨天，你不称重量拉走，是偷。你个小偷，罚你一倍不过分吧？不去汇报队长，算放你一马了，今天你不签，明天再翻倍。"他没有办法，只好舔舔笔尖签了名字，让养猪场白白损失了一车喷喷香的干稻草。签了名字，接下来的事情仍不顺利，称重时，阿玉总是只多不少地看错秤星，两人为此差点红了脸。

阿三说："南头还是北面的？老实交代。"

许银仙用唱山歌的调儿回道："不是南来不去北，西山的话儿不要提，东面有个高土墩，西津里的水流到东津湖，肥水不流外浜去。"

阿三愣住了，好像没听明白，过了一会掀厚唇笑了："冬瓜缠到茄门里哉，不会是真的。那个眼界不比西山低，觉根这样子？蒙牛皮挡箭的。"

"怎么变成挡箭牌了？"

"觉根这头稀毛猪，骑不上硬背脊去，抽几鞭也只哼哼几声。借他的名头应付，耽搁了他，不用还债。过后，一勺饲料，咸水一拌，又点头甩耳地吃出响声，不落后果，好打发。"

"真不真假不假，要看觉根拿不拿得出你家老五搬进屋的那么多嫁妆了。人家可是准备了一间大仓库，准备溜墙根摆'十八条腿'和金银铜铁锡的家具的。"

"舅妈上当哉。"

"上不上当要问觉根。他外婆墩上车稻草，有没有香过滑面孔，亲过湿嘴唇？小头火柴大草垛，不在乎大小，只在于胆量，豆苗火照样烧红半爿天，半个东津湖的凉水也浇不熄，尝了甜头，管它真假。"

阿三再想逼问觉根，脸涨成酱红的觉根溜进了猪圈。他越想越奇怪，也觉得好笑，这是哪里到哪里了？如果自己当初咬牙厚脸地去了北山湾，觉根真要成了，不是成了一担挑两头大的连襟了？平时照顾他些油水，硬是没便宜外人。不过，细想想，毛老头觉根糊嘴都困难，要拿出陈棺材嫁女的嫁妆，除非养猪场送给他们，或者东津湖的水倒流西津里，不然绝无可能的。想到这里，阿三喘着粗气笑，嘴上却对许银仙说："舅妈回来歇个脚，带一扎猪大肠给舅舅咪咪小酒。"

许银仙笑着说："阿三外甥就想着大舅、大舅妈，一会回来拎家去，晚上同你舅舅煮得烂烂的吃酒下饭，也满满地端一碗你外公外婆吃。"说完话，扯上头巾，顶风走了。

北风里的御道溜光发亮，没有人影，西津里的菁荻和东侧低田坎上的杂草，在寒风里蛰伏着。北山湾人家瓦屋后面的冬季树丛，栗树、柿树、楝树和榆树，已无叶脉，竹子寡淡稀疏，松林苍翠郁悒，目光所及，莫不是落荒的意味。

冬日的朔风凄迷，并未让抱臂前行的许银仙慢下步子，她已在吴家的竹篱前一手抱布，一手敲门，亮着嗓子喊了几声，心中却虚虚地想临走会不会带萝卜青菜回家呢？

屋里有了响声，一条小黑狗吃呛了食一样，尖叫着扑向篱笆门，忽儿又缩回去了，前高后低地吠。一个老妇人的两只红丝眼睛，于狗叫声的上方探了出来。

"吴家姆妈吧？"许银仙一脸笑。

出门来的吴老太，把尖叫着的狗拢到脚边。小狗滚了一个身，委屈地哇哇叫着逃回了屋，屋里出来个红绿相间穿绒线衣的姑娘，捋着狗脖子的毛："阿黑乖，奶奶又嫌阿黑吃多了吧？"

"吴家姆妈，我是五行里村的。"

"哦唷唷，红人来哉。阿贞，对你爸说下。"伸手不打笑脸人，来的何况是东津镇谁家不可得罪的红媒婆呢。

阿贞抱狗进屋，对父亲说有人找，便钻进了自己的卧室。

吴海源从椅上拍衣站立，也没出门去的意思，一旁同他聊着天的陈箍桶耳朵尖，听出声音熟耳，好像是大厨家的许大媒来哉。

许媒婆进得屋来，见了陈箍桶，两眼放光："陈阿叔早就来了？"

地方人的称呼，叔叔阿姨无大小，这与生养众多有关系的。不弄错性别，年老年少的随意称呼叔叔阿姨，也为人与人之间的搭话开了方便之门。

"叔叔来吴阿叔家做喜桶，嘴抿得比箍桶的缝还紧，滴水不漏的，也不透个风气儿。"许银仙半嗔半喜地说。

"许阿姨千里眼、顺风耳，两条麻利腿，哪还要我多嘴多舌，分了你的'十八只蹄髈'吃？"

"看你这张吃得油光光的嘴，你上人家刨来刮去的，赚了吃了，家家念你个好，喜桶坐到老，念你好到老。我'十八只蹄髈'吃不到，青菜萝卜弄一灶台。"

"养猪场小和尚的事，怪不得你的。两个老小，穷得剩个光头，枕头下积的钱，没有毛老头剪下的胡子重。老的贪了后山人的几斤老黄米和两元钱，吐出来不算，隔三岔五还要去中市桥站桥堍，谁愿意自家的闺女攀这一门亲？"

"哎呀，别说了，破畚箕配豁笤帚，到时好坏凑一对。"许银仙的心落下了一半，看来，渡口仓库的事情没有风传出来。

陈箍桶的工场设在吴家秋天夯打的泥墙的东屋。看看这一家的境况，再看看坡下的黑瓦大宅，这个曾经的东津镇第一富户，如今的日子在北山湾是垫了底的。许银仙的心里不由得生出了几分自信。

"吴阿叔，身体好着呢？"许银仙在老两口房间的长凳子上坐下。

吴海源说："原也不是多大的毛病，想开点就好。"

"吴阿叔今天不怪我上门多嘴多舌吧？"

"你吃的这个开口饭，是东津镇的名气人，东西南北的牵线搭桥，怪男怪女不怪媒，只有牵线的红娘，没有包养儿子的媒婆。"

"我也听说你家请了陈木匠、陈箍桶来家，想来也该放出风声来了。照例，北山湾的事儿，有北山湾的人牵线的，那人家找了我，我当笑话应下，也当笑话来说，成不成，看缘分。"

许媒婆这么一说，吴海源隐隐地有些担心。

"他嫂嫂，我家条件你看得清，过的日子，是东津公社最穷的了。俗话说，两间一隔厢，肩上扁担硬；三间茅草屋，挑了好走路。南头村的光棍瞎子，也有两间一隔厢，外加一猪圈的瓦房。我们家的茅棚，同他家没法比。人穷眼眶浅，不要人家的'十八条腿'，六锦八棉十全被的嫁妆，搬来我家也没地儿摆。人周正，心眼儿实在点便好，穷富和成分没要求。"

"阿贞囡女好模样，我的弟弟要是没结婚，第一个让他上门来。好姑娘的媒，做成做不成，别说落个青菜萝卜回家，吃上几竹棒也甘心的。只是今天提亲的人，是专给别人吃竹棒的。"

"这么凶，我家阿贞胆子小，会吓哭的呀？"吴海源的老伴插了一句。

吴海源的心"咯噔"一下，明白了，想起之前坡下的吵闹，那一次姥姥的一个缓招，化了当时的危机。时间过得真快，这个难题又摆到眼前了，他一脸的哭相。原来，远道来的说嘴人，上门说的人，就在眼皮底下，原以为看天斗笠大的人，弄点恶作剧，不去理睬他，事儿就过去了，现在请了许大媒来说事，竟是当了真。想必徐歪嘴的婆娘，乡里乡亲的，不愿做尴尬人，找借口推辞了，才有了今天的上门人。要答应，别说女儿不肯，自己的气也咽不下；不答应，这冤是个死结，今后不知还会有多少变故呢。

"阿爸，你别应下，我死也不会答应的。"吴海源正考虑如何回答许银仙的话，女儿倚在竹门框上说了一句，清亮的眼睛汪满了水。

竹篱柴帘隔不了音，想来做女儿的都听清楚了。

吴海源的心往下沉，他的老伴仍没听出来："哦唷，手段这么辣，这个小伙是哪个村的？"。

吴海源说："他嫂嫂，这事别说我女儿不答应，好坏推在我身上。对外说，我这个老地主、老资本家死不改悔，说什么也不答应。"

"我怎么会这样说阿叔的坏话呢？这样做，不成掏井人的后背抛石了？"

"你一定帮我这么说，是她娘俩听了我的话，才不答应的。"

"话说出口收不回的，阿叔再想想？他家传话，愿意倒插门，生的孩子不怕连累的话，也可姓吴。今后生养多了，随便挑个小光头叫个李姓，接一接香火就好，可见大佬是真心实意的。睏到了一张床上，喜欢都来不及，倒也不会吃扛棒吃拳头的，最多闻个口臭、脚臭、裤裆臭。还托我说，你们一家可搬去下面住，这里还像以前那样堆柴养猪。"

"我们没福住大房子，谢谢大媒人。你是没办法，怕得罪了他们，找借口抓你，像南头村的瞎子一样吃大竹棒，打断大腿骨。你放心，我的心里早已准备好，现在的歌天天唱'一个阶级推翻另一个阶级'，不能'温良恭俭让'，该来的，过来好了。"吴海源挺挺瘦胸，红了眼睛。

"南头村的瞎子也可怜，工作小组成立，立马拿他开刀作典型。有人说，他在御道上得罪人了，坏就坏在嘴上。公社大队的干部还不让他的弟弟照顾他，市政街道的几个民兵，最凶的要数那一对双胞胎，手指头戳着他弟弟的额头说：'不划清界线，连你一起批斗。'吴阿叔，要不再想想？同本家几个长辈商量商量？"

吴海源躺到了叠被上，闭上了老眼："定哉……"

"谢谢大媒，你也别往我阿爸身上推，这个家已苦到根上，不能因为我再害了他们。你告诉那个恶心恶肺的，他有权，我有气，我就是死，也死东津湖去，不闻他家的龌龊气。"阿贞咬牙补了一句。

"可不敢说的！好好的，屋里箍着喜桶，不能说不吉祥的话的。"

"你个好人哪，帮我家阿贞寻个牢靠点的人家，不用上门，远远地嫁过去也成，孩子他爸不光考虑传子孙哉，外甥外甥也是生。"吴海源的老伴此时方明白过来，口中央求。

"姆妈，我不是找借口推托，你两家的好事说不成，怪怨不到我。若把你女儿介绍给别的人家，事情就不一样了，不说柴棚透声，石砌泥打的墙，哪有全隔音的？胳膊粗的毛竹棒举到眼前，我哪有这个胆子，除非你们自己相上了，我才有胆量吃现成的'十八只蹄髈'。"

吴海源对老伴说："现在托他嫂嫂做这件事，不是让人代你挨棍子吗？"

"阿叔家真要有心，南山北山、湖东山西的，亲戚托亲戚，南渚北溆，远远地嫁了去，哪方水土不养儿女？不在他们眼底，日子一长兴许忘了，若还在东津公社讨生活，样样件件拿捏他们的手心，说不定哪天被他们算计了去。"

"我们原也这般想过，只奈阿贞舍不得我俩，加上还有个妹妹挂心，说啥不离开，宁愿住在坡上受他们的气。"

"这就难了，他家有权有势的。听说小佬入赘的那一家，老的同公社的湖羊鼻子一样，是十几年前杀过江来的，比廿月二十八过江的老和尚还凶，一群战友同事把着政府，那个衙门的水，比东津湖还深，得罪了他们，今后的日子只怕步步难。"

"他们批斗我们时，口号声半天云里听得到，说我们是吃人旧社会的剥削阶级。当年，好心让他家有个挡风遮雨的地方，不说四时八节，平日也没少助油米。新政府来后，他们反咬一口，揭发白给我家做长工，最后如他们的愿，把我家分了斗了，还踏上一只脚，永世不让翻身。平时路上照面，眼睛白多黑少的瞟，不理我们也罢，我们只剩个女儿了，仍这般地算计，还不是眼馋活鲜鲜的身子？人要没有两个肩膀的话，早被他们野鸭子吞土步鱼一样的，曲脖子对日头，一伸一缩、一寸一寸地吞进肚里了。茶馆金驼子样的背上长一砣，也不定卡得住他们的朝天喉咙。"

"阿哥这话切不可对着外人抱怨，关上门，自己家说说。这事儿不急几天的，你再细细地想想，大佬不怕高成分连累，后溆人家的妇女队长也不要，铁了心要阿贞，这点是真心的。凭他家的成分和权势，割柴作帘也遮荫，毒日头下好喘气，这些都是好处。我过了廿四夜再去回话。"

吴海源说："我就不送你青菜萝卜了，我们同他家本没什么，何须再证清白？"

不知是没听到，还是没有在意吴海源在她身后补的话，许银仙一溜烟地下坡去了。这一次同渡口的那次不一样，没有气得嘴巴抿一线地走路，她尽心尽力地作了一个媒婆该做的事，尽管这是一次她做媒以来遇到的、最不般配的配对，她还是违心地走过了场。下坡去，步子比来时轻快得多，她想早点赶养猪场去，从阿三手里拎过猪大肠，回家煮得烂烂的，兴许还能赶上黄昏后的吃喝。

"十八只蹄髈"吃不到，这也是一锅油水。

四十三

　　天昏昏沉沉的，像搅浑了的一瓷缸水。没有风，瘦瘦的山，静静的水，皱巴巴的房屋，直苗苗的御道，皆等待什么似的，逃无可逃、藏无可藏地或拢或展，或守或坦，天气反而比前几日暖和了些许。溜溜儿排成行的、青苗地里举着长柄木榔头的女人们，拍打着干硬的狗头一样大的土圪塔。随着木榔头杂沓地落下，碎乱的"啪啪啪"的拍打声，令远远的、御道西的南头村都能听到，村子上空，浮动着近似拍打鬼门关的声音，空气丝丝地颤抖……

　　东津镇的女人们，在风雪来临之前，正拍麦过冬呢。麦苗还未长出骨架，不怕敲断脊椎腿骨，参差的木榔头举举落落，狠命地敲，擂得空气昏浑，砸出天地洪荒。

　　雪慢慢地落了，一朵一朵，漫不经心地飘。一个南头村的茶客迷离着眼，混沌地述说着一个瞎眼人的混沌故事，听了几个下午的茶客是这样记述的：

　　这天，瞎子的弟弟没有出工，拍麦的圆木段，拍打在他的心门子上，他光脚跋着蒲草鞋，端一碗盖着炒青菜的饭，跨过低低的篱墙，行至阿哥的后墙边。屋里传出了弱弱的"腊月落雪苦冬长，鹅脚阿妹薄衣裳"的哼唱声。

　　瞎子拉回家时，负责押送的民兵营长对瞎子的弟弟说："你不同这个反革命分子划清界线，连你一起批斗。"

　　做弟弟的憋红了脸，抖着嘴唇说："怎么个划清法？他又瞎又瘸的，你们政府决定饿死他，我听政府的，不给他送饭吃。"

　　"饭可以送，不可以听他唱反动歌曲，劝劝他，别黄泥道上直接撞进坑。"

　　"他皮烂骨头断，腿上渗血水，额头冒冷汗，哼唱叫喊分不清。"说完想进屋，门已被瞎眼哥哥上了闩，他用拳头捶门，隔门人说："有啥话，去后墙窗洞说。"

瞎子睡觉的房间，有个观后院菜畦的小窗洞，平日里单扇小门闭着，开了木门可讲话递物。做弟弟的跨篱至窗口，敲敲窗，瞎子阿哥打开大半，探头抖着紫唇说："弟弟哎，我不能连累了你，每天一碗饭搁窗台，余下的不用管。我不会有后了，你同侄子要把老刘家的香火传下去，要不然，别人家祭祖，我家的祖宗羹饭也吃不到的。"

弟弟说："别尽唱阿哥阿妹的曲子，要唱就唱革命歌曲，像北山湾的吴大地主一样，民兵打他耳光，他唱革命歌曲，民兵再打，是打革命。你眼睛睁不开，耳朵竖直了听着点，学学他的样子。肚皮饿，弟弟盛热菜热饭与你吃，老刘家吃不起荤腥，自家霜打雪盖的青菜，三灶火煮烂，吃着也甜的。"

瞎子说："父母生养我，小时候躺睏桶，纳鞋底的母亲晃着睏桶哼的老调子，是我掉落人世间听的第一曲。会跑路了，听到的第一曲山歌便是'紫莹莹个红花草，小亲亲个阿巧妹'，我这一生不是在等那些个屁孩子长大，编什么革命歌曲让我唱。"

"阿哥呀，你这么说要被定为两个反革命的。别唱了，打开门，我与你侄子抬你去南面的大镇治跌打伤，那里治不好，摇船城里去，省吃俭用，一准医好你的腿。"

瞎子抹一抹额头的汗水说："这一次不能好了，人和鬼全得罪了。"

"阿哥你也憨的，山前山后，村的位置不一样，人也不一样的。无缘无故得罪了人，吃苦的还是自己。"

"你别多管了，每天供一碗饭，是兄弟的情分。到时听不到歌声，别一个人进来，你胆子小，约堂兄弟和乡邻踢门进来，花五块洋钿，山后陈棺材家买具薄皮棺材，把我着着实实地放进去，叫几个邻居扛到自家的茶叶地，扒个坑，石灰呛呛埋进去，堆个膝盖高的土墩，也是一地好风水。"

"阿哥别说了，阴寒天说这种话，村上的邻居，独个儿的不敢去后山割草种菜了。"

"我眼瞎心不瞎，不害好人。你每年清明前后茶地采茶，让侄子顺带磕个头，不是跪我也算拜。"说完，"咚"地一声合上了窗。

做弟弟的抹眼睛转身，才跨矮柴篱，窗户又推一线："弟弟哎，老了去镇上的茶馆吃茶，记得带上自家的茶叶，金驼子的茶叶，柳树叶子剪碎炒的，吃一壶，一肚子的苦胆水。"做弟弟的哭出声来了，蹲下身、捧了脸，小孩般地哭了起来……

隔了几日，天气阴暗凝重，眼看要落大雪了，做弟弟的盛了热饭菜给阿哥，顺便取回昨天的碗。他敲敲木板说："阿哥，饭要趁热吃，打过几遍老浓霜的青菜，头遍雪一盖，青紫紫的，又糯又甜。"

里边弱弱地答应了，没有开窗，过了一会，传出了飘若游丝的哼唱声，听不清歌词。连续几天了，做弟弟的没照过阿哥的面，室内的声音一天弱似一天。他取窗台盖了瓦片的碗，碗仍重手，冻成了一个冰砣子，阿哥的菜饭没动一口，这是第一次。前几日吃个一碗半碗的，现在粒米未进，做弟弟的急了，用肩顶门，门动也不动，窗口敲了再喊，屋内终于传出抽丝般的声音："弟弟……哎……别吃金驼子的茶叶……黄连苦的……"声音似往暗处的丝线，飘飘忽忽地听不清。

做弟弟的着急了，对着窗洞大喊："阿哥，歌要唱，饭要吃，你不吃饭，怎么有力气唱'蓝布头巾粉嫩嫩格脸，阿哥想妹好精神'？"

屋里的声音细若游丝，若有若无。

当天黄昏，雪落成了鹅毛，一夜下来，积雪过腿。做弟弟的不放心，一早端烫粥给阿哥，木窗前扒掉积雪，敲了又敲，里边没了声音。再敲，依旧没声音。敲了一支烟的功夫，听不到一丝回应，身体猛一颤，急着喊邻居。

"那一天，他边敲门边'哇啦啦'地喊，也喊我了。这几天，我鼻子塞住了，说话说到自己的脑门子里去了，嗡嗡地响，躺在被窝里不想起床，他把大门打得'砰砰'响。"

茶馆里，那个自称是瞎子堂兄的茶客，像西津桥下汩汩冒泡儿的流水一样，诉说着这几天瞎眼人家的境况。

"你好像亲眼看到、亲耳听到似的？天黄黄说到天昏昏，再到天白白，事情像真的一样？"七八个凑在茶桌中间的脑袋，其中一个狐疑地问道。

另一个茶客说："我相信的，他同瞎子虽是堂房，两家人紧挨着住。他东边一间，瞎子弟弟西面一间，瞎子住中间。他家也是一开间三进的房屋，一间房屋一扇门，屋里没砌石墙，没打泥墙，净是空的。老祖宗分家时，用芦苇簚席把房间隔隔开，人不能走，眼光也遮一半去，但味道闻得到，声音听得清，别说咸鱼鲜肉、葱花蒜香，只要一家放屁，两隔壁'啵'一声都可以听声响、闻气味的。"

"看来，南头村人要吃素哉？"

茶客说的南头村人吃素，并非指寺庵无发之人吃素食，和尚尼姑吃斋念佛，不用挂嘴上，是从事这一行必须遵循的生存法则。东津镇人尽管见天吃素，但口中说出的"吃素"两字，意思不太好，是指向某一特定状况的：比如遇到生老病死的白事，东津人不说吃丧事饭，更没人说吃死人饭的，这样说法的饭，谁咽得下？而且，语气多少带点对逝者的不敬，心子软的东津镇人不这样说话的。婉转的说声吃素和吃素菜饭，或者直接说吃"豆腐饭"，于人于己都是良善。丧事临门，人们吃素节制自己，是对亡灵的尊重和哀思，苦酒老豆腐，霜叶粗菜根，还有当堂挂的大白布，莫不是天地相传的至孝至善。

"瞎子怎么能瞎说茶馆的茶叶是柳叶子呢？每趟来，不总是让他白喝水的？茶叶差了点，好茶叶成本高，茶叶贵了茶涨价，一壶多出二分钱，大家就不乐意。"金驼子的脸色燥红，瞎子有点得罪他了。

"接下去怎么样了？"茶客们的眼睛盯在瞎子堂兄的脸上。

"还能怎么样？"瞎子的堂兄啜一口茶，"一脚踢开后门，早皮肤冰凉身体僵硬了，这瞎贼伸手摊脚的倒也躺得平，估计半夜不到走的。奇怪的是，他的眼睛还是生前没张开眼的样子，嘴巴却没闭上。我同几个同村的到大队打证明，要买一些咸猪头。民兵营长说瞎子畏罪自杀，是反革命分子，不能批条子。大队书记说死的瞎子，办事的弟弟，面子也是弟弟的，看他老实头一个，没一起犯罪的份上，打证明盖了红章，批了两个咸猪头。人来得多了，总要弄些声响来，不敢请西津里养猪的和尚来，老和尚正批斗着，估计不敢来，也不敢请吹打班子闹猛，就偷偷地请了后山的假道士，做了一次法。那道士饭也不敢吃，拿了三角洋细，逃一样的去了。第二天吃罢饭，也就是昨天中午，四个壮劳力闷声不响地扛棺材上山，白石灰呛呛坑底，粗麻绳往坑中溜下薄皮棺材，棺盖上洒几铲白石灰，众邻居害怕多看了眼中拔不出似的，七手八脚地扒土。瞎子的弟弟在自家坟地挖了一棵扁柏种了，半桶冰水湿根定土，半村人回瞎子家吃辣酒了。"

"完了？棺材没有扛过西津桥？"

"瞎子的弟弟胆小，棺材哪敢过西津桥，只是兜转半个西津里。落葬后，哑着嗓子喊一声阿哥，胳膊夹一捆黄稻草，拾了瞎子打御道'啪啪'响的竹杖，一个人去了西津桥头，划亮火柴，看得火起，竹杖架烟，青烟里撒一把铅角子，逃一样地离开了，算是背着瞎子的阴魂过了西津桥，西津寺的台地没敢去，直接回了坟地。反革命分子，估计阴间也报不上户口的，瞎子只能做个野鬼了。"

"唱山歌的这样没了？瞎子给人掐指算命，不知道有没有算出自己的苦命？"

"算没算倒不知道，最后的结局，肚里应该是明白的，得罪了革命干部，哪有好果子吃？"

"没了？"

"我知道的全说了呀，雪前雪后的好些天了，接下来的事情，昨天晚上和今天早上，公社的广播不是喊开了？姓杨的写的广播稿：反革命分子刘瞎子畏罪自杀。"

金驼子清清嗓子说："这几天的话，外面不可讲，谁讲谁负责，现在的形势，眼睛不睁睁开，嘴巴不闭闭紧，要吃瞎子样的苦头的。"

"杨家的拖油瓶，仗着他娘躺在春凳上的白净身体，当上了官，啥事做不出？"

金驼子的气粗了："关照不要乱嚼舌头根，你倒好，同我唱对台戏来了，真想吃瞎子那样的几大棒？"

一个茶客说："没有证据的事，不好瞎说的。"

金驼子瞪圆了小眼睛："有证据你敢嚼吗？不嘣落你半嘴龅牙，我让你不出铜钿吃茶到死，只怕你也会瞎子那样的没福分吃。讲了多少遍，前楼吃茶人，吃自己的茶，闲话别捎上后院，这是老规矩。"

"今后只好多吃饭少开口了。"另一个茶客说。

"北山湾的青皮脸回乡不久，搞得神经兮兮的。他专抓阶级斗争后，犯罪分子的数量要翻倍，想把东津公社搞成全县的典型。"

"可不是嘛，原来老浴室的混堂，用泥墙隔出了一个个房间，能关押不少人，瞎子在暗室里唱小曲，就是在里面被砸断的腿。"

"准备过年了，渔业队捉的鱼，尽供给了公社干部。黄昏雪地下班去，稻草绳串直条条的大鱼，拎得手疼。西津里杀的猪，剁下一腿腿肥肉，城里送公社分的。杨金浜也不用成天对广播喊了，外面调来了一男一女，顶替了他，他专任副组长了。"

"专案组借调了近十个民兵，准备对阶级敌人集中看押呢。前几天，布店抱了一匹白布去老浴室，白布又不能当门帘子挂的，霉气的哇，也没死人，买这么多的白布，不知弄什么噱头、搞什么名堂？"

"听说，他瞄上了渡口的小尼姑，得知小痢痢也喜欢那个货，才没敢抢。"

"不是啥好货，两个没吃到东津湖的灰鹅肉，窝了一肚子气，不会这么罢休的。看形势，下面会有大动作的。"

"广播里天天喊，要过一个革命化的春节。老金，你同后面的机关大院熟，知不知道春节有什么动作？"

"别瞎打听，老金又不是说书先生嘴里的孙悟空，会钻进领导的肚皮探消息。"

楼上抹净茶桌的大毛狗，"噔噔噔"地拎桶下楼，对围着金驼子追长问短的几个茶客说："年终岁末的，白天茶馆里吃吃茶，下午早点回家，荤的素的咸的淡的买点吃吃，吃好晚饭钻被窝去，摸摸长摸摸短，比什么都实惠，别到处乱说瞎跑的。"

金驼子说："大毛狗的话大家听听清！岁末年头的，东西南北不要瞎跑，茶馆百口衙门，出了门口不知道谁说的。谁传话，谁兜着，出了事乱咬人，没人承认，过西津桥请阎王来，也判不清的。"

一个缺了几颗牙的茶客说："腊月里雪多，明年要发长黄梅哉。"

"年末年初两白头，明年米粮不到头，又要挨饿喽。"

雪无声地落，弱风里不急不躁晃悠悠地飘。茶馆里不多的几个茶客，听了瞎子堂兄说的一点事，打起了哈欠，转过话题，有一句没一句地说些天气年景的话。

老虎灶的水雾消散了，茶客们不再喝吮渐凉下去的茶壶，也不喊金驼子满壶。大毛狗提壶揭盖满壶时，不言语地摇摇手，摇摇头，哆哆嗦嗦地，一脚脚踏进怅怅里。

金驼子坐在空落落的茶馆里，同大毛狗对望了一眼，开始举板上栅门。

白雪皑皑的御道，一个清唱山歌人打石走路的故事结束了，雪花还在飘落……

四十四

金驼子的脖子上围了一条女儿织的鸭蛋绿绒线围巾，手里撑一把淡黄色的油布伞，同穿着白色工作服的老婆往西津里去。石板街的正中已踩出一条油黑的雪地小径，金驼子走得并不轻松，他的身体前倾，每一步踩得很重。并肩走着的夫妻，各踩新的雪印子，中间始终隔着陌生人和熟悉人的脚走过的、棕黑色的雪沟。

"我来撑吧。"

"你撑？一会捎两条猪腿，还不是仍旧我撑？"

"你早算计好了，重活累活留给我。"

"让我捎回家，前后中间四条腿走路，回家直接吃了。"

"不烧怎么吃？不成西津里的毛老头了！生的熟的只管吃？"

"西津土地'不接生'，毛老头也不吃生的！猪腿由我背着，一路拖回'六家'，不是拖熟了？"

金山妹举起蟹肥臂，轻捶了金驼子一拳："你个死猫活贼，矮还矮出名堂来了？没有这一砣，花言巧语的，不知会害多少个小娘鱼？"

"不好冤枉人的。我要是有这想法，不被当作流氓批斗，也被你右脚踢进东津湖，左脚踢进西津里，两手提了随便一扔，不见了。"

"看不见？你逃哪里去？"

"不是掉进水巷摸土步鱼了嘛。"

"我有那么大的力气？"

"你随手一扔，我这一驼不就滴溜溜地滚下石驳岸了？"

"你倒成了打不煞的木林柴了。"

"木林柴"，热水瓶软塞大小的梨形圆锥体，由栗木削制，俗称"打不煞"，是东津镇儿童的玩具。干泥场、青砖地、石板街，细绳卷圆柱腰，快速抽绳，圆砣落地转动，棒头细绳鞭打，旋如陀螺。小时候，金驼子父母于大寒日子给祖坟添土、修剪枝蔓时，总会砍一截栗柴回家，刨削光滑了，供兄弟俩抽打玩耍。

"只有打不煞的水，没有打不裂的木林柴。木做的，骨生的，会断会裂。"

两口子说笑着，来到了西津桥下的水潭边。水巷里传来了"咔咔咔"的响声，金驼子把手中的油伞柄交给金山妹，自己一步一滑地下台阶，去深潭下看冰。

深冬的东津镇，雪大水少，深潭已下降了一个半木桶高的水位。

"你就是看一百回，水也不会涨高。潭中无水了，大家都去西津里挑水吃。"金山妹抖了抖手中的油布伞。

"天不亮打水，手里有数；天亮路过看一看，眼里有数。"

"弄到最后还不是心里无数？"

"清水衙门，四乡人吃茶。为什么五行里、罗家坞、北山湾、茶点头、篁村那些人家的恭桶，提了水都在自家后院涮的？平时仅仅淘淘米洗洗菜，不都是为了镇上人的一口水、茶馆里的一壶茶？有讲究的，我吃的这口四方饭，金姓水命。"

"东津湖这么大，可淹一城人，还会没水吃？"

"不一样的。流到东津湖的水，里面样样都有。夏天，男人们在渡口、水巷淴浴，上上下下地擦，一泡黄尿，短裤不脱，凉水中热溜溜地解决的。小孩子们时不时地撒尿比远近，一条水道，不说洗东汰西，光是窗户泼出的醒齷水，不知有多少。这也说清了东津庵尼姑掘井吃水的根源。西津里的水，流过人家房屋的屁股，不干净了，只有潭中水是清爽的。"

"吃口水还穷讲究！我们饭店的水，不是从中市桥吊上来的吗？你也天天吃饭店的饭菜，一砂锅大众汤，鲜掉眉毛。"

"只要规定时间吊上来的水，也是干净的。至于撒进去的童子尿，就当补药吃吧，卫生院的仇医生开中药铺时，还特地去觅童子尿的。"

"死板板的货，两个男人拉个破声响的水车，大清早'轰隆轰隆'震人脑门子。"

"老虎灶的水车，老轮子在石街上一滚，比旧日子的敲更人管用，男人听了起床吃茶，女人听了穿衣烧早饭，小孩听了钻出被窝撒尿。"

"屁孩子睡得死死的，哪听得到散骨架的车辖辘声？尿也憋不醒，还不是大人拽出被窝嘘嘘地吹，大巴掌拍小屁股地哄出来的？"

"不是一样嘛？清早听不到水车响，大人也会睡过头，水车声一日不听，不习惯的。"

"什么好声音了？破声响的物件，以为清汪汪、脆嫩嫩、甜津津的山歌呢。"

"山歌好听不让唱，唱了吃竹棒。"

"不让唱就不唱，死要唱，自寻死？"

"走吧，别死不死活不活的，要作死，学瞎子。我们脚步紧点，铃铃等急了，寒冬腊月落雪天，正是腌肉好时节，猪腿早点拿回家，别起早摸黑的。"金驼子说着，接过大伞，单手高举，往前踩新的雪路。

西津里的养猪场，一个属于人、猪、狗同呼吸的世界。没脚窝子厚的雪地上，人的脚印多于乱蹿的花瓣点点的狗瓜子。人、猪、狗在雪世界里喘气成雾，区别的是，一个捅刀子，一个挨刀子，另一个为滴血的尖刃唬着，不敢近前，在雪地里相互厮咬摔打。

捅刀子的阿三见岳父母来了，直起腰，长长地吁口气，朝水雾蒸腾的大锅灶喊："铃铃，阿爸同娘来哉。"

临近年关，阿三见旺米村的一户人家有意卖掉年猪肉，商定买下了一扇加一条后腿，后腿拿回"六家"过年吃用，大半扇猪肉，大号砍刀剁两半，尖刀戳个窟窿，用麻绳串了，让老父亲捎回篁村。前半扇猪肉肥嘟嘟的，喜得老父亲一口一声地谢铃铃，并把背来的青菜萝卜和一只鸡，放在大锅灶旁。家中实在没荤腥了，初冬里，阿五的婚事办下来，不但掏尽了老夫妻的多年积蓄，还在至亲处还挪借了一二。东津镇人常说的，着末的"老拖"儿子，总是要掏空父母布袋的，要不是亲家公送的粮油票，平常吃喝也成问题。阿三送的两百斤肥猪肉，一场婚事下来只剩下一点汤骨。就这些汤骨，也分成一碗碗，答谢了辛苦相帮的众乡亲。阿三知道娘家窘境的，同金铃铃说了一嘴，金铃铃反而怪怨他，天天杀猪，不会留个心眼，只要不是北山湾人家的猪，随便买，买下肥肥的半扇，不至于让回娘家的陈棺材女儿，在大棺材旁哭诉，王家穷得过新年也没个荤腥油嘴。

乡下人喜欢肥一点的猪肉，可以熬出喷香白嫩的油来，可管明年长春三四月的饥荒。阿三单独关照了父亲几句话，做父亲的惊恐了双眼，连连地点头，粗指头揉揉老眼角，佝肩两披肉，吱吱声中踏雪归家。

"阿爸，娘，到灶膛间来，这里暖和。"金铃铃腋下夹棍，半抬手相招。

大灶间的气味较雾浓，比茶馆暖和多了。几个临时借调挣钱买工分的乡村屠夫，隐在白雾里，正流眼泪挂鼻涕地褪着猪毛。杀猪的过程中，褪猪毛是个累人活，烟熏雾蒸水烫手，一头大猪，在响水锅中反复地翻转晃动，烫得差不多时，吹气刮毛，待猪首四蹄白净了，掀出大锅，勾挂于斜靠墙上的木梯去，再掀下一头沥血未尽的大猪进锅。一头头的褪毛，唯有锅中水浅需加冷水，守灶人旺火猛烧的间隙，才能喘一口气，清一把鼻涕，重新点燃掐灭的半支香烟，"嗞嗞"响地穷抽几口。这样的重活儿，常年杀猪的阿三和毛五是不用做的，村里来的几个，抢着干重活。他们知道，年年腊月，有这风光的同油腥打交道的一个月，技术不是第一位的，除了做人谦逊和巴结外，累活脏活抢着干才是立身之本。虽说阿三、毛五也是挣钱回生产队买工分的，他们属长买工分，定了就不会变。短买工分的，说不用就不用了，只有多做点累活，在长买工分的嘴里讨个好字，明年这碗近月的油腥饭，仍会盛进他们平日装苦素的碗中。

进入腊月，白天的养猪场热闹起来了。天没亮宰杀集体的猪，天亮后宰杀乡村人家的猪。杀公家的用大秤称重，记账拉走。杀私家的，需交给金铃铃二元宰杀费，另付给东津大队柴水费一元二角。出了三元二角钱，可整头地来，零碎地回，猪头猪血、猪杂猪肉一样不少地担回家去。倘若愿意，废弃的猪污物也可桶担挑回，沤自家的自留地。当然，这样做的人几乎是没有的，再节俭的人，看着白肥红瘦的满筐猪肉，高兴得眼睛眯成缝，憋尿上自家茅坑的算计，在大财富面前，也会豪爽一回的。

净肉的重量仍会称一下，作为主家大半年养殖是否成功和亏赚的评判标准，做到心里有数。

金驼子到了养猪场便散香烟，轮到毛五时，毛五一愣，手伸迟了些，仍接了。自从金山妹骂街后，不管人多人少，他同阿三都是各摸自己口袋抽烟的。

八九个人聚在小屋吞云吐雾，金铃铃被呛得逃了出来，同西津里担水的觉根搭话。

"觉根觉根，怎么不托我舅妈再给你说说？要不要我去关照一声？送个猪头给舅妈吃，她肯定卖力气给你跑腿。"

"还是不要麻烦她了，我这穷样，哪户人家能相中？"觉根担着两桶晃悠浮冰的水，踩级上岸。

"你有人了吧？阿三同我说的，外婆墩上淡豌豆荚眉毛的那个？阿三半信，我全不信。黄灿灿的油菜花插猪粪上，底下还好坏一堆肥料的。你们两个，差不多卵石滩上栽嫩秧了，别说见个绿，性命都难活的。你又不是金刚不倒翁，要啥没啥的，她没个贪图，人憨的？"

"你舅妈瞎猜的，我能做个两手猪粪、吃饱肚皮的光棍，都便宜我了。"

"你可不能打光棍，不然，养猪场缺接班的小小和尚的。"

阿三说："现在不能叫和尚，要批斗的。"

金铃铃说："怕点啥？和尚两个字，字典里躺着，是不是字典也要批斗？别像阿三那样属老鼠的，一丁点事就夹紧屁股逃。他就捏把尖刀，衔支香烟，半夜出门的杀猪胆大。"

一个翻着热腾腾猪肠子的屠夫说："杀猪人的刀，走夜路的胆，阿三师父的刀捏在手里，屁沟沟一定湿的。"

东津镇的屠夫行业，虽不是面子光鲜的手艺，且还有此辈子杀生多少、来世挨多少刀报应的说法，并不吃香的活，规矩不少，杀猪褪毛，得自小闻血腥学起。除了左撇子不教外，学徒的胆子要大，屁股够圆，胳膊够粗，手掌够厚实，喉咙够清亮才行；屁股大了好放屁，胳膊粗，轻松提一头猪，手掌厚，攥得紧尖刀，说话响亮肺气足，几口吹涨一头大猪。杀猪人夜半走路三件事：抽烟、提刀和放屁，放不出响屁咳嗽代替。一句话，再黑的夜路，定当弄出声响来，光听自己"哗嚓哗嚓"的脚步声，听着听着会心魔，越听越害怕，害怕了，会有鬼魅踮脚上前掐脖子，这是每个老屠户必会传给徒弟的心得。

阿三身体强健，嗓门够响亮，就是胆小。金铃铃常笑他，他的师父肯定是个没有胆量的人，看见个小胆儿的，拉到筐中当宝贝。还有一个可能，阿三会拍马屁，才让师父破了例。这一点，倒是让金铃铃蒙对了，阿三不会拍马屁，小时候就不会去北山湾采松蕈，给师父找下酒菜，也不会有小癞痢一帮人的捆绑，更不会在松树的清甜世界里，看到一双终身难忘的清亮亮的眼睛了。

阿三嘴上不认账，心里还是服贴自小油光光的小刁嘴的。他心里想，马屁当然要拍的，今后有机会，还要偷偷地去北山湾采松蕈。师父不在了，采回松蕈自己炖猪肚吃，肯定好滋味。说不定采摘时，隔着松枝，还会看到一双水亮的眼睛。想到这里，放肆地吐了一口长烟，烟柱喷往了北山湾方向。

"觉根觉根，你同阿三好弟兄，让阿三往北给你找找，他走村串胡同、前场后坡的杀大猪，认识沟田坟地上割草的大姑娘多。"

"大姑娘、小姊妹穿花衣裳，比西津里的花鲤鱼还多，可金灿灿的鱼鳞儿轮不到我一片的，别说搽一手腥。"觉根搓了搓冻红的双手。

"小学堂里没读多久书，你倒蛮会打比方的，比阿三强多了。阿三笨脑子，除了杀猪，整天想着西津里捕条金鲤鱼、山凹凹捉只白兔子，抱家来养着。"

"我怎么同阿三比？阿三眼睛小，脑子不小。亮晶晶的眼珠，一眨一个点子，文武一点不输人，话说出嘴，说啥像啥。"

"别一点小油水就糊了眼睛，总帮阿三扫屁股灰。看在你们好朋友的份上，你对着西津里打个好比方，西津里像点啥？打好了，我让舅妈给你找个不要'十八条腿'的好媳妇。"

觉根回头看看堤下，挠一下太阳穴。阿三说："这还不简单，西津里不是一张绷开的猪网油吗？"

毛五吐掉烟蒂，手中尖刀刺破猪的尿泡泡，"哗啦"声中说："明明一个猪尿泡嘛。"

金铃铃笑道："觉根，你说西津里像猪板油可不算的，这两个杀猪的，猪脑子吃多了，脑满肠肥，哼出声的尽是些猪点子。"

觉根想了想，猛拍脑袋："有了，这是渔船人捉上岸出水鱼的眼珠子，憋气憋得起雾了。"

金铃铃笑弯了腰："还是一条花鲤鱼呢？前来杀猪的别再送猪脖子肥膘了，小和尚吃腻了猪油，想尝鱼腥哉。"

四十五

东津渡口，没有人的脚印，只有狗爪子的半朵梅花，那是黄狗自己兴奋自己、莫名其妙撒欢撒出来的。

阿玉推开竹篱门，只见白茫茫的一片，没有路，不知从哪里下脚。雪落的下午，天静得听得见扯棉絮的声音。枝头吵闹的麻雀飞走了，猪有气无力的叫声，隐隐地从西津里传来，仿佛在诉说人们过年吃肉而它被宰杀剔骨的不平，为寂静的渡口添了一丝人间烟火气。

从几个稻草垛的空隙里往西望，见有人从街的东梢过来，一个黑头、一个蓝布头巾，远看有点像黑小佬夫妻。待渐渐走近了，果真是黑小佬夫妻，阿玉忘了雪地上无路，"哇"地一声奔了过去。

"阿玉，舍不得你，来看看你。"走过渡口的吴水妹喊了起来。

"我和姑姑以为你们忘了我们，烧得热腾腾的水，没个人来泅浴。"

黑小佬直接进院同六姑说话去了，留下吴水妹同阿玉说话。

"雪落个不停，不敢出门洗浴，怕受了寒感冒流鼻涕，打针吃药的。现在的人有吃有喝了，身体金贵得了不得。我偏不信，泅个热水浴，皮肤搓得红红的，蒸蒸透，出身热汗正好去寒气，省得煨灶猫一样的，整天草窝子里焐脚炉。"

"还是阿嫂人爽气。"

"水快烧开了，里边暖烘烘的，去喊那些懒婆娘出来，别糟蹋了这一锅好水。"黑小佬出院门来说，"阿玉阿玉，干脆把水烧开，热气冒冒足，开个灯照着，泅浴时，锅中再兑些冷水。"

"你个大队干部还关心女人泅浴的事情？"见阿玉进屋烧水了，吴水妹说，

"到了街上别拉破喉咙喊，我一家家地敲门，你一个男人家子的，喊姑娘媳妇浴，好意思张得开嘴？"

"那些女人该踢屁股！不砌大锅浴室，嘴巴叽叽喳喳地，办好了大锅浴灶，又发嗲不来了。"

"老人话，落雪天浴不吉利的。"

"一脑袋封建迷信！看来，破除封建迷信活动还要深入下去，只要不过分，好处蛮多的。"

"你大队干部觉悟高，我们女人觉悟低。"

"这么好的水，不汰汰干净过年，尽是些懒婆娘。"

"你怎么知道人家汰没汰干净？你们男人就爱往那处想。"

"我不瞎想，你喊她们出来汰，这一大锅热水和一大缸凉水，阿玉吊的井水，现在空着不洗，临到吃年夜饭了，水哒哒滴地麻烦六姑，大年小夜的也不让她们关门歇歇，你不看六姑瘦的？捉空同她讲讲张，少做些蒲草靴，白天黑夜熬着，只怕过了冬，会瘦成柴草把，明年春发关口不好过。"说完话，径自往西走。

吴水妹说："别再买肉了。"

"队里分的几斤给谁吃？不够嵌牙缝的。你儿子的小喇叭嘴，能吃三块大肉了。"

东津大队今年过春节，按人头分一斤猪肉，同沤田的猪粪猪肥料一样，抵扣觉根拉的饲料和稻草。平日账簿清楚，到年底，大队会计同小队会计结算，多不退，少要补。大队卖猪得大头，生产队得小头，社员也捞个斤把肉的油水。别看一斤肉，放在前几年，算是大油水了，能不让大人小孩喜欢？

吴家觉悟高，自家不杀年猪，圈中哼哼的，直接卖给了国家，带头过革命化的春节。

东津大队的社员，还有几户没杀年猪的，新上任的一队队长吴水根家，也把活猪售给了国家。西街的杨家，据说也破了例，圈中两头大肥猪，喊来毛五帮忙捆扎，猪叫人哼地抬到渡口，装上了供销社的大船。

黑小佬知道杨金浜这样做的意思。杨金浜在公社大院混了这么多年，不见转正机会，吃不上商品粮，连个吃商品粮的对象都找不到，早想回大队，掌个管一两百人家一人说了算的实权，下面有人拍马奉承，对上也有资本搞关系，瞄得机会，还能捏捏小媳妇大姑娘的嫩白腿，若入得了巷，还能在人家后屋的春凳上成其好事。察觉出了杨金浜的这个想法，黑小佬父子十分地紧张。这年月，竞争是斗争，斗争是不择手段的，明刀子、暗拳头的一齐来，况且，杨金浜并非一个人拼，三队队长私下对黑小佬说：杨金浜经常请李副主任和杀猪的毛五吃酒吃肉，有几次，李副主任还拉上了公社负责组织的副书记，每次吃得酒酣耳热地出门来。杨金浜贴了老酒饭食，还贴了掐得出水的妹妹。送走客人后，半夜三更的，不管天冷天热，他总是长毛巾披肩，哼着革命歌曲，钻备弄、下水巷地去洗涮，半夜的一巷水声，特别地欢畅。

大队分的一斤肉，对于一顿饭能吃一碗肥肉的黑小佬来说，自然肥了两天嘴，第三天便没了油腥。

"我阿哥捎话来了，他家的大猪杀家里，准备送大半扇过来，够你吃的。"

大半扇肉，这么多？黑小佬狐疑地看着老婆。

"不用你摸口袋，送你吃的，你当大官了，豆腐郎拍你的马屁，今后得空同旺米大队的书记打个招呼，别割豆腐人的资本主义尾巴。"

黑小佬停了步子，咧着嘴笑笑，摸根烟抽着，继续往西边走。

"还买呀？"

"不买了，同觉根讲张去。"

吴水妹不再问，一家家地敲门说话，那些身体缩老棉衣、双腿垂稻草窝子、铜炉烘脚的女人们，经不得她的几句话，里里外外地寻衣找物，蓝布头巾裹了头，三嫂四姑"哇啦啦"地喊约。

女人们出街口，顺着雪堤往东来了，牵出一溜小尾巴——早憋得泪汪汪的小孩子们，从母亲的背上滑落下来，在齐膝深的雪地跌爬滚翻，捏雪团子互掷。做母亲的，心疼孩子脚下的小棉鞋，呵斥着张手抓捕时，白花花的小雪团招呼在了她们的身上，炸出一朵朵开心的小棉花。雪世界的孩子总比母亲们灵活，看大人的眼睛，有张开五指的意思了，赶紧连滚带爬地往开阔处逃。

"你们放心汰吧，我同阿玉外加阿黄看着。"吴水妹同姊妹们说完，呵斥孩子们，"只可在场上玩，乖的吃糖，不乖的让狗咬。"阿黄也拦篱门外，东津镇的女人，口头没把拦，对着男人也敢拉手扯脚、嬉笑怒骂，真要赤身裸体地做那点子事了，一条成年雄黄狗的绿眼盯着，心里总别扭。

小孩子倒也不怕狗咬，又不是陌生狗，阿黄同他们好着呢，不过听说有糖吃，乖乖的没一个离开晒谷场。跑疯玩累了，着地滚雪球，雪球滚得推不动了，滚个小点儿的。几个稍大些、挂着清水鼻涕的孩子，费力地抬大雪球上去。

堆了一个，又在旁边像模像样地堆起了另一个，矮小了些，从柴垛抽一小把稻草，乱糟糟的充当长发，意思是婶婶阿姨般的人物了。两个雪人坐地朝南，眼睛看站渡口方向。小孩子们搔搔头，摸摸脸，想了会儿，在两个雪人的空档间，堆了个更小的雪人，估计就是他们自己了，刚才找到半截芦苇的，捡来筷子长的一断，没塞进小嘴去，直接插在了小雪人的裆部。

"哇哈哈哈……"的一阵笑，这么长的小鸡鸡，小孩子们挂着鼻涕笑，吴水妹笑得眼角亮晶晶的，阿玉也跟着笑，前者笑自己的儿子小小黑和邻家孩童丁点儿的人，竟弄出如此大的物事来；后者笑自己心中的一点胭红和羞涩。唯阿黄懵懵的憨态，摇摇尾巴，表示不明白。

东津渡口的阿玉羞羞地笑、阿黄傻傻地懵时，北山湾村的阿贞气哭了，吴海源更是气得咳出了浓痰，他找来了队长和几个邻居，来到了村口的大痢痢家。

"有这样堆雪人的吗？这是耍流氓，骑到别人头上了嘛。"气昏了头的吴海源顾不得掂量说话，额暴青筋地对大痢痢的父母和几个邻居说。

这几天不出工，大痢痢闲得心慌，滚着青砖场上的厚雪，在东墙脚、吴家上下坡的沙路上，堆了个比他还高的雪人。别人家的雪人背山面水，或者背屋面路，大痢痢堆的雪人是反着来的，背水面山。童心萌发堆堆雪人本无可言，问题的关键不在于丝瓜筋做的鼻子、灶膛灰嵌的眼珠、破草鞋挂的耳朵，而是雪人胯下上挑的一根扛棒，棒头直指坡上的吴家茅屋。

"这是什么意思？这么下作，还大队民兵营长呢？"吴海源边咳边说，咳出了眼泪。

大痢痢的父亲不说话，回屋取了铁耙，把雪人头耙翻在地，大痢痢的母亲操起被队长踢斜的扛棒，边骂边向大痢痢砸去："你个没心没肺的短命鬼，嫌丢脸丢得不够，风天雪地出门遭报应，喝了尿，早点躺尸了哇，平白地挨人白眼。"

大痢痢斜地里往御道上逃，嘴里喊道："做个雪人碍啥人了？不就是下面的长了一点吗？"

队长说："今天这事到这里，你再把杠棒弄上去，我叫徐书记来评理。年夜岁逼的，你一家三个被人按在雪地上打，我只当没看见，你要去公社告，我带社员去公社作证。看你还能不能当得成民兵营长？"

大瘌痢的父亲说："这事怪大佬，看在乡里乡亲的份上，饶过他这一回。他要再敢弄点事出来，我第一个打断他的腿。"

队长说："村上堆雪人的这么多，哪有这么明对着人去的？你堆自家屋前，对着西津里，别说弄根抬东西的竹棒，就是弄根晾衣杆和长钢叉，乡邻看了也不过是笑笑。话放这儿了，新年新岁新气象，别牙齿打落在雪地里，一个劲地白找。"

逐渐聚拢而来的邻居纷纷说，大瘌痢的恶作剧太过分了，再敢弄花头，就是大年夜不守岁，也要把他搋进西津里的冰窟窿去。

众乡邻你一言我一语地说着，吴海源的老伴，又提着长齿钢叉下坡来了。"那个恶行倒怪的货呢？让我老太婆看看他夹着的到底多长？"

"婶婶，讲好哉，他再弄花头，全队人打他一个！"

"这个杀千刀，天下世界，你吃你的肉，我吃我的糠，我老太婆天天吃素，眼目清亮的，不眼红你的大鱼大肉。"说完，钢叉狠扎了雪砣砣几下。

北山湾南去三四里的台地，养猪场的毛老头和觉根对着西津桥，堆了个不小的雪人，虽没堆出尘外人的动作，雪人五官手臂一样不缺，只缺胯下之物。不知是忘了还是怎么的，反正毛老头没往那处想，估计觉根也不敢想……初冬日子看到的五行里村陈棺材家嫁女搬嫁妆的队伍，把他们的一点心思吓回去了，像霜打的茄子，瘪了蔫了。那次看得嘴角流涎水，让他们见识了，什么是东津镇人嫁娶的"十八条腿"，和金银铜铁锡的嫁妆。

婚娶搬嫁妆的浩大人马，吓倒了身无长物，灶台只有半罐盐、半瓶酱油的老小两个的胆。好在他们多少还有点出家人的底子，想不开的事，不多想，心也平和了些许。事实上也只能想开，再苦再穷，日子总要过下去的。

四十六

　　雪后的东津镇水墨画般的灰白。天空灰蒙蒙的，看不见土地的本来面目，天地间弱了轮廓，远山近树在雪的逼迫下缩小了身影。人家的房屋被厚雪压低了一尺，斑驳的陈墙，在扎眼的白色里，不再是往日孤傲冰凉的面孔，而是呈大白于天下后的受挫的灰暗。走动着的人，过新年的红绿新衣还未穿身上，还在樟脑闷熏的木箱里，还在"哒哒"响的缝衣铺，还在营业员笑脸后的布柜里……而旧年的久不浣洗的衣服，同营养不良的脸一样灰暗着。雪地上踏出的灰色路，西津桥下和背巷的冰，在暗淡的光线里，整个东津镇活动着的人和心情，像静物一样的灰，唯西津里杀猪阿三斜握着的尺长尖刃，寒光闪闪地、同天上的落雪一样，不讲情面的白。当第三种颜色出现，必是阿三的白刀子从猪脖子中拔出来的时候，那时喷射的一抹红色，红得腥，红得烈，红得透。还有一种红，那是人家屋檐下广播里唱着的革命歌曲，看不见颜色、听得出颜色的红——比阿三刀尖滴着的还红！

　　今年的最后一个"六上"市日，在灰白画里熙熙攘攘地开始了。四乡八邻的农人背筐挎篮、拖儿带女的，聚集于贫弱的东津镇，奏出了热闹的市俚。远道来的，南山南、西山西、北山北的东津人眼中的外乡人，天不亮地早早赶来，走路喘出的热气，雾结了半眉毛的霜。他们的筐箩桶盘中，莫不是一年辛劳的硕果，自己不舍得享用，担来市集，盘算着青白黑黄之物，能换回多少钞票，回家后将钞票塞枕头底下，睡个香甜踏实的过年觉。

　　集市上，外乡人卖的多于买的。他们的担中，青白的无非是东津镇同样有的青菜、菠菜、大蒜、萝卜等应季蔬菜，这群人最辛苦，为让蔬菜最大程度的新鲜，半夜起床，红萝卜般的手指在冰天雪地里抠挖拣菜，从十几、二十里路的雪夜赶来，换不来一碗热面钱和几个热腾腾的包子钱。捱到下午，实在卖不出去的，拢成几份，吆喝着二分三分地论堆卖。收入微薄，一分钱的热汤水也不舍得花，从贴身棉布衣衫的兜里，摸出几片薄薄的黄纸包着的年糕，趁些许体温，一片一口地嚼，算是早餐。有脸皮厚、嘴巴活络、叔叔伯伯张嘴叫的，拿个搪瓷杯，一声金阿叔，从茶馆老虎灶讨一杯热水。这时的金驼子，早忘了清水衙门不送水的成规，不说一句话，大水勺直接淋满搪瓷杯，余下的水"哗"地一声响，再回入沸腾的汤罐。讨到水的千恩万谢，回摊位也不独享，与一起来的，抑或生意中彼此熟悉的，一递一口地轮着，抿一口湿湿满是年糕碎屑的嘴。重担来，空担回，是菜农们的简单要求。兜卖黑黄之物的，除了一部分自产的山货外，大多是从邻居与邻村人家采收的。卖的是干货，一担货物兜售几个市日属常事，山中的笋干、黑木耳等干菇物品，为主打产品，售卖时间较新鲜菜蔬宽松较多，无需当天出货干净，且挣的钱也多了些许。但他们比卖时蔬的轻松不了多少，常常重担来重担回，二十里山路，四十里肩上分量。倘若老天开眼，筐中货物一扫而净，不用多想，或者买几个蓬蓬松松的大肉馒头，或者包几档油氽团子，掮在手中，往嘴里一塞，半个已然不见，大有不吃个饱肚不罢休的腔调。一个嘴中咂味大嚼，空出的手，用油纸小心包好余下的，藏空筐中，待晚上蒸热了，全家尝肉滋味。也有钻进大众饭店的，一大碗量足的葱油宽汤拌面，热呼呼地吃个滴水不剩，嘴角全是酱香。女掮客们没有男人那般的爽利，钞票点了半天，定眼定脑地，神色上仍是一个不舍，布帕儿一层层包了，捏成卷，塞进贴身的口袋，外衣上按踏实，看别人吃喝，这也因此会引得男掮客们的数落……买了点心吃的，或者将钞票紧揣进怀的，这些外乡人来东津镇，不是来买的，是来卖的，是来挣东津镇人的钱的。

也有一部分水上来的外乡人，从东津渡口上岸。油布遮盖船舱的，必是浙北来的四五吨的木船，船上装满了大白菜，浙北人一担担地挑上岸，墙一般地垒在中市街，一天下来，削下的菜叶子堆成半个身子高。平日，碎叶总被勤快的农妇用大筐儿背进猪圈喂猪，节前猪圈空了，没人抢菜根残叶，养猪场的觉根就成了这堆碎叶的搬运工，板车每天来回一趟，闲着的浙北人会帮着装车，顺便抱上一大棵未削的大白菜，颠颠地压顶。另一种农船装来的，没有大白菜堆得那么夸张，却是东津镇的女人和孩子们的最爱，紫皮、红皮、青皮的甘蔗，一捆捆斜靠着中市桥的石墙，这让站桥堍的"四类分子"，有点"望蔗止渴"的意思了。

一船白菜，不消几日售卖干净，船上人便会扯起白帆，斜穿东津湖，王子般地得胜归去；削了十天八天甘蔗的小伙子，挨过一个市日，收摊换码头。这群外来客，是东津渡的暂住客，在渡口一住几夜。他们在东津湖洗衣，去外婆墩的水井打水喝，冬日薄阳的黄昏时分，船尾陶灶的炊烟直描描地，敢同东津镇人家的烟囱比高。

水上来也有不过夜的，这些皆是湖东的小舟楫。他们看天吃饭，东津湖风平浪静，双桨打水地前来，天落黑回去。因为离城市近，舟楫上轻担上岸的，均是城市才有的花俏玩意儿，他们不用大张旗鼓地兜售，红绿俏色醒人眼目。竹筐的盖作柜台面，花鞋俏帽，画帕蓝巾，泥哨糖人，莫不让一镇妇女孩童的眼珠子，掉落到他们的花花绿绿的筐中去。

本乡人买的多于卖的。一年过去，农事已闲，小孩子不用再去小学堂呆坐，跟着老师读白字。一家几口上街来，购些笋干粉丝之类的干货，在老街走动时，盘算一下兜里的钱和布票的数目，给家人孩子添一件新衣裳，是这群上街人的主要心思。扯几尺布，交缝纫铺抢工，新年让孩子穿得红红绿绿的，也是脸上的光彩。

还未穿上新衣的孩子们，在雪地里大人一样地迈着老成的步子，黑水晶般的小眼珠滴溜溜地看店家货物，反拉着父母的衣角，急去布店量尺寸。大人们不急，兜中钱款没有购买他物的余地，一家家货物满架的店铺，也会挨个儿地看个够，平日衣兜里布贴着布，没胆量看，好不容易囊中壮胆，得笃定地看，一饱眼福，且有的是时间。到了中市街，西街来的往东看，东梢来的往西溜。

镇西第一的收购站，敞亮的院子，常年堆着些猪羊牛骨和破铁疙瘩，几张野兽皮贴在穿堂的墙上，店内透出一股怪怪的味道，也让大人小孩闻着不愉快。紧挨着的缝纫铺和理发店，乡下人一年不一定进一次缝纫铺的。理发店倒是见月必进，再懒或者再算计，两个月里照顾一次头脸总是要的，头发蓬乱了，精气神不足，在东津人的眼里，看不惯头发比女人还长的男人。脚步再往东移，单间门面的农具店和水上物资经营部，长物件和重物件多，光顾的是一色抽烟放屁的男人，实在乏味。船用绳索、篙桨之类的物资，渔民是主要的买家，各生产小队的农用船，也是店家瞄着的客户。紧挨着的粮油门市，不是谁都敢进去的，手头不攥个十斤油票、二十斤粮票的乡下人进去，在米香油香的柜台前站立，简直是个笑话，小孩子直接被轰走，大人们也会挨几个讲着张的营业员的白眼。

隔壁的信用社，农民兄弟是要进去的。家中卖掉大猪，年终队里分红，总算攥钱在手的乡下人，会去高高的围着铁栏的柜台，摸出一大沓，换回薄薄的一张纸，左看右看一会，小心翼翼地藏进贴身的衣袋，胸脯拍实了，才放心离去。倘若纸上的数额可观，心情也好，一家几个便会拐进金山妹的大众饭店，男的和孩子各一大碗焖肉面，吃得嘴油脸红，女的只一碗葱油面，小口小口地嘬。吃毕抹嘴出门，金驼子大茶馆的六间门面就在眼前了，老虎灶的大铁锅半开不开的"嗞嗞"响，汤镬子整日"咕噜咕噜"地冒泡儿，这里是男人们的世界……茶馆东侧挨个儿排着的百货商店、杂货店和南货店，货物一如往日，是不得不进、又花钱心疼的地方。阿三的猪肉铺，春节前杀了年猪的乡下人，不放眼里的。待过了来年的黄梅天，灶间绳勾的腌肉吃尽了，才会试着试着，侧身排在满是猪肉的案板前，做出随时逃走的样子，手指戳着肥得发亮的猪肉，左挑右拣。屋里操刀的，当然不会尽人所愿，肥的必搭上一条猪肋骨。于是，外面的人脸红、里面嗓门响地争执，成交还是成交了。猪肉铺隔壁的蔬菜部，一个为乡下人笑话的铺子，无论什么季节，街上人吃的蔬菜，菜叶都是蔫蔫的，还要配给，连猪吃也嫌不新鲜，生意这么差，柜中好几个男女吃闲饭，哪来的钱发工资？这个门店糊涂了一乡的农人。蔬菜部唯一要进去的，是用家中的黄豆换豆腐吃。黄豆兑进去，除了当场取走的豆制品，一时吃不掉，店中会给几张盖了红章的黄纸票证，票证简单，永不失效，不拘哪一日，店中见豆腐，凭票任意购兑。豆腐，这个嫩生生的白物，东津镇人分小吃、大吃和被吃三种。小吃，乡人碗口菜肴，煎炸汤煮皆可，豆香天然，雪菜炝色，味道家常；大吃，店里生意好，是因为有人过世了，东津镇又有人家吃"豆腐饭"了。至于被吃和被说吃，乡人心中自然明白的，皆不算光彩之事，不提也罢。再东去的一间，父母们最头疼的一间食铺，到了门口，倘若没有表示，孩子的小屁股坍地不走了，一腔不达目的不走路的样子，更可恨的是，胖墩墩的林老儿，从丝丝缕缕的雾气后面，露出葱油香的宽脸，装出一副慈眉善目的样子来，有多少个小孩，跌进了这满是陷阱、深坑的眼光中。没办法，葱花咸猪油糕已售罄，咸溜溜的葱油香味久不散去，成双卖的油煎糯米团一档一档地粘着，猪肉香、菜油香、糯米粉香，还有热笼屉中的大馒头，冒出的热气也是白的、香的……大人们僵持不下去了，低眼看口袋，还未掏摸，里边懒洋洋的林老头儿瞥见了，一扫迷眼欲瞌的神情，掀开笼屉盖，从升腾的浓雾里，动作飞快地抓出白软之物，用黄油纸垫了，在热气中递出。看着他汗浸浸的额头，慈善的眼目，谁又能于接热馒头的间隙，还以冷面孔呢？

东去最后一家，也是中市街东起的第一家，是邮电局。走到这里，大人小孩止步了，乡下人不识字，不写信，外面世界没人收他们的信，喜怒哀乐的心情寄不出去。

当然，这几年东津镇的识字人也不写信了。阿贞识字，很想写信，但她不知道写什么？寄给谁？父亲外面熟悉的人多，自从扣上大地主、大资本家的帽子后，已不再写信，汇报材料倒是写了不少，其他方面个字不写，父亲怕再次抄家，万一搜出片言只语，被别有用心的人强拉硬扯地，说不定又是一大罪状。这些天，父亲常常提起一同批斗、被民兵打断腿骨、生生疼死的瞎子，瞎子就输在不肯说软话的嘴上。那天，双胞胎兄弟几棒砸断了瞎子的腿，血从灰布裤里渍出来，黑黑的，因为就在身旁，嗅到血腥味的父亲像砸在自己身上一样，眼睛绝望地闭上了……之后没多少天，便传出了南头大队瞎子畏罪自杀的消息。瞎子的死，致使父亲的性情大变，也伤感了许多，平日的话语更少了。阿贞担心父亲一时想不开，做出伤及自己身体、伤痛家人心的事。那天，大癞痢堆了个面朝北山的雪人，沉默的父亲一下爆发了。事后，几个侄子进屋劝他，母亲也说了他几嘴，凡事不再让他出面，用母亲的话说，让她这个老太婆出面当"恶"人，看他们能把她这个地主婆怎么样。

雪沸沸扬扬地落，御道中间留下一条狭溜溜的棕黑色的道路。

"今天是最后一天喽，明天关关家什过大年哉。"阿三瞥见阿贞从御道上过来，边喊边吃力地醒直腰，口喘粗气，左手持着手指粗的圆头捅条，右手的刀刃，在铁条上披来披去，眼光却不在刀上。

"你这么大声喊给啥人听？显摆你天天给猪吹气、吹出个胖肺响喉咙来？"金铃铃如临大敌地蹭到了阿三的身边。

阿贞没听清几个字，眼睛盯着一尺宽的雪中小径，细步急迈地拐下了御道。

御道下的饲料厂早已进入淡季，场里八九个或坐或站的人，顾不得雪花盖头，在空架下抽烟聊天。

父亲也撤下来了，阿贞不用去中市桥塅接。毛老头也光头光脑地抽着香烟。看来，今年的批斗示众，随着最后一个市日的结束而落幕了。

"阿贞，你阿爸怎么这样想不开，杀了大肥猪，自家只留一个猪头、一副下水？"夯夯说，"换我家，还不够几天吃的。"

阿贞说："我阿爸说了，勤俭节约过日子。"

姥姥对夯夯说："你以为人人同你一样地死吃活吃，一顿吃得下小半个猪头。阿叔家的猪头劈成四爿腌的，猪眼猪舌猪耳朵分了家，挂檐下风干，对付到明年莳春秧的。"

吴海源呛了口烟，喘咳着说："哪有这么久？吃过三月就差不多了，阿贞娘和我犯咳嗽病，仇郎中说，吃腌的不太好，宁可买新鲜肉吃。"

毛老头说："换我喜欢吃腌的，烧到七八分熟，一口咬下去，又硬又香又鲜，满嘴咸津津的油。"

"你不是吃肉，尽吃油了，不怕腻没心？"

"怎么吃得腻？他什么不吃？背朝天、肚着地的全吃，让他当和尚，真的错拜师父学岔艺了，都说不该冤枉老和尚吃肉的，他这样子，话该反着说。"

阿贞把背上装有一瓶小磨芝麻油和五六块红糖色年糕的竹筐给了姥姥，姥姥也不要毛老头背，直接肩头挎了，同他一前一后去养猪场。

阿贞挽着父亲的胳膊，让他僵硬的双腿，走在别人踩过的雪的狭窄里，自己踩厚雪，一步一"嘎吱"地回家。

雪又落大了，纷纷扬扬地，围着北去的两人打转，留在身后的东津镇开始渐渐模糊起来。这个烟火油香的市侩小镇，早已不属于他们了——那里，他们的灵魂已经没处安放。

天际外，恍若有人唱着山歌，音衰衰地，唱丘壑、岩石、湖河、田地的白，辨听实静，只有雪落黄昏的声音……

四十七

　　过年了，贫困的家庭也要备吃喝穿戴的。毛老头和觉根两个光棍，房子是集体的，劳动工具是集体的，没有宅基地，没有自家的猪圈，养猪一年，除了吃进肚的，只剩下一双长满老茧的手。就像大队书记吴黑男说的，人的手爱上嘴的当，摸东摸西，辛辛苦苦，全塞巴塞巴吃掉了，还是手亲自送上门的，且嘴巴一旦不把牢，连着手脚身体吃苦头。

　　辛苦了一年，扣除吃用外，年底按六个生产小队的平均水平分红，两人没透支，所余无多。毛老头得七分工，这一年，时常被拉去中市桥批斗，也是要扣除人工的，批斗次数多，工分扣得就多。这个栖身猪圈的家，除了皮囊是属于自己的，余下的皆是借用的。真正属于他们的，一堆破烂值几许？难怪那次阿玉似真似假，要觉根置办"十八条腿"的嫁妆，搬至外婆墩的大仓库去，觉根拉起板车就逃。初冬的闲日，高高的台地上，他们清清楚楚地看到了篁村、五行里村人喜结良缘的搬嫁妆队伍，肩头的轻重物件人，脚步噔噔地，莫不踩在他们虚巴巴的心坎上，踩熄了他们成家立业过正常生活的火星。这点从心底萌生的冀望，一似苦冬飘零在西津里的枯叶，不是随倏忽的水波漂到了东津湖，就是晃晃悠悠地沉入西津湖底，化作了淤泥。

　　日子过得糟心，这个没有血缘，过去是师徒、现在是叔侄的家，冰天雪地里，照样和平常人家一样，也要迎春节了。

　　毛老头里外换了干净衣裳，床铺也换上了春天浆洗过的被褥，觉根把换下来的衣被，一古脑儿抱到大灶的铁锅中，敲碎碱片，挑满锅水，用狗头大、猪头大的石块压了，旺火烧煮。不一会儿冒泡了，锅中翻搅几回，拌猪饲料的木柄嫌短，找来一人高的粗竹棒，灰烟呛鼻地挑到冲洗干净的薄石地。毛老头穿了长筒胶鞋踩踏，这活儿味道不好闻，却比站桥塅批斗有趣多了，不会冷得打颤，热烘烘的，全身暖和。他迈动一双老腿，踩出一地愉快的"咯吱"声。

今年的春节比去年强多了，口粮多分得一成，粮多饲料多，两人不养猪，饲料抵集体稻谷，来年估计饿不着了。

收成好，年景好，东津镇四乡八邻，多数农家宰杀年猪。吴黑男听了包副主任的建议，一对精明的小眼睛眨巴眨巴地，加砌了三个大锅灶，方便男人们洗大锅浴是假，挣杀猪褪毛的柴火钱是真。把供销社串村走巷、腊月杀年猪的活儿，揽到了养猪场，供销社的收入没减少，杀猪人方便了，效率提高了不少。农户们一肩抬来，也干净利索。东津大队增加了不少柴水费的进账，那个石打墙夯打的大池子，满满的沤得一池好肥料。毛老头和觉根两个额外的辛苦，额外地赚进了不少油水，且是私人相赠，不怕别人打小报告。这也是吴黑男增加他们的劳动量，不增加他们工分的说辞。

乡野农人，性本良善，手头一旦宽裕，杀年猪时，虽说掏摸了柴水钱的，多少有点类似割肉的感觉。但看到养猪场烧火担水的两个，雪地里烟熏鼻子眼地忙碌，晚来仍旧一双空手，无家无室，一无所有，孤寂冷清胜过圈中猪猡，心软的乡下人，会让阿三于猪脖处割下一片肥膘，或是剁下寸长猪肠，作为报答他们的辛苦。额头汗津津的阿三巴不得主家一声，极有分寸地割下片肉，断下几寸肠，数量绝对控制在主家心理期可的范围内。阿三的刀头知道，一刀下去充大方，剜疼了好意者的心，下一回，他们再不会瞎客套了，断的不止是养猪场两个的油水路，还有自己的信誉。回头想想，这么多户农家杀猪，一家、十家、百家，几百头猪聚少成多，每家不小心被狗叼去的一块，失去的不心疼，得到的，是百家油水聚集，两个光棍半年的滑肠油了，且猪肠什么的不可久储，够吃便好。吃百家饭的，切不可盯着一户穷吃。

执刀的阿三刀下留情，三方留下了好心情，这种和谐气氛，控在阿三的刀下，板案声响，一片一截的，各方照了眼，扔进大灶台的筐中去，烧火的毛老头，哈咧着嘴巴点头示谢。这不是迷信活动得来的布施，是乡人慷慨赠出的同情与善良，熬制香喷喷、腻腻白的一坛坛，可放心食用，这是百猪油、百猪肠、百家情。

毛老头有一手瓦罐炖猪肠的功夫。瓦罐原是寺中老物件，旧时，西津寺的和尚用来熬煎中草药的。上西津寺办事的人们，口渴了不用喝白水，寺中小和尚必由尝过百草的老和尚带领，去山中采来应季草药，比如春天清热凉血、利湿退黄、通淋排石、防热病烦渴的蒲公英和夏枯草；再如秋天清热解毒、治咽喉肿痛、湿疹湿疮、芳香化湿的野菊花和黄芩，都由瓦罐熬制了，供人们解渴药饮，和尚们自己也喝山草煮水。

扒寺庙那会，这么个大药罐集体没用，社员不敢弄回家，碎之又可惜，毛老头百无禁忌，抱进了临时披搭的柴屋，塞在床底保存起来，洗涮后熬过几回粥，药味取代了米香，与茶馆中的老茶壶一样，揭开盖仍是旧滋味。药罐煮粥不香，炖猪肠奇香。罐中陈滋味与猪肠、八角、桂皮、姜葱妙合，香得奇妙，香得独特。

这几天，毛老头焖炖起了百家肠肺汤，猪的大小肠心肺四味，盐擦粉沾地洗尽，下冷水锅焯，撇浮沫，温水淋洗，过后沥干水份，肥瘦粗细相异的四宝，一古脑儿抓进半罐冰水的瓦罐，仅需八角桂皮少许，葱扎姜拍，绍兴酒一碗，大火煮沸，撇浮沫，旺火寸香功夫。大火头过去，添一柴，豆火舔罐一时辰。时间到了，香味大浓，仍不可揭盖，再用软柴广火，大火舌尽舔瓦罐半身，罐汤沸瓷盖儿响，撮把盐揭盖熄柴……好了，长筷子淋漓夹出，拍案声中，砧板碎刀，大海碗中码二三刀杂段，小沸着的罐中勺舀白汤，三分油花七分奶汤，碗中浅汤，肥肠略浮即可，剩下的便是喝汤吃肉了。

一罐美味，馋煞了大灶上忙碌的一众人，毛老头同觉根力邀在场的一尝。考虑到他们的诚心和自尊，也考虑了这个家庭的不易，由阿三作主，众人只吃一次，焖一锅饭，炒一面盆油渣青菜，炖一罐肠肺汤。大锅饭香，霜打过的青菜甜，肠肺软糯肥润、鲜香绵远、回味甘醇……瓦罐炖百猪四宝，远胜百日吃四宝。

金铃铃没有吃，嫌油腻太重，男人们中午吃饭抽烟聊天的时候，她悄悄地去了母亲的大众饭店，一砂锅菜汤加二两饭。

毛老头、觉根并没有因为金铃铃不吃而不安。没有女人，反而让他们的身子骨活络自在，他们已习惯在没有女人的空间生活，尽管他们也想女人。

养猪场的大猪已宰杀，剩下明年长春三月方可出栏的中猪和几头母猪，外加一些粉嫩嫩的小猪崽。节前节后，是养猪人最轻松的日子，屋里存粮够，油水足，毛老头已忘了中市桥埂冻得簌簌发抖的窘境，额头上沁出了细小的汗珠儿。

"一会买两个炮仗？我家也响几声？"

觉根往踩踏的衣被泼清水："叔叔，今年吃了年夜饭早点眠觉，黑小佬特地来关照的，院门锁得死死的，年初一中饭前，打死不开门。"

"为的啥？看别人烧烧香，听人家放放炮仗，热热闹闹的多好？"

"黑小佬说了，不怕过年的鬼，只怕夜里的人，早点关紧门，过了新年再说。阿三也同我说了，黑夜关门睡，不会撞人刀尖上。"

"夜黑出来的年鬼，让炮仗吓跑了，冰天雪地北风吹，更不会有人的。"

"没有人也早点眠觉，南头村的瞎子死了，少了个'四类分子'，说不定会抓新的充数。"

一听说抓人，毛老头不说话了，大半年的批斗站街，噬进了多少朔风凄雨？这个苦，苦在心里，他亲眼看到了南头村的瞎子挨竹棒的一幕。没过多少天，那个不张眼的人埋进了雪坡土坑里，个中情景，晚上睡觉闭眼，常会出现他的夏布蚊帐顶上。

叔侄的衣被晾到了猪圈过道的长绳上，觉根把猪食槽灌得满满的，也让黑郎们放开肚皮吃年夜饭。锁了院门，虚掩着矮屋门，鱼、肉、笋干、百叶、青菜、黄豆芽六大菜上桌，二十四个酒盅二十四双竹筷，三面匀摆了，留白的对门的一面，没有铜烛台，两段实木，露钉插蜡烛，从灶膛里钳出燃枝点亮了铜香炉中的插棒香。两豆火苗三星点香，也缭一屋子幽光，熏烟里，年轻的用锡壶斟浙江酒，毛老头探头门外，对着无人的空旷，轻喊一声"来吧"，略等片刻，紧闭了屋门，面对祖宗祖师爷跪了下去，叩拜祭祀。

豆火幽幽，棒香烟烟，锅盖缝隙白雾醒直，饭香鼓涌……半个时辰后，棒香沙粒中待灭不灭，毛老头盛出三大碗堆尖的、各嵌了两颗黑亮荸荠的米饭，摆放左右台角和中间。他们的心里，一碗敬毛老头的祖宗，一碗祭觉根的先人，另一碗供奉西津寺的祖师们。两人前后又一遍地跪拜下去，短拜长叩。叩拜毕，遂拨动桌上筷子，用脚尖碰触一下凳脚，赶人动身的意思。觉根擎一支红烛，点燃堆地的锡箔银锭，烟冒后，门开处，毛老头似乎听到了祖先离去的衣袂飘飘声，瘦脖子再伸门外，朝竹篱门外望望，没一个人影，粗嗓子说了声"走好"。

送走了先人和祖师爷，轮到两光头大嚼了。瓦罐中的肠肺汤，汤鲜味厚，毛老头眯眼吹气，长筷子从罐中夹出。案板声响，觉根一刀面一刀面地装了两个碗，舀滚汤成乳，厚油盖了热气，青蒜遮了油花。两人"呵呵"吹气地端到矮桌。觉根床底捧出一坛六队长送的米酒，冬至夜没舍得喝，留到年夜饭用了。酒激牙，肉烫嘴，嘬酒声不如嚼肉响。

两人吃得酒酣耳热之际，忽有越过西津里的爆竹声传来，篁村今年的新婚人家，抢先炸响了关门炮仗。一家响，百家应，毛老头知道，过年激动人心的时刻开始了。年轻时，除夕夜的西津寺红烛高照，香烟缠绕；灯火辉煌的大雄宝殿，执事僧站在大佛莲花座前，引领左右列队的寺中弟子，咿咿呀呀地哼唱，木鱼声清越，铜磬声悠长。四乡八邻和山外湖东人家，只要家中近三年去了老人或不幸病故的，必至寺中烧末香，阴间荒道再送亡魂一程。烧了香，皆会供奉，寺中方外，不拘多少，均是布施，作为答谢，寺中敲出的木鱼和铜磬声，一样地清亮。这界外悠扬的渺音，常把人的酸酸的心和脆脆弱弱的情思，连同西津里的晚雾一起浮托起来，升向高高的无尘的天空……

西津寺烧末香没有等级区分，来的皆是香客。半夜过后，年初一的头香就大有讲究了。

头香不是一般人烧的，星夜候着的，不是地方权势之人，便是一方首富，即便这两种人，也不是年年抢烧头香的。水满则溢，月盈则亏，谁也不敢在白滔滔的东津湖上扯足了篷帆行船。且头香布施高昂，夜半的早子时，院中住持亲自出马，带领一寺僧众不吃不喝不睡，几十个服务一个，想想也是大把的银洋了。

东津镇的首富吴海源是烧过一年头香的。之后总是插三香，头香留给了有权有势的人家。至于权势之人的钱财，东津寺的住持敢不敢笑纳，外人是不清楚的，一般的小和尚也不知道。毛老头知道的，他的师父是住持，要是不换政府，说不定他也是住持了。他的师父告诫他，对于心中无神灵的一手擎天之人，别说布施，不贴钱已是阿弥陀佛了。

三香过后，双合的朱红寺门洞开，广袤世界的善男信女涌入寺来，上疏册记功德，寺中的疏册，并非朝庭官员提建议条陈的小册子，而是西津寺做功德、善男信女们施钱助香的登记簿册。进得香寺来，人皆花费一些，拿得出手的整钱，由专职僧人录入功德名单；囊中羞涩的，跪拜时，佛前的功德箱里，塞进平时一天劳作收入的几个铜钿。对寺庙来说，这样的碎钱，塞入的莫不是跪拜者的虔诚，于面土背天的农人来说，这笔净支出已是汗水大力了。他们可不敢少摸，莲花座前的功德箱，高高端坐着的佛像，低垂着眼睛呢……

　　遥想西津寺兴盛的一幕，听远远近近的炮仗声，微醺的毛老头扯条被子，迷迷糊糊地睡了。夜半脚冷酒醒，一半为外面凌乱的脚步声和低沉的人语声吵醒，一半为零星的爆竹声炸醒。他在黑暗里披了件棉袄，摸到门口来，却见觉根正拉开一条指宽的门缝，鼻子嘴巴紧贴着门，一只眼睛看着外面白亮的雪地……

　　毛老头蹲下身去，也是一只眼睛贴着门缝。门缝拉大了二个指宽，一线白光刺眼，刀风割脸。暗处一上一下的两只眼睛，隔着篱笆看雪的世界……一片怆白里，人影飘忽，香火星点，几个聚集在院门的跺脚人，吸溜着鼻子说话，其中一个使劲地拉竹门，朝里喊道："毛和尚，开开门，让我们去院里点蜡烛，外面风大，火柴擦不亮。"

　　"你只要开门，我们给你钱。"

　　一个喉咙尖细的声音叫道："外面不少人撒了钱，现在不捡？天亮后，会被西街的小屁孩捡走买糖的。"

　　"这两和尚憨的。这么多钱，抵得上一个季度的分红了。"

　　"我要是庙里的，早出门捡了，不捡白不捡。雪天雪地的，哪有人管闲事，干部们钻在暖烘烘的被窝里不舒服，要憨憨地出门冻脚呛风？"

　　几个人呱噪着，又是揉搓耳朵又是跺脚，又是拉着门把手摇晃，有一个竟一把把地往院中撒着什么，吵着嚷着要毛老头、觉根开门出去。也有两个不说话的人，穿着笠帽蓑衣站在院门前，守护着风雪夜的猪圈。这两个侧影，毛老头熟悉的，是三队的民兵，平日里除了种田，有时会在黑小佬的带领下，来养猪场的台地列队训练；有时猪圈挑猪肥，也少不了他们柏木扁担压肩头的身影。

　　毛老头的眼睛一热，顿觉模糊了双眼，缩进嘴鼻，看觉根轻轻地合上了门，轻手轻脚地摸回自己的床铺去。

　　外面的雪已停，室内的空气冷得冻住了，被窝冷似雪地，毛老头打起颤来，上下牙齿"嗒嗒嗒"地响，他想起了猪圈稻草中拱在一起的猪，猪的世界似乎比人的世界暖和……

四十八

岁末年头，西津里的一幕，同样发生在了东津渡。

黄昏时，六姑冒着风雪，从一队两队的柴垛各抽一个稻草把，解开了铺廊下的砖地，呼黄狗进院。阿黄不太情愿，六姑干脆把食钵端到了廊下，喂了些热粥汤，黄狗这才夹着尾巴，"呃呃呃"地舔吃。低头吃食时，眼睛上翻，察看人的神色，狗眼流狐疑。

"哦唷，大年夜，阿黄变成公社干部，享受高级软床哉。"阿玉捋捋黄狗的项毛说。

六姑锁了院门，钥匙衣袋里藏了。黄狗听见"咔嚓"的落锁声，在门口转了几圈，不敢大叫，只敢"呜呜"地哼，在主人严厉的眼光下，摇摇尾巴，作出乖顺的样子回到食钵边，低头舔钵，翻眼看人。

六姑没裹头巾，枯黄花白的薄发粘有七八朵雪花，阿玉手搭肩膀地吹，雪花却似有黏性一样，直往发根里钻。

"姑姑，阿黄今晚不放外面了？"

"怕晚上来人，新年新岁，咬了人不好。"

"会不会有坏人来？"

"贼伯伯也过年哉，船冰住了，别说空船一条，有篙有橹也摇不走。再说了，黑小佬派了一队二队的民兵值夜，吃过晚饭，放了关门炮仗就会过来。"

"那阿黄不要叫个一夜？"

"叫一夜，总比让人阴损了去强，黑小佬担心公社借调的民兵会背长杆红缨枪来。那个枪头足有一尺长，冷闪闪的，五行里村朱打铁淬的火，一捅一个窟窿。反过来，阿黄咬了革命群众，麻烦不是一点点的大。"

"公社干部回家过年哉，这群民兵红口白牙的，过年不让人睏个安心觉。"

"我们识相点，别拖累了人。"

"这些人会不会去西津里？"

"黑小佬早关照觉根了，过了年初一的中午才能开院门，进入一天的下落时辰后，烧香人回家了。院中撒的钱，让街梢的孩子捡了，买话梅橄榄吃。"

觉根不出院门，同她们一样把自己锁在院中，阿玉放心不少。过了年，不会少个拉稻草的人，那辆板车仍会"嘭嘭"响地来寂寂无声的渡口……孤零零的外婆墩上，阿玉单独接触最多的男人就是觉根了。

"最好一个烧香人不来，太太平平过一夜。"

"黑小佬派来的民兵会劝说的。只怕新结婚的人家会来烧头香，抢头等风水，好生养个大胖儿子。这年月，香烧在自己心里才是好风水，千万别乱烧香，瞎撒钱。"

东津镇地方旧俗，大年夜烧的送岁香，一般吃过年夜饭开始，夜半前结束；头香于普通乡人的眼中，是从子时开始的，一直可至巳时。以前的东津庵，不仅近乡人家会来庵中焚香叩拜送子观音，山外湖东的，也会怀揣银元铜钱前来。东津湖的渡口，有风年夜泊大船，无风初一舟楫横，工具不同人不同，一百个人，一百条心，前来的目的相同，都怀有一样的心愿：祈求观音菩萨赐福送子，子孙兴旺，家景平安。除旧迎新的时刻，庵中人头济济，摩肩擦踵；祈愿大厅，更是灯火通明，香烟缭缭，一派祥和梵音……

庵中热闹，庵外也不冷清。早有头脑活络的小商小贩，从各地担来了各式小吃和应景物品："笃笃笃"敲梆卖糖粥的；陶泥小灶冒热雾，吆喝馄饨汤面的；厚被裹一团热气，叫卖粢饭糕团的。糖粥的甜津，馄饨的鲜滑，粢饭团的香糯，让从大年夜赶来的人们解饥又去寒。兜售事物的，更是五花八门，小到针头线脑，大到吹出整头猪马牛羊的充气模型，莫不有模有样。卖红桔、香梨和甘蔗的，取长补短地前来，一溜儿地歇担成摊、列排成市。镇上糕团店的林老头几个，心疼铜钿为小商小贩抢去，拉着板车成移动摊位，煤火炉子蹿出红蓝火苗，屉笼蒸格直冒喷香白雾，翻腾的油锅里，"嗞嗞"响氽着的，莫不是让人口水直流之物。进庵去必擎在手的红烛、棒香和锡箔，也颜色齐全地摆满了竹筐。众多信徒中，相约邻里催得急，一时疏忽，抑或忘了挎上香烛的布兜儿，又或者长路断了细香，而"断头"香是不可敬奉菩萨的，这一群心诚大意之人来到渡口，心里也不急，只需掏摸几文，便能捧起一把彩色棒香，燃一缕淡烟，虔诚地插进特大的铸铁香炉中去。远道近路烧香祈福的，售卖货物图眼前利益的，连同青烟中杏黄墙院的庵堂，无一不是赢家。这情景，阿玉没有经历过，六姑恍若眼前。

"我们这里会不会也来撒钱？"阿玉问。

六姑说："撒了也白搭。今晚吃了晚饭不出门，明天让吴水妹的小小黑，领一帮小屁孩捡，哇啦哇啦地抢，也是个开门喜。"

出家人的年夜饭，也是讲究的。六姑与阿玉虽说还了俗，但至今仍未破戒，日常吃用还是老样子。简单归简单，一年一次，两个人的年夜饭，也得吃出个样子来。

今年的最后一餐，六姑早谋算好了。进入腊月，她让阿玉去中市街的南货店，买回桂圆、红枣、莲子、枸杞子、花生和芡实。一小袋红豆是阿贞交给姥姥，再由觉根拉稻草时捎来的，糯米是自家的，这个老式的配方是师父相传。兴盛时的东津庵，农历腊月初八的一大早，庵中女尼必会在吴黑男等东梢人隔夜搭砌庵前的大灶上，把预先淘洗、浸胖的八宝米果，均分一口口铁锅。年轻的妙尼，于井中提清水进锅，中年的海青衣衫尼烧火，杏黄衣服的老尼，教小尼持大饭铲搅拌。枯苇火旺，大锅敞口朝天。冷气压锅、白雾盘绕，香味浓厚，待到东津湖上的太阳一竹篙高，镇上和近村的人们皆会眼花花地赶来。特别是老妇们，会带上铝盒、搪瓷杯、陶瓷碗，甚至酱色盆钵，一句句的"阿弥陀佛"中，一勺一声响地舀粥，人人空盆来，满碗归。

煮八宝粥是六姑的压箱底手艺。考虑到一年中的最后一顿吃稀白粥不吉利，年夜饭年夜饭，吃的就是饭。六姑熬煮出的养脾胃、安神补虚的稠粥软饭，插筷子也不倒，软稠一点正养身，这是独创，挂一丝松糖拌匀，甜香蕴清香、轻糯藏鲜润。阿玉吃饱了，硬撑着再吃了两汤匙，大半锅稠粥软饭，今夜享用不尽，明年新春吃几天，今年剩余明年吃，正合富裕有余的年夜饭的本意。

天色昏蒙蒙的，地面上闪烁着零星的灯火。今夜不做蒲草鞋，也不去外面了，两个人脱衣压被，早早地睡。眼睛闭上了，无酣睡声，饭甜梦不甜，不多一会，震耳响的爆竹声，惊得睡意全无。一夜间，关门炮仗连着开门炮仗，一会儿从北山湾、旺米村传来，一会儿又从桥前、南头村方向的响起。西津里方向的声音沉闷些，一声一声地弱下去。近一些的夸张了，东街的爆竹似在耳边炸响，震得床铺微微地颤动。一定是王麻子、吴吊眼几家人，在轮番地点炮仗，比谁家的炮仗蹿得高、炸得响。还有隐隐的声音从水面上传来，弱风一样的似有似无，这是隔湖的炮仗声了，浙北人家的、爆竹炸高空的声音在不在里面？姑姑有没有听到呢？阿玉的气息咻咻地，心慢慢地沉到一个地方去，她看到了一个低村，村口一群花衣绿裤的儿女在嬉戏……大人们用手指缝间的香烟火星，点燃了蹿天炮仗。爆竹声里，忽然有喇叭声响了起来，她揉揉眼，急忙披衣下床关广播，拉了绳绳开关，仍有喇叭声，仔细一辨，声音是从外面传来的，黄狗也在院中叫。她想起了去年秋收开会，公社女干部顾梅手中的干电喇叭。

"请大家赶快离开，仓库重地，严防火灾。绝不允许仓库柴草垛边点火烧香，一经发现，我们将严肃处理。"

一个吵架的声音："不许烧香，我们去哪里烧？半夜落雪天的，来都来了，总不能白跑一趟。"

另一个声音："外面不许烧，干脆叫仓库的尼姑开院门，院子里又暖和又安全，集体的仓库，也要为社员提供方便的哇！麻烦了仓库保管员，我们撒点钱让她们捡，大年小夜不就不白吃辛苦了？"

干电喇叭又喊了："别去拉仓库院门，仓库是二个队存放种粮和生产物资的地方，谁要强拉开门，谁就是抢劫破坏集体的财产，是犯罪，是破坏革命生产的阶级敌人。"

"总要有个烧香的地方吧，你说说，让我们去哪里烧香？"

干电喇叭的声音："我们负责晒谷场和仓库安全的，烧香拜佛属于封建迷信活动，这里不欢迎你们。"

几个阶声音"叽叽呱呱"嘀咕了一阵，一个喊道："我们到渡口插香去，钱撒石级也一样。"

另一个高声说："去渡口烧香，钱直接撒到院中去，让还俗的人捡，总比小屁孩捡去买糖吃强。"

"这个办法好，钱撒院中，旁人捡不走，西津里就是这么做的。和尚尼姑本来吃这口饭的，让他们捡了，也合我们的心意。"

干电喇叭的声音："请别往院中乱扔人民币，这是人民的仓库，你们这是犯罪行为，没有人会捡的。明天将有大队干部带领民兵前来处理，请不要拉晃门，狗蹿出来咬伤人，你们自己负责。"

"汪汪汪……"黄狗满院子地蹿。

一夜间，干电喇叭的喊叫声，人群的说话声，凌乱急促的脚步声，狗的狂吠声，加上远弱近强的爆竹声，在这年尾岁头的夜晚，同北风吹起的雪尘搅作了一团。

阿玉迷迷糊糊地醒了睡，睡了醒，耳边乱七八糟的声音响个不停，就是缺了平日听习惯了的猪的尖叫声。今夜怎么不杀猪呢? 莫不是觉根偷懒在睡懒觉，忘了去西津里挑水、烧开一大锅褪毛水了?

再次醒来时，屋子里特别的冷，静悄悄的，檐下的水珠声，仿佛是从很久很久的以前滴来的，轻轻地滴进了少许失落的意味中，"滴……哒……"

阿玉开出门来，初一的太阳已西斜，一丝薄薄的暖意为溅落的水滴击碎，姑姑和黄狗在柴垛南晒太阳……

哦，天晴了，旧年过去了……

四十九

"渔家阿妹……哟嗨……水灵灵么……哟嗨……"

"十八出嫁……哟嗨……粉格嫩嫩……哟嗨……"

新年过后的东津镇，丝薄的空气中，响起了清越的夯号声。

东津公社的农田水利基本建设，由夯号声奏响了序曲。

这是包大副主任改造东津镇水系的三点建议：一、西津桥建桥闸蓄水，提高水位，在浇灌西津里农田的同时，养殖水产增收；二、西津桥南北御道建涵闸，汛情严重，提闸放水，改轻西津桥的压力；三、一闸灌千亩，筑高低渠，下游田地无需再从东津湖抽水。这个建议让朱得男书记翘起了大拇指。

包副主任踏着夯号的节拍，来到御道的涵闸工地时，阿贞正随五行里村的石家老五牵圆石，夯打石墙后面的回填土。夯子的号声，是从石老五的大嘴里，连同唾沫星子一起吼出来的。

"打夯也要喊革命的号子哟。"包副主任笑着挥挥手。

阿贞同石老五夯土，一对被动的组合。施工成员分组时，谁也不愿同高成分人搭档，生怕受了牵连。阿贞的家庭成分，东津镇人人都知道，漂亮脸蛋仍不敌恐惧，没人敢一试。老石打墙的另外几个儿子以及两个孙子也派来了工地，他们早已分出单过，属于可教育好的孩子，基本不受牵连，矮个中挑高个，被人搭档了去；石老五尚无妻室，同父母生活在一起，自然是反革命的狗崽子了。烧黑的树桩冒青烟，人人怕呛到，怕黑了手。工地上剩下一男一女两个问题人，不想搭档也成了搭档。

搭成档干活的石老五，只要不是双人夯，他自个儿闷声不响地抡单柄夯，让阿贞用小木锤密土，或是用铁锨往他的夯下添黏土、石灰和沙石拌均的三合土。阿贞不好意思看着别人脱成一件里衣地干，同样挣十分工的，该一样地出力洒汗。那天队长派外出工时，直接去了她坡上的家，说是干水利活儿累是累点，但男女同工同酬，中午还有大众汤饭吃，一队三个名额，还有两个安排李姓和徐姓。

生产队的女工，平时一天只得八分，一工多二分，还能给家庭省几两米，阿贞当然愿意。她可不怕同男社员对着干活，该她甩开膀子干的活，出热汗，湿衣贴背，从不退缩。同石姓的外村人捉对儿干活，不想沾人便宜。她看到石老五一头的汗水，想要轮番掷方石，石老五说什么也不肯，唯有两人牵拉石磨大小的大夯时，才会不客气地塞两股麻绳于阿贞的手中，还会不小心碰触到阿贞的软手。

"抓革命么……哟嗨……促生产么……哟嗨……"

"妇女们么……哟嗨……大生产么……哟嗨……"

按包副主任的意思，石老五不再喊"阿哥长、妹妹短"的老式夯号了。

双人夯土，每个两股粗麻绳，绳长五尺，石夯平铺地面，四条胳膊四股绳索，两人同时发力，抬手拉绳身体后仰，掀起的盘大石夯高过肩膀，紧绷的绳索，产生反拉力的间隙，两人同时身体前倾，伸手松绳，石夯在反弹力和自重的双重作用下，沉沉地、平平地向下砸，发出"砰"的一声闷响。协调和默契，打双人夯的关键，也是为什么一人打夯可以闷声不响，双人夯地必喊号子的缘故，号声是掀落盘石的信号。

阿贞同石老五打双夯，号子由石老五喊，夯号从原来的"小阿妹呀……哟嗨……想不想呀……哟嗨……"改成了革命的号子声。这不是东津人的首创，外出见过世面的人知道，普天下，以前"咿呀"男女的夯号声，莫不被单调简短的革命号子所取代。

对着阿贞吼吼的石老五，面对众多的新编号子声，怎么也记不住，他只会喊开头两句，从来没有哼过第三句，阿贞总是憋着笑。反复地喊开头一句，夯号的效果倒是一样，喊"抓革命么"时用力仰拉，把石盘往天上掀，喊"哟嗨"时前倾着身子伸手松绳，让石盘落地砸窟窿，土地发出回荡声。

石老五舍力地四绳腾石喊号子，边上人听多了仍有话说：

"老五哎，你别被革命抓了去哟！"

"石老鱼一天千声妇女，想小娘鱼哉。"东津镇这地方，"鱼"和"五"是谐音。

"别看他巴斗头上一对胡蜂眼，眼睛整天夹眨夹眨，他的心大着呢。"

"他的心比西津里大，还是比西山大？"

"不比水来不比山，人看面孔狗嗅胯，他整天想着两女人。"

"好个石反革命，女人一想两个？流氓罪了哇？哪两个？"

"哪两个？说出来吓死你们，他想娶贫农的女儿种田，抱地主的小姐睏觉，两头都落好。"

听的人没有惊讶没有笑，只是恶狠狠地盯着石老五：这个石反革命，好处尽往自己身上想。

石老五不搭理说闲话的人，脸色不变地喊着"妇女们么……哟嗨"。阿贞的脸色变了，心颤绳抖，盘石旋着砸向石老五，厚石也飞，石老五眼明脚快地跳开，没一句怪怨话，抛掉双人夯的绳子，抢单柄夯，夯声闷闷的。

听着号子声的包副主任笑了，笑了一会他便说："哼革命的调子是好事情，可不能砸到脚出工伤事故哟！水利工程要两手抓，一手抓生产，一手抓安全。"

"包主任放心好了，石老五心在别处，眼在夯上。俗话说，杀猪人的尖刀，木匠的斧头，打墙人的石夯，都是用来招呼别人的。他的眼睛可不敢大模大样看别的，牵绳时，时时刻刻盯着石圆盘。"东津镇会拍马屁的人，称呼副手，往往去掉副字。说者奉承，听者乐意，包副主任尘心凡胎自不例外，且同其他几个并排位置的副主任暗中较着劲，不就是为了将来"脱副"吗？

"身体是干革命的本钿，建设国家，我们的路还很长，谁的身体好，贡献就多，大家说对不对？"

"对的哇。"

"当然，除了安全，保证健康的身体，吃饱饭是主要的因素。我们今天进行农田水利的基本建设，为的就是增产保丰收。粮食丰收了，多交些给国家，自己也能多吃点，肚皮饱了，更有力气干活干革命，大家对这些天的伙食怎么看？"

"大白菜血豆腐汤好吃，两天一块酱猪肉，没得说，只是有点浪费了。"

一个扛条石的篁村人说。

"吃进肚中的不叫浪费。"

"照理说，一砂锅汤菜带两碗饭下肚的。一碗饭，浪费了一半菜。"

包副主任笑了起来："你是没吃饱吧？也是的，我一斤酒一斤肉下肚，还吃能两碗饭的，干这么重的活，一碗饭藏肚肠旮旯了。这样，你们再辛苦一点，吃了中饭，抽几支烟就干活，缩短工期也是挣钱。我呢拼着不让大众饭店赚钱，明天起每人两碗饭，大众汤再淋半勺烫猪油。"

干着活的几个人开心地笑了，阿贞笑不出来，盘算着自己吃不下两大碗饭，是不是带回家给小黑狗吃时，石老五轻声说："阿贞，吃不下两大碗，别推辞掉，剩下的拨我吃。"

阿贞张大了嘴巴："你还能吃？"到现在才恍然，去年冬闲日，父亲为什么甘愿把泥墙打成凹胸凸肚的样子，也不愿叫五行村里的石打墙来家打墙。

五十

石老五确实能吃。阿贞吃一碗，他两碗已下肚，拨给他的大半碗饭，三拨二扒就见了底，饭在阔嘴里翻两个身，咕咚地咽下去，给噎住了，赶紧呷一口大众汤湿喉咙。

今天的大众汤，一改前几日的血豆腐大白菜。里面的血块、油豆腐、青菜、萝卜唱起了滚烫四鲜汤的主角，一块酱肉半勺响油，力压众滋味，盖一砂锅香气。掌大勺的金山妹，硬是将农家的四季菜煮出了大滋味，石老五呷一口汤扒三口饭，大碗不见粒饭，砂锅不剩滴汤。

阿贞不吃肥肉，省给他的油肉也不咬，只会整块地吞，还用筷子头顶了往里塞，两嘴角尽渍油汁。见阿贞只吃一点瘦的肉，石老五讲起了村上许大厨教的最佳吃肉方法。许家的大孙子，是他穿开裆裤的童年伙伴。他学舌道："红烧肉选肥瘦相间的五花肉，烧好了，怎么吃也是一门学问，有的先吃肥，有的先嚼瘦，有的先咬皮膏，还有过分的去皮了吃，全错了。上等的吃法，是肥瘦皮膜一起咬。肉切小了少真味，切厚了难入味。块肉咬三口为妥，大肉反复地吮咬，肉上汁水无留，第一口味美，第二口还行，第三口吃的是自己的唾沫。一斤生猪肉，切五六块为佳。吃时，筷子把五花肉折叠了，夹住一头往嘴里送，肥瘦皮膏咬下去，那一口……啧啧……酱香味、猪肉的原香味，化的、绵的、糯的、厚的、韧的，微微弹牙地一起嚼，原本不经嚼的肥脂夹膜和越嚼越无滋味的柴肉，口腔中肥膏油渍反复地搅拌，越嚼越有味，肥笃笃的，差不多时一口大咽，口中的浓香可留一夜。"

"留明天？夜不漱口早不涮牙了，闻昨天的肉香吃粥？"阿贞问。

"我说的是真的，中午吃了金山妹的酱肉，晚上回家，我家的小黑狗抬起前腿，总想舔我的嘴唇。我稍微咂咂嘴巴，它急得'呜呜'地叫。"

"那你别用袖子抹，回家让狗舔。"

石老五捧起木桶，"咕咚咕咚"地喝姜茶，放下桶，连喘带噎、一长两短嗝出三口气，抬胳膊握拳，往袖口抹了抹嘴巴说："那可不行，油渍粘嘴唇一下午，风干了，狗也舔不下来。"

嘴唇干裂了让狗舔，阿贞倒是第一次听说。想想他的干裂翘皮、狗舔过的厚嘴唇，凑桶沿大口地喝水，这水不与狗舔过的一样吗？阿贞对着石老五摇了摇头。

喝水，这件简单的事情，男人可喝个酣畅，对女人却是禁忌。

小时候，母亲讲了很多少喝水的道理，唱山歌一样地对阿贞说：平时嘴唇多蘸水，出门之前少喝水，唇干裂口不撕舔，温水敷后抹菜油。从小到大，很多个口干舌苦的日子，男人们抢着喝茶水，轮到她，小抿一口，几个手指蘸湿了抹一下嘴唇。小时候挤不上学堂的井台，阿三给她做了个竹节水壶，她也是喝少蘸多，竹水壶引起了别的同学的忌恨，她便再没有带进过学校。去年初冬的干旱日，竹壶裂了一条细隙，不舍得扔，便在中间系根红头绳，挂在床尾当宝葫芦，晚上看着入甜梦。

想起水壶，便会想起阿三，再看看眼前的石老五，两人都干粗野活儿的，胳膊上的肌腱一样的鼓涨，一个胆小，看人的眼睛正些；一个粗鲁，看人的眼光虚些。阿贞觉察出来了，石老五趁她下蹲身子时，总盯她衣服下摆、裤腰上的一条玉带。她起身时，石老五装模作样儿地望石夯儿，眼睛不敢看她的眼睛；她又一次下蹲时，扯拉衣服的端摆，石老五会露出一脸的失望。过了一会，他的斜眼又放光了。

石老五的偷瞥让阿贞觉得，这个重量超大猪的男人不太大方，不似阿三，敢四目相对，哪怕看得心怦怦地跳。石老五不一样，他的眼光爱往女儿家极力遮蔽的地方瞄。

吃过中饭，男人们抽烟、说粗话，阿贞回了北山湾。

"阿贞，我也上你家去。"没走多远，石老五追了上来。阿贞想，哪有男人追着姑娘上茅坑的？

"你家的墙不是歪了吗，我去看看。"

阿贞这才放下心来。前几天确有这么一嘴的，想不到他留心里了。模样儿粗里粗气，内心不差心眼儿。

　　"你看看有没有补救的办法，墙不高，别把我家的小阿黑砸了？"

　　"小阿黑谁呀？"

　　"你家小黑的兄弟。"

　　两人一前一后地拐下御道，村口大癞痢家的狗，见了陌生人"汪汪"地叫，手托大海碗、蹲门槛扒饭的大癞痢，见阿贞身后跟着一个实墩墩的小伙，脚步"噔噔"响地踩上坡去，惊开了一嘴油饭。

　　"好哉好哉，彻底完蛋！"都领上门了，眼前的这个壮赤佬，自己同他比，不啻是草狗遇鬣犬，打不过咬不赢，彻底没指望了。他把饭吐回碗里，搁地上不吃了。

　　"哦唷唷，这么好的肉汤饭让狗吃，吃不下不会少盛点？"大癞痢的母亲赶狗抢碗。

　　"半碗饭算个啥？这么好的人被抢了。"大癞痢话未说完，眼角已湿，"东津镇的地面上，不见得还有比我对她更好的人了，跟了我，即使不干活，我也心甘情愿地养。"

　　"又发神经病哉？为个高成分的女人，大白天说夜里话，御道上撞见赤佬了？她又没多出点啥，不也是一横一竖的两条？你真要有本领，大队书记的女儿领一个回来，像你弟弟一样，只要吃口省力饭，会十月坐胎，瘸的聋的都不嫌，老娘有口气，帮你领大胖孙子。"

　　"娘，大白天不避人地领进家，不就早嗅脖子香面孔摸肥奶了？哪只花猫不吃腥的？"

　　"什么好货比你浇得油光光的饭还香？不是个杀猪人啃剩的猪头吗？你以为篁村人杀猪，把自己杀成猪头了？猪屁股水蛇腰有啥用？杀猪贼和他精成老母猪的娘，贪图一口好油水，一条鸳鸯丝被盖三条好腿一条坏腿，不饱眼睛饱肚皮，饱了肚皮啥没有？不照样生出个老鼠屎眼像爹、麻雀尖嘴像娘的女儿？"大癞痢的母亲撇着皱巴巴的嘴唇。

　　坡下大癞痢的母亲撇嘴，坡上的吴海源喜得嘴巴合不拢了。想不到女儿每天挣回十分人工，省了几两米，还带回了一个小伙子，还是五行里村石打墙家的老五。去年自家打墙，他也想请打墙队伍的，请五行里村的石打墙吧，技术过得硬，打出的墙密实平整，二丈高的墙面，光滑似镜，活儿出色没二家。那几条壮汉，活是活，吃是吃，烟酒鱼肉饭的，茶比自己喝得浓，这样的吃喝，一天要耗去平常一个月的开销。现在不比从前，家中实在穷，肚皮才勉强喂个饱，他不舍得女儿割草养猪沤肥和编织热水瓶壳等竹器换回的钱，就这样地糟蹋掉；喊山那边的倪打墙吧，老父亲加四个姑娘的一支队伍，天亮打到天黑，烟酒茶钱省了，饭量也小一半，一碗荤菜，反复地劝说，才夹一筷子的，工钱也省三分之一，打墙的眼光准头稍打折扣，细算，省下的不是一点二点。只是后堡属外乡，石打墙、倪打墙素来不和，民国时，老石打墙家的人，砸碎过老倪打墙的石夯。前年冬里，石家的几个把倪家几囝女的石夯扔进了西津里。石家认为井水不犯河水，东津镇的泥墙，该由他石家打的。考虑到石家的凶悍，自家的成分又高，怕引起麻烦，他打消了请倪家四囝女打墙的念头。加上几个侄子热心，才决定自打自的，打出了半垛歪墙。墙打偏了，不能怪别人，遮遮盖盖也能挡风雨。

去年的初冬，石打墙家还是根正苗红的贫下中农，五行里、北山湾，隔西津里远望，目光尽在模糊里，两家的等级不在一个台阶上。自己住山坡，原有瓦房被没收，台上站得高，因为是批斗。石家打墙平地起，一夯一锤莫不是贫下中农的基础，请他们打墙，让他们挣钱吃喝了去，换不回丝丝同情的。今春不一样了，春节的陪斗，吴海源陪老石打墙的老婆斗的，反革命家庭对大地主成分，一个新一个旧，新秤老钩，半斤对八两。哎，缘分来时推不开。

"后堡倪老头的几个憨丫头打的？"石老五撩开挂墙草帘说。

"可不能冤枉了后堡的几个小娘鱼，是我本家的几个侄子打的，墙不高，自己试了试。"

阿贞洗了手过来说："有没有办法加上去，柴帘透风，夏天还好。冬天里，我娘烧早饭，屋里冷冰冰的，冻得牙齿相打。早上煮粥烧茶水，水缸可以敲出冰来。"

石老五从吴海源两手半合的手心点燃了香烟，喷了一口烟："打泥墙得连着打，隔了日子和拆了一半往上打，新旧泥就粘不上了，上面打，下面簌簌地掉落，上面还未打好，下面已塌脚。拆墙泥失了黏性，垫路粘脚，派不上用处，需挖了新泥再晾晒一年，从地基上打起。我看这样，角上顶几根木桩，不让往内里倾，要塌也是往外倒，不是长时间的大风暴雨，一年两年塌不了。如果想抓紧点，现在西津里还是低水位，赶快挖新泥晒，秋天也能派上用处，到时多兑一些石灰进去，效果差不到哪里的。"

吴海源听石老五这么一说，觉得小伙子也还老成，也没去想他看人眼睛斜、眼光虚的模样。看他猪舍寻了一截木棍，锯出斜头，角墙对角墙的，几榔头敲定了。临走，吴海源再次递了根香烟过去，不无夸奖地说："北山湾五行里，一个面南一个朝北，隔七八里水面，仍是门对门窗对窗的，北山湾田多山地多，五行里守的冷山冷坡，尽出手艺人，抛开陈棺材不说，五行六业好齐全，还有一个许大嘴凑热闹。"

石老五听了摸摸头，吐一口烟走了。

有意落在后面的阿贞对父亲说："阿爸，你误会了呀。再说了，你的话他不一定听得懂。"

"听不懂，他也不会不往这方面想。"吴海源的眼睛，笑得像切开了一个小口的洋葱。

五十一

来了一对老夫妻，蓝布头巾下穿了过多衣服的老太，身体略显臃肿，圆脸窄额，女生女相；半老头狭长脸儿，额皱下巴尖，瘦耳骨鼻，前牙暴露着，腰中缚着三根麻绳，很难让人同他腋下夹着的鼓鼓的红油纸伞联想在一起。无需多想，这装束大半为山外南渚、北淑乡的近太湖的陌野人。

东津镇人看世界，同他乡人一样，往往是以自我位置为中心设定方向的。南头村、北山湾村名字的产生，就因为两村在东津镇的南北。人们的意识里，一旦默守成规了，特定地域外的，都视作隔山隔水的外乡人。

"你们找啥人？"阿玉喝住了黄狗问。

"还用问？他们定然是冲着东津庵的名头来的。"六姑心里这么想，嘴上不言语。

那胖老婆子说："我们来麻烦六姑师太的。"

六姑抢在阿玉头里说："西山的两个社员，这里早没有师太了，只有一队、二队的仓库保管员。"

"我们不是地主富农，也不是革命干部的父母，更不是做坏人坏事来的。我家就一个儿子，前年冬里娶了南渚公社的儿媳，一年多了还月月用布条儿，奶不涨肚不鼓的，早想求求菩萨了。老头子胆小吓的，'六上'日子，常赶东津镇的集市，茶馆里呷口茶歇歇脚，听说东津公社过年还在抓坏人，不敢翻过山来办事。眼看要绝后，一脉香火要断，逼得没办法想，才撑个鱼胆来了，还前腿怕后腿吓的。今早出门，吃了一盅酒烧胆，一路走，走到山岭上还不忘回头，看有没有人盯梢。"

"这里没有菩萨了。封建迷信不许搞，你们回去吧。"

高个瘦老汉急了，忙将纸伞口朝下，倒出莲藕般的一节，说道："我们不叫你们白忙，这袋糯米毛五斤，嫌少，再付五元钱。让我们烧个香，求个孙子。"说着，一手伸进胸前内衣。

"新政府规定的，烧香害自己，牵累别人。"

"场上点两蜡烛，插三支香，我们叩三两头。"

"场上这么多柴草垛，不能见火星点的。为啥叫我们俩管仓库？女的不抽烟也是一层考虑。去年底今年初，渡口烧香的母女几个，批斗好几趟了。这事害得家人抬不起头做人，你们别让家里人担着心啊。"

"我们老老远地翻山过来，不是白跑一趟了？"

"只要你们听新政府的话，诚心诚意，对着毛主席的像早请示夜汇报，共产党会祝福贫下中农的，回家去吧。"

"糯米送给你们吃吧？"

"千万别放下，粳稻和糯米，我们够吃。阿玉，给伯伯、姆姆带个萝卜青菜回去。"

阿玉"哎"地一声应，几根稻草索了一个白萝卜和几株菜苔。

"哦唷，罪过煞！不拿米，反而破费你们，谢谢两个好人。"

"我们那里求子孙的庵堂没有，还会少了萝卜青菜吃？"瘦老头的口气有点儿粗。

"老头子快走吧，这是她姑姑的一片心意。"

半老太谢了再谢，一个拎着青菜萝卜，一个夹起红油纸伞地走，黄狗极负责任，嗅嗅停停地将他们送过了渡口。

镜面似的湖面上，有舟楫打水而来，小船儿在长石上叩出响声，把黄狗吓了回来。轻轻晃悠中，上岸来一对中年男女，素衣净袜的，女的胳膊弯挎个兜儿，径往仓库走来。

来人好像不怕狗，于黄狗的吠声中走近，女的露齿笑道："你是大名鼎鼎的六姑师太吧？"

"这里没有师太六姑，只有社员六姑，同志哪里来的？"六姑说完，扭过头对阿玉说，"屋里去看看，别让灶膛的火星点爆出来。天干物燥的，火烛要小心。"

"喊声师太没有错，能者为师、长者为师嘛。"那个中年男子说，一身半旧的衣服洗淡了些，衣角下摆倒也平整熨帖。

见阿玉回院中去了，六姑说："你个同志不了解情况，我们姑侄两人是响应政府号召、破除封建迷信，还俗参加生产队劳动的。农业劳动中，只有我们拜革命群众为师，哪来什么师父？你叫我们社员好了，师太师父万不敢当。"

"哎呀，别在称呼上浪费时间。"那名妇女说，"我们夫妻俩，只为小儿子的身体健康而来。"

"这里是生产队的仓库，莫不是想叫你家小孩来仓库劳动锻炼？这个我们作不了主，要队长定的，生产队社员好像不可以跨队劳动的。"

"你搞到那里去了？我们的小儿子才六岁，三岁得的百日咳，引起肺炎，去医院治了，一遇天冷地热的反常天，身上衣服没及时添减，稍不留神就复发，糟心死了，有人劝我们烧个香求求菩萨。东津湖里麒麟多，东津庵送子观音名头响，是个许愿祈福的好地方。"

"两位同志，有病赶快送医院，不能耽搁了。来仓库没用的。"六姑嘴上说，眼睛看着渡口。渡口静静的水面上，一舟独横，一个弯腰人，寂寂里抽着烟。

"我们也是两信信嘛，你行行好，人说出家人救苦救难菩萨心，不看僧面看佛面，让我们烧个香、许个愿。我们知道你人好，不肯拿钱，你只当没看见，我们烧了香就走，天知地知你知我知，不妨碍啥的。抓住了批斗，也是我们夫妻去。"

"你们偷着来，我真的没看见，那是没办法。眼前我知道了，决不让你们烧香的，这里没有菩萨只有仓库，还有毛主席的像，和彩纸扎的天安门城楼。仓库里堆满了两个生产队的稻种谷和易燃物资，前场后地是养猪沤肥的大柴垛，几百号人的吃用在这里囤着，决不允许点明火的。"

"你几十年唱经念佛，劝人为善，怎么没个同情心？外面传你是个老好人，假的哇。"

"同志，不要轻信谣言，我们早已是觉悟的群众，负责仓库安全的，你们看看墙上毛主席语录下的一行粗字：仓库重地，火烛小心。"

"你只要答应，我们给你二十元钱，够你们一年的分红了。"中年男子的语气狠狠的，眼睛却瞥着镇子东梢的荒堤。

"我们是穷，可钱再多，不是我们的，决不拿一分！要烧香，坚决不答应。"

"那你说说，让我们去那里烧香？"

"同志，队里开会不是讲，'天大地大没有共产党大'吗？整个天下都是共产党的，我们怎么有权力叫你们去哪里呢？我们一样听共产党话的。"

那男的愠恼地说："真看不出，瘪了嘴，还一套一套地嚼。别同这个没有同情心的老太婆说，这地方又不是她们家的，我们烧我们的香。"

"你们要搞破坏，我们马上敲铁畚箕，田里的社员听到响声就会跑来。"六姑说着，朝里"阿玉、阿玉"地喊。阿玉同黄狗一同赶了出来，问道："啥人欺侮我姑姑？我可要让阿黄咬人的。"

黄狗配合似的"汪"了一声。

那女的往男的身后缩了一步："小姑娘说话，嘴里的牙齿，去渡口石条上整整齐，你的瘪葫芦姑姑，啥人欺侮得了？不被她气成气管炎算好的了。"

六姑说："气不气的你们心里清楚，仓库周围肯定不允许点明火的。喏，你们看看，养猪场的觉根又来拉稻草了，倘若一把火烧了，集体拿什么喂猪垫猪圈？"

镇子东梢头的堤岸上，一人一车地正往东来。

红脸粗脖的中年夫妻没了言语，脸色愠愠地转身离去，阿玉把他们喊住，用草绳子捆了一个萝卜和一束菜苔，拎给那女的。女人拎手里掂掂重量，扔在了青砖场，嘴里嘀咕道："什么稀罕物？啥人还会少了青菜萝卜吃。"男的补踢一脚，啐了一口，转过冷背，悻悻地走了，留下一对高低肩的背影。

觉根的板车拉近了，听得到车框"嘭嘭"的跳动声，阿玉发现什么似的惊叫："姑姑，渡口的甩水王八不见了。"

"什么不见了？"觉根耳朵灵，急奔几步拉车上场地。

六姑说："没什么，一条捉鱼小船。"

觉根说："来的路上遇着两个男女，往西走路，面孔青板板的，嘴里说啥油盐不进的话。"

"进了油盐，接下来该让人灌酸辣汤了。"

"酸辣汤倒也开胃。"

阿玉笑着说："你要吃呀？不给你吃，叫你吃棍棒。"

觉根从口袋里摸出一颗糖，剥开吃了，又从另一口袋掏出一个布兜儿，扬在手里说："我不吃酸辣汤，我吃糖。"

"哪里混了这么多糖？最近没听说'十八条腿'的嫁妆，路过你的养猪场呀。"

"你猜猜看？"

"你真讨厌，快点说。"

"姥姥一早交给我的。"

六姑说："这糖甜的，我也尝一颗。"

阿玉的脸一下烧起来了，眼睛特别亮，一时竟说不出话，神情痴痴地顿在那里。六姑说："这是大喜事，吃吧，你阿姐终于有了人。"说完又问觉根话。

觉根说："姥姥早上说了，阿玉父母关照的，形势紧，除了本村挨门发两颗糖和近亲派十颗糖一户，余下的不声张了，说是让姥姥关照我，再由我来告诉姑姑、阿玉，男方是五行里村石打墙家的老五，愿意倒上门的。"

乡村风俗，儿女定亲，本村人家需派发喜糖的，多少不限，逢双便可，远近往来的亲戚，也要想法儿寄去喜庆的糖果，寄不到，十里八里的打个来回。

六姑说："虽说还是弄泥的，也算手艺人，人品好身体好，一担能挑两大栲栳谷去饲料厂，往后的日子好过了。"

阿玉闪着泪眼，幸福地点点头。

觉根说："姥姥传话，你阿爸关照，大癞痢放出狠话，他说他兄弟关照他这么说的：大瓦房加民兵营长换不来三间破草房和地主资本家的狗女囡，真正的不识相吃辣椒酱。他弟弟还说，伟大领袖毛主席指示，要狠抓阶级斗争。"

阿玉耳朵听觉根说话，眼睛望着渡口，渡口无舟，水波缭乱。

"抓阶级斗争，荒田荒地饿肚皮，1960 年一样地饿死人。都饿死了，你当谁的领袖去？"六姑这话嘀咕心里的，说出口的是，"你托姥姥对阿玉爸爸讲一声，我们好着呢，到喜日，我们不喝喜酒，吃赤豆馅的喜糕团。"

"还有一事儿，金驼子怕西津里建闸搅混了水，昨天晌午，去桥下深潭看水后，拐到养猪场，同我和叔叔讲张，说今年又出新形势了，干部在学习什么缸和什么木的指示。金驼子闲话中的意思，家中的香炉、蜡钎什么的铜锡器，带点旧意思的东西，砸了卖收购站去，换钱存信用社赚利钿。物件放家里，抄出来也是麻烦，凡同封建迷信搭得上勾的，卖了、烧了、扔了，切不可再放床底下，一旦发现，说不定也是个罪。"

六姑说："这事儿，黑小佬让水妹关照了，一时没想出个处理法子。"

阿玉说："你以为水缸和木船呀？是阶级斗争为纲，其他都是目，看来你不听广播的。十五元宵听完《绣金匾》的歌，接着就是宣传最高指示了。"

"那个喇叭不能开，喇叭一响猪猡叫，黄昏里听听白毛女唱歌，白毛女唱得苦，猪猡叫得急。这些瘟猪，没有声音钻稻柴睏觉，一有声音抖草屑嚎叫，冷也不怕的。"

阿玉说："是不是比你厉害？"

觉根说："到你嘴里啥事都厉害。"

六姑问："你家的旧东西怎么处理的？"

觉根说："我家也没蜡钎，一个老香炉和二十多个辣椒大的酒盅，叔叔舍不得砸，半夜用麻布包了，连带两块钉钉的木爿，用几块断砖压了，扔进了西津里，对着猪圈的墙角，到时下水摸，不会迷了位置。"

六姑说："丢茅坑、埋灰堆，掏粪浇水、挑灰育秧，定会露了眼，丢湖里有捉鱼的渔船，网走了也不定，大面上丢没了。"

阿玉也问："抛西津里，不怕捉鱼人一网兜了去？"

"那不会的。叔叔说，那里芦苇多，捉鱼人的眼睛亮着，芦苇丛里撒网，网撒不进水去，收回来已是一张破网。"

"你叔叔倒也放了个明白屁，只是不要再眼羡烧香人丢的一分两分钱，让人塞一把，到时，一百张嘴也说不清。"

"叔叔这次吃的苦，比西津里的水还深。阿三借他十个猪胆，也不敢有一丝想法了。铜炉宁肯丢西津里，不去收购站换钱，也是害怕的意思。怕人算倒帐。"

"我们也抛湖里去，对着仓库的后墙角，那里芦苇多，菩萨眼下能派上用处的，也就几件香炉蜡钎了，铜磬啥的，前几年大炼钢铁，化了个净。"

"现在没什么了，一身轻松。"

阿玉说："你不能轻松的，'十八条腿'的分量老重了。"

觉根说："阿玉阿玉，你别'十八条腿'地挂嘴上，看在我给你当地下交通员的分上，来点实惠。等你阿姐结婚大喜，一定帮我包个红焖蹄髈、走油蹄髈啥的，让我和叔叔大吃一通，煞煞馋瘾。去年黑小佬吃酱猪头，叔叔没吃到，过后常抱怨我的。找个法子给他补回去，好堵了他的嘴。"

"你还敢提吃的？'十八条腿'让你们吃光了，没找你算帐，还来讨打？尽想吃一嘴的油，我问你，准备好几条腿了？仓库早腾空一间屋子，沿墙根摆你的嫁妆，你答应我的。"

"我啥时答应了？"

"去年五行里村的许大媒来，当面提起的，你一句反对的话不说，拉着板车一路'嘭嘭'响地点头答应，可不能耍赖。"

"我是吓跑的。"

"跑不跑的我不管，反正你没有当面回绝，没回绝就是答应。看你贪嘴贪吃的，只记吃不记事，今天帮二队多算你十斤柴，免得多了柴，尽烧猪下水吃。"

觉根涨红了脸："那可不行的，养猪场不又吃亏了？年前少了一整车呢。"

六姑把一捆菜苔、几个萝卜塞进了柴草里："觉根，阿玉唬你的，我们送不了你鱼肉吃，等阿玉的姐姐摘了松花粉，我包芝麻、豆沙、马兰头馅的松粉团子给你吃，公对公、公对私的帐目，总要记清楚的。"

觉根红着脸说："姑姑，又吃你的菜。"

"你们两个老小，同我家阿玉一样会种菜，我也不操这个心了。"

阿玉把中年夫妻扔的萝卜菜苔也装车上："姑姑给你们吃菜，要你们清清白白做人，明明白白做事。记住了，没拴绳的萝卜青菜，人别吃，给猪猡吃。"说完，躲在后面帮觉根推车，下坡时故意多使了一把力气，看着"嘣嘣"颠离的一柴垛，阿玉"咯咯咯"地笑。

五十二

　　农历二月的春阳嚼青日，东津镇人新尝了从自家茶树掐下的嫩芽，漱清口齿，准备于渐浓的芳菲里，携老不带幼上山祭祀躺在黄土里的先人时，天没有落下清明雨，半座山色，半爿湖光，还有条条幽曲泥径分割着的油菜花地，并未营造出细雨纷纷、黄花缀地的景象。远村近郭不在烟雨中，旧坟新茔依然萋草下；灿然的花尘，偶有一两枝爆满白底金蕊花朵的梨树，突兀群芳，大遮小、强凌弱的淫压花乡亲；蜂鸟嘤嗡的喧闹声中，春况悠远。如此情景里，舍魂的花蕾和杳杳的泣声，悄然渗一抔黄土，还有那爬山的黄土芳径尽头，是否还有丢失的半缕断魂在游荡？

　　清明前后的无雨，对于把香炉祭器丢进西津里的毛老头来说，恐惧早以盖住了吃喝以外的事情。一个个凄苦的示众站街日，中市桥的桥堍，旧的死去，新的又来。逢年过节示众，"六上"市日示众，揪出反革命分子了，也要陪站陪斗，不知何时是尽头。

　　吃了两碗稀粥，毛老头站在了桥头，兜中揣几片年糕，待日头当顶时，去金驼子处讨口热水吃，可抵渐长的白日。

　　毛老头和觉根属于缺粮户，分口粮时，不敢多要有点儿奢侈意味的糯谷，热腾腾的蒸糕场景是不会出现在猪舍的。

　　不蒸糕不等于没糕吃，总有人慷慨地送他们一尝：饲料厂的姥姥、常来常往的阿三，皆会相赠一二；去年腊月，近乡杀年猪的多，袋中所藏的一块半块，也会大方地扔在养猪人烧火的大灶台上，这样的"百家糕"，装了两个大半筐。

百家年糕百家味，或糯或粳、或甜或淡。阿三送的年糕最好吃，焦色适中，甜味鲜远，香糯可口。

天气日渐暖和，无花的墙边和桥垛上，蜜蜂"嗡嗡"地打转。毛老头同十多个地主富农反革命分子，坐在拱桥的凉石上，搪瓷杯接了金驼子拎来的热水，嚼年糕充饥。

午饭罢，两男两女民兵押众犯去往老浴室，吃了大众汤饭的民兵营长和民兵们，跟在后面说话抽烟。

水巷南岸老浴室的东梢，也是一街两房格局，石板街划分南北人家，临水人家南入户，房屁股作水巷驳岸；石板街南面的，反倒是北入户、东津镇人观念中的不利营商的背阴户，南街北街调换位置倒了个。

两边门窗斜对、仅留一线天地的房屋，大都是晚清建筑。原老浴室和卫生院的几进大宅，为张姓保长私产。东津镇地方小而偏僻，政府没有设置发放官俸的乡镇长，为防乡农通共和便利治理，设置了连保连坐的"保甲制"。保长明面没收入，私下推派诈捐、抽头剥皮的事没少做，太平无事发平安财，天灾人祸挣味心钱。民国那一年，东津镇水灾，他邀了东津镇年轻的第一有钱人吴海源，说服御道东面人家捐钱捐米，平息了西津里农户扒御道泄洪的群体性事件。水退后，上游人米面吃到了，银洋铜钿不见一个，他推说上峰掠去救了其他灾情惨重的乡镇，实则自己一口吞掉。此事后来为杨金浜揭发，吴海源又添一条罪证。因此，吴海源对老杨头和他的弹唱女多少有了些想法：貌似老实巴交的人，为舔一张漂亮面孔，睏一个白净肚皮，急吼吼的什么事都做得出来。张保长坏在表面，老杨头坏在看似木讷憨厚的后面。

南街保长的北入户，砌起了馒头状的拱顶建筑，东津镇不似湖东的古城，拥有"八塔九幢十馒头"的恢恢建筑，但也有一处"馒头"可大煮巷水，装满大池子，供一镇男人氽浴。1949年，保长一家随国军逃往台湾，敌产为政府所拥，住房分给了无屋雇农，浴室作为政府资产，利用老浴池可作泡洗红薯的窖池，开办了粉丝厂，便利一方百姓置换粉丝魔芋吃。近几年粮食紧张，红薯做粉丝粉条，打浆滤渣吃法奢侈，浪费多，停办了。空出的老浴池为李表廉留意，去冬招来五行里村的石打墙，夯墙隔囚室。没想到的是，隔成的囚室，第一个关押了浅埋黄土的南头村瞎子，第二拨关押的便是打墙人。这成了茶客们、呷茶噎口的一个笑谈：打别人家的墙，关自己家的人。

毛老头跟在吴海源身后进了会议室。粉墙新见了白，墙上"千万不要忘记阶级斗争"的黑字压人心魄，粗重的笔划直叫人喘不过气来。

"毛老头，你聋聩啦？喊你几声不答应，你的魂是不是又到西津桥塝捡钞票去了？"

旁边坐的吴海源，用手肘子捅了捅毛老头："杨副组长点名哉。"

毛老头"啊"的一声，慌慌地站起身来，唾涎丝到了衣服下摆。东津大队的民兵营长说："毛老头去年冬里半聋了，点他名字，声音响亮一些。"

会议由杨副组长支持，李表廉副主任重点讲了贯彻"阶级斗争为纲，其他都是目"的指示精神，接下来单独问话。

东津公社当年划定"四类分子"，吴海源的成分是没一点争议的。再找第二个，已无醒目富户，但上级的纲性指标必须完成，一把手朱得男大手一挥：活人还找不到蹲坑地？小孩子捉迷藏过家家，还能抓阄抽签看长短呢，一个村一顶帽子，不产地主产富农。为示公允，人均土地最多的为地主，房屋最多的评富农。至于吴海源，广田加重楼，一个脑袋两顶帽，划为地主兼资本家，也不冤枉了他。那些门槛上的鸭蛋——可进可出的富裕农户，灌水淹地、拆房荒院的不在少数；出嫁的女儿喊回家，另开门洞立新户，抱养穷人家的小孩一时成了风；年轻的夫妻恨不得一夜大了肚皮，生养下龙凤胎；发髻已枯的半百妇人，大有再努力一把的势头。

强制性的一村一顶地主或富农帽子的东津镇，仍不为县领导满意。好在地方小，人口不满五千，没人关注的闭塞弱小、天天夜晚敲更人口中的"小心火烛、平安无事"之地，确也敲出了平安。

当然，训话"四类分子"的李表廉和杨金浜，知道这段历史，不知道朱书记的苦心。

年尾年头的抓捕，便是他们的另一种想法。没有捉到花鲤和黑鱼，出水的穿鲦、鳑鲏也是腥。"四类分子"的数量从单数上升到了两位数，一年抓到头，说法也好听。若能再增加些罪犯，定会引起县领导重视的。

"你多想想，举报出一个坏人坏事，能减轻罪名的。"李表廉对篁村的富农诱着话，问话一个一个地进行着。

富农眨巴了一会眼睛："报告领导，现在的人，出门上工，抓一把麦粒嘴里嚼的。"

"叫你回答问题，你说别人嚼麦粒干啥？"

"他们嚼出面筋，粘自己的嘴唇。"

"粘嘴唇？"

"就是哇，两爿嘴唇粘了，不讲一句话，闷屁不放一个的。"

"他们不放闷屁，你放刁屁、空屁？"杨金浜骂道，"贼眼夹眨半天，当是有啥名堂了，敢捉弄人，滚回会议室去，让你个刁嘴贼，桥堍站断腿。"说完，向外喊下一个。

进来的石老四，不敢坐孤立屋中的小机凳，兀自立着。

杨金浜说："你一堵黄泥墙样直板板地杵着，想比我们站得高，还是想让我们看你恶心的鼻毛？"

李表廉说："别紧张，坐下去，你想想，给个人和集体打泥墙，比如打养猪场的粪水池和大灶屋，有没有听人说过反动话？人多嘴多，总会有人抱怨几句的。还有，你们到渡口烧香，你娘应该事先同两个尼姑打过招呼的吧？说出来，你老婆马上让你天天陪着的丈人领回家，不用再批斗站街了。"

石老四坐下了，又从机凳呼起身来，李表廉抢着说："别急，慢慢讲。立了功，你的娘也可放回家，你仍来站街装样子，堵堵人的嘴，不妨你做人的名声。"

石老四说："要说实话吗？"

杨金浜说："当然要讲真话。"

"我当着毛主席的头像保证，这事儿怨不得别人。老人们都说，上门女婿没个生养，吃不久倒插门饭的。吃朱家的饭，从软打到硬，不小心会硌了牙。烧香拜佛，全是我出的主意，喊了我娘，逼着老婆落雪夜上外婆墩的，烧着烧着让你们一身白的人抓了。"

"你这是真话啊？你的黄泥瓜，给自己糊个泥浆脑子，贼大的胆，还当着毛主席的像保证，你有资格讲这话吗？糊弄别人不算，竟敢糊弄革命干部，打嘴巴。"杨金浜的话音未落，立在身后的民兵，从后面甩了石老四一个耳刮子。石老四捂着脸说："讲真话也要打？"

"这是什么真话？是你娘的屁话，不识相，吃辣椒酱。"杨金浜拍桌子骂。李表廉也脸色愠愠的："你风格高，往自己身上揽，小心黄泥巴糊瞎自己的眼睛，看不清形势，苦头有得你吃。"

"我讲的是实话嘛。"

杨金浜骂道："你讲实话，我也讲实话，狗耳朵的泥屎挖挖干净听好了：要你老婆大肚子，不是雪地里的功夫，是被窝里的功夫，你泥捏的物事不顶用，烧再多的香也白搭，换来的是反革命罪行，真还软硬不吃了？照你的恶劣行径，你们一家三个，斗一次站一次桥塊，别想滑过一趟。"

石老四被民兵推搡出了办公室，换了毛老头坐机凳上。

"你倒是不客气，进门一屁股坐下，桥塊站半天腿麻了？"李表廉讥讽道。

"啊……干部说点啥？"毛老头侧过光脑袋，一只耳朵对人。

李表廉说："这个一身臭的老猪狗假痴假呆的，金浜，你喉咙响，你问他。"

杨金浜喊道："你去后山做法事，是不是你徒弟叫你去的？"

"徒弟？"毛老头想了许久才说，"没有徒弟哇……"

"觉根不是你的徒弟啊？"

"啊……你说我家觉根啊？他管我叫叔叔的。"

"啊什么啊？是不是觉根的主意？"

"你说觉根？他小辈，我长辈，我当家，他听我的。"

"问你，阿三有没有给你吃猪血？"

"没有出血哇，天冷，一个劲挂清水鼻涕。"毛老头说着，捏了捏鼻子。

李表廉皱起了眉头，轻声说："别在这老光棍身上浪费时间了，下一个是重点。"

毛老头站了起来，杨金浜恼怒地说："你这老光棍，好说好话一句听不进，装憨装傻，轻声一句倒听进贼耳朵了，你坐下。"说着，给了民兵一眼色。

毛老头坐了下去，机凳为民兵踢歪，屁股没着落，惊得张臂抓空，老臀曲背地滚翻在地。

"哎呦哇……酸啊……吃醋拌莴苣笋哉……"毛老头呲着牙齿。

"你自己不小心坐偏的，跌了跟斗，怪啥人？"

"落雪天吃酸梅汤啊……哦……呵呵……"

"装憨耍赖充聋髭，下次要你跌个狗吃屎，跌断你的贼骨头。"杨金浜恨恨地骂。

毛老头撅着屁股出去了，吴海源进来了，进门时，押到门口的大癞痢，踢了一脚他的屁股。

"今天请你进来，应该明白的哇？"李表廉脚颠颠地，剥一颗软糖塞嘴，眼睛虚着，嘴角笑脸不笑地说话。

"报告领导，我不清楚，只知道是改造学习来的，领导问话，我如实回答。"

杨金浜说："领导问一句，你回答两句，显得你有水平？有能耐？"

"杨副组长，我是同你父亲年龄相仿的人，只不过成分不一样，你阿爸看上去也是老实巴交的面孔，种田人，怎么会有卖弄的想法呢？"

"你的话里有骨刺哇？闭上你反革命的臭嘴！你不在石板街上撒泡尿，照照自己的笃脸，凭你也配同我的世代贫农的父亲比？"吴海源的话，无意间触碰了杨金浜最为敏感的神经，他至今还是农民户口，令他自卑又焦虑。

"哎……吴大地主可是开过眼界的人哟，杨家三五间的大瓦房，比不了他家打歪了墙的茅草棚。革命干部的身份，比不上反革命分子的帽子，贫下中农自然入不了他的法眼喽。"李表廉嚼着嘴里的奶油软糖说。

吴海源没有说话，他接不上话头。

"怎么不说了？你的满是烟臭的嘴，不是蛮会讲的吗？怎么？想进行反革命抵抗？"

"杨副组长，我改造这么多年，从来都规规矩矩的，见到生产队的姑娘妇女，眼睛不敢多看一眼的，更不要说讲张卖弄了。"

"你这老贼废话这样多，打嘴巴打耳光。"杨金浜涨红了脸。

"啪"的一声，吴海源的脸火辣辣的，嘴角渗出了红沫，他含着老泪唱起了《革命不是请客吃饭》。

杨金浜喜爱写作，常投稿，且真有那么一两篇百字小文，由报纸一角变成了铅字。二十多岁的小伙，头上发腻、脚尖甲臭，正是全身都想送给异性的年龄，极力地想在吃商品粮的姑娘面前，展露自己的一技之长。写绵绵情书时，发表的豆干小文，誊刻油印了，封进印有"东津公社人民政府"红字的大信封，托年老妇人偷偷地塞到姑娘手里。不幸的是，政府部门的大信封，唬不住巧鼻细眼的小镇姑娘，在小文章与户口簿上面，走路低眉顺眼、含胸夹腿的小家碧玉，没一个有丁点儿的文艺细胞、浪漫情怀的。

水灵灵的街上姑娘追不到，他的目光回到了乡村。听一个西街的茶客说，有一段时间，杨金浜同一个寡妇搭上了话，黑夜常有出入。有一次，冷眼人看到，两人在春凳上做事，镇上的好嘴人，私下给他取了个"拾荒小文人"的绰号。他反正听不到，一方面往寡妇门里钻，另一方面，他的目光锁定了让李副主任磕掉过半颗牙的还俗女。

李副主任认死理，请许大媒说嘴的事，在东津镇早传开了。堂堂公社二把手，竟想娶一个无家无室，只有一块小菜地和一个草帘子茅坑的还俗女，这让他失眠了几夜。他还听说，还俗女宁嫁没门没户的猪倌，也不愿进城作现成的娘。这让他十分的好奇，借检查广播线路的由头，于渡口见到了那个不知天高地厚的姑娘。这一眼，他的血便往上涌，明白李副主任为什么念念不忘这个身体了。农业户口的还俗女，樱樱素口，兰馨蕙香，是大户的千金、地主的小姐、资本家的闺秀、一棍棒杀中市街的娇情女，味胜清甜甜、嫩生生的出水红菱。

二婚的不嫁，没结过婚的不一定没机会，自觉条件比觉根优渥的他，顾不得李副主任生气，就像他貌似憨厚的继父，毫不在乎逃台湾去的军官和保长，大喇喇地把娇小白净的弹唱女搂怀里一样，美色当前，粗人气息粗人心。他的大信封送到了六姑手里，当然，这些也是托年老妇人悄然进行的。不料，他也撞了一鼻子的灰，听老妇人说，瘦骨嶙峋的六姑问了个大概，别说拆信封，信都没有接。无家无室，又无"十八条腿"嫁妆的还俗女，竟不拿正眼看他，而生养此女的，正是眼前话语带刺的吴大地主，这让他能不窝火？

"你这臭嘴还唱，再打。"

又是"啪"的一声，打别人的脸，痛快自己的心。

吴海源生平第一次被人左右开弓，他的歌声哼得更响了。

"李副主任，唱革命歌曲也要挨打呀？"吴海源的一个本家侄子，在外屋听到异响，探头问话。

"你是什么身份？哪个大队的？"

"我是世代农民的北山湾人，共青团员，民兵，革命事业的接班人。"

"你有啥资格管公社的事情？"

"我没资格管，但我作为负责安全押送'四类分子'的民兵，有权问一句，唱革命歌曲为什么要挨大耳刮子？街上唱的人多了去，是不是也要挨个儿的打去？广播天天唱，是不是也要打广播的嘴？"

"打的是地主资本家，又不是你父亲？要你操心？"

"这里不讲私情，只讲工作，公对公，私对私，吴地主认真改造，又喜欢唱革命歌曲，还要挨打，这事到茶馆里讲，革命群众会怎么说？"

杨金浜的脸猪肝般地红了，想拍桌子，李表廉桌下踢了他一脚。

"小吴心疼自家的长辈，原也没错，人心肉长的嘛。杨副组长不是成心打吴地主的，只怪吴地主哼得含含糊糊的，以为同南头村的瞎子一样哼黄色小调呢，搞明白就好了，原不是什么事，我们问他几句话就结束了。"

北山湾民兵的头缩了回去，李表廉问："吴地主，你被人民押上台批斗这么些年，有没有好好思考，你自己倒底是个什么样的人？"

吴海源抹一下嘴巴，缓过一口气："简单地说，我是富二代，我最大的罪，铜钿银子旧社会赚的。"

"这话倒也实事求是，照你的想法，我是什么人呢？"

吴海源从口袋中摸出一帕素巾擦嘴："你是穷二代半。"

"怎么有个半代的呢？"

"你家爷爷辈穷，父亲辈穷，小时候你过的也是穷日子。共产党领导穷苦百姓翻身得解放，你根正苗红，进城读书工作当干部，先穷后富，过上了富裕生活。"

"我的父母不也翻身过好日子了吗？"

"你父母年龄大了，中市街浙江人卖的甘蔗梢，甜也甜不到哪里去。"

"你这话反动的，什么甘蔗头甘蔗梢的？无产阶级革命家庭，容不得你污蔑。"

"年龄大了，再好的生活也不长久的，就像甜甘蔗的梢，到头了。"

杨金浜插话说："听你的话头酸溜溜的，像打翻了半瓶醋，想不想把政府没收的房产要回去，再过张嘴伸手的甜日子？"

"我诚心改造，不敢多想，剩下半条老命，改造一日是一日。"

李表廉说："想早点改造好是对的，不能嘴上说一套心里想一套，凡事靠争取的。就说你，去年冬里，请五行里村的陈木匠打床箍桶一二月，女儿婚事上，仍旧看不起贫下中农，拣来拣去，还是挑了个反革命家庭的石打墙，为什么？你可不要说贫下中农不愿上你家倒插门的话，你不就想找个手艺人，今后来钱快？发财快？还可以不花一分钱，打你家的破墙。"

"大地主成分对现行反革命帽子，这叫破箕畚配豁笤帚，长柄漏勺搭破粪桶，恶对毒，配了对了。"杨金浜插了一句。

吴海源吃力地扭扭脖子，说不出话来，李表廉一手拦了："你不要说话了，今天到这儿，晚上躺竹榻，别死猪一样地打鼾，枕头垫垫高，想想明白，别一条道走到黑。"说完，挥手散会。

一群"四类分子"哆嗦着上了街道。天空早刮起了大风，瓦屋上空灰蒙蒙的，去年冬天的残叶和今春的蔫花瓣，于忽临的冷风里，溜圈儿的似的从御道翻滚到了石板街，又一路飘忽而去。灌进狭窄备弄的风，撕布一样的声音。中市桥的拱顶上，两个小孩各向东西挺举撒尿，一个撒桥上，滴湿了裤管；背对背站着的一个，裆前的弧线跨越石栏，抛得好高好远……

呛风的懊糟了脸，透背的笑歪了嘴。风拍两岸灰檐下的贝壳阵窗，老妪驱蚊拍蝇的破扇声，半敞的窗，"啪啪啪"地搧灰空的耳光。

一双玉手抵住了窗棂，旧木框中，探出一个眼镜女子的脑袋，头亮发油，惊讶地扭转腻白脖子。

"嗳……老和尚过江哉……"

五十三

前几天的风，吹走了萦绕在金黄色菜花丛中"嗡嗡"振翅的蜜蜂，留下一地碎金后，今春最后的北风在爬升的太阳光下，悄然消失在东津湖的水面。南风压倒了北风，湖面波光粼粼，是久违的薰风的抚拂；近岸浅滩，憋了一冬寒气的芦苇，冒出绿油油的尖角，迫不及待地展示青葱岁月。金星点点的青菜，开始疯长第三拨菜芯了。油汪汪、肥笃笃的头波菜芯和青翠的大拇指粗的二茬菜苔，焯水后，晒到了晾竿长绳，菜干味浓，满屋子的甜香，像身处果香嫋嫋的秋风里……

菜苔的一地黄花，半畦嘤嗡，没让阿玉高兴起来，以素食为天的两个人，撇嘴嘀咕着对老天的不满。

"今年江北过来的老和尚，肯定是个坏和尚，走路带风，弄得天空灰蒙蒙的，少掐了一拨菜芯。"阿玉靠在姑姑的肩头说话。

太阳出来后，她便拉姑姑坐柴垛南晒太阳，姑姑夜里睡不好，早上照例被西津里传来的杀猪声惊醒，夜里少睡，白天没精神，手和脚使不出劲，心心念念地想打蒲草鞋。昨天去公社卫生院买了新到的安眠药，那个半垂着眼镜的仇医生讲，睡不着的人，晚上吃药，白天休息好，少想事情多晒太阳。

"二月廿八老和尚过江，不是风就是雨。吹南风落雨，来的是好和尚。吹北风天干，过来了坏和尚。"六姑说。

"天上的老和尚长得像不像师伯？"

"你说毛老头啊？他那面相的人，不像有法力的。胆小怕事，瞎吃乱吃。天上有好几个法力高的和尚，肥头大耳的，比黑小佬抱来的毛主席像还福相。"

张大帝是个好和尚，他去女儿家吃酒吃肉，吃醉了酒，身体不稳，摇摇摆摆地从南面来，到了东津湖上空，又咳又吐的。下面的人世间又是惊雷又是暴雨，老和尚过江落雨，一年光景好。北面过来恶和尚，只刮风不下雨，大风吹得天黄地昏，人人眯眼看事物，这一年天灾人祸就多，蛇虫百脚也出来作恶，农民的收成要泡汤了。"

"今年刮了几天风，没下一滴雨，恶和尚会捣乱吗？"

"阳历已到四月天，看这几天发不发桃花水了。桃花汛不发水，黄梅天就长了。"

镇上和乡村的老人们，心头记着业已逝去的、老一代人口口相传的农事汛情方面的知识，于跌打滚爬的岁月里，慢慢摸索出一点血泪经验，十说九准的。六姑虽为出家人，旧时，庵中也有薄地耕种，同样靠天吃饭，少不了掌握些方方面面的知识，且农业气象的交流是不分方外俗里的。镇子东梢头的吴黑男，眼似点漆，具有一双看天的鬼眼，以前，挑着两木桶在庵前深井里吊水，总会同井台边捣衣的女尼们谈些天气方面的话语。

"半年的雨压到黄梅天不停地落，粮食湿、柴湿、房子湿、衣被湿、烧火钳子也湿的，天阴暗着脸，弄得人心湿湿的。"

六姑瘪瘪的、细尖的手指捋着阿玉的头发："虽说靠天吃饭，老黑小黑办法多着呢。前几年外村饿死了那么多人，走到东村，几家挂着大白布；走到西村，半村人吃豆腐饭。远远地到南面的村子去，没有白布，没人吃豆腐饭，也听不见拉调儿的哭声，总算见着个没饿死人的村子了，哪知道这村死的人更多，活着的没钱买白布挂，没豆腐饭吃，连哭出声音的力气也没有了。一队叫名头饿死的一个，二队借来的，老黑领我们挺过来，说明他办法多。别急，黑小佬不会让我们饿着的。"

"姑姑，你说的话，像渡口的水一样软。靠你身上眯盹，一会儿就梦见桃花水了。"

"过两天，叫水妹领你西津里看去，桃花水发了，山涧边的桃花尽冲西津里，西津里堤上的几枝老桃树，桃花开得一朵比一朵大，飘落水面，一荡一荡地，像镇上男人娶来外乡娘子的脸一样红，娇艳艳地讨人喜欢。觉根猪圈的外墙也有一枝，年轻时随师父们去篁村人家贺满月，贪近道走的那路，六月里，结桃子的。"

"水妹出不了门，嗅到油腥、花香、甜味儿就呕，福笃笃地靠着竹椅，有嚼无嚼地嚼腌金花菜呢。"

"这个水妹，前几天还同我说，眼热你的一口细牙。说你是撕了一个小口的新玉米，吃什么不塞牙缝，不像她，天天掐一截笔帚的细竹签牙。常听婆婆唠叨，说她不节省，'拆人家'，一个季节掐没一把笔帚。酸腌菜塞牙缝的，吃多了，哪有好牙口？喜欢吃酸，甜男酸女，吴家要添一对小黑眼、一穗嫩玉米了。这倒好，水妹不会再睏不着。要是真想看桃花，不去西津里也行，说不定渡口也能看到。有一年水急，花瓣飘到了渡口，引来好多穿鲦鱼，'咕咚咕咚'地啄花瓣，湖埠头满是大圈套小圈的水波儿。"

"我的牙是新玉米，那黑小佬的牙，抽烟抽成老玉米了？还有她家的老头子，那个老黑，嘴巴里黑的黄的、缺的断的，不成蛀空的霉玉米了？等明天去水妹家，去年的芦花茎送她一扎，斜剪了剔牙缝，不伤牙龈。"

"今年不能用，明年再送她。"

两人在暖阳里眯着眼睛说话，蹲伏一旁的黄狗，听到微弱的声音蹿出几步，汪汪儿地叫。

镇子东梢的堤岸，十来个沉头人西面来。待走近些了，认出打头的是吴黑男，还有黑小佬和去年冬里上任的吴水根队长，另有一个是去年晚秋开会，踅进仓库同阿玉搭话的李副主任。其他几张是不认得的陌生面孔，同来的还有两个肩扛红缨枪的女民兵。这一群熟悉的陌生人的脸色暗暗的，黑小佬的脸更像是抹了锅灰。

六姑正想叫阿玉带狗到院中去，吴黑男说："六姑，你与阿玉同我们到一队的仓库坐吧，要开个会。"

阿玉摸钥匙开了仓库门，理了下木板桌，把几条长跳板钉的凳子，围着桌子摆放好。两个女民兵和两个男民兵径往院中去，黑小佬同民兵营长步步紧贴地跟了进去，六姑想要说话，吴黑男对她使了个眼色。

众人坐了不说话，约摸三四支香烟的辰光，两男两女民兵空着手出来了，其中一个对李副主任摇了摇头，跟着出来的黑小佬嘴里叼支香烟，"嗞"地一声吸，再慢悠悠地吐出来，也不说话，同父亲对了个眼，摸出一盒香烟，一支支地抛到坐着人的桌前去。

响亮的一声咳嗽后，会议开始了。吴黑男书记主持会议，他没有说欢迎鼓掌的客套话，直接说："公社专抓阶级斗争领导小组的杨副组长，收到了一封匿名信，举报管仓库的两个女的：一队的社员阿玉和二队的社员六姑，说她们点烛化纸、烧香拜佛、祈求念经，大搞封建迷信活动，妄想复僻倒退。具体情况我也不清楚，让杨副组长先说明一下。"

杨金浜摸出了一个皱巴巴的信封，清清嗓子说："信的具体内容不念了，吴书记和各位领导看过，公社的朱书记马上外出参观一百二十天，手头工作很忙，也抽出时间过问了此事，并作了彻查清楚的批示。信的主要内容是，仓库中的两个还了俗的尼姑，还俗不回家。还俗后，仍旧烧香拜佛，搞封建迷信活动，白天黑夜地搞。妄想变天，回到万恶的旧社会去，把仓库当作庵堂。她们住的小房子，那个宣传革命思想、唱革命歌曲的广播总是关掉的，天天有暗红暗红的光，整天地装神弄鬼。有些问题，两个尼姑必须回答清楚的。下面请公社李副主任讲话，大家欢迎。"

杨金浜和几个民兵拍起了手，吴黑男、黑小佬和民兵营长也拍了两下。

"同志们，革命的战友们，今天，我们怀着无比沉重的心情，来到了渡口的仓库，为什么心情沉重呢？因为，有人利用我党和我们干部的善良，大搞封建迷信活动，给我们东津公社大好的革命形势抹黑。为此，为巩固革命的胜利成果，揪出隐藏人民群众内部的阶级敌人，我们成立了专案组，彻底清查反革命'四类分子'。现在由杨副组长问话，东津大队的民兵营长和公社的女民兵做笔录。"

杨金浜的馋眼瞄着阿玉的脸："去年大年夜，大家热热闹闹地听广播守岁，放炮仗迎新春，你们为什么一反常态，天没断黑，就开始关门烧香了？"

六姑说："天不黑就关门是真的，香没有烧。还俗后，我们听朱书记的话，不搞封建迷信活动，大年小夜，雪天雪地的，我年老体衰，脑子不好，同你年老的父母一样，晚上睡得早。"

"没有问你。"

"你夹眨夹眨地盯人，阿玉嫩皮嫩肉的，头也抬不起来，经不住你的眼睛咬。"

"抬不起头来，也要回答问题。"

"你是不是想让她说错话，抓住把柄，关我们老浴室去？"

吴黑男插话道："杨副组长，她们俩吃住一起，母女一样的，六姑身为当家人，了解的情况更多，直接问她好了。这次你们搞的是突然袭击，她们又没准备的。"

"那我问你，为什么总把宣传革命思想的广播关掉？"

"我要关的。好几年前，我得了睡不着的毛病，一有声音，脑子里就像风车一样地转，房子都翻来翻去的，好不容易眯盹了，早早地被西津里的杀猪声吵醒。广播的喇叭不关掉，根本合不了眼。昨天，阿玉还去卫生院配了治睡不着的药，戴眼镜的仇郎中可以证明的。"

黑小佬说："六姑的神经衰弱症，好些年了，一队二队的社员清楚的。"

民兵营长也说："这个病，六队的人也知道的，六姑精灵古怪，自己说话细声细气，也反对别人哇啦哇啦吵地讲张。"

杨金浜的脸有点儿烫，他摊开信纸说："举报信写明白了，逢年过节，你们点烛烧香，房间总是亮着的。"

六姑说："你叫两个女民兵跟着，让我家阿玉请出总亮着的。"

"没有什么可请出来的。"黑小佬急粗了脖子，"六姑，不能神经衰弱的脑子乱呀？"

李表廉说："黑小佬不要慌了手脚嘛，脑子乱不乱的，真佛假佛牵出来看看不就清楚了？"

六姑说："李副主任见多识广，从北山湾到镇上、镇上又到城里的，哪像黑小佬，弄来弄去弄泥巴，水沟里汰了，两手净是泥腥味。"

"你不要豆腐里面藏骨头，搬出来大家看，土步鱼、昂刺鱼、花鳊鲅、老黑鱼，糙的刺的，白的黑的，一网捉了晒太阳底下，轻意别想滑过去。"

黑小佬脚跳跳地，到晒谷场上转圈抽烟去了。得了姑姑眼色的阿玉，同黄狗脚蹬蹬地去了后面。不一会儿，抱出了个红纸花纸粘的、镶金边的佛龛大小的天安门城楼，里面端坐着一尊笑眯眯的毛主席的粉彩瓷像。

"喏，这尊毛主席像，自从黑小佬请到我家后，我们天天向他老人家汇报思想。没有香烛点，移盏油灯照照亮，好让我的昏眼看清他老人家的善人面目，不忘他的恩德，你们看到的鬼火，是不是指的这盏煤油灯？"

"那也不能说'请'呀？说'请'也是封建迷信嘛。"杨金浜脱口而出。

"杨副组长，这话不对的，说'请'是封建迷信，全国人民举本红宝书，天天向毛主席'早请示，夜汇报'，照你的意思，请示请出封建迷信，人人犯罪了？"

李表廉说："小杨说话没过脑子，嘴快漏出来的，你们不用抢人话头。有些方面可以古为今用，具体小节不要计较。"

"小节不计较，大是大非问题要搞清楚的。"吴黑男说，"刚才，公社领导找了来，通知我们，专案组领导收到了匿名信，要来仓库突击检查，具体情况，我们大队不清楚、蒙鼓里的。作为我本人，在没有证据的情况下，凭一张白纸几行字，搜查两个女社员的家，我是极力反对的。我认为，写匿名信的人，不敢亮出自己的名头，本身心里有鬼，做事为什么不能正大光明点？干革命怕什么？不敢挺胸站出来，不得不让人怀疑嘛！如果人人写匿名信攻击抹黑别人，今天东查查，明天西查查，还搞不搞正儿八经的革命工作了？要不要农业生产了？这是一。第二，公社的民兵在六姑、阿玉住的房间翻了个遍，没有发现搞封建迷信活动的工具，答的话合情合理，可见，这两个女同志、女社员是经得起考验的。她们还俗后，彻底同旧生活告了别，过起了人民群众当家作主的新生活。第三点，最重要的一点，我们东津公社在朱书记的领导下，按照毛主席、共产党指定的革命路线，破除封建迷信，拆庙扒庵，改作养猪场和仓库，并在全县树立了典型，是成功的。外婆墩的两个，没有辜负朱书记对她们的期望。为此，我和民兵营长，同两位组长同志，将向朱书记进行专题汇报，让他高兴高兴。最后重申一句，不要轻信谣言，共产党人做事公对公，私对私，要光明磊落，人民群众的眼睛是雪亮的，天安门城楼上的毛主席像，也清楚地看着。李副主任，你说对不对？"

李表廉说："你水平高，说得蛮好，我没有话了。"

"吴书记，我有几句话，能不能说说？"六姑说。

"可以简单地讲几句嘛。"吴黑男摸出香烟，一个个地抛桌子上去，"嗤啦"一声划亮了火柴，黑小佬也划亮了。从李副主任开始，一个个的照脸，火柴烧手指，丢脚下踩了，再划亮一根，轮到自己，合拢两手掌，深深地一吸，吐出一口长长的烟团，顺便吹熄了火柴梗上的豆火。

"仓库重地。"阿玉似沉水底的鱼，冒了一个泡。

黑小佬笑道："阿玉说的对，仓库禁止烟火，她这个保管员是称职的。我们到晒谷场上抽烟去。"

五十四

"今天来了三级的领导，说明对我们这个家特别的关心和重视。"六姑声音低沉地说，"我不是仗着多活了几岁年纪，在你们面前倚老卖老。民国三十八年到如今，解放十好几年了，我是末朝代上东津庵来的，有人说我还俗不回家，啥人告诉我我的家是哪个村庄的？啥人愿意养活我这个两手抓不了几粒鸡啄米的老太婆？我比谢毛主席地还要谢他。我家阿玉，她的娘按照政府一夫一妻的规定，进城公私合营、重新做人过日子去了；北山湾的父亲，山坡两间茅草棚，一个猪圈，一人养活常年生病熬药的妻子和五六岁的女儿，饿日子多，饱日子没有，再添一张嘴，一家人会慢慢地熬死。老天开了眼，托共产党和毛主席的福，三岁的阿玉让我带，没有好粥饭，一口汤一匙糊地喂。"

说到这里，六姑的老眼湿了，阿玉傍着膀子给她抹眼泪。六姑继续说："当初拆庵堂建仓库，朱书记的大手一指一挥地，当着干部社员的面说：庵拆了、扒了，你们的饭碗还有，住的地方还有，仓库是你们的家，大的住到老，小的住到出嫁，管仓库，挣工分，普通社员一样分红分粮，无家无产的，你们是标标准准的贫下中农。"

吴黑男说："这是事实，我是一队队长，亲耳听朱书记讲的，说是庵中剩下一大一小两人了，她们相信共产党才没有吓跑的。共产党做事不能不讲人性，扒了她们的庵，打碎了她们的饭碗，必须在她们手里塞一个新饭碗。当时，我为朱书记的话翘了大拇指的，朱书记穷苦人家出身，没忘了穷苦人的苦。"

李表廉说：“倒过来了，我们接受忆苦思甜教育来了，要比穷，你们别忘了，我家是穷得叮当响的雇农。”

“教育不教育的，当着三级干部的面，今天我要说，不说，怕以后没机会说了，我老太婆能不能活到以后也难说。”

“姑姑……”阿玉的眼中盈满了亮晶晶的泪水。

六姑抹了一下阿玉的眼睛：“不哭了，眼泪不是用来哭的，是汰眼睛用的。眼里落了灰尘，迷糊了，眨巴眨巴，汰汰干净，汰久了反而糊涂，留着下次再汰。”说完，撩衣角擦了擦自己的眼眶，口齿漏风地说：“朱书记说得没错，我们拥护共产党的，可小老百姓的命，不在自己手里捏着。当时，国民党大军路过东津镇，南街的保长，没少在镇上和四乡八邻帮着抓壮丁，南头村的瞎子就是那一批抓走的，他命好，瞅住机会逃回来了。”

杨金浜说：“别说南头村的瞎子，他是个畏罪自杀的反革命分子，彻底埋葬了。”

六姑像没听到似的继续说：“国军逃跑时，真的是瞎天瞎地的。西津寺那时还不是养猪场，没家回的年轻和尚抓了好几个。保长的老婆在镇上放风，说共产党来了，要共产共妻的，和尚拉去挨枪子当炮灰，大大小小的尼姑捉去共妻。庵中老的哆嗦着吓死了，年轻的撕块蓝布，往头上包了，黑夜逃回了娘家去。没家的，躲进相熟人家；有的直接光棍、鳏夫家一床被子盖了；没那么快的生养，塞老棉絮腆肚子。我没有逃，倒不是不怕共党共产共妻，一是无处可逃；二是我在东津镇几十年了，熟人熟地的，不想再离开。共产党真要像太湖土匪一样地做龌龊事，不还有个东津湖可跳吗？大不了逃不走的几个，搀着走水里去，一了百了，像现在一样，我老太婆实在过不下去，住在湖边，投湖方便。天世界变了，东津湖没变，水深得照样淹死猪猡淹死人。”

“哎……六姑……想多了，没人敢这么逼你，共产党领导的新中国，不是黑暗的国民党政府。”吴黑男劝了一句。

“没逼？以前逼不逼的不说。国军是抓壮丁的，西津寺的和尚只剩老小几个，东津庵的女徒弟，白逃了，可怜年纪快做好婆的几个，逃去乡下人家，头发未长黑，肚皮倒大了。二十来岁的，白便宜了黄口蚝牙的光棍。风声过后，好好儿的，国民党军队没来庵中糟蹋东西糟蹋人。逃兵也是中国人，家中也有兄弟姐妹，吃饱饭，嘴一抹就走了。跟脚共产党军队来，没有共产共妻，人家宁愿在西津寺的院子里铺稻草过夜，也不来东津庵的大雄宝殿住，不曾动过龌龊念头，嫌疑也避的，不去有女人的地方住夜，这是真正的老百姓的军队。可现在呢？不说成天挖空心思成藕，连我们两个无房无产的苦命人也不放过，明里来暗处去，栽赃弄花头，杀猪人的尖刀藏袖子里，冷不防地刺一刀，一刀一刀见血地扎，扎到心扎到骨。"

"你这话说过头了。"杨金浜脸色阴沉地说。

"我的话过头？还是有人做的事过头？兴人做，不让人讲了？我家阿玉没嫁人，成罪名了？拿不出'十八条腿'的嫁妆来，不让人挑挑了？人要面子树要皮，湖岸的芦苇一青衣，你们大模样地闯进姑娘的房间搜查，是搜查烧香插烛的铜锡物件，还是捉床底下的男人？迷信活动的器具，扒庵时毁了，大铜大铁的，大跃进年份都化了铁水。你们这么些红脸白脸黑脸黄脸的，凶狠狠地来墩上作践，不知道的人，以为我们做下了见不得人的事呢。茶馆里的黄板牙，嘴里的唾沫像塌了坝的黄水一样，一口传百口的，'哄啊哄啊'地笑，你叫我家阿玉怎么做人？怎么嫁人？"

李表廉说："这同做人、嫁人没关系的，你们反正也不急，我们不是专跟你们过不去，关键是有人写了举报信，加上你们吃着素，就怀疑了。"

"小学生子家家有，笠帽大的字人人识得几箩筐，是不是谁都可以写封信，出出心头的恶气？我们吃素，肚子习惯了，不小心会坏了肚的。再说，家穷吃不起荤腥，干脆吃素有什么错？谁愿意大鱼大肉地供着，我们天天鱼肉当饭吃，也省了一天到晚吐酸水。另外，我家的阿玉没'十八条腿'嫁妆，讨不了人家喜欢嫁不了人，也不是专等着别人挑拣得没得挑了，或是死了跑了的，专等着补缺填空档的。黄花闺女头一遭，谁不想吃屎抢先撞撞癀，装出吃得有滋有味的样子，糊弄一下外来人的？我们凭啥让人这般地欺负？"

杨金浜的脸大红了，他看了一眼李表廉，对着吴黑男紧抿黑嘴的油脸说："你现在肚肠中的屁找对了路——可一个劲地放了。"六姑的话，像水巷里的碎瓷片，划伤了他的腿脚，又不知谁家丢弃的破碗，找不到出气人，恼怒而又无法发作。想起前一阵子托人送的大信封，被人家看都不看地退了回来，恨得牙根发痒。也是流年不利，诸事不顺，原想搞个突然袭击，从她们的床铺底下翻出点铜锡物器，狠狠地斗斗癀嘴老太和眼高于额的丫头，顺便煞煞承担领导责任的两个黑面孔的威风。入党不久的黑小佬，受此牵连，留下污点，今后能不能坐正就不一定了。没想到又让她们滑了过去，得了势头的老太婆，叨个没完了。

"我说错了吗？没你这样的共产党干部的，共了产，人的闺女也想没收？"

"你这是攻击共产党，攻击人民政府。"

"杨副组长，这顶帽子戴得太高了。没收地富反坏'四类分子'的财产是事实，这是党和政府的决策，话没有说错。没收人家的女儿，当然不可以的！不然，共产党真的成了反动分子口中的'共产共妻'的恶魔了？作为一个人民群众，针对自己的处境说几句怀疑的话，本身是对共产党人的警示，我们在具体的工作中，有没有作风粗暴问题？有没有私心？有没有借题发挥？今天，没有发现她们搞封建迷信活动的器具，听听她们的意见，对我们今后的工作也有帮助的。"吴黑男一边抽烟一边说话，他对自己说的话比较满意的，作为一个老农民，能讲出这样水平的话，得益于欢喜看书学习的朱书记，十几年来对他看报读文章的督促。

李表廉阴阴地说："东津湖风大浪急，顺风帆扯足了，小心翻船浮到浙江去。"

六姑听了一愣，老脸白霜霜的："船翻了，权当投湖。你们没搜到封建迷信的东西，但凡搜出点什么，准备把我老太婆怎么样？赶到外面去？冻死饿死批斗死？还是同你说的一样，浮尸浮到浙江去？古来到今，哪个家庭不祭祖供奉、'摆太平'驱小鬼的？金银铜铁锡的东西，哪户人家不置办一些？兜转半个东津镇、一个西津里的搬嫁妆队伍，哪一家没有这些贴了红喜纸的亮晶晶的物件的？不是说句得罪两位公社领导的话，要不要去西街和北山湾村，你们家父母的床底和厨柜顶搜一搜？搜不出铜的、锡的香炉蜡钎什么的，我老太婆撞死在西津桥的石栏杆上，自己找阎王去，让你们称心。你们敢不敢？真要查出点来了，你们的父母是不是也要站桥墈批斗？你们是不是也要受牵连，当不成装模作样害人的干部了？你们分到的地主人家的大瓦房，是不是也要吐出来？不是怀疑，我压根不相信，你们的父母，不是对着祖宗点香火，而是对着毛主席的天安门城楼点蜡烛的？"

"猪八戒倒打一耙哉，到底念经文出身的，瘪嘴叽里咕噜地停不下来。"李表廉的脸涨红了，这不是他第一次为仓库的两个女人红脸。去年，当大众饭店的胖掌勺，陪五行里村的许媒婆告诉他，渡口的宁嫁无家无产的猪倌，也不愿吃他的官饭时，他的青脸在黑暗中发烫，把脸贴进凉水盂，肯定会"嗞"地一声响的。

有一点，李表廉同吴海源想一处去了。吴家的小女儿，打小送进庵中，还俗成为东津一队的社员，同原家庭没有一丝一缕牵连的。之前他喜欢吴家大女儿阿贞，那时的他还是个苦孩子，没见过外面的世界。进城读大学了，自然不可能再跌进地主阶级的坑中，至于回东津镇后看上阿玉，一是阿玉没有高成分之虞，不会影响自己的前途；二是阿玉素衣下裹着的，实在是无法抵抗的诱惑，平日想起她，眼馋、心荡、腿软，梦中抱一抱也是快感。三是自己毕竟已婚，并育有一女，城镇的好姑娘恐怕轮不到他这个乡下出身的再婚人了。思来想去，才请许大媒说了嘴，实没想到会是这个结局，更让他恼恨的是，你阿玉可以不嫁他，不能拿觉根同他比，这不是水巷中洗冷水浴时，水面突然探出个癞蛤蟆的脑袋吗？说多恶心有多恶心。

他迅速地瞥了一眼杨金浜，这一次同岁尾年头的那一趟一样，落了个网破鱼惊，今后恐怕难有好机会了。

"我们干革命干作的，有苗头性的东西，要去发现，对于阶级敌人的破坏，不及时制止，损失的还不是国家和集体的财产？"

吴黑男连忙说："六姑说气话了！六姑，你个老太太，这个年岁的人，哪有这样同领导说话的？阿玉，陪你姑姑后面去吧，她晚上睡不好，脑子容易乱，开出口来昏说乱话，当不得真。你辛苦点，回去整理整理翻乱的箱柜和床底下的坛坛罐罐，你姑姑看了一房间的乱，心里又是个气，别再让她受刺激了。你们女社员的房间，我们大男人不进去了，仓库门让吴水根锁，今天的事，大家别往心里去。"

一次捕大鱼、网水底鱼的捕捞，结果连小毛鱼都没捉到一条，反而牵扯了半网的残杆阵叶，犹如断苇卡在了喉咙口，吐不出咽不下。

亮着眼睛来、暗了神采去的一群人，各怀心思地出了仓库门，勾头沉脑地往渡口方向走。李表廉和杨金浜的脑侧，似挂了两叶猪肝。落在后面的吴黑男，对无声憨笑着的六姑，扬起夹着香烟火星的指头，点了两点，没说话，快走几步，跟上了鞋底拖地的蔫蔫人群。

不远处的湖堤上，觉根过来了，板车颠出一路的欢快声，似乎同垂脑人唱起了反调。

"哦……觉根来哉……那个姓杨的，回过头看了觉根好久哎……好像觉根的裤裆粘着稀罕物？不会有猪粪吧？"阿玉说完，脸红了，自己觉得脸烫。

"牙齿掉了漏气，话多了露底，这一趟气出了，后悔来不及哉。"六姑喃喃的说。

黄狗一声高一声低地送客，觉根拉的板车，"嘭嘭"响地过来了……

五十五

"嘎……嘎嘎……"

午后阴沉的天空，一声清音透空而来，一丝悲凉，一丝激昂，北归的大雁排成人字形队列，由东津湖南岸的浙北天空飞过来，到了薄冷的东津湖上空，"嘎"的一声长鸣，好似东津镇的每个角落都能听得到。

站在麦青花黄的农田里，蓬发朝天的男人和扎蓝布头巾的女人们，放下了手头的活计，眯缝着眼睛，鼻子倒挂地望着看天。

一支香烟功夫，三五声清越长调，大雁消失在了人们的视线中。田间劳作着的男男女女，恍然间神色怔怔的，心头好像有什么被抽去了，手中的劳作工具抓握无力，懒洋洋地提不起精神。

"你们走不快了啊？听个鸟叫，抬头看五六回天，天上老鹰轧起了姘头，你们还不像露天电影一样地看？呆八爷寻天，落下金元宝了吗？怎么不掉砣鸟屎在你们的额头上？走个路，两腿一扠一夹地，你们丸子大，怕夹伤了是不是？要不要喊旺米村的阉猪人阉掉？省得骚里骚气地熏坏一个队的人。"

"你们这些女人们，比麻雀还啰唆，上半天三趟茅坑，下半天四趟茅坑，活儿没做多少，茅坑里的水倒是涨了一尺。"

"前头几个老的，别倚老卖老，你们挖沟还是挖耳屎？这么一点点，吃下肚不嫌饱的哇，干不动活回家养老去，没子没孙没人养老，干脆申请五保户，别在田里老虾米样地弯个身体，假模假样地混工分。"

"喂……前面几个戳窟窿眼的，就你们横戗竖棒的几个贼，一身的翘裂骨头，没一根顺的。不做生活，天上掉面条馒头给你们吃呀？要不要我去金山妹那里，打包几砂锅焖肉面给你们吃？"

"菜花地里的几条杆煞虫，四脚无手的，你们是阿三杀的猪啊？只会吃不会做？嘴巴吧嗒吧嗒地抽个不停，抽自己的烟，耽搁集体的活，混生产队的工分。"

正是农作物生长的关键时节，绿油油的麦田上空，回荡着队长们嘶哑的喊骂声。晕眩的春阳长日，人慵懒无力，植物却不懒，噌噌地往上蹿。队长们恨不得爬到西山顶上去，举着长竹竿撑起太阳，不让太阳跌落西山。眼前最要紧的是排水搁田，大小沟渠需通畅，垄畦得干爽，脚踩不陷，催促绿芒已露的三麦早日灌浆成熟，抢在梅雨季节前，让麦穗儿颗粒归仓，并能于起早摸黑里翻土灌水，耖平水田，栽莳下农人寄于希望的嫩绿秧苗。农忙期间抢收抢种，忙个昏天黑地，不如平日抓好田间管理，囤时间在手，以防老天爷突然翻脸。领导着靠天吃饭的几十个家庭的生产队长，于这时间比黄金还贵的春阳日，没一个不是拉破嗓子骂的，骂声同蜜蜂的嗡然声在青芒的三尺上空浮动。

"一队新上任的吴水根队长，喉咙喊得比天上的老雁响，比你黑书记会骂人。"朱得男书记的大手，指指青青芒刺的麦田说，"不骂不行啊，干净人种不了邋遢田。半年收成，指望最后的一个多月。尺麦怕寸水，若沟渠堵塞，积水烂了根，倒伏的麦杆，让猪吃都嫌杆硬苦涩刺喉咙，沤肥嫌长不腐烂。老话说：苦楝树花开，走路也瞌睡，不哇啦哇啦地骂骂醒，早晨起床，老婆身上过一遍堂的年轻人，到了田里劈开双腿，下巴支着铁锹柄，打个呼噜小半天，白天干活像病猫，晚上被窝里生龙活虎的，个个死猫活贼。"

东津公社的七八个党委领导班子成员，是从公社大院朝北的小门洞里，跟着东津大队的代理书记黑小佬，溜进麦地看墒情的。

黑小佬在头里走着，一群光脚穿胶鞋的人，在一队、二队、三队的田头兜了个圈。今天公社的领导就近看庄稼长势，主要有三件事：一件业已发生，一件即将成行，另一件心里没底，就看桃花汛发不发水了。抬头看天，低头看作物，好让心里有个数，再商定针对性的准备工作。

回到公社的小会议室，朱得男把话筒推一边说："现在的大学生，读书读出书呆子，几个人的小会议室，装模作样地摆话筒？没这个嗓门，当什么领导？镇上人骂街，地里人骂懒汉，蛮横女骂男人，嗓子眼高的，哪一个不是能听几里路的耳朵？当干部得有亮堂声。像生产队一样，喉咙里只发出蚊子苍蝇的嗡嗡声，还没有嚼硬蚕豆人放的屁响，怎么当得了队长？"说完，掏出红纸盒的牡丹牌香烟，一支支地抛到每个人的桌前去。

"哦唷，书记今天大请客哉。"

"书记平常'飞马''庐山'的，'大前门'也不大抽，今天西津里出太阳哉。"

朱得男咧嘴笑了："不瞒大家讲，县供销社给我们出去的四十多人，每人一条'牡丹'、两条'大前门'香烟的配给。先开一包尝尝，以前在县里张副主任的办公室抽过，这烟白面书生抽的，太淡！唯一的好处痰少。"说完，一口一口地抽，抽成烟屁股了，两个指尖掐了衔湿的烟蒂，撅嘴凑上去，"嗞"地再吸一口。待过足了瘾，才清了清嗓子说："先说说东津大队的事情，吴黑男书记年龄到了，主动提过几次，要求退下来，让年轻有为的人上去。唉，到了年纪，谁也逃不了这一步的。就说我，这次叫名头参观考察，实际上还不是退下来前，地区和县领导让我们出去疗养一下？老的退，年轻人上来是规律。东津大队拟上任的黑小佬，老书记的儿子，我们共产党人不任人唯亲，并不是说阿猫阿都能上任的，黑小佬这个同志，大家清楚的，去年的全县农村工作三级干部会议，深得县委张副主任的赞赏，给全县同志留下了非常好的印象。为保证粮食的丰产稳产，这个同志脑袋灵活，带领社员进城找肥料，把农船摇进城市的肚肠角落，硬是挖回来两大船有机肥料，为下一季的丰产打下了坚实的基础，积极配合了包副主任每年增产十斤的五年计划。这样的同志，皮黑脸黑，人黑心红，关键问题立场坚定，处置得当，生活作风清白，不轧妍头，不腐化堕落，是个带领社员走社会主义道路的好干部，其他大队有这样的人才的话，举荐上来。领导一个大队一二百户人家，老小儿百张嘴吃饭，不是书面文章，不能有私心，要实实在在干的。大家有意见提出来，没意见举手表决通过，公社正式发文存档。"

包副主任抢先说："同意，这是个听党的话，实实在在做事的年轻人，我完全支持朱书记的意见。"

手齐刷刷地举了起来，包副主任接着说："东津大队的老书记一肚子的经验，是不是挂个副书记？扶上马再送一程嘛。"

"是啊，这样更加稳一点。"

"今年气候异常，让老书记出点余力。"

众人七嘴八舌地说话，李表廉没吭声，他对黑面孔黄蛀牙的老家伙满肚子的气。不久前，渡口仓库受了老尼姑一肚子的气，还不是黑脸撑腰，老太婆才呱呱唧唧说个不停的？如今他家老小移位，公社包长子杵着，一把手罩着，今后的东津大队，手都插不进去了。原想让杨金浜回东津大队的，自己有个根据地，诸事方便，凡事有抓手。不料，杨家厢房吃酒商量的事，硬被两个没文化的黑面孔搞砸了，要不是还有一嘴嫩面孔亲，不知亏到哪里去了。

"那就通过了。"朱书记说，"老书记嘛，大家的意见很好，我也担心今年的黄梅天气，让他撑着，也好稳定局面。第二件我出去一百二十天的事，具体工作安排，各口子分管不变，遇重大事情，党委集体商定，总的一句，做到有我没我一个样。"

"朱书记，那是做不到的。"李表廉抢先说，"你是主心骨，等你到了目的地，摇个电话过来，若遇事，我们及时向你汇报请示。"

其他几个成员一致认为李副主任的建议很好。

"第三件事，我担心今年的梅雨天和汛情。"朱得男的脸色暗了下来，"去年年底，少见的，落雪落了二十多天。年初一天晴了，地湿了，厚雪今天化明天化，路上潮嗒嗒的。吃元宵汤圆前，没一块干白的土，苗头不大好。二月廿八江北来了个'恶和尚'，几天的倒春寒，推迟了农田的墒情。眼下大雁北归，桃花水不发，老天憋着一肚子的坏水，到了黄梅天，肯定会又吐又拉地没个停。农业生产是根本，三麦一定要在雨季前抢收进仓，如果大田能在梅雨前见绿，剩下些三角零星田块，落雨天里戴个竹箥指套拔拔秧、莳莳秧，小雨迷雾、蓑衣笠帽的也好看。让顾梅几个，写几句顺口溜，赤脚踩进秧田去，快板'噼啪'响地说说唱唱，也是个好景致。"

"我说两句。"包大副主任说，"朱书记乐观好性情，天气像他说的一样最好，但根据气候的自然规律，书记的担心是对的。今年的黄梅天，有可能是个长黄梅，黄梅尾巴连了台风暴雨的头，汛情不是一般的严峻。眼下，西津里的涵闸已完工，汛期前不敢闭闸，留足余地，蓄今后的水。怕的是，三面山上的水合汇西津里，仅凭一桥三孔和两涵洞是来不及排泄的。针对这一可能出现的情况，我提几条建议：一，各生产队预先购买些铁锹等挖泥工具，妇女们趁农忙前的空档，编织柴草包备用；二，各队的男劳力，趁西津里的水位没上来，挖泥囤在开阔处，万一来水汹涌要筑堤，免得挖农田土，毁坏作物；三，各队检查沟渠田埂，东津湖堤岸的缺口，预先加固好。"

朱得男说："包副主任农业工作很有一手，以前斗大水的，带来了南渚公社水利工程建设、战太湖的先进经验。西津里的涵闸建设，是从南渚公社借鉴来的。历史上，东津镇也不大太平的，大家提些建议。"

一个年龄较大、负责文教的副主任说："老一辈人知道，晚清和民国时期的东津镇，发生过两次大水灾，西津里水漫御道，上游村扒堤，下游村护堤，上下游的人差点拼个你死我活。水灾无情，人红眼睛，生死面前人人无情，晚清那次淹死、饿死了不少人。民国时期，那个贪婪的保长同北山湾的吴财主，倒也为地方做了件好事，淹小田，保大田，大田产了粮食支援小田，七凑八凑，总算没饿死多少人，还让保长落了一笔铜钿。"

朱得男说："这事县志上有记载的。那一年灾情重，城淹了，最后是炸了东津湖南堤，大水从浙北的低田往南直泻，不肯离家的老人和来不及离开的人，随漂浮物卷进了太浦河，为保苏吴米仓，浙北死了不少人的。"

"渡口的六姑，就是那一年逃荒来东津庵的，为当家老尼相中，敲了木鱼。"

"听说的，水退后，她的回浙北的小哥说，长大后要接她回家的，可是直到今天也没来接。这户人家估计没淹死也饿死了，没饿死的，得传染病死掉了，没房没人的，家的影子也不会有了。"

负责人事的组织委员说："朱书记，你离开的一段时间，最好成立临时的抗洪救灾领导小组，协调各方，以防万一。"

"我看由包副主任担任组长吧，他是农业行家，李副主任虽然也负责过农业生产，但眼下'阶级斗争为纲，其他都是目'的宣传工作不能停，不能分了心。"分管商业市政街道的顾梅副主任提了建议，众人都无异议。李表廉目无表情地瞥了她一眼。

主要的问题商讨出了方案，隐隐担心着的，毕竟还未到来，且天气渐渐地明朗晓白。午后的太阳，西斜着洒一地碎光，青翠油亮的田地上空，风伴着花香，顺便捎来了蜂鸟儿的唧啾，众人的心情也在花香翠色里舒缓开来，你一句我一句地说起了闲话。

楼梯传来了一级轻一级重的脚步声，"金驼子来哉……"众人心里这么想。

冒出一个头来的果真是金驼子。他左手一个笄箩,右手一把大壶,额头上油渍渍的,壶嘴上热气腾腾地爬上楼来。

"老金呀,叫大毛狗跑一趟好了,还亲自来?"

金驼子笑着说:"我俩有分工的。大毛狗倒尿桶的手,怎么敢给领导们倒茶水?吃肥了胆,也不敢的哇。再说了,大毛狗篁村没亲戚,哪来的松花粉团子让大家尝鲜?也好让朱书记吃了撑腰团子出门考察嘛。"

金驼子日常除了早晨给机关大院的水瓶灌满热水外,每天下班前,也要给朱书记等几个宿舍前的热水瓶灌上水。平时茶馆生意清淡,汤镬子里的水咕噜咕噜地翻着滚儿,他便会提着两把大壶,钻小门洞,由备弄来到后面的公社大院,一个一个地灌满热水瓶。倘若开会人多,只需看门的老头捎个话,到时必会提着壶过去。有时闷得慌了,估摸着领导们不忙,也会借灌水的由头,到后院同人说闲话抽香烟。他只需提壶,无需揣烟,公社领导的大小办公桌上,总白粉笔一样地滚着纸烟,女同志的办公桌也会斜搭着一两支。多少次,顾梅副主任听到他的说话声,便会喊住他,让他嘴巴抽一支,耳朵上再夹一支地离开。回到茶馆,不用言语,大毛狗必会伸两指头,从他的耳朵上拈走一支,衔在嘴巴上,用铁钳子夹从灶膛口取出火星点烟。吸一口,咳两声,然后坐门口的板案前,看街上光溜溜的石板发呆。

"辰光过得真快,吃完了去年腊月蒸的撑腰糕,前三后四的吃青团子,桃花水没落一滴,撑腰的松花团又上市哉,还热的喽。"

金驼子笑着说:"昨天,阿三的娘送了松花粉来,晚上,小石磨转出水磨粉,我家的做了豆沙和芝麻馅两种,早上买了一把乡下人挑的荠菜,同香豆干一起剁碎,拿到饭店蒸。可没占饭店的便宜,阿三特地去饲料厂碾的糯米粉,同水磨粉三七兑了,借饭店的大灶蒸出来的。大家尝尝,吃的好,明天再蒸一笼屉。"

松粉团也叫撑腰团,爽滑软糯、味醇香远。近山人家的四月,各家各户,过年时备下的耐饥食物已吃用干净,面对渐长的白日,囤有余粮之家必会重拾旧时对付饥饿的一套方法,松粉团便是其一。对当地人来说,松粉团还有特殊的含义。

"要说松粉团,我最有发言权了。"包大副主任咬了一口团子,话顺着滑了出来。

朱得男说："有来头的，听包副主任讲讲。"

包副主任说："五千多年前，太湖发大水，尧帝带领乡人治水，日夜守在湖边的山上。附近山村的人蒸了糯米团，送给干活的人吃。糯米团送到湖工处，团子粘连一起，掰扯不开。吃时，馅料与糯米皮儿都黏在一起，吃是能吃饱，但吃得不爽，吃得狼狈，吃得糊涂。有一个送团子的名叫阿妹的姑娘，下山回家，走在花香鸟鸣的山径，乌发飘染了半头金黄色的松粉，摸摸爽滑感，舔舔清甜味，粉香自然不用说了。她灵机一动，采了一笕箩回家，晒几个大太阳，拍打出粉，细筛粉末，搓出的糯米团子，在金粉中滚一滚，便再也不黏手了。于是，一户传一村，一村传百村，松粉团就此在太湖水域流传开了。后来，人们为纪念尧帝治水，年年吃松粉团，那座他扎营的山，便叫尧峰山，这座山就坐落在太湖边的南渚公社境内。"

"山还在太湖边，任太湖的风浪拍打，从未挪动过位置，阿妹姑娘美丽的传说和松粉团的手艺从此传开啦。"朱得男笑着说，"没有心灵手巧的阿妹姑娘，哪有甜糯香滑的团子吃？大宝啊，明天早上再蒸一屉，我带回城里，让家人也尝尝尧帝的吃食。大雁'嘎嘎'叫地北去了，我也该出发喽。"

"嘎……嘎……"窗外的晴空，传来了领头雁清越的长鸣，又一队灰雁排着一字形队儿，从低头劳作者的上空掠过了……

留下大雁剪影的，是浅皱的东津湖。湖水波粼粼的，微微地晃动着清漾……

五十六

    天上的雨，终于在干旱了一个长春后，于芒种的前几天，在东津镇人不安的巴望中，"嗒"的一声落下了第一滴，溅出一烟尘土。

    天阴沉得让人不安，先是不经意地掉落几滴，像从竹匾里蹦出残存的黄豆的声音。叶冠下的人们以为惊到了枝杈间栖息的小鸟；偶尔抬头看天的，凉水滴裂唇，吧嗒吧嗒燥唇，微腥的水滴中，还未品咂出鱼滋味，老天一下拉破了面孔，雨落似长线断珠，倾泻而下。冷雨热土，溅打着满地烟尘，一时间分不清尘土和雨雾。整个东津镇，都是竹篓筛子急筛黄豆的声音。

    "稻柴湿嗒嗒，燃不起来的，底下塞点干的再吹。"六姑身体颤颤地抱来了自家的干柴，边走边喘气。

    生产队的稻草垛，簇拥在晒谷场的四周，连天的雨水打湿了外围，雨中抱薪，干的也湿了一半，旺火熄了，一时难燃明火，唯有引燃干柴，才能点燃湿柴。

    二队几个年老的男女社员，一边炒麦一边吵着，一旁趴伏着的黄狗不想听了，夹起尾巴进屋去了。屋子里的大锅浴灶上，阿玉旺火烧锅，把自家堆在廊屋尽头的稻柴，一捆对一捆地换下了队里的湿柴，干柴旺火，铁锅烟青，烤得湿麦直冒灰雾。两老头在锅台上，大铁铲子你一下我一下地翻搅，眼泪鼻涕往外一起流，嘴里不停地喊道："火头小点，旺过头哉。"

    黄狗溜进了腾腾热气中，眼睛瞅了瞅两个站得高高的，手执长铲子、看似不怀好意的老头一眼，蹲伏在阿玉身边。

炒完的麦子需要摊开圆筛芦席散热晾凉。农忙后，天晴日收仓的三麦，留一部分种交公粮，炒至半熟的麦粒，直接按人头分放。上过灶的麦粒，伤了胚芽，失了韧性，碾磨不出上等面粉，一不能做种麦，二不可纳公粮，只能给生产队社员兜底。

农民做口粮的一部分拿回家，再上热灶炒熟，挑饲料厂姥姥处碾磨，平日烧开巷水拌炒麦粉吃。年景丰裕，炒麦直接粉碎，香喷喷地兑一把柴草糠中去，猪猡们必吃得摇头甩耳，当然，这一情景的出现，必须先有饱肚人，才有幸福猪。

今年的黄梅天，看来要在柴烟和焦香中度过了。阿玉心里这么想着，担心着姑姑的身体。睡不好吃不下的姑姑，早起摸黑、整天在烟熏火燎中炒麦味，不吃安眠药，一刻也合不了眼。从今晚开始，人声、铲声、柴火声将彻夜不息，姑姑是否要多吃一颗药呢？

天色灰暗凝重，雨水垂珠般地滑落，南山北坡西山腰，出现了亮亮的光斑，队里的老人望见了，脸色似天空一样的阴沉，忿忿地骂道："后山上的贼人，为了旱地上的蔬菜有水浇，长竹竿戳漏了天，闯下了大祸。山坳坳里出水蛟，东津镇要发大水啦。"

自古以来，东津镇发大水，老人们总是怪怨后山人——后山上的那些人离天最近，是他们捅漏了天。

看天看地、看山看水的老农们，智慧的小眼睛看出了山水闪光、溪流奔涌、沟壑水漫的山洪前兆，却没有估算到雨和水商量的一个阴谋。

天未断黑，咆哮奔腾的洪水正如他们所料，搅出了一片昏黄。只是他们没有看出，今年长黄梅的大雨，同汛期的暴雨首尾相连了。在他们的人生经验里，再长的黄梅天，总要在紧接夏至的栽苗莳秧的三时节令后，方才雨止转晴，届时必有阳光暴晒日，直晒得人头皮发烫。这叫出"莳门"，宣示正式出梅了。出梅后，半个月的毒太阳，清晨黄昏的泱泱蛙鸣中，嫩秧根系快速生长，禾苗儿逐渐转成青色。湖泽水巷、沟渠野塘里蓄积的漫水，退去了大半。待到七八月东南方向的季风扫来，汛情降临，农作物变得葱翠一片，万物皆已缓过气来。农家在梅雨日子里湿濡的冬日衣被，被勤快的主妇们在大太阳下晒得香喷喷后，叠进了满是樟脑味的衣柜。

今年的天气不在老农的经验中，阴雨绵绵的长黄梅，一个月后仍未出"莳门"。"莳门"未脱，汛情已至，东津镇渐渐为高水所围，可怕的不是西津里浑水浸御道，也不是巷水溢上石板街，而是东津湖广水浸老堤。东津湖满了、溢了，上泻之水出不去，洪水成涝灾几成定局。

望着暴雨里浊浪滔天的东津湖，包副主任问撑着油布伞蹚水赶来的民兵："李副主任怎么不一同前来？"

民兵甩着满头脸的水珠说："李副主任正开会布置巡防蹲守工作，防止阶级敌人利用水灾搞破坏。"

包副主任一身草绿色的带帽雨衣，皱紧了湿眉头。他扫了一眼各大队书记和街道负责人，心情沉重地说："同志们，今年梅雨连伏汛，梅姑娘同暴雨老头轧姘头了，事出反常必有妖。太湖水系普超警戒水位，地面水出不去，天上雨还在落，各地须筑堤保田。苏吴一地，河浜细，湖泽浅，镬子汤罐终究盛不了一屋面的水。东津湖的水位越来越高，高水流到低地，谁的堤坝筑不好谁就被淹。淹了，财产损失不算，田地成湖，秋收作物将会颗粒无收，弄不好又是个 1960 年。大水漫淹百物烂，到时草根都没得挖，想想也心慌。东津湖的黄汤已漫上堤岸，没过了脚踝骨，我们决不能让湖水倒灌进来。各大队紧急动员起来，拦水堤坝加高加宽，按照分工，谁的地段谁负责，塌了口子，我不是吓唬谁，先关到南街的老浴室去，饿上三天三夜，回味回味前几年饿半死的滋味，再押到中市桥批斗。你们不要你看看我、我看看你的，不是我不讲道理，谁要害大家，他就是反革命分子，东津公社出问题，我也逃不了。现在大家谈谈想法。"

篁村的大队书记说："御道筑高三尺，我们上游的高低田都淹了，再不排水，一棵秧苗也活不了。眼前急煞，眼后饿煞。"

罗家坞的书记附和说："是啊，下半年别说交公粮，社员一粒谷子也分不到，没饭食吃，弄不好又要饿死半村人，一家隔一家地挂大白布。"

包副主任挥挥手说："这个问题一会西津里说，现在先谈东津湖。"

"就怕等不了那么久，我们出门前，村里人鬼头鬼脑的，怕不太平。"

包副主任说："黑小佬，巡堤的人手安排好了吧？"

"御道上，几个大队的民兵混编后，日夜巡逻，一有情况就敲铜锣报信。"

"御道不能漏一滴水，你们大队的田地低洼，上淌下漫，又处湖浜转角口，抗灾任务艰巨，你先说说情况。"

黑小佬说："东面的老堤已加固加高，同旺米大队接上了。镇上人家院子后的田埂，要加紧筑起来，石街石基缝隙多，硬石挡不了软水。"

"那人家房屋不都进水了。"

"进水肯定的。房子进水，泡就泡了，烂掉半根柱子，酥塌半垛泥墙，等上半个月水退了，墙根墙角喷喷药水撒撒石灰，闻不出水垢味。倒是田地不能泡，别看秧青苗壮，水没三五天，叶子黄泛后，掏一茅坑粪水进田，也救不回来的，就像渡口以前淹坏的人，断了气，死了就死了。"

包副主任说："黑小佬，你怎么打算的？"

"我的意思，各队地段段队负责，商业街道的，吃商品粮的负责，都在自家的后门口挖泥扛袋。守不住的话，不淹死也可拴条麻绳吊死了。"

"街道的金主任来了哇？你表个态。"

金新宝说："包副主任，这事要同黑小佬书记商量一下，街上人，平日走路捏手捏脚地，十指尖细，脚嫩腿软，哪比得上粗手大脚的农民大阿哥。洪水上街前，商业市政单位也很忙，不泡坏物资的同时，要保证供给，不如来个城乡合作。我们出钱出物资，东津大队出人力，拦堤需要的柴草包、铁锹等物资，街道出钱购买，行的话，我立马摇电话到县总社去，关照发货。还有，生产队社员抢赶出来的柴草包，用掉多少，清点数目，我们按市场价付款。"

黑小佬说："这个倒是可以商量的。"

其他几个大队书记说："商量个屁，别人落头上铜钿大的雨点，你黑小佬头上落雨点大的铜钿。"

包副主任说："黑小佬，这事定不定？"

黑小佬雨中嘿嘿嘿地笑："我好说话的，照金主任说的办。"

包副主任说："田里沟渠的水，赶快抽到湖里去，晚上停电，双人四绳的戽箅儿多准备些个，夜里要不停地戽水，不可淹了一棵秧尖尖。"

黑小佬说："淹没一棵秧尖，不是全淹了？田里可没有王麻子、金驼子的，稻田的水流水渠，水渠的水不能高过田。"

众人也七嘴八舌地说："都安排人手了。夜里，大队干部查夜，生产队长带领社员戽水，只可惜莳秧前沤下的肥料泡了汤，肥水戽到东津湖，养肥了湖里鱼，好了捉鱼人。"说完，一个个蓑衣抖水珠地往西津里走。

雨下得越来越大，三五十步的视线已模糊，哗然的雨声中，隐隐传来了打铜锣的声音。

"喨……喨喨喨……不好啦……"

"喨……喨喨喨……扒堤啦……"

"喨……喨喨喨……救命啊……"

敲破铜锣的声音，从御道上拐下来，由西往东打：

"上游人扒堤啦……北山湾方向……快去救命啊……"

铜锣碎人心的声音，仿佛是从民国那一年穿透雨空而来的，其间多么的遥远，又近在眼前！锣声一片，敲慌了一镇人的心。东津镇农业户口的男人女人、老人小孩不由分说，抓了农具扫把、举了晾衣杆捣衣棒，不穿蓑衣，不戴笠帽，红着眼睛冲上御道去打架。

东津湖守堤的社员操起现成的工具，从秧间田埂，跌跌撞撞地抄近路奔向御道。外婆墩仓库廊下的半老炒麦人，顾不了熄火掀锅，拿起炒麦铲、火钳子，跟在壮年人身后，一路气喘吁吁地赶到御道下。

四五个旺米、东津大队的民兵，手持红缨枪在北山湾村口的御道上守着。他们的身后是一群湿头湿面、鼻尖滴水、手扬油亮铁锹的筑坝人，而在他们对面，对峙着几百个披蓑衣、戴笠帽的光脚踩堤人，手里攥着铁锹、铁耙的竹木柄，空气里充满了紧张的气息。

这是红了半只眼睛的扒堤人。这一群人，压根儿不在乎朱打铁淬火锻打的几杆红缨枪，他们手中的钉耙、铁锹和铁镢，在雨中溅出幽亮的水花。

扒堤人往御道上压来，后面的嚷嚷道："赶快呀，再不扒开，没一棵稻秧能活，下半年拿什么填饱肚皮？"

"不就几杆装模作样的红缨枪吗？还不如钢叉刺长，掮钢叉的别躲后面，前面戳着去。"

"怕饿死，不怕打死的，挤前面去。"

"打死死一个，饿死死一家。没活路了，不想死一家的冲上去。"

"打啊……天皇老子的堤也扒了它。"

"下半年饿死，不如上半年打死，死也死个男人样。"

人群骚动了，急雨中喊打喊杀，几个手持红缨枪的小伙，一步步地往御道上退，他们的身后，是红了一双眼睛的护堤人。

"不能退了，再退几步，上游头人能扒堤了。"

"还民兵了，手中的红缨枪是烧火钳呀？不会往前戳？戳一个够本，戳两人赚一个。"

"民兵没个鸟用，一步一步地退，能退到外婆家去呀？"

"东津、旺米大队的男人在哪里？为啥不顶到前面去？"

"正从田埂跑来，快哉。"

"桥前大队的人别躲身后看热闹，下游村的人要团结。"

"御道北段毁堤，淹不了东津镇南面的田，桥前村人事不关己，南头村人看都不来看，半个五行里村的田在南头，人躲得远远的，东津大队巷南三个小队的社员，不也缩手缩脚地，不肯上前面来？"

东津大队一、二、三队和旺米大队那些手举火钳子、捣衣棒、扫帚把的半老妇人，一滑一淌地从长跳板上爬上御道，躺在民兵们的红缨枪下，用身体护着堤坝，哇啦啦地哭喊："你们上游村人狗心狗肺，想要淹死、饿死下游人，你们要扒，先扒了我们的老命去。"

上游村的人骂道："这些个死老太婆不讲道理，兴你们白米饭吃得胀煞，我们碎米不见一粒地饿煞，就不兴我们有饭吃，你们没饭吃？天下哪有这样的道理？"

"扒啊，把死老太婆一起扒下堤去。"

群情激愤，手中工具打得一片声响。

"住手……决不能扒御道。"

一个苍老嘶哑的声音盖过了风声、雨声、哭叫声和工具的敲打声，北山湾村瘦骨嶙峋的吴海源，在几个本家侄子的拥趸下，隔开了两拨人。

"吴大地主，你个叛徒，你只朝外狗瞎叫什么？"

"他哪是什么朝外狗，也不是叛徒，他家的田在御道东面，他是个只管自己，不管别人死活的反革命分子。"

"不能扒呀，晚清、明国时的水灾，旧政府能解决问题，现在新社会了，肯定能解决的，让政府想办法。"

"想什么办法，稻秧没顶黄枯死，秋收没一粒粮，你养活我们？你还当你是大地主、大资本家？你屁都不是，生个女儿也没人敢睭，有脸穷嚷嚷？"

"他又冒出乌龟头了。民国那一年水灾，仗着手中捏满铜钿，同保长一起拍胸脯担保，让上游人上了他们的当。当年秋天，下游田里金灿灿的谷子，上游人家只分得小巴斗米，讲好的铜钿不见一个，都让他们贪掉了。"

"别多说，他冒出来，照他的老脸一棒，或者像南头村的瞎子一样，砸断他的狗腿。"

中间地带聚集起了几十个北山湾村人，这是田在御道东的几个队的社员，他们挡在了吴海源身前，吴海源的名叫吴伟男的侄子扬着铁锹吼道："谁敢动我家阿叔一手指头，我一锹剁他的手。"

"啊唷喂，今天什么日子，又有朝外狗叫了？"

"别废话了，就算北山湾出半村的叛徒，他们下游的叛徒也比我们多，一对一捉着打，上游能腾出百十个人头扒御道。"

"打啊……"

人群潮动，御道上的人不再退步，村口的人开始往御道压来……

"哐……哐哐……"一阵震人的铜锣声后，响起了一个干电喇叭的声音："住手……"

包副主任等公社的几个领导，同各大队书记挤进了对峙人的中间。

"青天大领导，上游人要淹死我们，还要打死我们，你得为我们作主啊……"一身泥浆水的老妇人们，捏鼻子擤的不知是水还是鼻涕。

"各位乡亲，我姓包，负责东津公社农业生产的，今天你们不能扒御道，更不能打架。谁要扒堤，一锹先把我铲死。我要看你们一个个地打得头破血流，一个个地捉进监牢去，一个个地饿死。"

"你先说说看，有啥好办法？要是放屁，先吃一棒。"

"别上长个子的当，他是条外来狗，吃了东津大队黑面孔的几顿老酒，好话对下游人讲，恶屁朝上游人放。"

五行里、篁村、罗家坞同北山湾村的书记站在人前训斥："谁再煽阴风、放狗屁，谁就是'四类分子'。"

"革命的社员们，你们的焦心我理解，"包副主任举着喇叭说，"你们上游村的人急，下游村的人更急。"

"这话不对哇，我们的高低田一片黄水，路东的田地绿汪汪的，淹掉我们的水还没冲下去，他们急什么？"

"这个社员说的好。我提几个问题，上游大队旱地多还是水田多？下游大队水田多还是旱地多？"

篁村的大队书记说："上游几个大队，水田几百亩，山坡旱地几千亩。"

黑小佬面捞一把水说："下游几个大队，旱地没一分，水田几千亩。"

"大家听到了，下游村的稻田水淹，颗粒无收的话，几千人只能吃水吃泥浆。上游村的水田颗粒无收，旱地上的山芋、南瓜、洋芋头，同淤田里的芋艿、茨菇还可救命。上游水田几百亩，下游水田几千亩，哪个轻哪个重，不挑肩头也知道重量了哇？"

"那也不能死上游活下游呀，他们吃香喷喷的米饭，我们嚼山芋酸，撒南瓜尿，放芋艿屁。"

"这就是我要解决的问题。"

"能解决什么问题？有屁快放。"

"这个问题的解决，上游人要作出一点牺牲的。"

"还是轮到我们倒霉哇，这叫什么屁？"

"先别嚷嚷，听七尺棺材说点啥？屁不对路，一耙子耙进西津里去。"

"第一点，保大弃小，保几千亩高产田，放弃六七百亩低产田。第二点，全公社男劳力统一调派，上游村人一起在西津里、东津湖筑堤护堤，女劳力管护好沿山作物，该抢种的抢种，该补种的补种。"

"连放两个屁，臭哄哄的，尽是上游人吃亏。"

"就你小子心急，难怪你老婆总生女儿，听包长子把屁放完。"

"有付出，就有报答，老话说，好心还有个好报。"

"不要吊胃口，别闷屁放得快，好屁憋不出。"

御道上，早有人摞高了几块踮脚石，将黑小佬几个的肩膀作扶手，包副主任站了上去，在人群中探出大半个身体："今天我就放个响屁，秋天粮食收成了，全公社的稻种、口粮统一发放，一律不准私藏。"

"这个屁有点响，是人屁。"

"不对哇？万一雨落个不停，西津里、东津湖的坝冲垮了，我们白米饭没吃到，还要倒贴山芋南瓜，算来算去，赌输的还是我们。"

"所以要大伙齐心协力地抗洪救灾嘛。"

"灾可以抗，到时老天仍坑我们一把怎么办？"

包副主任扔掉干电喇叭吼道:"真要是这样,我的购粮卡给大家,你们吃啥我吃啥,没有吃的,我饿死给你们看。我包长子睏七尺棺,也是头顶脚踩两'户头'的人,话出口不收回的。"

几百个蓑衣笠帽嗡嗡嗡嗡地,各讲各的话。

黑小佬站上了踮脚石,扬了扬手中寒光闪闪的铁锹:"你们上游人红了半只眼睛,我们下游人红了一只眼睛。你们不一定真拼命,我们不拼命也得拼命,下手谁更狠,你们心里有数的。"说完,转头对人丛喊道,"泻一样的水,淹不一样的田,东津大队四、五、六队的社员,你们一个个大男人,还不如回俗的觉根和阿玉有担当,他们都挤人缝头里往前走,你们落在后头,尽动些乖巧的小念头。我问你们这些也吃人饭的,这堤扒在西津桥南,你们是不是也做缩头乌龟?你们还想不想一、二、三队的社员和旺米大队的社员帮你们护堤?桥前、南头大队的人我管不着,你们再缩后面,还有啥资格当东津大队的社员?"

一席话,惊醒雨中人,连市政街道看热闹的居民也神情激动,躲在后面的人纷纷涌上前,护堤人的队伍一下壮大了。

北来的扒堤人看到了,雨幕中站在高石上的黑小佬,两眼滴血,比阿三尖刃上滴着的还红。

五十七

　　东津镇雨中的黄昏，没有西山的残阳如血，晚照中的东津湖半湖殷红半湖碧；也没有西津落霞、渔歌晚唱，南山回荡北山应。远近人家的炊烟，不似青空往日的撩烟高抛，长雨擦糊了山梁、湖泊、水泽、大地和村庄的颜色。

　　夕照蒸云霞，暮雨滋霾烟！东津镇压抑的天空，比往日早喝一壶茶的时间暗淡了下来。

　　这几天，阿玉天天煮赤小豆粥。赤小豆，人们直呼赤豆，小于黄豆，大于绿豆，色如紫冠。这是去年秋天，北山湾的父母托了姥姥，再由觉根板车拉稻草时捎来的。姑姑说是补气血的好东西，顺手抓了几把塞进觉根的肥衣袋中，让觉根回去旺炒，牙口好的，擂盐拌了，咸津津香喷喷的，吃粥也是一脆。阿玉上一次去镇卫生院，给姑姑配治疗睡不着觉的药，那个胸前挂着眼镜掉鼻梁的大眼袋医生，问长问短的，吩咐煮点赤豆粥给老人吃，能扶微、补气血、益脾胃，可禳疫驱鬼，还说粥煮得稠稠的，吃了一夜可睡到天亮。配好药回来，路过镇东梢，被时常呕吐的吴水妹喊住说话，她的婆婆要阿玉两信信，说道：东津湖的水涨了上来，黄浊浊的，落水鬼呛得难受，冒头抓人，渡口多年前淹死过人的。那个水鬼抓不到替身，手臂长绿毛了，趁着大水抓耙抓耙的，阳气不足身体弱的人，易让鬼气缠身。而水鬼最怕赤豆，吃了，鬼气侵不了身。阿玉听了，想起了前夜做的梦，心里忧忧的。

　　东津镇发大水，夜里睡在外婆墩的阿玉真的又做梦了。听了老人的一通唠叨，她的脊背透凉气。原本经过去冬，一船进城，同东津湖的风浪搏斗而褪去的惊悸，又滋生于心了。吴水妹怪怨婆婆不该吓唬胆小的阿玉，且反复地安慰，打针吃药是正经，一个人场前屋后地做事，呼黄狗跟在身边，也是个胆量。

阿玉照水妹说的做了，胆子大了不少。那天上游人扒堤、下游人护堤的场面，也让她的心强大了不少。那些平日"叽叽呱呱"的半老炒麦人，躺在泥水中护堤的情景，让她红了眼睛。但一些不祥的、触摸不着的、往日隐隐担忧的东西，渐渐地又占满了她的心头。这天回来煮了赤豆粥，趁着堤上筑坝护堤人多的当口，掮出撑船长篙，同黄狗一前一后到达老堤，举篙狠狠地拍打吞吐白沫的恶浪，那个狠劲，看呆了一堤人。

有多少个长梦夜，她一番番地搏斗：湖岸边伸出的那只绿绒绒的毛手，抓了姑姑的衣角往下拽，她举竹篙打，阿黄撕咬。绿手忽然变成了牙齿砖头大的嘴，李副主任牵一嘴角的冷笑；一忽儿又变成了杨金浜的大脑袋，眼睛空豆荚一样地又斜又深，深不见底，连阿黄也吓跑了。她"哇"的一声一跤跌醒，人在床上，喊声仍未远去，摸摸自己的额头，汗津津的。她听见外屋有响声，刺眼的灯光里，嗜食稀粥的姑姑又起夜了，看着摇摇晃晃的瘦影，她的眼睛热辣辣的。恶梦过后，她再也不让姑姑上灶，每天必早早地熬出稠稠的赤豆粥来。

今天黄昏煮粥时，阿玉蒸了一碗节后掐的头茬菜苔干，拌上小磨香油，蒸热了乌米饭。煮乌米饭的南烛叶，人们口中的乌饭树叶，阿姐后山摘了，由姥姥带到养猪场，再让觉根湿淋淋地掮来的。她吊井水洗了，用平时捶打蒲稻草的粗木棒槌，捶打捣烂，浸水中半日，滤汁浸糯米煮饭，拌上松糖，黑亮油润，香甜软糯，不失安神补虚、滋脾养胃的妙品。香糯得入口即化的菜苔，也莫不对虚弱之人有裨益，这一点，那个老医生也提到的。

今年的姑姑不似去年，淡红的粥、乌黑的饭、金黄的菜苔和鲜亮的萝卜干，都提不起她的食欲。经再三逼迫，才半碗红粥、半筷子萝卜干地吃了。吃完粥后，用温水吞了两颗安眠药，阿玉让姑姑坐在床沿，端上热水温脚，反复地上下搓揉，搓得姑姑连声说舒服。

姑姑睡下后，阿玉出门买药，买吃了睡觉香的药。原本是好事，可那个大眼袋医生不肯多配，只能一天隔一天地跑卫生院。清闲的街上人，不肯体贴忙碌的种田人。

头次的麦炒遍了，东津镇人指望老天出个十天半月的辣太阳，集体晒晒三麦，私人晒晒衣物。哪知梅雨泼妇连着暴雨莽夫，两个不讲理的掐在了一起。靠天吃饭的人们，无奈地看着滔滔浊水从山上下来，只能骂几句后山人，怪怨他们捅破了天，气出了，该做的还得去做：壮劳力日夜守长堤，弱劳力生火炒黏麦。

外婆墩孤零零地立在东津湖的湖弯，守护着一片油汪汪的嫩绿。东津湖的堤岸已堆叠起三个装泥的稻草袋，水高出堤岸一膝盖。抽水泵卷出浑黄的热水瓶粗的水柱，压着扑堤而来的凶浪。

阿玉穿着草鞋走在半脚板水的堤内。打小时候起，她没有像姐姐和水妹她们一样，练出一双光脚当鞋皮的硬脚板。

过了渡口，猛然发现镇子东梢头的水巷，飞来了一座高大歪斜的木楼，一群人正在木楼下蹚水忙碌，几个妇人围在一起说着什么。走近一看，那座斜木楼原来是供销社装货物来、装大猪回的大木船。渡口风急浪大，船家怕水中长石磕破了船底，张半帆逆流，河浜内避风躲浪地卸货来了。

"你们说说看，吓是不吓？"讲话的一围妇人中，王麻子家的脸色刷白，"好样式的，我从东窗望东津湖，眼前黑糊糊的一座山，再一看，一座大楼房斜劈劈地直朝我家的房子撞来，撞过来的窗户里，一个老男人叼支烟，咧着黄牙大嘴笑呢，吓得我桶盖没盖地逃下楼。"

王麻子的家是东梢第一幢阁楼，开东窗看东津湖无遮挡之物。东墙根是水巷的石埠头，平日里，包括自己家人在内，家中的洗涮，都由十数条横石上下的。王家的东窗只透光看景，从不在窗里往外丢物倒水。

刚才确实紧张，供销社装铁锹、柴草包等抗洪救灾物资的大船儿，鼓着半帆驶进市河，由于风急水高，船速过快，差点儿撞上了王麻子家的木阁楼。好在船尾及时抛下了大铁锚，船停帆落，船头离墙角只剩一根筷子的间距。王麻子还专门蹚水下去，用手拃了拃，看着船底浮上街的大船，激动得说不出一句话，站在半腰深的水中，任是七尺汉子，与高船一比顿时显得矮小了。

"你哇啦哇啦地叫着逃都没用！不逃，船撞上楼，楼上人跌倒在船上，船上的黄板牙还能张臂一抱。你逃到楼下，房子撞塌，砖瓦桁椽压你水底，不压死也淹死。"黑小佬笑着说话，他在现场亲自指挥，卸载金新宝主任换工的一船物资，"搬到东墙根去，几垄蔬菜压就压了，到时每家赔一把新铁锹便是。"

一个蔬菜地在东梢的社员说："黑书记真的变成黑鱼精哉，压了社员的菜地，不赔工分不赔钱，拿几把拐来的铁锹打发我们，过了关口，这铁家什有啥用？"

"田里人铲泥翻土的，哪天用不到？这铲又弯又大，像小畚箕似的，铲大粪，也比你家挖耳屎的小铲子管用，你还想掮了你的小铲子偷懒？不允许的。"

"在你黑小佬手里讨生活，哪偷得了懒，样样件件让你精算了去。你的意思我们明白的，反正集体不出钱，也要把事情做好。就说去年冬里，城里摇回来两船大粪，一担担地挑到田头去，最后几个黄灿灿、黏糊糊的船舱，只有你黑小佬动得出脑筋，硬是让社员抓阄，说是谁摸到谁汰船，作为报酬。汰船水挑回自家的茅坑去，你是让人得便宜，还是害人钻一鼻孔的恶气？晚上回家，一身臭味掀得飞屋面上的瓦片了。"

"你还在这里放隔年屁，去年你的船舱汰干净了吗？汰船水倒是一担担地挑回了自家的茅坑，没几天让会计测了浓度，卖给了队里。粪水浓度高，等级也高，还不是城里人吃的好，粪的营养高？这不是工分不是钱？可那条船就没汰干净，舱味大的，年底进城捡垃圾，一橹橹摇进城，靠着舱板打迷糊的几个女人，都被熏倒了，差点儿没醒回来。这事没翻你后帐，你倒还好意思提。"

"倒打一耙了哇？"旁边人起哄，"同今天一样的，大船撞了房子，不能逃，楼上人跌到船上去，还要谢船上人兜着一样。"

"跌到船上倒好哉。"吴吊眼咧嘴笑，"急啥？开心还来不及。船上人撞塌人家的房子，还抱个宝贝玉疙瘩，那个黄板牙人，嘴巴笑得回不过来哉。"

王麻子家的骂道："你个吊眼狗，总没有好屁放，人家的心窜到喉咙口了，你鸟头鸟脑地乱喳喳。"

另一个社员说："吊眼说哆话，要是你老婆坐净桶，突然间被大船撞了，是先拉裤子还是先逃命？怎么能不急？"

王麻子家的说："下次撞你家去。"

吴吊眼说："撞我家？黑小佬家不先撞了？东津湖的水涨屋檐高，我们逃去后山，找戳漏天的人算帐去了，还用得着大船装柴袋袋救灾？"

"呸呸呸，吊眼嘴里没好话，房子进一膝盖水，床底下、灶膛口、鲫鱼、穿鲦鱼都有了，你嫌不够啊？水浸屋檐，跟西津里一样高的水了，到时，你同你老婆倒是睏水床哉，晚上，船上人一样的钻被窝晃？亏你想得出，今天肚中不知是吃了什么进去？"

"阿玉，你别听，这些男人不说人话的。"门口看热闹的吴水妹说。

没开过口的王麻子说话了："书记老婆，我的闷屁响屁没放半个，你连我一起摁到街上呛水？老好人做不得的。"

"噢呦，忘了还有个麻杆长的王麻子在，闷了半天，终究屁急了。"

王麻子说："看来做闷嘴葫芦也不好，你们也别张手张脚地说大话。人是最没有用的，明明是个六尺男人，落几天雨，站到水里矮去一小半，不像这口大棺材，水里漂来漂去的，捉鱼人烧化给死人的纸船也没它这般大。我们卸的货越多，干得越累，它飘得越高，晃来晃去的，大棺材一样地浮着吓唬人。"

众人听了王麻子的话，笑道："骂哉骂哉……骂回去哉，王麻子倒底还是开黄口哉，这口恶气不吐出来，要发背疮的。"

阿玉看了眼王麻子额头上的青筋，觉得好笑。同样一身湿的王麻子，同在东津湖抱板挡水的王麻子，御道上举铁锹、准备同扒堤人打架的王麻子，好像不是一个人了。

天渐渐地暗了下来，姑姑的药还没有买，阿玉同水妹说了句话，从石板街上蹚水走了。

雨中的人家屋檐，滴水瓦笼挂流成涓，两侧敞开的屋子，晃悠着昏浊的水波儿，老人小孩哗哗响地在家中赶水捉物。此时，家家只恨箩筐漏水，坛钵无脚。市政街道的商户，一水面的狼藉，草屑瓶塞、粉罐纸盒，在水中晃荡来晃荡去，店中男女一个个挽着裤管在船上搬滴水物品。阿玉觉得好笑，平日眼睛长在额头的街上人，一膝盖水，让他们露了尾巴慌了神，不如乡下人坦气。

过了中市桥，东去不远便是卫生院了，阿玉正想摘下斗笠，胳膊被檐下蹿出的两人架住了。

"你们干啥？"阿玉惊大了眼睛。

"干啥？候你好几天了，公社领导找你问话。"是女民兵的声音。

阿玉挣了几下，没有用，徒留一街"哗啦哗啦"的水声。

五十八

　　黄昏的西津里，青青的芦苇丛滋生出了矮脚雾，栗子般大小的水滴直砸而下，雨溅水，水生烟，烟成雾。远山迷离近水昏浊，湖津堤岸上下的野池荒塘、陈沟旧滩、高圩低田，尽皆黄水翻滚。人家瓦屋上空的炊烟，似燃尽了的黄灰纸，飘进了昏迷的津泽四周，分不清烟雾和水汽。

　　养猪场高高的台地上，猪舍内外，场院通道，早有人用木栏板围成一个个大小不一的猪圈；东津人家后院的猪圈、菜地、柴垛、茅坑四宝，淹了三宝，唯有比屋脊高的柴垛，虽上淋下浸，仍不改稻草本色地高耸着，蹲守着水汪汪的家园。

　　四宝中的三宝非人力所能拯救，唯"嗷嗷"叫的活物，夫妻双档一肩抬来，移置于台地的一个个临时猪圈里。东津镇的这个高处，成了公家猪、私家猪的猪天下。

　　雨落不止，养猪场该做的事还得做，平日不该做的也要做，比如猪舍漏水、猪圈汪水，皆需巡查，滗水舀干。

　　觉根穿着蓑衣斗笠地挑水，拌饲料喂猪。原本从西津里担水，上下三十、六十地数数，黄水上涨，少了上下的脚力，久雨害处委实太多。整天淋雨的私家猪，不喂食就叫，喂饱了还叫个不停，搞得养猪人满脑子的猪嘈声。

　　这里，同东津渡的外婆墩一样，成了抗洪救灾物资的临时堆积场，由于地处拦水御道的中间，北来南往皆便捷，高台地成了筑坝拦水人吃喝、休息的落脚地，姜汤糖茶，也由杀猪煺毛的大锅煮沸了，装在带盖儿的木桶里，在御道上南北地送往。

柴草包护筑的长坝，挡住了大水，但阻不了渗水。渗水成涓，涓水成流，流水湍湍，一样地淹田没地坏庄稼。守堤人决不让千处渗水淌泻御道，长坝后必挖细沟相连，隔一断间距掘一个大猪可卧的坑，渗水涓积坑中，坑水待溢，由两个人用戽斗戽回高水去。

戽水，是水乡人塘水湿田的汲水方式。汲水用的戽斗，又称戽兜，桶帮较一般水桶低，形状粗壮矮胖，上敞口，底部略收，呈淌滑之势。薄薄的杉木板，两侧各有厚实的梁板，梁板上下冒圆木半拃，各钉有圆环活铁扣，以系捏勒不疼的粗麻绳。桶身用扁铁箍三匝，圆斗物件，看似胖重，实质轻巧。

五行里村的陈箍桶是箍戽兜的好手，同样大小的桶，他箍的更耐用，且汲水量大，这一点，早为东津人所证实。觉根刚才从御道上往南去送姜茶，对着一牛卧的浑水坑，手缠麻绳，同人面对面地学戽水。初上手，木桶不断地掉头打转，不听使唤，双手提绳松绳也把握不准，搭档也说不清个中窍门，只是陪着他任空中的桶儿翻滚。练的次数多了，两个人才慢慢地搭摸到戽水的小脉门，有点儿像跳双人绳。如此荡过来掷出去，一轮一轮地循环，形成一个爆力、巧力、借力的汲水和泼水过程。三五十回下来，戽水者后背发热，额头沁汗。

觉根一个回合下来，热身不怕凉雨，双手被麻绳勒扣出了深深的印痕，这才知道，为什么轻桶也配粗绳使。

趁着身热，觉根回到养猪场担水拌饲料。喂完猪，叔叔的粥也熬好了。这时候的养猪场，是一天中最清闲的，公家猪已喂上饲料，御道上的守护人，除几个背着大铜锣的民兵巡视长堤外，其他人都回家吃晚饭了。

觉根喘了口气，抹了抹脸上的汗，进屋吃粥。刚走到竹篱门口，一片猪叫声中，三个民兵拦住了他的去路。

"有啥事？"

"怀疑你是特务分子，帮地主资本家通风报信，公社领导找你问话。"

"我又不犯法，问啥话？"

"犯不犯法不是你说了算，你是怀疑对象。领导有话问你，反抗就是现行反革命分子。"

正纠缠着，毛老头披着蓑衣从院中探出头来，对觉根说："他们是公社里的民兵哇，批斗南头村瞎子的几个，有一对兄弟还是双胞胎。"

觉根顿了一下，边戴笠帽边大声说："叔叔，有几只猪拉稀拉白了，你向大队领导汇报一下，连夜请旺米村的阉猪人来看看，配点药粉。"说完，披上蓑衣趟进昏暗的夜色，下台地前，回望了一眼怔怔站着的毛老头："不要忘了，告诉他们，我被公社的民兵叫去了，没有空。"

"去年冬里拿回来的杨树花和马齿苋的粉不是还有吗？"

"不行的，你一定告诉黑小佬，叫兽医配点土霉素，要快。"

毛老头听了觉根的话，回到昏暗的矮屋，吸溜溜地吃了两大碗粥，小心地合上锅盖，点上了桅灯，一个猪圈一个猪圈地蹲进去。火苗一闪一闪的，照着猪圈一角的猪粪堆，照了集体的，又去照私人家的猪，拎桶前来喂猪食的人们，好奇地围着他看。

"毛老头哇，大风大雨天的，举个洋油灯，鬼火一样地瞄来瞄去，胆小人会吓出大舌头的。"

"觉根说了，几只猪拉稀拉白了，找到了好喂药。"

"这个毛老头，耳朵聋，脑子也糊涂了。他养集体的猪，照私人家的做啥？好猫管三村。脑子要没坏，定是撞上迷路鬼了。"

"脑子斗坏哉。"

"想想作孽的，贪了后山人的两元钱，三斤老黄米，连本带利蚀大了，逢年过节斗，'六上'赶集斗，运动来了更要斗，斗一天扣一天的工分，扣一天的粮食，这叫双打屁股，人打木了。"

"他的脑子多一半想坏了，阿三露过口风的，他常嘀咕是自己害了觉根，没有他的这顶反革命的高帽子戴着，去年五行里村许大媒说的朱打铁家，说不定就成了。朱打铁的肚肠现在悔青着呢，让觉根倒插了门，就不会有石老太婆的窝糟事了，害得他女儿站中市桥吃风吃雨。一挨批斗，他舍不得女儿，熄了大小火炉子，就到街上照看女儿。"

"都怪后山人的嘴巴没把牢，咬了毛老头出来。"

"能不说吗？胳膊粗的竹棒砸腿，牛尾巴粗的麻绳当鞭子抽，换了你吃得消？还好了，没把小和尚供出来。你好像忘了南头村瞎子的事了？瞎子的嘴巴算厉害了吧？最后还不是嘴硬骨头酥？现在的东津镇，你还听得到音妖妖的山歌吗？瞎子死了，大雪后的寒号鸟不再鸣叫，绝了声。"

"不要讲了，别让北山湾和西街的两个狠角色听了去，不是儿戏的。这两个人，失心疯一样的，水漫床沿了，还整天想抓人。还是南渚来的包副主任好，堤没扒开，上下游人没打起来。他说了狠话，顶着棺材的，天天晚上睏觉前，往东津湖西津里地兜一圈，面孔同黑小佬一样地黑瘦了，活脱脱个包公包龙图。"

"那两条疯狗，邋遢念头不少，趁老的湖羊鼻子不在，东津镇的天要翻转来了。"

"天翻不过来的，茅坑上掀人屁股是真的。"

毛老头不搭众人话，簌簌抖地回了矮屋，脱掉湿衣湿裤便睡，迷迷糊糊地睡不踏实。大雨打着屋顶，炒豆般地爆响，心里慌慌的，觉得有件事落下了，又想不出是什么事。开开门看看，不是猪叫声便是雨珠声，黑幽幽的西津里，夜雾正慢慢地吞噬着东津镇。想起觉根去了半夜还不见回来，薄粥已凉，他又提灯细细地由院内照到院外，一边检查猪圈，一边等觉根回来。

"啥人？黑天半夜地，魂落了还是东西掉了？"

御道上，几束手电筒强光射了过来，毛老头依然勾头偻背地蹒跚在木栏间。

"毛老头哇？水天泥地一鼻子眼的，你瞎找什么？"黑小佬喊道。他同大队会计、农技员和民兵营长在西津里巡夜。雨下得这么大，东津湖西津里的水位一个劲地往上涨。虽说上游人不再扒堤了，可他仍旧一天急似一天。才担任大队书记，老天就给他出了这个难题，吃不香，睡不甜。夜半必上东津湖西津里巡视一圈，查堤查人，看看大队抗灾突击队的民兵，是否背着尖刺闪亮的红缨枪、挎着面盆大的铜锣坚守现场。眼下到了拼命的时刻了，他最不放心的还是西津里，总觉得上游几个大队的人红眼睛夹眨夹眨地，动着坏脑筋。一旦上游吃醉了的酒鬼，人歪歪斜斜地跑到御道上来，或是凫水到堤下，铁耙只需几扒拉，大水定然狂泻而下。不消一个时辰，千亩水田成一片汪洋，近两个月的辛苦和一年的收成将彻底泡汤，东津镇人饿肚皮的日子又会回来，这情景想想都怕。上游人的眼睛红了半只，他的眼睛整个红了。

"啊……"毛老头微微地直了直身体，"觉根说，猪拉白了。"

"觉根人呢？怎么让你一个人在泥浆水里瞎跌滚？"

"哦……觉根啊？晚饭没吃，让民兵押去了。"

"哪来的民兵？"黑小佬疑惑地问，心里有点紧。

"双胞胎兄弟。"

"公社借调商业街道的几个，情况不太好。"民兵营长说。

黑小佬的心咯噔一下，吩咐会计和农技员继续在御道南北分头巡视，自己同民兵营长急匆匆地往水光幽暗的街上去。

五十九

"哐……"的一声，觉根被推进了一间黑漆漆的泥墙小屋，铁条焊接的门，外面挂了把大铁锁。

"抓来了？"一个有些耳熟的声音在问。

"抓了，一条金鱼，一条黑鱼，猫了好几天，总算捉了来。衣服湿了几身，家中没替换的干衣服了。这几天的乡下人，白天黑夜地，魂守堤上，今天正好捉着空子。"

"辛苦哉，明天早上，大众饭店每人一碗焖肉面。"

"身上湿嗒嗒的，先上楼去，一会下面吱嘎吱嘎地响，下来看西洋镜。"

"可不要偷鸡不成蚀把米哦？"

"亏不了本，本来不是你的，怜惜也没用？六月天的山芋垄，棒不打，蛇不出来的。再说，小和尚不是喜欢做特务吗？北面来的东西，饲料厂人送他那里，再捎渡口的。事情弄弄大，定了性，扳倒几个，出出胸中的恶气，还可提高阶级斗争的成果。"

"这事办好了，林老头的油氽团一样，里面肉汁表面油，内外都香，只是不要让狗一口吞了去。"

觉根没听明白意思，听出了声音，嘴巴嵌铁条的空档里："杨副组长，是你吧？我们认识的，我是养猪场的觉根。"

哗啦哗啦的趟水声中，露出了杨金浜黑糊糊的身影，他阴阳怪气地说："认识的？我还认识毛主席呢，但他老人家认识我吗？"

"我又没犯罪，你们关我做啥？"

"杨副组长，别同乡下人啰嗦，免得浪费了唾沫。"

觉根扯着门上的铁条摇晃，一个民兵轮起水淋淋的竹扫帚打向铁门，觉根缩回了把门的手，手背手臂顿时像被灶膛火逼了一把，辣烫辣烫的，无奈何地看着杨金浜几个，黑暗里提腿往楼上走去。

"觉根……"阴暗里传出怯怯的一声。

觉根猛一颤，大舌头塞住了嘴巴，身靠铁门，说不出一句话。

墙角蜷缩着一个黑糊糊的影子，声音极其的熟耳。

"觉根……我是阿玉……"

"阿……玉！你怎么在这里？"觉根喘出了一大口气，舌头小下去了。

"给姑姑买药，让两个女民兵拉进来的。"

觉根在齐膝盖的水里哗哗地趟了几步，靠墙的阿玉惊恐地站起身来，换作陌生的口吻："你别过来。"

觉根待在了原地，眼睛渐渐地适应了暗黑的小隔间。这是一个猪圈大小的土夯墙隔间，后墙借了老浴室的旧墙，两侧和前面皆为丈高的泥墙，留一框生锈铁条焊接的方格门，供单人进出。上面无遮挡，屋内暗角渗出的阴风，冷飕飕地回旋着，整个屋子黑黢黢的。隔间内只有一张竹编篱门、两竹马搁的一张"床"，东津镇人称呼竹榻的。竹榻上面铺一条芦席，可供人坐卧，原本盘腿坐在竹榻的阿玉，踏水站了起来。

觉根退后了几步，身体复靠铁门，对阿玉说："你坐上去吧，我不过去。"

阿玉坐回竹床，带着哭音说："觉根，你可不能欺侮我的。"

觉根听了近似陌生的声音，异常的伤心，为自己，也为阿玉。

"阿玉，你放下心来，别多想，就当我们在仓库。"

"这又不是仓库，阿黄也不在，取暖的稻草都没一把。"阿玉幽幽地说，一会儿喘喘地咳了起来，黑暗里看不清，听声音，脸紫涨了。

上面冷风飕飕，下肢凉水浸骨，湿湿的泥墙阴冷逼人，觉根戽水担水出了一身汗，静立水中，直觉寒气透背，他又不敢有动作，一哗出水声，竹榻会紧张地"吱嘎"一声响。

不知过了多长时间，觉根的肚子"咕噜"一阵不响了，双腿也有些僵硬，暗里的阿玉幽幽地说："觉根，水里凉的，你盘腿坐吧，只是不可碰我。"

"我站水里。"

"凉水里浸泡，会腿肿脚胖的，我过意不去。"

"我不坐。"

"你不坐，我也不坐。"

"我不怕冷。男人么，五行里村朱打铁钳子上夹的铁疙瘩，丢进冰水'嗞'一声响的。"

"你骗人，要不我俩轮流坐？"阿玉说着，从竹榻上起身，也站在了水里。

觉根忙说："你坐那一头，我坐这一头。"说完，几声水花响、几下竹榻扭，两人各一头地盘腿坐下。觉根听到了喘气声，阿玉咳得厉害。

"阿玉，怎么喘成这样了？"

"我不知道，进来吓出一身汗，又淋了雨，嘴巴腻腻地，又涩又苦。"

"是不是发烧了？"

"不知道。"

"能不能碰一下你的手？"

黑暗里，阿玉抖了一下身子，过了半支烟的工夫，缓缓地抬起一条胳膊。

觉根碰了一下她的软绵绵的手背，激灵了一下，吓回去的是阿玉的手。

"阿玉，手这么烫，你发烧了。"觉根说着跳下竹榻，摇晃铁门喊道，"来人啊，有人生病发烧哉。"

阿玉低声说："觉根，你过来摸摸我的额头，我头晕恶心，想吐小舌头出来。"

觉根走近了说："那我摸了？"

"嗯……"

觉根的手背贴上了一个又烫又滑又有点黏的额头，正要回转身晃铁门喊人，一双湿热酥软的胳膊勾住了他的脖子："对不起……刚才吓的……没想好，让你水中浸了这么久。"

黑暗里，觉根看到了阿玉眼中亮闪闪的泪水，他心里酸酸地说："乡下人哪一天不泡水？东津渡、西津里堤上的守夜人，整天地浸着水，腿脚都长胖了，大脚趾一个个的沤成臭田螺，穿不进鞋，赤脚来赤脚去，咬着嘴唇走路，不照样好好的？"

"觉根，你记得去年冬闲时我说的话吗？"

"一个冬天说了那么多话，哪还记得？"

"'十八条腿'的话。"

"你同许大媒说的赌气话，借我名头，做牌子挡，我不怪你的。"

"你真这么想的？没一丝别的念头？"

"我除了头不光，什么都光的，哪敢有想法。"

"我要是真的愿意嫁你呢？"

"我不想这个，既然他们把我们关在一起，看着平日你同姑姑对我和叔叔的好，我一定帮你。喂猪猡吃食，猪猡会哼哼，我不会不如它们的，我喊他们开门，送你去仇医生的卫生院打针吃药。"

阿玉在黑暗里久久地盯着觉根，模糊了视线："师兄，你想娶媳人不肯，我不嫁人人人逼，我们如他们的愿，真的好了吧？"

"阿玉师妹，人生大事不能赌气的。"

"师妹不是赌气，师妹心里有师兄。"

"师妹，师兄穷，没法让你过好日子。"

"师兄，你人好，不欺侮人。我们俩今天关一间房，坐一张床，好比苦瓜佛手瓜种一起了，分不明、说不清哪个甜的，哪个苦的，只有自己尝自己明。"

"师兄要房没房，要地没地，没钱请五行里村的陈木匠打'十八条腿'的柜子，箍大小盆桶。"

"没有'十八条腿'的妆台衣柜，和金银铜铁锡的盆勺梁壶，我叫姑姑用面粉捏。"

"师妹，你烧得厉害，要送卫生院打针吃药的。"

"师兄，我想好了，你要了我，别人就没法欺侮我了。我们两个小苦瓜，一起养活两个老苦瓜，白天开门干活，晚上关门吃粥，苦不苦？日子自己过。"

阿玉说了几句话，气喘得厉害，觉根想去拉门，阿玉的胳膊缠着不放，身体簌簌地抖动。两人一个站榻前，一个坐榻上，面对面的，鼻息薰面，竹榻"吱嘎吱嘎"地响。

"快来人啊……流氓阿飞抱一起亲嘴啦……捉流氓阿飞啊……"双胞胎民兵中的一个，在黑暗里声振瓦片地大喊，哗啦哗啦的水声中，一束手电筒的强光刷了进来。

"这个办法真灵，东津镇的家猫野猫，哪一只不吃腥？家狗野狗，哪一条不吃屎？果然抱在一起亲嘴了，平日假清高哇？"

觉根托起阿玉的腰腿，抱在胸前，对着强光说："快开门，阿玉发烧了，烫得厉害，马上要去打针吃药。"

"哎哟喂……男不娶女不嫁的，师兄师妹的嗲话连连，酸到人的牙根了。原以为留着金镶玉，嫁城里的白脸男，白馒头让高档人啃的，原来半块黄泥坯的癞蛤蟆，把青壳田鸡吞了，真让人恶心恶肺。"杨金浜黑里骂，"我就不服气，想看看你们这对狗男女到底有啥花样泾？想不到关了半夜就出事。只可惜花里胡哨的鳊鲅鱼，落进了蛤蟆畚箕大的宽嘴，真正的糟蹋一个，便宜一个，气煞二个。"

"赶快开门。"觉根踢了一脚，铁门"哐啷"，脚趾生疼。

"给你开门？你指挥我们？你以为我们这里吃素的？你个色胆包天的流氓分子，现行反革命，等着明天批斗吧。"

觉根不说话了，背朝铁门，狠命地撞去，只听得哗啦一声，浸泡日久的泥墙根基已酥，连同铁门一同倒塌了下来，把闪身的杨金浜几个溅了一头面的水。

"你个反动分子，胆敢破坏革命的财产，还想逃跑？"杨金浜操了一根胳膊粗的竹棒砸来。

抱着阿玉的觉根抢前几步，顾不得脚疼，飞起一脚，因有阿玉的身体阻挡，腿踢不高，一脚正中了杨金浜的裆部。

只听"啊呀"一声，杨金浜跌坐在水里。双胞胎民兵操着红缨枪围上来，觉根恶狠狠地说："啥人再敢动手，我把他摁水里呛死。"

"师兄……你好凶哎。"阿玉喘着说了一句，头无力地靠在觉根的胸前。

双胞胎民兵兄弟，在黑漆漆里看见了一道从未有过的凶光，怔怔地不敢上前，赶紧往左右两边让出一条道来，觉根跳跃般地冲上街，身后传来了杨金浜哭一般的喊声："你们两个胆小鬼……快去公社大院喊李副主任，带领民兵捉拿流氓反革命分子。"

幽暗里，哭声似嚎。

六十

"三十九点二度，发寒热哉。"

仇三类扶正了老光眼镜，两指搭了搭阿玉的腕脉穴，同觉根一句一句地说话，也问了几句阿玉喉咙是否刺痛的话，看了舌苔，沉吟了一会说："觉根，你去把黑小佬找来吧，阿玉这病来得凶险，得连夜送城中县医院，我先开好转院证明，叫护士给她喂点退热药，吃点温水压一压。"

觉根正要下楼去，几个民兵喊着"抓流氓""抓反革命分子"，脚步蹬穿木板地上楼来，其中还有两个女民兵。嘴里"哎哟"叫着的杨金浜，也让双胞胎的一个背来了，一上楼，躺在病床打滚，竹床吱扭来吱扭去地响个不停。

"抓什么坏人？进了医院，只有病人。"仇三类的眼镜又滑到了鼻梁。

"医院怎么啦？横倒的尼姑，杵着的和尚不是流氓阿飞？不是破坏集体财产、攻击革命干部的反革命分子吗？马上押走。"几个民兵唾沫四溅，盛气凌人。

"慢……"仇三类站起了身，"阿玉寒热症发得重，手脚没缚鸡的力气，攻击谁了？这种鬼话说给谁听？"

"仇三类，你要站稳阶级立场，要不然，一样把你打成反革命坏分子。"

仇三类拍桌子吼道："人家姑娘的病这么重，还要押到你们的水牢去，你们想让她死在里面啊？"

"又出来一个'四类分子'了哇？该叫他仇四类了。"

仇三类瞪圆眼睛骂道："你几个人渣小贼，你们不生病了？今后来卫生院治病，我拿个大针筒，一个个的扎得你们翻白眼，让你们家先出世的两个白累！"

"反动透顶的坏分子，一起押走。"

"先让他给我打针，我疼死了。"杨金浜哀嚎着。

"你们抓我起来呀！杨副组长疼到天亮，不翘了辫子？你们这些混饭吃的，一个个都得关到关别人的泥牢中去。"

"快点打针呀！"

"不要检查一下的呀？这是卫生院，得按规矩办。"

"仇医生，快点帮我打针。"杨金浜出的气大，进的气小。

"扶他到隔壁房间去。怎么？想让你们的杨副组长当着男的女的面脱裤子呀？他愿意脱，人家可不愿看。"

"你个老角色仗着有点真本领，闲话比放屁还难听。"

几个民兵鞋脚拖地板地去了隔间，仇三类也跟了进去，不一会儿，里边传出了仇三类的问话声和杨金浜的叫喊声："仇医生，你别乱按呀，疼啊……"

"看你说的，不弄清病况，怎么给你吃药打针？"

"那个地方又疼又抽，会不会没用了啊？"

"还好，抱在怀里的人挡住了腿往上抬。我也问了，觉根做好事，你不让他们来医院治病，还要大竹棒打人家，踢你一脚是轻的。"

"仇医生，不能骗我呀？我还没有结婚，是杨家的独子，妹妹总是人家的人，作不得数的，不能断了根呀……轻点……啊呀……疼啊……"

"淤青了一块，先打针庆大霉素，明天下午再看。如果效果不好，要做皮试，不过敏的话，打青霉素。"

"不会真报废了吧？那方面的意思怎么一点没有呀？"

"你以为你那东西是朱打铁砧墩上的铁杵呀？越捶越长越打越硬？这会儿了，还想那点意思。"

仇三类从里间出来，见觉根仍在，便说："怎么不去喊人？"

里间的杨金浜喊道："你们几个，别让反革命分子逃跑……疼死人了……"

"你们给我听着，不转院抢救，死了人谁负责？我可告诉你们，阿玉可能是染上了伤寒，这病会传染，会死人的。"

几个民兵听了仇三类的话，往楼梯口退了几步。楼下传来了"嘭嘭嘭"的脚步声，黑小佬水珠滴嗒地冒上头来，粗黑的硬胳膊搿开了楼梯口的几个。

"仇院长，阿玉怎么样了？"

黑小佬同民兵营长离开养猪场，急匆匆地赶老浴室临时关押犯人的地方，看门的老头告诉他，觉根踢了杨金浜一脚，抱了阿玉奔医院治病去了，他才知道。刚才趟水经过，听见半夜的卫生院居然有吵架的声音了。

"黑书记呀，要当夜转县医院治疗，阿玉的病情很重。"

黑小佬对身后的民兵营长说："你去渡口老堤找吴水根，喊上吴吊眼、王麻子，再叫我家水妹和王麻子家的，带上钞票衣物，仓库里抱块大油布，把船摇到这边来。这事别惊动六姑。"

"黑小佬，流氓阿飞不能放跑呀。"杨金浜里间喊，"他们攻击革命干部，破坏革命财产，我被踢残废了。"

"什么人这么大胆，敢踢革命干部？"杨金浜的话音才落，李表廉同包副主任和其他几个副主任，出现在了楼梯口。他来前知道了事情的一个大概，一两支香烟前，他同顾梅几个值夜班的副主任，正在二楼商讨灾情，备弄的院门被人捶得"呼呼"地响，公社借用的双胞胎民兵中的一个，嗵嗵响地跑上楼来汇报情况，见有好几个领导在，又吞吞吐吐地不说话。

"要不要我们回避一下？"顾梅半笑不笑地说。

负责林牧副渔的副主任说："是公事只管说，我们集体负责的。是私事，你一旁悄悄地同李副主任咬耳朵去。"

民兵得到了李表廉的眼色，说道："杨副组长的下档被觉根踢了一脚，伤了命根子。"

"怎么回事？西津里养猪的，怎么跑去老浴室踢人了？"顾梅负责商业市政街道这一块，平时在北街的店家察看，总能碰到拉板车的觉根往渡口去。

民兵瞥了瞥几个领导的脸色："晚上，和尚和尼姑搞流氓活动，竹床扭得'吱嘎吱嘎'地响，杨副组长带领我们捉奸，结果让和尚踢了一脚。"

"等等……等等……一个西津里，一个东津渡，中间隔了一个东津镇，仓库的阿玉姑娘，晚上不出门的，怎么让你们捉了奸了？"

"他们搞特务工作，傍晚时抓进老浴室的。"

"哪里抓的？"

"盯他们几天了，女的上卫生院配药时抓的，小和尚从养猪场捉来的。"

"为什么把他们关一起？"

"杨副组长说了，还俗的和尚、尼姑，男不娶女不嫁，假清高，一屋子关一夜，看他们偷不偷腥，犯不犯流氓罪。"

听到这里，顾梅正色说："李副主任，和尚尼姑还了俗，干活挣工分，娶不娶媳，嫁不嫁人，是他们自己的事情。再说了，前一阵听说小养猪的，急吼吼的想成亲事，月明星稀夜，一个个村地赶路，只是相来看去的，没有哪家看上他，急也白急。你又没个妹妹嫁他，杨金浜的妹妹还小，他结不了婚，是不是硬要弄出个罪名？这样吧，包副主任值上半夜的班，刚睡下，让他辛苦点，叫来一起商量。"

李表廉涨红了脸："包副主任这几天蛮辛苦，不要惊动他了吧？"又转脸呵斥，"谁叫你们这么做的？这个杨金浜又自作主张了，打狗也不能尽拿林老头的油余团砸的呀。"

报信的民兵说："杨副组长说了，关到一间只有一张床的屋子，看他们上不上床？看和尚吃不吃打狗的肉馒头？"

"这一招好手段，倒底识字人点子多。只听见塞东西，第一次听到塞女人的。黄鞭爆得闹猛，响来响去着地滚；炮仗窜得高，地下一声天上一声。这个好比三尺竹竿'打连厢'，两头响中间也响。"

顾梅口中的"打连厢"，是苏吴一地民俗活动的一种。旧时的东津镇，春季祈求农作物旺盛生长，长夏驱虫避瘟，高秋喜庆丰收，寒冬同迎春节。抽的空闲日，旧政府发动地方富户募钱捐物，按节令举办穿花衣"踩高跷"、蓝布头巾"打连厢"、唱山歌、"荡湖船"等民俗活动，一为祈福消灾，二为答谢诸神，三为天下同乐。其中"打连厢"者，手握三尺长、擀面杖粗的竹竿，竿身旋六至八孔，每孔串铜钱数枚，持竿者两头敲打自己的头肩和腿脚。竹竿的中段，叩击臀、胯、肚、背，翠竹串钱，震音悦耳、铿锵，两头中间都能听个响声，喜庆气氛浓厚。这几年破除封建迷信活动，不允许举办诸类庆典，就"荡湖船"等民俗活动派生出的东津山歌的清唱，也随着南头村的瞎子，被几倍于"打连厢"竹竿粗的扛棒打折腿，埋到黄土中去后，怨怨哀哀的一唱三叹调门，从此在东津镇禁声了。广播里一天到晚唱的《我爱北京天安门》《东方红》和《革命不是请客吃饭》等革命歌曲，一时间全部代替了悠悠山歌，人们再也听不到撕裂薄空的民歌，更别说再睹"打连厢"等激荡人心的民俗活动了。

顾梅的比方不甚恰当，却也道出了事情背后一点隐密的东西。

另一副主任说："还是叫起包副主任，一起去现场看看吧。"说完，便去宿舍敲门，等起床了，由民兵带路，水界里哗哗地趟路，先看了老浴室，手电筒照了照倒塌于水中的泥墙，再趄回卫生院。李表廉见老浴室关押犯人的隔间撞塌水中，又受了顾梅的几句话，脸色由红转青，这会儿人未上楼，已听得楼上的争吵声，大喝了一声，来了个先声夺人。

"李副主任，包副主任，各位领导，你们得为我作主啊。这一对狗男女，关起来了，还大搞流氓活动，破坏集体财产，袭击革命干部……哎呦……疼啊……"杨金浜硬撑着挪腿，喊一声疼，人往地板上躺。

李表廉说："仇医生，杨副组长的伤情怎么样？"

"青了一处，有淤血，打过一针庆大霉素了，还敷了跌打散。倒是阿玉姑娘的病情严重些。"

顾梅说："得的啥病？"

"阿玉肺有郁热，外感寒邪，体内恶热邪火为寒气所迫，发泄不出，与所处环境和心情有关，为寒包火，发散迟了，会伤及肾阳脏器，此病凶险。另外，恐还感染了伤寒症，这病有传染性的，我们卫生院无法检测确认。必须及早送县医院，转院证明已经填好了，写上名姓即可。"

黑小佬说："各位公社领导，救人要紧啊。"

包副主任说："救人要紧，耽搁不得的。黑小佬，人是你大队的，你得抓紧安排人手送医院。"

黑小佬说："关照摇船去了。"

杨金浜哭丧着脸喊道："抓反革命分子哟，不能放跑了。"

包副主任说："这么多公社干部在，逃不了的，事情也要调查清楚。"

觉根说："泥墙是我用背拱塌的，杨金浜用粗竹棒打我，让我踢了回去。要关就关我一个，我不会逃的。"

李表廉悻悻地说："做地下工作倒冲锋陷阵，样样少不了你，这会又英雄救美，胆子肥，报答也肥。这回可不止吃猪头肉猪大肠那样的好滋味了。"

黑小佬说："我不明白，一个到卫生院配药，一个在西津里喂猪，为什么无缘无故地关进一膝盖水的房间？房间只有一张竹榻，没个凳子坐，难不成水里泡一夜？人坐竹榻，谁家的不'吱嘎吱嘎'响几声的？这能定流氓罪？"

"他们面对面抱着亲嘴的，看到的不止我一个。"

顾梅说："眼前先治病，这两个人的事情，让朱书记回来解决。再说，泥墙不是阿玉撞倒，人不是她踢，小姑娘没犯错。让一队人先送县医院救治，风急雨大，船摇进城，也快天亮了，耽搁不得。"

包副主任说："我同意顾副主任的意见。"

李表廉说："虽说小杨做事欠妥，但毁坏集体财产，袭击革命干部，这个罪名不小呀？我们谁也担当不起。"

另一个副主任说："简单的事情弄复杂了，觉根犯下这些事，让派出所接手吧，公事公办。"

东津公社的派出所一个所长，一名警员，一间办公室，一间看管室，在公社大院最后一进房屋的底楼。

黑小佬还想说话，那名副主任说："黑书记，今晚的事情，李副主任、包副主任和我们几个，都担不起这个责任。不管出于什么原因，五行里村人打的泥墙倒塌了是事实，杨金浜受伤也是事实。倘若杨金浜断了子孙根，属于残废了，农村人看重传宗接代的，再加上他担着这个工作，性质有点严重，情况比较复杂。我们的派出所，是个讲政策的地方，该怎么办就怎么办吧。"

包副主任说："几位副主任表态了，先这么办，意外事情的发生，决不能影响抗洪救灾，下半夜睡不着了，大家一起巡堤吧，关键时刻，绝不能松下劲来。"

黑小佬嘟嘴侧头地站着，楼下传来一阵"砰砰"的脚步声急响，只见吴水妹一头是汗地跑上楼来，也不看众人，嘴里说道："捉贼捉赃，捉奸捉双，抱个生病人治病是奸了？卫生院的人，一年抱这么多病人，怎不听说有个奸的？"说完，摸了摸阿玉的额头，流着泪说，"妹妹别怕，阿嫂陪你去医院治病。"说完就要背，王麻子家的抢前面背起了阿玉，只管往楼下去，仇三类手电筒照亮了整个楼梯，一众人等脚步"噔噔"地往楼下走。走到门口，黑小佬回头对觉根说："别恨你叔叔，雨天半夜的，桅灯照着，闷头闷脑地寻着拉稀拉白的猪呢。"说完，也不看觉根泪糊糊的眼睛，撑了仇三类递过的油纸伞，给阿玉遮雨。

吴水根几个早把船拢在了街梢头，王麻子守住长跳板，他家的赤脚踩跳板，"噔噔噔"地几步上船。吴水妹叉腿掀开船舱的油布，让王麻子家的直接背阿玉进舱，自己也仰着身子坐了进去，不多一会，掀开一角，探出湿额头喊："阿玉说了，姑姑吃了好睏觉的药还没配。"

"我明天送去。"

"顺便同六姑说一声，家中拿不出青头菜了，船上带的丝瓜、苋菜、空心菜、四季豆、老黄瓜都是她家菜地的，黑漆漆的看不清，只好眉毛胡子一把抓来，还有几个清奇古怪的瓜，也牵藤摘了来。"吴水根在船艄大声说。

"是苦瓜……陶泥灶别淋湿了，到时生不出火来，水妹……半个咸猪头带了没有？"

油布又掀开了，吴水妹探头说："这个时候给人吃咸猪头，够大方的？我拿了咸蹄髈。"

"这个败家娘们，阿玉又不吃的。"黑小佬的话没说出口，线雨中半咧着嘴，嘴角上露出一丝笑意，眼睛为雨水所湿。

细雨中，船儿缓缓地驶离驳岸，披蓑衣、戴笠帽的王麻子在船头手持长篙，抖落一身水珠，竹篙在人家房屋的石墙上借力，用力一撑，船儿悠悠晃晃地荡了出去。

欸欸橹声中，船儿摇摆着驶进了黑洞洞的东津湖……

六十一

三天前，阿贞家去年冬天夯打的泥墙塌圮了。

半夜时分，雨下得正紧，院子里轰然传出两声巨响，几乎把阿贞一家震得从床上弹了起来，起初还以为是北山顶上的巨石滚落到了院中，半大的黑狗也被吓得"嗷嗷"叫，满院子地兜圈。推门一看，发现茅屋还在，后山的大石也并未滚落。一家人又想，是不是坡下那个整日恶狠狠地盯着他们这个柴草小院的大瘌痢扔进了一捆大炮仗。

内室门才拉开一条缝，风便挟着雨雾扑脸打来，只见厨房兼客厅的东墙和南墙已然不见，东墙倒向了东津湖，南墙直扑坡下，失去了依附的柴草帘子，在风雨中飘展撕扯，似天上翻飞的灰鹰翅膀。

墙塌惊恐着吴家，也惊醒了半个北山湾村。不多一会，吴家几个侄子提着桅灯，打着手电筒，"哇啦哇啦"地喊着上坡来，说是震得床腿都颤了，担心大瘌痢使坏，赶紧裤子一拉，披上衣服，赤脚就赶了过来。

平日里少有人走动的泥沙道，倒也不甚泥泞。上坡来的几个，看见土墙塌了半个院子，一时不知用什么话来安慰这户被风雨灌打的人家。

众人没话，混在人群中看热闹的大瘌痢有话了："怎么的？我天生是坏蛋？好事想不到我，坏事处处想我？睡梦里震得从床上弹到了地下，我衣服也没穿就往山坡跑，准备救人救命做好事。"众侄子愠怒的眼睛，从人群里寻出了一嘴怨气的大瘌痢，见他衣裤是穿着的，才咬牙说："你敢光着身体上来，我们把你光着身子摁到西津湖里去，让你做个光手光脚的落水鬼，寒冬腊月冻死你的鬼魂，省了你糊个胡蜂眼，尽做坏事。"大瘌痢争辩道："我也想做好事的，让他们住大瓦房去，父女三个不识相，吃这辣椒酱，他们自己愿受这惊吓，冤不得人的，还差点儿震塌了我家的猪圈，估计茅坑也震塌了，一会儿下去瞅一眼。"众侄子说："塌了茅坑，你是不是可以大模大样地在路上撒尿了？若再见你在路上耸屁股，用长钢叉捅你两窟窿，让你前面撒尿后面漏水。"大痢痢喊起了冤枉："做好事也要捅屁股，你们个个都是黑心人。"去年打了一拳大痢痢的吴伟男说："你这是做好事呀？你是芦苇根旁半块烂泥坯的蛤蟆，仰脖子想天上飞的大雁肉吃。"大痢痢说："你神气点什么？清高来清高去，不还是落在泥蛤蟆的宽嘴里？要说蛤蟆，我也是蛤蟆头，你见过当民兵营长的蛤蟆头吗？"吴伟男骂道："你个贼胚学会拐弯儿骂人了，讨打。"大痢痢"哇"的一声逃下坡，待到了坡下，转过身骂："有啥耀眼的？金枝配片芦苇叶，珠帘子挂在泥墙上，落地的凤凰不如鸡，眼高心高的。到末了，拣到篮里就是菜，两手握黄泥，当作糍饭团，捏个泥鸡鸡，冒充粗橼子，有能耐拿出来当真枪使使？到时别现世报，让东津镇的蛤蟆笑歪了大嘴巴。"吴伟男气得抓一大块泥奔下去，大痢痢"嘭"的一声紧闭了门，隔门还嚷说。吴海源苦笑笑："别理睬他，他是六月里的苍蝇，又是嗡嗡又乱飞。"几个侄子说："等天不落雨，五行里村来了人，我们过来混张嘴。"吴海源说："少不得请大家来帮忙，好在黄黏土春旱时就挖好了。"众侄子看看满院子的泥水，柴帘已被阿贞母女用杠棒、铁耙、镐锹、钢叉等长柄农具顶护挡压，一时落不下手，说了会话便回家了。吴海源父女三个也没了一丝睡意，用干灶膛灰撒在客堂地上吸水，一直忙到了天亮。阿贞当天就去同五行里村负责守护御道的石老五约定"六上"市日那天，来家中清理塌泥。

眼见明天是"六上"市日了，怕街上人多，买不到新鲜猪肉，吴海源一大早便起床烧水，准备喝一开茶，暖了身体，再去东津镇买肉。

"阿爸，这些天你又咳了，出门淋了雨，会咳得更厉害，我去走一趟吧。"阿贞也早早起床了，风吹柴帘"啪啪"地响，如抽打心头，她实在睡不着。

"老头子啊，让阿贞跑一趟吧，你个痨病鬼身体，淋湿受了寒，又喘又咳的，茶水不进，粥饭咽不下，少不了又要到卫生院去打针吃药。"吴海源的老伴把两元钱交给了女儿，叮嘱道，"买了肉就回来，肚子饿，买根油条垫垫。"

阿贞说："我买三条回来，一起吃粥。"说完，束戴妥贴，猛一头扎进了肆虐的风雨中。

阿贞自从定亲后，像变了个人似的，一下成熟了。五行里村石打墙家的老五，正如父亲猜测的一样，果真请来了许大媒说嘴。这一次，嘴巴抿成一条线的许银仙眼笑闲话多，唠叨完正题，一个劲地夸赞吴家灶间歪梁上的咸猪头，油光发亮，闻闻也是咸香。向来慷慨的父亲听许银仙这么说，一是心里高兴，二来也想显示一下自己腌制咸腊的技艺，举起钢叉扒下小半个，连绳一起送给了她，看她喜孜孜地提了半爿咸猪头下坡，脸上漾满了久违的笑容。

阿贞同石老五两个多月的相处，心里不是很满意的，觉得石老五为人处事不够大气，凡事爱斤斤计较，看人的眼光不太正。考虑到自己的家庭境况，村上一般大的儿时伙伴，男的娶妻生子，一个模子刻出的小头颅，开始懂得张嘴讨吃喝了；女的早作他人妇，年节挎个蓝布包裹回娘家，边头的小孩腿前脚后地跑。想想自己仍无所属，且父母的身体一日不似一日。去冬请了五行里村的陈木匠，又是打制娶进门的床柜，又是箍匝嫁出去的盆桶，双份家具，把猪圈过道都堆满了。父母嘴上不说，也没托姥姥转告妹妹，家中已备好了婚嫁用品，但父母的举动仍在阿贞心里造成了不小的压力。看在石家答应了父亲提出的倒插门的唯一要求，阿贞低头默认了。这个坡地上的茅屋人家，实在太需要一个六尺汉子，挑满满的两大栲栳谷进饲料厂，待米糠分离了，再两头三筐地担回家来。

东南方向的风，把天空里的灰云吹成了跑马，风云过去，云淡雨稀，一会灰暗一会朗白，天空像大筛子般地筛筛停停。御道上，堤坝似长蛇，草草地拦住了西津里黄荡的骇人波浪。四个泥草袋垒砌的水坝，三个半袋子高的水位，成了一堵渗水的墙，道道渗水汇聚于一个个坑中。守堤人两个一组地巡查，一旦发现水溢出，便用粗腰水桶"哗啦"一声、"哗啦"一声地戽回去。戽尽一个坑，又去下一坑，弱小的人力斗着无穷的洪荒。走在这样的道上，分不清人在抗天还是天在罚人。

往日中市街热闹的门店里，柜子都被水淹掉了，柜面成了摆物、搁脚之处。屋内，有个人高凳叠高凳地坐着，一旦有人走到柜子前，这个高个子便猛一站起身，黑头直有戳破瓦屋的势头。

阿贞被突然站起身的阿三惊了一下。半人高、离水一尺多的大案板，铺排了一清早宰杀分割的猪肉，高高地坐在后面的阿三，见阿贞来了，蹲身直立，比坐时又高出一头，丈二关公般的，那模样儿极像正月里"驱蝗正神"、人们于鼓锣喧阗声中轿抬的"猛将"坐像。

阿贞忍不住笑："站得这般高，成关公门神了。"

东津镇有风俗，开春后的天气回暖日，人们必做三件事："抬猛将""打春牛"和"贴门神"。东津镇人贴的门神，是模样儿极似关公的赵匡胤像。老一辈人相传，赵匡胤领兵打仗经过苏吴，秋毫无犯，地方百姓感恩于此，广贴门神以作纪念。赵氏本不该侵扰百姓的，仅仅没有相搅，便为百姓所膜拜。据说，原西津寺供奉的管死不接生的佛像，也是彩妆粉脸的赵匡胤模样，强拉赵氏来小地方做个管理亡魂的小鬼，可见贫寒之地的人心不弱。人家在门楣上张贴长颊翘颚的画像，借来驱魔逐虫避恶，也差不多是这个样子。门神半爿脸红半爿脸白，长须执戟，东津人误把匡胤作关公。又因唱"评弹"和"说书"人口中的关公，心中神一般的人物，也就将错就错了。

阿三站得这般高，自然让人一突兀，幸亏他没描红白脸，这才看出一个眼睛笑成缝的阿三。

"再低一寸，脚便蘸水了。站在水里不消半天，剁了可当猪爪子卖哉。"阿三笑着回答。

阿贞说："农民一天到晚水里来泥里去，照你这么说，个个都成胖猪爪了？你吃了镇上饭，忘了农民本，还砍了卖？恶心不恶心？看谁还会买你的肉吃？"

"我可舍不得卖，还要留着走夜路杀猪呢？"阿三的一只脚在水里轻甩了一下，见毛五趟水到后院去了，弯下腰问道，"肥一些的还是瘦一点的？"

阿贞不好意思说要肥的，只说红烧的。阿三听了，利索地剁了一条头刀肉，左手低捏秤绳，小拇指微微地压了下秤杆，嘴里唱歌般喊着："血脖子肉一斤八两……五角五分一斤……九角九，一块找一分。"站在高处，话音不响也绕梁，三指捏秤勾，"扑"地一声响，肥嘟嘟的猪肉很有力量地掷进了阿贞的竹篮。

阿贞拿出一元钱，于同样高坐着的双脚搁板案、记账收款的老头那儿，换回了一分钱，看了一眼脸色阴沉下来的阿三，见他有话要说的样子，迟疑着没离去。

阿三听见毛五的趟水声，把要说的话咽了下去，摸支香烟擦火柴。

阿贞转身去林老头的糕团店，毛五从后面出来了，嘴角一支烟，也不上凳坐，睨了一眼案板上的猪肉，又瞥一眼圆珠笔压着的账簿，径自赶水起浪地店外去。阿三不理会，又摸出一支香烟，递给了收款的老头，各自划火柴点烟。毛五在时，三个中的一个烟瘾了，起身去一趟后院，回来时，嘴角叼着半支烟。

阿贞到了糕团点心铺子的门口，在滚烫的油锅前站定，店堂内的人也是高高地搁着脚坐着，响油锅内，粉条儿入锅即膨胀，一双夸张的长筷子拨弄三二，便显焦黄色。她掏出一角钱，买了四根油条，用油纸包了藏在竹篮一角。明天石老五来了，让他的大嘴巴也吧唧几下。

水波儿打旋的街上，黄泡咕咕，屑木浮沉，很少有人走动。中市街除了几家同人们日常生活相关的店铺开门营业外，怕湿潮的衣服布匹等商店业已暂停经营。茶馆老虎灶的地灶已成深水坑，几眼深深的凹圈，正晃动着苗鱼唧水的微波……没有了四乡八邻男人喝茶的东津镇，缺少的不仅仅是粗喉咙大嗓门，更是没了半点阳刚气息。

看不见人影的街道，家家浸水，户户广播，革命歌曲一刻不停地唱着。老人们都说，共产党人也怕鬼，大水上街，落水鬼爬上岸抓人，广播革命歌曲，正好可以吓跑水鬼。

街上冷冷清清的，大伙儿憋着明天的"六上"市日呢。东津镇人家后院的菜地淹了，无青葱可掐，后山举长竹捅漏天的人，脸上盖不住内心的喜悦，明天一早，必会大竹篓背、大竹筐挑的，带来大量的果蔬。平地上的人生气也没有用，面对无菜可摘的现实，只能同趁机捞一把的后山人面对面地站着，看着秤星付钱。一个肩膀上的重量，分散到各个的手胳膊上去，各人兜中的钱，集中到无负担的那个人身上去。趟水来趟水去的，卖了蔬菜换回猪肉，攀爬回后山后，一边红烧肉下酒，一边咂咂嘴可怜一下泡在水里的低田人。

阿贞出了西街，由水巷、街路和饲料厂前的泱泱一片中摸索着道路。水波儿晃过来荡过去。西津桥下，浊浪暗涌，水势沉稳。闸门上面急水哗然，站在茫然无物的水中，心中突然滋生出了莫名的恐惧。好在路况熟悉，一会便拐上了御道。

"等一等……"西街口追来了几个男女，其中一个有点面熟。阿贞以为不是叫她，仍旧北去。

"吴水贞……站在原地别动！"

阿贞好久没有听见别人喊她的姓名了，不由地停下脚步。追来的那群人，胳膊在空气中作出划水的样子，顾不得溅水湿衣，快速地追了上来。两个男的拦住了她的去路，那个脸面熟悉些的胖男人，就是刚才在肉铺见到的另一个揑刀人，一身腥的站在面前，粗鲁地揭开了阿贞竹篮的油布，抓出猪肉，用秤勾勾了，拎了秤绳，伸长了黑毛手臂，让追来的几个看秤星，略带兴奋地说："大家的眼睛睁大点，看看清，多半斤哉。"

阿贞一时未醒过神来，她为拎秤人身上说不出的重味恶心着。

同来的两个女的，一人一只胳膊地扭住了阿贞，喝道："走，去公社讲讲清楚。"

阿贞惊恐地说："你们抓我干什么？我又不偷又不抢的，称错、算错了，补钞票不就是了？"

毛五的滴水圆盘脸，一脸的不屑："哼！这么的轻巧？终于擒到你这条隐在水底的花鲤鱼了，酒也不知白吃了多少回，今日好不容易让你犯我手里，你竟还有脸对我们说什么不偷不抢？口气轻飘飘的，事情这样简单，不用抓阶级斗争了。"

秤错肉同吃酒和阶级斗有什么关系？阿贞不明白，争辩道："阿三可以作证的。"

"阿三，哼！这一回，我倒要看看这个篁村人的黄泥大丸子，硬不硬得起来？"

"嗵"的一声，阿贞的心往下一沉，环顾四周，没见一个熟人，饲料厂的门紧紧地闭着，要是姥姥、夯夯在就好了……她想起了阿三，对，阿三肯定会证明自己清白的，北山湾风雨飘摇的家，可不能因为这一个误会而毁了，绝不能再让父母担惊受怕，受额外的屈辱。只要阿三挺身而出，这个误会就像滔天的大水一样，总会过去的。那时日照无雨，天高云淡，万物都是亮堂的，就像小时候的上学路上，阿三的小身子勇敢地站在自己面前一样，心和天空都是灿烂的。

哗啦啦的水声里，阿贞像木偶似的，被一群人押到了南街的东梢头，关进了石打墙夯打的泥墙小屋。

六十二

这天半夜，浙北方向传来了隐隐的雷声，东津镇人心惊肉跳地过了一夜，以为老天发飙，继续惩罚白天吃肉喝酒、夜里扯被子找乐子的人们呢。

早晨起床，一条消息惊愕了全镇。广播里播出了浙北人民为大家牺牲小家、炸堤泻洪的事情。人们起初有点不相信，下楼去街上趟水，发现粉墙上粘了一条浊沫和草屑的水印子。

"降水啦……"有人神经病似的大喊。

雨还在下，水真的降了，人们去墙脚根张手比划，水降了一拃还多，矮个子站在水中，膝关节露出了水面。于是，街上见过大世面的老人说："大水再不下降，湖东的古城没顶了，国家没办法，只好同低田里的浙北人商量，晚清和民国，也是这么弄的。炸开东津湖百丈老堤，黄水翻滚几十里，直泻太浦河，那个浩荡水势，远胜说书人口中的千军万马，腾腾水浪直超北面尽泻太湖水的望虞河。"

老人们绘声绘色地说话，仿佛亲眼目睹似的。镇上的人们倒是愿意相信的，毕竟水位下降是事实，这是攸关所有人生命财产安全的好事。

高高外婆墩上同样被惊醒了的六姑，不是因为浙北天空传来的沉沉雷声，而是西津里的猪叫声。这么多年来，固定的时间，吃了帮助睡觉的药，这个点儿的熟悉声音，会条件反射一样地惊醒她。今天让她从梦中跳醒的，还有一件心事。

阿玉不在的家，雨夏似凉秋，六姑照例揭坛盖，丢进了一颗豆子。边丢边想，今天的猪猡，怎么嚎叫了多次呢？尖刺的长音过后，岔了气样地哼叫了几声，往日里，叫声过后便沉寂，一猪不叫第二次的。

当然，听出猪叫声不一样的六姑不会知道，阿三已被停职。肉铺的临时负责人毛五，瞄眼的第一刀失了准头，猪挣扎着，他又狠戳了几刀，终于一半血溅钵内、一半溅场地的让猪翻了白眼。大猪掀翻在地，抽搐了一下，叹出了最后一口气。他狠踢了一脚猪屁股，涨着脸点上一支烟后，一边呛着烟，一边怪毛老头的猪尾巴没抓好，毛老头讪讪地，不敢说话。

不知道西津里换了杀猪人的六姑，要去西津里了。

十几年了，自从东津庵扒掉建仓库，幼小的阿玉于她手中接过五分钱，能从镇上的高柜台买盐和打酱油回家后，她再也没有离开过仓库场地和一、二队的农田。平时太阳光里编织蒲草鞋，迷离的双眼，望镇街的少，呆呆地看东津湖尽头、浙北天空的时候多。或许没有这一次意外，立着走路的日子，她再也不会离开渡口了。

昨天清早起床，不见了阿玉，她急得来回找，刚想去渡口寻找，吴黑男老夫妇隔着门喊叫，她的心"咯噔"了一下。很多年来，这对老夫妻从来不一起来仓库的，比她还年长几岁的吴家老太，不参加生产队劳动后，很少离家四处走动的。今天老夫妻黑着脸一起来，莫不是阿玉出了事？

"不瞒你了，阿玉昨夜送医院了。"吴黑男进门甩出这么一句。

这哪是一句话，明明是"哐"的当头一棒嘛，脑子嗡嗡地响。"阿玉怎么了？"她的心快要跳出喉咙口了，坍陷的细眼激得像红枣大。

吴黑男家的轻轻拍她的后背："老头子吓唬你，没啥大事，发烧送医院，打几针退退热，回来后，仇医生那里抓把药吃吃就好了。"

她没听清楚，急往院内走几步："我去看看阿玉。"

"这种小毛病还要你陪着？水妹这个阿嫂白当的？"

"水妹也在？"

"放一百个心，水妹她们还从你家的自留地，抓了不少青头菜呢。"

有水妹在一起，她放心不少。随着话语的交谈，知道阿玉被送到了城里的医院，又知道了事情的原委，她的心似有一物重压，喘气也费劲。想起前面的事，觉得自己该做点什么了，她想了整整一天，晚上吃了两颗药躺下了，今天起床，隔水蒸了昨晚吃剩的粥，浇水熄了灶膛里的火星点，细细地察看了仓库门窗，又在柴垛四周看了一圈，也不与烟呛火熏的炒麦人说话，开了后门，手提蒲草鞋，径直走上了去西津里的田间小路。

天不再落雨，阴沉沉的天空里，风扯拉着的云马一匹匹、一群群地快速奔过东津湖上空。

六姑顺着镇后的围堤，由长跳板往上走，走了几步，又颠颠地退了回来。脚上、板上的泥浆滑溜溜的，她穿着草鞋，侧脚小步地上了御道。

台地上的养猪场，猪叫声淹没了虫蛙声，雨水日夜地清洗，仍没洗尽一场地的腥骚气。天下饕餮吃肉人，真该来养猪场闷闷，让晕骚之气熏昏馋虫。在这样的大气味里吃睡，吃了大半辈子寡淡饭的毛老头，怎么的还一天到晚惦记大鱼大肉呢？六姑这么奇怪地想着，双脚踏上了这块既熟悉又陌生的土地。

"认不出我了，总常听说吧？"六姑站在大灶房前，对身围粗布裙、手提半桶猪饲料的毛老头说。

毛老头弓腰曲背地看着眼前头发一半枯黄一半银白的小老太，感觉有点面熟，又想不出在哪里见过，摇摇头说："人老眼光钝哉。"

"眼光钝，耳朵背，脑子糊涂，只有鼻子灵，嘴巴馋。"

"这位人家的娘，一早吃枪药了？不是来寻事'骂山门'的吧？"

"什么瞎七搭八的人家的娘，几年不见，昏头了？你家觉根叫我姑姑的。"

"觉根喊你姑姑……为什么……哦……啊……阿玉的姑姑呀？这么些年不见，怎么一下变成干瘪的老太婆了？快点屋里坐。"毛老头手中的猪食桶，"嗵"的一声掉到了地下，忙着撩围巾擦手。七八年前，他一辆板车去渡口，那时的六姑，不胖不瘦，身子还是蛮有弹性的。眼前的瘦老太，皮肤贴着骨头，像换了个人似的。

"干瘪老太婆？昏蒙个头，话也不会说了？你吃油吃肉，身上除了腥味浓，肋骨根根耙的，也没多长几两肉呀？"六姑的气话咽下了肚，她可不是来找闲气的，"坐便不坐了，今天你摆一句话，讲定了，送吃食时捎给觉根。"

"要点啥，只管拿去。"

"你倒是叫花子穷大方。"

"有啥事？只管讲。"

"我还能有啥事？不就是阿玉同觉根的事。"

"阿玉不是送城市的医院了吗？觉根关在派出所，明天批斗了送县里，再能出啥事？"

"你是真糊涂还是假痴不癫？"

"怎么啦？"

"阿玉、觉根两个人有没有在一个房间、一张竹榻上待了大半夜？"

"西街杨家的翘裂眼睛使的坏，双胞胎兄弟是打手，那个房间还有一猪食桶高的水呢。"

"那就是了，孤男寡女的，夜里待在一个房间，名声好听吗？你家的觉根倒没什么，男人反倒觉得占了便宜，我家阿玉怎么做人？"

"做人……"毛老头听明白了，六姑是为阿玉的清白讨说法来了，于是说："觉根没办法呀，强扭了进去，不是有意的。他们说觉根搞流氓活动，我送饭时问了，觉根说了，杨金浜动阿玉的坏脑筋，吃不到'豆腐'记了恨，这事你心里清楚的哇？"

想不到毛老头还有这一嘴反问，差点噎住了六姑。

"你的意思同觉根没一点关系了？"

"关也关了，没办法的事，反正觉根没拿阿玉怎么样，当作田里一同赤脚露腿的莳秧吧。仓库里，他们不是经常单独秤柴记账的吗？"

"你的闲话一套一套的，赖得一干二净，是不是青菜萝卜吃多吃出来的？哪像脑子有毛病的人？我问你，觉根有没有抱阿玉？"

"抱……抱的时间不长，背到卫生院去的？"

"好啊，还背了？更没脸见人了。"

"医院里背来抱去的人多了，犯啥禁忌了？"

"抱贴背，背贴胸，又抱又背的，两面都让觉根动过了。姑娘家家的，你让我家阿玉怎么做人？"

"阿玉姑姑，我搞糊涂了，抱也不好，背也不是，卫生院总是要送的，到底是抱好还是背好？总不能小孩子一样跨脖子掮着走吧？"

六姑见毛老头不知是真糊涂还是故意绕着，窝着的火一下子蹿了出来："你个毛少脑子坏的馋嘴胚，一天到晚像条脏狗一样的鼻子嗅嗅的，吃油吃肉腻没了心，满嘴的腥臭，吐个唾沫全是油腥。叫你做正事，你耳背听不见，装愣充聋鬓。哪里有点油腥了，比狗鼻子还灵，一趟一趟地害觉根，还想法儿害我家的阿玉？你今天不拿个说法出来，我搭上这条老命，也要讨回公道！"

毛老头被骂懵了，过了好久才抽着嘴唇说："你说说看，想怎么样，钱是赔不出的，床底箱中没有黄白老货赔你，年糕也早吃完了，瓮里的黄米还有。"

"你把我看成啥了？我们不饿肚皮，要你的米吃？"

"六姑你定，只要我同觉根有的，你随便拿，我决不眨眼睛。"

"我不要你家沾油腥的一根火柴。你同觉根讲清楚，阿玉被他这样了，人交给他了。你们再要请五行里村的许媒婆说亲做媒，屁颠颠地腆脸倒插门，我可是不答应的。"

"人交给觉根？那怎么办？"毛老头的脑子乱了，神情慌慌的。

"是个人得有肩膀。"

"多住个人，猪圈隔不出房间。"

"住仓库。"

"平白无故的，觉根住仓库去？"

"让觉根倒插门。"

"倒插门？那怎么可以，我家又没'十八条腿'啥的"。

"阿玉父母打好了。"

"觉根吃鱼吃肉的。"

"阿玉吃啥他吃啥？"

"那我吃啥？"

"谁想看见你这个狗鼻子老光棍？独个儿住养猪场，不见得苦你哪里去了，你不能为觉根嚼几天菜根、咽几天麸皮呀？害得他这般的苦。"

"阿玉姑姑，我的肚皮整天咕咕地叫……我饿啊……"毛老头急得夹出了眼泪。

六姑不再说话，丢下毛老头在原地愣着，下了御道，仍从斜铺的长跳板下田垄走田径。

"师妹……讲定哉，我们做亲家了……你可不能反悔呀。"过了一会，醒过神来的毛老头，追上御道大喊了起来。

六姑没听见似的一步一滑地走。久雨中看似平滑的田埂，蒲草鞋踩上去，拔出的是脚，留脚窝心的是蒲草鞋。

二队的女社员耘稻到了小径边，边扒泥边讲话，见六姑走来，惊奇地说："六姑来了？你可是从来不出一、二队地界的，十几年来头一遭，难怪老天开眼不落雨哉。"

待六姑走近了，妇人们上前打听阿玉的事，骂杨金浜"托油瓶"，老杨头祖上缺了三辈子德，还说害了阿玉不算，还要想法儿地害北山湾的吴家。一清早，把上街买肉的阿贞姑娘捉起来了，说是阿三秤肉时，多给了半斤猪肉，硬是冤枉这姑娘拉拢腐蚀革命干部，破坏别人家庭，侵吞集体财产，等水退了要批斗呢。六姑听了，脚下一滑，一个趔趄，瘦弱的身子滑倒在秧青的水田。众妇人在水沟里洗净了手，跑过去扶她，她却坐在田埂上，双手扶着泥水中几棵歪倒的稻秧，嘴里喃喃地说："罪过煞罪过煞，做了凶人，老天开眼罚哉。"

妇人们说："六姑心善，明明老天凶了恶了，不怪天不怪地，反怪自己。"

六姑听了，张开瘪瘪的嘴，好像在笑。

六十三

　　水灾中的东津镇，除了渡口仓库的外婆墩和西津里养猪场的台地没有浸水，"六家"是唯一没有进水的六家。"六家"的墩地，原是比水田稍高的老桑地，镇上的拦水坝，就从"六家"后院的田埂一路筑过去，拦住了漫上堤岸的侵宅巷水。因拦水坝走的是直线，被水淹了的东津镇人，对供销社的金主任及"六家"的其他几户，自然无话可说。总不能为示公允，特地筑坝拐弯，让六户人家一起泡水吧。

　　房子没进水，金铃铃认为，是阿三的脑袋进水了！好端端的一只饭碗，好端端的一个家，因为他的魂缠着北山湾的那个妖精，"六家"的金家，眼看要浸水沉没了。街上人的金家女儿，若不是因为自己一条晃忽晃忽的麻杆腿，凭阿三一个赤脚走路、双手握泥的乡下人，她是不会正眼看一下的。穷镇姑娘，眼光不穷的，瞄着湖东二十里外的古城呢。男多女少，小镇上吃商品粮的姑娘，正是淘汰下来的那群大龄小伙的不二选择。而对于镇上的姑娘来说，嫁进城里，瞅车水马龙、走石路硬街，逛商店闻香、看电影亲嘴，浪漫又实惠的事情，这是小镇姑娘奇缺的原因。凭阿三的熊样，如果金铃铃腿没毛病的话，还不是把他左脚踢进东津湖，右脚踢进西津里？可眼下的现实是，这辈子的腿，是阿三的肉里眼睁着的这条腿了，这个乡下杀猪人，粗鲁地占了她的床，生下了女儿，竟还贼心不死，闯下这般大祸，比后山捅天人的胆还大。原想随他去的，让他吃些苦头，真要不管吧，说好说坏总是一家人，到头来倒霉的还是自己。要管吧，喉咙卡硬柴，吐不出，咽不下。看他硬着脖子，比西津里野鸭子的嘴还硬的样子，金铃铃尤其怨愤。大难当前，这个家，根本不是一条心。

一家人，就不能两条心、两种想法，更不可说两种话，可眼下的金家，是三个想法，三种说法。

"阿爸，你只有我一个女儿，心不能偏向外人呀？"金铃铃满肚子的憋屈，眼泪眼眶里打转。

金驼子说："我五十多岁了，人活大半辈子，只看见一个女儿一个孙女，怎么会帮别人欺侮我的宝贝呢？"

金山妹瞥了一眼男人的后背："骆驼背把你的心挤一边去了。"

"人可以长得歪，也可吃歪瓜、甚至出出歪点子，但不能走歪路，更不能歪了心啊！"

"怎么是我们歪心了？倘若狐狸精不扮俏迷眼，阿三会心荡，错看秤星，硬生生地被骗去半斤肉？"

"阿三，你同阿爸说，是她主动勾引你的。你是一时迷了眼、昏了头，糊涂了脑子。"

阿三低着头，咕嘟着嘴不说话。

金铃铃红了眼睛："不管阶级立场还是家庭立场，你都要揭发她的罪行，同她划清界线。叔叔说了，停职是公社的意思，这一关不过，再别想杀猪，同毛老头一样，等着站桥堍吃西北风吧。"

金山妹说："怎么不是？脸长横肉的毛五，一条狗似的，空下来，在姓李姓杨的身边转，把你阿叔不放眼里。拍人的马屁，进我店来，酱肉焖肉的不知买了多少回，他早盯着肉铺组长的位置了。挤掉你，卖掉肉，天天砧板刮刮尽，也有几两的油水，一日日的积聚，一年也熬好几氅香猪油的，骨骨屑屑里还能捞点别的外快，好贴补山旯儿里伸长了细脖子的穷家，外快香烟也能多抽不少。"

金驼子说："真要汇报，只说阿三不是故意多给的，看错了秤星，工作上的失误，阿贞倀女没想多要，不知道多了斤两。违心只可违到这个份上，不然，没脸在街上走路的，回贺九岭下的茶点头村，也抬不起头来做人。"

金山妹说："茶点头的柴棚棚，窗小门矮屋檐低，进出低头，自然抬不起头、挺不出胸的。"

金铃铃跺跺好的一只脚："娘，不要岔开话头，火烧眉毛了，阿爸还倀女长侄女短的，宁可回乡下老宅，胳膊也弯北山湾。你们回那个破村旧屋，我是不愿去的。你们生不全我，两根栲杖一条腿的，叫我怎么爬山岭？”

金山妹也骂道："你害了女儿一次，还想害一生？难做人就做个闷葫芦，屁不放一个，凡事我出面，一会铃铃阿叔来了，看情况定。"

金铃铃泪闪闪地说："杀猪的，这事不拿出态度，明天只有去公社民政办了。"

阿三嗫嚅地说："去民政办干啥？"

"明知故问，当然离婚了。这个样子，你以为我还想同你再领一次结婚证呀？你像条雄狗一样地舔野雌狗的屁股，犯了罪，总不能让我们做你这个'四类分子'的家属，陪你去中市桥批斗现世吧？我腿坏了，脑子还没坏呢。"

阿三舔了舔裂唇，从口袋中摸出烟，顺手点上了。

"一会你娘来了，让她领你回穷山坞去。你娘舍不得你，二间五行里人打的泥屋给你留着。"

"喊我娘来作啥？"

"她生的好儿子，自然让她来街上风光风光了。"

昨天，金山妹托人捎话篁村去，要阿三的娘今天来"六家"，说有紧要事情商量。其实，即便不托人捎话，阿三的娘也会摇腿抖手地前来。东津镇小地方，发生这样的大事，闲话集散地的茶馆未开张，向来好奇心重的人们也会口口相传，在四乡八邻中传说开来。这一次比去年大年夜风雪夜捉拿封建迷信活动人的事大多了，东津镇和附近的乡村，三五成群的"讲张"人，莫不在讲东津渡、西津里和北山湾被抓的人，闲话里，少不了一个色胆天大的杀猪阿三。

"你好光彩，做了东津镇的名人了。人家都说，你的杀猪刀不亮，名头亮。生养这样的好儿子，你娘的老脸光彩，领你回篁村照耀照耀，把整个山坞坞都照亮。"

金驼子、阿三抿嘴不说话，客堂一下子静了下去，似乎听得见每个人胸膛里的"别别"声。金驼子掏出香烟放桌上，两指掐一支，用火柴点上，一烧一闪一吸一灭间，香烟不见了一小半。

"哒哒哒……"急促的敲门声震散了烟雾，金新宝、王老太一前一后进了屋。王老太左手拎鸡，右胳膊挎一小筐鸡蛋，进了门，径直往堂屋后的厢房去，束缚着的鸡扔在了狭狭的、只一点亮光的"蟹眼"天井里，鸡蛋筐摆在厨房间堆杂物的条案上，然后拍了拍衣服上的灰尘，在客厅里坐下，听金新宝说话。

"事情复杂了，有人揭发小和尚是特务，勾结饲料厂的姥姥和夯夯，给北山湾吴家和他家渡口的女儿秘密地送信送物，饲料厂的两个受牵连了，觉根增加了一条罪名。至于阿三你，北山湾的民兵营长，举报你送猪棒骨给大地主，被他捉了现场的。那根大棒骨，已拿到专案组。这件事情，找杨家父母没啥用，他家农村户口，我说不上话，大队的黑小佬不敢多嘴，和尚、尼姑的事未摆平，两个黑面孔被人捅了冷刀子，站立不定，吃喝不香。事情表面是姓杨的做的，暗底里应该是上下有人的。昨天下午我找了顾梅，她分管市政街道这一块，能给姥姥、夯夯说句话，作个检查，意思意思就算过去了，想来那个青皮脸不敢硬顶着。阿三的错处人家手里攥着，人证物证齐全，那块肉和店里的记账本，交给了专案组。她不好明着讲话，礼物不敢收，说是过后再说，帮是能帮，但不能明帮。我还寻了另外几个副主任说话，那几个滑头说，阿哥你夫妻俩人好，关键时刻要认清形势。不疼不痒地说几句，送的香烟，别说整条的，单盒的也不拿，乐呵呵地抽一支，余下的塞回我包里了。要是往日，溜眼看没人，没二话地就塞进抽屉里了。李副主任晚上找的，滴水泼不进，香烟抽自己的，我不知道阿三怎么同阿贞搭上关系的，人家大半是冲她去的。"

金铃铃说："你们看看，我就说他王阿三平日总爱北山湾去，御道上、畚箕屁股颠地，脚后跟抛上弹下地跑，心里肯定有鬼。一听说那里有人家杀猪，晚上翻来翻去地眍不着，平时胆小的，早起出门一支烟，走路攥把杀猪刀。去北山湾，鬼呀赤佬都没有了，背个筐子，'哐啷哐啷'地响，比嗅到大粪的狗还跑得欢。"

金山妹说："铃铃，别说没用的，听你阿叔说话。"

金新宝一人一支烟地抛了，火柴"嚓嚓"地响。

"奇怪得很，才隔半夜，今早上李副主任让民兵找了我去，香烟也抽了，同我说，他同金家无冤无仇的，阿三人不坏，男人眼馋女人的标致面孔白屁股，搂搂摸摸正常的。这一次当场捉住，不太好办，这事说复杂算复杂，要简单也简单。复杂讲，阿三伙同大地主大资本家的女儿，侵吞集体的财产，别说饭碗砸碎，不吃官司也要批斗，回篁村干田里活，少不得要监督劳动。"

"简单的呢？"

"看阿三的态度，配合好，免去组长职务，同毛五南片北片对调一下，仍旧杀猪煺毛舔刀头血。"

金新宝才说完，金铃铃抢着说："肯定配合的，不去北山湾杀猪最好，今后去南头村杀猪猡，山坡上的瞎子，在泥坑坑里看着，看谁有胆量同相好的钻后山的茅草丛？"

金驼子说："说说看，配合点什么？"

金新宝说："他说了，阿三犯两次罪，明天的批斗会上，要揭发以前同阿贞姑娘做过的坏事，两次以上抵罪。北山湾送的猪棒骨和这次贪的半斤肉，一个北山湾人举报，另一个毛五抓的现场，功劳是别人的，不能算，得揭发新的罪行。还说，这两个小时候就勾搭上了，这么多年抱腰摸胸、亲嘴香面孔，远不至两次的，只需交待两次，放阿三一马的意思。"

金驼子说："这架式是把人摁在朱铁匠的大炉子烤了，再放在大铁砧上砸，不是烤焦就是砸烂。我们帮着拉风箱添煤啥的，今后在东津镇露脸，先抓一把煤屎擦擦面孔。"

"这样做是绝了点，吴家不知哪里得罪了他，这般的恨之入骨！没攀成亲家，也不能下死手呀。半斤猪肉，真偷了，也不是多大的罪名。要不是涉及阿三的饭碗，我根本不愿看他的脸色。主意你们自己拿，赶快定，篁村人已在中市桥搭戏台，明天上午开批斗会，错过没机会了。"

"去年秋天，老东家住卫生院，我同阿贞侄女讲好的，今年立秋后，去她家的祖坟地敲毛栗子吃。若做下这种事，还有脸北去？"

金山妹说："灶膛火燎焦屁股毛，你还唠叨些小青菜鸡毛菜的事。一块钱的糖炒栗子吃的，裤裆里的屁，这个'六上'放到下个'六上'市日了，一点点甜头，看你眯个小眼睛，喜欢得了不得。"

"我要是这么做了，同觉根养的猪猡猡有啥两样？"阿三嘀咕了一句。

"你们平时烧烟、呷酒、吃肉，我没唠叨过，当屋里放个闷屁，也不皱眉头的，开开门闼，一阵风吹干净了事。自家的男人，粗手大脚做错事，不当个真，一时犯晕揩揩油，摸几把人家的肥奶子、白屁股，总不能剁了手去？火烧眉毛的时刻，这个家庭，男人说话不作数的。"

"趁面孔还没涂煤屑，到茶馆去看看，估计水退得差不多了。"金驼子说完，肩膀一耸一耸地走出门去。

"水退了，大毛狗正在舀地灶坑的水，你别去滑个跟斗！"金新宝在身后喊。

金铃铃说："王阿三的娘，你来了半天，也没憋出点啥，是屁是话摆一句。我爸不作主，这个家我娘同我说了算。要么王阿三批斗会上举报狐狸精，划清界线，要么去公社民政办离婚，你领回山旮旯儿去。"

王老太急了，唾沫四溅地说："哦哟哟……好好的离什么婚？三小佬不听你的，听啥人的话？我家老头也听我的。"说到这儿，看着只顾"噗嗤噗嗤"抽烟的阿三说："三男嗳……听娘一句话。走的路多，吃的苦多，乡下人到镇上，镇上人想进城，总挑近路走的，东津湖南北二十里，进城去，你非要笨手笨脚地南北绕大圈子，不会东津渡口搭顺风船？你上了金家的这条船，宝囡囡躺摇椅一样，晃这边吃肉，晃那边吃鱼，咪老酒像吃水，这样的日子不想过了？"

"我今后怎么做人？"

"你要面子，里子给你撕了。"金铃铃的声音。

"三男嗳……你丢了杀猪这只饭碗，进不了金家，回不了山里，批斗来批斗去的，别说鱼肉荤腥吃不着，弄不好像南头村瞎子样的吃扛棒！出门之前，你爸同你的两个阿哥和两个弟弟说定了，你好好的，我同你阿爸住的两间屋，今后归你和铃铃。尽管不值钱，但地势高，今后发大水，干手干脚地躲躲，自留地里种点青头菜和山芋吃，权当换胃口。你不听铃铃话，房子没你的份，你同女儿一样嫁出门的，我们不用管你的作死作活。再说，北山湾的人家，不差你揭发的几条罪名，她家是什么人家？头上的高帽子，比捉鱼人的笠帽大，砧板剁肉，不在乎多砍几刀，横竖老伤疤上添个新伤。你心里难受，对不住人家姑娘，等风头过去，新年杀只大猪，名头上算你和铃铃的，钱我出，我同你阿爸给她家抬过去。"

金山妹"啪"的一声，把金驼子坐过的条凳踢归了位，嘴里冷冷地说："不要让你的女儿没了爸。"

阿三缓缓地抬头，话未出口，一口烟呛得咳了起来，过了许久才说："明天中午，我想去饭店吃酱猪肉血豆腐汤。"

金山妹听了，朗声地笑，脸色转暖，口气软了："行……我们这个家庭，不是夸口，别说天天吃酱肉，顿顿吃也供得起。"

王老太也大声说："我的三心肝，你的好日子长着呢。金家开了朵金花，再结个亲亲的人参果，国家的粮票、油票、布票多发一份，糖券、煤球券、剃头券每月的领，你们用不掉的。我和你阿爸，还有兄弟几个，也好沾沾光，一家好，家家好。国家托着底，街上人家过日子，女花男籽、吵吵闹闹的也热闹。铃铃，别不入眼，今天我作主，两间草棚归你们了。"

金铃铃说："娘，吃了饭再回家，我娘焖锅酱猪肉，带些回去，让阿爸和几个阿哥阿弟尝尝味道。"

王老太也不客气，熟门熟路地坐到灶膛口的杌凳上，撸起袖子，"啪啪"响地折枝添柴，一脸喜色地为亲家母打起了下手。两个半老太，一个坐一个站，火光烟雾里边"讲张"边做事。

金家四个市政街道的居民户口，每月配有几百斤鸡蛋大小的煤球。金山妹的酱猪肉，从不用蓝火煮，篁村的干枯山柴，柴硬火红，烧出的酱肉酥烂，香味醇正，阿三就爱这一口。

六十四

人与水的战斗结束了，人斗人的舞台搭起来了！

昨天下午，篁村和罗家坞人用新旧毛竹，在中市桥堍搭出了一个特大的戏台子。

东津镇的石板街，皆由所辖的生产队各自清扫、冲洗泥浆，妇女们背着一个个大铁桶，对街面进行药雾消杀，墙角、门后的阴湿地，则有男人们挎着巴斗，大把地洒白石灰，杀虫除秽。中市街上，大扫帚扫到哪里，清水就泼到哪里。扫帚的唰唰声，泼水的哗哗声，女人们叽叽喳喳的抱怨声，以及男人们咔咔的咳嗽声，连同水巷里打着旋儿、急浪拍岸的呼呼声，合成一起，不多一会都被长竹竿上大喇叭的铿然歌声所盖住，一曲《革命不是请客吃饭》，唱得人们心惊肉跳。

这次的舞台搭成平时两个那么大，前半台空着，一溜儿地站着被批斗的人，后半台大红布蒙的发言桌，可供八九人坐。喇叭声中，从幽暗的备弄里，稀稀落落地走出几个勾头沉脑的人。李表廉排头里，腋窝里夹着几张白纸，走上了主席台。杨金浜第二个，迈着外八字腿走路，用手中的一叠白纸拍了拍凳桌坐下。公社另有几个干部也挪凳坐下，靠边留一个摆话筒的空位，供检举揭发人坐。为显示会议的重要和正式，舞台正前和左右两侧，从小学堂搬来了百多条矮脚双人凳，供参加会议的三级干部坐听。一群穿花绿衣裳的小学生，安排在前面坐了，让他们从小接受教育。围观的群众只能在聒噪的人声、尖刺的喇叭声中，踮着脚看热闹。中市桥一级级的台阶上，摩肩接踵地挤满了围观的人。

喇叭声戛然而止，李表廉对着话筒，"噗噗"地连吹两声，随后大声宣布批斗大会开始。他首先讲了"阶级斗争是纲，其他都是目"的指示精神，并要求在座的时刻保持警惕，千万不要忘记阶级斗争，接下来大喝一声："把阶级敌人押上台来！"

一阵"噼噼啪啪"鞋皮打竹垫的声音，首先押上台的，是戴着锃亮手铐的觉根，他的头被剃成了光头。十几年了，又一次露出了油亮青光的头壳，头顶上三排两行的香洞，醒人眼目。阿贞被细麻绳反捆住了手，第二个押上台，她的黑发被剪了个"十"字。

几个主犯在台上低了头，陪斗的十多个地富反坏分子也反剪着手，被一根长绳牵着押上了台。一个个弯腰曲背，谁的头不够低，便有民兵上去踢一脚，扠着脖子往下按。觉根的脖子上挂着一块漆黑的木板，上面写着"流氓、恶棍、特务、反革命分子"的白字，还有两道大红叉。阿贞脖下的牌子写着"地主狗女儿、阿飞、盗窃罪、坏分子"，一块已经变质的、苍蝇嗡嗡转的猪肉，和一根白厉厉的猪棒骨挂在她的脖子上。

先走上台发言的，是市政街道的女民兵，她念道：觉根这个流氓，吃着社会主义的粮，搞反革命的流氓活动。他以前披着宗教外衣搞流氓活动，还俗后，去养猪场喂饲料，又做特务，又大搞流氓活动。利用工作的便利，给地主家夹带私信钱物，做反革命的地下交通员。他拉板车经过中市街，常常光着胸脯，只穿一条肥大的灰色衩裤，有意地让站柜台的女售货员瞧。更为恶劣的是，他在中市街上借口停车，假装口渴喝水，在车把上搁腿、柴草垛上搭胳膊的，故意让姑娘们看他黄蓬蓬的腋窝毛，这一点，茶馆里的金驼子和大毛狗可以作证的。读到这里，发言停顿了下来。杨金浜喊道：金驼子呢？上台作个证。大毛狗在人丛里答道：金组长拉肚子，怕当场拉了，败了大家的兴致。杨金浜说：大毛狗，你说一样的。大毛狗说：觉根这个家伙，在渡口拉饲料，三天两头从街上过，吃水是真的，用衣袖擦汗也是真的，衣服有没有脱下来，倒没有留意，记不清了。不过，他买不起新布，穿不了新衣，身上的衣裤，是又旧又破的百纳衣改的，那个邋遢样，乡下姑娘尽嫌弃，让街上姑娘看？帮帮忙吧，小娘鱼眼睛不会眨他一下的。他也不撒泡尿照照，中市街的姑娘，哪一双眼睛不是斜过东津湖，白内障黑眼仁地望城里去的？他要有戏唱，别人大小老婆可以娶三个了。大毛狗的话，引来了围观者的哄笑。李表廉说：

没问你那么多，一边待着去。女民兵又念道：这个小和尚，利用还俗后的贫下中农身分，天天搞流氓活动，对这样的反革命分子，要求政府坚决镇压。女民兵发言结束，台上的杨金浜高呼道：坚决镇压流氓反革命分子。

接下来发言的是双胞胎的民兵弟弟：觉根这个家伙，长期以来大搞流氓活动，还俗这些年来，吃了无产阶级的粮，长了反动派的肉，脸厚皮黑心毒，仗着背后有人撑腰，躲在阴暗的角落里，常常打击报复集体的猪、革命的猪，致使大猪小猪只吃食不长肉，极大地浪费了革命的饲料。尤其严重的是，这个流氓分子，利用公社干部问话的机会，同原东津庵的尼姑、现在所谓的仓库保管员阿玉，大搞流氓活动，两个人在竹榻上扭得"吱嘎吱嘎"响，竟当着革命干部和民兵的面，抱在一起亲嘴香面孔，摸胸摸屁股，藐视无产阶级专政。喝令他们停止犯罪活动时，这头反革命的恶狼竟敢撞坏集体的墙，恶狠狠地扑向了革命干部，致使我们的杨副组长身受重伤，留下了严重的后遗症，作为目睹这一切的革命群众，要求严惩这个流氓反革命坏分子。

民兵发言结束，李表廉补充说：觉根的流氓活动是恶劣的，性质是严重的，我们还要深挖他背后的保护势力。对于他的犯罪活动，我们的公社干部、市政街道的民兵、卫生院的医生是可以证明的，属罪大恶极，必须坚决镇压。现在由派出所所长和民兵，搭县供销社的大船，押送犯罪分了去县公安局。

围观的人群一阵骚动，嗡嗡地说：这次认真哉，共产党最讲认真，留头发十几年的小和尚，又要剃光头发吃官司哉，今后别想再长头发啦。

议论声中，派出所所长和两个民兵直接上台，将觉根押往渡口去。一路上，人们发现，觉根神情不舍地瞥了一眼高耸的石拱桥，那桥顶，常有顽童撒尿。

押走了觉根，紧接着批斗阿贞，市政街道的女民兵又开了头炮。她的批判发言，重点讲述了阿贞作为大地主、大资本家的女儿，不思悔改，顽固不化，竟无耻地勾搭市政街道的干部群众，出卖自己的身体谋私利，妄图颠覆社会主义新中国。

女民兵发言结束，接下来上台读发言稿的，竟是五行里村阿贞的定亲对象石老五，这让台下人好一阵的喊喊喳喳。

石老五上台来，把一卷紫红、一卷绿色的绒线扔在了阿贞脚跟，见阿贞只是缩了一下脚，没有抬头看，他粗着嗓子喊道："这是大地主轧姘头的女儿笼络我的罪证，今天，我当着大家的面还给她，彻底划清界线。"

地方有风俗，男女定亲，除了吃定亲酒，派发定亲的喜糖，无论娶媳妇，还是倒插门，作为赚进一个大活人的一方，必会置办金银手饰和衣裤之类的物品，纳于红漆喜盘，于定亲当日在媒婆陪同下，抱至对方家中，作为定亲信物。吴家的黄白之物，作为浮财，早与房产一同被没收干净，当初女主人耳朵上的金耳环，也被强行扯下，丢进了赃物筐，一起充了公。本想购点小饰品的，吴海源想起金环银戒就揪心，并考虑到饰品也属封建迷信物品，不可置办，且见石老五身上衣衫单薄，建议购买绒线之类的，装在红盘里，有面子又实惠。待农闲时节，由阿贞编织成衣，暖心又贴身。近来水灾，织衣之事就搁下了。石老五本想"六上"当天去北山湾村，也就是今天，交到阿贞手中的，顺便捏一下软手，说不准捉个冷眼，柴帘后面还能亲一嘴。出了这一档子事，得了消息的他又气又恨，平日里清高、脸都不让他呃一口的阿贞，竟同杀猪贼偷在一起了，并且不是一年两年。昨天在御道上戽水，村上几个一起光屁股长大的伙伴假惺惺地问，当初北山湾人送的礼盘，有绿毛线的哇？编帽子最好看了，颜色鲜，头缩在里面又暖和。他听了差点喷出血来，手中的戽斗和泼天的水一同飞了出去，一对对讥讽的眼睛，一张张强憋着笑的嘴，莫不让他心头滴血。黄昏时，大队书记领了公社的杨干部到他家，两条路由他选：一是继续做反革命分子家属，踩上一只脚，永世不得翻身；二是检举揭发，改轻罪名。他想都没想地选择了后者。

上台揭发，立功当然是要考虑的，但更主要的是想出口恶气。他在红布上推开白纸，学着吹了吹话筒，话筒里发出怪怪的声音。他的母亲转过身，抖着嘴唇对他说："老五，不能做这样的事啊！做了，别说姓石，泥都姓不了。"

"啪"的一声，石老太话未说完，便挨了双胞胎弟弟的一个巴掌，脸上霎时留下了三指印痕。

听到脆响，站在妻子旁边的石老四转过身，朝一个牵绳的人狠狠地踹了一脚，这一脚没敢踹打人的民兵，踹在了石老五的腿上。几个民兵一拥而上，将他摁在竹垫子上，朝他乱踢了几脚。石老五说："不用管，我们弟兄俩拳来脚去长大的，属于家庭内部矛盾。"民兵听了，强扭着石老四回到原处，扠着脖子往下按，石老四只能低了头，身子却硬挺挺地不动，他的矮胖老婆又气又急，"嗯"的一声瘫了下去。石老四抢先一屁股坐下，肩膀顶住老婆的后背，嘴里喊道："救人啊……"人群里又一阵骚动，舞台四周尽是嗡嗡嗡的说话声。

隔着水巷看热闹的人群，早有人去卫生院喊来了仇三类，桥上挤着的人群也早为一个黑红脸的半老头挤出了一条通道。黑红脸的半老头拖着仇三类从人缝中挤过，衣摆后还跟着一个瘦小的半老妇人。认识的都喊："是朱打铁哇？朱打铁老婆也来哉……"

上了台的仇三类，蹲下身，闭上眼睛伸手搭脉，不一会儿站起身高声喊："有喜哉，要保胎！不然，大人小孩都危险。"

台下左右、水巷两岸哄然声起，嚷嚷道："哎……灵的哇，求子祈孙，有效果的啦，不枉斗了这么多回。"

年龄大些、多经世事的吃茶人说："怎么会不灵？东津庵千年香火，每一块砖熏出灵性，外婆墩的土，下掘三尺闻烟香。你们不想想，老庵拆下的砖瓦桁椽用哪里了？不都盖仓库了吗？住这么灵性的房子，完全同以前一样的，现在知道两个尼姑为什么不吃荤腥、不尝葱蒜了吧？"

旁边的人说："这话不对，同样千年的西津寺，一同拆了盖猪圈的，怎么没有灵性？不保佑还俗后的老小和尚？"

"两个和尚一顿饭吃半个猪头的，你小时候阉掉的睾子也敢炒大蒜吃，怎么会得菩萨保佑？"

那茶客反讥道："你怎么能这样呛人？我的睾子有没有阉掉，可以让你老婆试试嘛，不收铜钿的。"

那人骂道："老王八想打架呀？"

边上另一个老茶客说："批斗阶级敌人的现场会，怎么发生内部矛盾了？"

"我又不是西津里的猪猡，他先骂人的。"

"谁让你瞎嚼乱嚼的。"

劝架的茶客说："他的话不错，所以到现在，东津庵的太平无事，西津里的两个，老的在台上批斗，小的押城里吃官司，知道厉害了吧？不能瞎破戒的。"

事实摆在眼前，话一出口，旁边的成了闷嘴葫芦。

台上有人对着话筒喊："台下人不要宣传封建迷信。"

老茶客们没了声音，站在桥上的胖妇人咿哩哇啦地喊了起来："肚中的小孩没罪的，没出生，不能也要继承反革命罪吧？"

双胞胎弟弟凶道："你们吵什么？要站稳阶级立场。"

他的话引来了台下男女呕呕呕地起哄。

舞台上坐着的一排，相互交头接耳了几句，李表廉宣布道："朱打铁的女儿可去卫生院保胎，批斗会继续进行。"

朱打铁听到这话，三二步蹿上台，老拳一捶石老四肩膀："你小子有种，终究没瞎眼。"说完，扯断绳索，抱起女儿，跟着仇三类去了卫生院，桥上汇聚着的主动让出了甬道。

石老太耳听目睹了这个喜讯，落下了眼泪。这么多次的批斗，去年大年夜冰雪地里的祈愿，总算有了回报。她喃喃地说："老五嗳……老四姓了朱，夯泥人不能改姓泥呀。"

出嫁改姓属旧俗，乡村人家的女子，嫁进夫家，得改成夫家的姓氏，此习俗至今保留着，倒插门的也不例外。

石老五说："娘，别怪我直说，你为了老四，弄了顶现行反革命的帽子戴，帮了老四，害了老五。现在又帮着外人说话，我是不是石家的人？北山湾的狐狸精，同人搞腐化，大搞流氓活动，破坏别人的家庭，臭猪肉、大骨头挂在她的脖子上，赖都赖不掉的。几根猪大骨，呆想想也要一两块钱的，生产队要出好几个的工。那个杀猪的也买人工的，没关系能这么贴心贴肺地充大方？我家老四虽一年斗到头，可他去了朱家，改姓朱，有家有业的，一软一硬两手艺，少不了甜的咸的、肥的瘦的吃，今后的日子定会火炉子一样地旺。朱家有后了，顺了你们的愿，伤心过后是喜讯。而我这口泥灶冷锅子，年纪老大不小了，烧火烧到今天，气泡没冒一个，要烧热听'嗞嗞'响的水声，看荸荠大的水泡冒，烧水的柴还在后山的贺九岭上呢，不知哪一年才烧得开这锅水？这一趟鱼没吃到，空沾了一身腥，原本横竖黑帽子，大的小的、新的旧的，吃亏便宜无所谓，好坏落个白天吃苦，夜里实惠。冷不丁的弄顶绿帽子戴，还是老陆（绿）头上的一顶，你让我的脸哪里放？气哪里出？难不成我的这辈子，黑帽子绿帽子的，同南头村的瞎子一样，要戴进棺材去？"

石老五泪流满面、唾沫溅桌地揭发起阿贞的罪行。令人不解的是，几尺外的阿贞，却没有一丝反应，乌发遮脸地低着头，始终没有抬头，没有看石老五一眼。

六十五

清早一片雾。

薄雾中，市政街道借调公社的双胞胎民兵兄弟，同渔业队几个摆摊的渔民神色激动地说着话："你们倒霉，我哥俩比你们更倒霉。"

"怎么个倒霉样？"好些个买鱼或不买鱼的伸长了脖子问。

那小伙抹着额头眉毛上的细密水珠："昨天夜里，两个女民兵轮到值夜班，不想两个一起请了女人的假，真的假的又不能脱裤子看的，还不是我兄弟俩倒霉？好端端的关门睡觉就是了，水退了，也不冷，那个北山湾大地主的女儿、偷盗集体财产的乡下女人，说什么夜半肚子受了凉，要大解。陪她去后院了，那女人说，哪有上茅坑跟着的？心里别扭，见我们仍站在门口，便说：干脆一起上茅坑吧，看了就娶我，谁看谁娶，反正成分高没人敢娶，巴不得嫁个吃商品粮的。呸，呸呸，谁愿意娶个乡下女了？况且还是老帽子、新帽子一起戴的反革命分子，不跟就不跟。想想也是，我家养的花猫，也是去后院没人处拉的。我们就躲门后抽烟，抽了两支烟，不见人进来，我哥喊了几声，没人答应，朝柴帘扔块断砖头，也没有惊叫声，便走近一看，哪还有什么人？气味儿没一丝新的，肯定是借上茅坑的机会跑了，我们立刻向领导汇报。领导光火了，吩咐道，一准逃回家了，立即去各家叫醒民兵，一起赶往北山湾村捉拿。"

旁边听着的一人说："她还是个没结婚的姑娘，怎么称女人了？"

民兵露出了鄙夷的眼神："同野男人轧了这么多年的姘头，还是姑娘？"

鱼摊的卖鱼人说："你们抓着就好了，没有俞家渔船的倒霉事了。"

"怎么不是，一群背真枪、掮扛红缨枪的人，跑到北山湾的坡上踢门，脚踢竹篱门，怎么踢也没个屁响，倒把一条小黑狗惊得汪汪叫。好一会儿，吴地主两个才开出门来，听说我们是前来抓他家逃跑的女儿，老地主婆一下瘫倒在地，老地主还好些，像是被人打了一拳，身体晃了晃，终究把住了竹门框。带队的杨金浜叫来了大队书记，那个眼惺惺的徐书记，真是只老狐狸，说什么也要几个队的队长和民兵一起找，还叫来了吴家的几个侄子。桅灯、油灯、手电筒的，去后山篁竹林，她家的自留地、祖坟地，一处一处地找，还往半山坡的松林中找，说那姑娘经常上后山采松蕈、拔松针糖的，找来找去，半夜下来，赤佬影子没一个，也是昏头了。不想想，黑夜上坟山，哪家的女人有这个胆的？咬紫舌头也不敢上山的哇。徐书记的脸也紫了，找不到人，几个侄子揪住杨金浜胸前的衣服不让走，吵吵闹闹地要人，还是徐书记心细，叫一拨人去东津湖的老堤找，关照特别留心堤岸落下的女式鞋子。吴家两个老的听他这么说，气都噎不出来，也要往湖边去，只是两条老腿不听使唤，挪不开步子。几个侄子媳妇把他们架回去了，劝的劝，抹眼泪的抹眼泪，还有人帮着生火烧水烧早饭，没找到人之前，谁也不敢回自己的家。"

"听说，住东梢的宝根家的婆娘，半夜坐净桶，听狗叫得急，从阁楼的小窗往下看，迷糊糊的，见一个女疯子一样的赤佬，白惨惨的脸，红滴滴的眼睛，披散着头发，身子隐在雾中，一闪一闪地从街上飘过，恍恍惚惚地往东去，结果吓大了舌苔，早起仍讲不出话，让家人送卫生院去了。"

"不会这么快变成女赤佬的吧？"

围着听讲的人越来越多，不明就里的眨着眼睛问："后来找到没有？找到了，私自逃跑，又加一重罪，有些人正愁抓的把柄少呢。"

"还定罪批斗？追到东海龙王、阴曹地府斗争？阎王面前评理？喏……你们不看看，东街的人跑渡口去了，西街的人不也往东跑着吗？"

围观的人果真听到了脚甩屁股的"噼啪"声，也哄地一声散了，心突突跳的跟在熟悉的、陌生人的身后往东跑。

渡口的长石条上，包副主任的脸上没有一丝血色，他对同样嘴唇发青的派出所所长说："雾快散了，他们专案组的人员，怎么没一个来现场？"

所长递上了一支烟："听值夜班的双胞胎说，一大早，杨金浜趁大伙儿去湖堤寻找时，扯裤子拉，走上田埂，人隐进雾里不见了。李副主任得了消息，早上顺御道南去的，有人看见他一边走一边啃烧饼油条，走得急，看他吃得噎的。"

"卫生院的仇三类去了北山湾没有？"

边上的一个民兵说："早去了，带了两个女护士，每人背了个急救的大药箱。"

"剂量要控制好，听说两个老的身体不太好。"

"那对老夫妻的成分高，打针吃药不免费，队里分红不多，不舍得女儿的割草钱治病，小毛小病熬着，身体怎么会好？好在仇医生中西医结合，先把脉再打针，不然，一针下去，三天不醒也是麻烦。这次的医药费，不要算他们头上了。"

"陈所长，一会北山湾人过来，他们的徐书记能不能挡得住？我是外乡的，不熟悉情况，讲话没效果。"所长姓陈，五十出头的年龄，遇事较稳重，昨天送觉根去县公安局，办好了移交手续，当天让公安局的司机把他们送到了东津镇南面二十多里的一个古镇，吃了碗爆鱼面，连夜赶回了东津镇。

"现场勘探情况反复核实了吧？"

"没外伤没掐痕，一双六成新的蒲草鞋并排石阶上，这姑娘心细，一双草鞋值什么钱？光了脚走，一来容易找着，二来不想让来渡口的人受惊吓，三不牵连无辜。唉，一口气没顺过来，人就没了。这世界有什么想不通的？小时候的一点心事让人挖出来，大不了押上台斗斗，又斗不死人的？比起前几年饿得起不了床，现在人的肚皮，毕竟落个饱。"

"硬刀子割皮肉，软刀子杀人心……一会儿岸上走还是水上过？"

"街上人有意见，认为新鲜的落水鬼冤气重，只怕'摆太平'的三牲香火和刀、剪、斧的刃口降不住，让野田里走。"

"那也要早安排的。"

"徐书记说了，船摇到北山湾一队的田边，本家人到岸上招了魂，用门板抬回去。我有一点不明白，她的妹妹住仓库，开门见渡口，为什么要在这里投湖呢？"

"说的是啊，听东梢头的社员讲，她的妹妹胆子小，经常梦见水鬼毛茸茸的手的，不怕吓着她？"

"外人怕，自家人不惧的吧？"

"唉，风光了几代人的东津镇首富，风吹残叶，没了。"

"地主被翻身的长工斗趴下，各地都有的。"

"好在人人知道专案组的几个做的，你一会儿对来人这样说，一把手朱书记马上回来了，凡事由他给说法，先应付过去再说。等事情过去了，相关失职人员处理一下，也是个交待。"

"只好等朱书记回来了，这几户毕竟还有他树的典型嘛。"

两人商量着，却见仓库场地上一颤一颤地走来一个瘦弱老太，没走几步，歪斜着摔倒了，渡口这边急急地跑去几个年轻的妇人。

"是六姑哇，别让她过来。"有人这么喊。

傍着渡口大石条的渔船上，几个渔家女正给一个中年妇人捶背、搓胸、灌姜糖水，口中"俞阿嫂、俞阿嫂"地喊，终于在众人的七手八脚中，名叫俞阿嫂的妇人"嗳"地一声缓过气来，气顺了，眼泪扑簌簌地往下掉。

一大清早，俞家夫妇划着桨来到渡口，收昨天黄昏布下的丝网。近来水宽，风从东南方向吹来，水是从西津里来的。水往低处流，鱼往急处游。氤氲轻雾的清早，男的摇橹，女的牵网，牵着牵着，牵到了重物。初以为网住了大鱼，后又误认为是上游冲下来的树段，最后，从船底戗出一只人手，船上女的吓得顿时跌倒在船头，舌头塞住了嘴巴，只顾用手比划，男的三二步跳到船头，拉网一看，也是吓得心堵喉咙，喊不出声。

渔家人常年劳作生活在水上，网住真人的事，听说过，但谁也没遇见。不过，渔家有祖训，遇上此类事情，不管不顾是欺心，等同谋害。遇着了就遇着了，只能自认倒霉，不可不管生死，须在第一时间，尽一切力量抢救落水者。俞家男人顾不得瘫坐的老婆，紧咬自己的大舌头，把水中的拖上来，肚腹磕船弦地捶打按压，小半个时辰不见动静，知道已不是人力所能及了，急忙撑船上岸，抛缆绳，两手抓了饭锅和铜铲，"乓乓乓"地敲锅子大喊。

"来人哪……救命啊……出大事啦……"晓雾中，一声"救命"响彻了整个东津镇。

人们常说，人世间除了生死无大事！而死去的，不管生前多么良善可爱，其没了灵魂的躯壳，也会让人徒生恐惧之心的。

夏天的雾薄中，弥漫着丝丝的鱼腥味和人们的惶恐神情。

北山湾村的人，有摇船来的，有从御道上奔来的，水上、岸上的，同时都来到了渡口。一群人神情忿忿地，没有闹事，只是在人群中搜寻，只见吴家的叫伟男的侄子对着包副主任跪下了："徐书记都说了，望包副主任一个唾沫一颗钉。"

包副主任扶起他说："我这么高的个子，睏七尺棺，也是顶天立地的。一切等朱书记回来再说，供销社南货店特批的咸猪头和旺米村的豆腐，派人去取便可。大家先回去办事，逝者入土为安。"

北山湾村的乡邻，卸下木门置于长石上，几个泪水涟涟的妇人妹妹长妹妹短地喊，连着油毡布儿地抱上门板。男人们踏在水里，平平地、稳稳地给抬放在船头，船艄摇船的人，架木橹到橹宁头上去，"咯噔"一声滑下了，再架上去，又滑落下来，连试几次都滑了。一个年龄稍长些的摸出香烟，一人一支地点了，"嗞嗞"地狠抽几口，随即大声咳嗽着。姥姥家的已哭成泪人儿："阿妹，我们回家哉。"话音里，木橹终于架上了橹宁头，一点支起了天。

慢橹"咿哑"，似鱼尾甩水，在哀哀声中驶离了湖埠头，船上的女人呜呜地哭出声来了，岸上的女人听了，也咽咽地哭了起来。

水上、岸上哭声一片，哭淡了雾……

六十六

这日，东津镇人吃素了，西津桥下水帘如布……

六十七

　　酷日烤地的一天，东津镇回来了两个人，一个是搭供销社大船、考察归来的朱得男，另一个是坐着农船一橹一橹摇回渡口的、进城治病的阿玉。

　　朱得男书记回来，镇上没人见到过，人们只是听说，原本爱吃大拌焖肉面撒重青的他，进了茶馆边的备弄后，再没出来过。不似往日那样，清早一碗面，吃得油面红光，茶馆的老虎灶边同金驼子"讲讲张"，抽一两支烟，再在中市桥上透口气，到流动的水边，活动活动腿脚。有点小道消息的人说，朱书记回来后，天天的大会小会。大会，指的是整个机关大院人员参加的会议。小会，二三人聚头碰面、"喊喊喳喳"商量的会议，反正人们看不到他，也没有消息传出来。原本探得到消息的金驼子，在茶馆里住了一夜后，脸色蜡蜡黄，第二天上午同大毛狗说声肚子受凉了，便回了"六家"。回去后，就再没有来过茶馆。镇上的人们看见薄雾里拎着东西的金山妹，走到"六家"拐往石街的岔路口，往地上撒着些什么，走到中市桥塊，又撒下些什么，路过了才知道，那是一地绕不过去的药渣。

　　备弄深深，渡口明畅。外婆墩的阿玉，这几天倒是天天露面的。黄昏时，太阳把柴垛的影子拉得长长的，阿玉便会来到青砖场，从深井中吊起两桶清凉凉的水，泼在柴垛的荫凉里，竹椅并排放着，同姑姑和黄狗远远地看渡口的晚浴人。不知什么缘故，发生了诸多事后，以前不敢看的，现在敢看了，看得眼酸了，就抬头看更远些的地方，看烟霞共生的东津湖，看彩云朵朵下虚成一条线的浙北田地。细心的人们发现，去年冬天，阿玉靠在六姑胸前晒太阳，而今年夏天纳凉，却倒过来了，六姑靠在了阿玉的怀里。

没有一丝儿风，天空像一个余烬灼灼的大灶膛，又热又闷。静静的东津湖在高温天气里，也是一脸的疲态。湖堤上习惯了剪风借力的芦苇，也垂下了青葱的叶子。

六姑靠在阿玉的身子上，时不时地晃动脑袋，问阿玉："到城里的医院怕不怕？"

阿玉说："不怕。"

她真的不怕了，进医院的头几天，昏昏沉沉地，只知道吴水妹不间断地喂她水喝，待神志清醒点后，又被旁边病床一个五十多岁、半白头大叔的咯血所震惊。有一次，大叔被护士推去检查，另一床的病人家属说：半老头是右派，一个结婚很晚的书呆子，揪出批斗后，老婆同他离了婚，带着孩子离开了，家中就他和八十多岁的老父母。他因为生产上的问题，向单位领导提意见，被打成了右派，自小有支气管炎的毛病，批斗的日子，又打又冻又饿的，关在里面后咯血不止。老父母跪在领导面前了，勉强答应住进医院，还是自费的，说是等身体恢复点，继续关押批斗。那一对老夫妻天天早上来医院，布兜里拎来早、中、晚三餐吃食，铝盒子在煤炉上烧烧热，早早地喂病人吃了晚饭，被窝里塞个尿盆接脬尿，老夫妻俩这才拄着拐杖，相互搀扶着回家。病人家属的话，阿玉听进了心里，盈了一眶的泪水。

一个静悄悄的下午，右派的脸红红的，精神似乎很好，同吴水妹几个说起了话，知道了阿玉的一些事，右派对阿玉说："父母在，不可远游；父母不在了，人生的每一步都是归途。姑娘啊，这个世界唯有坚强才活得下去，一些小把戏算不的什么。你看看我，打成这样了，不还是好好地活着，白发父母在，不敢扔下他们呀。你那边有这么几个老人，你是他们活下去的希望，为了他们，为了生活中那些善良的人们，不能想不开，不能自私地撇下他们不管。"说到这里，他喘得憋红了虚肿的脸，见阿玉点了头，才平躺下身体，闭着眼睛睡觉。几天后的一个下午，阿玉同吴水妹在院中散心，遇见右派的老父母相互搀扶着，眼泪在脸颊上挂出一道绝望的水印子，撑着拐杖出了医院大门，走进密密麻麻的人丛中去。阿玉急回病房，见几个护士把大白布卷成一捆，推车进了太平间。这个劝别人坚强要活下去的右派，还是走在了白发父母的前面。阿玉咬住了嘴唇，咬不住眼泪。

前几天，黑小佬进城来，神色慌张地同吴水妹嘀咕了一阵，阿玉的心一沉，担心姑姑出什么事。黑着脸坐到病床边的吴水妹，忍了半天，先抹泪珠儿哭，边哭边告诉她前几天东津渡口的不幸。她蒙头钻进被窝哭，大着肚子的吴水妹一刻不停地轻拍被子。到了傍晚，不哭了，说肚子饿，要吃晚饭，慌得王麻子家的乱作一团。吴水妹抹净眼泪说："这才是我的好妹子，姑姑和东梢头的人，巴着你早日回去呢。"阿玉的这碗晚饭，是拌着眼泪吃的，想起那一对摇晃着拐杖，走到人流中去的白发老人，她忍着吃了个干干净净。五天后，在一个僻静的、隐在白墙灰瓦人家背后的石码头，阿玉上了队里的农船，吴水根、王麻子、吴吊眼三个，没说一句话，橹声咿咿地把船摇回了东津渡，阿玉一脚踩到水里，抱住了拄杖候着的姑姑。

医院回来后，姑姑同她讲了好多以前不知道的事，好像作最后的关照，这让她心生不安。姑姑讲起了她的亲生母亲，姑姑说：别恨你母亲，1950年新政府规定一夫一妻制，摆在你父亲面前的是一个两难局面，只能两选一。选择小的，你的大娘身体有病，不是饿死就是病死；选择大的，舍不得小的，舍不得你。后来，还是你亲生母亲提出，她回城去，那时的城里乱哄哄的，不比乡下好。问题是，进城去公私合营竹器坊，只可进一个户口，你父亲为了成全她，硬是让她一个人回了城，自己留你在身边。那时候，家里什么都没收了，大地主、大资本家两顶帽子压的，夫妻俩没日没夜地挨批斗，批斗没工分，没工分就没口粮。没办法，你父亲试着托人来说了，你家本是庵中的大香户，有恩在先的，加上你的小脸满是泪瓣儿，想起了自己的小时候，我的心也疼。

阿玉听了，心里酸酸的，想起那个面孔模糊的娘，想起北山湾柴棚中孤苦的父母，想起苦难的做了水下冤魂的姐姐，面对姐姐出事那天摔了一跤，走路从此靠拐杖的姑姑，觉得自己肩头的分量沉沉的，一时却又做不了什么，心里好无奈。她的细细柔柔的小指，轻轻地捋着姑姑干枯的头发：姑姑，我不会像阿姐一样地想不开，我要养你们三个的老。六姑说：不是养三个，是养四个！往后，只怕伤风汗热病，不允许犯一次了。阿玉说：姑姑，我不生病，毛老头一起养着，让他吃素，素是素的饭钵，等觉根回家找补回来。六姑说：这个账要算的，他一个大男人介绍的，躲在外面偷懒，到时好好地算算账。阿玉说：我想好了，粮食不够吃，把轧谷的砻糠叫姥姥还进机器磨细，煮粥糊糊，再兑进糯米粉中，剁碎金花菜，搓团团贴扁饼。姑姑手艺好，手把手地教我，用菜籽油煎得香香的，总比猪吃的麸皮有营养。六姑说：我吃的粥多抓一把糠，毛老头的少抓一点，他的肚皮总饿得"咕噜咕噜"的响。其实，他也可怜的，吃不饱饭，还要夏天烤、冬天冻地批斗，一年不到，额头皱、耳朵吊、人发呆。那天呀，被我骂得，人整个地呆了，等我下到田埂，才'哇啦啦'地喊。想来是脑子转过弯来了，任谁也会掰指头算呀，九双十八条腿的嫁妆不要了，还有那些金银铜铁锡的家什，千年百年，东津镇那出过这样的好事？过后，毛老头敲钉转脚地身后喊：师妹呀，讲定哉，我俩做亲家了。意思是怕我反悔，便宜他的，我养这么大的玉玉白给了觉根，他倒好，几口唾沫星子打发了，我都不回头看他，田埂上走的，一滑摔了个跟斗，这是第一跤。前几天早上摔了第二跤，再摔一次，估模样爬不起来喽。阿玉弱弱地喊了声"姑姑！"六姑：玉玉急了，姑姑不说了，我们说说一队、二队吧，东梢头的人，人黑皮肤糙，看模样斤斤计较的，心好着呢，当时你还小，为了让你有钱买口粮吃，一队名头上让你管仓库，挣几个工分，二队人不计较我两个队的事一起做。等手脚的筋力足些，树荫柴垛背后再织些蒲草鞋，今年冬里，让两个队的老人小孩的脚上穿得暖烘烘的，债还不清了，多少尽点心。另外，你的母亲进城后再无消息，估计也没自由身，不想连累你，才没回来看你。还有一事啊，姑姑要告诉你，去年冬闲日，你父母打好了双份的嫁娶用具，不想你有压力，没跟你说，可别怪怨哟……哎哟……阿玉的身子好软啊，比蒲草绒的枕芯还软，靠着真舒服。说着，故意地扭扭脖子，一缕贴着脑门的半白头发，遮住了迷离的眼睛。阿玉用小指尖勾了，捋到了她的额上去：姑姑，晚上洗个温水头吧？六姑没有接阿玉的话头，喃喃地说：知道床底的陶坛吧？阿玉问怎么了？六姑说：养猪场杀猪，觉根不在，毛老头估计也拉不住猪尾巴了，往后杀猪，算不到他们头上去啰。你去床底拉坛出来，趁天没煞黑，倒出来见见数。

阿玉急急地跑进屋去，一会工夫，抱了个酱油色的坛子出来，两人揭盖一看，只见坛中豆子已被虫子蛀成了粉，六姑张开没牙的嘴笑：这可糟了，多得数不清了，不知要念多少遍的"往生咒"，才能消了两个吃肉人的罪孽？不数也罢，在一日念一日吧。阿玉说：姑姑记着猪叫声，为的是替他们念'往生咒'脱罪超生呀？对他们也太好了，可惜他们不知道。六姑说：有意让他们知道，不是好功德。你扶我一把，我俩去渡口把豆粉倒了，让湖里的鱼儿啄，许个愿，今后别啄你阿姐的眼睛。

日头暗下来了，月亮升至中天。渡口已无淴浴人，六姑迷蒙着一双眼睛，弓背拄杖地站着，阿玉立在半膝高的凉水中，慢慢地洒豆屑……浅水里，条儿鱼闪着肚皮的银光，划出一条条水线，在水面上争相啄食。为争一口吃食，大水面下的鱼世界，也纵横捭阖，也弄出拨天大的动静。上面的鱼蹿出水面，箭射般地抢食，胆小的鱼，静在尺深处，轻啄阿玉的脚踝，像姐姐的纤指挠痒……空坛在水中飘浮着，阿玉掬起一捧水，幽光里，水声“哗哗”，滑走的是精灵，留下的是眼泪……

六十八

这一年夏天，生病的是阿玉，死去的是六姑。

日头毒毒的八月，六姑在井台摔了一跤。摔下去的她，再也没有爬起来，与她一同摔倒的，还有一桶井水，一条湿湿的井绳，以及高过她人头的拐杖。

在田地里拔稗草的妇人们，听黄狗呜声异常，三三两两地聚在田头说话："哎……阿黄呜呜地叫，好像在哭，听得人心里发慌，会不会出啥事？去看看阿玉呢。"

"不多一会前，阿玉去卫生院打最后一针了，一个人不敢去南街，水妹关照王麻子家的陪着去的，顺便给六姑买吃了好睏觉的药。"

"去看看六姑吧，她走路一磕一碰、一歪一斜的，一阵弱风能吹到田里，别跌在了那里。顺带把姜茶挑来，二队的人正好在边上，省得阿玉来回地跑。"

一众人走着走着，几个急步先走的妇人，忽然在半路上大喊起来："快来人哪……六姑跌坏哉……"

六姑跌在井台上，枯瘦的双手紧攥着水桶的软绳，眼闭嘴微的没了气息。她是为了让一队、二队的社员喝上新鲜的姜茶水，才上井台汲水的。

"这个老太太，隔夜水，新鲜水，不是一样的井水？"妇人们责怪着，"哗哗剥剥"地抹眼睛，懂事的半老妇人摊手说："别尽着哭，快把她抱到床上去，一会儿凉了，手脚身体回不去，弯腰弓腿曲胳膊的，好不好看？辛苦了一世，走了也不能躺个平稳。"

"坐着还是躺着送？"

"还俗这么多年，早当了社员，当然平平躺躺地走了。还没走远呢，抓紧化黄纸锡箔。"

"春里抄了家，只怕没有这类东西吧？"

一个妇人说："我家有，这就取去。"

"快去快回，一会让阿玉付一分钱，送老人的钱，该她这个后辈出的。"

几个年龄大的妇人，人生经验丰富，按身、压腿、捋胳膊、捏上下唇地忙碌，另有一妇人找来一张旧报纸，撕小了，从灶台摸来火柴盒，在床脚边划火点了，报纸燃得快，淡烟也呛人。

"点这个有啥用？"

"点晚了，只怕她拿不到，再说那边暗，照照亮也是好的。"

一干妇人里里外外地忙碌，一队、二队的男人零零星星地来了。黑小佬也来了，他解下了六姑床上的夏布蚊帐，用两支细竹鱼网一般地卷了，双手托举着，掷上了仓库的屋面上。人立院中，一个个的安排人员办事：一路拉板车沿御道南去，车上多放些厚棉被，二十里外的大镇，有一家制冰厂，去拉一车大冰砖过来；一路去旺米村买豆腐，没现货，当场磨豆滤浆，并定下明天中午和晚上吃用的豆腐；一路七八个箩筐扁担的，到中市街买咸猪头、腌鱼和蔬菜；一路四个青壮年，去五行里村陈家买棺材；另安排二十多人，二队长带队，去北山湾与罗家坞村的交界处，原先东津庵买下的、葬了多少代尼姑的坟地，按顺序刨挖大坑；又安排一拨人手，从一队、二队人家捐八仙桌和长凳；剩下的人手，搭长棚、砌临时大灶和搁物案板，安排定当，各去忙活。黑小佬亲自动手，同会计、农技员抬出生产队浸稻种的大缸，搁井台边，喊两妇人洗了，晾放姜茶水，供做事的邻居和四乡来的吊唁、陪夜人喝茶用。

阿玉回来了，没到渡口人已跌倒，爬不起来，双手撑地，虾着身子哭，小纸包里的几片药散落在地。王麻子家的同吴吊眼家的，架着阿玉的胳膊往屋里去，阿玉还想去捡药片，王麻子家的劝道：姑姑不吃了，睏一千年哉。阿玉的的眼泪断了线，哭不出声音，进屋叩了三个头，伸手指指陈旧的樟木箱，仍是王麻子家的扶了过去，用一把小钥匙打开一把小铜锁，从里面抱出一个大包袱，大包袱中摸出一个小布兜。大包袱交给屋里的一个半老妇人，小布兜交给了黑小佬，黑小佬接过，掂了掂，交给了一队的会计。

大包袱里叠着的是寿衣，小布兜里折着的是钱，这是六姑之前关照阿玉的，还低头在阿玉的腰际，亲手把一把小小的铜钥匙，拴上了她的裤带。当时，阿玉的眼睛一下子酸湿了起来。

买布匹的第一批回来了。这年月，吃、穿、用的物品，莫不是凭票供给的，唯有"三白"敞开供应：白萝卜、白豆腐，另外就是捎回来的一匹匹白布了。萝卜不在节令，用茭白代替，豆腐廉价，一年四季不断货。白布买回来后，忙坏了妇人们，六七只八仙桌合并一处，"嗞啦嗞啦"地扯布条儿，撕出风吹裂石一样的声音，一针一线地缝起白帽白衣白裤。几个妇人桌角对桌角地比划，齐整地撕下三块长布，白线儿缝成船帆大的一块，喊来几个男人，擎长竹竿，遮吊廊前，正式挂布开丧。大布帘前垫儿捆稻草，供来人跪拜叩头。

大锅浴灶烧出的沸水冒着热腾腾的雾气，一桶桶地拎出来，倒进井台边的大缸。小灶烧出的温热水，旧面盆新毛巾的准备了，不相关的人员退出屋子，两个年老妇人陪阿玉，最后一次给姑姑抹擦身体，看着渐渐陌生开来的姑姑，她的眼泪"哗叽哗叽"地落下来。

"不哭……眼泪酸的，滴在姑姑身上，姑姑的心会疼，走得不放心的。"两个老妇劝着。

渡口这边忙碌，早有人去西津里给毛老头报信。猪声杂乱的台地上，吴黑男正拉着嗓子同他说话："你吃五保户哉……这张纸藏藏好，锁箱子里，等觉根回来，再交给他。"

毛老头像不认识似的望着吴黑男，喉咙口"哦"了一声。

吴黑男喊道："吃不饱肚皮，去大队找黑小佬。黑小佬不管，到茶馆找我，早上和下午，我总在的。"

吴黑男已不再担任大队副书记的职务，他听了朱得男书记让年轻人快速上来的提议，位置让给了一队队长吴水根。毛老头自觉根押往城市后，身体佝偻，人低半尺，耳聋神滞，近走张手摸空，稍远竹杖挂地，拎小半桶猪饲料，也是半拖半拉地打趔趄，实在无力养猪挣工分了。吴黑男同黑小佬说了一句，也去问了六姑，寻思对东西两个的往昔作一个了结，余生可安心地孵茶馆；六姑说自己好好的，还有阿玉，不申请五保户了。他把六姑的意思同黑小佬讲了，两人默默地抽了几口烟，都没说话。早上，他去公社大院，朱书记正要找他商量事儿。他把五保户的申请铺在了办公桌，朱书记略略地看了一眼，签了"同意"两字和名字、日期，签好了问："东面不是还有个老太婆吗？"

他屈着脸说："六姑不肯申请，估计时间不长了。"

"好端端的几个人，哎……"朱得男叹了一声。

"你再不回来，东津镇的天要变了，不知要死多少个呢？"

朱书记瞪了他一眼，压低声音说："退下来的人了，还放夹生屁，白活一把年纪，这话好瞎说的？外面的形势很吃紧了，东津公社来得晚点，该来的终究要来的。"

"弄得人心惶惶的，才吃饱肚皮，又要作，还怎么种田？"

"今年，东津公社打了漂亮的一仗，我在外面最担心的是上游人要死大家一块死的心理，下游的几千亩，可是东津公社的命根子呀。"

"怎么不是？差点出人命，被包长子顶住了。"

"小包老办法上创新，秋收后，不能食言！你们大队带个头，亮亮堂堂地做回人，别让他失了威性，没法做人。"

"还轮得到我们上心？篁村、罗家坞几个大队书记，红着眼睛，天天来旺米、东津、桥前村的田间转悠，像自己的田一样，他们可是赖上了。"

"缠上应该的，小包立大功了，这人我没看错吧？"

"你也有眼钝时候的，以前人家守茅坑边，你不当回事，现在被人捉住机会掀屁股，狼狈得屁股来不及擦，差点四仰八叉摔茅坑了。觉根的事情扳不回来，正面典型，弄成了反面教材。"

朱得男的脸一下涮红到眼角，憋紧嗓子恨恨地说："借阿三的杀猪刀，背后捅人，小赤佬几个，昏了头，连顾梅都不放过。我什么样的刀没见过？白光黑光的在我背后影来影去。"

"你见多识广定没事，可惜了小和尚。这件事，我的喉咙口呛上鱼骨头，吃点喝点不落胃。"

"小和尚不踢一脚就好了，流氓罪构不成的，还什么特务罪，连带饲料厂的几个，也定特务分子，肉骨头敲鼓昏咚咚的，特务这样当的？乡邻间，谁家不捎个话带点啥的？还真想'打连厢'一样，上中下地大打一大片？我们十几年的心血，不如他们几个月的功劳？捉对男女一个房间关一夜，就定流氓罪，老百姓能心服吗？你放心，这事扩散不开来，流氓罪一事，一个没罪，两个没事。打人，伤害革命干部的罪倒坐实了，那个姓杨的裆部，淤青一大片，半个月未褪尽，去仇郎中那里把了几次脉，捉住瞧瞧，蚕蛹样疲软不举，举而不坚。担心落下后遗症，绝了杨家的根，仇三类给他抓了几帖壮举的药。"

"绝的又不是杨家的根。"

"你活回去了？这话别人面前少说。"

"没一点办法想了？"

"小和尚只是打人行凶，破坏集体财产同其他人无关，已经定性了。有些事不能明着来，各方面不好交待的，内部调了下，楼下的负责教育、文化去了。正巧，原来负责文卫的退了，他不是喜欢写写小文章吗？这回对了他的胃口了。"

"还有个'拖油瓶'。"

朱得男站起身，关了办公室的门，重重地叹了口气。

吴黑男压低了声音："有啥为难的？姓杨的小子是个拖油瓶，国民党反动派的儿子，挂了老杨头的名头，吃共产党的太平饭，不追究，已是放他一马。那个胖墩墩的小娘鱼，鼻子、眼睛、耳朵，同老杨头没啥两样，一个老茄子，一个嫩茄子，同旁人没一点血缘关系的，还能讹东津镇的哪个男人去？春凳上的事，没当场摁住，作不了数。她要雌狗一样地乱咬，我第一个不答应。镇东镇西、巷南巷北的，哪个不知道，当初叫名头养在东津镇，铜钿银子花了不少，保长憨的？解放那一年，南面镇上的国军团长逃去了南方，保长临逃前，还不是狠狠地睏了她，没睏出本，也消了多次的魂。她最后让老杨头睏，没办法，长包临占的，丢下她母子不管了。杨老头，东津湖飘的烂木头，抱住了也能救命。她敢睁眼说瞎话，我黑手一招，六个队的队长，还不领了几百社员同她讲张去。"

朱得男笑眼眯眯的："人总有回望心的。"

"你有菩萨心，他有土匪胆。"

"定个失职吧。为这件事，老的又找来了，害得顾梅又不开心。整件事情，经党委研究决定，北山湾村叫阿贞的姑娘，出身大地主、大资本家，是没有调查清楚的嫌疑对象，由于害怕，逃跑途中失足溺亡，属意外事故。本着死不追究的原则，考虑到民兵也有失误，北山湾大队补偿她至年底的工分，这事算圆满了，但领导的管理疏忽责任还是要担的，也好塞人嘴巴，平平民愤，小李也认为杨金浜有责任，建议他回原生产队接受教育锻炼。"

"回三队？"

"先这么定了，给他安排个轻松点的活，要不是死了人，他一家子的心也慌，平白地让他回队里，他家老的还不在我的眼前捏鼻子？事情不要弄大了，这个决定，北山湾的徐书记也很满意的。"

"那我得好好地关照关照三队长，好好地锻炼锻炼这个外来户，重点培养他。"

吴黑男的脸色亮了不少，连朱书记狐疑着双眼扔给他的香烟，滚落在地上了也不捡，急急地去找到三队长了。

三队长正同会计在人家的后院，测量粪水的浓度，听了老书记细细的吩咐，一个劲地说："照办，我也是听领导的指示嘛。"吴黑男仍不放心，黑了脸威胁道："不要以为我没有职务了，不把人的话当话，黑小佬是谁你知道的哇？"

三队长笑道："阿叔，你放一百个心吧，不拍你的马屁，黑小佬的马屁总要拍的，我的儿子还想接我的班呢。这个外来户小子，平时斜个眼睛，偷看人家后院的姑娘媳妇，我早想修理他了。"

"你看看，我才卸肩，不喊书记叫阿叔了？"

"那是亲热，阿叔阿叔的喊到你老。"

"你小子，我才六十岁，就嫌老了？我还想再活四十年，一百岁的老棺材，在金驼子的茶馆里孵着，喝掉半个西津里的水，腆个'哐哐'响的大肚子，过西津桥去见阎王。"

说到茶馆的金驼子，两个人没有话了。吴黑男接过三队长的香烟，在他拢上前的火苗上点着。找到了毛老头，正同毛老头大声说话时，东梢来的人泪闪闪地说了个事情，吴黑男像被人揉了一把，脸色更黑了。

"我师妹怎么啦？"

"你师妹走哉……"吴黑男猛然发现，神色木然的毛老头眼里，已是泪光一片。

六十九

　　第二天上午，小镇东梢的河堤上，两个拄着拐杖、头发花白的老人蹒跚而来。他们胳膊挽胳膊地走到东津渡口，站在暗铜色的长石条上，望着波光粼粼的湖水，立定了好久好久……终于，颤颤地走上了魂牵梦绕的外婆墩。

　　"北山湾的父母来哉……快点喊阿玉……"有人失声跌脚地喊。

　　十多年了，多少个日日夜夜的牵挂，多少次近在咫尺的不敢相认，这一刻，人生失去太多，已没什么再可失去的吴海源夫妇，恰似飘摇于风雨中的小船，抓住了湖中滋生的青青苇丛，勇敢地走上了东津镇的这一个高处。

　　"阿爸……娘……"一身素白的阿玉，在身子笨拙的吴水妹的搀扶下，迎了出来，伏在两个老人的瘦肩里。

　　"玉啊……"吴老太扔掉拐杖，抱住了阿玉哭，"孩子，这辈子，我同你阿爸做的最不后悔的一件事，就是把你交给了姑姑……她是我们家的大恩人，今后斗煞，我同你阿爸也要送送她，给她叩个头。"说完，哑着嗓子哭出声来。可怜兮兮的老妇人，女儿投湖，她连着三天注射了安眠药剂，醒来后仍失了嗓子，都这些天了，仍未从失女的悲痛中恢复过来。

　　阿玉搀着母亲，吴水妹搀着阿玉，王麻子家的搀着吴水妹往院里走，吴海源拄着竹杖儿一步一挪地跟在后面。

　　高挂的白布帘前，几个妇人摆正了稻草把儿，吴海源夫妇跪了下去……才历白发人送黑发人，今日又是白头人跪白头人，吴海源喟然长叹，独自坐着垂泪；吴老太爬到了布帘后面，因有山外请来的画师画像，怕给遮挡住了，就坐卧在稻草上低泣。

晒谷场上，二队四个已成婚的精壮小伙，一路"吭嗨吭嗨"地小跑，从五行里村扛来了一具漆得黑红黑红的大棺材。空棺喊着跑，重棺闷声扛。四个小伙直接把空棺扛到白布帘前，直直地杵着身体，将它停放在板凳上。

约莫过了半个时辰，一个五十多岁的半老头背着个小竹筐来了，筐里一把厚斧、七颗长钉，斧亮钉幽。

"是陈棺材哇？陈棺材来哉……"

陈棺材故意晚到半个时辰，告诉伤心人家，自己不是送棺来的，是请来合棺锲长命钉的。他打的棺材从不送货上门，不管大小，找他的总不是好事。

六姑是个例外。六姑的棺材，是陈棺材人生中唯一一次亏本的生意，向来挣良心钱的他，这次对自己昧了良心。听说是六姑用的，他问道："盘坐还是躺平的？"

几个齐声说："横着发财的。"

他大手一甩："现成的，一角钱扛走！"

手里攥着十元钱的小伙以为听错了："什么？一角洋钿，买几颗铁钉差不多。"

"一角！"

"一角一棺材？扛走了可别后悔，若到御道上追回去，我们不往回扛的，你一个人驮回家。"

"别瞪着眼睛说浑话啦，嫁妆不抢抢棺材，哪有半道上抢棺材回家的！送你，你也不敢背回家的哇，别啰嗦了。"陈棺材挥挥手，不再搭理几个束粗麻绳的话，一竹筐一斧头，再拾七枚长钉，"哗啦"一声甩筐中……完全是赶人驱鬼的声音。

晒谷场上相帮的邻居早喊来了黑小佬，黑小佬不言不语地走过来，在陈棺材的肩头沉沉地拍了两下，反倒陈棺材开口说话了："本作货物，没人稀罕，不图赚钱，权当化个缘。"

两个人席地坐着，默默地抽着烟，边上几个嬉闹的顽童唱起了顺口溜："五行里村陈棺材，一角洋钿卖棺材，四长两短一木开，不是偷工就减料。"黑小佬从板凳上站起身，黑脸红眼地吼了一声，吓得小屁孩们哇哇叫地钻桌子逃，陈棺材见状摇着头苦笑。

晌午时分，相帮的邻居开出饭来，咸肉、腌鱼、豆腐等端出六大碗，虽说是吃素菜饭，小孩子手中的筷子却只捡荤腥不吃蔬，荤菜添上桌，眼睛一个打盹，碗里就空了，油肉塞进了一张张小嘴，急得五行里村的许大厨"当当"响地大勺敲锅沿："你们这些个小祖宗，荤素总要搭吃吃的。这样吃下去，晚饭没有一点油腥啦。"

黑小佬同几个生产队长皱着眉喝白酒，桌肚下钻出个小小黑，一筷子扠了一块咸肉而去，桌上人都笑了，黑小佬对许大厨说："下午你辛苦些，火烧得旺旺的，我去找金新宝，再弄几个咸猪头。"一桌人都说："这样吃，不就把陈棺材贴的棺材本吃掉啦？"黑小佬说："老陈是老陈的心意，报答也是他的儿女的。今天的吃食，是六姑报答大家的，只管吃，吃出汗来她才高兴。"

太阳当头照着，广播里传来"嘟嘟嘟……嘀……"的报时声。中午十二点了，一秒秒地，一天开始进入太阳下落的时辰，人们倏尔一下子站起身，留一桌面的肉骨鱼刺和汤汤水水的空碗碟。

入殓开始了，拉开大白布，几个成熟妇女用绸布裹着六姑，阿玉肿眼模糊地捧着红绸布蒙的头，众人发力，先脚后头，缓缓地将六姑放入棺中女人们一下子"哇啦啦"地放声哭出来，男人们也红了眼，在场的一一向六姑告别，阿玉扑上去要掀遮盖，被王麻子同吴吊眼家的抱住了。这是吴水妹回家前关照她俩的，一定得盯牢阿玉，盖上了不能再看。

身子笨笨的吴水妹要来送六姑最后一程，她的婆婆表示反对，说她身子重了，白事之地要回避的，公公闷着抽烟，黑小佬不表态。吴水妹说："不说别的，六姑长辈一样，不去送送，自己不像人，再生什么人？"婆婆让了步，说道："出殡时回避一下吧。"吴水妹点头答应了。

陈棺材执斧在手，几个妇人忙由阿玉头上拔了几丝头发，缠到七枚冷钉上去，陈棺材响亮地咳了一声，正要举斧敲棺，院外传来了哀哀地喊声："师妹……"

"毛老头哇……毛老头也来哉……"

是的，西津里的毛老头来了，这是他多年后又一次踏上了高高的外婆墩，从熄灶淡烟、空桌空凳的晒谷场，颤巍巍地走进了男女老少挨挤着的院子。此刻的他，一个光光的扁圆葫芦脑袋，胡须刮得溜光，泛灰青色，面净牙洁。一件腰宽袖阔、圆领方襟的黄色半旧大袍，显得十分肥大，一股重重的艾草味，明显用青艾熏过了。手中握着一根竹棒，禅杖一样地斜在胸前，看样子，他斋戒沐浴了。

"毛老头，怎么不早点来吃饭？咸猪头肉没有了，蔬菜还有。"

"我吃了纯素。"

毛老头跟跄地走到棺前，看了一眼棺中疲塌的红布，呛声道："师妹……亲家母，师兄年长，长不跪幼，只好替觉根跪你，再护送你过西津桥。"说完，跪下叩了三个头。

"起……合……"陈棺材喊了起来，大棺盖徐徐地合上，陈棺材抑扬顿挫地唱了起来："四长两短七尺屋，七星高照家业旺。日吉时良发大财，油满坛来米满缸……"嘴唱手不停，一阵震地的"砰砰"声，高头右侧的七枚冷钉，已深锲木中。

阿玉在棺前磕头拜了。比六姑年小的，从大往小里，一个个地跪拜。

这年月，因为破除封建迷信活动，专奔丧事之家吃大豆腐饭，挣白钱的吹打鼓手，不敢"哇啦哇啦"地出门挣钱油嘴，丧事也大大地从简了。

六姑的丧事也没请野道士，从来佛道不一家。

随着一声"起……"，四个壮汉将棺材，毛老头左手竹棒斜胸，右手单掌擎天，老腿渡方步地往前走。阿玉仍由王麻子同吴吊眼家的左右托胳膊，她双手抱着稻草包住的万年青，胸前挂了姑姑的遗照，身体头脚一身素，一步一滴泪地往前。

送葬队伍向西走去，哭声渐渐地拉长着。只有扛棺材的四个，嘴巴抿成线地闷声扛着，人们视不吭声扛棺为闷声发大财。

镇上的石板街，人家紧闭了门闼，阁楼的陈窗也阻断了亮光，溜滑幽亮的台阶，二支红烛三星香火，三荤一蔬一酒盅地排列着。三荤祭品是地方人的陈规，一蔬为一生素口的六姑特加的，至于一酒盅，也按老法子供奉的，六姑喝不喝没关系。敬酒齐全了，罚的也准备着，祭品后面，照例是刃口朝天的剪刀、菜刀和斧子。这是地方人遭遇大棺材扛过家门前的"摆太平"仪式，生前是否相熟亲友，逝者是否良善慈爱，不再重要，从来生死两途，亡者的躯体可从街上扛过，灵魂不能停顿，更不可溜进人家屋中逗留。吃点喝点都可以，喝了吃了，抹抹嘴，抓紧追上棺木，切不可停留瞌逛，不然，大门口的凶器闪着寒光呢。

亡者只一户，家家摆"太平"，摆了"太平"，故去的、活着的相安无事，大小太平。这一旧俗，为生存者着想较多，考虑到这是人们的共同心愿，且还包含其至亲子孙的意愿，被无情地丢弃，升天的也就闭眼默认了。

大棺扛至中市街，街上各商户，除了民间的法子，商店的负责人必站檐下，装出哀戚的样子，待扛棺人闷声前来，颠着屁股只管往他们的衣兜塞香烟。不塞香烟的，塞长生果、红枣等零食，嘴里一个劲地喊"快快快、发发发"，怕他们的店门前停棺歇息，沾了晦气。

大棺扛到茶馆前，大毛狗落着长脸，一脸哀容地站阶沿石上。

扛棺的上了御道。西津桥下，白水布落，一幅留白的水墨画。

送葬队伍将过西津桥了。西津桥是东津镇民间的奈何桥，亡者过了此桥，就等于进入了古荒世界，从此阴阳两隔，人鬼陌路，逝者不识归途。

棺木桥头歇停了，落在最后一个的王麻子，一头热汗地赶前来，从桥塅上扔下草捆，准备先点烟再点稻草。

阿玉取了棺头上的竹杖，轻放于草捆上。黑小佬喊道："王麻子，点火。"

"晓得了。"王麻子应声答话，"哧啦"一声擦亮火柴，点燃了柴薪衣，火苗顿起，火焰灼灼地向天空派送青烟，竹杖吱吱有声，一如滚地黄鞭轻爆。几个好事的老妪，抖抖索索地撒了一把铅角子。

拐杖撑偻体，青烟托孤魂……

毛老头正了正宽大的袍子，略低头，口中念着谁也听不懂的咒语，接过别人从桥下深潭舀来的一碗水，泼洒桥面，脚踏一阵罡步斗，向天戳戳手中竹棒，复又斜在胸前，喊道："师妹……亲家母……已给你上疏登录，报了户口，可放心地走……上桥哉……"

扛棺的齐步闷声地走上桥去，长石咚咚，沉闷似鼓，一溜长队素衣孝色地沿着御道往南而去。

结婚搬嫁妆绕西津里一个圈，不管南来北往，从不从桥上过；出殡送亡者溜半个圈，必须从桥上过。不管是显摆还是告别，这是东津镇的千年陈规。送葬队伍沿西津里兜半个圈后，巨棺才会扛上蔓草凄凄的山坡，在那片黄土坡，新挖了一个坑。

御道上哭声呜呜，西津桥下水流溶溶……

七十

黄昏，夕阳殷红滴血，染红了西山的天空。太阳还没有落下，东津湖南面的浙北天空上，月亮已悄然爬升，沉浸在如水的孤凉中……

炊烟和薄雾一同升起西津桥的大石上，常有一个身子佝偻的人，对着狭长的直通东津湖的水巷探脖子。

那是东津镇的第一个"五保户"毛老头，自保吃、保穿、保住、保医和保葬后，他不再半桶半桶地喂猪饲料了，他的这份白天给猪喂食，早起拉猪尾巴的活儿，由一队的王麻子和四队的一个不熟悉的老头做了去。黑小佬叫来了石打墙的大儿子一家，在废水坑的前面，夯打了一间小屋。泥土是现成的，小屋一隔为二，后住前煮，拉撒也方便。绕屋后去，大坑边头是小坑，柴帘子围得严严的，可遮挡御道上来往人的眼睛，上下都可放心。

北山湾人吴海源夫妇路过小屋时，会吃力地拐上台地，坐在小屋的檐下歇息，那里，堆了几块从御道撬来的碎石。有时，从不去茶馆喝茶的吴海源，也会带上茶末子，独自一人来到毛老头的小屋，泡半钵水，用小竹勺舀了喝。两人不太说话，说了，毛老头不是没听到，就是很快就忘了。矮檐下坐一二时辰，彼此对对眼，吃吃苦水，吴海源便踽踽地蹒回北山湾，北去的御道上，支撑他的是一根高出半个头的竹杖。

毛老头不理会这些，天晴时坐门口看西津桥方向，落雨坐在屋里看。天黑了，他的小屋门也关了，关了门的小屋，没有灯光。

茶馆里的大毛狗终于换了搭档，新安排了一男一女两民兵，每天清早，仍到桥下深潭去打水。大毛狗学金驼子，老背佝身拉车，小伙子则用扁担头顶着水车屁股，学他以前的样子，一拉一推，让老虎灶"隆隆"响的水车在石板街上往复。女民兵不用早起的，老虎灶的水镬"扑儿扑儿"喷热气了，天麻麻亮的时候，她便提两个暖水壶前来，抹了板案方凳，坐在铁盒子前收钱。灌水人的一分两分钱，给不给的，也不上心，茶馆的规矩，她好像早就知道了。

东津镇的八月，街上的备弄里，早中晚时必有男女走下石埠头，女的洗菜、淘米、捣衣，长巷里鼓捣一派响声，外人听来是笛声，本镇的男人听了是烦躁。男人们下水巷去，大多处理个人手脚和身体的，流动的水，不听涓涓声，背影处度个清凉。不过，同样劳累一天、大汗小汗湿了衣衫的杨金浜，不知什么缘故，不再下备弄洗涮了。镇上的老人神秘地说，西津里、东津湖的水上下相通，杨金浜怕渡口的那只毛手从水巷中伸出水面，故不敢从阴暗的备弄走下去。况且，黑小佬派人在中市桥拦石坝养鱼，巷水漫上石埠头，水深幽幽的，胆也寒了几分，水浅好嬉水，深水汗毛竖。还有人听茶馆的老茶客说，别说杨金浜了，李表廉回城里去，也不再从渡口搭乘供销社的大船，远兜远转走御道往南，绕二十里外的古镇。话是茶馆传出的，是真是假属于茶余话，当不得真。甚至有人质疑，经过南山岨的御道，不是还有山坡上瞎子的一对眼睛吗？

中市街的茶馆，老虎灶依然跟往常一样的热气腾腾，大毛狗长坐在金驼子以前坐的高凳上，不论是谁，外来灌水的，茶馆里咂嘴的，只需喊一声或望一眼，他便会直起身体把水灌得满壶。

"金驼子……满壶……"茶客们喊叫，大毛狗回道："老金休息了……来哉……"

金驼子确实长休了，他女儿金铃铃为他办了病退，镇上人久不见他，以为他独自一个人住到贺九岭下的柴屋去了。话语像早雾一样，在中市街悄悄地扩散时，中市桥的桥堍上，人们便能见到晨曦里的金山妹，正在洒一地的药渣。

金山妹呢，早起仍烧煮两锅猪肉，一锅酱猪肉，一锅焖猪肉。大白菜剥枯叶，洗也不洗地剁碎一大筐。茶馆的茶客议论："金驼子家的，最近的魂不在身上，人家点碗面吃，大碗里拌来拌去，怎么不见红汤颜色呢？一口吸溜，好样式，油倒是油的，腻得张不开嘴，她把猪油当汤用了。"

东边的肉铺，仍旧卯时杀猪，辰时卖肉，猪的嘶叫声仍会飘过东津镇的瓦波浪和泱泱水田，传到渡口的仓库。不过，猪叫千百声，再也无人往坛中一颗一颗地丢豆子了。

西津里的猪尾巴同毛老头已无关系，同时与养猪场没关系的，还有阿三和毛五。供销社的金主任，面对公社退回来的民兵要工作，请示了公社领导，只好辞退了阿三和毛五两个借调的杀猪人，安排了四个新手杀猪卖肉，其中包括一对双胞胎兄弟。临时返聘了镇上的老屠户，教几个杀猪燎毛。

　　阿三和毛五的离开，并没有减少东津镇人吃肉的想法，人们照样会挨在猪肉铺的板案前，涨红了脸，为肥瘦和猪骨头的多少拌嘴。吵着吵着，为示比较，买肉人会说："以前阿三、毛五不是这样的。"话才出口，边上人"哦"的一声，目光勾勾的，说话的知道失了口，只好拿了带骨的猪肉，挤着从人缝溜走。

　　肉铺的人不愿意说阿三、毛五去了哪里，茶馆里倒是有人胡说的。说话的是南头村的茶客，他手拢嘴巴说："外面不要乱说去，阿三天天下午三四点钟路过村口的，过半夜再出门去。有一次，我肚子着凉，起早了，黑咕隆咚的，看见一个人握了柄光闪闪的尖刀，急吼吼地往南跑。屁颠颠的，一看就是阿三的样子，想来那一晚他睏过头了，往南面去，还不是去大镇杀猪的？"

　　"听说过，阿三去那里杀猪，工资转到金新宝的会计那里的，篁村大队的会计一月来一次镇上，阿三仍旧买工分吃饭。倒是那个毛五，怎同正式的街上人斗？凭公社一个小干部的远亲关系，跳来跳去地吃酒害人，金新宝是什么人？捏住机会，眉毛胡子地，一把撸回山旮旯去，连着阿三一起撸的，谅谁也说不得话？"

　　茶馆的话茶馆说，肉铺的话茶馆说，四乡八邻的话，也是茶馆说。东梢头黑小佬家的话，茶馆里没人知道，吴家事吴家说了。

　　八月送走六姑没几天，吴水妹生了个女儿，满心欢喜的吴水妹要黑小佬给女儿起个好听的名字，黑小佬说："这不现成的吗？叫黑妹吧。"吴水妹听了，噎在了那里。黑小佬的母亲说话了："哪有这样起名字的？人家生的黄皮肤白皮肤的女孩，怎没听人叫黄妹、白妹的？你的女儿也不见得长那么黑，就黑妹长黑妹短地叫了？没有这个道理的，金呀银的，叫着也富贵，起个水汪汪的名字，听了也标致。"黑小佬说："名字起得好听也白搭，长大些，若黑出来了，人家还不给她起个'黑妹'的外号？有得被人'黑妹黑妹'地喊，不如自家喊开了，听大了也顺耳。"

　　北山湾的父母，长竹竿撑来了几回。每趟来，从没提起过大痢痢去了北淑公社之事，好像这个人从没有在他们的生活中出现过似的。听说，大瘌痢同一个亡夫之妇结婚了，他的父母后来也跟了去，他们家的门上，日夜挂着一把大破锁，上半门尽溅满唾沫渍，下半门尽是鞋脚印，去了山北，好像没回来过。

父母手脚颤颤地来了，这一对苦难老人，斗倒后被踏上一只脚，谨小慎微地过着一天天。老天仍没有放过他们，除了苟喘着的残命，已无法失去，让他们的人生还有一丝光亮的，是与黄狗日夜相伴、高高的外婆墩上的小女儿。他们的老腿只要还能挪动，便会来渡口。到了这儿，也不坐，前后左右地看看，渡口没人时，长石上站很长时间，让湖风吹乱白发。喊他们吃点碎食儿也不吃，立立停停一会儿就回去了，仓库后的蔬菜长得蓝汪汪、绿油油的，阿玉也不叫他们带回去。她知道，老父母两竹竿把自己的身体支来渡口，再点点戳戳地回北山湾去，已是不易，带不回额外的份量。

夏末的渡口还是热闹的。每天，王麻子便会拖了觉根以前拉的板车，来晒谷场装稻草，顺便把毛老头的衣服带来让阿玉洗。装好了车，便去仓库廊檐，捏一下长绳上的衣裤，干了，塞进稻草，若有阿玉准备的蔬菜，也一车带走。

阿玉去渡口洗衣服，不用黄狗跟着，她如今敢一个人上湖埠头了，阿姐帮她驱走了梦中的骇人的魅，这片净水是她们的。当然，黄狗仍一如既往地跟着，且对每个来渡口的人，怀疑地盯着，忠诚似旧，这也是阿玉乐意的。

夕阳里，大人小孩都来渡口潝凉水浴了，"扑通扑通"溅起一湖面的水珠。篱笆门口，阿玉坐着，黄狗卧地，一边等二队的阿姨吃了晚饭来值夜，一边看渡口的潝浴人嬉水，看得眼酸了，抬头看远些。在东津湖的尽头，有一抹淡痕，那是朵朵云彩下的田地。是姑姑生前看不够、终身思念、十年九灾的浙北田地，听姑姑说过，那一抹淡淡的印痕后面，是捏得出油的黑色土地，有村屋、树木、草垛，有"哞哞"叫的牛、"唔唔"哼的猪和"咩咩"喉的羊，还有细河断浜、荒池野塘供孩子们捉鱼虾、摸蚌螺。那是个有水没山、姑姑日里寻、夜里寻、梦里寻，找寻了一辈子，都没寻找到的、一个叫南浔的低洼之地。历史上东津湖的溃堤和扒堤，都发生在他们头顶的十里长堤上。找到了出口的东津湖水，一路狂泻几十里，裹挟尽了这片土地上的东西和人们的生存希望，跌落烟波浩荡的太浦河。那个千年来受尽灾难的地方，顽强地生活着一个沈姓的氏族，沈是什么意思呢？姑姑生前说，那是低田里担着稻草的人，让汹涌的洪水淹了，沉到了水底……这片土地长养的孩子，三分之一淹没，三分之一饿没，抱着树梢枝干活下来的，长大了重复着祖辈们的故事……而远离家乡的孩子，在第二故乡，除了活下来的鲜活生命常怀感恩之心外，更多的是一辈子回不了故乡的无尽愁思……

天色渐渐地暗下来，渡口浴着的一群人，突然双手甩水地岸上爬，拍乱一片水面。幼小落后面的，"嗷嗷"地哭，阿玉同黄狗一起跑上前，给孩子几颗豆子吃，小孩子头脸滴水，神色惊恐，"咯噔咯噔"嚼着不哭了，阿玉抹了小孩红眼中的清泪水说："为什么哭呀？"

小孩子答："大哥哥说，阿贞来哉……"

阿玉的眼睛一热："姑姑好人，不欺侮好孩子的，囡囡乖……囡囡不哭……"小孩子嚼着豆子，含糊地说："嗯……姑姑好人……囡囡不哭，囡囡乖的……"说完，背转身去。

天际沉沉，野幕四合。小孩见同伴已远，又委屈地"哇"一声哭了……

清夜旷堤，出镇梢寻儿的妇人拖着长音喊："阿狗……阿狗哎……"

作为回音，小孩子的哭声更响了，两个身影快速聚成一个模糊的影子。喊声停，恨声起，黑暗中，"噼啪"乱响的声音传得很远很远……

灾后苦日，糟心事多的农家妇人，打孩子屁股的节奏也乱了……

呵，亲亲的桥！亲亲的渡！倘若觉根日后搭供销社的大船，回到可怜而又贫弱的东津镇，于这广月如盘、蓝光溶溶的夜晚，会否脸贴着渡口清凉的旧铜色长石，久久地不起呢？

西津桥下，薄水咽咽……

2020 年 8 月 23 日—2021 年 1 月 5 日初稿
2021 年 1 月 13 日—12 月 11 日修改